U0132808

我们希望这些教育热点能够"影响"你，并唤起你内心深处对教育的想像和思考

中国教育热点透视 2007

新观察

胡卫 / 张继玺 主编

上海人民出版社

目　录

近年来,中国教育在取得显著进步的同时,也确实面临着教育不公平的难题。教育公平不仅关系到时下千家万户的荣辱悲欢,也关系到社会公平的实现与和谐社会的建设。

校园,本该是一方净土,文明的殿堂。然而,近年来,校园暴力事件时有发生,给宁静的校园蒙上了一层阴影。人们不无忧虑地发现,原本应该用美好、纯真等词来形容的花季少年,却越来越多地与暴力、喋血、行凶、杀人等词联系在一起……

权威调查显示,最近 20 年,我国青少年的体质在持续下降。本专题试图用数据、观点和措施勾勒出中学生体质问题的现状和未来走向,以引起全社会的关注。

超级女生、加油好男儿……在这个选秀迭出的年代,追星已不再是一个新鲜词。2007 年 3 月,追星族中的典型代表,一个名叫杨丽娟的女人将追星热达到了极致。那么,究竟还有多少孩子和家长也许会走上这条不归路?

国务院总理温家宝 2007 年 3 月 5 日在政府工作报告中指出,在教育部直属师范大学实行师范生免费教育。这意味着,近代中国在相当长时间内实行的师范生免费教育制度,如今将重新返回大学校园。

当留学海外已经不再是大学生和研究生们的专利时,越来越多的孩子面孔出现在国外的学校中。面对他们,我们或许应该少一些苛责,多一些关爱。

不知何时,这些没有经济来源,用自己的学费、生活费甚至四方筹措借来的钱奋不顾身跳入"股海"的"初生牛犊",俨然已成为股市大观园里一道独特的风景线。

大学生做兼职已经成为一个非常普遍的现象。然而,在打工过程中,一些矛盾和问题也逐渐暴露出来……

2007 年 7 月 18 日,国内首份由民间高考研究专家推出的、具有完整框架的高考制度改革方案正式出炉,对现行高考制度提出种种改革。此方案牵动了国人神经,吸引了公众眼球。

国内某大学最近发布的一份调查报告显示,约70%的女大学生认为在求职过程中遭遇性别歧视现象。这对女生而言,是一个直接的心理伤痛。还没有走进求职战场,女大学生们就开始预先品尝就业的酸楚。

2007 年 10 月 21 日,由上海市闵行教育局、上海市教育科学研究院民办教育研究所与协和教育中心联合承办的"多元融合的国际教育研讨会"召开。中外专家学者、政府官员、京沪两地的国际教育机构主管与代表分享了对国际教育的认识,探寻了多元文化背景下学校教育改革之路。

2007 年,我们见证了恢复高考 30 年的纪念,目睹了义务教育的实至名归,看到了让师范生重回免费教育的行列……从一系列的教育事件中,可以看到我国教育事业一年来走过的脚印。

从教育公平走向和谐社会

　　教育公平不仅关系到时下千家万户的荣辱悲欢，也关系到社会公平的实现与和谐社会的建设。和谐社会的蓝图就是公平正义、民主法制、诚信友爱、充满活力、安定有序，人与自然和谐相处。包括教育公平在内的公平正义是和谐社会的重要基础。

　　中国政府为解决教育公平问题一直在做不懈的努力，从免收农村义务教育费用、教育资源逐步向农民和农村地区倾斜到十六届六中全会《决定》进一步提出要"坚持教育优先发展，促进教育公平"，这一系列举措表明了政府解决教育公平问题的决心，反映了一个不争的事实：中国正从教育公平走向和谐社会——尽管路程仍然漫长、曲折。

现阶段，教育不公平突出地表现为城乡教育的严重失衡和巨大落差。此外，在区域、阶层、校际之间，也存在明显的教育差距。

教育不公：一黑二斜三苦四丑

在社会关注、媒体聚焦之下，教育不公平成为一个谁都无法回避的话题，其"一黑二斜三苦四丑"的特点也暴露无遗。在2006年召开的"两会"上，不少代表对教育不公现象进行了热议，并提出一些想法和建议。

"大家把这个问题揪出来谈，虽然是很不好看地给它画了个像，但目的是给它治病，希望教育能更加健康地发展。"全国政协委员方廷钰说。

一黑："择校费"的黑洞

据《新闻周报》披露，在重庆市某中学，没有上该校录取分数线者，择校费的起步价是3.5万元，低于分数线者每少10分增加5 000元。在重庆市另一所中学，择校费起步价4万元，490分以下每少10分增加5 000元。在重庆最好的重点中学，每年收的择校费竟然高达3 000万元！

任玉岭委员说，教育不公最大的问题就是"择校费"，老百姓感受最深的不公平也就是如"霸王条款"一样的"择校费"。由于监管失位，"择校费"已经成为吞噬教育公平的黑洞，导致富校更富、穷校更穷，形成了教育领域的"马太效应"。

二斜：教育经费向城市、东部倾斜，优质教育向强校倾斜

民进中央的一份调查报告指出，1995年到2002年，东部三市（北

京、天津、上海）与西部五省区（广西、贵州、云南、甘肃和青海）小学生均预算内教育经费的差距从 3.23 倍扩大到了 3.85 倍，普通初中生均预算内教育经费的差距从 2.65 倍扩大到了 3.39 倍。城乡之间教育经费投入的差距则更大，以 2002 年为例：全社会各项教育投资为 5 800 多亿元，而占总人口 60%以上的农村却只获得其中的 23%。教育经费投入的失衡造成了办学条件的失衡，继而导致教育观念、教师素质、科研能力等软资源的失衡。

此外，地方财政对强校的投入高于对弱校的投入，优质教育资源向强校倾斜。"抓重点、树窗口、增政绩"，一些官员热衷于重点学校、示范学校的建设，把有限的财力、物力都投入到重点、示范学校中，而对普通学校、特别是一些弱校则经费投入严重不足。有限的教育资源得不到合理配置，导致了同一地区校际教育发展的不平衡。

黄泰康代表说，从这明显"倾斜"的两点看，我国本来就不多的教育经费投入还存在"嫌贫爱富"的不公平现象。由于地区间经济状况的不同，导致办学条件存在较大的差异，由此造成了不同地区学生享受到的教育资源不同；而教师队伍的素质参差不齐，也使得学生接受到的教育有所不同，两个"倾斜"使得不同背景的孩子在教育机会、教育过程上得不到公平对待。

三苦：苦了家长、苦了弱校、苦了农村

在"择校费"、教育资源分配不公等因素作用下——

苦了家长：少则数千元，多则数万元的择校费，让很多家长"望学兴叹"，而为了孩子能挤进"好学校"，家长们不惜降低生活标准供孩子上学，教育成本激增成为许多普通百姓的心头之苦。公民享有的平等受教育的权利和机会，在很大程度上沦为家长间权力和金钱的

竞争手段。

苦了弱校：全国共有 55 万所中小学，其中 2% 左右为省市级重点学校。最保守的估计，光择校费一项，全国一年至少在百亿元以上。而这笔巨额的费用，在被上级主管部门"提成"一部分后全部装进这 2%"大款"学校的腰包，而其他 98% 的一般学校则只能维持生存。

苦了农村：在农村，由于乡级财政能力的不足，县际之间、乡际之间经济发展的不平衡导致义务教育实施受阻。农村尤其是贫困地区基础教育的贫弱地位始终没有根本改善，农村适龄儿童上不了学现象依然存在。

周同甫、王晓秋委员认为，如果说因为孩子上学使家庭变得贫困，那是整个社会的不幸。国家对教育经费的投入占 GDP 4% 的指标应尽快落实，要达到这个目标还需要统筹安排。

四丑：特权、霸道、垄断、腐败

和任何不公平一样，教育不公平的背后存在着很多丑恶现象，而教育不公平也导致、衍生出一些社会丑恶现象。

代表、委员们认为，教育不公平首先暴露出的是特权思想和公权垄断。手中掌握教育资源的人家的孩子有好学上，有钱人家的孩子花钱买学上。一批政府重点扶植的优等学校垄断了当地几乎所有优质教育资源，包括经费、师资、学生等。

而这种特权和垄断的存在，又衍生出了霸道作风和教育领域内的腐败。这种霸道，不仅体现在民办学校被压缩生存空间，无法与公办学校公平竞争，也表现在个别好学校、特别是学校领导盛气凌人的作风上。而有了这些温床，必然易滋生腐败，近几年教育系统频发腐败大案就是一个明证。

方廷钰委员说，富优贫劣、东"肉"西"汤"、城足乡缺、公霸民弱，所有教育不公平的表现形式都是建设和谐社会中的不和谐因素，而教育不公导致的一些社会丑恶现象对树立良好的社会风气更是一剂"毒药"。解决教育不公问题是人民群众切肤之痛的呼声，更是落实"十一五"规划的需要。

（据新华网相关资料整理）

城乡教育反差大，拷问和谐社会视野下的教育公平

　　构建社会主义和谐社会，更好地协调各方利益关系，大力促进和逐步实现包括教育公平在内的社会公平，是新形势下贯彻落实科学发展观、提高党的执政能力、进一步推动我国经济社会发展的战略举措。胡锦涛总书记最近强调，要按照"民主法治、公平正义、诚信友爱、充满活力、安定有序、人与自然和谐相处的社会"的要求，从解决人民群众最关心、最直接、最现实的切身利益问题入手，扎扎实实推进和谐社会建设。这就为我们指明了构建和谐社会的目标、重点和努力方向。

　　我们所要建设的社会主义和谐社会，是覆盖政治、经济、文化和生态等领域的全面和谐。公平正义是和谐社会的显著特征，教育公平是当前人民群众最关心的民生问题之一。采取切实措施，大力促进教育公平，对于推进和谐社会建设具有重要意义。

社会公平的基石

社会公平是和谐社会的基本准则，教育公平是社会公平的重要基石。

公平，属于生产关系范畴，是人与人之间社会关系的综合反映。在现代社会，特别是市场经济条件下，公平表现为人们平等参与社会活动，并在其中充分展示个人的才能，获得成功和回报的机会。

社会公平，从本质上说就是体现一种社会利益关系，主要指社会各方面、各阶层的利益得到妥善协调，实现社会各成员权利、义务的平等和发展机会的均等。

教育公平，是指人们对教育资源配置和教育机会供给的认识和价值判断。教育公平包括教育权利平等和教育机会均等两个方面，其核心是教育机会均等。有研究认为，教育机会均等应包括入学机会均等、进入不同教育渠道的机会均等和获得就业成功的机会均等三个方面。

作为一个社会理想和奋斗目标，教育公平具有历史性、相对性、复杂性。所谓历史性，指教育公平是发展的，是一个历史过程，不同的历史时期，教育公平的内涵和重点也会有所不同；所谓相对性，指任何国家和地区、任何历史时期，教育公平都是相对的，就像一个人不能两次踏入同一条河流一样，绝对的教育公平和没有差别的教育是不存在的；所谓复杂性，正如经济社会发展中必须面对公平与效率这对基本矛盾一样，实现教育公平也无法回避普及与提高的矛盾。在我国，人人享有公共教育资源，是宪法赋予每个公民的权利；让每个公民享有公平的教育机会，是政府的义务。教育是基础性、先导性、全局性的公益事业，在一个拥有两亿多青少年的人口大国实现教育公平，当前的首要任务是让每个适龄儿童都接受义务教育，在此基础上创造条件，让更多的人接受优质教育和高一级的教育。这是政府的神圣责任，也是事关国家和民族未来的一件大事。

城乡教育的反差

中国的根本问题在农村，农村的最大问题在教育。现阶段，教育不公平突出地表现为城乡教育的严重失衡和巨大落差。此外，在区域、阶层、校际之间，也存在明显的教育差距。

第一，城乡教育差距。我国城乡"二元结构"反映在教育上的突出表现是：城市义务教育由国家财政负担，而农村义务教育则由农民支撑。教育的城乡"二元结构"造成城乡教育的巨大差距，目前城市人口平均受教育年限已达13年，而农村人口平均受教育年限还不足7年，相差近一倍。

从教育普及程度看，城市早已普及了九年义务教育，一些大城市甚至普及了高中教育；而农村文盲率仍在10%以上，自1986年《义务教育法》颁布到2000年"义务教育基本普及"的15年间，全国大约有1.5亿左右的农民子女没能完成初中教育，到2005年，仍有至少5%的农村地区尚未普及九年义务教育，有的县甚至没有普及小学教育。而早在《义务教育法》公布之前的1985年，中国的城镇已经普及了小学和初中教育。偏远农村还有几百万适龄儿童没有入学。

从经费投入看，农村小学生占全国小学生总数的75%，但教育经费仅占48%；初中教育经费，农村仅占29%。生均教育经费，城镇是农村两倍多。

从师资队伍看，近年来，我国教师学历达标率提高非常快，很多城市小学、中学教师学历达标率已接近100%，农村高一个学历层次的教师，比城市低30个百分点，教师学历不合格率高达70%多。

从办学条件看，有的城市学校有宽敞的教学楼，宽带端口接到了课桌上；有的农村学校则是昏暗的危房，简陋的桌椅，相当多的贫困孩子因交不起课本费、杂费而辍学（这是2005年的情形；现已有中央政策，学杂费得以减免——编者按）。据"转型期中国重大教育政策案例研究课题组"在14个省、34个县的抽样调查，农村初中辍学率平均达43%，最高的为74.3%。显然，构建社会主义和谐社会，培育一代新型农民，缩小城乡教育差距，是十分重要的一个环节。

第二，区域教育差距。基础教育的地区差距集中表现在教育经费上，东部基础教育的各项教育经费是中西部的近两倍，其中教育公用经费差距高达4—5倍；高等教育的地区差距也在进一步拉大，据统计，过去的20多年间，各省、自治区、直辖市每万人口大学生数,东部迅速飙升,西部大幅下降;高校的招生数量相对于各地人口比例来说,差距是显而易见的。招生与人口比,最高达2.6%,最低仅为0.5%。

第三,群体教育差距。社会各阶层之间拥有完全不同的教育资源。一般来说,流入城市的农民工子女、农村女童和残疾人接受优质教育的机会相对要少一些。在农村,不上学和辍学的学生大部分是女童。

此外,教育的类别间差距也不容忽视。比如,城市的重点学校制度。应该说,重点学校在集中优质教育资源、培养优秀人才方面,发挥了历史性的作用。但伴随着"择校热"的持续升温,重点学校和非重点学校已逐渐演化为两种不同的文化,重点学校的"示范"作用失去了本来的意义。

由此可见,在和谐社会视野下,在均衡发展的基础上,逐步缩小城乡、区域和群体教育之间的差距,是促进教育公平的必然选择。

(据《光明日报》,作者:汪大勇)

"教育民工"……

随着代课教师将退出历史舞台政策的出台,甘肃省庆阳市宁县良平乡惠家小学的代课老师惠志敏,离开了曾经奋斗了21年的讲台。

21年,工资从每月40多元涨到200多元。"当老师,我把家当穷了,人也熬老了!"42岁的他已经两鬓花白,但为了生存,2006年秋,惠志敏到兰州搬石头,一天30元……

这不过是无数代课教师命运的一个典型缩影。代课教师惠志敏心里苦,可是没法说,也没地方说。21年的辛苦付出,换来的只是每年300元的补助,折算下来才6 300元。从此以后,惠志敏就必须和学校一刀两断、互不相欠。惠志敏是这次甘肃省庆阳市清退的6 226名代课教师中具有代表性的一个,这六千多人不管工作过多长时间,除了获得的补助金额不同之外,都面临同样的下场。

这些教师之所以得到如此结果,原因在于他们身份的特殊性——

"教育民工"。全国的"教育民工"究竟有多少？看看庆阳此次遭清退的6 226名的代课教师数字就不难估算了。教育民工的"肖像"可以勾勒如下：不是国家承认的正式教师，他们的存在只是为了暂时填补教育岗位的空缺。他们需要干最多最累的活，拿最少的工资，没有任何保险。

"教育民工"和正式教师也有相似点：工作，和公办教师没有区别，有的比正式教师的表现还突出，惠志敏就是这样的一个人。2003年新学年伊始，课文《翠鸟》的最后一段有关老渔翁和孩子的对话有了改编。他的一篇文章《教学札记二则》在国家级教学专业刊物《小学教学研究》上大胆地发表了对课文《翠鸟》改编后的质疑，使被改编的内容恢复了原貌。但是，从职业保险以及劳动报酬看，这些代课老师的福利要微薄得多。还是以惠志敏为例，21年的劳动工资从每月40多元涨到200多元。如今被清退，他还算拿到了较高的补助，一些2001年1月1日以后聘用的代课教师，每人每年仅补助100元。

可以说，"教育民工"面临的现实问题，委实不是教师职业的"专利"，其他行业也大量存在。在行政事业单位、国有企业，几乎所有部门和单位都有一群工作上任劳任怨、不分分内分外的"先进工作者"，比如说，媒体雇佣的特殊的"新闻民工"。这样的特殊"民工"如不能转正，一辈子都只能给别人做贡献。平时的福利、拿到的报酬连正式员工的零头都不够。干不动了或是单位要精简机构了，率先牺牲的就是他们，临走只能拿着别人"施舍"的补助金忿忿不平地离开，还要想一想，这把老骨头还适合干什么。

"民工族"人丁兴旺，家族庞大，表面上看，无非是身份不平等、待遇有差别。其实，"民工族"的大量存在，是制度不平等的结果——人与人之间最基本的平等，迄今为止还很难实现。于是，因为"身世"的"高贵"抑或"低贱"，决定了不同身份、不同职业的劳动者在社会上的地位和境遇泾渭分明。这是社会的幸事还是悲哀，不说也罢。

（据光明观察网，作者：王欢妮）

目前的"择校热"、"名校办民校"、"高
考招生腐败"等现象遭到了强烈的质疑
和批评,城乡教育的差距、入学机会的社
会阶层差异已越来越引起人们的关注。

教育不公平是因为穷吗

最近两三年来,中央十分关注社会公平问题,为解决农村和城市
弱势群体的困难采取了很多有力措施,受到群众欢迎,缓解了一些社
会矛盾。目前,一方面是教育规模达到了历史上最高水平,成绩确实很
大;但另一方面,按照科学发展观的要求,教育人文质量有所下降,教
育价值有所失衡,教育行为有所失范,特别是教育公共投资不足,国民
占有教育资源严重不平等,教育的公平性问题已成为普遍性问题,实
在令人忧虑。

教育,这一被公认为实现社会公平的"最伟大武器",正在成为扩大
社会不公平的加速器。目前出现的"择校热"、"名校办民校"、"高考招生
腐败"等现象遭到了强烈的质疑和批评,城乡教育的差距、入学机会的
社会阶层差异已越来越引起人们的关注,七个农民供不起一个大学生,
一些农民供孩子上学就像赌博,教育让很多国人感到无奈甚至愤怒,因
为教育的不公平剥夺了弱势群体平等的受教育权。

20世纪90年代初,国家要求逐步提高财政性教育经费支出占国
民生产总值的比例,到20世纪末达到4%。但这个目标从未达到,1996
年还一度跌到2.44%,2003年才占到3.41%,低于世界各国平均水平
(5.1%)。教育投资包括国家投资及社会和私人投资两部分,由于政府
教育投入不足,中国社会和私人投资占到总投资的44%,而OECD(经
济合作与发展组织)国家的平均水平只有12%。这些均与科教兴国的

国策不相适应。

这一较少投入在配置上又不合理。以 2002 年为例：全年全社会各项教育投资为 5 800 多亿元，而占总人口 60% 以上的农村却只获得其中的 23%。建国后，国家对城市中小学基本建设历年均有投资，对农村则投资很少。从 1983 年起，由于先后普及小学教育和实施九年义务教育，全国各地均动员农民集资解决中小学校舍和危房问题。农村的义务教育在很大程度上成了农民的自办教育，本来就穷得叮当响的农民偏偏要承担如此重的义务，不知又有多少孩子由于贫困被阻挡在了学校的大门之外。

教育上的投入严重不足，便有学校和教师在基层乱收费。不难理解，为什么十年来教育的乱收费竟然达到 2 000 亿元，在一些地方学校居然也进入了暴利行业！"钱学交易"、"钱权交易"愈演愈烈，腐败现象层出不穷，公民享受的受义务教育权利很大程度上沦为了家长之间权力和金钱的竞争。

政策、教育体制和运行机制是导致教育不公平的重要原因，而政府作为维护和促进教育公平的社会主体应该承担起更多的责任。我国已签署的《世界人权宣言》规定："人人都有受教育的权利，教育应当免费，至少在初级和基本阶段应如此。"我国颁布的《义务教育法》也规定"国家、社会、学校和家庭依法保障适龄儿童、少年接受义务教育的权利"，"国家对接受义务教育的学生免收学费"，"国家设立助学金，帮助贫困学生就学"，"实施义务教育所需事业费和基本建设投资，由国务院和地方各级人民政府负责筹措，予以保证"。在《义务教育法》已经颁布了 17 年之际，政府依然没有做到对接受义务教育的学生免收学费以及保证实施义务教育所需事业费和基本建设投资。

"穷国办大教育"，这是喊了许多年的托辞。20 世纪 80 年代喊穷，90 年代喊穷，21 世纪了也喊穷，国民生产总值已经达到 1 万亿美元以上，外汇储备也达 6 000 多亿美元，可还是连最起码的义务教育都解决不了，怎么说得过去呢？

我们真是穷吗？可我们公款吃喝一年要花 2 000 亿元以上，公车消费一年可高达 1 000 亿元,公费旅游 300 亿美元,生计艰难的百姓无法阻挡一些官员的铺张浪费。我们只看到日本今天的发达和富裕,可是人家在 130 年前就已经实现了几乎百分之百的义务教育,二战后,日本一片废墟,日本天皇每天只吃两顿饭,却要求日本政府保证让学校的每一个孩子吃饱。我们穷在哪里呢?穷就穷在对教育的认识和态度上。百年大计,教育为本,不是空喊口号就能解决的。

(据《中国经济时报》,作者:毕延河)

呼唤起跑线上的公平

曾经有一位澳大利亚商人携巨资来中国打算兴办中小学,到一些大城市的中小学考察后打消了这个念头。他惊讶地说:"世界上最好的学校不在香港、日本,也不在美国,而在中国内地。"

这位外商没有看过中国农村的一些学校,如果看了,他肯定也会惊讶不已,不过应该是截然相反的一种惊讶,是面对城乡学校巨大反差的惊讶。与城市学校的繁荣相对照的是,一些农村中小学一贫如洗,教师的粉笔限量使用,那些陈旧的校舍,破烂的桌椅,简陋的设施,黯淡的眼神,只会让我们的心头倍加沉重。

长期以来,城市发展优先于农村,伴随巨大的城乡差别,农村教育与城市教育也存在巨大差别。城乡教育呈现出"马太效应"似的不平衡发展:在资源配置、资金投入、办学条件、教师待遇等方面,好的越来越好,差的越来越差。这使得农村孩子从小就与城市孩子站在不平等的起跑线上,他们要付出数倍于城市孩子的努力,才不至于落得太远,输得太惨。义务教育是公共产品,农村孩子由于城乡教育资源不均衡而输在起跑线上,可以说是对农村孩子的最大不公。

如今,一些地方农村教育仍然举步维艰,政府投入寥寥,非不能也,是不为也。这些地方政府未必没有足够的财力向农村教育倾斜,但对于这些领导来说,"十年树木,百年树人",教育投入见效慢,"回报低",远比不上招商引资、美化城市等来得快,且更能塑造形象,显示政绩。于是，领导换车有钱、吃喝有钱、城建有钱，一谈到教育就没钱。"再穷不能穷教育，再苦不能苦孩子"，尊师重教到头来只是停留在口号和标语上，而落实不到行动上。几年前我曾到一个农业大县采访，主管教育的领导叫穷，可是该县教育局大楼却建得富丽堂皇。而这个县，恰恰是因称"农村真苦，农民真穷，农业真危险"而闻名全国的县。

眼下的新农村建设正在逐步改变农村落后的教育面貌，相信它会成为农村教育大发展的重要契机。然而，更为根本的改革还在于取消长期以来不公平的教育政策。城乡学校生均公用经费标准统一了没有？城乡教师编制标准统一了没有？倾斜农村教育的长效机制建立了没有？这些是真正制约农村教育发展的制度性障碍。逐渐取消这些不公平的制度和政策，才能为城乡教育均衡发展营造良好的制度环境，农村教育也才能具备持续的、长远的发展动力。

（据《人民日报》，作者：成友）

家庭背景影响教育机会

"别让孩子输在起跑线上。"一项研究表明，来自不同阶层的孩子拥有的教育机会不均等。阶层差距正通过教育向下一代传递。

2001年，山东青岛三名女生栾倩、姜妍、张天珠状告教育部以制定招生计划的形式，使得各地录取分数不一，造成了全国不同地域考生之间受教育权的不平等，违反了宪法中关于公民应享有平等受教育权的规定。

告状不了了之，但引起了国人对"教育不公"问题的关注。4年后，国家教育科学"十五"规划课题"我国高等教育公平问题的研究"课题组，于2005年1月发布了一项调查研究结果——《高等教育入学机会：改善中的差距》，通过一些数据和调查印证了教育不公平在当今社会的深刻存在。课题组负责人杨东平认为，阶层差距已经成为影响教育机会均等的最重要因素之一。

倾斜的分数线

1999 年，刘利华和赵星考入了北京师范大学中文系，成为同班同学。不过，来自湖南农村的刘利华的分数是 610 分，而来自京城的赵星却比她低了好几十分，这样的分数，在湖南最多能上个二类本科。

考卷一样录取分数线却不一样，城市尤其是大城市的考生的录取分数低于农村，这是中国高等教育招生录取制度的一大特点，也正是无数农村考生的痛处。2000 年全国第一批高考录取分数线，北京文科 462 分，理科 469 分；浙江分别为 560 分和 573 分，山西省为 549 分和 544 分。往往外地只能上专科的考生，在北京就可以上重点大学了。

最近，不少地区比如上海开始高考单独命题，表面上各地区的录取分数线之差将被掩盖。

杨东平说，"录取分数线的后面，真正起作用的是录取率，录取率决定了录取分数线的高低。"

除了由来已久的地区差距外，另一个差距——阶层差距近年来愈发凸显。

因为获得此类数据相当困难，课题组只得到了北京某高校 2003 级来自不同家庭的 429 名学生的高考录取分数，从这个局部的调查结果可以看出，低阶层家庭子女的平均录取分数普遍高于高阶层的子女。总体而言，平均分从高到低依次为：农民、下岗人员、个体经营者、工人、职员、中高层管理人员和技术人员，与他们的社会地位大致相反。平均分最低的是高级管理技术人员阶层子女，为 571.3 分，比农民阶层子女的平均分 610.1 低 38.8 分，比下岗失业人员阶层低 35 分，比工人阶层低 26.2 分。

可资印证的是长沙电力学院教育科学研究所所长余小波对某电力学院 2000 级学生的调查，结果也是学生父亲的职业不同，其录取分数差异较大，农民子女的平均分数要高出干部子女 22 分，高出工人子女 18 分。

"我们看到这些数据也很吃惊"，杨东平说，"这意味着农村学生只有考出更高的分数，才有可能在考试选拔中过关。而其他具有更多政治、经济、社会资本的阶层的子女，可以通过较低的分数和走关系等非正常的手段实现入学。"

家庭背景影响教育机会

杨东平说,自改革开放后,不同家庭背景的子女在高等教育中入学机会的差异一直存在,且受到教育政策的强烈影响。

建国之后,在特殊的历史背景下,教育政策一度有意识地向工农子弟重点倾斜。以北京大学为例,来自工农家庭的学生比例,1957年为30.8%,1974年高达78.6%。在全国范围,1952年这一比例为20.5%,1965年达71.2%。但这同样也是一个非正常现象。

1977年恢复高考后,原先的政治标准被分数标准取代。工农子弟的比例逐渐回落,同时干部、知识分子子弟大幅增加。北京大学1978年新生中,工农子弟占27.5%,干部、军人子弟占40.6%,知识分子子弟为11.6%。1985年,工农子弟为44.6%,干部、军人子弟为34.3%,知识分子子弟为12.4%。1991年,工农子弟为37.1%,干部、军人子弟为38.7%,知识分子子弟为13.6%。此消彼长,其中干部阶层的子弟增加最多。

这一趋势在近年继续得到了加强,教育机会分配更转向出身优势

家庭背景的人。

北京理工大学1998级学生中,工农子弟占45.1%,出身干部、军人、知识分子家庭的总比例为38.5%。"要知道,干部、知识分子在所有人中所占的比例仅在5%左右",杨东平说。

而现有调查数据进一步显示,中高级管理技术人员阶层子女更多集中在优势高校,而农民、工人和下岗失业阶层子女则更多集中于普通院校和大专院校。

杨东平说,"优势阶层的子女的录取分数线低于低阶层的子女,他们得到了越来越多的学习机会,较多地分布在重点学校和优势学科。"

课题组对此也有调查,在专业选择方面,农村学生偏向于农学、军事学、教育学等较为冷门的、收费较低的学科,而城市学生更倾向于法学、经济学、管理学等热门的、收费较高的学科。而学科的选择,成为一种潜在的分层。

教育公平正当其时

中国社科院社会学所副研究员李春玲认为,现代社会的分层是与一个人的教育水平相当的,教育水平基本上决定了他在社会中的位置。"看谁走在前头,就看他受多少教育。"

社会的阶层分化是客观存在的,李春玲说,但教育不公平会加剧和加强社会的两极分化。

教育机会不均等,这种分化就通过代际传递到第二代甚至第三代,一辈子难以跳出,让弱者失去希望。因此,教育不公不仅危及社会公平,而且危及社会稳定。

近年来世界各国都在通过教育改革来减少不公平,政策偏向弱势群体家庭。但一些趋势显示,我们这方面尚有不少欠缺。

"在社会不公平的现实面前,教育制度有三种选择",杨东平说,一是主动维护社会公平,使教育资源向弱势群体倾斜;二是至少不去人为制造不公平;而最差的一种就是人为地制造差距与不公。

但当前的差距有逐渐加大的趋势。杨东平举例说,1980年树立重点中学,1995年又推动成立1 000所示范高中。"这是劫贫济富,树起一个竿,倒掉一大片。教育资源过于集中在城市,而城市中又过于集中在重点中学。"

李春玲总结说，一方面是教育精英化，教育资源分配严重不均；另一方面是某些学校教育产业化，从小学到大学热衷搞经济创收，其招生规则自然就会偏向富人和有权者。

杨东平认为，在国家经济实力大为增强的情况下，提出教育公平正当其时，必须将教育公平作为教育公共政策的价值基础。"完全可以实现好的教育、相对理想的教育，把优质资源向弱势群体倾斜。"

如何改善和促进教育公平，课题组提出了三项建议：一是改善基础教育阶段的城乡差距，如北京市正在修订相关教育政策，将首次取消城乡之别，实现教育资源配置的城乡一体化，使城乡居民享受平等的教育待遇；二是改变重点中学制度，改善正在扩大的阶层差距，贯彻基础教育均衡化的方针，这是减少高等教育阶段的阶层差距的关键所在；三是改革高考招生录取制度，不仅要改变目前偏重大城市的招生名额分配，逐步过渡到大致按照考生数平均分配各地招生名额，而且要革除那些可能成为腐败温床的制度和政策，如保送生、三好学生、优秀学生加分等政策。

"政府应当是维护和促进教育公平的社会主体，政府行为的底线，至少是不人为地制造差距和扩大不公平"，杨东平说。

（据《中国新闻周刊》，记者：刘溜）

"配额制"是否更接近教育公平

为促进教育资源均衡发展，从 2007 年起，黑龙江省各地重点高中招生将打破完全按照分数高低录取的方法，实行"配额制"（指高中把招生指标按照不同比例分配给普通初中进行招生的方法）。以往，黑龙江省重点高中招生是完全按照分数高低进行录取的，但是一些农村地区教学质量相对滞后，导致农村学生到重点高中上学的机会相对较少；而且由于师资力量存在差异，初中升入重点高中的升学率差异较大，致使部分地区"择校"现象严重。

不可否认,通过把重点高中指标提前分配给各初中,一定程度上能够保证每所初中的学生都能按既定比例进入重点高中学习,从而在就读机会上对教学质量相对滞后的农村学生有所弥补,同时也在理论意义上遏制了初中阶段的择校现象。但是"配额制"能否真正实现教育公平,还需要细细分析。

首先需要明确的是,重点高中招生"配额制"并不能真正"促进教育资源均衡发展"。每所初中升入重点高中的学生在比例上一致,就是教育均衡了吗?显然不是。教学质量滞后的学校依然滞后,只不过在"配额制"下,滞后性不再直观地反映在中考成绩上罢了。它其实并不能从根本上改善教育资源的"贫富差距",只是以一种人为的结果掩盖了实质的不公。

而且,"配额制"在制度设计上存在着明显缺陷。看得出来,重点高中招生的"配额制"和当下的高考分地区招生是很相似的,都是提前分配指标,变整体性竞争为局部性竞争。高考分地区招生政策一直以来备受公众诟病,其弊端当然也会在"配额制"上得到同样的体现。

第一,招生指标的分配很难做到真正公平。在给弱者和强者分蛋糕时,往往权力最有可能偏袒的不是弱者而是强者,其结果,很可能是以"照顾弱者"的名义"欺凌弱者"。像一些名牌大学,不都在说"照顾边远地区考生"吗?可实际的名额分配中,给大城市和高校所在地的名额远远多于给贫困地区的名额。可见,保证"配额制"名额的分配公平是个大学问。

第二,各初中分得的指标虽然是确定的,但学校学生并不确定,好学校的学生挤入差学校参加中考,显然更容易被录取——既然能有"高考移民",也当然会有"中考移民";或者,成绩好的学生有意选择到学生整体成绩相对差的初中就读——择校不是没有了,而是倒过来"逆择校"了。这些问题,其实都是目前的教育中普遍存在的现象,不能不防。"配额制"毕竟涉及众多学生,在进行制度设计时,要尽可能审慎,将可能出现的问题考虑周全,才会有好的效果。

另外,"配额制"会对一部分学生造成不公平。他们考了足够高的分数,却因为指标的问题不能如愿入学。难道他们的教育公平就不重要了吗?说到底,"配额制"不过是以人为指标代替自由竞争的不公平方式来维持一个粗糙的相对公平。无论从哪个角度来看,起点平等的竞争都要优于起点不平等的竞争。正如上面所分析的,因为"配额制"本身可能制造的起点不平等,那么,即使它是出于弥补农村学生和遏制择校的考虑,在实际执行过程中也很容易造成新的问题,带来新的不公。

教育部门对农村学生进行弥补以及遏制初中阶段择校,真正有效的办法还是"扶弱济贫",将有限的资源向弱校倾斜。这是个笨办法,费劲而且不能立即见效,但是教育问题偷不得懒,得踏踏实实一步步来。教育资源的分配公平不仅是对农村学生最根本的弥补,也是对择校现象最根本的遏制,"铜陵经验"已经证明了这一点。相反,只要教育资源分配依旧不公,真正意义上的教育公平就不可能实现——"配额制"只是将就读机会分配出去了而已,没有实现教育资源的效益最大化,对不少人而言,它同样是不公平的。

(据《中国青年报》,作者:舒圣祥)

突破认识教育公平的狭隘视野

当前,我国经济社会发展和教育改革进入了以科学发展观为指导和以建立社会主义和谐社会为目标的历史新时期,以胡锦涛为总书记的党中央根据我国经济社会发展的新形势,提出了"需要更加注重社会公平"的方针,这对于我们提升对教育公平的认识与实践有重大的理论价值和实践意义。

过去,人们对公平的理解往往局限在收入分配这一领域,这种狭隘认识使我们只注重经济领域的公平,而忽视了包括教育在内的社会公平问题。在我国新的历史发展时期,社会公平问题日益引起世人关注,而教育公平是社会公平的起点和核心环节。教育公平是社会公平的重要组成部分,因为教育不仅是社会发展的助推器,更是促进社会公平、改变社会分层、建立和谐社会的重要手段。如果说可持续发展要求上一代人的发展不能给下一代人的发展造成障碍,那么教育就是要进一步做到上一代人的不发展不给下一代人的发展造成障碍。离开了教育公平，就会妨碍公民生存权与发展权的实现，损害公民的合法权益，使广大人民群众无法共享教育改革的成果，社会主义的教育目的也难以得到充分实现。

作为社会公平重要组成部分的教育公平的实现，并不能仅靠教育部门自身的努力，而必须依靠政府和全社会的共同努力。因为教育一方面具有相对独立性，有着自身的发展规律和办学规律；另一方面，教育又不是孤立的，而是整个社会大系统中的一个子系统，教育发展、教育公平的实现必然受制于经济社会的发展水平。正如教育部部长周济指出的，我国当前教育存在的困难和问题，有的是社会深刻变革中矛盾和问题的反映，有的是大发展中伴生并发的问题，有的是社会主义初级阶段长时期存在的问题和深层次矛盾，今后还会出现许许多多新的困难和问题。教育公平问题亦是如此。

教育公平的实质要求我们突破从教育本身谈教育公平问题的狭隘视野。这包括：全面理解和把握教育公平的含义。马克思主义认为，任何社会公平都不是抽象的、绝对的，而是历史的、具体的。首先，我国现阶段存在的多层次和多形式的经济社会关系必然反映到教育中，因此教育公平是伴随着经济发展和社会公平的发展而逐步实现的。离开经济发展水平和社会公平的实现程度去奢谈教育公平问题，只能是一种乌托邦。例如，无论从发达国家还是发展中国家（包括中国）的数据及研究结论来看，一个家庭中父母的收入水平、从事职业和受教育程度，对于后代的受教育程度和水平都具有重要影响。我国的教育改革是成功的，现在以问题眼光看待教育公平中存在的问题，有利于找出差距，明确努力方向。但以问题眼光看待教育改革与发展，并不是要否定教育发展的成绩和教育公平的进步。其次，全社会要树立起正确的教育观和人才观，为教育公平的推进创造良好环境。教育公平不是平均主义，并不是让每一个孩子上同样的学校，接受同样的教育。教育公平并没有否认教育差异的存在，而关键是让每一个孩子都接受合适的教育，使他们的智力和潜能得到充分开发，成为健康成长并对社会有用的人。不要认为让孩子上北大、清华才是最好的。应该认识到，让每一个孩子接受最合适的教育才是最好的，这才是教育公平的真正内涵和本质意义。再次，政府在推进教育公平的过程中扮演着重要角色。现阶段，政府一方面要加大教育投入，切实实现预算内教育经费投入占国内生产总值4%的目标，并改革教育资源配置模式，加快农村教育的发展。同样重要的是，政府要制定出科学合理的有利于教育公平的政策。例如，经济发展和科技进步一方面要求普遍提高劳动者素质和受教育程度；另一方面，又要求有适当数量的高知识人才。这要求教育政策在制定的过程中，不能只考虑义务教育的普及和基础教育的发展，同样要重视高等教育的发展和高水平大学的建设。二者都是实现教育公平的重要方面。

关注教育公平，绝不是用"公平"、"平等"、"正义"这种抽象的口号来认识和指导教育的改革和发展，相反是为了在唯物史观的基础上更科学、全面、准确地认识当前我国教育的公平问题，是为了贯彻落实科学发展观，努力实现教育公平与教育发展的统一，促进教育更好更快地发展和社会主义和谐社会的建立。

（据《中国教育报》，作者：李立国）

专家视野

促进教育公平，是构建社会主义和谐社会的必然要求和战略选择。几位学者从不同的角度对教育公平问题做了探析。

◆国家教育发展研究中心主任、研究员张力：
促进教育公平是建设和谐社会的基本政策取向

《中共中央关于构建社会主义和谐社会若干重大问题的决定》就"坚持教育优先发展，促进教育公平"作出了重要的部署，强调"保障人民享有接受良好教育的机会"。《决定》有关"公共教育"和"教育公共服务"的新的政策提法,诸如"坚持公共教育资源向农村、中西部地区、贫困地区、边疆地区、民族地区倾斜,逐步缩小城乡、区域教育发展差距,推动公共教育协调发展。明确各级政府提供教育公共服务的职责",特别是全面落实对家庭经济困难学生的国家资助体系等,十分鲜明地体现了国家促进基本公共教育服务公平的政策取向。

促进教育公平,是构建社会主义和谐社会的必然要求和战略选择。教育不仅是个人福祉,而且是公共福祉。公共教育政策作为一项公共选择,必须在国家现代化和人的发展之间寻求平衡。如果说社会公平是和谐社会的基础之一,教育公平则与司法公平、医疗卫生公平和社会保障公平共同构成社会公平的四大"支柱"。教育公平是社会公平价值在教育领域的延伸和体现,一般包括教育权利平等和教育机会均等两个基本点,还可以进一步区分:进入机会公平、过程公平、结果公平、拥有或享受质量的公平、选择公平等,将深刻地影响着公共教育政策的价值取向。

综观世界各国及国际组织的教育政策,教育公平逐渐成为一项基本价值取向。如 20 世纪 90 年代肇始的全民教育(Education for All)浪潮即是明证,在经历了 10 多年的发展后已步入新的阶段,尤以世界全民教育大会 2000 年《达喀尔行动纲领》为政策标志,2015 年前,将在深入普及、缩小差距、提高质量、注重技能等方面迈出新的步伐。总体上看,各国促进教育公平政策的共同之处是:公立教育系统保证教育机会均等,重点是实施不同年限的免费义务教育;政府通过财政支持和规范的转移支付制度,扶持落后地区和弱势群体;制定教育法律和政策,确保不同类型办学规则和监管行为的公平。与此相关,作为衡量政府对公共教育事业支持力度的一项重要指标,各国公共教育经费占国内生产总值比例的平均水平似乎并未过多受到 20 世纪 90 年代以来部分公共部门"民营化"(Privatization)思潮的影响,反而从 4%增长到世纪之交的 4.4%,有预测表明,到 2020 年前后将朝着 5%的水平延展。

我国是在经济实力不强、人口压力极大的环境中发展教育的,始终有着特定的传统与国情条件。即使在计划经济时期,教育是政府包办的公益事业,但也只能惠及城镇人口并在农村维持很低水平,当时区域之间、城乡之间也存在差距。显然,这一模式无法适应现代化的需要。改革开放以来,我国教育的总体供给水平有了显著提高,在普及义务教育和高等教育方面取得了历史性跨越,职业教育与继续教育有了长足进展,劳动力和专门人才的国际竞争力在不断增强。但是,当前的许多矛盾和困难也不容低估,如区域之间、城乡之间、阶层之间的教育资源配置差异很大,公共教育服务的基础条件仍较薄弱。这既同经济社会发展不平衡状况密切相关,也与部分地区的教育法制不完善、公共财政制度不健全有关。

随着社会主义市场经济体制和公共财政制度的逐步完善,政府教育责任的准确定位问题日益显得迫切。党的十六大以来,我国的公共教育政策呈现出一系列重大进展与创新。无论是全面建设小康社会、建设创新型国家,还是构建社会主义和谐社会,新世纪我国教育政策的基本价值取向,都在向促进公平倾斜。特别是由于政府转变职能,从竞争性经济领域中逐渐退出之后,将在"经济调节、市场监管、社会管理、公共服务"方面负起更大责任,就有可能集中更多财力物力用于公共教育事业,也会在政策方面予以更多关注。按照党的十六届六中全会的宏观部署要求,政府在公共领域中最需要做的事情,应该是市场机制难以调节的部分,而在教育领域中,政府的最大责任将是保障基本公共教育服务的公平,并促进各类教育事业的运行公平。今后,在构建社会主义和谐社会的进程中, 我国促进教育公平的政策要点将主要体现在以下四个方面:

第一,国家在坚持教育优先发展战略的前提下,确认公共财政的保障重点及其预算支出的刚性。首先要全力支付法定范围的免费义务教育,促进区域内义务教育均衡发展,让公平的、质量有保证的义务教育惠及所有学龄人口。同时,在非义务教育阶段,要强化政府责任,增强公共资源配置的合理化,确保国防建设、重大工程、艰苦行业以及市场难以调节的领域(如基础学科)对于专业技术人才和熟练劳动者的需求。

第二, 在终身学习理念导引下的我国教育将朝着更宽广的领域拓展。但是,不仅在社会主义初级阶段,即使到了中级以上的阶段,公民一生的学习费用也不可能由政府包揽。为此，多渠道筹措教育经费，在非义务教育阶段实行成本分担，是必须长期坚持的政策方向。然而，从义务教育、高中阶段教育到高等教育阶段，政府势必要尽快建立和完善贫困及其他弱势学生的资助体系。通过规范的财政转移支付制度和优惠政策，加大对弱势群体和困难地区教育的支持，保障弱势群体的学习、生存与发展的基本权利，通过提升教育公平程度来体现社会公平。

第三，通过转变政府职能，增强教育管理的地方化，理顺政府、学校与社会的关系，建立现代学校制度。特别是应对非义务教育的旺盛社会需求，要探索公共教育服务的多样化提供方式，依法维护有利于公民选择、有利于不同属性学校公平竞争的规则。非义务教育阶段的公办学校可探索政府举办、国有产权不变施行托管、财政资助或津贴等不同类型，民办学校的产权可以有多种实现形式。

第四，政府促进教育公平，也须包括学校运行规则和秩序的监管公平在内。应该通过健全法律法规体系，保障学校的办学自主权，保障学生、家长和社会对公共教育服务提供方式及其质量的知情权与监督权。在教育的重大政策和改革举措出台前，应广泛地征求民意，取得社会公众的理解、信任与支持，在政策执行的过程中，需要接受社会各界的有效监督。只有充分依靠人民群众，才能"办好让人民群众满意的教育"，从而为构建社会主义和谐社会和人力资源强国奠定更为坚实的基础。

（据《中国教育报》）

教育公平：和谐社会的重要内容、基础和实现途径

什么是教育公平？教育公平与和谐社会是什么关系？教育公平现在为什么如此为社会各界所关注？教育不公平有哪些表现？原因又何在？怎样才能更好地实现教育公平？我想就此谈谈个人的一些看法。

教育公平：和谐社会不可缺少的基本因素

教育公平是指每个社会成员在享受公共教育资源时受到公正和平

25

等的对待。教育公平包括教育机会公平、教育过程公平和教育质量公平，只有做到了上述公平，才能有教育结果的公平。教育机会和教育过程的公平相对容易做到，但教育质量的公平，即让人人受到较高质量的教育，并使受教育者有同样成功的机会，则较难做到。从某种意义上说，教育公平既是一个原则，又是一个理想，同时也是一个过程。

历史和现实表明，凡有人群并有利益分配的地方，就会产生公平问题。社会如果不设置有差别境界而引发竞争，必然缺乏动力源；而有差别却无公平，这种动力源就会枯竭，竞争必须在公平的条件下才是合理的。公平的有无关系到社会凝聚力的有无，实现公平是社会的基本要求。

教育公平属于社会公平的范畴，而社会公平历来是人们追求的理想。实现教育公平，直接关系社会公平的实现，关系社会主义和谐社会的建设。我们必须通过教育公平的实现，促进社会公平的实现，促进社会主义和谐社会的建设。

在我看来，教育公平与和谐社会主要有三重关系。教育公平既是和谐社会的重要内容，又是和谐社会的重要基础，还是和谐社会的实现途径，是和谐社会不可缺少的基本因素。首先，教育公平是和谐社会的重要内容。社会主义和谐社会是一种公平正义、民主法制、诚信友爱、充满活力、安定有序、人与自然和谐相处的社会。包括教育公平在内的公平正义是和谐社会首要的、内在的、基本的内容。没有或者缺少公平正义（包括教育公平）的社会谈不上是一个正常的社会，更谈不上是一个和谐的社会。和谐社会不能少了公平正义（包括教育公平）这一重要内容。其次，教育公平是和谐社会的重要基础。和谐社会的建设，是以包括教育公平在内的公平正义为重要基础和重要前提的。抽掉了这个基础和前提，就抽掉了和谐社会这个"大桶"最重要的一块板，和谐社会就无法建成，无法持久。所谓的和谐社会就不过是在沙滩上盖楼，随时有坍塌的可能。第三，教育公平还是和谐社会的实现途径。有了教育机会的均等，有了教育过程的公平，有了教育质量的公平，社会弱势群体才有可能与社会其他阶层在同一起跑线上起跑，才有通过知识改变命运的可能，社会各阶层才有正常流动、分化的可能，全社会才能充满活力、安定有序，而不至于让社会弱势群体无路可走，铤而走险。这一点已为历史和现实所证实。所以，教育公平是实现和谐社会的重要途径。

对于教育公平问题给予关注，并不始于今日。20世纪60年代我国教育界曾就这一问题进行过讨论。20世纪90年代，我国哲学界也曾掀起过"公平与效率"的讨论热潮，教育界则因此而围绕"重点学校"政策讨论了"教育公平与教育效率"问题。由于教育公平属于人们精神需要的层次，随着社会的进步和观念的转变，人们对教育公平的要求也越来越多，越来越高，不仅要求教育机会均等，不仅对教育公平有"量"（接受义务教育的年限等）上的要求，而且有对教育公平"质"（接受高质量教育）上的要求。尤其是对现实教育不公平的种种现象极为不满，对产生这些现象的深层原因深恶痛绝，对解决教育不公平问题甚感急迫，并把它与实现社会公平、建设和谐社会的现实需要结合起来。人大代表、政协委员和社会各界对教育公平如此关注和重视，正是出于这种考虑。

现实教育不公平的表现及其原因

教育公平的对立面就是教育不公平。尽管《中华人民共和国教育法》第九条规定："中华人民共和国公民有受教育的权利和义务。公民不分民族、种族、性别、职业、财产状况、宗教信仰等，依法享有平等的受教育机会。"但是，我国现在仍有相当数量的少年儿童基于各种原因没有享受到平等的受教育机会。贫困地区的不少少年儿童没有上学的机会；作为社会弱势群体的特殊儿童的入学率不到80%。受教育机会的剥夺仅仅是教育领域不公平的一种表现形式。

《中华人民共和国教育法》第三十六条规定："受教育者在入学、升学、就业等方面依法享有平等权利；学校和有关行政部门应当按照国家有关规定，保障女子在入学、升学、就业、授予学位、派出留学等方面享有同男子平等的权利。"但是现在很多单位、企业在招聘人员时，照样排斥女性；很多地方依然有重点学校与非重点学校的区别；中西部某些贫困地区学生的辍学率依然很高。剥夺受教育者在入学、升学、就业等方面依法享有的平等权利，实际上是教育领域不公平的另一种表现形式。

教育不公平在现实生活中的表现形式无法——枚举。概括地说，教育不公平现象主要表现为：1. 城市教育与农村教育的不公平。城市教育的水平越来越高,农村的教育水平则较之低了很多,很多农村学校不仅缺乏基本的教学器材,而且缺师资、校舍。 2. 区域教育之间的不公平。如东部地区与西部地区教育的不公平,目前东部某些地区和大城市的教育水平已接近发达国家的水平, 而西部贫困地区仍未完全普及九年义务教育。3. 学校教育之间的不公平。如重点学校与非重点学校的不公平,重点学校一直是地方政府财政投入的重点,而非重点学校因政府不重视、投入少,教育质量普遍存在一些问题。普通学校与职业学校的不公平,普通学校的学生可以考大学,而职业学校则很少有人能考大学。4. 强势群体与弱势群体教育的不公平。如正常儿童与特殊儿童教育的不公平,正常儿童基本上实现了普及义务教育,而特殊儿童很多不能上学;女性教育与男性教育之间的不公平;贫困家庭学生与富裕家庭学生教育之间的不公平,等等。

教育领域的不公平原因很多。在我看来,其深层原因主要为: 1. 政府公共职能的缺失。一些教育不公平现象的产生与政府公共职能的缺失有关,根本原因在于政府未能明确意识到义务教育不是非公共产品,也不是准公共产品,而是纯公共产品,应由政府全部承担,是政府的职责所在,不应让老百姓分担其成本。政府未能尽到应有的职责,未能很好地贯彻有关法律法规的精神,让老百姓埋了不应该埋的"单"。2. 教育投入的严重不足。长期以来,我国的教育投入严重不足。国家财政性教育支出占 GDP 的比重很低。经过努力,近年来虽有较大改观,但情况仍不乐观。尽管 1993 年颁布的《中国教育改革和发展纲要》中明确规定,国家的财政性教育支出占 GDP 比重在 20 世纪末要达到 4%,但 1998年仅为 2.55%,1999 年也只有 2.79%,甚至到了 2003 年,还只有 3.28%,仍未达到规定的 4%的指标。2003 年有些省(自治区、直辖市)教育经费占财政支出的比例甚至还出现了下降。教育投入的严重不足,极大地制约了教育的发展,进而阻碍着实现教育公平的历史进程。3. 精英教育观念的影响。精英教育论者认为国家财力有限,不可能面面俱到,只能突出重点,确保重点,主张将有限的教育资源用于少数的重点院校和少数的精英人物,而对于大多数的一般院校和大多数的普通人物却极少关注。这样一来,一般院校的教育资源很少,普通民众接受教育的机会不多,受教育的程度不高。4. 社会的不公平。目前我国市场经济处于发育阶段,市场经济的不规范拉开了人们的差距,不仅是绝对的差距,而且相对差距也在拉大。首先是人们的收入分配差距明显拉大,带来了很多社会问题。这些社会问题所引发的社会不公也带来了教育不公平。其次是社会的二元结构所带来的城乡差距明显加大。在市场经济条件下,一些地方农民的收入增幅较小,导致他们无法承担子女最基本的教育费用,不得不违反《中华人民共和国教育法》的规定,迫使子女辍学。5. 扭曲的价值观念的影响。扭曲的价值观念成为新时期教育公平的桎梏。人们在转型时期面临着传统的平均主义与现代竞争中优胜劣汰思想观念的双重障碍。有些人片面追求平均主义式的公平,进而将公平与平均等同起来;有些人认为市场经济就要遵循"优胜劣汰"的规则,讲究效率,进而将公平与效率对立起来。两种扭曲的价值观念影响着人们追求新的教育公平。

"不公平是社会不安定的因素,是人类历史发展的破坏力。"教育不公平不但会进一步加大社会的不公平,而且会影响社会的稳定。我们不能因为社会不公平而加大教育不公平,因为教育的不公平反过来会进一步加剧社会的不公平,形成恶性循环。国家以及社会要防患于未然,建设和谐社会就必须加快实现教育公平的进程。尽管教育公平是一种理想,是一个过程,但是它的实现程度与我们的正确认识和主观努力有密切关系,我们应该尽最大的努力实现教育公平。

因此,促成"教育公平"理念在教育领域最大限度的实现,是当前亟须解决的问题。为此,我们必须在明确"什么是教育公平"的基础上,找到实现现阶段教育公平的途径,进而促进和谐社会的建设。

怎样才能更好地实现教育公平

第一,政府应树立"第一责任人"的意识。美国经济学家、诺贝尔奖获得者弗里德曼教授曾经说过,政府的职能主要有四:建立国防和外交,维护司法公正,提供公共产品,扶助社会弱势群体。提供公共产品是政府的基本职能之一,是政府应该做的也是可以做得到的。义务教育是纯公共产品,非义务教育(特别是高等教育)是半公共产品或准公共产品,这都是应该完全由(如前者)或大半由(如后者)政府提供的。教育这个公共产品,受益者虽然主要是个人,但直接关系民族的素质和国家的命运,关系社会公平的实现,关系和谐社会的建设。政府是提供教育这个公共产品、实现教育公平的"第一责任人"。不管政府是否愿意,它都必须履行提供公共产品这个基本职能。否则,政府就是失职,就是"缺位",就是该做的事情没有做,该做好的事情没有做好。各级政府应该按照温家宝总理在 2007 年《政府工作报告》里所强调的"应该管的事情一定要管好。在继续抓好经济调节、市场监管的同时,更加注重社会管理和公共服务,把财力物力等公共资源更多地向社会管理和公共服务倾斜,把领导精力更多地放在促进社会事业发展和建设和谐社会上"。政府在提供公共产品时,应把实现教育公平作为最重要的目标和理想,通过科学决策、民主决策,努力实现教育公平的目标和理想。尽管教育公平的实现只能是相对意义上的,而不可能是绝对意义上的,但政府也要尽最大的可能实现教育公平。一句话,提供公共产品,实现教育公平,政府是天生的"第一责任人"。谁也不能代替政府,谁也代替不了政府。

第二,政府应加大教育投入。教育投入是教育改革和发展的前提,也是实现教育公平的基础。没有较大的教育投入,教育改革和发展很难进行,教育公平也无法实现。我国的教育投入一直严重不足。2003 年,国家财政性教育支出占 GDP 的 3.28%,比 2002 年的 3.32%还减少了0.04 个百分点。这减少的 0.04%的经费,可以为 2003 年全国义务教育阶段 1.84 亿在校生每人增加 25.5 元公用事业经费,接近 2003 年宁夏、青海、西藏三个省(自治区)的预算内教育经费之和,相当于 2004 年中央投入"两免一补"资金的四倍。我认为,目前中央应下大决心压缩其他开支,确保本届政府任期内国家财政性教育支出占 GDP 的比重达到4%,力争在 2010 年前后接近 4.5%。各地政府也要严格按照我国《教育法》第五十五条的规定,教育投入要做到"三个增长"。不仅年初看预算,而且年终看决算。人大要加强和完善对同级政府落实教育经费"三个增长"的法律监督,以真正保证教育公平的实现。

第三,政府要建立和完善国家对弱势群体特别是城乡贫困家庭子女、残疾儿童等就学的资助体系,促进教育公平的实现。在投入导向上,教育资源特别是义务教育阶段的教育资源应向处于弱势的地区和人群倾斜,特别是向农村贫困地区和西部地区倾斜,向城乡贫困家庭子女倾斜,向残疾儿童倾斜,保证贫困地区、贫困家庭子女和残疾儿童的基本的受义务教育权利。不久前,温家宝总理在人大会议上郑重宣布:"从今年起,免除国家扶贫开发工作重点县农村义务教育阶段贫困家庭学生的书本费、杂费,并补助寄宿学生生活费;到2007年在全国农村普遍实行这一政策,使贫困家庭的孩子都能上学读书,完成义务教育。"这是我国政府所做的一项民心工程、德政工程,一件功德无量的事业,一件具有里程碑意义的大事!

第四,政府应合理分配有限的教育资源,提高资源的利用率,确保教育公平的实现。首先,教育部门要合理分配有限的教育资源,在分配教育资源时要遵循平等的原则、对等的原则和补差的原则。改变以往教育资源过于集中投向少数重点中小学和大学的局面,在重点学校与非重点学校之间,在义务教育与非义务教育之间,基础教育、职业教育与高等教育之间,基础教育内部小学、初中与高中之间,高等教育内部专科、本科与研究生之间,等等,都应有个合理的比例,不宜畸轻畸重。应该努力做到"两个确保",即确保任何时候国家对义务教育的投入都要高于对非义务教育的投入,确保任何时候国家对基础教育的投入都要高于对高等教育的投入。对基础教育,要强调均衡发展(但不是平均化),要尽快取消目前的重点学校制度,积极支持薄弱学校的改造和发展,把工作的重点放在"治薄、扶薄"上来,多做"雪中送炭"的事,不做或少做"锦上添花"的事;对高等教育,则更多地是要为各类院校(包括公办与民办、研究型大学与非研究型大学等等)创造一个良性竞争的环境氛围。那种过于靠政府投入、人为拉开学校之间差距的做法是近视的做法,应该休矣!其次,对政府投入较多的重点中小学和大学要加强监管和评估,以防止教育资源浪费。再次,政府应积极鼓励和支持民办教育的发展。对民办学校一视同仁,给予资金、政策的支持。如政府的教育资金不足,应出台新的鼓励性政策,鼓励企业、私人投资教育,以解决目前教育供求紧张的矛盾。最后,教育部门要提高自身的工作效率。作为行政部门,要精兵简政,减员增效;作为学校,要加强管理,提高自身的教育质量,使有限的教育资源发挥最佳的效益。

第五，要加快制度创新的步伐，大力改革现行不合理的教育制度和劳动用人等制度，以制度创新促成教育公平。合理的制度可以促成教育公平，不合理的制度将会加大教育的不公平。由于各种历史和现实的原因，目前我国教育制度中的不合理因素甚多，国家对教育制度的改革也一直非常重视，先后采取了许多措施。当前，高考招生制度正在进行改革，但仅仅是高考招生制度的改革还是不够的，更为重要的是要进行高校管理制度、收费制度、贷款和还贷制度、评估制度、就业与劳动用人制度乃至国家政府层面上的制度创新。

第六，要进一步加强和完善教育立法，以法律来保障教育公平的实现。虽然放在最后，但也是极为重要的一点。要尽快修订、完善《义务教育法》、《高等教育法》、《职业教育法》、《教师法》等，还应考虑制定《农村教育法》、《教育投入法》、《学前教育法》、《高中教育法》、《特殊教育法》、《终身教育法》等，建立健全教育法律法规体系。对教育领域中各类违法犯罪行为要坚决予以制裁和打击，对教育收费不规范和乱收费的现象要花大力气纠正，以法律作为实现教育公平的坚强保障，树立教育部门的良好形象，办让人民真正满意的教育。

（据《人民教育》2005 年第 7 期）

◆武汉大学教授、博导洪可柱：用教育公平推进社会和谐

教育公平与社会和谐有什么关系？能否从废除"名校省际配额"着手，打造一个新高考秩序？能否让更多的社会力量参与中国的教育改革事业？

日前，记者在北京采访了全国人大代表、武汉大学教授、博导洪可柱先生，倾听他在教育事业方面的见解。

没有公平何来和谐

记者：日前，您在北京师范大学英东学术会堂做了一场题为《教育公平与和谐社会》的演讲，现场反响很热烈。请问，您怎样理解"公平"与"和谐"这两个字眼？今年以来，它们的提及率是越来越高了。

洪可柱(以下简称洪):"公平"与"和谐"可以说是人类社会自远古以来,最根本的人文理想。从古至今,无数思想家、艺术家、政治家关注的、思考的、奋斗的,可以说都不脱离这两个范畴。

中国古代典籍《礼记》里写道:"大同之世,天下为公。"孙中山先生在世时,多次手书"天下为公"这四个字。他去世后,南京中山纪念堂、广州中山纪念堂中悬挂的都是这四个字。我们可以说,这四个字写的是一条千古"国训"。我想,所谓公平,就是不偏袒。春秋时的管仲说:"天公平而无私,故美恶莫不覆;地公平而无私,故小大莫不载。"所以公平的境界说起来很普通、很简单,但它其实就是效仿"天地境界",求公平之理,行公平之道,这是人生最崇高的境界,是值得宝贵的。"公",在个人道德上是很高的境界,我们应当提倡,但不必苛求;而在国家政策方面,"公正"、"公平"则是起码的底线。今天我们所要保障的公平,我想最重要的方面,就在于人民接受教育的公平,以及接受医疗卫生服务的公平。

再谈和谐。《礼记》里《中庸》篇对"和"的解释非常好,说是"喜怒哀乐之未发,谓之中,发而皆中节,谓之和"。又说:"中也者,天下之大本也;和也者,天下之大道也。"我们可以说,"和谐社会"从来就是中国最核心的社会理想。今天党中央提倡"构建和谐社会",是要回到民族文化传统的特质上来。"和谐社会"的提出是非常伟大、非常及时的。以前,我们一度认为"阶级斗争推动社会进步",现在不这样看了,人与人、人与自然还是要强调和谐,让社会在稳定与和谐之中慢慢地调整与进步。这是一条康庄大道。

记者:那么您认为教育公平与和谐社会是什么关系呢?

洪:我认为,这是非此无彼、由此及彼的关系。简而言之,就是一方面,教育若不公平,则社会无法和谐;另一方面,公正、普及、完善的国民教育是中国通往和谐社会最重要的一座桥梁。

重审科举制的公平、人道成分

记者:2005年,对于中国师生来说,是个特殊的年头——就是在100年前,"八股取士"的科举制度被彻底废除了。但在您的演讲中,多次指出科举制度有其进步性,对今天的高考也有不少借鉴作用,请您具体谈谈。

洪：我认为，古代科举制度最大的长处就在于它大致实现了中国古圣先贤关于"有教无类"的理想。

在古代中国，每个姓氏都出过几个状元；每个地区几乎都出过几个状元。所谓"十年寒窗无人晓，一朝题名天下知"。这不但是戏文里的话，更是中国社会上千年的事实。因此，中国社会在许多次大分裂、大动荡之后，仍能回到统一，仍能回到和平，我想，这和中国古代教育的内容、考试的方式确实是分不开的。另外，我们知道，西方启蒙时期的思想家都非常欣赏中国的文官制度，都设法把制度精髓搬到西方去。而中国古代文官制度正是建立在科举考试的基础上的。所以，对于科举，我们不必妄自菲薄。

大家从前都读过《范进中举》的课文，这篇文章是讽刺科举的。但从中我们也可以读到，原来一个又老、又丑、又没有任何背景的书呆子，在清朝也可以中举做官，所以，从这层意义上看，科举制度还是有其公正和人道的一方面。科举考试迂腐的内容，那些八股文的东西，当然要扬弃；然而其面向大众、一视同仁的公正性，我们还是要继承的。

记者：您对新中国建国之后的教育政策是怎样看的？据您的研究，近来中国教育的不公正严重到何种程度？

洪：可以肯定地说，新中国成立后的教育政策较好地保障了人民受教育的权利，也提高了教育的普及性和公正性。我本人就是一个受益者。我是1963年从福建省闽侯县的偏僻乡村考到清华大学的。当年，我家里很贫穷，是国家的助学金政策赞助我完成了从初中到大学的学业。对此，我是心存感恩的。这也是我呼吁教育公平的原因。

但客观地看，20世纪90年代以来，中国"教育公平"受威胁的问题是较突出和严重的。研究报告指出，一些名校20世纪90年代以来招收的新生中，农村学生比例呈下滑趋势。我想，教育的基本功能之一就是缩小贫富差距，促进社会平等。如果我们的教育不能实现社会公平，反而扩大社会差距，岂不是背离了教育的初衷？还有调查显示，中国在1978年之前，教育机会的分配是向着平等方向发展的，教育有效地缩小了阶层差异。但1978年之后，教育机会的分配则更有利于家庭背景好的人,教育成为促进社会分化的工具。

我们知道,中国经过十多年改革,户籍制度、社保制度、就业制度、人事制度等都在逐步走向公平,但教育的公平性却在恶化,这太不应该了。前些时候,听说教育部副部长张保庆对高校的教育收费问题也发表了沉重的感叹。

近年,我每次回乡,总是有种很感伤的感觉。我看到很多少年人、青年人在游手好闲,甚至惹是生非。我痛感他们失去了教育事业的护持!今天失学的他们,很有可能成为明天社会不安定的因素!

拿掉大城市考生的高考特权

记者:在 2005 年"两会"上,您会同 30 位全国人大代表,建议在全国实行春秋两次高考制度,秋季为 30 所名校联考,试卷全国统一,最低录取分数线全国统一;春季招生考试原则上则维持现有模式。我们理解,这一建议的主要用意是拿掉京、沪一些大城市的考生更方便进名校的特权,是这样吗?

洪:可以这么说。目前全国重点大学招生指标的分配是不公平的——特别对中西部考生是极不公平的。

这里要讲个小故事:湖北有个青年学生,当年高考时由于指标制度的这种不公平,没有考上重点学校,一气之下出国了。他在美国学有所成,也生育后代了,但还是想回来报效祖国。回来后,一个非常痛苦的选择是在何处落户,是落户北京还是落户到湖北,考虑再三,还是落户北京。他说这是为了儿子着想,让他今后不必走他当年的路,能够在北京享受更好的教育,更容易上重点大学。做这一选择,他是非常痛苦的,因为他在湖北有年迈的双亲,高堂俱在,不能孝敬。我认为,是由于教育资源、指标分配的不公平才导致这种不人道的状况。

近年来,所谓"教育移民"愈演愈烈,治本之策就是应取消重点名校省际配额制度。当然,适度地向一些贫穷、边远省份倾斜,我们是没有意见的。

记者:您的这个议案,关注的是名校招生指标对广大"外省考生"的不公。您认为,当前教育公平还存在哪些问题?

洪：首先是现在城乡受教育机会太不均衡了，我希望有关方面对这个问题予以更多关注。

还有一个问题是教育腐败问题，不少腐败是依附着不合理的招生办法而生的。听说目前某些高校招生，有几类可以降分录取：一是"定向生"；二是"二级学院"，三是"专升本"，这些录取资格不少是和收费挂钩的。这不就是"卖考分"吗？

所以我说：地区的门槛要拆掉，城乡的门槛要拆掉，文凭绝不能用金钱收买。这是我个人对"教育公平"的三大建言。

全社会都行动起来

记者：我们注意到，您建议高考这件事，不光是教育部门要管，中纪委、监察部乃至科研单位、新闻媒体也要参与，这是出于一种怎样的考虑？

洪：我认为，教育、高考不仅是教育部的事，也是全社会的事，一定要有更多方面力量参与，才能完善。

举个最简单的例子：咱们中小学生的教材最近取消了"岳飞是民族英雄"这种阐述；近年还把"狼牙山五壮士"的故事从小学课本取消了。教材改革委员会的同志们出于什么考虑、动机来做修改，姑且不去评价。问题很大程度上出于：改革是在小圈子里、一部分人中间完成的，既没有体现历史的传承，也没有考虑国家、民族的感情要求，就很容易激起不满。

所以，我觉得如果把关系整个国家长远利益、影响重大的教育改革局限在一部分人中间完成，这个改革作用必然不会很大。教育改革不仅是行政官员的责任，更关系民族、国家的深远利益。我们有理由发动广泛的社会力量来参与教育改革，吸收最大多数人的道德热情、聪明才智，共同铸造透明、法治的教育制度。

我听说过这样一句话：建立一个民主共和制国家的基础，是人民有必要的自我管理能力，而具备这种能力的先决条件是大多数民众的觉悟，这种觉悟又以全民教育为前提。所以，我们只有倡导一种公正的全民教育，才能完全实现和谐社会的理想。

（据《承德晚报》，记者：未云客 陈初越）

对策与措施

从根本上解决教育公平问题，需要一个相当长的历史过程，必须付出相当艰苦的努力。

教育公平成新关键词　党和国家承诺免费义务教育

2005年底，国务院总理温家宝在北京召开的联合国教科文组织第五届全民教育高层会议上宣布："从明年开始，中国将用两年时间在农村全面免除义务教育阶段的学杂费。"

随后不久，国务院常务会议决定，深化农村义务教育经费保障机制改革，全面构建农村义务教育经费保障新机制：2006年，中国西部农村将实行免费义务教育，全面免除学杂费，对贫困生免费提供教科书，补助寄宿生生活费；中部和东部地区农村到2007年全部免费。同时，提高农村义务教育阶段中小学公用经费保障水平；建立农村义务教育阶段中小学校舍维修改造长效机制；巩固和完善农村中小学教师工资保障机制。2006年至2010年5年间，中央与地方各级财政累计将新增农村义务教育经费2 182亿元。

短短一年过去，人们欣喜地看到，西部地区农村义务教育经费保障机制改革实施顺利，农村小学、初中适龄儿童、少年上学贵、上学难问题得到基本解决。截至2006年10月，中央财政共落实改革资金133亿元，各地落实改革资金77亿元。改革惠及5 000多万名农村中小学学生。西部所有农村中小学都拿到了财政拨付的公用经费，多数省份农村义务教育的投入水平较改革前有了较大程度的提高。有近20万名农村辍学学生返回学校，辍学率大大降低。免除学杂费后，平均每个小学生年减负140元，初中生年减负180元，贫困寄宿生可减负500多元。

新修订的《义务教育法》——促进教育公平

在推进教育公平的进程中，除了"西部农村教育"这个关键词外，还有一个里程碑：全国人大对颁布了整整20年的《义务教育法》进行修订，自2006年9月1日起施行。新修订的《义务教育法》呈现多个亮点：首次明确义务教育免收学杂费；以法律形式保障义务教育经费投入；立法明确实施素质教育；法律规定促进义务教育均衡发展。

特别是在促进教育公平方面，新修订的《义务教育法》更是可圈可点：把教育均衡列为各级人民政府的一项重要责任，明确提出："国务院和县级以上地方人民政府应当合理配置教育资源，促进义务教育均衡发展，改善薄弱学校的办学条件。"法律规定，县级以上人民政府及其教育行政部门应当促进学校均衡发展，缩小学校之间办学条件的差距，不得将学校分为重点学校和非重点学校。学校不得分设重点班和非重点班。法律还规定，县级人民政府教育行政部门应当均衡配置本行政区域内学校师资力量，组织校长、教师的培训和流动，加强对薄弱学校的建设。法律同时明确，国家组织和鼓励经济发达地区支援经济欠发达地区实施义务教育。专家指出，这些规定从法律层面上保障了义务教育将朝着更加均衡的方向发展。

各级政府的坚定举措——推动教育均衡

教育部部长周济表示，我国目前的教育发展仍不能满足广大人民群众对良好教育的强烈需求，还不能适应构建社会主义和谐社会的迫切需要。各地教育部门正以科学发展观统领教育工作全局，努力办好让人民满意的教育。

成都市实行中小学校长定期交流轮换，从名牌学校抽调一大批骨干教师到薄弱学校担任校长或任教；山东省寿光市针对目前广大农村地区教师工资偏低、不能享受住房补贴和医疗保险等制约农村教育发展的痼疾，采取措施确保城乡教师待遇一体化，激发广大农村教师的积极性，以此作为促进城乡教育均衡发展的重要调节手段；宁夏每年公开招聘1 000名教师到农村学校任教，近年来先后派出了6 400多名支教人员，到宁夏南部山区农村127个乡镇农村学校任教；作为首善之区，北京也在基础教育的均衡发展方面迈出了坚实的步伐，大面积的"初中建设工程"、大范围的农村教师"春风化雨"培训行动、大规模的城镇教师支援农村等举措相继付诸实施,首都城乡教育的差距在悄然缩小。

这是教育均衡发展的标志,这是教育公平迈进的足音。

（据人民网）

推进教育公平与普惠　四个"角落"需要继续关注

2006 年,从年初的教育投入体制改革、西部农村义务教育阶段中小学生免收学杂费,到《义务教育法》修订版的顺利通过、"两免一补"政策的大力推行,多种促进教育"公平"与"普惠"的利好政策在教育领域快速推行。

教育专家认为,2006 年中央着重解决了义务教育阶段长期存在的法律不完善、经费无保障、"义务教育"谁尽义务等问题,这是教育发展良好的开局。与此同时,农民工子女的"借读费"、"高中致贫"等问题同样需要继续关注。

——农民工子女"无借读费"读书政策尚未破冰

2006 年 3 月出台的《国务院关于解决农民工问题的若干意见》要求,输入地政府要承担起农民工同住子女义务教育的责任,将农民工子女义务教育纳入当地教育发展规划,列入教育经费预算,以全日制公办中小学为主接收农民工子女入学,并按实际在校人数拨付学校公用经费。城市公办学校对农民工子女接受义务教育要与当地学生在收费、管理等方面同等对待,不得违反国家规定向农民工子女加收借读费及其他任何费用。输入地政府对委托承担农民工子女义务教育的民办学校,要在办学经费、师资培训等方面给予支持和指导,提高办学质量。输出地政府要解决好农民工托留在农村子女的教育问题。

这一政策虽然逐步引起了各级政府的重视和社会各界的关注,教育部门及有关部门也做了大量工作,但收效甚微。

日前发布的国家统计局城市农民工生活质量状况专项调查结果表

明，有 17.21% 的农民工外出务工经商带子女随行，并在当地就学。其中文化水平较低或者年龄较大的农民工带子女随行就学的比重较高。在对 5 065 名有子女随行就学的农民工调查显示，有 71.92% 的农民工子女在城里就读的学校是公办学校，有 22.03% 的农民工子女在城里就读的学校是民办学校，有 5.00% 的农民工子女在城里就读的学校是民工学校，1.05% 的农民工子女因各种原因而辍学。

一些进城务工人员为送子女入学，既要承担学费，又要缴纳高价借读费或赞助费。调查显示，农民工子女在城里读书一学年，学费平均支出 2 450 元，占这些家庭总收入的 19.78%。其中，36.84% 的农民工花费在 1 000 元以下，27.67% 的农民工花费为 1 000—2 000 元，13.07% 的农民工花费为 2 000—3 000 元，10% 的农民工花费在 5 000 元以上。据调查，在 5 065 名有子女随行就学的农民工中，有 2 493 名农民工缴纳了借读费、赞助费，每人平均缴纳费用为 1 226 元。

——高中贫困学生需要奖学金和助学金制度扶持

教育界专家认为，相对高校的助学贷款体系、义务教育阶段的投入体制改革而言，高中阶段贫困学生的资助显得混乱、乏力。随着部分省市高中学费的上涨，"高中致贫"现象凸显。目前北京、上海、长春、杭州等地先后办起了针对贫困学生的宏志中学，全国各地成立的宏志班也超过 260 个。在一些高中，也存在零散的对贫困生的救助。但相对于数量众多的贫困生，目前对贫困高中生的资助仍是杯水车薪。

据报道，山西一个普通的农户供养一名高中学生，每年费用为 3 000—6 000 元不等，这些收费包括书费、学费、住宿费、伙食费、资料费、信息费、校服收费、军训收费、考试卷收费等费用。如中考分数与达标线相差几分，学生还要交调节费、扩招费 3 000—30 000 元。这样的教育支出对年收入在 1 万元以上的中等收入的农户来说，颇感吃紧。

近年来在部分欠发达地区显现的"高中致贫"现象应该已经受到高

层的关注。温家宝总理专门指出：高中教育阶段，随着国家财力的增强，要进一步加大奖学金和助学金制度实施力度。

专家指出，必须尽快建立和完善高中贫困生资助制度。政府应通过合理的制度安排或政策调控发挥统筹功能，运用社会财富的再分配机制实现教育的公平。近期应扩大高中生享受特困资助的范围，至少将城市低保户家庭和农村特困家庭子女纳入其中。示范性高中可在这一制度探索方面走在前面，让更多的贫困家庭子女享受到政府的阳光。

——农村义务教育阶段教师难以享受优惠政策

教育投入体制改革后，义务教育阶段，西部农村中小学学生不再交纳学杂费，一些农村教师认为，这一政策惠及农民，但长期待遇偏低的教师却没能借此机会提高收入。

在重庆，尽管"教师享受公务员待遇"的呼声很高，但农村地区目前还没有一套专门的政策针对诸如教师编制和附加编制、库区贫困县教师继续教育项目的扶持。此外，教师工资标准、相关政策性补贴、教师奖金和超工作量补助项目、缩小城区与边远贫困地区教师待遇差距等问题还没受到应有的重视。

重庆库区由于县级财政收入较低，用于教育、主要是教师工资的经费占了很大比例，如重庆奉节县用于教育的经费占全县财政收入的80%左右，教师的很多政策性待遇难以落实。在"一费制"实施时期，由于有服务性收费和择校费等，这些地区的教师还能有相关的奖金和补贴；实施农村义务教育经费保障改革后，学校经费渠道来源减少，用于调节教师之间工作量差距的奖金几乎没有了，如超课时的补贴、早晚自习补贴、假期加班补贴等都无法兑现，原有的奖金也相应减少。

另外，在西部一些地区农村教师"地方津补贴"工资仍被拖欠。四川省青神县一位教师说，从1994年9月起至今，青神县克扣、拖欠全县2 000余名中小学教师地方性物价、福利性津补贴工资每人每月116元，11年来共计2 400多万元。

——民办学校不应成为教育利好政策的"死角"

专家指出，平等对待民办学校与公立学校也是今后教育改革的一个重点问题。民办学校无法与公立学校享受同等利好政策的现状，渗透于从幼儿园到高等教育的各个阶段。例如，应有关部门要求，民办学校取消学历文凭考试，但公立高等院校成立的"独立学院"却拥有招收文凭考试学生的权利；目前国家批准具有颁发学历证书资格的民办高校大多是高职高专层次，而公办学校的"独立学院"，则不问条件均是本科层次，似乎只有高职高专才是民办高校选项；对公立学校的收费管不住，但对民办教育的收费却盯得很紧；民办高校在征用土地、职称评定、毕业证书、学生车票待遇等方面，也与公办学校有较大的差别，处于"另类公民"的地位。建立民办学校与公办学校平等对待机制尚有许多问题有待解决。

（据新华网，记者：茆琛　廖君　肖林）

促进教育公平的政策选择

促进教育公平，必须着眼于我国现阶段教育的基本矛盾。我们面对的是人民群众对教育特别是优质教育的强烈需求与教育特别是优质教育资源供给严重不足的矛盾。应该看到，一个发展中的人口大国要从根本上解决这对基本矛盾，需要一个相当长的历史过程，我们要实现从人口大国向人力资源强国的转变，必须付出相当艰苦的努力。

在教育公平的战略选择上，应该分两步走。

第一步是近期目标：让每个孩子都得到公平的受教育机会，让每个适龄儿童都有学上。这一目标的重点和难点在农村，农村适龄儿童达1.6亿，占全国中小学生的80%。中央决定，2006年、2007年全面免除农村义务教育阶段学生的学杂费，并对家庭贫困学生免费提供教科书和寄宿生活补助。"十一五"期间，中央和地方财政将新增农村义务教育经费2 182亿元，确保农村每个适龄儿童都接受义务教育。这是我国迈向免费义务教育的一个重要里程碑，将根本改变农村义务教育不义务的尴尬局面。

第二步是远期目标：积极创造有利条件，满足人民群众让子女有好学上这一强烈愿望。"有学上"是教育公平的基础，"有好学上"是教育公平的高级实现形式之一。随着经济社会的快速发展和生活水平的不断提高,人民群众对子女的教育期望值也不断提高,优质教育资源严重不足的矛盾日益凸显。2005年,高中阶段教育毛入学率仅为53%,未能实现"十五"计划目标;高等教育毛入学率"十五"末期达到21%,"十一五"期间将攀升至25%,仍难以满足人民群众的愿望。因此,教育公平只能循序渐进,更多人接受优质教育有赖于教育的均衡发展和优质教育资源的不断扩大。在教育公平的政策选择上,当前和今后一个时期应着力解决以下八个重点问题:

1. 择校问题。择校是一个"怪胎",它产生的基础是重点学校政策,直接原因是教育资源的不均衡配置。重点学校政策是我国在特定历史时期加快教育发展和人才培养的重要举措,曾产生过积极作用。在我国实现由精英教育向大众教育的转变后,这一政策的消极作用日益凸显,它违背了义务教育的公正性、平等性,也成为诱发教育腐败的温床。因此,要从制度层面规范择校行为,加大治理力度。

2. 高考改革问题。高考作为解决目前相对稀缺的高等教育资源分配和国家选拔人才的一种手段,发挥了不可替代的作用。高考是一个复杂的系统工程,高考制度要更加适应素质教育的价值取向,必须通过改革逐步加以完善。时下群众反映最强烈的问题是,地区之间录取分数过于悬殊,招生计划配置、录取方法上也存在一定问题,导致高考移民大量产生。解决高考移民问题必须标本兼治,要对移民考生户口迁移进行严格限制。对招生计划落实也要做必要改革。复旦大学、上海交通大学、中国政法大学等高校2007年通过面试决定录取结果、参考人口比例确定招生计划等改革,不失为一个积极的探索。我认为,参考各地高考报名人数来分配招生名额,也许更为科学合理。

3. 高校贫困生问题。20世纪末,我国高校实行收费并轨改革,逐步确立国际通行的、由学生按培养成本一定比例缴纳学费的高等教育成本分担制度。这一改革大大缓解了高校办学经费的紧张局面,同时也带来了数以百万计的贫困生上学难的问题。国家采取了"奖、贷、助、补、减"等一系列措施,仅国家助学贷款一项就资助贫困生100多万人。但这项工作进展不平衡,我们要继续加大力度,不能掉以轻心。

4. 农民工子女入学问题。据统计，目前随父母进入城市的农民工子女达 2 000 万人，其中 6—14 岁的义务教育适龄儿童约 700 万人；在家乡的留守儿童达 1 000 万人。这些"同在蓝天下"的孩子，能否获得公平的教育机会，是各级政府义不容辞的责任，不能让流动的孩子成为新文盲。当前的最大问题仍是经费问题，流出地政府要与流入地政府共同承担流动儿童的教育经费，流出地政府要给予流入地政府一定的补偿，确保流动儿童和留守儿童都能接受义务教育。

5. 教育乱收费问题。当前的教育收费可分为合理收费和不合理收费两种情况，凡是国家没有明确规定的收费均属乱收费。客观地分析，广大基层学校面临着财政性教育经费不足的困难和矛盾，但投入不足不能成为乱收费的理由。对教育乱收费，教育部提出"学校乱收费、校长要撤职"的口号，先后出台了义务教育阶段学校"一费制"收费办法、普通高中"三限"以及稳定高校收费标准等一系列措施，旗帜鲜明地治理教育乱收费。现在，要研究建立预防和遏制教育乱收费的长效机制，要加强制度建设，尽快健全有关法律法规体系。

6. 教育投入问题。教育投入不足，特别是农村投入不足，既是教育发展面临的主要困难，也是影响教育公平的重要制约因素之一。目前国家财政性教育支出占的比重远未达到 4% 的目标，近几年来还连续下滑，2002 年是 3.32%，2003 年是 3.28%，2004 年则降至 3.26%。如果按最新公布的我国总量计算，2004 年国家财政性教育支出占的比重只有2.79%。在投入结构上，基础教育阶段政府投入比重偏低，东西部差异过大。统计资料显示，农村小学生占全国小学生总数的 75%，但其教育经费仅占 48%；初中教育经费中，农村仅占 29%。中央决定从今年起用两年时间，全部免除农村义务教育阶段学生学杂费，并把农村义务教育经费全面纳入财政体系，由中央和地方按比例分担，这将从根本上实现"农村教育农民办"向"农村教育政府办"的转变。但要看到，在广大农村，办学条件差、公用经费不足、不能正常运转的现象还相当普遍，要改变这一状况，必须通过改革和发展的办法，进一步强化政府对农村义务教育的保障责任。

7. 农村教师问题。教育部已决定取消农村全部代课教师，农村教师数量不足、素质不高的状况亟待改变。在社会主义新农村建设中，要统筹城乡教师资源，大力开展城镇教师支援农村，城市、县镇公办学校教师到农村学校轮岗任教，并鼓励和支持高校毕业生到农村学校工作。此外，各地要利用现代远程教育资源和技术手段，大力培训农村中小学教师，提高他们的业务素质和教学水平，缩小城乡教育差距。

8. 教育立法问题。加强教育立法是促进教育公平的根本保障。2006年新修订的《义务教育法》将颁布实施，《教育法》、《高等教育法》也将陆续修订。此外，《学校法》、《考试法》、《教育投入法》等均在起草制订中。我们有理由相信，随着教育法律体系的逐步健全和法治化的教育决策、执行及监督机制的进一步完善，必将大大改善教育的内外部环境，一个城乡教育和谐发展的新时代正向我们走来。

(据《光明日报》2006 年 4 月 18 日，作者：汪大勇)

他山之石

国外对教育公平问题的探索和经验表明，教育公平不是一个静止不变的目标，而是需要在变革、调整的动态中找到支撑平衡的重心。只有在不断调整中找到本国教育的重心，才能使教育成为促进社会和谐的正面力量。

美国：哈佛为教育公平取消提前录取

美国名校哈佛大学 2006 年 9 月 12 日宣布，将从 2008 年秋季开始取消实行了 30 年的"提前录取"政策，因为这项政策不利于招收贫困生和少数族裔学生。该校还呼吁其他大学也采取改革措施。

据美国广播公司(ABC)报道,在提前录取机制下,学习成绩优秀而且家庭富裕的高中学生可以在高中最后一年的秋季申请心仪的大学,并在12月中旬前得知录取结果。有些学校要求学生一旦被提前录取,就不能再申请其他学校。

而通常情况下,大学录取结果及学校提供奖学金的数量等情况要到第二年的三四月份才能知道,如果申请提前录取,就无法比较各大学之间的奖学金提供情况,所以经济上不富裕的学生基本上不会选择这种方式入学。

这种提前录取的政策一直遭到不少人的批评,人们认为,这对于那些富有的、社会关系广泛的申请者有利。

哈佛大学临时校长德里克·博克说:"提前录取使本身就有优势的人更占优势。"他表示,来自经济实力雄厚和背景复杂的高中生常通过提前录取来增加自己的录取机会,而少数族裔和来自农村、外国以及教育资源贫乏的高中生则失去了这些机会。

博克认为,这种机制破坏学校学生的多样性,不利于贫困和少数族裔学生进入大学。而且,被提前录取的学生在高中的最后一年更不愿意刻苦学习。

博克在校方发表的声明中说,过去的大学录取过程太复杂,对学生压力也大,他们希望通过这次改革,将入学申请变得更简单更公平。

2003年的一份研究表明,在美国顶尖的大学,只有3%的学生来自家庭收入最低的家庭,74%来自最富有的家庭。哈佛大学称,他们已经扩大了奖学金资助的力度,但仍有人批评他们是在迎合富人阶层。2006年,接近2.3万人申请了哈佛大学,申请提前录取的有4 000人。

美国大约有400多所大学实行提前录取机制。如果其他学校效仿哈佛的做法,将显著改变优秀学生的入学方式。但目前为止,很少有学校表示会取消这一制度。

在很多优秀大学,每年差不多有一半的新生通过提前录取进入。哈佛大学的决定将给别的大学造成更大的压力,其他大学虽然同样担忧提前录取将对低收入者和少数族裔不公平,但它们更不愿意在这场争夺优秀学生的战斗中处于劣势。

斯坦福大学称哈佛的决定是"大胆的举措",但他们表示,斯坦福会根据自身的需要来作决定,而不是盲目跟风。

耶鲁大学也发表声明说,哈佛这样的改变不一定会增加低收入申请者的比例。宾夕法尼亚大学也称不会改变政策。

纽约州科尔盖特大学录取委员会主任说:"这项措施可能不会影响哈佛招收到他们想要的学生。可是对于不是常春藤联盟成员的普通学校来说,状况可能很不一样。"

在实行提前录取的大学中,绝大多数表示不会放弃这一政策。

(作者:陈笛)

巴西:教育项目向穷人补偿

巴西一直被看作是有增长而无发展的拉美国家的代表,长期存在的收入分配和机会不平等使得大部分人并没有从经济发展中受益。20世纪80年代,巴西出现了大范围的债务危机,加剧了经济衰退,不得不实施结构调整,公共支出的削减给社会公共服务带来深刻的不利影响。巴西学校的高留级率和高辍学率是贫困和社会不平等在教育系统的真实反映。目前,巴西正在努力摆脱这一问题。

从1995年起,巴西在基础教育阶段启动了一项"助学补助金计划",它是一项以刺激需求为驱动的教育项目,也称作"有条件的现金转移支付计划",就是政府向贫困儿童的母亲发放一定数额的现金补助,条件是她们得让孩子在学校保持就学,不得辍学。这既能激励父母送孩子就学,也是对家庭的一种补偿。该计划最早是一个市级项目,1995年首先在坎皮纳斯市和首都巴西利亚的郊区实施。每个家庭可享受政府发放的约合15美元的补助金,但条件是家庭中6岁至15岁的儿童正在1年级至8年级就学,并且在校出勤率至少达到85%。到1998年全国有60多个地方性的"助学补助金计划"得到实施,覆盖了约20万个家庭。

2001年2月,巴西中央政府向市政府转移支付来自新设立的扶贫基金的部分资金。这使"助学补助金计划"成为一个联邦项目,开始在全国范围推广,由教育部协调。总统大选的政治因素推动计划在全国加速实施。人均每月收入低于30美元的政府贫困线成为筛选受益人的标准,这约为当时最低工资的一半。各市的目标人口按照全国家庭抽样调查、人口普查和学校年度普查来计算。受益人的筛选工作由地方来完成,但情况有所不同,有的是学校来筛选,有的实行排队政策,有的按地域目标和家访结果筛选。为保证公正公平,地方政府建立了严格的管理和信息统计制度,防止家庭瞒报虚报和重复登记。尽管如此,由于目标人口数据和计算方法不完善,仍存在大量的遗漏情况。各市还设立了社会监督委员会,审查批准受益人名单,检查学校提供的受益学生出勤报告。补助金由银行直接打入受益人开设的账户。到2001年末,该项目覆盖了5 562个市98%的贫困家庭,使480万家庭的820万儿童受益,政府总计补助金额达到7亿美元。

2003年"助学补助金计划"连同其他三个联邦补助金项目合并成一个计划,称作"家庭补助金计划"。该计划改由社会发展部协调。后来,该计划的推行成为保障公民基本收入权利立法的一部分内容,特别是要优先保证最贫困人口。"家庭补助金计划"面向两个群体:人均月收入低于50雷亚尔(1美元约合2.2雷亚尔)的赤贫家庭和人均月收入50雷亚尔至100雷亚尔的一般贫困家庭。这两类家庭每月可得到政府发放的15雷亚尔至95雷亚尔不等的现金补助,发放的标准依据家庭收入和人口数目及项目的具体要求。与强调个体儿童需求的"助学补助金计划"不同,"家庭补助金计划"的条件要求则放在家庭上。有关家庭成员需符合下列人力资源开发的关键要求:1. 儿童的年龄在6岁至15岁,在学校就学,出勤率至少达到85%;2. 7岁以下的儿童定期到卫生所检查过发育情况和接种过疫苗;3. 怀孕妇女接受过围产期保健。政府颁布了有关法令,以规范报名、登记和筛选过程,增加透明度。同时通过乡镇会议、报纸、电台、电视、互联网、学校、公告、家访等广泛宣传项目信息。各市实行配额制,名额由中央政府分配,潜在受益人在各市实行统一报名、登记,人选由中央政府集中筛选,选拔过程接受社会公开监督。起初,项目资金来自国内资源,到2003年末,项目吸引了美洲开发银行和世界银行各5亿美元的贷款,以扩大覆盖面,加强项目的组织、管理和评价。截至2005年10月,巴西全国有800万家庭受益。预计到2006年,项目能达到覆盖1 120万家庭的目标。

补助金计划不仅在教育系统,而且也在反贫困和反社会边际化的行动中发挥了重要作用。该计划对就学人数的增加、留级和辍学率的降低都产生了积极效果。连同政府实施的"废除童工计划"产生的综合效应,全国10岁至14岁的童工人数减少了73.7万,降幅达25.6%,有80万名儿童返回课堂。"家庭补助金计划"被联合国机构、美洲开发银行和世界银行称作是加强对穷人社会保护的一项"最佳实践"。

(作者:李建忠)

日本:试行"多元尺度"的教育公平

经过半个多世纪的努力,日本政府保证了充足的义务教育经费,使各校教学条件、教学设施达到了规范化;高度集权的中央教学管理,使每个学生能够学到统一、规范的教学内容;执行严格的就近入学制度,保障了每个适龄学生的教育机会均等,最终实现了"平等教育"。

但进入20世纪末,日本现行的公立中小学普遍存在教育荒废、学生虐待与受虐待现象、旷课逃学、成绩低下等严重的教育问题,缺乏吸引学生的魅力,加上私立学校在升学竞争中的优势地位,导致公立学校在教育质量方面的信誉下降,学生不愿上公立学校,公立学校产生了生存危机。因此,日本教育界提出在公立中小学实行学校选择制度(以下简称"择校制"),激发学校教育活力,解决各种严重的学校问题。

1997年日本文部省发布了《关于通学区域制度的弹性运用的通知》,允许各地区根据实际情况因地制宜实施。东京都品川区率先在2000年开始在公立小学实施"择校制",2001年在初中开始实施该制度。东京都的日野市、丰岛区、足立区、江东区紧随其后。其他地区也都纷纷酝酿准备在近两三年内实施"择校制"。有学者声称,日本学校改革即将迎来"择校时代"。

自实施"择校制"以来，日本教育界对此进行了激烈的争论。反对"择校制"的学者认为：

第一，在公共教育制度中，尤其是义务教育阶段，导入竞争机制，会破坏教育的公共性与共同性，产生"升学竞争的激化"、"学校排名竞争化"、"升学竞争的低龄化"等严重后果，加大学校之间的差距，产生薄弱学校和重点学校的两极分化，侵害教育机会的均等。

第二，在初中和小学阶段实施"择校制"，会导致家长和学生过早地根据个人的学习成绩、兴趣爱好对将来的职业志向以及升学类型等方面做出选择，这也将会侵害教育系统的机会均等。

第三，没有必要将导入"择校制"作为教育改革的"催化剂"。教育改革应该提倡在原有学校的基础上自觉地进行学校建设。创建特色学校应该围绕平等、效率、共生和自我实现的四个基本原则运行。平等、效率、共生是构成社会一系列制度的基本价值原理，而自我实现的价值应该在上述制度原则的支持下，在日常的生活实践中就可以实现和提高。

赞成"择校制"的学者认为：

实行"择校制"，能够使日本传统的国家主义教育向重视与个性相适应的教育改革的方向快速转变。从教育公平的观点来看，倡导"择校制"的理念，是建立"多元尺度"的公平，即以追求每个个体的独特个性或每一种文化自身的发展权利为特征的"多元尺度"，与传统教育的"一元尺度"的公平相比，"多元尺度"更能体现教育公平。

实行"择校制"，引进竞争机制，能够促进公立学校制度重建和改革，激活学校多样化的教育改革实验，使学校更为开放，从而改善和提高教育质量。尤其是从"一元尺度"价值的选择基准逐渐向"多元尺度"价值基准转化过程中，实行"择校制"更能激发学校教师的教育积极性、创造性，促进重视个性教育质量的改善与提高。

实行"择校制"，能够在父母、教育专家、教职员工之间重建一种参与、协作的新型人际关系，激发教师教育的创造性和学生学习的积极性，全面提升学校的教育质量。

目前日本在实行"择校制"过程中，为避免入学人数过于集中在传统的"好学校"和声誉良好的学校，采取了以下应对措施：

第一，规定每所学校招收学区外学生的人数。若申请入学的学生数超出规定人数，则采取抽签方式决定。

第二，要求小规模学校办特色学校。如办个别学习推进校，根据每一个儿童、学生的基本学习能力，对教学内容和授课时间进行适当安排，并灵活运用各类人员作为学习辅导者，对学生进行个别指导。此外，办学科担任制推进校、小学初中一贯制教育推进校、国际理解教育推进校、公开授课推进校等。与此同时，学校教师与父母、社区居民一起齐心协力对改善学校教育方法、教育质量进行积极探讨，受到家长和学生的好评，促进了学校自身的积极改进，这也正是实施学校选择制度的一个重要目的。

第三，采用标准的多样化，抑制过分集中校的产生。父母在对学校进行选择的过程中，学校以多元价值为指导，并为他们提供多样的、有效的特色学校进行选择。

可以看出，日本的"择校制"在逐渐试行、摸索，人们希望能够寻求有效措施来发挥该制度的正面作用、抑制该制度的负面作用。

（作者：孙诚）

韩国：改革升学制度促公平

20世纪六七十年代，韩国初中、高中升学考试竞争日趋激烈，这不仅阻碍了正处在发育阶段的儿童的身心健康，而且还增加了学生家长的负担，成为比较突出的社会问题，引起全社会对学校教育的不满情绪，受到社会各界有识之士的严厉批评。为解决这一难题，韩国政府在取消初中入学考试录取制度的基础上，从1974年开始推广高中"平准化教育"改革，以消除学校间、区域间教育和设施的差异，提高高中教育质量，完善中等教育制度。

"平准化教育"是指平衡、标准化的教育，是指中小学教育质量在达到标准、均衡的基础上实现统一和公平。这一改革的实现形式是，高中通过推荐、书面材料、区域配置等方式招收学生。目前，高中阶段"平准化教育"改革已在首尔等 23 个城市施行,占全国高中数的 57%、学生总数的 74%。

韩国政府为进一步推进基础教育从过去的应试教育向素质教育、创新教育发展,也对大学入学考试制度进行了改革,引进美国的大学入学资格考试制度,将大学统考改为"大学修学能力考试",注重学生的人格与能力培养。改革的主要做法包括:

简化考试科目。从过去的 6 门至 7 门考试缩减为数理领域、语言领域、外语领域、社会探究领域或科学探究领域 4 门。

压缩高考时间。考试时间在每年 11 月,结合毕业考试集中 1 天考完。其中语言领域考试时间为 90 分钟、数理领域 100 分钟、社会或科学领域各 120 分钟、外语领域 70 分钟,外语专业加第二外语 40 分钟,使考试淡化到类似于全国会考,结束了使师生精疲力尽的高考"马拉松苦役"。

减少考题量。改革后,数理考试 30 题,语言 60 题,社会探究或科学探究 80 题,外语 50 题,第二外语 30 题,总分也压缩成 400 分,其中数理 80 分、语言 120 分、外语 80 分、社会探究或科学探究 120 分。

高考制度的改革为素质教育和创新教育提供了广阔的发展空间与机会,这是一种制度创新和突破。韩国政府从法律上也限制各大学再进行正规的二次考试,只能采用小论文、面试等小测验录取,占总招生数的 60% 多。高中综合成绩在大学录取中也发挥着重要作用。有特长的学生可以通过"特别选考"进入大学,占 35% 左右,有些大学提前招生录取,占 5% 左右。因此,基础教育阶段的研究型课程和课外、校外活动十分活跃。在韩国初高中的教学计划中已很少能看到繁重、机械、堆积满满的课时安排,取而代之的是宽松、启发式、激励式的人格意志、合作精神、科研与实践能力、环保意识、国际化等以学生为中心的素质教育,道德、法制、人文、诚信、信息、实践教育在基础教育阶段均得到加强。

然而,对"平准化教育"社会反响不一。赞成的观点认为,通过制度革新消除了教育不公现象,提供了平等接受教育的机会,为实现和谐社会奠定了基础;质疑的人认为,其削弱了学生的学习能力,学力下降。

韩国最近对 1.7 万名在校高中学生、家长和学校教师进行的问卷调查结果显示，赞成"平准化教育"的人占 65.7%，反对的人占 34.3%。其中学生和家长赞成比例分别为 66.8% 和 67.6%，高于教师的 59.3%。赞成的人认为改革消除了等级、学历社会的弊端，减轻了学业负担和社会压力，减少了教育开支，就近上学方便了学生与家长，为建立和谐社会奠定了基础。持批评态度的人认为，教师难以因材施教，教师教学积极性受挫，优秀学生流失，学生学习能力下降等。另一项对 1 045 名韩国教育专家进行的问卷调查表明，43.5% 的被访问者对目前政府推进的通过大学考试改革、推进公平化"教育革新"持否定态度，而被访问者首选的教育革新是教育质量和英才教育。多数人认为，因材施教、个性化、多样化教育应该是"平准化教育"的最好补充和挽救途径。因此，科学高中、外语高中、国际高中和"自主型"私立高中应运而生，虽然弥补了一些不足，但又可能将教育拉回到过去的"考试战争"和社会辅导、补习班热。目前，要求弥补"平准化教育"不足的呼声还很高，如何改进"平准化教育"，扬长避短，还是艰巨的社会课题。

虽然引起社会各界不同的反响，甚至有导致学生学习成绩下降、好学生吃亏，科学、外语高中等英才教育受到挑战，人才外流等诸多批评，引起一些家长的不满，但是在大学升学率达到 70% 的情况下，拆除考试围墙和枷锁，摈弃唯分数主义，为更多的青少年提供更多的发展机会，加强国际交流，积极发展终身教育，充分开发社会人力资源，才是教育与人力资源开发的精髓等主张仍占主流。

（作者：李水山）

芬兰：走向有质量的教育公平

仅有 520 万人口的北欧小国芬兰，自 20 世纪 70 年代以来，着力整体推进有质量的教育公平，成绩斐然。在经济合作与发展组织（OECD）实施的国际学生评价项目（简称 PISA 项目）2000 年和 2003 年阅读能力、科学和数学素养测试中连连夺冠，平均总分两次排名第一，令世人瞩目。高质量教师和个性化教学辅导是芬兰取得成功的重要原因之一。

俗话说,"一个好汉三个帮"。要实现个性化教学辅导,靠每个教师在"自留地"上独自奋斗是行不通的。为此,芬兰设立了班级教师、教师助理、特别需要教师和多学科综合工作小组等一系列分工细致、职责明确的教师团队。

班级教师负责鉴定学习落后的学生,课后进行一对一教学,或是2人至4人小组教学,解决学生某一科目学习中遇到的具体问题。根据学校作息时间安排,个别化教学一般在放学后进行,有时是在课前或是在午餐时间进行。班级教师在正常的课堂教学中也常常组织小组学习和进行个别教学,对学习困难的学生进行重点帮助和辅导。

教师助理,有时叫学校助理,与数名教师一起工作,他们不是受过专业训练的教师,但一般都接受过至少一年的高等教育。他们在班级教师的指导下工作,上课时坐在学生旁边,对学生解答不出的问题给出答案,学生走神或搞小动作的时候举起小旗提醒学生注意听讲。教师助理不进行班级教学,一般都在班级教师的指导下对学生学习中遇到的一些具体问题进行课外一对一或小组辅导。

特别需要教师的职责主要是对语言(芬兰语和瑞典语)学习有问题的儿童提供特别的辅导。和其他教师相比,这些教师还要多接受1年针对各种学习问题和特殊教育方面的专业训练。他们辅导的一般是经班级教师和教师助理辅导后仍未见提高的孩子。芬兰的特殊教育有三类:有严重残疾的儿童(1.8%)到专门开设的特殊学校就读;有轻微残疾的儿童(4.4%)融合到主流教育中,这两类儿童需要特别诊断。第三类是占17%—20%的特别需要儿童,不需要诊断,但需要额外提供帮助,不使学习落后。特别需要教师重点帮助属于第三种情况的儿童。

多学科综合工作小组,由班级教师、特别需要教师、学校顾问、心理医生、社会工作者和卫生健康工作者及公共住房系统人员等组成,综合小组对有家庭和社会问题及学习问题的儿童提供各种咨询服务和解决方案,处理学校本身无力解决的问题。学生的非学校因素问题通过有关专业人员解决,这样就可以让教师把更多的精力放在教学上。

个性化教学建立的基础不仅仅是教师的数量,更是教师的质量,为此芬兰不断提高对教师的学历要求。早在1980年,芬兰就颁布教育法令,规定初中教师需具有硕士学位,培养年限由 2 年至 4 年改为 5 年至 6 年。《教育人员资格学位修正案》规定,从 1999 年起,所有中小学教师需具有硕士学位。为解决教师队伍年龄老化和部分教师学历不达标的问题,2001 年启动"教师教育发展计划",决定投入 5 000 万欧元扩大培养规模,提高教师学位层次,目标是到 2006 年末增加 6 000 名具有硕士学位的教师。2005 年 8 月生效的《大学学位法令》规定实行教师双资格制度,班级教师可获得某一学科的学科教师资格,学科教师也可获得班级教师的资格。

新毕业的具有双资格的班级教师可在 1 年级至 9 年级教授某一科目。

目前,芬兰有 10 所大学实施教师教育计划。教师教育在大学属于硕士学位序列。芬兰实行班级教师和学科教师制度。班级教师负责教授 1 年级至 6 年级的所有学科。报考班级教师要进行书面考试、性向测验和面试,有的学校还要求技能展示。入学竞争非常激烈,录取率在 10% 左右。5 年中要修满 160 学分才能取得硕士学位。取得任教资格的班级教师可以通过继续进修取得特别需要教师、学生顾问和某一科目的学科教师资格。学科教师在 7 年级至 9 年级或普通高中阶段教授 1 门或数门科目。报考学科教师者在被相应的专业院系录取后需要另外通过性向测验,或在专业院系取得学位后在教育学院进行为期一年的教育学知识的培训。此外,芬兰还注重增加投入,加强教师的在职培训。

高质量的教师队伍,完善的社会服务支持系统和学生辅导制度,教师社会地位高,工作条件优良,学校和班级规模小,民主化决策和管理等等,这些都极大地促进了芬兰义务教育阶段的机会公平和结果公平。

（作者：李建忠）

各国推进教育公平的启示

教育公平是社会公平的基础。各国在推进教育公平进程中,建立了从立法干预到政策和行动干预等国家干预机制,体现了国家意志和政

府责任,经历了从保证机会公平到保证过程公平、结果公平和结果使用公平这样一个历史发展过程。各国推进教育公平有以下启示:

1. 推进以权利为基础的教育,确保每个公民享有优质教育的权利和机会均等。各国通过立法保障公民受教育的权利和机会的均等,促进教育公平的推进。

2. 优先投资于民,坚持教育的公益性和公共性。2002年经济合作与发展组织(OECD)国家财政性教育支出平均为4.9%,北欧国家则达到了6%以上。巴西是目前世界上唯一一个把各级政府对教育的投入比例明文写入宪法的国家;美国总统布什曾表示要当"教育总统",优先投入教育;印度新一届政府宣布,财政性教育支出要逐步实现6%的目标。各国政府把教育纳入公共财政保障范围,防止教育商品化机制的引入伤害弱势阶层。

3. 弱势地区和群体优先,国家干预和国家责任是实现教育公平的根本保证。日本和韩国颁布振兴偏僻地区教育的专门法律,着力推进实施弱势地区和群体的免费义务教育。印度对弱势阶层实施入学保留名额制度,在中央所属高校为表列种性保留15%、表列部落7.5%、残疾人3%和其他落后基层27%的大学入学名额。

4. 从关注机会公平到更加关注过程公平和结果公平,通过建立个性化学习和辅导制度,保证不让一个儿童落后,整体推进教育质量的提高。芬兰通过设立班级教师、教师助理、特别需要教师和多学科综合工作小组建立了完善的学生帮助辅导制度。日本建立了个别学习指导制度,缩小班级规模,为学习困难学生与学习超前的学生分别制订相应的个别学习计划。

5. 对弱势地区和群体实施补偿制度,体现国家推进教育公平的责任。日本实施地方交付税制度,中央政府对财政不足的地方政府提供专项补助。韩国实施"教育福利投资优先地区"计划,从目前的大都市向中小城市推广。美国为处于不利境地的学生提供特殊资助。巴西为激励贫困家庭儿童就学,在基础教育阶段实施了"助学补助金计划",向贫困家庭儿童的母亲提供现金补助。印度中央政府拨出专项经费向农村儿童提供营养午餐,覆盖了1.2亿个儿童。

6. 在校际间、城乡间和区域间均衡配置教育资源,保证政策公平。芬兰实行全国统一的教师资格标准和要求,统一学校教学设施和经费投入的标准,没有重点校和重点班之分,确保每个学生享有均等的优质教育。日本通过教师和校长轮换交流制度,达到教育人力资源均衡配置,实现校际均衡发展。

7. 实施"二次机会计划",关注弱势人群。芬兰对9年制基础教育之后不能升入普通高中或职业高中的学生采取一年的补习计划,使这些学生能根据自己的能力和兴趣在补习一年之后升入普通高中或职业高中。日本对20岁至29岁的青年人群提供二次教育机会。

这些做法与经验对我国推进教育公平有一定的启发和借鉴作用。

(据《中国教育报》、《中国青年报》、中华网相关资料整理,

作者:焦流)

校园，本该是一方净土，文明的殿堂。然而，近年来，校园暴力事件时有发生，有老师打学生的，有学生打老师的，有学生打学生的，也有校外人员进入校园行凶闹事的，给宁静的校园蒙上了一层阴影。人们不无忧虑地发现，原本应该用美好、纯真等词来形容的花季少年，却越来越多地与暴力、喋血、行凶、杀人等词联系在一起……

从某种意义上说，校园暴力是烛照学校教育和管理水平真相的一面镜子。无论何因，面对校园暴力，所有人都无比痛心，因为校园暴力会给孩子们留下难以磨灭的心理阴影。

面对校园暴力，学生无所适从，而教育者也是无可奈何。校园暴力的发生有很大的偶然性，对其遏制也不是一朝一夕的事。学校和教育工作者怎么做才能最大可能地减少校园暴力的发生率，这个现实的问题已摆在全社会的面前——无论是加强教育还是严加管理，总之，别让这样的事情再发生了，还孩子们一个正常的学习环境！还孩子们本应充满温暖与阳光的校园！

校园，远离暴力

现象：校园成"江湖"

近年来，校园暴力案件不断发生，在校学生的犯罪率呈上升趋势，原本是一方净土的校园竟然变成了"江湖"……

校园暴力：教育永远的痛

"校园暴力"案件在全国都十分普遍。青少年犯罪研究会近期的一份统计资料表明：近年内，青少年犯罪总数已经占到了全国刑事犯罪总数的70%以上，其中十五六岁少年犯罪案件又占到了青少年犯罪案件总数的70%以上。校园暴力案件不断发生，在校学生的犯罪率呈上升趋势。

面对不断发生的"校园暴力"案件，面对孩子们恐惧、无助的眼神，我们究竟能做些什么？校园暴力不仅给孩子造成了身体上的伤害，更给他们的心灵烙下了深深的伤痕。许多人都在呼吁"拒绝校园暴力"，可为何这么多年过去，依然有不和谐的声音在我们耳边响起？

近日，广州市越秀区法院对一起多次恐吓、抢劫在校学生的"校园暴力"案件进行公开宣判，"校园安全"的话题成为与会者议论的焦点。

不少学生家长反映：专门勒索在校学生的"鬼仔"（广州人对这些勒索者的称呼）在广州十分普遍，他们趁着中午或下午放学的"真空"时间，躲在学校附近的巷子或便利店内伺机下手，看到比自己小、比自己矮的低年级学生就动手勒索。不少学生被这些"鬼仔"吓得不敢上学，学生遭到这些人殴打致伤致残的惨剧也时有发生。

还有一些"鬼仔"拉帮结派，在校园内外编织起一张邪恶的网络，被"网"住的学生必须按时交纳"保护费"才能保平安。广州一家中学的初一学生杨某就曾因为拒交"保护费"被"执行家法"打得头破血流。据介

校园暴力？？？？

打击报复？？？？

绍，学校很多低年级的学生都被胁迫做了这些人的"小弟"，由于害怕被"掌门"和校外的"大佬"打，同学们都不敢向家长和老师反映。是什么让"校园暴力"如此猖獗？

不少已侦破的"校园暴力"案件都表明，许多作案者都是先"自愿"结帮，并收取一定数目的"入会费"作为活动经费，然后一起去"共同致富"——收取帮外学生的"保护费"。现在的小孩大都是独生子女，父母忙于生计，无暇顾及他们，这些孩子到了陌生的环境中，往往急于寻求"保护"，一些校园准黑社会性质的组织就是在这种心态驱使下形成的。

有不少学生反映，勒索事件不断发生与校园周边环境整治不力有着密切关系。不少学校周围深巷太多，多年无变化，给作案者提供了便利。缺少校外教育也是孩子频遭"黑手"的原因。人们通常认为，孩子在家由家长教育，在校由老师教育，但不在家不在校这段真空时间给忽视了。

目前，国外的社区等一些正式非正式的组织已经对孩子的这一真空地带予以极大关注，如在其放学后提供一些活动场地等。

在目前应对"校园暴力"尚缺乏行之有效的措施之时，许多学校都只好以硬性规定来保证孩子的安全："来上课的路上不要带手机等贵重物品"，"每天身上带的现金不要超过10元钱"，"尽量结伴走大路"。

但学校的这些硬性规定往往也不那么"保险"，许多家长只好采取最稳妥的办法：亲自去接。不少家长抱怨："为了接孩子，不得不放下手头上的很多事情，但不接不放心啊！"保证孩子的安全，从哪里做起？

目前，全国各地已针对校园及周边治安秩序开展了大规模的联合整治行动，对侵害师生人身权益的违法犯罪活动和校园周边的流氓团伙、黑恶势力进行严厉打击。不少辖区推行了"钟点保安"工作，在学生上学、放学的时间加强学校周边巡逻。不少学校还聘请了公安、政法系统的法律工作者担任"法制副校长"，协助处理校园意外事故，共同应对校园暴力。

校园暴力的频繁发生也促使人们将关注的眼光投向孩子的内心世界。不少专家提出要加强青少年学生的心理知识教育和心理技能训练，提高其心理的容纳性和承受力。许多中学已成立了学生心理辅导中心，对学生提供心理健康方面的知识宣传和知识咨询。

还有专家指出，要保证孩子的安全，当务之急是要加强学校、家庭和社区之间的联系，共同构建良好的教育环境。由教师代表、家长代表、社会德高望重的人组成一个委员会，通过这个委员会加强学校和家庭之间的联系，同时对学校管理、学校周边环境、教师行为等进行监督，及时向地方当局和学校提出建议和要求。

（据《京报》）

校园暴力事件频发

2005年10月30日下午4时,涞源县职教中心高一(102)班。这是一个星期天。8名同学正在教室里看书学习,同学们正在赶写周一就要交的作业。突然,几个手持铁链、砍刀、钢管的学生冲进教室,"见人就打,逢人便砍,教室里顿时血肉模糊,打声哭声一片"。8名学生中除了1名同学趁人不注意跑了出去,才避免了被砍外,其他7名学生均被不同程度砍伤。伤势最重的李同学身上有三处伤,左肩胛骨骨折、韧带被砍断、左胯骨裂缝性骨折,手术后一度昏迷不醒。(本报11月1日曾对此作过报道:《校园丁点儿矛盾同学砍刀相加,7名学生被砍伤》)"你说现在的孩子,在学校里我们家长也不能放心啊!"11月1日中午,省会一学校的门口,来接孩子回家的李女士对记者说,"孩子们在校园里也老是打架,还动不动就上刀子,当家长的能放心吗?"

记者在走访中发现,校园暴力事件不是一个偶然性的现象,它在现实的校园中大量存在。一位家长告诉记者,自己正上五年级的儿子和同学一语不和,竟被对方一拳打破鼻子;省会电建小区的王女士说她的孩子不敢去上学,因为有人在校门口天天向他诈钱;而卓达小区的刘先生则气愤地告诉记者,上初中的儿子从来不抽烟,可是他竟发现儿子经常偷拿他的烟,经询问,儿子竟哭着说是给班里的"大哥"上贡的……关于校园暴力事件的报道也不断见诸报端,随手翻阅一下本报近两个月来的报道,记者就发现了如下案例:

案例一:30余名学生群殴众学弟,某高校涉案9少年领刑(本报2005年9月20日报道):日前,石家庄市中级人民法院做出终审裁定,10名少年因故意伤害罪获刑。这10名少年中,有9人来自河北省某技术学院土木系02级。他们集体殴打低年级学生,造成一名学生死亡,数人受伤。

案例二:中学生斗殴引发血案,事发饶阳,一人死亡,多人受伤(本报2005年9月25日报道):9月21日晚7时10分许,饶阳县某镇一中学发生学生斗殴事件,一名初三学生在该起事件中死亡,另有三名学生身上多处受伤,住院治疗。

案例三:初中生为"情"挥刀杀人(本报2005年9月28日报道):秦皇岛一名年仅16岁的初中生张某,因与班中一名漂亮女生很要好,遭到了已毕业学生戴某一帮朋友的殴打,张一怒之下,对其中一人连捅数刀致其当场死亡。

案例四:因打架事件频发,学校出"无奈之举"——体育生想上课先交押金(本报2005年11月1日报道):近日,藁城九中新华联办中学针对该校体育生打架现象频出的现状,要求在校的40多名体育生签订一份《自律协议书》,学生、家长、教练都要在协议书上签字,并交纳500元的押金……

以上这几个案例,仅仅是近期内在本报上报道的,而实际情况远比这个更严重。统计数字显示,近年来,校园惨案时有发生:2004年公安机关在全国范围内开展学校及周边治安秩序集中整治行动,破获侵害师生人身财产安全的违法犯罪团伙1 358个,查破刑事、治安案件18 433起,抓获违法犯罪嫌疑人13 669名。校园,本该是一方净土,文明的殿堂。然而,近年来,校园暴力事件时有发生,给宁静的校园蒙上了一层阴影。人们不无忧虑地发现,原本应该用美好、纯真等词来形容的花季少年,却越来越多地与暴力、喋血、行凶、杀人等词联系在一起。

是什么原因，使得现在的孩子在处理矛盾纠纷时，宁愿舍弃正规渠道而采用如此极端的暴力行为呢？这种极端的行为背后，是否又蕴含着更深层次的教育隐忧？

11月1日至4日，记者通过电话采访了10位教师（其中小学教师3名、中学教师4名、大学教师3名）。从老师们的回答分析来看，老师们普遍认为校园暴力发生的根源是家庭教育的失败。"因为只有良好的家庭教育、人文化的校园教育、良好的社会风气、学生自己的努力四者合一才能从根源上杜绝校园暴力的发生，而良好的家庭教育又首当其冲，是主要原因。"河北大学教育学院的张老师说。有两个形象的说法需要引起我们的警觉。一是"6+1综合症"：在家庭里，有些"独苗"被爸爸、妈妈、爷爷、奶奶、外公、外婆6个大人争着宠、捧着爱。这种"6个大人宠1个孩子"的现象，专家称之为"6+1综合症"。6+1的家庭结构导致独生子女被过分溺爱，使得其心理成熟期推迟，自控能力差而好奇心强，容易情绪激动争强好胜，甚至养成唯我独尊、自私狭隘等不良性格。二是"5+2=0"：学生一周里在学校接受5天教育，双休日在家无人管教或者教育不当，5天来的那点教育效果就化为了泡影。一项关于流浪学生危害校园的调查显示，30%的老师认为校外一些流浪学生是校园暴力的主要制造者，而这些学生多半没有得到良好的家庭教育，在学校又因成绩差而受到冷落，过早地流浪社会，和一些不良社会青年混在一起。这些同学一旦自己受点委屈，就勾结校外的社会青年对同学进行殴打报复。"在防止校园暴力方面，学校、家庭、社会还应做哪些工作？"面对这个问题，老师们大都赞成防范当前校园暴力应从社会、学校、家庭和学生自身四个方面入手，齐心协力。"首先要建立良好的家庭氛围。"赞皇县中学的郭老师说，家庭成员之间应互相尊重，不能粗暴地打骂孩子。

（据中华网、《河北日报》相关报道整理）

本是同根生，相煎何太急

★城市里的地狱天堂——受害人吴非，17岁，高一学生

吴非是个生性怯懦的孩子，他随着打工的爸爸和卖菜的妈妈来到他向往已久的省会城市。当他含着腼腆与胆怯的微笑，在某高中的讲台上听班主任向同学们介绍自己的时候，绝对没有想到，一双含着轻视与亵玩的目光，正对着他阴森地发笑。

不知他看过《北京人在纽约》没有，那句精彩的台词"如果你爱他，带他去纽约，那里是天堂；如果你恨他，带他到纽约，那里是地狱"正暗示了他的出路。那个春花旖旎的三月，他踏上了他的人间地狱之行。

那个用阴森的目光看他的男孩子叫闫果，出名的"歪人"。他在吴非到这个班一周的时候，在一个无人的角落，挡在了吴非面前。他拿出一封情书要吴非代他送给同校的一名女生。初来乍到的吴非人生地疏，内心无比拘谨与怯懦。他不认识那个女孩子，也怕她骂他，不敢送去。闫果说："今天我放你一马，但你得付我30元放马费，否则一天利息10元。"

吴非家境拮据，他又是一个孝顺的孩子，从来不向父母无端要钱，一直没钱给，闫果几乎天天催，数额也一天比一天多。

一段时间之后，闫果又要吴非"还钱"，催要未果，便操起乒乓球拍朝吴非的脑袋砸去，顿时血流如注。但吴非不敢对老师说，他怕无法无天的闫果更肆意地报复，他也不愿对父母说，他知道无钱无势的父母不能帮他摆平什么，反而会让他们和他一起揪心伤痛。

几天后，闫果纠集六个同学，用烟头在吴非身上烫出五处伤疤。

再过几天,闫果把椅子上的螺丝卸下,用打火机烧红后,戳在吴非的旧伤上,说是"消毒"。

在学校钳工实习课上,"歪人"之一李小刚用老虎钳夹住吴非残疾弯曲的左手拇指说:"我帮你把它夹直。"然后猛地捏下去。吴非惨叫一声,泪水、汗水潸然而下。

在一堂计算机课上,闫果逼吴非还钱,并摸出一把刀子在吴非背上来回划动:"没钱?那你就表演手淫给我们看!"四周"歪人"们虎视眈眈,吴非只好含泪拉开自己的裤子……

某天,闫果又来催"债",未果,吴非被逼迫在自己右大腿上划了一刀。

同日,在学校食堂二楼俱乐部,闫果等人抱持吴非双手双脚,多次将其身体抛起后使其臀部跌落在地面上。继而以转圈的形式不断将其摔跌在地上。吴非被摔昏迷后,闫果又操起窗框边的一根木条,朝吴非身上挥去:"装死,起来!"

在不断的喝彩声中,整个虐待过程持续了近一个小时。

令人发指的非人虐待持续一年之久,不堪人间地狱折磨的吴非终于向他的父母求助。但话刚起头,无学无识习惯忍辱负重的父母粗暴地打断了他的血泪控诉:在学校不学好,成天惹是生非,你不惹他们,他们会注意到你?

第二天上学途中,吴非把自行车卖了20元钱后离家出走。

三天后,在离成都80公里远的一个郊区,家人找到了他瘦弱的尸体。他浸泡在一汪脏水里,睁着眼,空洞绝望。腿上的伤口长达12厘米。在他走向天堂的路上,是否走得眼泪汪汪,踉踉跄跄?

警方调查证明,吴非死亡前夕的智商检测,智商仅为59,轻度低能。

这一年间,吴非从一个正常孩子变成低能少年直到死亡,有谁关注过他的痛苦与恐惧?警方批捕了以闫果为首的七个"歪人",他们也仅仅才十六七岁。

★记者的明察暗访:校园暴力,无处不在

如果把在校学生持刀杀人案件比作汛期大堤上的"管涌",在校学生长期挨打受气、被敲诈、遭挤兑就是大堤上的"暗流"。"暗流"形成"管涌"喷射，只是时间问题。2006年，记者曾在太原的几所学校周边明察暗访，结果发现，校园暴力潜伏于很多地方，已成为极大的安全隐患。

军军——

2005年11月3日下午6点10分，太原市某中学校门口。放学的铃声响过，同学们鱼贯而出。校门外早有人在等军军，是三个年龄大一些的孩子。军军和来人嘀咕了几句，站在校门口继续等候。几分钟后，校内走出一个男生，几个人跟了上去。开始，四个人还是小声说话，不一会儿，骂声响起，其中两个人在那个男生脸上甩了两个耳光。男生还来不及还手就被一个飞腿踹倒在地，男生刚要爬起来，军军一只脚已踏在男生后背上，并骂道："以后再犯贱，还会有好果子吃！"知情人告诉记者，三个人是社会上的小青年，今天可能是来帮助军军解决某个问题的。好在双方动手不狠，暂时未引发严重后果。

放走那个男生。军军和三个小青年开始骑车在街上游荡。经过一个烧烤摊，军军和三个小青年吃了些羊肉串，每人喝了一瓶啤酒。和一般人不同的是，他们喝完啤酒后会把酒瓶重重摔在地上听响。

冬冬——

冬冬是太原某企业子弟学校的一名男生，今年13岁，照片上的他显得文静瘦小。2005年10月21日上午，他背着书包说是上学，实际上离家出走了。

冬冬离家当天，爸爸在他的书桌里发现一张字条：爸爸，妈妈，我走了，你们不要找我。我不能再回学校了，我被那些大孩子打怕了。我没有那么多钱给他们，所以我只好离开家去一个他们找不到我的地方。冬冬离开家后，爸爸妈妈放下了手中的活计找遍了能想到的每一个地方，十几天过去了，孩子还是没有一点音讯……

（据搜狐教育网、腾讯社区相关资料整理，
文中所涉及的学生全是化名）

追问：暴力滋生谁之过

是什么原因使得现在的孩子在处理矛盾纠纷时，宁愿舍弃正规渠道而采用如此极端的江湖行为呢？这种极端的江湖行为背后，是否又包孕着更深层次的道德价值取向问题和心灵畸变现象？

谁给了"校园江湖"滋长空间

如此多的校园暴力几乎让校园成了"江湖"，学生的安全无法得到保障。据中国青少年犯罪研究会统计资料表明：近年，青少年犯罪总数已占了全国刑事犯罪总数的70%以上。发生在中小学等未成年人之间的搜身、拦截、殴打、强行索取财物、人身伤害等现象屡屡发生，一些学校竟有10%左右的中小学生受到过不同程度的侵害。

笔者以为，我们有必要追问这些校园暴力事件发生的深层原因。

首先，学校注重分数，忽视学生身心的健康发展。不少受害学生就是被所谓的尖子生打伤的。其次，学校没有采取足够的措施对学生的人身安全提供有力的保障。最后，社会风气和电影电视暴力信息的影响。近年来，暴力事件的当事人呈低龄化发展的趋势，暴力活动呈规模化、组织化发展的趋势。校园暴力问题是各个家庭、学校和整个社会都不愿看到的，无论家庭、学校还是社会，都有责任来关心、分析和解决这一问题。正视校园暴力的危害，有利于我们更好地解决校园暴力。校园暴力活动严重地扰乱了学校正常的教学秩序，对广大师生身心安全构成了严重的威胁，增加了学校教学管理的难度，给学校声誉和经济都造成了严重的损失。并且，校园暴力活动成为青少年犯罪的祸源，成为社会不稳定的隐患，如果任其发展，后果令人担忧。长期以来，学校一直被视为求教者"生存"、"生活"和"发展"的学习家园，而非充斥着暴力和冲突的场所。当面对触目惊心的"校园暴力"悄然走入了神圣宁静的学习乐园，作为关心孩子健康成长的有责任感的人，我们都应该对此反思。

不能让校园成为"江湖"，不能给校园暴力滋长的空间，社会、学校、家长都应该对此进行探索。透过这些校园暴力事件，笔者以为学校、家庭、社会在防范校园暴力方面亟待做到制度化。也就是说，防范校园暴力，制订应急预案做到制度化，才能起到良好的效果。作为学校防范暴力的措施，预防工作应在日常工作中制度化。防范校园暴力事件，减少暴力事件带来的危害，是学校危机管理的重要方面。事先制订针对不同类型的校园暴力事件的应对预案是防范的重要措施。只有这样，才能做到在事件发生时，处理问题有条不紊，最大限度地降低事件的危害程度。由于校园暴力会对师生造成心理和生理伤害，甚至会引发死亡事件，严重影响学校的正常教学秩序，还会给本人、家庭带来痛苦和灾难，给社会乃至整个国家带来无法弥补的损失，因此，强调应急预案的制度化就有了重要意义。

在一定意义上，做到防范校园暴力应急措施制度化只是问题的一个方面。但是无论怎样，都不能让校园成为"江湖"。

（据红网，作者：朱四倍）

文化营养的失衡与校园暴力

校园暴力并不是近几年来才出现的，但它的不断升级却是不可否认的，因而也最应引起警惕。事实证明，如今的校园暴力已经超出单纯打架斗殴的可控范围，在个别地方甚至正在演变成带有黑社会性质的团伙，制造敲诈、勒索、抢劫、杀人等恶性刑事案件。

我们不禁要问：校园暴力真的成了教育永远的伤痛？当花季少年成为犯罪分子，不知他们在行凶作恶时，内心有没有过胆怯与恐惧？有没有过对生命的敬畏与珍惜？是什么导致了他们对暴力的崇尚甚至膜拜？谁又该为他们制造的罪恶承担责任？

文化营养的失衡

如今，暴力文化已成为现代文化生活中部分成年人不可缺少的享受，在此情况下，暴力文化商品自然成为商家的最大卖点。虽然我国有关青少年问题的法律一律禁止孩子接触暴力文化，但实际上没有可操作的限制性规定。在影视文学作品、音像制品、小报小刊、电子游戏中，青少年可以很方便地接触到暴力场面。更不可理解的是，成人往往因为一些影视作品是描写正义的战争或正义的行为就让孩子观看，即使其中的暴力场面十分恐怖。其实，孩子在有暴力场面的作品中并不见得能理解什么是正义，相反，他们可能欣赏的只是其中的暴力行为。

全国中小学生心理健康教育课题组组长王加绵认为，校园暴力给青少年造成的危害远不止皮肉的创伤，更严重的是会造成孩子们心灵的扭曲。如果任由这种势头发展下去，无疑会在青少年中造成一种不良的暗示：邪恶比正义更有力量，武力比智力更有价值。这是相当危险的。

笔者在采访中还注意到，除了社会上存在的暴力文化的作用外，家庭教育不当也是一个十分重要的原因。2002 年 10 月 27 日，笔者去某小学采访，当问到孩子们被同学打时作何反应的问题时，至少有 45%的孩子毫不犹豫地回答"打他"。究其原因，是家长从子女上幼儿园起，就向他们灌输在学校不能吃亏，遇到谁欺负自己就应以牙还牙、以暴制暴等错误观念。

如今，我们正处在一个社会结构急剧变动的时代，传统的道德、理想在不断地被解构，整个社会的价值观走向多元。在这个前提下，孩子世界观中的暴力倾向在很大程度上是现实世界的投影。试想，如果成人世界奉行的是弱肉强食、巧取豪夺，又凭什么要求孩子温良谦让呢？毕竟，道德不是靠灌输的，它是靠家长的身体力行传授给孩子的。

教育观念的偏颇

"校园暴力在个别地方屡禁不止甚至逐步升级，学校的失误不可忽视。毕竟，学校是校园暴力的集中地，最有条件在第一时间内作出反应。为此，学校必须对自己的失误真诚反省，勇敢承担起自己应负的责任。"

"学校对校园暴力有无法推卸的责任。这绝不仅仅是管理不严、教育不力的问题，更重要的是，它表明了当前的教育还没彻底摆脱应试教育的阴影。"

针对校园暴力滋生和蔓延的原因，一些家长和专家向笔者表达了上述意见。从笔者采访到的新闻事实和对这些事实综合分析的结果看，这些意见基本正确，学校对校园暴力的确难辞其咎。从某种意义上说，校园暴力真的是烛照学校教育和管理水平真相的一面镜子。

然而，不少存在校园暴力的学校都在不同程度上讳疾忌医。尽管他们已经发现了校园暴力的存在，也认识到其危害性，但出于"家丑不可外扬"的思想，不愿向学生、家长和社会公开以寻求帮助，更不愿采取相关措施。尤其不可思议的是，个别已经发生过严重校园暴力的学校甚至包庇施暴者，而移罪于受害者。

在某镇中学，一位名叫梅梅的女生因遭受校园暴力的伤害而精神分裂。事后，当笔者来到该中学，找到当初教梅梅英语课的老师柳某时，柳某自称她曾教育过欺负梅梅的同学，但没起什么作用，后来也就不管了。柳某承认，梅梅以前是个很听话的学生。一位自称是学校办公室负责人的老师则告诉笔者,学校在梅梅患精神病这件事上并无责任,因为同学间的打闹是正常的。

此外,教材中存在宣扬暴力色彩的内容也是一个值得认真探讨的问题。仅在初中语文课本中,描写如何将对手打得"脑浆迸裂,涂了一地"等暴力场景的文章就不止一篇,非但如此,老师还经常用"动人的艺术魅力"等词语对它们进行评讲。这就使孩子从小养成了接受与欣赏暴力的习惯,在无意识中形成一种错误的认识,即只要暴力用在合适的地方,就是正确的、美好的、艺术的。

然而,受教育者人格的培养,却必须建立在他们切实感受美好而不是丑恶事物的能力之上,而暴力,不管它出于何种目的,都毫无美感可言,尤其对孩子来说,更是这样。因此,著名教育家蔡元培强调:"一方面自己爱自由,一方面助人爱自由……要培养爱自由、好平等、尚博爱的人,在教育上不可不注意发展个性和涵养同情心两点。"

事实上,现代社会的基本标志就在于对人的普遍了解、尊重乃至爱心,这正是我们所缺乏的东西。如今,我们虽然大力实践素质教育的教育理念,但绝大多数人理想中的"素质"仍局限在培养受教育者生存所必需的各种竞争技能上,这种偏颇不能不令人担忧。

非暴力情感培养

在校园暴力中,那些被欺负、敲诈、勒索甚至身心受到严重伤害的学生是我们能看得见的受害者,因而他们得到的关怀和帮助也就多。但笔者在采访中发现,那些施暴的孩子同样也是受害者,而且从某种意义上讲,他们似乎比被暴力所伤的学生更应得到关怀和帮助。

据笔者调查,校园暴力的施暴者主要是"问题少年",他们的家庭多有不幸,或家境贫寒,或暴力不断,或父母离异,他们享受不到家庭的温暖和平安富足的生活,加上平时缺乏关怀、帮助、引导和管教,便常常处在违法犯罪的边缘。

当前在个别地方依然盛行的应试教育之风,也使一些正常家庭的孩子被"赶"进了施暴者的队伍。拥有20多年教龄的教师陈禹说:"每个人都渴望被关注、被接纳,应试教育却使一部分学生成了被淘汰者。于是,他们就用暴力来报复老师和同学,他们认为对物质的占有、对他人的伤害,都是对自我感觉、自我力量的肯定,可以因此重新使自己获取老师的关注和同学的'认同'。"心理学家郝若平也指出:"青少年学生正处于心理断乳期,随着第二性征的出现,他们的自我意识逐渐增强,言行举止趋同于成人,喜欢表现自己,渴望得到别人认同。当他们内心郁积的困惑或愤怒无法释放时,在感情的冲动下,就可能会通过暴力达到目的。"

同时,青少年压力过重也是校园暴力发生的原因之一。世界儿童发展组织在调查了75个国家的教育环境后,针对各种各样的校园事件发布了一份备忘录,明确列出学校生活带给青少年的20种不良压力,如学习压力、家长压力、人格贬低压力、经济比照压力、孤独的压力、家庭暴力压力、校园内帮派暴力压力等。该备忘录指出,每个学生几乎要同时承受平均12种不同的压力,有的会更多甚至是全部。目前,这份备忘录已受到欧洲国家的重视,许多学校正式以其内容为基础,开始进行学生关爱工程,最大限度地减轻学生压力,防止校园意外事件尤其是暴力事件的发生。

事实上，一旦明白了施暴者也是受害者的道理，我们就可以对症下药，将施暴者转化成正常的、健康的、积极向上的孩子，校园暴力自然就会自行瓦解。那么，究竟如何转化呢？笔者认为，应倡导平等、公正、富有同情心和怜悯心的非暴力思想。换句话说，就是培养孩子建立一种朴素的、人性化的道德情感。毕竟，人们使用暴力是后天形成的，而不是天生的。

（据光明网，作者：曹保印，文中涉及的部分教师和
未成年人均采用了化名）

校园暴力的心理因素

校园暴力最近成了社会广泛关注的话题。笔者在中国和新加坡从事心理辅导多年，经验告诉我们，青少年的不良行为可以根据其性质分为各种类型，不是一出现便与私会党有关。心理辅导员也应根据行为的不同类型对症下药地予以处理。

以下几种情况，都会引致青少年不良行为的产生。

第一种是"心理幼稚症"。

张同学，男性，14岁，初中二年级。这位同学出身于"书香门第"，母亲是一名中学优秀教师，从小对他进行严格的管教。小张从小学到初中都是重点优秀学生。他为人文静温和，在亲戚和学校老师心目中是一名老实听话的好孩子。

但是近两年来连续发生三件令人吃惊的事件。第一件，在巴士车上，无故将一名女乘客的裙子剪坏，被警察局训话和拘捕教育数天，后被母亲保按释放。第二件，时隔数日，自作主张用10元买进一辆来历不明的自行车，隔一周后又以同样价格出售给别人，再次被警局传讯训话。

再隔数月，跟着一名同班同学到居民家中偷窃，他担任"把风"。被抓后追问他为什么行窃，小张不加思索地回答："我知道偷窃是犯法的。因为他是我朋友和同学，不去不好意思"，"反正我不

想偷"。

这呈现"无知型"和"玩耍型"的犯罪特点——缺乏深刻的动机和计划的犯罪行为,并不追求得到物质的满足。

在心理中心检查,张同学外表正常,智商中上水平,无精神病理症状;但发现心理发育不成熟,想法幼稚单纯,心理认识水平低下,无理想追求,无成熟自我意识。这是"心理幼稚症"犯罪的典型例子。

经过心理辅导、检查、咨询、老师帮助、家人加强教育,一年后逐渐好转,不再出现类似行为,顺利升学。

第二种是"反社会性格缺陷"。

小维,男生,中学四年级,17岁。

他幼小时活跃好动,上课不遵守纪律,在课堂里有时无故起身来回走动,尖声喊叫,教师多次教育批评无效,父母经常收到老师投诉电话。进入初中后,更发展为动辄冲动打人,脾气粗暴急躁,不知道恐惧和危险,外号为"小霸王"。

最近连续发生多次意外事件:用小刀乱划乱舞,将女同学手指划破,鲜血如注。第二天将另一位同学从高台上推下来,震惊全校。在教室内打闹,将铁制书桌打翻,压伤别人,险出人命。

后来发现,小维从小无法无天,调皮捣蛋,屡犯错误。令人不安的是屡教不改,当面检讨,事后不改,屡教屡犯,我行我素,不能自控自己的行为。父母为他其痛心哭泣,打过骂过,他在旁边若无其事。幼小时曾看过心理医生,怀疑他有"多动症"。

这是很值得注意的案例。问题是,这名男生大错误不犯,小错误不断,其轻微违纪行为达不到犯罪的程度,无法司法惩戒。现有学校制度又缺乏有效的教育惩责手段,教师教育无效,辅导效果很差,成为教育领域一项棘手问题。

最后我要举出一个轻微犯罪的案例,当事人被送"工读学校"管教,是个教育有效的成功例子。

小英,女生,15岁,初三学生。

小英6岁前父母离婚,由父亲抚养。父亲是个商人,经常外出经商,让小英单独生活和求学。因为从小缺乏管教和家庭温暖,她生活随便,爱虚荣和打扮,经济挥霍,读书不用功。初中一年级起,就偷窃同学钱财,乱交男友,发生性关系,还堕胎一次。学校教育无效,生怕她再次犯罪,送"工读学校"学习和管教。

这是一所全寄宿制特殊学校。学生一律留宿在学校中,实行半工半读,一半是普通学校的课程学习,另一半是轻微劳动或集体文娱体育活动。

小英在学校学习两年,表现好,提前出校,升入高中,以后考入普通大学,表现良好。

这说明,青少年犯罪,尤其轻微犯罪,犯罪早期应该及时处理、控制,采取特殊措施,切断犯罪源,才能有效制止再犯罪。犯罪是社会必然存在的问题,其责不在于家长和学校,关键在于正确处理。

校园暴力事件由来已久,有社会危害性,必须重视和纠治。"私会党"不过是校园不良行为中的一种形式。青少年严重不良行为有两大类:

其一,违纪行为——违反校纪校规、打架、聚众闹事、赌博、酗酒、早恋乱爱、流氓习气行为、偷窃、欺骗、陷入"黄毒"和"私会党"等。

其二,违法行为——盗窃、强奸、卖淫、伤人、杀人、"私会党"团伙和其他刑事犯罪等。据上海调查的资料,大致发生频度在1%左右。

青少年并非成人,心理行为不成熟,犯罪偶发性几率大,社会危害性不大,不适合采用成人法律。因为他们还有一长段人生道路要走,各国都有青少年保护法,目的着重于挽救、从宽,让他们重新做人。

不幸的是,现有学校对轻微不良行为和犯罪缺乏有力惩戒措施,辅导作用不够有力有效,管束困难。对特殊家庭、特殊父母(如离异、孤儿、特殊性格儿童等)不采取社会隔离、封闭学校的教育,教育困难,成效很差。

"工读学校"是特殊教育,专收"问题学生"。学校采取封闭式教育制度,学生一律住宿过半军事式集体生活。教育课程同普通学校,升留学制度相同。

教育队伍由教师(特殊有爱心者,对德育有经验)、警察局干警、民政部人员、心理辅导者、义工等组成。兼教又管,宽严结合,务使学生在德智体劳全面发展。

"问题学生"由各校提名。针对道德品行有问题而屡教难改者、有轻微犯罪行为又未严重犯法者、必须接受预防性管教的学生,收住教育。

教育或住宿学校时期可从一年到三年,视学生行为道德表现而定。而离开学校后,社会不应该歧视,学历相同。这样的教育,在中国各地和上海已推行 10—20 年,效果良好。

(据中国新闻网)

校园暴力原因的综合分析

一、个性张扬中的褊狭自私与冷酷

相当多的家长越来越困惑于读不懂自己的孩子。孩子越大,接受的知识越多,和家长间的隔阂往往越深。其实这种隔阂的焦点是两种不同价值取向的相互冲突。无论是做家长的,还是做子女的,都是立足在自身价值取向的基础上,试图用自己的价值观来规范对方的行为,这就势必要产生矛盾。

问题的关键是总有少数家长的价值取向是非理性的,甚至是自相矛盾的。一方面,家长总是希望孩子能在学业上和品行上都出类拔萃;另一方面,出于一种原生态的本性,又时刻担心孩子遭受挫折或蒙受委屈,这种两难中的家长,大多通过物质或其他途径补偿的办法以求得自己内心的平衡。

然而这种补偿多数情况下被演化成一种放纵——文化课学习之外的放纵。由于放纵,孩子个性中的很多弱点被淡化忽视,许多违反行为规范的举动被认可甚至纵容。这些小错的点滴积累,慢慢地养成了孩子个性的褊狭自私与冷酷,使得孩子在处理问题时不能通过理性和规范来约束行为,而是率性而为不顾后果。因为从小到大,在相当多孩子的脑海中就没有贮存过关爱他人、与人为善的传统美德。写满他们人生词典的,都是竞争、是残酷、是为了目的不择手段。

正是这种极端的个人中心思想，养成了孩子唯我独尊的畸形心态，形成了遇事只考虑自身利益、漠视他人存在的褊狭性格。在这种心态的支配下，一旦自身利益受到了外界的侵犯，就立刻会采取一些极端行为来进行反击，其中就不乏通过伤害对方身体或者性命来发泄自身愤怒的残忍的"江湖仇杀"行为。

二、万千宠爱集一身的价值取向错觉

随着独生子女现象的出现，"4+2+1"的家庭结构形式，使得1个孩子处于6个成年人浓浓关爱的包围中。这6份关爱的交汇，织成了一张厚重而温柔的网，呵护起孩子从童年到青年的一切，遮挡住孩子可能遭受的挫折和坎坷。

但正是这爱的网，人为地割裂了孩子作为个体和整个社会的有机交融，使得孩子的活动绝大多数情况下被局限在要风有风要雨得雨的狭隘范围内。在这个狭小的家庭王国中，孩子是当然的国王，是可以左右家庭一切活动的最高权威。孩子的要求无论是对还是错，在多数情况下总会获得满足。于是，一切的付出都开始扭曲了，成了一种理所当然的支出。孩子心灵的田园丧失了感恩的思想，只有唯我独尊的莠草没有约束地蔓延。

当孩子的心中充斥自我中心的思想意识之后，他的价值取向也就滑入了错觉的泥淖中。这种错觉，养成了他不能承受任何轻视嘲弄，更不能承受肉体和精神伤害的脆弱心理。而一旦这样的伤害成为了事实，他们或是无法应对，躲避退让，成为忍气吞声的被伤害者；或是恼羞成怒，愤然出击，选择他们认为最好的"江湖"方法解决问题。

更严重的是，极端宠爱中长大的孩子，往往自觉不自觉中形成了别人必须听从于自己的错觉。他们把这种错觉带入了校园，在和同学交往的过程中，总是希望时时刻刻站在上风，希望大家都能听命于自己，希望是"老大"。然而，有这样心态的孩子太多，"老大"却只能有一个，矛盾自然也就产生了。大家都要做"老大"，学校又不可能排出这样的位次，家长对此也无能为力，如何解决呢？

只有用从小说和电视上看到的方法，通过"江湖决战"来解决问题。这样的"老大"确实能体味到一种满足，弱小者为了不被欺凌，或主动或被迫地巴结讨好他们。如此，又反过来助长了他们的病态心理。

三、教育惩戒功能丧失后的放纵

当教育民主被哄抬到一个不切实际的高度之后，教育就成了一个什么人都可以指手画脚的行业。教育的神圣外衣被媒体用尖刻的文字描绘成一个令人望而生厌的黑斗篷。从事阳光下最伟大事业的教师也时常被定格成了一种"禽兽"。所以，绝大多数学校再不敢轻易地处分一个学生，哪怕这个学生已经无恶不作。更有省份干脆由决策机构下文来统一规定，彻底废除中小学校沿袭多年的最高处分——开除。

然而，教育永远都不是万能的。失去了必要的惩戒功能的校园，并没有出现想象中的那种人人知书达理的现象，反而因为没有了高悬在头顶的"达摩克利斯利剑"，一些原先收敛的恶行便公开表现出来。这些校园病毒又相互感染，使得原本健康的校园文化机体上开始出现块块腐烂的肌肉。

惩戒功能的丧失，催动了畸形心理的自由萌发，使得丑陋和猥亵都变得无所畏惧；反过来，这些个性中的丑陋，又在惩戒的日益退缩中越发强大起来，并慢慢地自发凝结成一个个的团体，形成了带有明显江湖色彩的小集团。这些小集团常常为点滴小事而发生殴斗，甚至团伙持械玩命，严重地干扰正常的学校教学，也直接危害社会治安。但即使如此，学校能采用的也还是一个说服教育。这种说服教育和那血淋淋的砍杀相比照，是多么的苍白无力！

四、教师权威地位颠覆后问题归属的误判

与教育惩戒功能丧失同步的是"师道"的尊严扫地。在中学生、特别是高中生的眼中，教师成为一种最没有用的读书人的代名词。教师失去了应该获得的尊重和感恩，师生间的关系、教师和家长间的关系也日趋微妙。在相当多的家长和学生心目中，老师成了单一的出售知识的人。家长、学生与老师间的关系，就是一种顾客和销售员的关系。这种价值

取向又反过来影响着老师们的工作情绪，使一些教师自动地进入家长和学生划定的"售货员"的角色中，成了除了教授知识别的一概不加过问的甩手掌柜。

教师权威地位颠覆的后果是很明显的。首先是师生间丧失了相互的理解和信任。学生遇见无法解决的问题，不再愿意去征询老师的意见，不愿意向老师敞开自己的心扉；而老师也是只从表面上依照学校的量化条款来接近学生，心灵深处很少有一块领地能真正属于学生。学生和教师成了真正的被管理者和管理者的关系。其次是同学间发生纠葛时，告诉老师并请老师帮助解决成了一种无能的体现。而且，大多数孩子还认为老师根本就解决不了问题，要切实解决纠纷，只能依靠自己的力量和自己所归属的小团体的力量。可以说，学生们在推翻了教师的权威地位后，又依照自己的经验确立起了通过强权获取尊严并替代老师权威的新的地位观。

这种完全依照少年的懵懂而生发出来的新地位观，眼下正成为越来越多中学生的价值信仰。在此信仰的操纵下，同学间的纠纷便有了新的"处理条例"，力量、财富和容貌等世俗社会用来评价判断人的地位的标准，成了这新的"处理条例"的基础，也成了裁定问题归属的新权威。这"法外法"撇开了所有发生矛盾时该走的正道，刻意地把原本简单的问题上升到类似江湖纷争的地步，使得单纯的校园平添了几分恐怖江湖的阴云。

五、对强权政治、黑恶势力、暴力游戏与灰色文学的认同与膜拜

相对于书本的说教，游戏和影视文学以其鲜明生动的形象特征，在更宽广的思想空间上影响甚至左右了青少年的道德和价值评判。暴力游戏的快意杀戮、港台影视的黑社会英雄，在青少年心底播种的是一种根深蒂固的对邪恶的认同和膜拜。

这种建立在非理性基础上的认同和膜拜，内化后又成为部分"问题少年"处世的准则，使他们在待人接物等多方面都表现出一种对主流社会的反叛和仇视。因为反叛，他们只想依照自己的规矩行事；因为仇视，他们便采用极端的手段来对待他人。

（据人民网，作者：刘祥）

调查：多种视角看暴力

学校本是教书育人的"文化单位"，曾几何时却变成了打架斗殴的"武化单位"，"传道、授业、解惑"的文明处所，却变成了撒泼、耍横、逞凶的野蛮场合……有必要全方位了解学生的心声、教师的看法以及专家评论。

◆ 学生的心声：希望暴力远离学校

2004年11月15日，《兰州晨报》发出的2 100份调查问卷已悉数收回。从900份学生问卷中记者发现，67%的学生肯定自己身边存在着校园暴力。

学生们面对身边发生的暴力事件，往往采取消极回避或忍受的态度。他们共同的心声就是渴望远离校园暴力。

暴力就在身边：在收到的900份学生问卷中，关于"你身边有校园暴力吗"的问题，有67%的学生认为身边存在着暴力；18%左右的学生认为学校并不是很安全；有78%以上的学生认为暴力事件经常发生在校外，酒吧、网吧和一些偏僻的路段往往是学生打架斗殴的地方，而22%的学生则认为校园暴力发生在校内的厕所等不易被老师发现的地方。当问及"哪些学生容易成为施暴者"时，48%的学生认为施暴者多为不爱学习的或与社会不良青年接触的学生。

小事引发暴力：那么，学生打架斗殴的直接原因是什么呢？很多学生认为是一些口角之争引起的。调查问卷中，20%的学生认为，身上带钱多的学生容易成为被施暴者；17%的学生认为施暴是为了"扮酷"、当"大哥"给别人看；也有6%的学生认为是为了女生打架。

只能洁身自好：对于"你认为自己应如何才能远离校园暴力"的问题，许多学生认为应"洁身自好"，即正确处理好人际关系，交友要谨慎，少去情况复杂的公共场所，放学后要结伴早回家；遇到小矛盾不能太冲动或意气用事；还有少数学生认为遇到校园暴力时应保持沉默，忍气吞声。记者发现，很少有学生表示遇到暴力事件时会向老师或家长反映。

　　学生共同心声：在900份问卷中，有80%以上的学生表现出对校园暴力的恐惧，有26%的学生承认自己曾遭遇校园暴力。同学们纷纷表示"学校是传授知识、教学生怎样做人的地方，发生校园暴力是很不文明的事，它侵害了我们学习的天堂，希望将来暴力远离学校"。

◆教师的看法：根源是家庭教育的失败

　　由《兰州晨报》推出的300份老师校园暴力调查问卷收回285份。从老师们的答卷分析来看，老师们普遍认为校园暴力发生的根源是家庭教育的失败。当问及"您认为通过营造良好的家庭氛围及和谐的社会风气，对防范校园暴力事件能否起积极的作用"时，有98%的老师认为能起作用。家庭教育环境好坏的衡量标准主要是家庭成员间的关系是否融洽。

　　制暴应从四方面入手。对"在防止校园暴力方面，学校、家庭、社会还应做哪些工作"这个问题，老师们认为当前防范校园暴力应从社会、学校、家庭和学生自身四个方面入手，齐心协力。

　　家长方面：建立良好的家庭氛围。29%的老师认为，家庭成员之间应互相尊重，不能粗暴地打骂孩子。

　　学校方面：首先，老师应多与孩子沟通。22%的老师认为，应正视学生青春期"叛逆、早恋"的心理特点，多和孩子沟通，理解他们渴望独立、倾诉的心理。其次，学校应加强法制教育。21%的老师认为，学校应重视学生法律知识的普及，法制讲座要定期召开；学校门卫应监管校外人员的进出,最好有校园警察。

学生方面:10%的老师认为学生应该加强自我保护意识,并主动和老师、家长沟通,不与不良分子交往,提高自身的"免疫力"。

社会方面:希望巡警加强学校周边巡逻。18%的老师希望巡警在学生上学、放学的时间里加强学校周边巡逻;另外,有关部门还要对涉暴、涉黄的电影、报刊、网吧进行清理整顿。据记者调查了解,"兰铁110"就肩负着维护铁路学校在上、下学高峰期校园周边安全的任务。

专家评论

全国中小学生心理健康教育课题组组长、心理学家王加绵:校园暴力有复杂的社会心理背景

王加绵认为,家庭暴力是造成校园暴力的根源。家庭暴力有两种方式:一种是显性的,即"棍棒式的强制";另一种是隐性的,即"温柔的强制"。它们都会给孩子带来心理压力。此时如果再遭遇父母离异、家庭"战争"、极度贫困等负面刺激,就很容易形成一种"攻击性人格"。为此,他们往往通过欺凌弱小来释放压抑,获取一种心理上的平衡。从这个意义上说,那些"害群之马"其实是不良家庭教育的"受害者",也是需要诊治的心理障碍患者。

学校对于校园暴力有无法推脱的责任。这绝不仅仅是管理不严、教育不力的问题,更重要的是它表明了当前的教育还没有彻底摆脱应试教育的阴影。王加绵认为,每个人都渴望被关注、被接纳,应试教育却使一部分学生成了被淘汰者。于是他们就用暴力来报复老师和同学,以这种"特殊方式"来获取老师的关注与同学的"承认"。

在校园暴力的滋生过程中,社会不良影响扮演了"帮凶"角色。从打打杀杀的电视动画片,到黑社会称王称霸的电视镜头;从渲染暴力的"纪实文学",到追求轰动性新闻的大小报纸,都在青少年的心灵深处留下不良纪录,为他们的模仿提供了鲜活的"榜样",发生在中小学生身边"弱肉强食"的社会现象,更是校园暴力产生的直接诱因。

深圳市政协委员、社会学专家杨立新教授:最好在遏制校园暴力方面给学校制定一个硬指标

第一,拉帮结派源于孤独感。杨教授指出,深圳的生活节奏很快,家长大都早出晚归,与孩子的交流很少,孩子孤零零的,没有玩伴,没有朋友,不是和电视打交道,就是迷上电子游戏。长此以往,为排遣寂寞,不少孩子就会产生结拜兄弟姐妹的念头,校园里产生各个帮派就不足为奇了。

杨教授认为,不管是老师还是家长,都应时刻注意学生的动向,经常与他们交流、谈心。学校应多组织学生参加健康有益的集体活动,以消除他们的孤独感。家长不应只顾工作而忽视甚至遗忘孩子的心理诉求,将孩子丢在一边不管不顾。

第二,监控孩子的经济预算。有些学生之所以被收取"保护费",一个前提就是他们有钱,有经济来源。

对此,杨教授指出,家长应该严格控制孩子的零花钱,对孩子的经济进行预算,对孩子怎么花钱要实行监控,而不是把钱给孩子后就不再过问,任其乱用,或者只要孩子一要钱,就不分情况地全数照给。

杨教授认为,孩子有钱不是什么好事,有的孩子在过年时可以得到数千元的"压岁钱",如果家长不去管理,孩子就可能拿这

笔钱乱花,或者被不良青年瞄上后强行夺取。

第三,谨防孩子掉进黑社会。杨教授指出,校园暴力如果得不到有效遏制,那是很可怕的,"因为那些施暴者很可能向罪犯转化"。特别是学校,更应该注重学生的这些倾向和行为,因为一些学生在把学校变成一个演练黑社会的舞台时得不到有效遏制,以后他们的犯罪意识将大大增强,胆子也会越来越大。而那些被强迫缴纳"保护费"、被欺负的学生,由于得不到有效的支持,很可能产生反社会的心理甚至反社会的行为。

杨教授认为,12至18岁的孩子处于青春骚动期,追求时髦,好奇心强,可塑性强,容易被恶势力所利用。由于这些孩子的心理、生理尚处于不完全成熟阶段,辨别是非、抗拒诱惑的能力差,一旦遇到不法分子的诱惑及强迫或不良文化的引导,很容易加入黑社会性质的组织,掉进罪恶泥淖。

第四,应给学校定个硬指标。杨教授认为,教育部门最好在遏制校园暴力方面制定一个章程,作为考评学校校长和老师的硬指标,只有这样,才能引起学校的高度重视。此外,教育部门应该对学校进行一次普查,摸清实际情况,发现有问题的马上教育、处理。

中国教育维权网主任魏红林:老师对学生进行体罚的行为是错误的

中国教育维权网主任魏红林表示,老师对学生进行体罚的行为是错误的,学校应该严格规范教师行为。要在社会组织和成年公民的心目中牢固树立起未成年人利益优先的观念,在最大程度上保障和维护未成年人的利益,学校应当聘请法制工作者担任学校专职或者兼职法制辅导员或者法制校长;学校还应逐步配备具备法定资质条件的专职或者兼职心理教师,为在校接受教育的未成年人提供心理辅导。如果发生教师侵害学生的事件,校方有专门的人员负责解决。

在诸多的暴力案件中,可以发现教师有辱骂、殴打学生的行为,很多是因为其教学方式比较单一,对待学生没有更温和更科学的办法,而只是采用简单粗暴的方式去面对学生的错误。

魏主任表示,由于现在教师的压力都比较大,很多教师的心理健康状况都不好,有调查显示,有心理问题的教师比普通人要多一倍。学校和社会也应该减轻教师的压力。"学生在学校接受教育,作为教师就应该善待他们,教师就应该从情感上去培养学生,而非简单的教学。在让孩子获取知识的同时,塑造他们美好的心灵。对于他们的缺点和错误,要以一颗宽容的爱心去正确对待,绝对不应该用简单粗暴的方式去面对学生的错误。因为教师在学生教育方面的任何过失,都有可能造成对学生心灵的伤害,从而影响学生的身心健康。"

(据南方网、大众网、缤纷校园网相关资料整理)

探讨：校园，如何远离暴力

校园暴力的话题异常沉重，面对校园暴力，学生无所适从，而教育者也束手无策！校园暴力的发生有很大的偶然性，对其遏制也不是一朝一夕的事。那么，学校和教育工作者怎么做才能减少校园暴力的发生率，这个现实的问题已摆在全社会的面前……

集全社会的力量铲除校园暴力

一、全力实施年轻家长的社区培训制，把家长学校和社区文化建设联系起来，营造健康科学的育儿观

家庭因素对孩子世界观的形成和发展是至关重要的。作为孩子的"第一任教师"，父母的言行无疑是最具直观性和感召性的"教材"。要创设未成年人成长的最佳空间，就必须切实做好年轻家长的教育培养,要建立健全年轻家长社区培训制。社区需要合理利用节假日和工余时间邀请社会工作者、教育专家、法制专家到社区传授科学健康的育儿知识,要把家长学校和社区文化建设紧密结合起来,全力营造出一种宽松而和谐、亲善而识礼的文化氛围。

此外,各社区还需要有目的地组织年轻家长观看一些有助于家庭教育的影片和节目,要把家长培训变成一种自觉自愿行为。针对少数家庭轻视这种培训的错误,要借助社区和警察的力量来加以督促。为了更好地落实这个工作,还可以在长假期间组织开展以家庭为单位的各样社区活动竞赛。

对于极少数已经出现问题的青少年,社区更需要落实好具体的帮教措施。这种帮教,需要由具有相当教育经验的政法人员来执行,若是只依靠居委会或者是教师的力量是很难实现目标的。帮教需要既针对问题少年,又针对其父母。要善于在教育中协调好问题少年的家庭关系,让他体味到父母的关怀和爱,更要努力培养他的感恩之心。如此,就可以从家庭的源头上阻断暴力的生成。

二、倾力打造书香校园,用传统文化的精华滋养青少年的心灵

学校教育应该以育人为首要任务,但长期以来"应试教育"挥之不去,校园生活中除了解题还是解题,分数成为判断人的价值和品行的唯一尺码。在这种单一的生存空间内,自然容易产生各种偏激的思想。这些思想得不到及时疏导,就会慢慢演化成更极端的暴力倾向,催生出一起起校园暴力案件。

从学校教育的角度看,要消除校园暴力,首先必须让学生在读书时更多地接受中华传统文化精华的滋养。学校要善于打造书香特色,要能切实针对青少年的喜好和身心发展规律制定科学合理的学习内容。要在校园内大力倡导读书活动,通过广泛深入的读书活动引导全体学生,使他们借助作品来了解社会了解人生。让所有的学生在读书中既养成理性思辨的能力,又生成对真善美的追求和向往之情。

其次,书香校园的建设,还可以很好地隔绝不良书刊、游戏等对学

生的精神毒害。当学生的注意力被大量的优秀书刊锁定之后，一方面他自身的免疫力能不断加强，另一方面也由于时间和精力的集中使其无暇他顾。当然，传统的中华文化的博大精深，并不一定开始就能被学生所接受，也需要一个从开始的约束到后来的自发过程。这个过程的转变需要教师的督促。

三、强化社会治安，落实犯罪必惩原则，形成强有力的法律威慑

校园暴力伤害案的增加和惩戒功能的丧失有着密切关系。青少年本性上始终存在着对法律的畏惧心理。他们所以敢于实施暴力，多数是并没有意识到这是一种违法犯罪，而看成一种个体间的普通纠纷。因此，要防范校园暴力，就必须强化社会治安，让每个青少年都知晓哪些行为属于违法犯罪，更要让他们知道违法犯罪后必须接受的严厉惩处。强有力的法律威慑可以消除相当多江湖手段的暴力案件。当一个人心中拥有惧怕时，他的行动就会变得谨慎，每做一件事都会三思而后行。当下相当多的政策都过于强调教育，而轻视了必要威慑的价值。

四、逐步推行人文教育，关注学生的终身发展

没有哪一个孩子生来就注定要成为"问题少年"。形成偏差的主要原因除了家庭因素外，更由于学校教育中片面强调学业成绩而带来的冷漠、歧视等因素。要消除校园江湖现象，铲除校园暴力行为，就必须在办学理念上端正"关注学生终身发展"的目标，把人文教育落到实处。学校从孩子的第一个小错误出现开始，就能耐心细致地做好教育工作，帮助孩子从心灵深处了解真善美和假丑恶的差别，就不会形成"小洞不补，大洞吃苦"的尴尬局面了。当然，要真正做到及时发现并纠正所有孩子的最初的错误，是必须全体教师沉下心来倾听孩子的心声才行的。只有拥有发自自身心灵深处的爱，才可以获得对方心灵深处的回声。

五、开展丰富多彩的集体活动，培养同学间友爱互助的良好氛围

对他人的残忍很大程度上也是由于缺乏集体关爱的原因。集体是个消解矛盾的最好"容器"。在集体活动中，通过同学间的友爱互助，可以把很多小的摩擦消除在萌芽状态中。参加集体活动多的孩子，能够养

成一种关注他人的良好品行。具有了这样的品行，就能够比同年龄段孩子多很多的包容，就可以忍受一些委屈。这方面的成功案例，可以从很多品学兼优的班级小干部身上看到。

六、净化各种传媒，推行影视观赏等级制，减少污染源

青少年的健康成长离不开良好的社会环境，所以，净化传媒是推进青少年道德建设的一个刻不容缓的任务。这个任务，需要国家通过建立具体的法律条文来落实。对此，已有相当多的人士有过深入细致的阐述，不再赘述。

（据人民网，作者：刘祥）

校园暴力防范措施初探

一、大力加强青少年学生思想品德教育

一谈到德育、思想品德的教育，一些人总认为没有什么实在内容，空洞的多，学生不愿意听，也听不进去，其实不然，关键在于学校和教育者的态度。"火车跑得快，全凭车头带"，一个健全的组织和领导的重视和大力支持，是学校德育教育工作顺利开展的重要基础。作为教师，除了应具备扎实的基本功外，教学方法的灵活运用是学校德育、思想品德教育成功的核心，教师要积极探索有效的教学方法，因材施教，寓教于行，切合广大学生的实际，使德育课成为学生喜爱听、愿意听、听得进的主干课程，努力培养学生正确的世界观和人生价值观，培养他们善于思考、善于分析处理问题的能力；同时在课余时间要多做学生的思想政治工作，沉到学生中间去，和他们交朋友，做他们的贴心人，尊重学生，关注学生，关心学生的心灵成长，允许他们犯错误。教师、学生、家长和整个社会都要有个开放的心态，要看到新问题的背后，那些有着欺负或暴力行为的学生，也是一个人，因此他们可能迷失自己，可能困惑，可能感到被拒绝……我们每个人都不要紧紧地盯住他们在成长中犯下的错误不放，要耐心平和地开导他们，更要用我们的爱心帮助他们在错

误中成长。

二、认真贯彻落实公安部"八条措施",切实加强校园及周边地区治安管理

2005年6月16日,公安部颁布了公安机关维护校园及周边地区治安秩序的"八条措施",以维护学校、幼儿园及周边地区良好的治安秩序,确保师生人身、财产的安全。公安部"八条措施"的四大亮点是:(1)在校园周边治安复杂地区设立治安岗亭;(2)交通复杂路段须有民警维护校园门口道路交通秩序;(3)公安机关根据需要向学校派驻保安员;(4)寄宿制学校、幼儿园每半年至少组织一次消防检查。

当前,我国校园及周边地区治安状况复杂,安全隐患较多,主要表现在以下四个方面:(1)部分地区学校周边仍然存在一些违规经营的网吧、游戏室、录像厅、歌舞厅等娱乐场所,禁而不绝,不少学生沉溺其中;(2)校园周边特别是校门前交通状况混乱,交通安全隐患突出;(3)不法分子在校园周边寻衅滋事,将学生作为侵害目标;(4)校园内学生违法犯罪及自杀、拥挤践踏、食物中毒等时有发生。各级公安机关要按照公安部的要求,结合本地实际,将"八条措施"进行细化,然后落实到具体部门和具体人员身上,一级抓一级,层层抓落实,对校园周边地区的网吧、娱乐场所、电子游戏厅、道路交通等实行严格的治安管理,制订责任状,加大检查和监管的力度,给校园营造一个祥和、安全、文明的外部环境,防范安全事故的发生。

三、充分利用教育和宣传的优势,积极预防校园暴力

学校要充分利用教育和信息宣传等优势,通过张贴、电视、广播、学生会、青年志愿者协会及其他手段和途径实施宣传攻势,并教育学生如何利用线索、奖赏制度、监视系统、匿名电话等举报方式有效预防校园暴力事件的发生;同时,学校应积极开设法制教育等课程,聘请法制教导员、法官、家长、警察、心理专家等对学生进行经常的演讲、授课,努力培养学生的法律意识,使学生明白通过法律维护自己合法权益和利用法律解决矛盾冲突的道理,并自觉遵守法律、法规,做一个守法的公民。

四、加强心理健康知识教育,关注学生心灵成长

学生是教育的对象,学生心理健康状况的好坏关系学校教育的成功与否。青少年学生正处于成长时期,从生理学、心理学的角度上讲,总是存在诸多的心理问题,如压抑、自卑孤僻、性格内向、厌学等,但他们难以意识到自己心理健康状况的异常,或者即使意识到了自己心理存在的问题,也羞于向教师或其他人员启齿,再加上许多学校既没有专门的心理咨询室,也没有专业的心理辅导人员,给青少年学生的心理健康教育带来了不小的压力和阻力。这样,导致心理问题越积越多,一旦爆发,后果将不堪设想。

笔者认为,教育的目的就是要将学生培养成身心健康全面发展的高素质人才,培养成一个和谐的人,没有心理健康教育的发展,就不会有整个教育的发展。因此学校应该注重学生的心理健康教育,采取有效的措施,如建立心理咨询室,进行心理咨询与治疗;开办校园网,设立心理健康专栏;利用期刊、宣传栏、讲座等多种手段,举办心理健康方面的知识讲座;进行专题研究等,倾听学生的心声,努力培养学生良好的心理素质,塑造健全、高尚的人格。

(作者:陈雨亭)

制止校园暴力要从细微之处入手

上海一些有识之士严正指出:校园里发生暴力倾向是很不正常的,是绝对不允许的,也是与我国培养"四有"新人的标准格格不入的。全社会应高度重视,联手制止校园暴力倾向的抬头。

最近,上海电台与华师大心理学系携手,对10多所学校6至12岁的孩子调查,发现同学之间发生矛盾的占14%,其中有暴力行为的占到12%。

华师大心理学系教授桑标分析说:同学间发生的暴力行为往往受非道德观念、不健康心理的支配。

制止校园暴力行为,家长和学校要引导学生树立正确的道德观。

桑标说，要从细微之处入手，教育孩子做文明学生、文明市民，教育孩子从小学会与同学进行良好的沟通，使他们懂得不打人骂人是最起码的文明。

桑标说，电视、电影、网络媒体应为孩子提供更多健康的精神产品，切忌在未成年人面前播放带有暴力行为的影片。学校和社会应提供包括体育、娱乐在内的更广阔的活动空间，让正在长身体的未成年人扩大躯体能量的发泄渠道。教师既要严格要求学生，又要尊重学生，即使违纪也千万不可打学生。做父母的要处处文明行事，不在孩子面前争吵，凡事讲道理，讲平等，让孩子耳濡目染文明的气息。

桑标呼吁：打人的学生虽是未成年人，而当被打的孩子遭到伤害时，作为监护人的打人学生的父母应承担一定的法律责任。被打的学生千万不能唯唯诺诺，要勇敢地通过老师、家长和法律部门维护权益。

（据新华网）

一些地方的防暴经验

北京：幼儿园演练反恐　防校园突发事件恶性案件

"学校门口发现不明物，门卫发现后该怎么处理……"北京海淀公安分局的防爆专家将对该区学校、幼儿园的保卫干部进行反恐应急演练培训，整个演练将以角色扮演的形式展开。

据了解，为全面提升校园安全防范能力，将公安系统的专业素质训练引入校园，在全市尚属首次。

海淀区教委保卫科王科长告诉记者，此次针对全区200多所学校幼儿园的400多名保卫干部进行的反恐应急演练培训，内容涉及如何应对校园突发事件、恶性案件等。海淀分局负责设计演练全过程的教案并提供专业教官指导训练。

据介绍，演练现场将会以角色扮演的形式展开，培训人员分别饰演门卫、保卫干部、校长等角色。"不管以什么剧情开始,其培训结果都为:当门卫在校园发现不明物时,应该及时报告给保卫干部,然后及时在校园周围拉警戒线,保卫干部获知情况后一方面用防爆器盖上不明物,一方面要将情况报告给校长和公安机关,作为校长则应该疏散师生并指挥有关人员做相应工作。"王科长介绍说。

"一段时间以来,各地频发的中小学、幼儿园恶性案件,暴露出了校园安全防范中的薄弱环节,特别是校园安全保卫人员匮乏,现有保安也多为缺乏专业训练的兼职人员。"王科长告诉记者,近年校园盗窃案件屡屡发生,仅海淀区一所农村小学几年内就已连续三次失窃,"第一次七八名歹徒团伙盗窃时,只身与歹徒徒手搏斗的一名教师被打成植物人,至今躺在医院中。"

据悉,海淀区教委已提出,全区中小学幼儿园必须选聘正规保安公司专职保安人员担任校园值班、守护、巡逻工作;同时,各单位明确一名副校长作为安全工作负责人。

天津:校园 24 小时值班巡逻

天津市的学校实行校园全天 24 小时的治安巡逻和值班制度。有条件的学校安设报警探头或摄像设备,与公安部门保持直接联系。另外,对安全保卫人员和其他有关人员实行校园安全管理工作责任追究机制。

南宁:有严重后果一票否决

南宁市各学校实行责任追究制,有关部门对整治工作不重视、责任不落实、措施不到位而发生问题的学校,要给予警示和督查;对造成严重后果的,有关部门要实施社会治安综合治理一票否决,并按有关规定追究直接责任人和有关领导的责任。

四川:设立"110 联系箱"

学生如果遇见"以大欺小"等不敢告诉老师、父母的校园暴力事件,只要将说明情况的小纸条放进校园"110 联系箱"里,辖区内的巡警就会及时处理。学校的老师与辖区巡警加强了"互通有无"与"逢疑必查"。

(据新华网、《信讯报》相关资料整理)

延伸：域外的经验

> 你我都不应当被世务缠身，以致错
> 失培育孩子的机会，或是在孩子成长的
> 各阶段缺席。

家庭教育在美国——从校园暴力谈起

杀手和英雄

迄今为止，美国最血腥的枪击案发生在 1999 年 4 月 20 日，哥伦拜中学（Columbine High School）的学生哈里斯和克莱伯德携带自动步枪冲进校园疯狂杀戮，在短短 16 分钟内，杀死了 12 名学生、1 名老师。

在紧接着的 6 个月内，美国校园中又连续四次发生 16 岁以下青少年枪击屠杀事件。而当一名加利福尼亚州的高中生因在家自制炸弹被捕时，警察发现他在网页上公开宣布："我崇拜哈里斯、克莱伯德和所有校园杀手。"

从美国一些青少年经常浏览的网站和聊天室中发现，哈里斯和克莱伯德，这两名残忍杀害 13 名同学和老师后畏罪自杀的中学生，居然成了一些美国学生心目中的"英雄"！

更可怕的是，一些学生还仿效这两名学生的做法，在校园中大开杀戒。

今日的美国校园，青少年崇拜暴力。一名青少年在网络上写道："我可能有些疯狂，但是我确实认为，在哥伦拜校园里发生的一切太令人兴奋了，妙得简直无与伦比！"而在网络上，这样的留言还不算少数。

第一校园杀手

第一个制造校园枪击案的凶手，是当时年仅 16 岁的高中女生布兰达·斯潘瑟（Brenda Spencer）。

1979 年 1 月 29 日，斯潘瑟手持父亲赠送的圣诞礼物——含望远镜的长枪（赠礼包含 500 发子弹），在圣地亚哥（San Diego）市住处外，向对街的克里夫兰小学（Cleveland Elementary School）瞄准定位，等到校长开校门、学生走进校门时，便开始开火。

"有趣的"游戏玩累了，她返家等着警察找上门，接着又与闻讯赶来的警察进行了长达 6 个小时的对峙。在总共 6 个半小时的射击游戏中，打死校长和守卫，伤及八名 6 至 12 岁学童和一名警察。

在对峙期间，她说，开枪原因是因为："我不喜欢星期一。"（I don't like Mondays.）斯潘瑟后来因两项一级谋杀罪名和 9 项攻击罪名成立，被判处了 25 年监禁。

斯潘塞从未为自己的行为表示过忏悔。据说，她最近在与室友闹翻了之后，还在胸前刺下两个名词："Courage"（勇气）和"Pride"（骄傲）。

暴力爆米花

突发性的校园暴力近年来在全球如同爆米花此起彼落，且日趋严重。1997 年英国也出现类似的枪击事件。1997 年日本公立中学发生的校园暴力事件高达 8 100 多件，而且一向被认为是"普通孩童"（Normal Kids）的突发型暴力遽增。比利时出现了 8 岁少年杀害 3 岁幼童的悲剧。中国台湾地区也连续爆发多起未成年青少年集体虐杀少女案件，手段凶残、动机荒诞无稽。

青少年重大犯罪事件在全球引爆，暴露出校园暴力的严重程度。美国教育部的报告显示，1997 年全美就发生了 11 000 多件校园枪械攻击案，4 000 多件强暴与性骚扰的案件。更令人伤痛的是，一名在惨案中被害学生的母亲，由于无法忍受丧女之痛，自杀身亡。而另一名目睹屠杀的学生，因精神受不了刺激，也自杀了。

教育之反思

许多专家把青少年犯罪的增加归咎于因为社会日益增多的暴力，外加家庭疏于管教、学校教育的疏失，以及本身遭受过暴力伤害等种种复杂的因素。因此，人权团体呼吁，是该在宗教和道德教育方面改进的时候了。

澳洲的教育改革，即在学校既有课程中加入适应变迁、团体合作、与人沟通以及解决问题等"关键能力"的培育。国际义工协会团体则呼吁青少年要放开心胸,帮助别人也帮助自己。美、英、德、法等也对影视中的暴力镜头做较严格的限制,冀望多面多方把关,以防止青少年犯罪。

专家学者自校园暴力以及青少年犯罪事件的点点滴滴中发现,是人类社会制度塑造出这些犯罪者的环境。整体的社会制度对这批加害者与被害者的心声过于轻忽,当他们口喊"Just Do It"、标榜"只要我喜欢,有什么不可以"的时候,我们是不是注意到有些心灵已经被过度压迫、已经开始游荡,或是已经开始求救,而我们竟然不知不觉、毫无警戒?

影视的责任

根据传播学者的研究,影视节目、现代网络与游戏软碟中的血腥暴力内容负有相关的责任。相关的几种学说是:

一、"观察学习说"(Observational Learning Theory),也就是"模仿说"(Imitation Hypothesis),认为人们可由暴力影视中学到暴力行为,并在实际生活中加以复制。

二、"刺激说"(Stimulus Theory),或称为"侵略性线索说"(Aggressive Clues Hypothesis),认为暴力节目是暴力行为的催化剂(Catalyst)。

三、"强化说"(Reinforcement Theory),也就是"失控说"(Disinhibition),认为暴力节目并非犯罪的原动力,只能加强现有犯罪或侵略倾向,强调观看暴力影视会降低对他人施暴的抑制能力。

四、"累积说"(Cumulative Theory),也就是葛伯纳(George Gerbner)提出的"涵化说"(Cultivation Theory),或称"图像建构说",意指人长期暴露在相同的影视讯息下,会被灌输一整套的世界观、角色认同与价值体系。葛伯纳认为影视暴力节目会对社会大众产生潜移默化的功能,它为大家建构了一个图像,使人认为这是一个"卑鄙世界"(Mean World),解决之道,唯有暴力。

从家庭着手

如何防止纯真的青少年变成无知残暴的凶手? 首先,应从"家庭"——社会的基本单位着手防范。

今日"缺席的父亲"(Absent Fathers)过度忙于股市、忙于工作、忙于开会、忙于应酬……每日与孩子相处的时间只有寥寥数分钟而已。

父母亲们也可能没有被前述"世俗事物"缠身，但是否被其他另类事务缠绕——忙于辅导、忙于聚会、忙于探访、忙于请客吃饭……而忽略了天职？

身为父母，应在自己的家中，在亲子关系上多花时间：

1. 孩童性格发展期的教养：父母要勇于对孩童说："不！"

2. 责任培养：训练孩童分担家务，培养责任感，并且督促、执行、鼓励孩子完成家庭杂务。

3. 信仰生活化：使孩子体验真理与日常生活是息息相关的。

4. 鼓励孩子多阅读伟人传记：通过了解伟大人物的成长历程，让孩子明白成才之道。

5. 藉着一同绘画(乱涂鸦，又何妨！)来表达个人思想，从中了解孩童的内心世界。

6. 家庭活动：全家人在轻松的气氛中聚集，以诗歌、游戏、谈论、分享等形式，全家大小齐活动。

（据海外论坛网，作者：林月娇）

国外三级预防措施遏制校园暴力

虽然各国校园暴力情况不同，但参照芬兰、德国、葡萄牙、英格兰等国的研究情况，可以看出有以下几点共同之处：1. 暴力特别是威逼(bullying)被视为是学校生活中正常的一部分，极少数才会发生严重的犯罪事件；2. 校园暴力的典型形式是口头暴力；3. 青少年暴力的报道在媒体上开始出现得越来越频繁了；4. 校园暴力的增长率比普通人群中青少年暴力的增长率要低。针对这些情况，大多数学校采取三维立体网状的防御措施——三级预防措施。

一级预防(Primary prevention)

这个层面上的预防是针对年幼的孩子而采取的一系列方法。

从长远看,这是一种发展取向,目的在于传播一种文化模式,让孩子逐渐发展成为一个自由的、负责的公民。一级预防包含的一系列规则是提升伦理价值能力的核心,如发展学生交际能力、重视价值观的教育、积极正向的自我概念、集体合作教育等等,并通过安排好学校的课程计划和丰富的课外活动来塑造他们的态度、行为、价值观。

二级预防(Secondary Prevention)

二级预防又叫早期干预(early intervention),主要指教师在教室内所采取的行动或者学校和家长们共同采取的一些措施。其主要内容是依据行为主义和认知理论对纪律程序分析和指导,良好的班级纪律是由教师耐心教导和对偏差行为的矫治所形成的,而不是基于权力主义的独裁的管理。

三级预防(Tertiary Prevention)

针对校园暴力这种普遍存在的行为,这种预防是一种更具建设性的、基于青少年在应对外界的弹性能力发展中的干预办法,着重保护性因素而非危险性因素,核心是依恋、成就、自主、利他,用爱心帮助学生在错误中成长。

(据《国外校园暴力》,原载《大众心理学》2005 年第 5 期,李爽译)

韩国为学生提供免费保镖应对校园暴力

中国日报网环球在线消息:考试曾经是韩国学生最大的压力来源,但是如今校园暴力成为了他们更大的梦魇。校园暴力在韩国已有几十年历史,且在近几年有愈演愈烈之势。为了解决这一困扰社会的顽疾,韩国教育部 2007 年 2 月 27 日宣布,政府将向有需要的学生提供免费保镖,以使他们免受同龄人的侵害。

据媒体报道,在即将于 3 月份开始的新学期里,韩国警察、政府授权的私人保镖以及志愿者都会应学生及家长的要求,向他们提供免费的安全服务。

这项举措是韩国政府决心下大力气解决校园暴力的 15 项措施之一。除了提供保镖以外，还包括增加警察在学校周边的巡逻力度、任命警官在相应的学校专门负责校园暴力事件以及对学生增加法制教育等等。

（据新华网）

谁动了学生的健康

　　当一个个胖墩墩或"豆芽菜"似的身影从眼前掠过的时候，人们可能会感到担忧：作为祖国的未来，这些学生具备建设祖国所需的体力和精力吗？

　　权威调查显示，最近20年，我国青少年的体质在持续下降。原因是多方面的，最重要的是孩子们每天忙于学习，锻炼时间越来越少。

　　青少年是国家的希望，为了孩子们，为了民族的未来，让我们呼吁全社会都来重视青少年的身心健康吧！

　　本专题试图用数据和观点勾勒出中学生体质问题的现状和未来走向，以引起全社会的关注。

社会进步了,人们生活水平提高了,
但是中小学生的体质却呈下降趋势。

北京 2005 年国民体质监测结果:1/4 的学生体重超标

2006 年 11 月 24 日下午,北京市体育局、北京市教委等多个部门联合举行新闻发布会,有关部门负责人公布了北京市 2005 年国民体质监测结果和 2005 年学生体质监测结果。

监测结果显示,北京市民体质总体水平有所提高,但青少年儿童的体质有所下降,其中学生超重率为 11.20%,肥胖率达到 14.10%,两项合计高达 25.30%。这是北京市在 2000 年之后第二次进行全市国民体质监测。

北京市教委体美处处长甘北林介绍,此次监测结果显示,问题比较大的是青少年儿童。此次监测抽样了 6 个区县的中小学和两所大学,共 9 651 个样本,主要调研了身体形态、机能、素质和健康状况四个方面。在素质检测中发现,北京市学生在肺活量水平和素质水平上,与 2000 年相比都有所下降。更为严重的是,肥胖检出率和视力不良检出率都有上升。

"肥胖和视力不良的检出率已经处于全国最高水平。"北京市体育科研所所长佟之彦介绍,调研结果显示,北京市学生超重率为 11.20%,肥胖率达到 14.10%,两项合计高达 25.30%。视力不良检出率更是达到了 55.46%,而且与年龄的增长成正比。其中小学生为 31.10%、初中生 62.12%、高中生 77.88%,大学生更是达到 86.42%。

"身体素质下降和肥胖率增加的直接原因就是升学压力过大,课业负担过重,缺乏体育锻炼。"甘北林介绍,"按照规定,小学一二年级是不允许留家庭作业的,但调查发现2/3都有家庭作业。加上学校体育设施和场地的原因,学生每天1小时体育锻炼时间很难保证。"至于视力不良的问题,上网和玩电脑成为主要原因。

北京市教委督导室主任李壑也表示,因为片面追求升学率,在执行每天1小时体育锻炼和推广素质教育上,各校有一定困难,这也导致了学生体质体能素质的下降。

此外,调研结果也有好的方面。据佟之彦介绍,学生形态发育不错,身高、体重、胸围都达到了历史最高水平,像18岁男生平均身高174.5厘米,高于全国平均水平3.5厘米。营养状况也有所进步,营养不良率比2000年下降了,低于全国水平。另外,蛔虫感染、低血红蛋白、恒牙龋齿等常见病持续下降。

(据新华报业网,记者:毛烜磊)

广州学生体质下降令人忧

2004年第九届全国中学生运动会之后,教育部曾提出了这样的问题:为什么广东队能包揽金牌数、奖牌数和团体总分三项第一,而学生

体质却在下降?两年过去了,广州市中学生耐久力等体质指标又如何呢?记者在2006年最后一周对越秀区、天河区多间中学调查时发现,广州中学生心肺功能(耐久力)等体质指标依然呈明显下降趋势,而中学生体质下降正在成为孩子

健康成长的一大困惑。

尴尬现状：短跑测试全班大半不及格

现状一：初一学生一个班50米短跑3/4不及格。日前，在越秀区某中学操场，初一某班刚刚完成男子1 000米、女子800米中长跑测试。按照《国家体育锻炼标准手册》要求，初一年级男子1 000米跑及格线4分25秒，女子800米跑及格线3分55秒。可全班46个学生，27个男生只有8个及格，19个女生有6个及格，全班及格率不到1/3。记者了解到，几天前该班进行的50米短跑测试，全班及格率不到1/4。记者对多间中学调查发现，学生耐力和爆发力的下降已经成为广州市多间中学的普遍现象。

现状二：初一新生不知"高抬腿"等基本体育名词。"现在从小学刚升初中的学生，连'高抬腿'、'后蹬腿'和'小步跑'等基本的体育名词都不懂。事实上，体育从幼儿园时就应严格抓起来。体育也不仅仅是教育部门的事情，应该得到全社会的重视。"越秀区体育教研会秘书长、培正中学初三年级体育教师许建英说，"在不少学校，一切都围绕考试转，中考考体育，学校就从初三开始重视体育。这种现状必须及时得到纠正。"有教师透露，有的学校为了保证学生文化课学习时间，甚至擅自将国家规定的初中生每周三节体育课减少为两节。在一些小学，每周规定的三节体育课也同样被缩减为两节。

现状三：跳山羊、跳马淡出中学课堂。记者调查发现，跳山羊、跳马、爬竿、爬绳和秋千等体育项目目前几乎已在广州所有中学体育课上销声匿迹了。"现在都是独生子女，家长自我保护意识又特别强。有关部门既然对跳山羊、跳马等带有危险性体育项目没有规定和要求，学校一般不会主动去开设。"一位高一年级的体育教师实话实说。

有专家认为，学校因为害怕家长投诉取消跳马、爬竿等项目，无疑是一种因噎废食的做法。事实上，学校体育应该对安全保护有足够的防范，但是个别项目的运动损伤也是不可避免的，家长们对这一问题也应该正确对待。

客观原因：新课标放松对学生体质要求

有知情人透露，尚未公布的2006年夏季广东省学生体质调查结果与2004年监测的数据比较,广州学生的身体素质指标继续呈进一步下降趋势。到底是什么原因造成这样的结果呢?

原因一:新课标注重兴趣放松对学生体质要求。原广州市13中体育科组长、广州体育特级教师何镜芳认为,体育课从传统教学转向新课标,从过度注重竞赛技能走向过多强调学生兴趣,使得一些基本体育竞赛技能被淡化了,对学生体质方面要求过于放松,这一切都不利于学生耐久力的形成,也不利于学生的身体健康发育。还有一点不可忽视,就是过去体育作为一项全民运动得到各界的重视,每年冬季的长跑许多学生都要参加。

原因二:升学压力过大。"巨大的升学压力使中学生成为课业负担最沉重的人群,这是造成学生体质下降的重要原因之一。"越秀区体育教学研究会会长、广东实验中学体育高级教师杨锡齐说。

另外,现代生活方式以及学生课外面对的各种活动的诱惑,也是造成体质下降的重要因素。

应对措施:教育厅出台新体能评价标准

记者了解到,为了扭转目前学生体质下降的现状,广东省教育厅近日颁发了《广东省中小学生体能素质评价标准(试行方案)》和《广东省中小学生体能素质评价标准(试行方案)实施办法》,从2006—2007学年开始,对广东各级各类中小学体育教学实施"体能素质测试"。

教育部中小学体育教学指导委员会委员、省教育厅教研室体育教研员庄弼表示,希望新办法能在3年内使广东学生体质恢复到20世纪90年代初的水平。

按照"体能标准"规定细则,要根据规则给学生打体育分。其中,小学采用等级评定法,分为A、B、C、D、E五个等级,中学体能素质测试总成绩满分为100分,每个项目得分各占总成绩的25%。

根据规定,学校每学年评定一次成绩,学生体能素质评定的成绩纳入其当年体育课成绩的评定中。其中,小学体能素质测试成绩占体育课成绩的50%,初中体能素质测试的成绩占体育课成绩40%,高中体能测试成绩占体育课成绩的30%。

(据《广州日报》,记者:黄丹彤)

郑州六成中学生睡眠不足

3月21日是世界睡眠日。3月20日,郑州日报对郑州市区四所小学和初中的近500名学生进行问卷调查,结果显示:在新的作息时间下,大部分小学生睡眠充足,六成以上中学生每天睡眠时间不足8个小时,由于高中学生的作息时间没有任何变化,早出晚归的他们依然是特"困"一族。

年级越高睡眠越少

参与本次调查的四所中小学分别是管城区实验小学、黄河路一小、107中学和金水三中。调查选取三年级、五年级、七年级和九年级各两个班的学生为调查对象。调查统计结果,大部分小学生睡眠充足,约六成中学生每天睡眠时间不足8个小时。

调查显示,小学三年级和五年级中有80%以上的学生每天都能保证8个小时的睡眠,半数左右的人每天能睡9个小时甚至更多的时间。在中学生里,63%的七年级学生每天睡眠时间为7小时至8小时,但九年级学生每天睡够7个小时的不到20%。由于高中阶段的作息时间没有任何变化,记者联系的市区几所高中均无意参加此调查,某中学相关负责人表示,高中生的睡眠质量普遍不好,只要高考体制不变,这一现状无从改变。

中学生睡眠质量堪忧

问卷调查中,有84%的初中生表示自己的睡眠质量"不好"或"一般",白天有时会打瞌睡。相比之下,小学生的睡眠质量要好得多,有六成以上的小学生称自己睡得比较好,白天基本上不会犯困。

有家长认为,学生的睡眠不足在于学校布置的作业太多,但二七区京广路小学校长景松峰否认这一说法。他说,在市教育局的新规定下,中小学生的作业量已经得到控制,家长安排的家庭作业和各种兴趣班成为学生的主要负担。他认为,目前学校班额普遍偏大,老师难以根据每个学生的实际情况进行分层教学,部分学生可能会感到学习压力较大。有些家长布置了额外的"家庭作业",让学生感觉负担过重。此外,有一些学生没有养成良好的学习习惯,如下午放学后不及时完成作业,影响了晚上的休息时间,以致造成早上起不来、白天精神差的恶性循环。

"择校"加剧睡眠不足

根据教育部有关规定:"小学生每日睡眠时间,一二年级不宜少于10小时,三至六年级不宜少于9小时";"中学生每日睡眠时间不宜少于8小时"。调查显示,达到此标准的中小学生微乎其微。

对此,管城区教体局办公室魏峰分析说,近年来择校风很盛,家长们放弃就近入学,人为地"择校"让孩子每天不得不早起,增加了路途上的时间。改变这种现状,需要家长转变入学观念。

(据央视国际)

天津学生身体素质差 四大原因是罪魁祸首

一项最新的调查结果显示,目前天津市中小学生身体素质已跌至20年来最低水平,并有随着年龄增长而呈下降的趋势。

根据《学生体质健康标准》,2004年天津市和平区对全区中小学生进行的体质检测显示,中小学生体质不合格的人数达到了5.98%,其中心肺功能不合格率在初中一年级中竟然占到了17.38%;检测爆发力的50米跑,在初一年级学生中不合格率达到了6.87%,在高一年级中占到了9.61%。各项检测不合格率随着孩子年龄增大而增高,其中立定跳远在小学三年级中不合格率仅为0.25%,而高一年级不合格率则攀升到8.08%。

对此,已经在天津和平区体卫科负责学生身体素质检测20年的龚智斌副科长说,虽然现在生活水平提高了,但孩子们的身体状况在过去的20年里没有变好,反而更差了。

龚智斌分析说,孩子们身体状况不如从前,四个原因是罪魁。

首先,锻炼时间少,在家长和老师中,认为"孩子锻炼身体就是耽误时间"的观念误区还存在,尤其是在初三年级,部分学校的体育课课时缩水或者被取消。

其次,室内活动多,现代化的生活方式让孩子们更热衷于玩那些高档的、冒险的、电子的游戏,还有电脑游戏等,而对传统的体育游戏失去兴趣。

再次,后顾之忧大,许多基本传统体育项目在慢慢"消失",如小学的"跳山羊"、中学的跳箱、跳高、单双杠等器材,因为有一定的危险性,所以被体育老师们放弃了。

最后,饮食结构的不合理也加剧了孩子们体能的下降,如碳酸饮料、快餐等,虽然味道好,但对孩子们的身体却无益。

(据《楚天金报》)

观 点 碰 撞

造成中学生体质下降的因素很多,但主要还是由于素质教育没有落到实处、学校体育教学模式僵硬以及独生子女问题造成的。对此,学生、家长和专家分别从自己的角度予以分析。

"反常"高三增加体育课　学生欢迎家长质疑

学校与家长的分歧

体育课的课时不减反增,这在惜时如金的高三年级实属少见。但上海市黄浦区浦光中学却将高三年级的体育课时从原来的每周两节增加到每周三节,语、数、外文化课时间则相应减少。虽然学生大多表示欢迎,但一些家长却质疑这样做是"耽误学业"。

常规高三:体育为主科让路

事实上,在升学压力之下,高三学生课表上几乎被"3+1"科目占满。

据了解,上海市大部分高中学校对高三学生的课时安排都以语、数、外三门为主,一般每周安排在 10 节课左右,"+1"科目如物理、化学等则每周有 8 节课以上,各校会根据本校的薄弱项目,再作相应的调整。而所谓的副科,也就剩下了每周两节的体育课和政治课。但仍有学校会缩减、占用体育课的课时,为主科让路。

此外,到了高三,学生原本的早自修、晚自修时间也纷纷被挤占,不少高三学生向记者抱怨,自己每天五六点钟就得起床、出门,7 点坐到教室里上课是常有的事。不少学校的高三老师也告诉记者,学校早晨 7 点就要开始正式上课了。

"反常"高三:体育课不减反增

"学校希望通过让高三学生多参加体育锻炼,使学生的身体素质得到加强,从而带动学生的学习成绩、道德品质一起提高。"浦光中学校长办公室朱贻纯老师告诉记者,高三学生由于学业紧张,往往忽视身体锻炼,身上的小毛小病不少,考虑到身体素质不好同样影响学习,因此学校决定,宁可文化课少上一点,也要增加体育课的课时。多增加的体育课仍然按照体育课教学大纲上安排的内容进行教学,从而切实保证学生的运动时间和运动质量。

据悉,学校还在每天下午 4 点以后为高三学生安排了瑜伽、健身操、篮球等活动课,以加强学生的体育锻炼。

主科多,有伸缩余地

根据浦光中学的做法,每周多安排一节体育课,就意味着少了一节主课。教高三数学的吴老师认为,虽然高三年级情况特殊,但每周少上一节主课,对学生的影响其实不大。好几位老师表示,主课多所以有伸缩余地,而高三是学生心理疾病多发时期,多一节体育课,可以帮助学生释放压力,反而能使他们更好地投入到学习中去。

劳逸结合有利学习

对于学校如此安排,该校高三年级的学生大多表示欢迎。在他们看来,能够劳逸结合对学习更有利,多一节体育课就多了一分休息的空间。当记者问及少了一节文化课,是否担心影响学业时,高三(2)班学生施超直言,"每天要上那么多课,文化课的时间已经够多了。"

上海市其他一些高中三年级学生在得知浦光中学的做法后,表现出羡慕之情。"每天从早到晚都是坐在那里上课做练习,一点运动、休息的时间也没有,我现在爬个楼梯都喘得不行。"一位高三学生向记者坦言,进入高三之后,她明显感到体能有所下降。

反对:冲刺阶段,应当读书为主

据悉,浦光中学在刚实施这一做法时,曾遭受来自家长的阻力。为此,学校还专门向家长解释,但很多家长仍忧心忡忡。不少家长表示,高三是学习的冲刺阶段,就应该副科少一些、主科多一些。"一星期两节体育课足够了,体育课只要成绩过关就可以了。"家长高先生坦言,考大学是看分数的,这个时候当然应该读书为主,语文、数学、外语更是课越多越好。也有学生认为,高三是非常时期,就应该非常对待,"只要熬过这一年,以后就解放了,到时再锻炼也不迟"。

(据东方网)

学生直言:谁动了我们的健康

◆ **畸形的学校教育是祸首**

是谁动了我们的健康,我们最有发言权,答案是:畸形的学校教育。现在的学校教育只盯住考分,分数成了压在头上的"大山",我们成了考分的"奴隶"。在学校,除了每周两节体育课,别无其他体育活动,而体育课即使安排了两节,也经常被改作自习;在家里,一放下碗筷家长就催促我们啃书本、做习题、看一眼电视、读两行琼瑶小说,要被数落半天。新闻媒介曾呼吁学生的书包太沉了,我们稚嫩的肩膀压了比书包还重得多的担子。从小学到中学,小考、大考不断,到了期末考试、毕业升学,更只能与桌椅为伴、与书本共眠。我们不仅身体健康每况愈下,厌学情绪也与日俱增。现在的教育虽然嘴上喊着素质,但实际推行的仍是应试,导致学校教育出了偏差。学校片面追求升学率,自然只抓"智育",丢了"德育",扔了"体育"。

重视学生身体素质的培养，已到了刻不容缓的地步，决不能让"东亚病夫"这一历史悲剧在我们身上重演！

（山东省莱芜市苗山中学七年级一班　吕宁）

◆沉重的课业负担是学生健康的杀手

一年一度的学校体检又来了，但对于大多数同学来说，体检并不是一件快乐的事。对于自己日趋下降的体质体能和越来越深的近视度数，我们比谁心里都清楚，这是沉重得让人喘不过气来的学业带来的必然结果。

毋庸置疑，中国学生有着非常聪明的大脑，但是中国青少年的体质近些年来持续明显下降也是不争的事实。每到学校运动会前夕，我们班同学就会对着项目的报名表发愁，特别是1 500米、3 000米长跑等项目，常常因无人报名出现漏项，我们的矫健和活力不知跑哪里去了。

由于课业负担过重，我们的睡眠时间被挤压至少得不能再少，锻炼的时间几乎没有，常常是体育课背单词，活动课上自习，课间十分钟用来打个盹儿，补充一下因"开夜车"而耽误的睡眠。曾经请教过一名高三的学长"三年中她最后悔的一件事"，当时她笑了笑说，最后悔没有善待自己的身体。为了挤出更多的时间学习，她有时一整天都不离开教室里的座位，甚至连吃饭的时间都想省掉，晚上寝室熄灯后还要打着手电再学一会儿，三年下来她的成绩名列前茅了，但是身体状况却远远地落在了别人的后面。

我想勤奋并没有错，只是现在到了该关注一下健康的时候了。学习也要讲究科学和方法，一味拼时间拼体力，省却生活中其他内容，惟剩"学习"二字，以牺牲健康为代价提高成绩的方法绝不可取，须知有了好的体魄，才能把握更多机会，实现更多梦想，才能使国家富强、民族昌盛。所以，同学们，从现在开始，请坚持锻炼，保持身心愉悦，重新绽放健康的微笑。

（辽宁省沈阳市东北育才学校高中部 065 班　马雅）

◆增强体质，势在必行

我是一名初三学生，我想就我们班同学的健康问题谈一谈。在我们班，超重的同学大约有六七个，戴眼镜的将近一半。前几天大家上体育课时跑 800 米，当时都埋怨累死了，第二天几乎全班同学都说腿疼。造成这种情况的原因，以我们学校来说，大概有以下几个：

一、条件差。我们学校没有操场。虽然教学质量很高，但是硬件条件极差。到现在大部分的教室都是平房，甚至根本不够用，需要借用其他学校的教室来上课，根本就没有场地让我们上体育课。最后还是教育局出面，让我们到另一所学校去上体育课，但这样一来，路上的安全又不能保证了。

二、老师和家长不够重视。我们上体育课就像穷人吃饭，"有了上顿没下顿，吃了一顿是一顿"。原因无非就是其他科老师占用体育课来订正作业，使体育课严重缩水。家长们也只重视文化课成绩，有的为节约孩子时间，上学放学宁可开车接送。久而久之，同学们就只剩下了一种运动：走路。其实，我知道大家都很向往小学的体育课，那是真正自由快乐的体育课。

这学期，学校终于开始重视体育课了，不但不"缩水"，每周还多增加了一节，这真是个天大的好消息。我想，如果所有学校都能够这样，那么我们的健康问题至少会有一半得到解决。

（安徽省肥西县上派镇中心学校　李慕容）

◆谁能给我们展翅飞翔的空间

繁忙的高中生活，使我每天徘徊在教室、饭堂、宿舍这三点一线上，所有的娱乐时间都被剥夺了。严肃的班主任经常对我们说，大家应将全部心思投入到复习中去，等到高考结束后，还怕没时间玩吗？父母也在一旁督促我们：在这紧急关头，千万别分心，只要挤过了独木桥，生活就真正属于你们了。特别是进入高三后，连每个星期仅有的两节体育课都被取消了，其他年级的体育课也多半是敷衍了事，快到期末时，整个学校的体育课都逃脱不了被取消的命运。在这种情况下，我也无奈放弃了坚持多年的体育锻炼，一点点胖了起来。

现在，哪怕有考生戴着 1 000 度的近视镜，在考场上因身体虚弱而晕倒，只要数学、物理、化学、外语等科目分数高，那么他一样是老师和家长用来教育我们的楷模。为了能考上理想的大学，我们都围着分数转，分秒不能松懈，又怎能成为德、智、体全面发展的好学生呢？长此以往，我们的身体素质能不持续下降吗？我们真希望在素质教育的旗帜下，有更多的目光来关注我们青少年的身心健康，那样青春才不会留下深深的遗憾！

（广东省河源市紫金县尔崧中学高三(8)班　黎寿钦）

◆ 压力，健康的最大敌人

刚刚步入大学校园，一周的军训生活就让我感到力不从心。同学有的晕倒，有的发烧，有的拉肚子，我也是其中一分子，只因为训练中下了一场小雨便感冒发烧。我发短信把患病的消息告诉母亲，她回信说："要用信心和毅力挺住，我们小时候可没像你这样经不起风雨……"

以往母亲没少用这话来刺激我，甚至说我懒惰，不能坚持体育锻炼。然而，谁不希望把自己融入快乐中，在平整的操场上跑几圈，痛快地打一场篮球赛，那不仅仅是锻炼身体，也是放飞自由。从步入学校开始，精神就没有轻松过。小学，各种各样的课外学习班占用了无数的星期天；初中，迎接中考，为冲进重点高中，每天学习十几个小时；高中，备战高考，更是抓紧每分每秒"耕耘"。特别是从初中到高中，每天早 7 点之前入校，晚 9 点离开教室，其余的时间需要洗漱，需要吃饭，需要乘车往返于学校和家里，需要做没完没了的习题，留给睡眠的还有多少时间呢？寒暑假缩短，节假日也缩减，每周个把小时的体育课根本满足不了锻炼身体的需求，我们用什么时间去锻炼？12 年读书生活，留给我们的是收获，也是压力。大学考上了，可是每每回想以往的生活，便感到有些可惜。花样年华，从童年开始就进入紧张的学习状态，如今站在太阳底下，真的好希望把学习与锻炼结合起来，还给我们一个更结实的身体，这样才有为社会奉献的资本。人类进步离不开知识，学习知识是社会发展的需要，但应该辩证地去面对，没有知识就没有社会的发展进步，没有健康的人也不会推进社会的发展进步。为此，我们呼唤知识，也呼唤健康。

（东北师范大学历史文化学院　孙昱莹）

家长：体育课的空间被压缩

◆没有合理的体育锻炼怎么办

现在的中小学生在营养条件不断改善的情况下体质水平却出现"负增长"，我认为其中一个主要的原因是身体锻炼不到位，营养的增长并没有转化为身体素质的提升。

学校的体育课是中小学生参加体育锻炼的主要形式，然而不少学生的共同感觉是：学校里能"玩"的东西太少了。以最常见的单双杠为例，室内弹性木质材料制品是最好的选择，可目前绝大多数学校配置的是廉价的铁制品，即便是这样的"铁疙瘩"，有的学校也无法配备到位。而深受青少年学生喜爱的新式运动器械，如蹦蹦球、踏板等，在校园里更是难觅踪迹。据了解，目前不少中小学体育器具配备执行的仍是20世纪七八十年代的标准。

学生"玩"的时间也严重不足。在中小学课程设置中，体育与美术、音乐并列，被看作"小三门"，大多数学校每周的体育课时只有两节，而沉重的课业负担又大幅"挤压"着孩子们的课外锻炼时间。具有一定挑战性的体育项目正在淡出校园，主要是出于学生安全的考虑，学校不断降低教学难度，甚至取消了体育课。

（河北省南和县　张玉龙）

◆令人忧心的评价尺度

儿子今年刚上小学，开学第一天，他回来告诉我说，他们学校要求一二年级的同学必须安静地走路，绝不能打闹、乱跑，还安排了大孩子做"检查员"在校园里巡视,谁跑被抓住就要扣分,被扣分的孩子就不能做"三好学生"。学校把"三好学生"的标准定为分数高、下课不乱跑。这样的评价尺度能叫合理吗?

现代社会需要的是高素质的人才,造就这样的人才不能只靠书本。身体素质的提高与书本教育是互为促进的关系,多点时间锻炼并不影响学习,希望学校有更加合理的评价标准,这是我们社会的责任。

(山东省青州市公安局　祝秀莲)
(据《新闻晨报》、《半月谈》、人民网相关资料整理)

专家:体质下降谁之过

◆全国政协委员、辽宁省糖尿病治疗中心院长冯世良:我为什么还要再提青少年体质下降问题

2005年和2006年"两会"期间,全国政协委员、辽宁省糖尿病治疗中心院长冯世良委员接连两年向大会提交了《我国青少年体质下降幅度惊人——建议用立法形式加以遏制》的提案。在提案中,冯世良全面阐述了目前我国青少年体质的现状、体质下降的原因及解决建议。2006年会后,冯世良收到了教育部的答复,教育部表示,他们已针对这一问题采取了相应的措施。答复中称:"青少年学生体质下降这一问题已引起了教育部门和学校进一步的高度重视。今年颁布的新课程标准中明确规定小学三至五年级必须保证每周四节体育课,初中三节、高中两节,每天必须保证学生一小时的课外活动时间,教育部正在起草贯彻落实的具体措施。

"但2006年我到部分中小学校搞调研时却看到,尽管教育部明文规定必须要执行,很多中小学校照样不执行或者执行得很差,有些中小学校,毕业年级的体育课只有课程安排却没有上过一天课,其他年级的体育课也多半敷衍了事,快到期末时,体育课同样逃脱不了被取消的命运。"

冯世良在调研期间曾问过个别学校的校长："为什么教育部要求的,你们拒不执行呢?"校长们委屈地回答说："我让学生上体育课,影响了他们主科的学习怎么办?"有的老师则说："在高考指挥棒的逼迫之下,大家都把一切精力放到了那一张考试的试卷上,至于什么身体健康、心理健康全都抛到脑后了。"

冯世良委员认为,造成这种后果的原因应该归罪于现行教育制度存在的弊端,这个弊端就是现行的中、高考制度。它不要求考生必须是德、智、体全面发展的优秀者,哪怕这个考生戴着一千度的近视镜,在考场上因身体虚弱晕倒了,只要数学、物理、化学、外语等应试科目分数最高,就是"状元"!在这种考试制度的"鼓励"下,青少年学生、他们的家长及培养教育他们的教师们都紧紧围绕着一张考试卷纸的分数转,青少年的体质如果不下降,那就奇怪了。

冯世良委员提出,在现阶段,只有让体育教学与教育部门对学校教育质量的评价挂钩,让学生的体育成绩在中、高考中体现出来,这样从家庭到学校才都会发挥主动性,加强学生的体育锻炼。如果进行这样的改革,我国青少年体质下降的情况有望在三五年之内得到有效遏制。

冯世良委员建议:首先,中、高考应增加体育考试。从2006年开始,教育部就应该着手研究制定在中、高考中增加体育考试的详细办法,并最迟于七月份之前对外公布。然后,从2007年开始,先以试点的形式,在部分省、市、自治区强制推行,一两年之后,在全国各地区的中、高考中全部增加体育考试。

二、务必从制度上杜绝考场舞弊。冯世良说,辽宁某市教育局在十年前曾搞过中考体育加试,初期效果很好,后来因为管理放松,体育加试舞弊事件此起彼伏。无奈这个市的教育局只得取消了体育加试。所以教育部在制定考试办法的时候,一定要从制度上杜绝考场舞弊,绝不能再让体育加试流于形式。

三、学校体育器材必须要得到保证。冯世良委员说,一些教育部门的负责人为了能出政绩,把体育器材全都投到重点学校了,而那些薄弱学校则少人关心少人问。"胖的撑死,瘦的饿死","教育部三令五申强调教育要平等,这种现状应该急需得到改变"。

◆北京师范大学体育与运动学院院长毛振明、教育部体育卫生与艺术教育司体育处处长季克异：学生体质下降孰之过

素质教育形同虚设

北京师范大学体育与运动学院院长毛振明教授认为，中学生学习压力大，没有充足的时间参加体育活动，归根结底还是由素质教育与应试教育的矛盾引发出来的。

在毛振明看来，素质教育要求学校将学生培养成德、智、体、美、劳均衡发展的全面型人才，但是从目前的实际情况看，无论是学校还是家长，对素质教育的理解都还存在片面性。一些中学为了提升自己的知名度或是影响力，自觉不自觉地将主要精力放在追求升学率上面，无形中给学生带来了巨大的学习压力；而为了孩子的未来，也迫于就业压力，家长别无选择地将孩子往高考升学的独木舟上赶。于是，在中考、高考桥头形成"堵车"的时候，体质已经明显下降的学生们就更无暇顾及"身外之物"的体育锻炼了。

记者在北京市第54中学看到，即使在课间操时间，不大的操场上也看不到多少学生的身影。副校长吕东说，由于面临升学考试的压力，学生宁愿在课间复习功课。

教育部体育卫生与艺术教育司体育处处长季克异在接受新华社记者专访时表示，教育部一直在提倡素质教育，一些学校也确实在朝着这个方向努力，但是家长却在扎扎实实地搞应试教育，把中学生搞得几乎没有自由活动的空间和时间。他说："教育部力图推进素质教育，但是阻力很大，因为客观上家长是抵制素质教育的。"

体育教学模式让学生远离体育

毛振明介绍说，中国体育教学的"达标考核"模式借鉴的是前苏联的"卫国体育健身制度"，当时中国教育界是为了丰富体育活动而选择了达标这一考核方式。随着社会的进步发展，如今的体育活动变得丰富多彩，学生可以选择的面十分宽广，学校体育教学的达标模式已经满足

不了学生们的需要了。

毛振明说:"有些学校放弃了篮球、体操和武术,专门为了通过达标而设置体育课,这是体育教学中的一个误区,也严重挫伤了孩子们参加体育锻炼的积极性。我听到的反映是,孩子们喜欢运动,但是不喜欢体育课。"

独生子女受到畸形"呵护"

除了学业繁重、体育课达标阻碍学生对体育活动的兴趣外,独生子女现象也开始影响学生的体质了。目前这一代城市学生绝大部分都是独生子女,家长小心翼翼地养育孩子,生怕孩子受到意外伤害。毛振明说:"其实现在学校体育很大程度上是在还学生在儿时所欠下的体育运动的债。"

由于害怕学生受伤引起不必要的麻烦,学校也不得不取消一些对抗性强和容易受伤的体育教学项目,例如"跳山羊"几乎已经在所有中学的体育课上销声匿迹。吕东说:"原来出了事故,家长还比较通情达理;现在如果孩子受了伤,家长就可能'讹'上学校。别说体育课,你去看看现在还有多少学校敢组织学生外出郊游?"

北京和平街一中体育教研室主任孙卫华表示,学生体质下降不能完全归罪于体育课,其中也有生活习惯、家庭影响等因素。吕东也表示,肥胖学生的增多,除了运动时间少外,高脂肪、高蛋白食品的过度摄入也是重要原因。

现代文明的困扰

记者在多家中学采访时,体育老师不约而同地反映说,现在的学生不爱运动却喜欢泡网吧,学生视力下降并不完全是学业繁重造成的,"看电视、上网等娱乐同样影响视力"。

季克异表示,网络等现代文明为人类带来方便,但是也带来负面影响。现代人出门坐汽车,回家看电视,种种不健康的生活方式也在影响学生的体质。

毛振明表示,学生体质下降是一个全球性的问题。目前我们应该做的是,寻找积极有效的办法以阻止这种下降趋势的蔓延。

(据新华网)

学生体质存在的问题看似影响的是个体,实则关系一个国家、一个民族的整体素质。因而,学生体质不健康这个问题必须引起重视。

学生体质不健康的危害

学生体质存在的问题看似影响的是个体,实则关系到一个国家、一个民族的整体素质。因而,学生体质不健康这个问题必须引起重视。

首先,中学阶段身体素质和身体机能的下降,为他们未来五六十年的身体状况埋下了不良的伏笔,甚至直接造成现阶段身体的超负荷。近年来,从中学生到大学生,猝死事件时有发生就是一个例证。青少年正处于生长发育期,各个器官正逐渐发育成熟,从身体到性情都具有很强的可塑性。这个时候,如果不给予他们健康的体魄和良好的生活习惯和运动习惯,他们一生的健康将被打上一个巨大的问号。

其次,中学生从升学到工作,竞争压力逐步升级,要在这样的环境下长久立足,仅有知识和智慧是不够的,强健的体魄是基础。对这一代年轻人来说,未来的体力劳动相对减少,但精神压力却远远超出了父辈,他们要想在未来的社会中站稳脚跟,没有坚强的精神是很难实现的。身体的健康和心理的健康息息相关,生理的"亚健康"会使人感到力不从心,进而诱发心理的"亚健康",而心理的"亚健康"是现代很多生理疾病的病因。

第三,未来中国社会的发展和国家的整体竞争力很大程度上取决于精英阶层的竞争力,而这些人中的大部分在学生时期属于成绩优异者。如果在学生时期他们只专注于学习而忽视了身体和心理健康的培育，那么在未来激烈竞争的环境中，他们是否有足够的身体本钱去应对竞争必然会被画上一个问号；而即便进入了核心竞争阶层，学生时代身体锻炼亏欠所带来的后遗症也会让他们有力不从心的感觉。

第四，学生身体素质的下降尽管有种种因素，但体育运动的缺乏无疑是其中最重要的原因。体育运动除了强健体魄之外，另一个重要作用是培养团结协作的意识和能力。在未来国际化和合作日益增多的情况下，团结协作这一素质显得越发重要。这一代中国学生几乎都是独生子女，是家庭的中心，在整体性格上更加自我，如果在学生时期、在性格仍然可塑的时期没有形成团结协作的观念，那么在未来的工作中就很难在一个和谐的团队中占据一席之地。

（据新华网）

中学生体质下降的文化基因

·　全国学生体育健康调研组在对河南省郑州市区一所中学 2006 年的 1 163 名毕业班学生进行调研时发现，学生刚入学时的体检结果与毕业时的体检结果相比，"一般健康"的学生由刚入学时的 50.38% 降至毕业时的 24.59%，下降了 25.79%；"近视"、"远视"的学生由刚入学时的 46.69%，增至毕业时的 74.20%，上升了 27.51%；另外，"营养不良"的学生比例上升了 0.6%。（《郑州晚报》2006 年 4 月 11 日）

为什么学校教育损害了青少年的健康？报道给出这样的解释：体育锻炼无法得到保证。一是体育课课时低于国家标准。目前郑州市区的中学体育课时低于国家标准，且每周寥寥无几的体育课还经常被主课

"挤占"。学生只有在进行升学考试体育测试前才会集中进行训练。二是现有的体育课难以保证锻炼时间和强度。

我相信体育课不能得到保证是导致学生体质下降的直接原因。但是,体育课不能得到保证,显然有根本性的因素在发挥作用。

这里首先要说到我们的传统话语体系。这个体系把各个社会阶层的人用脸谱化的语言进行概括:比如奸商、贪官、土老帽儿等。而自宋代以来,对于读书人,其脸谱化语言则是"文弱书生"。一个"文弱",既是对宋代以后中国文人形体的描述,其实也包含着一种价值观的判断。所谓文弱,当然是从形体上说明文人体质的柔弱,同时应该也说明对于强健体魄的不屑;而与之相对的另一个词,是"头脑简单,四肢发达"。

我读过一位学者的访美观感。让这位学者感到诧异的一个现象是:美国的"文人"根本就不是自己观念中原有的那种形象。为什么呢? 因为他所接触到的所有美国学者,乍一看,都更像固有观念中的运动员。

有了"文弱书生"这种文化基因的潜意识影响,也就有了分数至上、忽视体育锻炼的教育方针。于是,学校也就因为培养"书生"而让学生变得文弱不堪了。

(据《中国青年报》,作者:苏煜)

把体育课还给学生

上海市近日提出,要大力实施"学校体育工程推进计划",严格执行"保证中小学生每天一小时体育活动时间"的规定。此举令人欣慰,但真能落到实处吗? 很多孩子和家长都有这样的担心:每天一小时的运动时间,难保不被侵占。

有意思的是,仿佛是一项配套措施,另一个规定随之出台:从2008年起,该市初中毕业生体育(体育健身)科目测试成绩按一定比例计入中考总分,并逐步加大初中毕业生体育科目测试成绩在高中阶段学校录取时的权重。

这回有点动真格的意思了！什么事一纳入应试的轨道，就仿佛得了"护身符"。

不要小看区区一小时的体育活动时间。此前，一项全国学生体质健康监测结果显示，我国部分中小学生爆发力、力量、耐力素质及肺活量等指标持续下降，超重与肥胖学生的比例增加，学生视力不良检出率继续上升，在城市中学生中，戴眼镜的常常占了一半还多。本该是一国朝气所系的青少年，相当多却如此体弱甚至病态，让人忧从中来。专家指出，学生每天体育锻炼不足、体育活动时间得不到保证，是不可忽视的重要原因。

多年前，邻国日本曾提出"一杯牛奶强壮一个民族"的口号，并切实在广大国民中践行之，对体质改善效果显著。而"每天一小时体育活动时间"的规定，可能异曲同工，如果真能扎实落实并在全国推开，将增强一代人的体质。

其实，我们还可以更进一步：体育课也可以纳入主课范畴，成为推进素质教育的重要一环。

人们对素质教育的迫切性日益重视。但是，一些人的认识还有误区，认为素质教育就是让孩子学学钢琴、绘画、舞蹈等。多学点东西固然是好事，但如果过了头，夹杂强烈的目的性于其中，则不但不会减轻学生课业负担，还会使孩子们更累。很多尚未入学的幼儿园孩子在周末的清晨也被父母从被窝里提溜出来，睡眼惺忪地踏上学琴、学画、学奥数的路。

保证孩子们的运动时间，保证孩子们有足够的时间休息与游戏，非同小可，这不仅关系到他们的健康，从长远看，还关系到一代人的全面成长。为此，需要有强有力的措施来保障。上海市计划把体育成绩按比例计入中考成绩，某种程度上是把体育变成了主课，体育课就不再是可有可无、形同虚设了。

把体育变成主课，成为高中入学必考的科目，或许又会出现另一种形式的应试教育。然而，如果是为了拿高分，学生比以前更加重视体育锻炼，体质也明显提高，这也值得欣慰。当然，此举还要谨防流于形式或弄虚作假。

保障学生运动、游戏、休息,使他们有充分的时间和精力在德智体美等方面获得全面发展,这才是素质教育的应有之义。

（据《人民日报》,作者:汪晓东）

体育会不会成为学生的新负担?

"手无缚鸡之力"的学生将不会受到重点大学的青睐。教育部体卫艺司司长杨贵仁表示,今后将把中学阶段学生体质健康状况作为高校招生的重要依据。（12月26日《京华时报》）

强大的升学压力让学生不堪重负,与之相对应的是青少年体质状况的不容乐观。据《中国青年报》12月25日报道,监测结果显示:学生的耐力、速度、爆发力、力量素质呈现下降趋势,学生超重与肥胖检出率继续增加,视力不良检出率也居高不下。在这样的情况下,出台政策加强对体育的要求,其积极意义自然不用多说。事实上,这并不是什么新要求,"德智体全面发展"一直是我国长期不变的教育方针。关键在于,在应试教育得不到根本改变的目前状态下,学校的教学始终脱不了升学、脱不了高考这根指挥棒,"音体美"在学校教育中也就一直只能处于"副科"地位,无奈而又现实。

兴许是教育部门也清醒地看到了这点,现在,对体育要求也要通过考试、通过与升学挂钩来加强了。这多少有点反讽之意。当然,尽管让人唏嘘,却可能是现实状态下的"退而求其次"之策。但是,加强体育在升学中的"重量",就能让学生实现

"德智体"均衡发展了吗？这大概只是理想罢了。由于升学竞争的激烈，最可能的结果是，广大学生在已经日益加重的学业重负之外，却又不得不再背负起来自体育会考的压力。

即便新要求的确实现了让"手无缚鸡之力"的学生被挡在大学校门之外，又如何呢？或许，大学生的整体体质健康是改善了、提高了，但是这种提高却是以另一部分学生被排除在外为代价的。这对于整个青少年群体的体质状况好转并无意义。

说到底，加强体育工作的基本目的应该是加强锻炼，增强体质，而不是为了考试。如果仍然用"考试"的老办法来实现对体育的重视，难免会落入"本末倒置"的嫌疑和尴尬之中。

（据《广州日报》，作者：刘楚汉）

对策与建议

中学生体质问题正受到教育、体育等部门和社会各方的关注，并且已经开始采取相应的措施改善中学生日益下降的体质。

教育部：中学生体质健康状况将作为高招重要依据

最近一次全国青少年体质健康调查报告表明，学生肥胖人数在过去 5 年内迅速增加，四分之一的城市男生是"胖墩"；眼睛近视比例，初中生接近 60%，高中生为 76%，大学生高达 83%。视力不良、超重及肥胖仍然严重影响着青少年的健康。

"手无缚鸡之力"的学生将不会受到重点大学的青睐。2006 年12 月 25 日，教育部体卫艺司司长杨贵仁在新闻发布会上表示，今后将把中学阶段学生体质健康状况作为高校招生的重要依据，对连续两年或者几年学生体质健康下降的省份,要调整其重点高校招生的指标。

杨贵仁介绍,教育部和国家体育总局日前联合发布文件,对提高学生健康素质提出了一系列新举措。其中包括,初中毕业升学体育考试要按一定比例记入中考成绩总分。在高中毕业学业考试中增加体育考试,将体育考试成绩作为高校录取新生的重要参考依据。

他指出,目前一些地方和学校片面追求升学率,不重视学生体育锻炼。为了扭转这种局面,教育部自20世纪90年代末就下发文件,要求各地把初中升学体育考试记入升学总分。经过这些年的实践,这项政策使很多学校提高了对体育教育的认识,推动孩子们的体育锻炼,也改变了很多家长的观念。

无锡、沈阳等地的调查显示:基础教育阶段初三和高一学生的身体素质最好,这就说明将体育考试记入升学总分的政策拉动了学校体育教育。"在高中会考中加入体育也是希望达到这样的效果。北京的高中会考一直有体育考试,取得了很好效果。"杨贵仁说。

他指出,近年来山东等一些地方也在探索如何在高考中加入体育测试,这是一个比较复杂的工作。随着学校对学生体质问题的重视、对人才全面发展的重视,一些高校在录取时也会考虑体育成绩。

此外,教育部要求各级学校建立《学生体质健康标准》测试报告书制度,测试报告书要作为中小学生成长记录或中小学生素质报告书的重要内容,列入高等学校和高中阶段学生档案,作为学生毕业、升学的重要依据。在学生综合素质评价中,参与体育活动的表现要作为重要评价内容。

他表示,今后教育部直属高校录取新生后会对新生进行体质测试,将结果反映到各省份,供各地总结体育教育现状,调整体育教育工作。

杨贵仁指出,高校新生的《学生体质健康标准》测试结果,应作为调整直属高校招生计划区域分配方案的依据。示范性高中部分招生名额向初中学校分配时,应根据初中学校实施素质教育的状况和《学生体质健康标准》的测试结果调整分配指标。

杨贵仁强调今后将加大推动学校体育场馆向社会开放的工作力

度,为青少年创造更好的体育锻炼环境。据悉,我国将从 2007 年开始在全国各级各类学校中开展亿万学生阳光体育运动,力争用三年时间,使85%以上的学生能做到每天锻炼一小时。

(据央视国际网)

陈至立:大力加强学校体育工作

全国学校体育工作会议 2006 年 12 月 23 日在京召开,国务委员陈至立出席会议并宣布启动"全国亿万学生阳光体育运动",强调要认真贯彻党的教育方针,全面推进素质教育,大力加强学校体育工作,把学校体育工作作为全民健身运动的重点,切实提高青少年健康素质;号召广大青少年抓住我国举办 2008 年北京奥运会的机遇,掀起体育运动的热潮。

陈至立强调指出,学校体育工作是教育工作的大事,也是体育工作的大事。从事教育工作,必须重视体育;从事体育工作,必须重视学校体育。各级政府和教育、体育行政部门要树立科学的人才观,按照毛泽东同志提出的"健康第一"的要求,充分认识体育对强身健体、陶冶情操、启迪智慧、壮美人生以及培养团结、合作、坚强、献身和友爱精神、弘扬民族精神的积极作用。要从战略高度认识加强学校体育工作的重要性、紧迫性,以对青少年高度负责的政治责任感,加强领导,真抓实干,从指导思想、评价体系、体制机制、政策导向等方面采取综合措施,从资金投入、条件建设、师资配备、课程指导等方面为学校体育工作创造良好条件,建立和完善监督机制,确保学校体育工作各项措施落到实处。

陈至立要求,要在保证体育课开足开好、不被挤占的前提下,保证学生每天参加一小时体育锻炼,让"每天锻炼一小时,健康生活一辈子"的理念深入人心。要改革体育教学和学校体育工作,增强学校体育工作的生机活力和吸引力。组织多层次多样化的体育团队和竞赛活动,提高学生参加课外体育活动的兴趣。校长要亲自动员和号召学生参加课外体育活动,中小学班主任、高校辅导员、体育教师及学生会要做体育活动的积极组织者和推动者,形成人人参与、个个争先、生龙活虎、生机勃勃的校园体育氛围。她希望广大家长、社区和新闻媒体都来关心支持学校体育工作,形成合力,共同推动青少年体育活动蓬勃开展,促进青少年健康成长。

教育部部长周济、国家体育总局局长刘鹏出席会议并分别部署工作,教育部副部长陈小娅主持会议。共青团中央、北京市有关负责同志,各省、自治区、直辖市和新疆生产建设兵团教育厅(教委)、体育局负责人参加会议并观看了北京市学校体育教学活动展示。

(据新华网)

为了我们的明天:"全国亿万学生阳光体育运动"

离北京奥运会开幕不到 600 天。

2006 年 12 月 23 日,国务委员陈至立宣布"全国亿万学生阳光体育运动"正式开始。在三年内 85%以上的学校有望全面实施《学生体质健康标准》、85%以上的学生能够每天锻炼一小时不再只是一个梦想。

"关心他们就是关心我们的未来。"一位在场的老师说。

的确,当今学生的身体素质状况令人担忧。"吃得好,跑不动,跳不高"已经成为不少学生的通病。近几年,中学生近视疾病占 2/3。高考中,不少考生所报专业因为体检问题受到限制。

尽管 2005 年全国中小学生体质和健康水平有一定提高,但是肥胖、血压、视力不良检出率持续上升,肺活量、速度、耐力、爆发力等身体素质呈下降趋势。

应当说,我国对于学生体育工作相当重视,各地的具有开创性的工作异彩纷呈,未来充满希望。

让奥运会留下健康遗产

北京市区县两级政府加大对学校体育的投入。近年来投入 7 亿多元,陆续改善了全市 300 余块学校体育场地。2005 年为 681 所农村中小学配备了体育基本设施;并改善了农村学校体育办学条件;保证全市的孩子们每天有一小时的体育活动时间。

一位市领导说,《奥林匹克宪章》对于奥林匹克精神的阐释是:增强人的体质、意志和精神,使人全面均衡发展。目前北京中小学正在全面开展奥林匹克教育。北京市 200 万大中小学生将要用什么来实现人文奥运?用热热闹闹的活动迎接奥运固然重要,但是我们更应该关注奥运会要留下什么遗产。我想第一是青少年的健康,第二要让青少年参与更多的体育活动,第三是通过了解体育所蕴含的哲学和精神,在体育中进行德育,这才是我们应当献给奥林匹克运动的礼物,这才是奥运会留给我们的真正遗产。

为孩子们创造更好的环境

一位专家说:"青少年德育抓不好要出'危险品',智育抓不好要出'次品',体育抓不好要出'废品'。"

上海市在 2004 年已经实现人均体育用地 1.71 平方米,目前已经建好健身园点 4 680 处,覆盖了 100%的居委和 80%的村,市区居民出门 500 米即可到达一处公共健身场所。每年在社区公共运动场锻炼的青少年超过 300 万人次。同时全市已有 70%的学校对社区开放,依托学校创建了 103 个青少年体育俱乐部,丰富了学生们的生活和学习。

湖北是教育大省,大中小学生近 1 200 万人。近年来他们完善制度和条件,创新活动和形式,使"健康第一"的办学理念深入人心。省教育厅作出明确规定,每天学生课外活动时间一个课时不得挤占。襄樊市开展"快乐体育园地"文体活动,学校充分利用校园的场地边角、空地等,因地制宜、因校制宜、因陋就简、废物利用,大力开发体现童趣、乐趣和创造性活动,使学生在学校的过道、空地、操场可以徒手、随地开展运动。目前已经推广到全省 50%的农村中小学。

学校体育也需创新

黑龙江省引导学生到阳光下、到大自然中锻炼成长。他们开展的"百万青少年的冰雪活动"富有奇效。

贵州省黔西南布依族苗族自治州将少数民族传统体育项目,如高跷竞速、陀螺、押迦、民间糠包、手拍鸡毛毽、竹笛舞等与乒乓球、跳绳、艺术操等大众体育项目有机结合,使学生既锻炼了身体又学习了本民族的传统体育项目,把单调的课堂变成了优美生动活泼的乐园,提高了体育课的质量。

上海交通大学根据学生群体的身心特点和学校的实际条件,开设了街舞、瑜伽、体型防身术、踏板操、擒拿格斗、棒垒球、趣味篮球等实践类课程,以及桥牌、飞镖、体育游戏、旅游英语、体育养生等人文课程,同时拓展社会资源,开设了射击、野外生存等课程,充分将传统民族项目与竞技运动、时尚流行项目融合互补,使体育课程项目由原来的 17 个增加到 43 个,拓展了课程的空间,提高了体育课程的活力。

天津市实验中学创新体育活动形式,将秋季运动会改为"奔向北京 2008 奥运会,清纯、健身、快乐趣味运动会",使学生通过集体跳绳、

集体蛙跳、集体单足跳、集体缠足跑、拔河、健美操、街舞等集体竞赛项目,增强了集体主义观念和竞争合作意识。此前推行的"体育、艺术2+1项目"实验也收到良好效果。2005年学生体质健康标准测试结果显示,达到优秀的学生占30%,达到良好的学生占48%,不合格的学生仅占0.3%。

当前学校体育发展也存在种种问题

如不少学校仍然未能按照新课程开齐体育课,占用体育课时的现象严重,未能开设、开足体育课;体育场地器材经费没有落实,现有场地和器材老化或缺损;体育教师,尤其是农村学校体育教师的整体水平有待提高。不少体育教师知识老化,跟不上课程改革的发展要求;有的省初中体育教师缺口达到1/3,小学体育教师有40%是兼职的;

学校体育工作发展不平衡。主要表现在城镇学校和农村学校的不平衡;优质学校和薄弱学校的不平衡;学校教学中体育学科和其他学科的不平衡;学生教育中面向全体学生和针对少数学生的不平衡。

为此,专家建议,要重点推进农村学校体育工作,重视每一个学生的全面发展,把学校体育工作的主要阵地放在课堂教学。

(据《光明日报》,记者:朱振国)

相关部门采取措施改善中学生体质

中学生体质下降的问题正在受到教育、体育等部门和社会各方的关注。中国教育部部长周济提出,学生要"每天锻炼一小时,健康工作50年,幸福生活一辈子"。教育部门已经开始采取相应的措施改善中学生日益下降的体质。

全面实施《学生体质健康标准》

从2004年新学年开始,教育部在全国各级各类学校全面实施《学生体质健康标准》。该测试的目的是为了贯彻落实第三次全国教育工作会议提出的"学校教育要树立'健康第一'的指导思想"的精神,促进学生积极地参加体育锻炼,上好体育课,增强学生的体质和提高健康水平,把学生培养成为德、智、体、美、劳全面发展的高素质人才。

初中及以上各年级(含大学)进行 6 项测试,其中身高、体重、肺活量为必测项目。选测项目为三项:从 50 米跑、立定跳远中选测一项;男生从台阶跳跃试验、1 000 米跑中选测一项,女生从台阶跳跃试验、800 米跑中选测一项;男生从坐位体前屈、握力中选测一项,女生从坐位体前屈、仰卧起坐和握力中选测一项。

教育部体卫艺司司长杨贵仁说,通过《学生体质健康标准》的测试,可以清楚地了解自己体质与健康状况,还可帮助监测自己的体质与健康状况的变化程度。这些都有助于学生有的放矢地设定自己的锻炼目标,有针对性地选择锻炼方式,制订切实可行的锻炼计划。

建立全国学生体质健康标准数据管理系统

教育部 2005 年建立了全国学生体质健康标准数据管理系统,对全国学生的体质变化进行跟踪。由教育部体卫艺司主办、全国学生体质健康标准数据管理中心承办的中国学生体质健康网,也于 2005 年 10 月 19 日开通。该网站为学生建立健康档案,档案中包括个性体检数据、家族病史、个人生活习惯、饮食、运动状况、个人疾病史及医师处方等与健康相关的信息。

依托新课标保证体育课正常运转

2004 年初,初一年级开始实行新课标。新课标突出健康概念,指导学生制订锻炼身体的方法,并且帮助学生树立终生参与体育活动的习惯。与旧课标制订上课具体内容不同的是,新课标只注明某个阶段应该培养哪种体育能力,给了教师更大的自主权,要求教师结合实际教授学生有用的体育锻炼方式。例如,北京市和平街一中把野外拓展项目引入体育课,同时摒弃了铅球等学生不喜欢的项目。

杨贵仁说:"忽视中学生体育锻炼,实际是一种思想认识上的误区。一些学校和家长的普遍想法是,人才的竞争就是知识的竞争,学生的培养就是文化素质的培养;有的体育教学以应付体育比赛和培养少数尖子运动员为目标,而违背了面向全体学生'健康第一'的指导思想;还有些教育部门对学校教育质量的评判以文化课考试成绩为核心,升学人数多少排位次,从而导致学校体育教学既缺位又缺量。要改变这一状况,必须走出思想认识误区,抓好中学生体育锻炼,全面贯彻党的教育方针。"

杨贵仁认为,提高学生体质,体育课发挥了重要的作用。他说:"体育课是使全体学生参加体育锻炼的重要方式,要像文化课那样,既有国家规定的课时保证,又有计划、有内容,循序渐进,根据不同年级以及不同季节组织不同形式的活动。在体育教学中,一方面要完成共同科目的教学,一方面要根据不同地区、不同民族组织特色体育活动,拓展体育教学的科目,使学生有新鲜感。为提高体育课的质量,必须培养高素质的体育教师队伍。"

用不同形式培养学生运动意识

为了提高学生体质,一些学校建立体育俱乐部,以培养学生的运动意识和团队协作精神。记者在北京54中采访时了解到,他们依托国家体育总局的拨款,已经建立了乒乓球、篮球和羽毛球等项目的俱乐部;而和平街一中也有自己的篮球俱乐部,参加俱乐部活动的学生不仅提高了技艺,而且积累了较强的团队精神,这是依靠这种精神,他们在北京市中学生篮球比赛中获得过冠军。

记者在采访中发现,北京一些重点学校和条件较好的学校,如北京四中、八中等,每年都举办一届学校运动会。学生通过参加运动会,即锻炼了体魄又增进了友谊,同时也看到了自己的不足,增强了坚持参加体育锻炼的积极性。

学校体育的强弱决定着学生体质的高下。唯有在全社会的关注下,在相关部门的政策和财力的支持下,各级主管部门切实转变观念,把学生健康当成一件事关国家未来的大事来抓,人们才会看到这些"早晨八九点钟的太阳"真正健康、全面地成长。

(据新华网)

地方经验

青少年体质持续下降,对此,各省纷纷出招加强学生健康。

青少年体质持续下降　各省纷纷出招加强学生健康

"用三年的时间,使 85% 的学校能全面实施《学生体质健康标准》,使 85% 以上的学生每天坚持锻炼一小时,并掌握至少两项日常锻炼的体育技能……"2006 年 12 月 23 日,全国亿万学生阳光体育运动活动在北京揭幕,掀起了全国亿万学生体育锻炼的热潮。全国学校体育工作会议也同时召开。

近些年,学生的体能与运动素质持续下降。

2005 年全国学生体质调查结果显示,北京学生肥胖、血压与视力不良率继续上升,肺活量、速度、耐力、爆发力等身体素质呈下降趋势。

为此,北京以奥运会为契机,提出了"为奥运留下健康遗产"的口号,加强对学生进行奥林匹克教育,提高其参与奥运、参与体育运动的兴趣和水平。

上海则在加强公共运动场建设方面下了工夫。从 2004 年起,上海以体育彩票公益金为主要投入,加大了公共运动场所的建设。截至 2006 年 10 月底,上海全市累计已建成社区公共运动场 118 处,里面有各类球场 358 片,占地面积近 30 万平方米。这些社区公共运动场基本上免费开放,为更多的青少年提供了课外运动场地。

2004 年初,江苏省对全省 5 526 所农村中小学的体育教学现状进行了调查,结果发现有近半数学校体育场地为煤渣、泥土场地,普遍缺少室内场馆,其中苏北农村中小学中 23.5% 甚至没有跑道。

2006 年初,江苏省全面启动了"四项配套"工程,决定用两年左右时间,使全省农村中小学的理化生史地各学科的实验设备、图书资料、体育和艺术教育器材等装备达到省规定的标准，农村初中学校每校将添置4.5万元的体育器材。

湖北省规定了全省义务教育学校教学活动的课时数：1—2年级每周4节，3—9年级每周3节，高中年级每周2节，规定各学校每周至少安排每个年级开展两次以上课外体育活动。同时推广并倡导课间时间延长至25—30分钟，开展体育大课间活动。

贵州省则以保护传承民族文化为切入点。比如，黔东南苗族侗族自治州自2002年开始尝试将苗族芦笙舞、木鼓舞等11个民族民间体艺项目和侗族抢花炮、侗族摔跤等15个民族体育项目引进农村中小学课堂。

天津：学生体质健康不达标不能升学

新华网天津12月27日电（记者曾志坚）天津市教委消息，天津市将进一步全面推进学生体质健康监测，体质健康不达标的学生将不能毕业升入高一级学校。

据了解，天津市各中小学即将建立《学生体质健康标准》测试报告书制度，主要记载内容包括中小学生身体素质等。并规定，学生综合素质评价中，要将学生的体质健康状况、参与体育活动的表现、日常体育成绩作为重要评价内容。初中毕业升学时，体育考试成绩要按一定比例记入中考成绩总分。高中毕业学业考试中增加体育考试，体育考试成绩将是高校录取的重要参考依据。

据悉，为解决中小学生普遍缺乏运动和体质下降等问题，天津市还将针对学生身体状况的个体差异，推广"小灶式"体育教育取代统一上课的"大锅饭"体育课模式。

同时，天津市教委还要求教育行政部门、学校和家长密切配合，确保中学生每天睡眠时间不少于9小时，小学生每天睡眠时间不少于10小时，学生体育活动时间每天不少于1小时。而且，各学校必须切实开足、开齐体育课，不得以任何理由削减、挤占体育课时间。

上海：六大实事抓锻炼　中小学体育课每周增至三节

2007 学年起，上海市中小学生每天至少有一小时体育活动时间，每个学校必须开齐开足体育课，不得以任何理由削减、挤占体育课时间。

这是日前召开的上海市学校体育工作会议传出的信息。

为了严格执行"保证中小学生每天一小时体育活动时间"的规定，2007 学年起，上海市中小学校将实行"三课、两活动、两操"，即各个年级每周有 3 个课时的体育课，2 个课时的活动课，每天做广播体操或健身操、眼保健操。

上海市教委主任沈晓明表示，为了让中小学生养成体育锻炼的好习惯，学校将建立开展体育活动的长效机制，营造人人参与的氛围，形成促进青少年健康成长的良好育人环境，通过学校体育活动，保证每个学生至少掌握 2 项日常锻炼的运动技能。

中小学生最喜欢上的体育课将增多到每周 3 节，体育考试成绩将被计入学业考试总分。让上海市教委痛下决心的是日前完成的一份上海市学生体质与健康调研报告，报告显示，上海学生的肥胖率、视力不良率均高于全国平均指标，耐力、爆发力、力量素质都直线下降，缺乏运动是造成学生体质下降的最重要原因。为此，上海市教委将推进六大实事。

体质报告上海学生落后

这份报告显示，与 2000 年相比，7—18 岁学生的力量素质、爆发力、耐力均有下降，同时，肥胖率则增加，高出全国平均水平 3—6 个百分点。视力不良率居高不下，与 2000 年相比，7—9 岁为 18.4%，上升 11.45 个百分点；10—12 岁为 39.3%，上升 15.7 个百分点；13—15 岁为 63.8%，上升 10.06 个百分点；16—18 岁为 79.8%，上升 1.25 个百分点。

上海学生的健康状况怎会亮起大大的红灯？调研发现，教师和家长本身就"不喜欢运动、不擅长运动"。对非体育教师的问卷调研表明,经常参加体育活动的老师只有16%。另一方面,近三成的家长坦言,自己"几乎不参加体育活动"。

六件实事"对症下药"

为此,上海市教委将力抓中小学生的体育锻炼,着重对肥胖、视力下降"对症下药",合力做好六件实事。每天一小时的锻炼制度将被落实,学生要掌握至少两项科学锻炼身体的基本技能。从2007学年开始中小学生实行"三课两操两活动",即每周有三节体育课时,两节体育活动课时,每天广播操不少于一遍,眼操不少于两遍。全面实施体制健康评价制度。学校要建立《学生体质健康标准》测试报告制度,测试报告书会作为中小学生成长记录的重要内容,并列入初中、高中阶段学生档案,作为学生毕业、升学的重要依据之一。2007年体育科目测试成绩以10分记入学业考试总分。学校、家庭和社区合作开展阳光体育运动等。学校体育工作将被列为专项监督,体育工作成绩显著的单位和个人将获表彰和奖励。

广东: 2007 年中考体育考试将由 50 米跑变 200 米

10多年来,广东中考体育50米短跑一直是必考项目,而从2007年起,广东省全省中考体育必考项目将变成200米。据悉,此举为提高广东中小学生体能体质。

2007年1月10日,广东省教育厅下发通知,要求各地做好2007年全省初中毕业生升学体育考试工作,其中指出,2007年广东省初中毕业生升学体育考试项目包括两项,一是200米,二是学生从广东省初中毕业生升学体育考试16个项目中自选一个项目进行测试,过去的必考项目50米也在自选项目中。

广东省教育厅要求,各市教育部门要制定出具体的体育考试实施方案,并尽快将考试时间和方案上报,省教育厅将派人赴各市检查落实情况。

体育成绩占总分不得低于5%

通知指出，体育成绩总分由两部分组成：体育考试成绩占体育成绩总分的60%，体育课成绩占体育成绩总分的40%。其中体育课成绩计算中，《学生体质健康标准》成绩占20%，《体能标准》占40%。体育考试分数取两项考试项目的平均分，平均分超过100分的按100分计。

初中毕业生升学体育成绩计入广东省普通中等学校招生考试总分，占总分（文化课考试的原始分）的比例不得低于5%。为更能体现素质教育成果，基础教育开展较好的市应将体育成绩占总分的比例适当提高。

免考缓考规定：严重肥胖症者可选择力所能及项目

该通知中，还对体育尖子加分和病残学生免考、缓考作出规定。该规定包括以下三方面：

第一，初中阶段参加由市或以上级别教育行政部门主办的体育比赛获前8名（含个人项目和集体项目）者，体育考试成绩按满分计算（体育获奖成绩鉴定由各市负责）。

第二，经市残疾人联合会确认已丧失运动能力的伤残学生、经市级以上医院证明因身体健康问题不适宜参加体育活动者，均应按有关程序办理免修体育课和免执行《学生体质健康标准》手续。此类学生可免体育考试，但应对其进行有关体育基本知识的理论考试，按理论考试成绩占体育成绩（总分）100%计算，理论考试由各市负责组织实施。

第三，身体发育异常、严重营养不良及肥胖症、畸形等，但平时仍能上体育实践课的学生，可由本人提出择考申请，经所在学校审核同意后，自行选择力所能及的考试项目，体育考试成绩按实际考试项目成绩得分计算。

赞同方：对提高体质体能有好处

据悉，以前广东中考体育为"50米+1+x"，包括三项，一是50米为必考；二是选考，由教育部门每年从16个项目中选出一项，作为全省当年选考项目；还有一项是学生自选项目，由学生自己从16个项目中选一项。而2007年，考试项目缩短为两项，即"200米+1"。中考体育的项目少了，但难度并未减小。

广州不少体育老师对该项改变表示赞同。广州市第十中学体育科组长许老师表示,他教了10多年中学体育,感到广东此次体育中考调整很有必要。据介绍,10多年来,广东中考体育经常变化,但大多数时候都只以50米短跑为必考,可能与天气炎热有关;但在北京,10多年来中考都是以800米为必考项目,上海中考也是考400米。短跑锻炼爆发力,而长跑锻炼耐力和心肺功能,对体质体能更有促进。近几年来,广东中学生、大学生乃至成年人的体质都在不断下降,已引起各方面重视。此次调整,对提高广东学生体质体能有好处。

而2007年中考体育项目减少,有体育老师估计,也是担心学生在跑完200米后可能体力跟不上,从人性化角度考虑,减少一个项目。

反对方:跑200米担心出问题

越秀区某中学一名初三年级组长表示,2007年中考体育改成200米,可能对这届初三学生有影响,很多学生的体质不行,初一初二都是以50米短跑训练为主,如今只有最后半年时间训练长跑。另外,一些学生的体质体能在短期内也难以跟上,可能影响体育成绩,甚至担心一些体质差的学生在中考时因为跑200米出问题,影响整个中考;还有老师表示,跑200米需要场地,一些老城区的学校场地有限,在训练方面可能存在条件限制,中考以200米为必考项目,对这些学校不公平。

山西:规定中小学生每个学习日要锻炼一小时

为提高学生健康水平,山西省教育厅决定,从2007年开始,全省开展"阳光体育活动"。

目前,由于很多学校片面追求升学率,体育工作没有摆到应有的位置,学校体育课程、体育活动难以得到保证,学生体质明显下降。特别是学生的体能与运动素质持续下降,视力不良率居高不下,超重与肥胖比例迅速上升。为此,山西省将用三年的时间,使85%以上的学校能全面实施《学生体质健康标准》,使85%以上的学生能做到每天锻炼一小时,掌握至少两项日常锻炼的体育技能。

山西省教育厅规定,各级各类学校不得以任何理由挤占体育课时,确保小学生和中学生每天睡眠分别不少于 10 小时、9 小时,保证学生每个学习日有一小时体育锻炼时间,将学生课外体育活动纳入教育计划,形成制度。

(据新华网、《中国青年报》、《信息时报》、人民论坛相关资料整理)

域外视野

越来越多国外家庭开始注重从小培养学生对体育锻炼的热心程度,以及提高他们参与运动的水平。

美国注重提高孩子的"体商"

近些年来,除了大家所熟知的智商、情商和财商外,越来越多美国家庭开始注重从小培养孩子的"体商"。顾名思义,提高孩子的体商即是提高其对体育锻炼的热心程度,以及提高其参与运动的水平。

美国人普遍认为,孩子参与锻炼愈早,"体商"的提高也愈快,长大后也往往更可能成为自觉参加锻炼的体育爱好者,或运动水平较高的"体育能人"。由此,让孩子投身合适的锻炼,实际上在孩子刚刚出生后仅仅一个月内,便早早开始了。在春、夏、秋季,出生仅两周的婴儿就开始被抱到户外,在树阴下或较柔和的阳光下享受日光浴或空气浴,其间还可轻柔地摇动孩子的小手、手臂、肩膀和大小腿。这可是孩子在其人生中第一次参加体育锻炼呀!此外,美国人常常在孩子还不满半岁时就让其参加诸如温水体操、爬行等活动。

美国家长常常给予孩子自行选择参与哪种游戏或运动项目的权利,从来不搞包办或强迫,特别不勉强孩子参与大人喜爱或选择的项目。成人的健身运动项目和器材对孩子并不合适。当然,给孩子做一下参谋未尝不可,但即便面对的是两三岁的幼儿,也应该讲"民主",即讨论式而非命令式的。

聘请体育保姆(大多由运动水平较高的大学生担任)在美国也蔚然成风。他们不仅比一般家长更能发掘孩子的运动天赋,而且能更有效地提高孩子的运动技能。当然,家长付出的报酬也较高。

家长还得做出好榜样。统计显示,在家长不爱运动的家庭中长大的孩子,也往往同样是四体不勤的"懒虫"。故在美国人中有这么一句口号:为了孩子能爱好锻炼,您自己也必须爱好锻炼。

鼓励孩子多多接触和体育有关的信息,如要求孩子留意报上或电视上的体育新闻,让孩子自编幼儿园的比赛报道,带孩子亲临赛场看球,或给球星写信等等。

父母还根据宝宝成长的不同阶段明确不同的锻炼目的,有针对性地锻炼孩子,以全面提高其体商。如在孩子2岁前,主要发展基础功能,增强体能以及颈部、肘部等各种关节的功能。2—4岁,运动可更讲究精细和技巧。而到4—6岁时,孩子身体的各个系统、各个动作的功能已基本完善,因此这段时期锻炼的重心应该移向发展孩子动作的协调性。

最后,家长们非常宽容。对这些手脚还不太灵活、体能还远远不够充沛、运动水平也无疑很低的小不点,只要动起来便是好样的。家长们对孩子做出的每一点进步和成绩都及时予以表扬。家长还允许孩子经常变换锻炼项目以减少可能的枯燥乏味,而不动辄批评为"缺乏恒心"。因为最重要的是帮助孩子发现锻炼的乐趣,从而让他们最终养成爱运动的习惯,并由此而受益终生。

(据《中国体育报》)

追星一族

　　超级女生、加油好男儿……在这个选秀迭出的年代，追星已不再是一个新鲜词。

　　2007年3月，追星族中的典型代表，一个名叫杨丽娟的女人终于同她的父亲及全家一起，又为我们这个世界制造了一次"集体震惊"的机会。那么，究竟还有多少孩子和家长也会走上这条不归路？

　　学校里的追星一族人数越来越多，只要稍微有点娱乐知识的人都在自己的心里默认了一个喜欢的偶像，于是，"追星"这种风靡全国各地的流行趋势愈演愈烈。

　　追星没有错，这是现代社会流行趋势的一支，是文化发展火热的一种场面，但是事情做过了头，只会得不偿失，起到相反的效果，尤其是学生，应分清利害得失，摆正心态，正视"追星"活动。

再说，非得把自己的外形打扮得像明星才是追星？明星如灯塔，其意义不仅在于外形，更在于它发出的光。我们需要灯塔并不等于要把自己也变成灯塔，如果满街都是"华仔"、"周董"、"春春"，这个社会多元而绚烂的色彩何处寻找？

我们真正应该崇拜的是明星所具有的高尚人品和超凡气度，追星万不可沦为戴着脚镣跳舞的行为。花大量精力去接近明星，最终仅仅得到一个习惯性的微笑，那还不如远远观望呢——如果明星身上真有魅力，即便不靠近，也可听到空谷足音。

超级女生、加油好男儿……在这个选秀迭出的年代，追星已不再是一个新鲜词。

杨丽娟疯狂追星经过

香港日前发生一幕追星追至家破人亡的惨剧。狂追刘德华多年的兰州女歌迷杨丽娟 2007 年 3 月 25 日终于在香港同刘德华合影，但其父杨勤冀第二天凌晨却在香港跳海自杀。此事引发香港社会的广泛讨论。

年近 30 岁的甘肃省兰州市女子杨丽娟从 16 岁开始痴迷刘德华，此后辍学开始疯狂追星。杨丽娟的父母多次劝阻女儿无效。出于对女儿的疼爱，他们最终从劝说变为支持，筹资供女儿两次赴港、六次赴京。其父为了让女儿能到香港见偶像一面，甚至不惜卖肾筹措旅费。内地媒体曾对杨丽娟的疯狂追星行为广泛报道。

据香港媒体报道，杨丽娟一家三口此次向亲友借了 1.1 万元，于 3 月 19 日来到香港。25 日，在香港观塘"华仔天地"工作人员的帮助下，他们参加了有刘德华参与的一场聚会，杨丽娟得以同偶像合影留念，但未能好好聊天。

26 日，杨丽娟和母亲一觉醒来后发现父亲杨勤冀不见了，只留下一封遗书。随后香港警方在尖沙咀附近海域打捞到杨勤冀的尸体，而杨勤冀的遗愿竟然是让刘德华再见女儿一面。

第一次见华仔未遂：1997 年 9 月

杨丽娟的父亲四处筹借了 1 万元钱，让杨丽娟跟随旅行社去香港寻找刘德华，但因为旅行社的时间安排十分紧张，只是在刘德华歌迷会"华仔天地"的会址门外看见华仔的照片。

第二次远距离观望华仔：2004 年 10 月

刘德华在北京举行个人演唱会时，杨丽娟的父亲又东凑西借了5 000 元，让杨丽娟去北京工人体育馆观看，虽然当时杨丽娟买到了第 11 排的甲票，但她还是没能靠近刘德华。杨丽娟的父母告诉记者，如今他们全家租住在双城门附近的一套两居室楼房里。

第三次家人为完成女儿心愿卖房：2005 年 9 月

家里在已经债台高筑的情况下，为了完成她和刘德华见面的心愿，不得不把在山字石附近不足 40 平方米的住房卖掉。

第四次二次赴港没能如愿害老母致残：2005 年 10 月

杨丽娟拿着卖房子的钱跟随一家旅行社第二次到香港去找刘德华。虽然这次在一位香港的士司机和"华仔天地"歌迷会的帮助下，找到了刘德华的居住地，但令她失望的是，刘德华并不在家，她只好将自己的信件留给了刘德华的邻居代为转交，但她至今都没有收到刘德华的回信。年近 30 的阿娟一直为华仔而活，其母陪她来港时跌倒，至今仍未痊愈，走路需以拐杖辅助。不过让杨丽娟欣慰的是,她第二次去香港时,"华仔天地"歌迷会吸收她为该会会员。

第五次准备三次赴港:2006 年 1 月

杨丽娟办好了去香港的"港澳通行证",准备于 4 月份第三次去找刘德华,父母正为给她凑足费用而奔忙。

第六次女儿如愿,老父跳海自杀:2007 年 3 月

狂追刘德华多年的贫困女歌迷杨丽娟 25 日终于赴港参加了刘德华的歌友会,而其父就在第二天凌晨跳海自杀。

(据新华网)

---

18 岁学生嫌自己不够帅　欲整容成周杰伦模样

香江畔,为让华叔"一亲"女儿"芳泽"的杨丽娟的父亲魂魄还未散,盘龙江附近又多了一个多次要求医院将其整形为"周董"的追星少年。

"他多次打电话要求把自己脸做成周杰伦的。"华美整形美容医院一位护理员告诉记者,一位青年因为崇拜周杰伦的帅气,曾多次要求医院为他做明星"翻版"的手术。对于这样的追星事件,家长该如何正确引导呢?

追星青年想"克隆"周杰伦

护理员讲,该青年 18 岁左右,身高 165 厘米,瘦瘦的身材,爆炸式的发型,青年自称还是学生,当时考虑到他可能是心理上遇到困惑,医院拒绝了他的整容请求,但这位青年却很执著,声称因为自己不够帅,在同学们面前很自卑,有时照镜子又觉得自己很像周杰伦,所以坚持要让医院将他"克隆"成周杰伦。在他的一再坚持下,医院只为他作了 600元左右的皮肤护理。

美容医院:每月 500 名学生整容

华美整形美容医院的王总监说,该院每月有 300—500 名大学生来做整容,其中做隆鼻术和割双眼皮的占了大多数。王总监讲,来医院消费的部分学生有出于对明星崇拜的,但若是他们提出的要求不切实际或者是未成年人,医院都会回绝"克隆"明星的手术。

记者调查:中学生追星普遍

记者在部分小学、中学调查中发现,中学生追星现象比较普遍,多数学生坦言自己有偶像,而且偶像已融入了他们日常的学习和生活。记者按照调查数据统计,喜欢自己所崇拜明星外貌的中学生占30%,喜欢才华的占60%,喜欢自己崇拜明星品德的却只占10%。

(据昆明新闻网)

有多少学生在追星?

七成学生承认自己有追星经历

"我和我的大多数同学都会有自己喜欢的偶像啊。"马上面临升入高三的夏婧是个典型的追星族,她上初中起开始迷上刘德华,除了大量搜集偶像的歌碟和海报外,她的很多饰品、书籍都与自己的偶像有关。

正如夏婧一样,很多学生都有自己所追的"星"。调查中,有54%的学生明确承认自己是追星一族,另有17%的学生表示自己有的时候也有追星行为。

学生们为什么会追星呢?记者在采访中了解到,追星是学生中一种较为流行的行为,明星会因为其所具备的一些优点吸引学生的喜爱和追逐。那么,学生们在选择自己的偶像时,究竟会偏重于哪些元素呢?调查中,"帅哥"、"美女"这种外表元素占到了29%,尽管比例占到了第一,但绝对不能代表全部。在学生们的择"星"标准中,还涉及偶像的演技、品行、才华等各种因素,此外还包括有7%的学生追星是出于随大流。

追星花费:六成学生每月费用50元以内

追星并非一个简单的精神口号,出于对偶像的喜爱,很多学生都有一定的花费用于追星。作为超女李宇春的忠实"玉米",正读高一的范京瑞对记者简单地算了一下:"海报、音像碟、相关报刊……这些是一般的追星族都会搜集的东西，更有一些人会去购买其他一些跟偶像有关的物品，譬如饰品、服装、演唱会门票等等。"

一张明星海报可能两块钱就能买到，一张演唱会票则可能高达几千元，那么追星究竟需要花费多少钱呢？调查中发现，61%的学生每月用于追星方面的花费控制在50元以内，另有37%的学生控制在50—100元之间，而花费在100元以上的学生数量相当有限。

"事实上，多数学生在追星方面还是保持一个较为理智的认识，他们在追星消费方面会自觉地拥有一个刻度，会自觉地去控制自己的行为。"中国人民大学社会学教授周孝正如是说。本次调查中，也有一道问题从一定程度上反映了学生在追星方面保持比较理智的态度。当问及"假如你的偶像在某地有演出活动，你会怎么样"时，有近九成学生做出了不做任何行动和视情况而定的选择。

九成以上学生保持清醒理智

电视里、媒体上，疯狂的追星族并不少见。那么究竟有多少学生的追星会达到疯狂的状态呢？调查数据表明，有4%的学生承认自己在追星方面达到了疯狂的程度，有25%的学生认为自己的追星程度一般，此外近七成学生认为自己的追星程度属于偶尔心血来潮和似追非追。

"谁说追星就一定要追到发疯。其实某些追星族的疯狂行为是被大家放大了、夸张了，所以给人造成了一种'追星疯狂'的意识，其实并不如此。"甘肃省社科院文化研究所所长马步升分析认为，事实上大多数学生的追星行为都是健康、理智的。"学生们之所以去追星，或是因为明星仪表不俗，或是因为业绩突出，总之明星们以成功人士的身份引领着时尚生活、引领着时代潮流，正是对于这种成就感的认同，中小学生的心弦被拨动了。"

疯狂的追星族往往因为偶像而迷失了自己。但在本次调查中，有九成学生表示不会因为追星而失去自己的风格和原则。数据表明，对于偶像的行为举止，只有一成学生表示会极力模仿。

（据人民网）

最新调查表明广州青少年追星不失理性

女粉丝狂追刘德华发生的家庭悲剧，让青少年追星行为再次引起社会关注。不久前，广州市穗港澳青少年研究所公布广州青少年追星行为与心态的最新调查报告。报告表明，广州青少年并没有出现十分狂热、盲目的偶像崇拜者，只有27.6%的人认为自己是"迷"。

六成学生承认追星

据介绍，广州市穗港澳青少年研究所于2006年3月在全市范围内展开调查。本次随机调查了年龄为10—20岁的560名中学生，其中包括重点中学、非重点中学与职业中学，年级由初一到高三，男女生比例分别为34.5%、65.5%。旨在了解他们追星的行为与心态，探讨青少年偶像崇拜背后的深层原因。

本次调查将青少年的偶像崇拜简化为三大类型，第一类是明星，包括歌星、影星、娱乐名人、体育明星等。第二类是其他行业的名人，如科学界、政界及其他领域的专业人士。第三类是非名人，如自己的父母、同学、老师等。

结果显示，目前青少年当中普遍存在着偶像崇拜的现象。在被调查者中，过去一年里有61.3%的人承认自己很喜欢甚至崇拜一些电影明星、歌星或娱乐名人，而对专业人员及非名人的崇拜比例却较少。

成绩越好追得越欢

是否崇拜偶像成"迷"？调查显示，只有27.6%的人清醒地认为自己是"迷"，大部分声明自己并不会过度盲目崇拜，不可能像杨丽娟那种狂热追星。不过，从性别上看，女生崇拜"歌星、影星或娱乐名人"的人数（63.4%）要高于男生（57.6%）。

意料不到的是，调查发现，学习成绩较好的学生中有70.3%为追星族，成绩较差的学生中则只有53.8%。而到了"迷"的程度，结果同样如此，学习成绩较好的学生占35.9%，成绩较差的学生则占23.7%。

追星带来内心满足

为什么崇拜偶像？多数青少年喜欢歌星、影星、运动明星的原因可以分为三个层次：第一，偶像们拥有出色的外在特征，如漂亮、时尚、够帅、有气质、有品位；第二，偶像们拥有值得向往与学习的成功形象，如有才华、专业能力强、取得成功、有钱；第三，偶像们拥有奋斗精神，具备同情心和社会责任感。

超过一半的青少年指出，崇拜偶像能给他们带来个人内心的满足。47.4%的FANS说，每次想起偶像就会偷笑，觉得很开心。39.5%的青少年说，"我很羡慕偶像，希望像他一样成功"。

（据《羊城晚报》，记者：陈晓璇　通讯员：吴冬华）

媒体评论

在信仰和情感双重匮乏的时代，对娱乐偶像的盲目崇拜常常演变成一种歇斯底里式的精神癫狂。

请珍惜仅有的一次青春

当今社会，娱乐业与商业强强联合，在这个竞争近乎残酷的社会中，竟也打拼出一片新天地，各式各样的偶像层出不穷，玉女派、野兽派、古典派、另类派……各大娱乐公司可谓呕心沥血，费尽心机，只有你想不到的偶像，没有他们捧不出的"明星"。一个门派的明星刚走红不久，他的第二代、第三代接班人已应运而生，真正让人感受到长江后浪推前浪，一代更比一代强的磅礴气势。在一个个服装前卫、长相帅呆、舞姿酷毙的偶像面前，数以百万、千万的追星族们为之倾倒，为之疯狂，而其中的主力军便是集精力和时间于一身的青少年们。他们能够积攒几个月的零花钱，只留下一张纸条，便飞到广州去听刘德华演唱会；为了见谢霆锋一面,她们冒着酷暑,在太阳底下等大半天,有的甚至中暑昏倒;他们能够不去参加期中考试,在电视台门口苦苦守候几个小时,只为见一面张信哲;他们能够为了自己崇拜的明星与同学唇枪舌剑,甚至大动干戈。在有人看来,追星族是青春与活力的象征,中学时代如果没有追星的经历,那将是一段残缺的人生。

偶像真的对他们这么重要吗?他们现在正徘徊在人生的十字路口,踌躇着不知该走哪条路,一念之差,也许就决定着他们一生的命运,到底哪条路是通往阳光灿烂的理想天堂,哪条路却会把他们引向黑暗的沼泽?不知道……他们需要偶像!世界历史上每一位杰出的人物都可以成为我们心中的偶像,他们的成就就是我们今天的理想,他们走过的荆棘道路正通往他们向往的世界,是偶像擦燃了理想的火花,使他们能够迈着坚定的步伐向自己的理想前进。榜样的力量不可或缺,青少年需要一个健康而崇高的偶像。

为什么数以百万的追星族们把流行歌手作为心中的偶像?

从内因看,青少年对流行歌手的崇拜实际上就是他们对美好生活的一种强烈渴望。由于中国的素质教育尚未全面推行,高考制度仍然存在,青少年依然生活在应试教育的阴影之下,整天在学校家庭两点一线中疲于奔命,脑中浮现着黑板上一道又一道的复杂习题,耳边不停回响着老师的谆谆教导和家长苦口婆心的教诲。唉,学习、学习再学习,枯燥、枯燥太枯燥!是流行音乐在他们几近龟裂的心田吹过一股滋润的春风。那五光十色的舞台,新潮前卫的服装,时髦俏皮的歌词,震耳欲聋的音响,歇斯底里的怒吼,火辣奔放的舞姿……一切的一切都曾经只存在于他们心中那个幻想与美丽编织的迷你世界里,他们为之呐喊,为之疯狂,青春的热血在沸腾,叛逆的心灵在躁动,他们把一切对现实的不满、对自由的向往都倾注在对流行音乐的热爱上,而流行歌手也就成为自由的象征。

从外因看,商家为了大把赚钱,大力包装和宣传也是追星族形成的原因之一。一些娱乐公司正是利用青少年这种盲目冲动的不成熟心理,使出浑身解数,不惜血本地把偶像们从头包装到脚,到处大肆宣传,精心打造出一个个"完美无缺"的超级明星,使青少年空虚的情感世界有了寄托,为了心中的梦想,他们义无反顾地加入追星族大军。

外因必须通过内因才能发生作用,最重要的还是青少年自己,合理调整好心态,才能克制住追星的盲目和狂热。我们现在的学习生活确实是有些枯燥,也有一定的压力,但是人生的道路遍布荆棘,处处是坎坷,现在我们面对的是学习上的困难,将来还会遇到工作上、生活上各种意想不到的挫折。因此,在学生时代就要勇于面对和克服学习上的各种困难,这不仅可以磨炼我们的毅力和信心,也为将来工作打下深厚的知识基础。一味借助流行音乐来逃避现实压力是于事无补的,反而会丧失竞争的资本和能力,淹没在滚滚人流中。拿毕生的前途去换取一时的安逸,这代价未免也太沉重了吧。

追星族们,当你们风华尽逝、步履蹒跚的时候,回首自己的人生,你们会为自己因为一时的冲动和激情而浪费的青春后悔吗?假如再给你们一次年轻的经历,你们还会举着签名本不顾一切地只为追星而生存吗?

青春需要激情与冲动,但这决不是无谓地挥洒在明星们昙花一现的身影中,而应用于追求崇高的理想。我们是要追星,但决不是追求一逝而过、美丽却虚荣的流星,而是那永远高悬在空中的一颗光芒四射的恒星。

请珍惜我们仅有的一次青春,趁现在。

(据长沙大学附属中学网,作者:夏文英)

畸形追星的内因外因

最近媒体报道的两则消息让笔者陷入沉思:一则是某香港歌星的甘肃女歌迷疯狂追星13年,其父因不堪忍受家财耗尽之苦而投海自沉;另一则是某内地主持人女"粉丝"11年前与该主持人偶遇后对其念念不忘,声称愿弃家舍夫跟随主持人。

如果说笔者对成群结队冒雨前去观看某歌星、影星演出的追星行为表示一定程度的理解,那么对以家破人亡、舍家弃夫为代价的疯狂追星之举却不能不感到震惊和不可思议,同时也感到深深的忧虑。因为这种畸形的追星行为实在值得我们深思。

畸形追星现象的出现,首先在于青少年自身。青少年在成长的过程当中,由于自身没有树立正确的人生观、价值观,不能理性、客观、正确地看待社会和人生,导致其容易被假象所蒙蔽和诱惑。就追星来说,青少年往往被明星在舞台上的所谓风采迷惑,混淆了现实和舞台,致使其心理失常,走上疯狂追星之路。

而青少年之所以不能分清现实和舞台,部分原因在于我们的教育没有到位。由于青少年处于懵懂时期,其正确的人生观、价值观的形成,很大程度上依赖于父母和学校的引导和教育。而倘若父母和学校不能正确引导和教育青少年,忽视对其进行正确的理想信念教育,不健康、不理性的思想便会占据青少年的大脑,正确的人生观、世界观便无立足之地。上文提到的甘肃歌迷,在其父已投海自尽后,其母亲居然对女儿"坚持不懈"的追星"精神"还"相当地佩服",这不能不让人感到悲哀。

畸形追星现象产生的部分原因还在于社会舆论的偏差。翻开某些报纸杂志,满眼尽是花花绿绿有关明星的报道。大到某明星出席奥斯卡颁奖典礼,小到某明星结婚生子,绯闻频传,事无巨细,津津乐道。这种不健康的舆论引导,给明星们戴上了神秘莫测的耀眼光环,污染了青少年的思想,误导了青少年的行为,助长了其不健康的追星心理。

畸形的追星现象不仅影响青少年的健康成长,也容易引发一系列家庭和社会问题,应该警惕。

对此,一方面家长和学校要加强对青少年的教育,使其树立正确的人生观、价值观,培养青少年自信、自尊的心理,使其能以理性的眼光看待人生和社会,增强抵御不良心理的能力;另一方面,社会舆论要增强责任意识,要自觉承担起正确引导青少年成长的义务。尤其是媒体在报道明星时,要客观、公正、理性,不能为了追求发行量和收视率故意为明星们涂抹神秘色彩。在报道的内容上要有所选择,要多报道明星们成长成才的奋斗经历,杜绝为了猎奇而报道那些花边新闻、八卦新闻。当然,抵御畸形追星心理,最主要的在于青少年自己要学会自立、自强,学会辨别是非美丑,用健康的思想道德、高尚的理想追求来武装自己,自觉抵制各种不健康思想的侵袭。

（据《光明日报》,作者：肖国忠）

追星,应成为上进的动力

"追星族"这个词大家并不陌生,现在的明星越来越多,追星也随之愈演愈烈。追星到底是利大于弊,还是弊大于利姑且不说,但作为学生,我认为追星应该有目的地追,不能盲目地追。

大部分人都有自己崇拜的明星,而将他们作为自己的偶像,大都是因为他们长得帅、漂亮或喜欢听他们的歌、看他们演的戏。有的人说自己很了解自己的偶像,并搜集了许多关于偶像的资料。他们所谓的了解就是知道明星的爱好、喜欢的颜色、喜欢吃什么等等。他们以为了解了这些就称得上是一个超级fans了。而知道这些对自己有什么用呢？这样做无非是在浪费时间做无聊的事。有些人更为可笑,为了偶像居然可以放弃生命。曾经看到这样一则报道：一个女孩因为没买到自己偶像的演唱会门票而起了自杀的念头。这样做值得吗？要我说,这样的人太无知了,为了一个不相干的人,居然可以舍弃自己的生命,也太傻了。

而另一部分人追星却是有目的的。我也赞同像他们那样的追星族。他们喜欢明星不只是因为美和帅,也不只是因为他们会唱歌、会表演,更重要的是,他们所追求的是明星的气质以及成功的经历。他们不会经常无聊地去搜集明星的资料,更不会因为某一个明星而放弃自己的生命。因为在他们眼里,自己崇拜的明星是人生道路上一个榜样,追星是为了帮助自己进步。

许多明星之所以成名,是因为他们付出了许多心血和汗水。他们的人生道路并不是一帆风顺的,许多明星的品质都值得我们学习。比如郑智化,他虽然是残疾人,但他身残志不残,毅然选择了自己所喜爱的事业——演艺。他靠坚强的意志,唱出了许多好听的歌,大家都熟悉的《水手》就足以证明——风雨中,这点痛算什么,擦干泪,不要怕,至少我们还有梦——这难道不值得我们学习吗?不值得我们崇拜吗?王杰也是一个有名的歌手,他的成名不是靠运气,而是凭自己的实力取得的,他所走的人生道路是艰辛的。曾被生活所压迫的他,从未向命运低过头,他当过推销员、出租车司机,不管生活多么苦,他总是以微笑来面对,最终走向了成功。难道这样不向困难低头的精神不值得我们学习吗?像这样的明星不胜枚举,这样的明星值得我们崇拜,值得我们敬仰。

不管命运是多么的不公,还是遇到多么大的困难,你都没有理由说放弃,只要你确定自己的目标,向着目标不断奋斗,只要你不说放弃,那么你一定会成功。

愿真正的追星族越来越多,让追星不仅仅成为一种时髦,更成为学习上和生活上的动力。

(据搜狐校园网)

和学生一起"追星"

从20世纪80年代末至今,"追星"已经发展成为一种非常普遍的社会现象。其实,"追星"并不是青少年学生的专利,只要稍加留意,我们便会发现,不但青少年中存在着大量的"追星族",各个年龄段中都有为数众多的"追星"者。不过,没有人会对一个中年妇女迷恋濮存昕横加指责,也不会对有人坐在电视机前等着盼着看倪萍而大动肝火,满脸油彩赤身裸体的成年球迷更被媒体罩上了血性与豪壮的色彩。本来,我们可以将"追星"视为人们向往成功、寻求自我价值的一种表现,在某种程度上也能够给人们一种向前的目标和动力。但过于狂热的"追星"会形成导致蒙蔽个人心理的光环效应,尤其是对于心理尚不成熟的青少年而言。相比其他年龄段的"追星"者,青少年"追星"具有非常明显的聚众性、狂热性、排斥性以及痴迷性。正因为如此,很长一段时间来,青少年追星问题一直在引发社会、学校、家庭的不安和忧虑。但是这一问题却一直无法得到有效的解决,我们认为,非常重要的一个原因在于,我们在解决问题的思路上发生了偏差。

在当前的社会环境下，想要控制青少年学生的思想，彻底杜绝"追星"现象，是不切合实际的。自从改革开放以来，社会的价值观念已经发生了巨大的变化，从服从集体到张扬个性，从树立理想到追求利益，从崇尚理性到沉迷感性，从到宣传节俭到重视享受，都为青少年提供了"追星"的肥沃土壤。加之青少年正处于心理发育日趋成熟但又尚未完全成熟的发展阶段，更容易产生对偶像的崇拜，视其为自己人生发展的楷模或是未来理想(或幻想)的一种寄托。在这种情况下，大众传媒日益甚嚣尘上的渲染势必起到推波助澜的作用，很多在思想意识上以自我为中心的青少年学生由此产生了盲目、狂热甚至偏激的"追星"行为实属社会环境所造就的必然结果。既然如此，问题的关键便不在于该不该"追星"或是要不要"追星"，而在于"追什么星"、"如何追星"。说白了，其实质就如同大禹治水一般——变"堵"为"导"。

在教育教学实践中，我们采取的策略应当是：让学生"追"，但要看怎么"追"；让学生"追星"，但要看追什么"星"。

一、走进学生驾驶的飞船，进入他们的"星空"世界

走进学生的内心世界，深入了解学生，掌握他们的心理，理解他们的感情需要，这是做好一切教育工作的前提。

成年人习惯于用自己的价值取向对青少年的行为进行评价和引导，这恰恰造成了二者之间难以沟通的隔膜，即使正确而浅显的道理也往往因为激起了学生的逆反情绪而不能够为之所接受。我在引导学生解决"追星"问题的时候，总是抱着一种欣赏的态度去倾听学生们的心里话，从很多学生"追星"的原因、方式中体会、揣摩他们的思想状况。有的学生是因为某星的靓丽外表而追，有的学生是因为某星的洒脱个性气质而追，有的学生是因为某星的一句似曾相识的歌词而追，有的学生是因为某星或是其塑造的形象与自己的形神相似而追，有的学生是因为某星或是其塑造的形象与自己的价值观念相同而追，还有的学生是因为随波逐流的心理而追。尽管在成人的眼中，很多想法是那么的幼稚可笑，但我却非常珍视学生们的观点，尽可能寻找彼此之间的共同语言。在不少学生看来，我其实也可以算是"追星族"中的一员了。我可以在他们面前滔滔不绝地谈论球星同他们的比赛、影星和他们的演技、歌星与他们的唱功。不是为了炫耀，也不是为了卖弄，只不过是要让学生清楚，对于他们所谈论的那些，我也是有发言权的，我不会凭空肯定或否定什么，因为他们所喜爱的，同样也是我所喜爱的。

我知道，学生们的心中有一片神秘的、充满向往的星空，他们可以驾驭着自己的飞船自由自在地向那里进发，我们苍白无力的劝阻是无法使他们主动自愿改变航向的。如果我不能够搭上他们的飞船，我就更没有可能为他们的前途和未来发挥哪怕是一点点的作用了。不过幸运的是，我不但上了他们的飞船，还和他们一同坐在了驾驶舱里。

二、主动给学生当"导游"，引导学生发现"星空"的另一面

能否指给学生一种方法，引导他们发现表面背后的本质，是解决"追星"问题的关键。

事实上，"追星"不过是在美丽的肥皂泡里自我陶醉罢了。但这个观点，青少年学生不会在内心中主动接受，即使被动地接受了，也很难在实际行动中有所转变，因此，我们得想一个办法，让他们自己愿意把肥皂泡挑破。时机成熟的时候，我会精心准备一个有关"追星"方面的主题班会。从实际生活中、从影视节目中、从网络中寻找素材，拨开璀璨迷蒙的"星云"，把众多"星"们台前幕后的所作所为以及许多"追星族"们众口不一的感触真实地呈现在大家面前。在班会上，我利用多媒体形式，努力营造这样一种氛围，让学生们在看别人的同时仿佛也看到了自己。然后，通过比较，通过争论（不需要过多学生们的争论——网络上各种各样的评论会比他们努力"捍卫自己尊严"的说辞更具有说服力），让学生领会商品经济下人为造"星"的各种特征——潇洒靓丽的外表、美观前卫的时装、挥金如土的气派、缠绵悱恻只存在于幻想中的浪漫、曲折离奇的故事情节、脱离实际的伟大爱情——不过是为了赚取人们的欢笑和眼泪，以获得更大的经济效益罢了。一个商业化的明星是虚无缥缈的，一个明星的商业化则是彻头彻尾的欺骗，而"追星族"呢？正如一个学生过后所言，不过是"在别人的游戏中被愚弄、被欺骗、被利用的一群可怜虫"罢了。

这样一来，当飞船的驾驭者突然发现自己所醉心遨游的"星空"

原来只是这般模样,突然发现浩渺"星空"中的自己只不过扮演了这样一种角色,即使坐在旁边的我不多说什么,他们也会提议"咱们返航吧"。

三、让学生自己飞出原来的"星空",去寻找另一个崭新的"星空"

一种热情消退了,必然需要另一种热情来取代,这正是我们的目的。

如果我和我的学生们就这样结束了班会,那"返航的飞船"是极度危险的,他们有可能忽然迷失了方向,或是丧失了前行的动力,飞到一个消沉麻木的黑洞中。从迷梦中苏醒当然会让这些青少年们感到彷徨,感到困惑,但这同时也是促使其审视自我、反思自我、重新塑造自我的大好时机。于是,我会趁热打铁,犀利地指出那些充分关注偶像的生日、星座、性格、恋情等一切动态,购买画片、杂志、信笺、钥匙扣等一切关于偶像的物品,模仿一切关于偶像的语言、服饰、爱好、习惯性行为的言行流露的只是对成人文化的一种下意识反叛,是对校园主流文化的一种逆反性的抵触,必须树立正确的价值观念和远大理想才能变消极为积极,变驻足为进取。进而向学生推荐一些关于"追星"问题引发的思考,让学生正确理解偶像崇拜的内涵,"敬仰使人明智,崇拜使人愚昧"。追星要追在心里、追在思想中、追在精神中,而不是简单地体现在嘴上、服装上、画册上。在生活中,除了那些人为制造的生活化、偶像化的明星,还有更值得我们去学习和景仰的各种事业上的成功者。自己将来也应该成为一颗能够让人们关注和敬重的"明星"。"星"是一盏明灯,"追星"应当是追寻自己的目标,追寻实现自我价值的正确道路。

学生们的飞船又要向一处新的目标进发了。那里,有学校和班级开展的多姿多彩的活动;那里,学生可以在群体中发掘自己的价值;那里,学生们可以投入到更有意义的阅读、思考与实践中。我还是会和他们在一起,一起去感受更丰富的乐趣,去寻找更充实的激情,去点亮属于自己的那颗明星。

（据 http://blog.ddedu.com.cn/user1/257/archives/2006/4189.

shtml,作者:徐燕军）

网友热议

对这类"疯狂粉丝",除了用"病态"两个字来形容之外,实在无他法。

天涯论坛的杂言碎语

● 此事(杨丽娟追星事件)跟刘(德华)一点关系也没有。问题主要在那些极端的疯狂追星族自己身上。每一个 fans 都希望和自己的偶像接近,但是换个角度想一下,一个明星要是都能给以满足,那么他们自己还要不要生活了,除非他是超人。

人家(刘德华)的本职工作就是唱歌、跳舞、演戏,并没有陪聊、陪恋爱甚至改变谁谁的生活之类的义务。

再说用自杀的方法来逼迫别人满足自己的要求,这种行为是不是很残忍? 对自己很残忍,对别人呢? 如果他们的终极目的是让刘娶他的女儿呢? 难道还要接受?

——网友　乘 7 路车去伊甸园

● 说起此事,就不得不提刘德华,虽然他对此事不负有任何责任,但我认为他在这件事情的处理上是有失误的,杨丽娟已经不是一个普通的粉丝,在我看来已经是一个严重的精神病人。

而刘德华呢,冷漠对待这件事情,和大家一起谴责了这样一个不孝的粉丝。

——网友　一身伤病

● 这个女子的行为确实已到了不正常的地步,初看似乎对刘德华极其痴情,但是这不是《神雕侠侣》,她与刘没有丝毫感情基础,连见一次面都没有,何来为爱长久的等候?

——网友　我是小洲

● 杨丽娟的老父亲太爱这个女儿了,但是却发现爱已付出了太大的代价,已经无法再爱了,没有爱的能力了。

这是一个爱的父亲,或许当他发现不能爱的时候,只有选择退出了,退出家庭,退出人生,或许他已经完成了任务,他选择了他该去的地方。

——网友　戈尔巴乔妻

如果你是刘德华,你能怎样?

来自甘肃兰州的一家三口,为了要见刘德华,不惜举债,不惜卖屋。终于,如愿来到香港,那个痴迷华仔十三年的女儿,在"华仔天地"举行的歌迷生日会上,也得以和偶像刘德华单独合照……

结果，却因为"华仔对丽娟（女儿的名）和许多人一样，这不公平，孩子没有向他多说些话"。那个六十八岁的父亲，居然以跳海自杀来作为对刘德华"冷漠无情"的控诉。

读报章新闻至此，唯有掩卷慨叹。

正如很多学者和专家后来的分析："这种盲目追星是极端行为，见不到偶像而要死，就更极端。"对这类"疯狂粉丝"，除了用"病态"两个字来形容之外，实在无他法。

换了你是刘德华，你又能怎样？这个叫杨丽娟的疯狂华仔迷，其实早已扬名，她和她父亲的追星行径，亦早被内地媒体报导过。刘德华也曾经透过经理人公司回应："若歌迷透过不正确、不健康、不正常的方法要与他见面，他一定不会理会。"华仔亦表示过，最憎恶不孝的歌迷，同时提醒歌迷的家长，不应纵容孩子的过火行为。

但偏偏仍发生了这宗悲剧。

可叹的是，那位寻死的父亲遗书的第一句竟是："刘德华，你以为你是谁？"相信刘德华看到这样的话，也只能欲语无言。

刘德华当然一直很清楚自己是谁。作为一位拥有大批"粉丝"的超级偶像，刘德华对自己的言行，一直小心翼翼。像这次，他和他的经理人公司当然会知道这一家三口专程到港的来意，亦肯定了解过杨丽娟过去的出位行径，但他还是在歌迷生日会上见了杨，并和她拍照，可以说，要做的都做了。杨父的谴责："对丽娟和对其他人一样，这不公平。"在外人眼中，若华仔分外眷顾杨丽娟，那才更加不公平。可是，你能对已经沦于病态的杨氏父女说什么呢？我们当然希望这宗"疯狂粉丝"的自杀事件只是个别行为，作为一位偶像，刘德华实在别无他法，责任不在他身上。

忽然想起很多年前陪一些艺人出席一些活动时常遇到的"投诉"，那些痴心苦候偶像现身的疯狂影迷常挂在嘴边的一句话是："我从昨天已经在这里等你二十多个小时了，凭什么你就不能跟我说句话？"问题是，从来没有人叫你等二十多个小时，那可不是偶像的责任！

（据中华网，作者：香港金像奖主席 文隽）

中小学生追星的种种弊端

"在现在的社会中,小学生至 23 岁向下的人没偶像不追星,会被别人看不起的。"这竟出自一个中学生之口,可见中小学生的追星情况。

少年期是一个人的道德品质乃至人格个性培养、形成的关键时期,少年心中的榜样及其对榜样的模仿、少年期的追求和行为,对他们整个精神面貌的形成都有着至关重要的影响。

追星族们因为对明星偶像的崇拜,于是"爱屋及乌",对他们的生活习性、爱好、穿着,甚至宠物都盲目地模仿、追求、喜爱起来。他们刻意模仿明星们的发式、衣着,到处打听明星们的嗜好,自己也学着去做。有一个少年听说某明星不爱吃某种菜,自己也就不再吃。这种盲目模仿不利于少年良好道德品质的形成,甚至危害到少年的道德品质。

弊端之一:为了追星、听歌,耽误了学习,这是追星的第一大害。少年期的孩子,如同一块干海绵,正处于吸取知识营养的最佳时期,而"追星族"们把本应该用来学习、参加有益的课余活动、阅读有益的书报的时间,都用来听了歌。上课也沉醉在自我编织的"追星梦"中,学习成绩普遍下降,有的学生竟然为了得到一个明星的签名而不惜旷课,在大街上等候,严重影响学习。

弊端之二:不少少年为了追星,不好好吃饭,不好好睡觉,半宿半宿地听歌,整天昏昏沉沉地幻想,明显影响了正在成长发育的身体健康,不利于身心发展。有的追星少年为了追星,买彩照、买磁带,不得不节省早餐,甚至为了购买几百元的演唱会门票,不惜去医院卖血!有些人把自己所崇拜的明星当成恋人单相思,严重影响了他们的身心健康。

弊端之三:天真烂漫的少男少女们一心追星,难免有不法之徒浑水摸鱼,增加了社会不安定因素。上海某校一学生出面组织了一个"黎明歌迷会",入会者每人交会费 20 元,会员们蜂拥而至,踊跃加入。后来黎明到上海举办演唱会,歌迷会会长说要组织歌迷与黎明见面,更吸引了众多追星族、发烧友,他们出了钱,满怀激情地眼巴巴地等着一睹黎明的风采。谁知一等两等，如泥牛入海无消息，不但黎明没会着，连会长也不见了。后来才知道，所谓会长，原来是个骗子，他骗了歌迷的钱，携款逃跑。歌迷大呼上当，但为时已晚。

有人说，少年们的追星热是中学过重的课业负担的反弹，是初中生寻求摆脱学习压力的反应，这种说法也不无道理。但反弹也好，反应也好，总不能反过了头，走向反面。课业负担过重，的确是个有待解决的问题，但是学校切实加强音体美课，开展对身心有益的、丰富多彩的课外活动，还是切实可行的。同时家长、社会还需配合学校，帮助孩子们正确对待偶像，树立积极的价值观，促进他们健康成长。

（据星辰社区，作者：张正继）

追"星"务必适可而止

现在的年轻人有更多的机会接触娱乐媒体，发达的传媒机构为他们追星提供了便利的条件，但是他们只知喜欢，并不能说明喜欢的原因。经了解，"超女"是他们的最爱，李宇春、张含韵、张韶涵等在青少年学生心目中占有一定的位置。

有一天我利用两节连堂课的机会，让学生们说说自己的追星故事，但多数同学说不出所以然来，令人大跌眼镜。也许是七年级吧，大多数同学较为害羞，再者，农村中学的学生表达能力也有限，想说也说不出。要他们唱几句自己喜欢的歌手的歌，也是唱得不怎么样，能唱对调子、唱清歌词的凤毛麟角。本节课的目的是想让学生正确对待追星，以平常心看待那些明星，不要像有些疯狂追星族，为了自己心中的偶像不惜一切代价。如最近各媒体纷纷报道的刘德华的疯狂粉丝杨丽娟事件，恐怕是极端的个案了。全体学生都表示难以置信，当然，我们的学生也还没有那种环境或是没有达到那种境界吧！

记得小时候，五年级开始，我只是懂得一些台湾校园歌曲，如《童年》、《光阴的故事》、《外婆的澎湖湾》等等，当时也不知是谁先唱红的，只觉得好听就学着唱。读高中以后，就开始接受更多的歌手所唱的歌了,以港台歌手为多。齐秦、费翔、姜育恒、童安格等等的歌都曾在我的心中留下一定的记忆。现在听到那些熟悉的歌,总是让我回味起青年时代学习生涯的快乐,也叹息时光流逝之无情。真是《忘不了》呀!"为何一转眼,时光飞逝如电,看不清的岁月,抹不去的从前……"一切都像影子,在眼前闪过就不见了。那是多么美好的岁月呀!

看着现在的学生们青春洋溢的笑脸,真让人羡慕他们拥有的青春。他们也追星,就是喜欢那些和他们年纪差不多的青春年少的偶像,唱着有些略带伤感的或是欢乐的歌曲,我是真的真的好羡慕他们。只是他们还需要引导,不能像杨丽娟那样为了追星而不顾一切,甚至于连家人也受牵累。连亲情都不顾的人肯定是一个不健康的人。离开做人的准则,人生还有何意义可言?因此,我们对那些所谓的"星"要保持一颗平常心,我们不能盲目崇拜,他们之所以成名只是某一方面非常突出,但并不意味着他们一生的各个方面都值得我们肯定和学习。追"星"务必要适可而止。

(据红袖添香网,作者:清水潭之月)

深 层 思 考

　　　　需要考虑的是,如何从诸种因素的角度来建构将"追星"现象导向更具合理性方向的现实机制。

审视"追星"热

20世纪80年代以后,"追星"现象在我国逐渐萌生,当"追星"者被以"族"来加以描述的时候,说明这种现象的规模及其影响力正在凸显出来。但是,"追星"现象引发社会关注的起因还在于1993年初由南京电视台和南京广播电影电视报共同举办的青少年心目中的

"十大青春偶像"评选活动的结果。在近 3 000 名青少年评出的"偶像"当中，有 9 名都是港台流行歌星，雷锋则是入选者中唯一的非歌星和内地人士，以 107 票位居第五。此结果一经公布，社会舆论骤起。

然而，随着改革开放进程的深入，社会生活中尤其是大众媒介上群星闪耀，"追星"热一浪高过一浪，致使某些偏激化事件及其更直观的消极后果常常出现，引起社会舆论的关注和人们的极大忧虑。例如媒体上常常见到这样的报道，某些青少年因迷恋某明星而痴狂，以至于耽误了学业、花费了家中的钱财、出现了心理问题，甚至有极端者上演轻生的悲剧……

要求对"追星"现象给予重视并提供正确引导是社会的一致呼声。然而，对"追星"现象作出科学的认识，却是进行一切建设性导向工作的前提。

引发"追星"热的复合性动因

"追星"热作为一种独特的社会现象，尤其是作为青年中的一种流行时尚，它的出现与蔓延有其特定的社会基础、文化氛围、价值观念和心理机制等方面一系列动因。

开放社会里一个明星时代的来临。随着社会环境不断开放，文化氛围逐渐宽松，人们精神需求日趋多样。尤其是由于社会行业类型和职业种类的扩充以及个人发展机会的增多，为各个领域中新星辈出提供了前所未有的广阔平台。而大众传播媒介的迅速发展和广泛普及，则为明星们的星光闪烁制造了独特的"天空"。特别是在影视、音乐、体育等颇具大众文化性质的领域，内地明星频频诞生，港台明星争相"登陆"，他们"一朝成名"，家喻户晓，由此形成了比其他领域明星强大得多的轰动效应和名气资本。总之，一个明星时代的来临，创造了前所未有的群星闪亮登场的基础条件。

现代化进程中的文化转型效应。世界发展的经验表明，世俗化代表了现代化起飞阶段一个社会文化变迁的主要特征。世俗化的核心内涵可以理解为一种强烈的现世取向，社会心态上表现为充分地肯定当下生活、肯定感官享受、肯定大众在社会生活中的地位和作用。世俗化的影响力促使社会中整个文化格局发生了变化,20世纪90年代以来,随着小康社会的来临,随着消费文化正在以多少有些急促的步伐匆匆登上日常生活的前台,世俗化正全面地展开着自身的内涵与形式,于是,就社会文化的整个格局而言,呈现出精英文化、高雅文化、理性文化的领域在逐渐缩小,而大众文化、通俗文化、感性文化的地盘在日益扩大的态势。

社会转型时期的价值观念变迁。改革开放以后,我国开始了从乡村社会向城市社会、从农业社会向工业社会、从伦理社会向法理社会的转型,这种由传统社会结构向现代社会结构的转型,深刻地影响着人们的价值观念与行动取向。社会价值观念发生了这样的深刻变化:从注重集体向关注个体转变,由崇尚理想向重视利益转变,从强调节俭向尊重享受转变。这种价值观念变化使人们精神世界的偶像类型表现为:从崇拜政治型偶像、道德型偶像、神圣型偶像向崇拜成就型偶像、生活型偶像、个性化偶像的方向转变。这正是那些气质迷人、有所成就、富于情趣的明星受到当今青年青睐的重要原因。

传媒社会中大众文化的扩张。大众传媒的迅速发展与广泛普及,营造了一种媒体社会,带来了一个传媒时代。大众文化就是借助于大众传媒进行扩张的。大众文化的重要特征就是它的愉悦性、感受性、消费性。而大众文化作为一种文化产业,其运行机制必然遵循市场规律,商品化则成为大众文化的最重要特征之一,尤其是当它与高科技媒体相结合的时候,便更充分地展现出这些特征。大众文化的大行其道往往得益于消费主义的推动,科技创新所带动的传媒发展、尤其是电视的普及所带来的广告攻势,对消费主义的扩张起到了推波助澜的作用。消费主义成了大众文化的"天然燃料"。

青春期的偶像崇拜心理与自居作用。在青少年时期,伴随生理发育的日渐成熟,个体的心理和社会性开始趋于成熟,但又处于尚未完全成熟的人生发展阶段。强烈的偶像崇拜心理是这一时期人们的突出特征。偶像崇拜是通过心理上的自居作用来达成的,那些被崇拜的明星往往被青少年当作人生发展的楷模、参照系以及心灵的一种寄托。当代流行文化明星们所表现的特征——靓丽的外表、潇洒的风度、事业的成功、社会知名度、丰厚的收入、优越的生活条件等等,都会强烈地吸引着青春期青少年,明星的作品如歌曲等,能够不同程度地对青少年起到特有的共鸣、宽慰、激励、引导、娱乐乃至宣泄作用,从而形成"爱屋及乌"的效应。

建构对"追星"现象的合理导向机制

"追星"现象,对于一个个体而言是一种青春期的独有现象,对于一个社会而言却是一种复合性现象,换言之,"追星"现象是社会发展、文化氛围、价值心态与青年特点这几种因素综合作用下的产物,是开放社会、现代社会的必然现象,不值得大惊小怪。然而,它确实对社会、对青年带来了消极影响。我们需要考虑的是,如何从诸种因素的角度来建构将"追星"现象导向更具合理性方向的现实机制。

重新定位卓有成效的教育榜样。榜样教育是社会教育的一种重要形式,然而,榜样教育的实际效果不尽如人意。"追星"热从另一种角度提供的启示在于:对于社会中的榜样教育,尤其是对青年人进行的榜样教育,榜样的吸引力与其所具有的现实感、所内涵的人本化、所表现的青年性之间存在着密切关联。因此,应努力为青年树立诸多符合他们身心发展特点、体现新时代风貌、展示先进观念的新型榜样。

强化大众传媒中的社会效益取向。在市场经济条件下,大众传媒为了在竞争中求生存求发展,难免会寻求新闻效应,渲染名人轶事,尤其是对当红明星的捕风捉影。如果这种倾向被偏激化,就会在很大程度上导致媒体与其应有的社会效益的距离扩大、甚至抵触。因此,媒体必须以最大限度地追求社会正确导向为前提,这一常识必须成为新闻界更广泛的社会自觉。

努力促进合理的社会文化结构。大众文化、通俗文化、感性文化的日益盛行,决不意味着这种情势是一种合理的社会文化的发展方向。一种充满生机的文化体系应该具有多元化的特征,它应该能够兼容各种各样的文化形态。具体而言,应该是在大众文化与精英文化、感性文化与理性文化、通俗文化与高雅文化之间保持适当的比例关系。特别需要着力弘扬精英文化、理性文化、高雅文化。合理的文化结构将会直接促进正确的社会价值观念的重建。

公众人物应该自觉管理好名气资本。明星是公众人物,公众人物不同于一般人的最重要特点莫过于,他或她拥有社会知名度这种重要资本,我们可称之为"名气资本"。这种东西在社会生活中所产生的效应是巨大的。现实中,一个公众人物的言行对社会风尚所产生的影响要比成百上千个普通人的作用大得多。不言而喻,公众人物的道德修养及自律水平的高低,或者说,明星对其名气资本的管理与运用的合理程度,将会极大地影响社会风气,尤其是青年人的心理与行为的塑造。所以,明星应提高社会意识,加强道德修养,管理好自己的名气资本,而不要滥用社会所给予的一切。

(据《光明日报》,作者:沈杰)

追星事件拷问独生子女教育问题

杨丽娟疯狂追星而导致父亲在香港投水自杀,成为日前社会的新闻热点得到广泛关注。是谁害了杨丽娟和她的父亲,一时争论不一。从教育的缺失、信仰的坍塌、社会的失衡,一直到媒体的推波助澜、"娱乐至死"的无节制泛滥,有枣一棍子,没枣一棒子,杨丽娟成为一面多棱镜,映现出当今社会与心理的多重镜像。

应该说,这样的批评,都不无道理。由杨丽娟一事拔出萝卜带出泥而生发出来的种种思考,对于杨丽娟以及同类的年轻追星一族的疗治,以及对当今社会中畸形病态的文化现象的批判,都是有益的。

不过,杨丽娟一事有一个特点似乎被媒体和批评者都忽略了,那就是杨丽娟是一个独生女。而恰恰正是这一点,引起我的思索。

独生子女一代已经长大了,而真正成为新的一代。这样的事实,让我有些触目惊心,如何面对、沟通、帮助并开发这样在我国千年历史中独一无二的一代,似乎还没有被足够重视和充分准备地摆在我们社会和时代的议事日程中来。

我们知道,做为国策,独生子女最早始于20世纪70年代末。其中最大年龄者,恰恰是和杨丽娟这样年龄差不多的年轻人。他们快到了而立之年,近30年过去了,新的一代随日子一起长大,成为不可回避而必须正视的现实。独生子女一代,改变了我国的人口结构,由此也使得社会的构架、心理和性格以及流通的血脉同时产生了潜移默化的变动。更为重要的是,独生子女一代和社会变革的新时代几乎同步伴生,独生子女一代是和商业时代一起成长的。他们和他们的父母一代成长的背景是那么的不同,在社会和时代动荡、激烈碰撞的重要转折时刻,他们如种子播撒在了中国新翻耕的土壤中。命中注定,独生子女一代的成长,在得到得天独厚的优越条件的同时,其自身的心理也容易产生新的种种问题,是他们也是他们的父母乃至全社会无可预料的,缺少准备的,却又是必须面对的。

这不仅需要他们和他们的家庭,也需要新的时代和全社会的调试、适应和引导,偏偏商业社会的到来使得原有的价值系统得以颠覆,他们的上一代正处于摸着石头过河的探索之中,代际之间的隔阂与矛盾便由此而越发隔膜和加深。由于上一代对独生子女的望子成龙期望值超重,也由于独生子女自身无根感的迷茫与失重,两代之间,不是出现类似杨丽娟的父母对她百依百顺的娇惯、倾其所有的付出和痛苦不堪的无奈;就是出现种种或深或浅的矛盾冲突与分裂,最严重的导致孩子离家出走,甚至父母与孩子之间的暴力伤害。两者所表现的形式虽然是一柔一刚,实质却是一样的,便是面对独生子女所出现的整体一代的心理与性格问题缺乏足够的研究与应对措施。所以,人们曾说这是"孩子的青春期遇上了父母的更年期",是"老革命遇到了新问题"。应该说,代际矛盾是在每个时代普遍存在的,但面对中国社会崭新的独生子女一代,却是开天辟地的头一次,其矛盾的深刻而独特,可以说是世界独具。如何化解这种矛盾,解决两代人心理问题,沟通两代人的关系与情感,已经成为刻不容缓的课题。

过去,社会学家曾经提出前喻文化(即上一代教育下一代)、并喻文化(即两代人相互教育)、后喻文化(即后代人教育上代人),看来已经不能囊括独生子女一代所呈现的文化现象。杨丽娟与其父亲的悲剧已经不是谁教育谁的问题,他们父女所面对的是文化的困惑,也是时代的困惑。这个时代正处于商业时代,唯利是图的价值取向,恰恰忽略并无力顾及这样崭新的一代。明星的包装与消费,只是商业时代的一个炫目的表征。陷入追星狂潮而不能自拔的杨丽娟,正是这样时代潮流中的一个漩涡。她以为这个漩涡是自己梦幻中的笑靥和酒窝,没想到却吞噬了她的青春梦和父亲的性命。而时代在制造这样一个悲凉的漩涡之后,很多人给予杨丽娟关心和帮助,也有人站出来把责任推诿给杨丽娟和她的父亲,举重若轻地指责孩子的不孝和父不教子之过。

表面上看,杨丽娟只是个极端的个案,但表现出的问题,足以让我们对整个独生子女一代引起足够的关注和思考。因为在杨丽娟身上所表现出的偏执焦灼等种种心理问题,在独生子女一代身上都有或多或少、或轻或重的表现。因考学、就业、恋爱、网络痴迷等所表现出来的心理疾病和偏执行为,不过是杨丽娟大小不一的翻版。其中轻者导致忧郁症、自闭症,而严重者会导致自杀或杀人而走向极端,这样频繁出现的事情已经不是新闻。这正是独生子女所呈现出的时代病,希望能够引起社会各界有识之士的重视。毕竟独生子女一代已经长大了,而他们下一代的独生子女已经或正在诞生。他们是我们祖国的未来,两代独生子女的累加,其基因链的作用,其新的伦理关系的构建,关系着国家与民族的心理、性格的塑造。

（据人民论坛,作者:《人民文学》杂志社副主编、作家 肖复兴）

偶像崇拜对人性的颠覆

当我们一而再、再而三地感叹于"追星族"们种种近似于疯狂的举止,并渐渐对追星族种种让人不可思议的语言和表情表现出一种司空见惯的平静的时候,追星族中的典型代表,一个名叫杨丽娟的女人终于同她的父亲及全家一起,又为我们这个世界制造了一次"集体震惊"的机会。

来自媒体的报道说:"痴恋艺人刘德华十三年的兰州女子杨丽娟,年前被华仔公开指责她倾尽父母家财来满足她的追星梦,并指她'不忠不孝'。她和父母不惜再借钱远道而来,争取与刘德华单独会面要解释清楚。华仔虽已大方地与杨丽娟亲密合照,但因没有单独见面,杨父竟愤而写下十二页遗书后跳海自杀身亡。痴恋华仔的杨丽娟仍决心要再见华仔,她不计较再大的付出,要华仔知道她不是'不忠不孝'。"

此悲剧几乎在发生的第一时间,就传遍了世界的各个角落。瞬间,无数个眼球为这个悲剧的主角杨丽娟以及杨丽娟的父亲所吸引,无数个大脑为追星的杨丽娟及其自杀的父亲而开足了思考的马力。

"悲剧的产生,错在谁?"

做父母的开始想,怎样才能制止儿子女儿的追星疯狂;做老师的开始忙着给学生们上课,提醒学生追星要不得;作为第三种力量的媒体则请出各种各样的名人、明星分析、剖析、思考悲剧产生的原因,追星本质又是什么?而中央电视台更是立刻做了一次"悲剧的产生,错在谁"的调查,调查结果是57%的人认为错在杨丽娟,28%的人认为错在阿娟的父亲,2%的人认为错在明星,12%的人则认为错在整个家庭。

所有的反思者都似乎把"反思"的起点和终点归结在"错在谁"的身上,又一次展示出了人类理性从"集体震惊"步入"集体审判"的趋向性。可是,当我们在这一场理性对悲剧的集体审判中,不无吃惊地听到"他们根本不理解我们"、"你们和我们不是生活在一个世界的人"、"他们的女儿一定要见刘德华,见不到是天理不容"等"追星族的心声"的时候,我们是否发现,对于"追星族"这个青春过剩、激情过剩的群体而言,杨丽娟及其父亲的悲剧只是一个开始?

"娱乐至死"忘我狂热

其实,从列侬的歌迷把"喜欢列侬"的子弹射进列侬心脏的那个瞬间开始,世界就已经告诉我们,在这个不断炮制、包装、炒作明星的社会,只要一心追逐眼球经济的娱乐传媒还在;只要娱乐传媒依然为了销量、为了金钱,忽视和抛弃应承担的社会责任,一味迎合粉丝的需求;只要粉丝疯狂追星的行为依然还是明星魅力指数比拼的依据,杨丽娟和她父亲就不会是第一个也不会是最后一个追星的牺牲品。

追星族是"娱乐至死"的时代赠送给人们的"特殊礼物"。

实际上,从任何一个角度上来说,追星族都是一个最富有牺牲精神的团体,特别是在21世纪,在我们的社会日趋走向"利我主义"的时候,追星族中的大孩子们的种种狂热、忘我行为,不是一种本质的忘我又是什么呢?

有心理学家指出,追星族之所以会如此不顾一切忘我地追星,盖因他们尚处在人生的生长阶段,他们因不能确定自己应当成为怎样的人以及将来想成为怎样的人而模仿明星的言行,扮演明星的角色。可我认为,除此之外,还有更复杂的心理背景。我一位朋友的女儿属于追星族行列。据朋友说,她是某情歌王子的歌迷。在学校里,她的语文数学不是倒数第一就是倒数第二,可却是班上同学追星族中的老大,在她小小的卧室中,到处是她所崇拜偶像的大幅照片,她想尽一切办法收集那明星的一切 CD、VCD、磁带,甚至连有这位明星登台演唱的录像带也不放过。父母亲为此没少责骂她,可这边父母骂完、打完,那头她就抱起吉他高唱情歌……

"追星不是一种错,不追那是你们不懂生活",这是一位追星族面对记者采访时很坦然又很坚决地讲的一句话。说句实话,看着他那一脸灿烂的样子,我有一阵莫名其妙的心酸。

可这能只怨追星族们吗?

人类到底是什么时候开始进入了"偶像"化的世界?"偶像崇拜"使我们从"人性"最脆弱的地方开始了不由自主的"偶像模仿"。

人类从出现在这个地球上的那一天开始,人性不仅趋向于避苦趋乐,而且还有屈服于力量和跪拜英雄的恶癖。

我们知道,只要是人,都希望出众、渴望成功。可当一个人正处在青少年时期,他们自身所具有的条件、能力往往不足以使他们成功,自然而然的,他们便在"成功者"的身上寻找自己的影子,看见自己"奋斗"的最终结果。

所以,也许我们不能说追星族是一群"人性自由"的人,但追星族绝对是一群用自己的精力、自己的理想塑造出一个偶像,然后供自己崇拜的人。

偶像抗衡现实　自卑促使纵欲

据报道,在中国,在被调查的青少年中,有 50%的人承认有过特别喜欢、崇拜某个明星的经历;有 34.5%的人承认自己正在崇拜某个明

星。其中，初中生的比例达 49.3%。可见，"偶像崇拜"早已成了青少年生活中不可或缺的一部分。

实际上，所有青少年的"偶像崇拜"过程都是一样的，崇拜拥有能力、地位和独立的偶像，希望通过偶像崇拜来实现独立自主的目的。某种意义上，这不过是将偶像作为了老师和父母的代替品，让偶像来行使老师和父母对自己的控制。

可是，当偶像崇拜从榜样和楷模进入到自己这一辈子非要见到不可的盲目状态之后，崇拜者的人性中就会滋生出"放纵自己"、"我行我素"、"非如此不可"的欲望来，终于陷入追逐偶像、逃避现实、失去自我的迷幻状态。

比如说：此前武汉女歌迷为思念谢霆锋而跳河寻死；比如说：17岁的偏瘫歌迷周枫为周杰伦走遍六省，最后吞下 30 粒安眠药……

事实上，就追星族的忘我、追星族的痴狂而言，我们真的无法分辨到底是追星族们失去了理智还是我们所生活的这个地球和社会失去了理智？但我们至少可以断言，在这个世界上，所有非理智的行为都是非人性和"病态人性"的。

因而,就追星族因"偶像崇拜"所导致的对人性的颠覆并催生的种种变态、疯狂行为而言,追星族的行为不但是某些人发泄自卑的一种渠道,也是某些人借别人的强大来发现自己价值的一种方式。

"偶像崇拜"是一种本能,也是人性自然的扩张,只是当这种本能和扩张因外界的因素而变得不择手段之后,人性就必被颠覆于纵欲的尘土中。

如是,每当我在那些追星的场合,审视着追星族们那一张张因狂热而极度扭曲的脸的时候,我的心底总有一个声音在呐喊:愿他们早日回归"真我",回归属于自我的人性精神。

（据香港《文汇报》,作者:东方尔）

专家看法

青少年的追星可能更多有着其独特的心理原因。

◆心理专家王悦: 追星族要疏不要堵

杨丽娟心里存在偏激倾向

杨丽娟过激的行为暴露出她在心理上已有偏激的倾向。从心理学角度上讲,她需要接受系统的心理治疗和指导。

崇拜偶像"要疏不要堵"

青少年在成长过程中,经常会有崇拜偶像的现象,面对这种现象学校及家长应为孩子提供平台与同龄人及时交流,是"要疏不要堵"。而杨丽娟却在青春期离开学校,将自己封闭起来,这也是造成悲剧后果的原因。其次媒体常常会夸大明星风光的一面,没有把明星成长过程与其他方面展示在公众面前,没有为青春期的孩子提供正确的社会导读。

希望杨丽娟能够"自食其力"

通过悲痛的教训,希望今后杨丽娟能与母亲多多沟通,接受专业的心理咨询。再就是希望她自己能主动接触社会,多交些朋友,最好能找到一份工作,渐渐具备生活的能力。

而媒体及社会不要再给她过多的压力,因为过多的责任反而会加大她的压力,不利于她今后正常生活。

◆ 社会学家杨眉:追星有度属正常

社会学专家杨眉接受记者采访时谈道,青少年的追星可能更多有着其独特的心理原因。青少年的内心和向往以及追求个性的特点和需求正好可以通过偶像展示出来,不仅以"星"的光鲜外形为模仿对象,甚至以追求"星"理想的人格品质为目标。青少年终日忙碌于繁重而枯燥的学习,通过追"星"将其学习生活中的郁闷、烦躁宣泄出来,追求更符合自身定位的沟通和交流。

另有专家认为,青少年追星属于正常现象。只要追星有度,所追的"星"自然而然会成为其人生道路上的楷模、榜样,从而将追星的热情转化为奋斗的动力。

◆ 西北师范大学心理学专家何慧丽等:积极引导追星

西北师范大学心理学专家何慧丽指出,一些青少年崇拜偶像到了盲目和疯狂的地步,这是一种"心理缺陷",原因是这些孩子在现实世界缺少朋友,与父母的关系也不亲密。因此,解决青少年盲目追星问题的关键是正确引导。

针对青少年的"追星"现象,甘肃农业大学研究生导师孙万仓教授认为,应该更多地采用对话和交流的方式引导他们的审美趣味,提高青少年的鉴赏能力和文化品位。在某种意义上,学生的"追星"显示了对成功的向往,如果注意培育一种多元化的学校文化,让学生们在学习之余有更多的人际交往和良性互动,通过各种社团组织发展他们的特长及搭建成功舞台,让他们体会到成功的快乐,那么"追星"可以转化为对成功的自我激励,借以促进青少年个人的心理成熟和健康发展。

◆ 北京青年压力管理服务中心心理咨询专家谢际春: 应健康追星

对因追星而产生的病例,心理医生通常都是鼓励病人发展自我,自我完善,把对艺人的感情从痴迷改变为单纯的欣赏。

理智表达

专家指出,粉丝追星行为其实就是一种自我发展不够完善的表现。最重要的就是让其明白对偶像的喜爱是一种未实现的理想自我的心理投射,是不现实的。在同一组织中,粉丝最好能够互相约束行为,倡导用比较理智冷静的行为表达对偶像的喜欢。

欣赏作品

专家还对艺人提出了两点倡议:第一,提倡艺人和粉丝的组织者沟通,引导大家用健康的方式表达对艺人的支持。第二,提倡艺人倡导粉丝更关注自己的作品,而不是个人;这点对艺人也很有帮助,对他们的隐私也是很好的保护。健康的追星心态应更多地落脚在"支持"二字上,而并不是迷恋或癫狂。

健康追星

事实上,除了少数疯狂得无法自拔的粉丝,大多数追星族们还是有理性和有秩序的,能够通过安全理性的方式抒发自己对偶像的喜爱之情。

比如,大牌明星的公司一般都会为明星们的粉丝组织官方的粉丝团体,会员们都有相应的权利和义务,交纳一定的费用就可以定期见到偶像或是收到来自偶像的纪念物品。而购买喜爱的艺人的正版唱片或影碟、参加演唱会或歌友会等活动是支持明星的一种重要途径,同时也是艺人们最乐意看到的方式。毕竟明星们也是人,他们赖以谋生的工作就是为歌迷、影迷们奉献自己的作品并借此取得收入,如果粉丝们只把目光投向他们的私生活或是对他们一味痴迷而达到影响双方生活甚至影响社会正常秩序的程度,明星们也会受不了的。

（据 TOM 娱乐连线、《北京娱乐信报》、新华网相关资料整理）

中国的师范教育滥觞于 1897 年南洋公学师范院，到现在已经有整整110 年的历史。国务院总理温家宝 2007 年 3 月 5日在政府工作报告中提出，在教育部直属师范大学实行师范生免费教育。

这意味着，近代中国在相当长时间内实行的师范生免费教育制度，如今将重新返回大学校园。这不但将进一步形成尊师重教的社会氛围，而且也是促进教育公平的重大举措。

但需要指出，该举措的实施必须要有一个非常具体的细则，比如有的师范学生毕业后不愿从事教育事业，应该如何进行制约？这种免费政策要让该享受的人享受到，不该享受的人走开，一定要减少漏洞。

另外，如果目前国家只是在某些师范院校搞试点，势必会对其他师范院校产生冲击，影响他们的生源，因此其他师范院校也该有个实行免费的期限，而且国家、当地政府要一起在财政上给予扶持。

师范教育要真正回到免费时代，依然有很长的路要走……

师范教育：重回免费时代

背景知识:中国师范教育 110 年

中国的师范教育滥觞于 1897 年南洋公学师范院。而真正开启高等师范教育的是 1902 年在京师大学堂所设的师范馆。1904 年清政府颁布《奏定学堂章程》将师范教育从中学堂、高等学堂正式划出来,成为单独的系统。

1912 年,中华民国颁布《师范教育令》,初级师范学堂改为师范学校,优级师范学堂改为高等师范学校。 1922 年北洋政府推行"壬戌学制",将大多中等师范学校并入高级中学成为师范科,高等师范学校或升格或与普通大学合并。

中华人民共和国成立后曾建立初级师范、中等师范、师范专科和师范学校四级师范体系,到 20 世纪 50 年代中期取消了初级师范,形成了三级师范体系。 进入 80 年代,各级师范教育进入了前所未有的发展与改革时期。 90 年代后期,师范教育进行层次与结构的改革,实行由"三级"师范教育体系向"二级"、"一级"师范教育体系的过渡,并逐渐形成以师范院校为主体、其他高等学校共同参与的有开放性特点的教师教育体系。

自中国近代师范教育建立以来,国家一直对师范生给予优惠待遇,免学费和其他费用。1997 年以来,在受教育者普遍按照成本分担原则缴费入学和高等师范院校转型的背景下,师范大学开始实行逐渐收费乃至全额收费制度。

国务院总理温家宝3月5日在政府工作报告中提出，在教育部直属师范大学实行师范生免费教育。

温家宝：教育部直属师范大学实行师范生免费教育

2007年3月5日上午9时，第十届全国人民代表大会第五次会议在人民大会堂开幕。吴邦国主持大会。温家宝总理作政府工作报告。

国务院总理温家宝在政府工作报告中说，为了促进教育发展和教育公平，将采取两项重大措施：

一是从2007年新学年开始，在普通本科高校、高等职业学校和中等职业学校建立健全国家奖学金、助学金制度，为此中央财政支出将由上年18亿元增加到95亿元，2008年将安排200亿元，地方财政也要相应增加支出；同时，进一步落实国家助学贷款政策，使困难家庭的学生能够上得起大学、接受职业教育。这是继全部免除农村义务教育阶段学杂费之后，促进教育公平的又一件大事。

二是在教育部直属师范大学实行师范生免费教育，建立相应的制度。这个具有示范性的举措，就是要进一步形成尊师重教的浓厚氛围，让教育成为全社会最受尊重的事业；就是要培养大批优秀的教师；就是要提倡教育家办学，鼓励更多的优秀青年

终身做教育工作者。

六高校招收 1.2 万免费师范生

2007 年 5 月 18 日,教育部下发免费师范生招生通知,北师大、华东师大、东北师大、华中师大、陕西师大和西南大学六所教育部直属师范大学计划招收 1.2 万名免费师范生。

在日前举行的教育部新闻发布会上,教育部有关负责人说,目前我国普通中小学在职教师有 1 043.8 万人,但教师队伍面临一些结构性矛盾,整体素质水平要进一步提高,以适应基础教育不断提高教学质量的需要。

为吸引和鼓励优秀学生读师范、鼓励优秀人才当教师,免费师范生将可以享受四方面优惠政策:在校期间免学费、免住宿费、领取生活补助费;毕业后只要到中小学工作就有编有岗,由省级政府统筹、省级教育行政部门会同有关方面具体落实;在农村任教服务两年期间,学校还要为免费师范生继续教育和深造提供便利条件,他们可读在职的教育硕士研究生;在协议规定的服务期内,可以在学校之间流动岗位。

这位负责人说,在高校普遍收费的情况下,国家拿出专项资金对这些考取师范的学生给予资助,更凸显了国家对师范生的重视。同时还考虑到每一位免费师范生的长远发展,对他们的前程负责任。这些都是非常优惠的政策措施。他介绍说,师范生免费教育制度的实施将遵循以下原则:

一是坚持择优。鼓励有志青年自愿报考师范专业。采取得力措施,择优选拔热爱教育事业的优秀高中生读师范,着眼于培养造就一大批优秀教师,提倡教育家办学,鼓励优秀人才终身从事教育事业。

二是体现导向。师范毕业生要履行国家义务,服务中小学教育。鼓励和引导师范院校毕业生长期从教、终身从教。鼓励和支持师范毕业生到农村学校任教服务。

三是促进改革。抓住实行师范生免费教育的重要机遇,适应全面实施素质教育的要求,促进师范生招生、培养、就业整体改革,通过培养教育,使学生树立先进的教育理念,热爱教育事业,具有长期从教的职业理想和情感,有较强的教育教学能力、组织管理能力和实践创新能力。

四是作出示范。部属师范大学要进一步明确办学方向,为全国师范院校作出榜样,为培养优秀中小学教师作出示范,做改革和加强教师教育的表率,做服务基础教育的表率。

这位负责人表示,实行师范生免费教育是中央加强中小学教师队伍建设的一项重要举措,六所部属师范大学试点积累的经验,将为在更大范围推行这一做法创造条件。加强教师队伍建设是一个系统工程,涉及培养、培训、管理、待遇等一系列关键环节,需要有配套措施跟进,关于免费师范生享受的免除学费、免交住宿费、补助生活费的标准正在研究制定之中。

据了解,报考免费师范生的一些基本条件已经确定。报考对象是参加普通高校招生全国统一考试的高中毕业生,达到录取分数线,思想品德优秀,热爱教育事业,毕业后愿意长期从教,身体健康,符合普通高校招生指导工作的有关规定。目前,一些省份的考生志愿填报已经结束,这些省份将采取补救办法开展免费师范生招生工作。

(据新华网、《中国教育报》)

媒体评论

实行师范生免费教育,实际上是政府向全社会发出了一个强烈的信号:就是要重视教育,重视教师。

免费,给师范教育尊严

曾一度消失的师范生免费教育制度,如今将重新返回大学校园。

按照师范生免费教育的新政策,今后考入教育部直属师范大学(分别是北京师范大学、东北师范大学、华东师范大学、华中师范大学、西南大学和陕西师范大学六所大学)的学生,不用再交钱读书。

师范免费教育有传统

师范生免费教育似乎一直是天经地义的事。

我国历史上,师范生免费教育可追溯至京师大学堂时期。据记载,师范生食宿公家供给,宿舍、自修室宽余,伙食讲究,而且还有奖金。在民国时期,这一传统继续维持。

新中国成立后的计划经济时代,国家包办高等教育,免费教育扩大到所有的大学,学生免学费、住宿费,部分学生还能享受助学金。

1993年,国家出台《中国教育改革发展纲要》,规定非义务教育阶段培养成本收取一定比例费用。此后,除农林、师范、体育等专业的其他专业开始收费。此间,师范生一直享受着比其他专业学生更优厚的免费待遇。

1996年,高等教育收费改革波及师范类专业。

自1997年以来,在受教育者普遍按照成本分担原则缴费入学和高等师范院校转型的背景下,师范大学开始实行逐渐收费乃至全额收费制度。

缓解教师资源城乡不均

1997年前后,高校师范生免费教育的传统逐渐被打破。与之相对应的是,报考师范院校的优秀生源有所减少;部分优秀毕业生不从事教育工作;倾斜政策不到位,使毕业生不可避免地从农村走向城市、从贫困地区走向发达地区、从一般学校向重点学校集中,教师资源分布出现不均衡。

北京师范大学法学院教师熊谞龙表示,目前师范生就业出现"围城"现象:由于教师是热门职业,渴望入行的非师范类学生受阻,相反,一些师范类学生放弃教师职业。

一位中学教师说,就是工资待遇翻番,自己也不会选择去边远地区或农村任教。

陕西师范大学旅游与环境学院院长黄春长表示,目前我国中西部地区,尤其是西部地区教育资源缺乏。例如病倒在讲台的重庆彭水县山村教师豆洪波在彭水县桑拓镇鹿青村小学要教五年级的语文、自然、思想品德、体育,还要教二、三、四年级的体育课,以至病倒后学校面临教师荒,不得不征志愿者代课。

毕业于江西师范大学的胡涛曾在江西余干县瑞洪镇支教四个月。他说:"这里没有高学历的老师,本科生不来这里。"

现在,中西部某些地区师资匮乏现象很严重,光靠大学毕业生短期支教,杯水车薪,解决不了问题。如果和师范生免费上学定向就业结合起来,有可能成为缓解我国义务教育阶段师资分布严重失衡的举措。

形成尊师重教的风气

经历了多年市场大潮,尤其是"教育产业化"的洗礼之后,教师头上的道德光环消失殆尽,教育已经从一项崇高的"事业"演变成了一份为稻粱谋的"职业",教师们也不再被学生们认为是当然的道德楷模。

1996年到2006年十年间的毕业生,尤其是那些没有关系、没有门路的师范毕业生,很多都是"漂移族",他们从小要做一位优秀的人民教师的志向在功利的社会里开始动摇,越来越多的优秀教师走出校园,走向市场经济。

有专家评价说,师范生免费,不是国家对学生的恩赐,而是一种尊师重教的制度安排。师范生免费教育不仅可以起到矫正教师病态自我感觉和不良社会形象的作用,而且也矫正了社会对教师长期失望的感觉。因此,它不仅是一种制度的回归,而且也是学高为师、身正为范,以及尊师重教等"师者"观念和人文传统的回归。

它的意义不只是给贫困生开辟一条接受高等教育的绿色通道,对于整个社会风气的改善都有益。

示范教育之本

2007年能够享受到师范生免费制度的是六所部属高校的一万多名学生,尽管并不是一个大的数字,但这一"破冰"之旅,将为全国200多所师范院校起到引领与示范作用。

政府试图通过这项政策传递一个很重要的信号:如果说教育是立国之本,那么师范教育就是教育之本,动摇不得。这样的理念背后,传达的首先是一种价值观，就是要给师范教育尊严。

这次能够享受该政策的六所部属师范大学中，师范专业学生总数有一万多名，免掉的学费每年五千多万元。中央政府的希望是，通过此举带动地方政府，实行免费师范教育制度，不仅要鼓励毕业生到农村中小学任教，缩小城乡差别、东西部地区差别，实现教育公平，还要凸显教育的社会公益性质，让教育成为全社会最受人尊重的事业。应该说，示范背后的用意，是要真正地恢复师范教育的专有属性，要恢复它的尊严和价值感。

吸引一流人才读师范

中国历史上，师范学校曾孕育出一大批杰出人物。他们之中有教育家、文学家、革命家、哲学家……毛泽东、任弼时、鲁迅、梁启超、李大钊等都在师范学校读过书、教过书。

在当前国际竞争日趋激烈的情况下，每个国家都高度重视教育尤其是师范教育的发展，注重国民精神、知识和能力的训练、国民人格的培养和文化传统的传承。而担负这种任务的便是由师范教育所造就的师资。所以从国家战略和民族本位的角度看，师范教育是国家和民族生存发展的基本力量，事关国家改革和发展的全局。实行师范生免费教育就是要培养大批优秀的教师，鼓励更多的优秀青年终身做教育工作者。

浙江秀洲区教文体局副局长张刘祥说，实行师范生免费教育，可以将优秀学生吸引到教师队伍。现在的情况是，优秀的学生都不愿意读师范，进入师范的学生虽不能说是末流的，但至少是三流、四流的学生。没有一流的教师，又哪来一流的质量？所以我认为要改变教师队伍状况，提高教师素质，关键是国家要制定特殊政策，要对师范教育倾斜，以吸引一流学生、优秀人才读师范，师范生免费教育就是其中的一项。

公共财政的表现

有人说，高等师范教育不是义务教育，纳税人没有供养一部分人读大学的义务。

持反对意见的人则认为，九年制义务教育是全民性的福利，高等师范教育就是培养创造这种福利的工作母机。农村义务教育免收学费、书本费以后，师资的需求更突出了。财政为师范生的学费埋单，其实还是为全民义务教育埋单。

师范生免费教育是公共财政投入的一个体现，而公共财政投入是国家税收的再分配，税收来自各部门和个人赋税的收入，因此如何让这些来自公共财政的免费教育有一个合理的投入和产出比，已经成为重要的问题，建立配套的教师教育质量保障体系是师范生免费教育政策有效性的一个重要前提。

北京师范大学政策研究室方增泉博士等建议，国家通过公共财政干预机制来调控师范教育的发展，能够提高教师地位和职业吸引力，从根本上有利于保障教育的公共产品属性，能够吸引优秀学生报考教师教育专业并到中小学尤其是农村任教，促进教育均衡发展和教育公平。他们建议中央财政建立专项基金以推行教龄累进工资制度，以及建立完善的经费资助和追偿机制。此外，他们还提出应当为师范毕业生制订一个完整有序的继续教育计划，由中央财政配套专项基金支付中西部就业师范毕业生的继续教育费用。可以考虑建立"师范教育基金"，基金不仅包括财政拨款，还可以对社会捐赠开放，以吸引更广泛的社会资源投入师范生免费教育和继续教育领域。

（据《中国财经报》，作者：何畏）

正确认识实行师范生免费教育这样一个信号

2007 年 3 月，温家宝总理在十届全国人大五次会议政府工作报告中郑重宣布，在教育部直属师范大学实行师范生免费教育。当时在场的"两会"代表委员对中央政府提出的一系列事关教育的重要决策报以七次热烈的掌声。

有评论指出，实行师范生免费教育，实际上是政府向全社会发出了一个强烈的信号：就是要重视教育，重视教师。这有利于社会进一步形成尊师重教的浓厚氛围，让教育成为全社会最受尊重的事业；有利于培养大批的优秀教师；有利于更多的教育家脱颖而出；也有利于鼓励更多的优秀青年终身投身教育事业。

师范教育是教育事业的工作母机。没有大批合格的、高素质的教师，老百姓所渴望的优质教育资源根本就无从谈起。政府旨在通过对师范生实行免费教育的信号，以政策引导的方式来吸引优秀高中毕业生读师范，鼓励优秀大学生从教。因为教师是国家最重要的战略资源，理应得到最好的政策扶助、财政支持。比起计划经济时代那种完全依靠行政命令、组织手段进行强制性的人才流动，今天的做法无疑要理性得多，也妥当得多。

但是有人对这样的信号产生了误解，甚至认为国家实行师范生免费教育是专门为贫困家庭、弱势群体的子弟设立的，谁要报名读师范，谁的脸上就被涂上了贫穷的永久印记。应该说，这种理解是不准确的，也是有偏差的。大学是什么地方？大学是让来自不同阶层、不同民族、不同文化背景的青年相互沟通最适宜的场所。试想，如果我国的师范院校全成了贫困生扎堆的地方，那么，中国未来的教育从这里还能看到什么希望？

政府希望吸引的是那些具有爱心、真心喜欢教育、热爱教育的有志青年，是那些以陶行知、晏阳初等一批教育家为榜样的理想主义者。生活中，这样的青年是存在的。最近在天津大学采访，结识了一位学生用高票推选出来的优秀辅导员。从她那儿我听到，"在我读幼儿园、读小学的时候，我遇到的老师都对我特别好，也让我喜欢上了老师这个职业"。当一个正在为月收入2 000元的岗位而犹豫不定的学生跑来征求她的意见时，这位老师笑了，"我的全部收入加在一起还没有这个数目多。不过，没办法，我喜欢我的工作。"

所以，年轻人在选择学校、专业时，千万不要把免费读师范仅仅当作一个权宜之计。首先应该低下头来好好问自己：我喜欢教师这个职业吗？

(据《中国青年报》，作者：谢湘)

有感师范教育免费重回中国大学校园

国务院总理温家宝2007年3月5日在政府工作报告中提出，在教育部直属师范大学实行师范生免费教育。这意味着，近代中国在相当长时间内实行的师范生免费教育制度，如今将重新返回大学校园。

我国有13亿人口，如果素质相对较低，就是沉重的人口负担；如果素质相对较高，就是丰富的人力资源。加快教育发展，是把我国巨大的人口压力转化为人力资源优势的根本途径。正如江泽民同志在党的十六大报告中所指出的："教育是发展科学技术和培养人才的基础，在现代化建设中具有先导性全局性作用，必须摆在优先发展的战略地位。"

党中央、国务院历来高度重视教育工作。在过去几十年工作的基础上，近几年来，特别是进入21世纪以来，随着国家科教兴国战略的实施，我国教育事业又有了很大发展，呈现不少新"亮点"。如实施西部"两基"攻坚计划，农村实行免费义务教育，大力发展职业教育，扩大高等教育招生规模等，使广大人民群众日益增长的教育需求得到一定程度的满足。尽管如此，但当前教育发展整体水平与现代化建设和人民群众的需求还有很大差距。

教育是国家发展的基石，教育公平是重要的社会公平。教育的发展不仅关系当前而且关系长远，不仅关系经济繁荣，而且关系社会进步和国民素质提高，的确是百年大计。而提高教育质量必须依靠教师。中国需要建设一支规模宏大、素质优良的教师队伍，造就一大批教育家。尽管近几年来，国家加大对师范教育的支持力度，吸引一大批优秀人才来当老师。但由于我们国家人口多、底子薄、经济基础差、经济总量小、教育投入不足，与发达国家相比，教育发展水平还比较低下，短期内难以实现人口素质全面提高的教育发展总目标。

因此，当我们面对工业化进程不断加快和知识经济的来临，在进一步深化对教育优先发展战略地位认识的同时，还应该直面中国教育的现状，深刻反思传统教育理念、教育发展模式对于教育发展本身和中华民族素质提高的不利影响，用"以人为本"的新的教育理念支撑起中国教育的一片蓝天，以实事求是和与时俱进的品格科学合理地制定教育发展的对策，冲破应试教育的桎梏，全面提高我国教育应对知识经济的能力，实现中华民族的振兴与发展。笔者认为：让师范生免费教育重回中国大学校园是我国尊师重教的又一重要举措。正如温家宝总理的政府工作报告所说：这个具有示范性的举措，就是要进一步形成尊师重教的浓厚的氛围，让教育成为全社会最受尊重的事业；就是要培养大批优秀教师；就是要提倡教育家办学，鼓励更多的优秀青年终身做教育工作者。

师范生免费教育重回中国大学校园也是贯彻落实"教育优先发展战略"的具体实践。据了解，目前，教育部直属师范大学只有六所，全国还有90余家招收师范生的院校。当前关键是要加强舆论引导，为教育改革和发展营造良好的社会环境，让更多的师范大学实行免费教育。同时，应通过教育产业化激励政策的引导，拓宽办学渠道，把更多的社会资源引向教育领域。要积极引导和鼓励公民进行合理的教育消费。使我国教育的规模和速度、教育装备的技术水平、师资的待遇进一步得到提高。真正让所有的孩子都能上得起学，都能上好学。

（据人民网——教育论坛，作者：刘纯银）

十年教役能让免费政策走多远

六所部属师大对师范生实行免费教育的具体办法公布了，相较于历史上给予师范生的优惠待遇，新的免费教育政策凸显出强烈的契约属性，其主要内容是：享受该政策的师范生，毕业后一般要回到生源所在省份中小学任教10年以上，如果违约还应退还所免费用并缴纳违约金。到城镇学校工作的，还应到农村任教服务两年。免费师范生毕业前及在协议规定服务期内，一般不得报考脱产研究生。

在中国语境中，任何一项教育政策总能与命运话题纠合在一起，因为这既关乎国家的宏旨，更涉及个人的未来选择。六所部属师大的免费政策甫一公布，即面临着国家与个人两种坐标系的衡量，而其统一的指向莫不与教育的现实处境紧密相关。只有穷人家的孩子才去当教师？教育究竟怎么了？教育与公平的关系怎会如此混沌？……诸如此类的争论，以弦外之音的方式应和着新政策的诞生。

在中国教育改革推行既久但饱受责难的背景下，国家出台专项扶持政策，希望以经济杠杆促进教师队伍在数量与质量上俱得稳定，其用心也苦，而由免费政策所释放出的"尊师重教"的苦衷理应得到尊重。对贫困家庭的学生来说，无论政策的导向如何难以预测，但终归增加了他们接受高等教育的新机会。现实地看，新政策在引导个人追求服从国家意志、协调国家意愿与特殊的个人情境等方面也存在着重叠的坐标点。

在善意揣度政策苦衷的同时，也应该看到，新的免费教育政策体现出国家赎买的倾向，这种倾向如此不加掩饰，以至于把它称之为国家与个人间的机会交易也毫不为过。遗憾的是，政策本身所设定的"交易"条件，却有可能成为政策推行的障碍。即使是对于一位有志于教师职业的"优秀高中生"而言，10年的教育履约期限都不能不显得无比漫长。这项教育契约相当于设定了为期10年的选择空白期。在这苛刻的十年内，个人那不断变化的自由抉择冲动将被压抑在狭小的空间，除教师之外的其他个人发展前景几乎被禁绝。

本着契约精神，若在接受新的免费教育机会的情况下，或许不该奢谈作为师者的自由选择权。但仍可以说，国家之所以能够在政策上获致如此契约优势，依靠的是对贫穷的政策性的"挟持"。无疑，新的免费教育政策对经济社会地位处于低水平的家庭最有诱惑力，实质上这是政策为提高自身执行力而"捆绑"上了学生的贫穷出身。显然，在更宏大的社会作用上，教育曾被看作是促成阶层自下而上流动的动力，而决不应造成阶层被禁锢的态势。与其让违背契约者支付国家在他们身上付出的教育成本，为何不考虑对这些师范生开出鼓励他们坚持履行契约的优惠条件，以开启师范生更大的个人发展空间？

仅从成本考虑，新政策总的免费额度必定要面临毕业生机会成本的挑战。而这种机会成本在中国教育积弊深重的处境下，在现有教师急切逃离职业约束的映衬下，往往显示出比免费政策更迫切的突围欲望。新政策中有关去农村支教的硬性规定，多少也暴露了这一处境的端倪。不能否认的事实是，基层教育正在普遍遭受经费短缺、师资流失的严重困扰，显然，这种困扰的持续性以及它被根除的艰巨性，远非单一的免费政策所能纾解。因此，若立足于教育困局的整体性根治目标，新的免费政策只是杯水车薪；在教育困境整体上不得缓解的前提下，新的免费教育政策自然存有它自身难以克服的脆弱一面。

在免费的契约下，十年教役自有其不能承受之重，并考验着政策生命。它也影射着种种教育现实，诸如教师待遇低下、尊师传统极度弱化、农村义务教育困难重重等等——所有这些都说明，教育正在沦为需要重新整合的社会领域。国家从师资培养环节给予特别补贴，可以看作是强化此种社会整合的急切努力。而其用意越急迫，则越显现此领域内分裂愈大、愈破碎的实情。其实，国家和个人都在契约中面临风险，都要让渡一些东西。这是仅就免费培养这个阶段而言的。如果要获取更多，国家急需在扭转整体的教育处境上下工夫。换言之，国家的优惠价更应该开给整个教育框架，而不仅是框架内某个细小环节。

（据《南方都市报》，作者：南都社论）

取消"师范生免费教育"后带来的冲击

《中国教育报》3 月 12 日"教育科学"版刊发了记者就师范生免费教育问题访谈顾明远先生的文章，读后感受颇深。我们作为长期从事师范教育工作的人，对顾明远先生的见解深有同感。师范院校普遍实行收费政策以后，市场竞争、调节机制引入教师教育，师范生招生规模计划性削弱，毕业以后也不再包分配。取消"师范生免费教育"给我国教育事业带来的冲击是整个社会所始料不及的。

首先，师范院校的定位发生动摇。

近十年来，尽管教育部三令五申要求各高等学校要准确定位、办出特色，但各级各类高等学校"发展趋同"、各级师范院校"改辙易帜"已经成为一种"潮流"；部属师范大学大多都瞄准"211 工程"和"985 工程"，教师教育渐成"副业"；省属师范大学大都瞄准"综合大学"的目标，并校、改名之风吹遍全国；各地的"师专"也不甘落后，纷纷升格为"综合学院"，对自己的优势、特色和传统不再珍惜；曾被社会各界公认为"全国各级各类学校中办得最好的学校"、"全面实施素质教育的典范"的师范学校,也不得不"下马"、"改行",优质教师教育资源的流失达到了令人痛心的地步。

其次,师范院校教学改革的方向发生偏离。

师范院校不再瞄准基础教育对师资的需求,而是片面追求所谓的"学术性",甚至"师范性"成了为人不齿的"雕虫小技"。失去了"师范性"的根基,师范院校培

养出来的毕业生学术功底比不上综合大学,从教能力也没有多少优势,这种情况已经严重影响到基础教育质量的提高。2006年,山东省东营市教育局曾将2000年以后的高师毕业生与十年以上教龄的教师比较,发现2000年以后的高师毕业生对教育的理解比较肤浅、简单,除普通话外基本功都较差,不喜欢研读且比较浮躁。他们建议师范院校要有明确的培养目标,要及时了解中小学教育的实际,要加大教育类课程所占比重,特别要组织好教育实习。应该说,这些意见都非常中肯。

第三,地方普通师范院校的生源质量严重滑坡。

"并轨"招生对作为全国重点的部属师范大学的生源质量基本没有影响,对省属师范院校影响也不大,但对市属师范院校生源质量的冲击可以说是致命的。以淄博市小学幼儿教师培养、培训的唯一机构淄博师专为例,"并轨"前的1993年,该校招收五年一贯制"小教大专"新生60人,入学成绩几乎囊括了淄博市中考前60名的学生;2000年,该校新生入学成绩最低分与淄博市普通中学相近,但高分段的学生已经很少;2003年,报考该校的新生基本上都是淄博市中考成绩末流的学生,但仍能完成招生计划;到了2006年,该校五年制"小教大专"连末流的学生也招不满了。2004年,该校升格,但招生批次为高考录取最后一个批次,高考成绩300分左右就能录取,曾经被誉为全国师范"明珠"的淄博师专就这样衰败了。

第四，广大"老少边穷"地区的教育更加落后。

过去，"老少边穷"地区那些学业成绩优秀、家境贫寒的学子，为了改变自己的命运，哪怕与国家签订"定向培养"协议，毕业后再回"老少边穷"地区教书，还可以上"不花钱"的师范。"并轨"招生以后，富裕人家的子女不报师范，"弱势群体"人家的孩子上不起大学，当然也上不起师范。况且，因为不再包分配，上大学对弱势群体的子女已经失去吸引力，即使因为学业特别优秀，家长抱着一线希望"砸锅卖铁"供子女上学，这些学生毕业后也不愿再回到艰苦的"老少边穷"地区从事教育工作。加上对这些地区的倾斜政策不到位，教师的待遇根本无法兑现，结果导致大量教师逆向流动，使优质教育资源分布更加不均衡，这是"老少边穷"地区教育落后的根本原因。

温家宝总理在十届全国人大五次会议政府工作报告中宣布，"师范生免费教育"在部属师范大学进行试点，试点成功将在全国推广。这一政策深得民心，我们热切盼望"师范生免费教育"能够迅速推广到地方普通师范院校，以彻底缓解取消"师范生免费教育"给我国教育事业造成的冲击。

（据《中国教育报》，作者：秦克铸　庞云凤）

网友热议

网友认为，此举将大力促进教育事业的发展。

新华网网友的议论

好政策！对困难家庭的学生来说是个福音

新华网友：政府的这一举措非常鼓舞人心！国家的前途在人才，人才来自教育，教育就必须有高素质的教师。

天地五色石：这个具有示范性的举措，就是要进一步形成尊师重教的浓厚氛围，让教师成为全社会受尊敬的职业；就是要提倡教育家办学，鼓励更多的优秀青年成为教育工作者。

　　新华网友：免费培养师范生是提高教育水平的重要举措，但如何使用好这些师资力量，也要有相关的政策。好事要办好，好的政策更要落实好。

　　新华网友：总理的报告深得民心，体现民意，但是在具体操作过程中一定要严把报考关，必须考察选择师范专业的学生对教育是否有一颗忠诚热爱的心，不能让投机分子利用，把读师范当作达到个人目的的跳板。

　　新华网友：师范院校的免费教育，减轻了困难家庭的生活负担，同时也给有志成为教师的学子们提供了深造的机会，这将有力促进中国教育事业的发展。

教师是基础，优质教育离不开优秀的师范生

　　新华网友：教育事业关系着国家和民族的未来，采用师范生免费教育这种模式有助于吸引更多人才成为师范生，但今天的师范生不等于明天的教师，在支持师范教育的同时，更应该提高教师的待遇和社会地位，并对教师职业实行严格的准入制度，这样才能保证优秀的人才成为教师，真正让教师成为太阳底下光辉的职业，成为人人羡慕的职业。

　　新华网友：振兴中华，教育为本。师资队伍的数量和质量对教育发展具有决定性影响，同时也关系着国家的整体建设。为了保证有相当数量的师范人才前往广大农村和偏远城镇从事教育工作，缓解那里师资短缺的现状，在给予他们减免学费等优惠待遇的同时，用契约的方式限定他们的就业范围和就业去向，必将增加对贫困地区农村学生的吸引力，点燃他们投身教育、回报社会的热情，改善师范院校招生人员不足的状况。

　　新华网友：这样做可以逐步满足广大农村和偏远城镇的师资需求，同时，让那些自愿接受定向培养的师范生享受减免学费等优惠待遇，显然更加公平合理。特别是对于那些家境贫寒、无力承担高额学费

的考生来说,定向培养等于让他们多了一个可供选择的机会。

改变教育现状,教师待遇不容忽视

新华网友:要提高教师的整体素质,不能忽视教师的待遇,待遇提高了,自然会吸引优秀人才,教师才会更珍惜这个职业,通过不断学习,提高自己的教学技能。

新华网友:师范生确实有其特殊性,他们是未来的灵魂工程师,理应享受一些特殊待遇,但是好的待遇就会让他们变成真正的灵魂工程师吗?必须要用踏实的教育和切实可行的措施加以规范。

新华网友:贫困地区的教育现状需要改变,高校收费问题需要解决,高校毕业生的就业观念需要引导,这些都需要教育政策和体制的保障。

师范生免费教育是破冰之响

实行师范生免费教育,对于形成尊师重教的浓厚氛围,让教育成为全社会最受尊重的事业,鼓励优秀青年终身做教育工作者,必然产生深远的影响。实行师范生免费教育,其意义远不限于师范教育范畴。舆论称此举是具有示范性的举措,信哉斯言。师范教育虽然只是整个教育体系中的一部分,然而由师范生免费教育凸显的恰是教育的社会公益性质。正因如此,说师范生免费教育的实行乃是教育收费正本清源的破冰之响,并非夸张。

与一般消费品不同,教育具有公共品性质。即使是非义务教育阶段的大学教育,也是公益事业的一部分,也应由公共财政作支撑。这在经济学中,叫做国民收入的再分配,是市场经济体制的一个通行惯例。个人和社会都从中高等教育受益,个人应当适当承担高等教育成本的观念今天已被普遍接受。然而现实的问题是,目前教育收费畸高,已远离"适当"而成为百姓难以承受之重。

按照国际上通行的高校学费标准,学费占人均 GDP 的比例一般在20%左右。以我国目前人均 GDP 计,大学收费已占人均 GDP 的 70%还多。如果以公众的支付能力为尺度衡量，即使与世界上大学收费最高的国家相比，中国的大学收费也是其三倍。如此高昂的学费出现在我们这样一个发展中国家，实在已大大背离了国情。

师范教育与非师范教育不同，公众不会要求非师范教育也实行免费。然而公众却有理由要求非师范教育的畸高学费降下来。简单地将高等教育的畸高学费归之于投入不足，难以让人信服。尽管我国的教育经费在 GDP 中所占比例至今未能达到世界发展中国家的平均水平，然而其中对高校的投入比例却远远超过世界平均水平。其实，"投入不足"的借口后面，是许多高校"吃香喝辣"的奢华。造一个校门居然敢一掷数千万元，高校之阔绰可见一斑。而如果奢华不除，又有多少投入能填满这个"黑洞"？师范生免费教育的破冰之响，使公众有理由期待除奢华、填"黑洞"、降学费。

（据人民网，作者：奚旭初）

所有师范生都应免费读书

2007 年 9 月，六所教育部直属师范大学首批录取新生将实行师范生免费教育，涉及学生大约 1.1 万人。

师范生免费教育其实是教育善政的回归。在教育收费改革之前，师范生就享受这种待遇。此次回归，将有利于师范教育留住好学生，同时也给贫困生更多的选择。不过，在公众欢呼这种善政蹒跚而来的时候，也不免心意怅然，因为享受这种善政的不过是高端的重点师范院校，惠及的人群也只有区区 1 万余人。其他省属或一般的师范院校依然在老的收费框架下踯躅前行。因而，从师范教育的普遍现状看，惠及高端师范生的免费教育象征意义更为明显，还没有达到实质意义上的平等与公正。

师范生免费的政策初衷，除了是让每个困难的师范生都能上得起学外，更多是弘扬政府重视教育的理念和为中国教育培养更多更高素质的师资力量。当前中国教育的现实窘况是，一方面是中小学师资力量严重不足，现任教师中，高中教师学历合格率不足 70%，职业高中专任教师的学历合格率不足 40%，小学教师学历若按大专要求，大多数不合格。另一方面，重点师范院校在教育理念上存在误区，将更多的精力放在了科研课题、论文数量等科研指标之上。

据原上海师范大学校长杨德广 2001 年提供的数据，我国有 10 多所师范院校有博士点，共计 110 个，占全国博士点的 5.2%，但没有一个是培养中小学教师的；有 30 多所师范院校有硕士点，共计 600 多个，占全国硕士点的 8%，大多数也是非师范专业。5 年过去，重点师范大学追求一流名校的科研功利性更强，普通师范院校升格综合性大学的愿望更为迫切，非师范专业所占的比例更大。

有一点可以肯定，不单单是重点师范大学的硕士博士点不为中小学输送师资，就是重点师范大学的本科毕业生，也鲜少到中小城市中小学去任教，更别说农村和老少边穷地区了。承担中小学师资教育的仍是普通师范院校的学生，更多是专科和中师学历的毕业生。

在此情势下，急需免费教育的是那些普通师范院校的师范生。当然，这需要更多的财政投入。

按照全国人大代表、东北师大党委书记盛连喜的计算，国家拿出 5 亿元作为财政补贴就可解决六所部属师范高校的助学、住宿和生活费用。那么，按全国在校师范新生 50 万人计，则需要 250 亿元。在国家财政年年创收的情况下，可以考虑给所有师范生以补贴。现在每年全国公务消费的数额远远多于 250 亿元。节约一点，就可以补贴教育，这可是关系国家长远发展的大事！

只有将免费教育的惠泽施于所有师范生身上，教育善政的公平公正才能体现出来，才能彻底改变中国中小学师资力量奇缺的现实。当然，惠及所有师范生的免费教育也不可能一蹴而就。但有总理宏观的政策宣示，各级地方政府并非无可作为。经济发达的省市完全可以从地方财政拿出一部分钱来，对当地的师范生予以适当补贴。

（据新浪论坛，作者：loulei）

"师范生免费教育"成为教育专家们
热议的焦点，大家在为这一措施叫好的
同时，也提出了落实该政策的措施建议
和完善意见。

◆中国教育学会会长顾明远教授：
免费师范生教育需要稳妥的制度设计

当前，对基础教育来讲，实行教育公平、推行素质教育、提高教育质量是最最重要的任务，而关键在于教师。如果没有一支高质量的教师队伍，教育投入再多，也只能打水漂。因此，在国家增加教育投入的同时要抓紧教师队伍的建设，尽快提高教师的质量。对师范生实行免费教育，就是一个有效的解决办法。

现有教师队伍存在不足

当今世界，科学技术日新月异，国际竞争日益激烈。这种竞争说到底是人才的竞争，是民族创新能力的竞争。教育是培养人才和增强民族创新能力的基础。因此，必须把教育放在社会主义现代化建设优先发展的战略地位。要优先发展就要有举措。加大教育投入，实行农村地区义务教育免费、扩大高中阶段的教育、大力加强职业教育、提高高等教育的质量、实施高等教育211工程、985工程等都是重要的举措。

当前我国教师队伍的状况怎样呢？应该说，全国一千多万中小学教师绝大多数勤勤恳恳、辛辛苦苦坚持在教育第一线，培养着大批人才，其中不乏许多称得上是教育家的优秀教师。但是从总体上来讲，我国的教师队伍还处在数量缺、水平低、观念旧的状态。

数量缺。目前，我国小学学龄人口下降，但城市中小学班额太大，按照小学班额以25—30人为宜的标准，则城市小学教师仍需补充；农村小学很分散，农村小学老师的现有编制非常紧张，小学教师缺口大；初中教师基本上满足需要，但学历层次有待提高，学科结构也不合理；高中教师则缺口较大，今后要发展高中阶段教育，教师会更加紧缺。

水平低。虽然小学和初中教师基本上达到学历要求，但总体上水平还不高；高中教师还有一部分没有达到学历要求。特别是一些教师跟不上形势发展的要求，不能适应当前科学文化发展的需要和新课程改革的要求，教学质量堪忧。有些教师缺乏应有的思想品德水平，不能为人师表。

观念旧。不少教师还停留在"应试教育"、单纯用分数评价学生的陈旧的教育观念上。有些教师缺乏应有的爱心，不能正确对待学生，在教学上只相信老经验，不愿意接受新事物，不能适应新形势和新课改的要求。

从师范教育来讲，由于取消了中等师范学校，许多师范院校转型，使师范教育的资源大量流失。自从中师取消以后，师专只能招收高考第三批录取的新生，质量远不如前。再加上师专的专业和课程不能适应小学的要求，小学教师的质量也有所下降。

师范生免费教育这项重大的政策举措向全社会表明：政府高度重视教育，国家重视师范教育，政府要用政策来吸引优秀青年上师范、当教师、终身从事教育工作。如果有免费教育，会有不少贫困家庭的优秀青年会报考师范。历史上许多事实也说明了这项政策的有效性。

免费师范生教育需要稳妥的制度设计

要落实师范生免费教育政策，确实还有许多工作要做，要进行细致的制度设计。我想可以从招生、培养、毕业工作安排三个方面来考虑。

招生制度。有些同志担忧，在市场经济功利主义的影响下，优秀青年能不能来报考师范教育？解决这个问题需要从两个方面着手。

首先，要大力宣传师范生免费教育的政策，让广大青年知道这个政策举措及其意义，鼓励优秀青年报考师范。现在有一种悖论：家长总希望自己的孩子能够遇到好老师，但又不愿意让自己的孩子当老师；学校老师不愿意自己的好学生报考师范。这恐怕也还是因为教师的待遇低、社会地位不高的缘故。因此，政府要改善教师的待遇，社会要形成尊师的氛围。

其次，或者更重要的要进行制度设计。我建议采取以下政策：第一，提前招生。第二，师范生扩大保送名额。第三，招生名额向中西部地区倾斜，将来回得去、留得住。

培养制度。长期以来我国师范院校由于强调学术性，忽视师范教育的特点，师范毕业生首先在思想上不愿意当教师，在业务能力上也缺乏职业训练。因此，免费师范生应该用新的模式来培养。一进师范学校的校门就应该让他们接触中小学校，接触孩子，进行专业思想的教育。要加强教育实习。教师要能教书育人，要能帮助学生学习，矫正学生的一些错误行为，教育实习非常重要。当然，学科知识也非常重要，教师要有扎实的学科知识，了解学科发展的前沿，掌握传授知识的艺术。教师只有课上得好，才能受到学生的喜爱和尊重。因此，学术性和师范性有效结合，才能培养出合格的教师。

就业制度。免费师范生在入校的时候应该签订合约。政府提供学杂费，学生毕业以后有义务到政府指定的地区去从教若干年。如果违约要负法律责任，而且要作为诚信记录在案。这种诚信记录会影响他到其他单位的就业。

我们鼓励师范生终身从教，但从政策上要宽容。服务年限应有所要求，时间短了，失去了师范生免费教育的意义；时间长了，有些青年会有顾虑，也不便于青年的转业。政策的宽严要适度。我相信，只要进来了，会有一部分人热爱教师的职业，会留下来终身献给教育事业。

进修学习制度。青年总是希望上进的，因此要给他们的发展提供机会。如从教三年以后就可以进修半年或若干月；中西部地区的老师可以到东部优质学校挂职进修；允许报考教育硕士学位研究生；选拔优秀的青年教师出国进修考察等等。青年有了发展的机会，他们就会更加热爱教育工作，就会不断学习钻研，提高教育质量，将来成为一名教育家。

◆全国政协委员、东北师范大学党委书记盛连喜：
共有三大好处

"如果师范院校能够从收学生学费变成由国家专项支付经费，让孩子们能够免费读书，不仅学生、家长们支持，高校内部的老师们也非常支持。"盛连喜说："这起码会产生三大影响。一是对基础教育的影响，想搞好教育，必须先重视基础教育，尤其是西部、贫困地区的基础教育更为薄弱，而师范院校免费就能够吸引、培养出更好的人才，充实到教育队伍中，做好基础教育工作。第二，这些年虽然经济不断发展，但不够均衡，西部贫穷落后地区有许多好孩子没有条件上大学读书，国家要是能把师范类学生的学费免了，就能够让困难家庭孩子到这类学校来完成学业。第三，如果师范院校能够免费，也能够在社会上树立起一股崇尚教育、科技的风气，影响深远。"

盛连喜表示，如果国家真能够免掉师范学生的学费，学校也要做好三件事情：一是学校要大力宣传，把更多优秀学生吸引进来；二是要想尽一切办法把学生培养好，加强对学生的技能和师德培训；第三是因势利导，鼓励他们到基层、贫困地区的基础教育队伍中去。

"但最重要的是国家要采取一系列措施，使学生毕业后真正留在教育岗位。"盛连喜表示。

◆全国政协委员、苏州市副市长朱永新：各地跟进最好

2006年全国两会上，全国政协委员、苏州市副市长朱永新就提交了一份名为《关于启动农村教师培养国家行动计划的建议》的提案，建议为给农村和薄弱学校定向培养教师，师范生可以免费接受大学阶段的教育。

"这是一件好事情！"当记者提到部分师范院校学生有望实现免费

教育时,朱永新委员连声称好。

在 2006 年全国两会上,朱永新委员曾经提到,针对农村教育特别是西部农村教育状况,建议启动农村教师培养国家行动计划。对师范学生的入学方式,希望能采取国家奖学金的形式,每年在全国重点师范大学中拿出 2 万个招生名额,为农村和薄弱学校定向培养教师,吸引最优秀的贫困学生来报考,毕业以后到农村去服务,服务四到六年以后,部分学生免试保送研究生,部分学生送到国外继续深造,还有部分学生可以在公务员和外资企业以及比较好的单位招工和招考的时候优先推荐录取,愿意留在农村的,给予更高的待遇。

他算过一笔账,如果以每个学生 2 万元计,国家财政投入也只有 4 亿元左右。如果每个省也实施相应的措施,在省属重点师范大学拿出 5 000 个名额,由财政投入 1 亿元,这样可以为全国每年培养 15 万名教师。

◆ 全国政协委员、华东师范大学原副校长、终身教授叶建农：漏洞一定要少

"在建国初,师范院校本来是不收费的。"一见面,叶建农委员就先讲起了师范院校学费演变的历史:"到 20 世纪 90 年代初, 师范院校开始收取非师范院校一半的费用,但要求学生毕业后一定要从事教育事业,否则就要退还部分学费。但这实际上存在漏洞,一些学生毕业后为了不还学费,又不干教育,就假装到教育单位工作,其实去了别的单位,或者干上一年就跳槽。后来师范学校的就业形势好转,生源很稳定,师范院校就和非师范院校一样收费了。"

"国家真要能免掉师范学生学费,这是回到咱国家长期传统上来了。"叶建农委员认为。这样能使更多贫困地区、贫困家庭的孩子读完大学。

但叶建农表示,如果国家对师范院校实行免费政策,必须要有一个非常具体的细则,比如有的师范学生毕业后不愿从事教育事业,应该如

何制约他？这种免费政策要让该享受的人享受到，不该享受的人走开，一定要减少漏洞。

叶建农同时也提出，如果目前国家只是在某些师范院校搞试点，势必会对其他师范院校产生冲击，影响他们的生源，因此其他师范院校也该有个实行免费的期限，而且国家、当地政府要一起在财政上给予扶持。

◆ 华中师大党委书记丁烈云教授：解答师范生免费教育制度背后的三大疑问

部属师范大学重新实行师范生免费教育制度，引起社会普遍关注。政策为何"回归"？ 如何保证享受免费教育的师范生毕业后为农村中小学服务？ 基层工作期间他们有没有个人成长空间？

日前，华中师大党委书记丁烈云教授接受记者采访，详细解答了几大疑问。

免费政策为何"回归"

此次国家又作出一项重大决策——在教育部六所直属师范大学实施师范生免费教育。目的很明确：吸引更多优秀人才读师范、当老师。

长期以来，国家师范教育为基础教育输送了大批师资，近年来又通过实施西部计划、支教计划等，鼓励和引导大学生面向西部和基层就业。

然而，高素质师资匮乏、农村教师流失严重、年龄结构面临"断层"危机等，在广大农村地区和中西部地区仍是不容忽视的问题。将中小学教师队伍建设摆在更加突出位置，进一步加大对师范教育的支持力度，成为当务之急。1997年前后，高校师范生免费教育的传统逐渐被打破。与之相对应的是，报考师范院校的优秀生源有所减少；部分优秀毕业生不从事教育工作；倾斜政策不到位，使毕业生不可避免地从农村走向城市、从贫困地区走向发达地区、从一般学校向重点学校集中，教师资源分布出现不均衡。

因此，重新推行师范生免费教育，并鼓励毕业生到农村中小学任教，是缩小城乡差别与东西部地区差别、实现教育公平的一个重要举措。六所部属师范大学的"破冰"之旅，将为全国 200 多所师范院校起到引领与示范作用。

如何确保学生履行义务

师范生在享受了大学期间几万元的学费、住宿费全部免单的优惠后，也应履行义务：毕业后要服务中小学教育，其中包括到农村中小学工作三年。

如果相关配套制度保障不跟上，实施师范生免费教育的美好愿望就很难实现。

由于免费政策正式宣布不久，六所部属师范大学的具体方案还在进一步制订中，许多细节仍没有完善。

不过丁烈云表示，学校将通过制度保障和思想工作，约束与鼓励师范生在免费完成学业后履行自己的义务。例如，被录取后，学生与学校及第三方签订服务协议，学生承诺毕业后到农村从事基础教育，顶岗工作三年；在大学期间，学校应教育和引导学生：到基层基础教育战线工作大有可为，在农村扎扎实实地干三年有利于自身成长。

顶岗期能否实现个人成长

丁烈云认为，在当前社会主义市场经济体制下，必须尊重学生个人意愿，因此制度设计就复杂得多。如果能创造条件，使那些到农村顶岗工作的师范毕业生仍有个人发展空间，将会起到积极作用。

据介绍，如果师范生考上研究生，华中师大将为其保留学籍，当他们顶岗期满后再回校读研。

该校还拟出台方案，将实行师范生免费教育与教育硕士培养结合起来，到农村任教的师范毕业生若被录取为教育硕士专业学位研究生，在顶岗工作期间就可通过远程教育和寒暑假集中面授等方式进行在职学习，合格者授予教育硕士学位。母校的密切关注和继续深造的机会，无疑能大大鼓舞他们。

而走上农村教育的大舞台，对师范毕业生来说，不仅仅是付出，也是一个很好的锻炼机会。华中师大支教团在服务期满、离开农村之际，都会产生浓厚的不舍之情，认为这段经历是一生难得的财富，各方面才能均有提高。

（据《光明日报》、《齐鲁晚报》、大众网、湖北新闻网相关资料整理）

政策与建议

师范生免费政策，必须适应市场经济体制的新要求和教师教育改革与发展的新趋向。

师范生免费教育的意义及政策建议

我国近代师范教育建立以来，国家一直对师范生给予优惠待遇，免学费和其他费用。自 1997 年以来，在受教育者普遍按照成本分担原则缴费入学和高等师范院校转型的背景下，由于对高师院校的发展缺乏顶层设计和政策支持，师范教育出现被弱化倾向，从长远来看，这不利于教育的百年大计。教育部在 2007 年工作要点中明确提出："加强教师教育改革和发展，开展师范生免费教育的试点，引导各地建立鼓励优秀人才当教师的新机制。"在当前落实科学发展观、构建社会主义和谐社会的时代背景下，师范生免费教育政策对于落实教育优先发展战略、促进教育公平和社会的和谐发展具有重大意义。

实施师范生免费教育政策是国家落实教育优先发展战略的重大举措

1. 师范生免费教育体现国家意志，关系国家改革和发展的全局。

国家"十一五"发展规划纲要提出，把科技进步和创新作为经济社会发展的重要推动力，把发展教育和培养德才兼备的高素质人才摆在更加突出的战略位置,深化体制改革,加大投入,加快科技教育发展,努力建设创新型国家和人力资本强国。教育在社会经济发展中具有优先发展的战略地位。教师是教育事业的第一资源,教师队伍的整体素质是国家综合实力之所系、全民族素质之所系,发展教育应该教师教育优先。在当前国际竞争日趋激烈的情况下,每个国家都高度重视教育尤其是师范教育的发展,注重国民精神、知识和能力的训练、国民人格的培养和文化传统的传承。而担负这种任务的便是由师范教育所造就的师资。所以从国家战略和民族本位的角度看,师范教育是国家和民族生存发展的基本力量,事关国家改革和发展的全局。

2. 教师教育是国家的事业、政府的责任,师范生免费教育政策的实施有利于教育均衡发展和教育公平。

尽管高等教育是更具有私人产品属性的教育类别,但是与其他专业教育相比,师范教育仍具有明显的公共产品属性,这是由义务教育的公共性特征所决定的。在市场经济条件下,尤其是在我国各地区的经济和社会发展不平衡状况长期存在、教育发展不均衡、不公平的现象比较突出的情况下,如果把教师教育看作是纯粹的市场行为和个人行为,教师队伍的整体优化和全面提升将是一个缓慢的自发过程,其表现出的地区差异、校际差异将会更大。为此,一方面要充分利用市场竞争机制,调动个体的积极性,建立教师的准入、考核、淘汰机制;另一方面要强调政府尤其是中央政府的义务和责任。国家通过公共财政干预机制来调控师范教育的发展,能够提高教师地位和职业吸引力,从根本上有利于保障教育的公共产品属性,能够吸引优秀学生报考教师教育专业并到中小学尤其是农村任教,促进教育均衡发展和教育公平。

3. 教师已经成为制约教育发展的关键因素,师范生免费教育是全面持续提升中小学教育质量的重要保障。

在国家投入不断加大、中小学办学条件不断改善的情况下,教师成为制约教育发展的最关键因素。从中小学课程改革、素质教育的开展到人民群众对优质教育资源的日益增长的需求,都对广大教师提出了更多更高的要求。特别是在广大农村地区,师资匮乏是一个不容忽视的问题,低质量的师资已经成为农村儿童失学、转学的重要原因。而且,随着我国城市化进程的快速推进，对高质量的优秀师资的需求量也必将快速增长。从国家层面对师范院校给予相应的支持，如果体系设计完善、配套政策支持到位，有利于高师院校在现有改革的基础上，突破原有的一些体制障碍，进一步强化教师教育的特色和优势，为基础教育发展提供优质师资。

实施师范生免费教育要处理的几个关系和政策建议

随着市场经济的发展和大学生择业方式的转变，师范生享受免费政策的主客观条件已经发生变化。即将实施的师范生免费政策，不能按照计划体制、封闭型教师教育体系条件下"减免学费，定向分配就业"的思路来实施，必须适应市场经济体制的新要求和教师教育改革发展的新趋向。为此，需要正确处理好以下几对关系，以进行细致的制度设计和公共政策安排。

1. 处理好经费使用中国家宏观调控与高校自主办学的关系，鼓励高校探索教师教育新模式。

当前，教师教育呈现出大学化、开放化、职前职后一体化的发展趋势。一些综合性大学开始尝试建立教育学院，培养教师。2005年，培养本专科师范生的综合性非师范院校达到207所，培养的师范类毕业生占全国师范类毕业生总数的35%，非师范院校已经成为我国教师教育的一支重要力量。一些以教师教育为特色和优势的高校，面对日益激烈的市场选择，或通过扩大非师范专业的招生比例，或通过并轨招生，积极推进人才培养模式的改革。不少师范院校的发展方向也在日趋综合化，其毕业生的就业渠道也在不断拓宽，跨行业、多行业就业成为普遍的趋势。

以北京师范大学为代表的高师院校通过实施"4+X"人才培养模式改革，即通过选择和分流培养，改变原来单一的四年制本科人才培养体制，形成包括"4+3"、"4+2"、"4+0"多元化的人才培养新格局，学生入学三年后，进行一次"职业分流"的选择和选拔。其中一部分学生继续在原专业深化专业学习，四年毕业后考取专业方向硕士研究生，进行三年的专业硕士教育，即"4+3"模式；一部分学生通过适当筛选，在完成第四年专业学习后，进入教育专业硕士阶段学习两年，获得教育硕士学位，即

"4+2"模式;一部分学生则通过第四年学习教育类课程,获学士学位后从事教师职业,即"4+0"模式,或称为"3+1"模式。其中"4+2"模式即在"综合大学+教育学院"框架下的学士后教师培养模式,培养目标是重点中学的骨干教师,现有三届毕业生150多人到重点中学任教。

考虑到高校的办学自主权和学生选择的自主权,国家政策应重在引导师范院校强化教师教育的优势和特色,提高培养教师的质量,并鼓励毕业生到教育行业就业。为确保免费政策的价值目标,提高经费使用效益,政府应通过院校资格审核和教师培养数量和质量的核定、评估,决定投入的院校和投入的经费总额,并规定师范生的服务期限。经费的具体使用则由高校自主安排,这样可以鼓励这些院校办出特色。

2.处理好师范生进口的意向选择和出口的就业选择的关系,把好"进口"与"出口"。

在社会主义市场经济条件下,学生在就学院校及专业选择上、高等院校在培养目标和培养方式上、用人单位在毕业生选用上均有较大的自主权,这些权利都应予以保障。按照计划体制的观念,采用传统的封闭式师范生培养和就业模式以及资助政策,与市场经济相违背,是难以推行的。在国家确定资助院校的基础上,为确保优秀的生源,要通过师范生免费教育政策宣传,吸引更多的优秀学子报考受资助院校。受资助院校要把好师范生的"进口",在招生上,可以进行包括职业性向标准在内的更严格的选拔,或者在师范生、非师范生并轨招生的基础上进行二次选择,录取后享受免费师范生教育政策的优惠条件。就学期间,学生可选择不同的师范专业和教师教育培养模式。毕业后,如果不愿意从事中小学教师职业,或者在毕业生和用人单位之间的市场选择过程中,未能在基础教育领域就业,则需要退还已享受的资助,退还资助经费的方式可以借鉴国家助学贷款的还款方式。在其他条件一定的情况下,我们可以假定培养质量是决定毕业生能否进入基础教育领域就业的决定条件。而政府的责任,是对受资助院校所培养教师的"出口"就业的数量和质量进行核定、评估,以此为依据确定经费拨付额度。

3. 处理好不同层次师范生培养的关系，做到本科生和研究生的同步设计。

教师职业专业化的发展趋势，要求教师培养中专业教育和教师养成相剥离，将教师养成集中到教育学院或教师教育学院完成。

传统师范院校所以叫师范院校，归根结底，就在于它们的办学，包括学科建设、专业设置、人才培养都深深地植根于专业教育与教师养成二者合一共生这一统一的模式结构之中。从表面看，高师的学科本来也是综合的，现在许多高师院校所谓"非师范"的学科与专业更是增加了，但是，传统的教师教育范式不打破，高师院校的深层结构就谈不上真正转型。素质教育的全面实施尤其是新课程的深入推进，对教师的学术性素养和职业素质均提出了更高的要求。在师范院校的本科层次，一部分学生可以通过第四年学习教育类课程，获学士学位后从事教师职业，即"4+0"模式，或称为"3+1"模式，将教师养成从各专业学院剥离出来，集中到教育学院或教育学部完成。从体制上打破传统的教师教育范式，实现高师院校的深层结构转型。"4+教师教育模块"、主辅修制度下的教师教育模式，也可以作为教师培养的辅助方式。2004—2006年，北京师范大学有2 820多名本科生完成教师教育模块课程的学习，并获得教师资格证书，占毕业生总人数的47%。

实施师范生免费教育不应仅局限于本科层次，而且还要覆盖到研究生层次。根据教育部规划，到2010年，全国小学和中学教师要分别达到大专和本科学历，高中教师研究生学历层次达到10%，而目前仅1%左右。这种符合国际潮流的教师教育大学化的趋势，使得高层次教师的培养成为一项非常紧迫的战略任务。在这种情况下，将免费教育延伸至研究生层次是必须的。而且从长远来看，这种延伸更是一种教育储备——为未来的骨干教师培养储备资源。国家要支持重点师范大学开展研究生层次的教师教育，同时突破体制障碍，吸引综合性大学的本科毕业生到重点师范大学的教育学院或教师教育学院攻读教育硕士，将北京师范大学成功试点的"4+2"人才培养模式最终移到体制内，在全国招生，实现学士后教师教育。这些学生在本科期间的学费也可以由国家给予补偿，攻读教育硕士期间同样享受免费政策。毕业后，如果不到基础教育领域就业,则要退还享受的国家资助。以师范生免费教育为契机,做好师范大学与综合大学以及教师教育改革发展的顶层设计,为实现教师教育的模式转变扫除体制障碍。

4. 处理好政府、学校、银行和学生的关系,建立完善的经费资助和追偿机制。

为适应市场经济体制和开放式教师教育的发展要求,建议实行以国家政策性拨款为保障,借助"国家助学贷款"的金融运行机制,以政府与学校的授权委托协议,银行与高校业务合作协议,高校、银行与学生助学借款合同为依据,由高校自主管理的资助制度。在确定不同层次、不同地区的师范生的年度资助标准后,政府与从事教师教育的高校签订授权委托协议,高校按授权委托协议规定招收高素质生源,政府按期以每所高校申请师范生数拨付经费,双方定期核定合同性就业学生数,政府以此为依据确定下一个年份的经费拨付额度。高校与银行签订业务合作协议,高校将政府拨付经费存入发放国家助学贷款银行。高校、银行与学生则签订助学借款合同,学生就学期间,按合同享受免费政策,并承诺毕业后到中小学就业并完成国家规定的服务期限。非合同性就业毕业生的借款总额由银行将支付的个人款转为助学贷款,按国家助学贷款性质办理还款事宜。高校每年可将一定比例的政府拨款用作风险补偿金。

政府要为中西部地区教师发展创造良好的条件

1. 为鼓励师范生到中西部地区农村中小学就业,建议中央财政建立专项基金以推行教龄累进工资制度。

师范生政策虽然能够确保优秀师资的培养,却仍不能保证这些师资不产生工作流动动机。因为即便师范生培养和服务合同有严格的服务期限制及相应的惩罚条款,但如果工作流动的收益高于成本,违约仍然是理性的。因此,要不断切实提高教师的待遇,以保证这一群体能够积极主动地服务于中小学教育事业。在制度安排层面,建议由中央财政建立专项基金来推行教龄累进工资制度。教龄累进工资由补偿性工资和激励性工资两部分组成:补偿性工资只面向服务于中西部地区的农村中小学教师,并且以同期发达地区同类教师的工资为标准,激励性工资则面向全体教师,其设置标准以教龄为依据,且教龄越长,激励性工资部分的增长幅度越大。

2. 建议中央财政配套专项基金支付师范毕业生的继续教育费用。

传统的师范教育只是停留在教师的职前培养和训练阶段,并不涉及职后继续教育领域。随着知识经济时代和信息化社会的到来,教师的终生学习、继续教育就变得极为必要。对师范生进行继续教育的目的,仍然是通过自身专业能力发展和职业素质的提升,来持续性地保证中小学的师资质量,从而积极推动中小学教育质量的提升。因此,应当为师范毕业生制订一个完整有序的继续教育计划,由中央财政配套专项基金支付中西部就业师范毕业生的继续教育费用。

3. 可以考虑建立"师范教育基金"。

基金不仅包括财政拨款,还可以对社会捐赠开放,以吸引更广泛的社会资源投入师范生免费教育和继续教育领域。

(据《中国教育报》,作者:方增泉　孟大虎　魏书亮)

延伸阅读

在教育部直属师范大学实行师范生免费教育,是中央为促进教育发展和教育公平采取的一项重大战略举措。

国务院办公厅转发教育部等部门关于教育部直属师范大学师范生免费教育实施办法(试行)的通知

(国办发〔2007〕34 号)

国务院决定在教育部直属师范大学实行师范生免费教育。采取这一重大举措,就是要进一步形成尊师重教的浓厚氛围,让教育成为全社会最受尊重的事业;就是要培养大批优秀的教师;就是要提倡教育家办学,鼓励更多的优秀青年终身做教育工作者。现就教育部直属师范大学实行师范生免费教育,制定本实施办法。

一、从 2007 年秋季入学的新生起,在北京师范大学、华东师范大学、东北师范大学、华中师范大学、陕西师范大学和西南师范大学六所部属师范大学实行师范生免费教育。要通过部属师范大学的试点,积累经验,建立制度,为培养造就大批优秀教师和教育家奠定基础。

二、免费教育师范生在校学习期间免除学费,免缴住宿费,并补助生活费。所需经费由中央财政安排。

三、部属师范大学师范专业实行提前批次录取,择优选拔热爱教育事业,有志于长期从教、终身从教的优秀高中毕业生。

四、免费师范生入学前与学校和生源所在地省级教育行政部门签订协议,承诺毕业后从事中小学教育十年以上。到城镇学校工作的免费师范毕业生,应先到农村义务教育学校任教服务二年。国家鼓励免费师范毕业生长期从教、终身从教。

免费师范毕业生未按协议从事中小学教育工作的, 要按规定退还已享受的免费教育费用并缴纳违约金。省级教育行政部门负责履约管理,并建立免费师范生的诚信档案。确有特殊原因不能履行协议的,需报经省级教育行政部门批准。

五、免费师范毕业生一般回生源所在省份中小学任教。有关省级政府要统筹规划,做好接收免费师范毕业生的各项工作,确保每一位到中小学校任教的免费师范毕业生有编有岗;省级教育行政部门负责组织用人学校与毕业生在需求岗位范围内进行双向选择,切实为每一位毕业生安排落实任教学校。各地应先用自然减员编制指标或采取先进后出的办法安排免费师范毕业生,必要时接收地省级政府可设立专项周转编制。

免费师范毕业生在协议规定服务期内,可在学校间流动或从事教育管理工作。

六、有志从教并符合条件的非师范专业优秀学生,在入学二年内,可在教育部和学校核定的计划内转入师范专业,并由学校按标准返还学费、住宿费,补发生活费补助。免费师范生可按照学校规定在师范专业范围内进行二次专业选择。

七、免费师范生毕业前及在协议规定服务期内,一般不得报考脱产研究生。

免费师范毕业生经考核符合要求的,可录取为教育硕士专业学位研究生,在职学习专业课程,任教考核合格并通过论文答辩的,颁发硕士研究生毕业证书和教育硕士专业学位证书。

八、部属师范大学要抓住实行师范生免费教育的良好机遇,围绕培养造就优秀教师和教育家的目标,大力推进教师教育改革,特别要根据基础教育发展和课程改革的要求,精心制订教育培养方案。要安排名师给免费师范生授课,选派高水平教师担任教师教育课程教学,建立师范生培养导师制度。按照学为人师、行为世范的要求,加强师范生师德教育。强化实践教学环节,完善师范生在校期间到中小学实习半年的制度。要通过培养教育,使学生树立先进的教育理念,热爱教育事业,具有长期从教的职业理想,为将来成为优秀教师和教育专家打下牢固的根基。

九、要把培养优秀中小学教师的工作作为评价师范大学办学水平的重要指标。对在实施师范生免费教育工作中做出积极贡献的部属师范大学给予政策倾斜,进一步加大对师范教育的支持力度。

十、各有关地区、部门和学校要深刻认识部属师范大学实行师范生免费教育重大而深远的意义和影响,切实负起责任,扎实工作,保证这项重大举措的顺利实施。各级政府要采取有力措施,对长期从事中小学教育的免费师范毕业生给予积极的鼓励和支持。中央财政对接收免费师范毕业生的中西部地区给予一定的支持。地方政府和农村学校要为免费师范毕业生到农村任教服务提供必要的工作生活条件和周转住房。教育部、财政部、人事部、中央编办应根据本办法,结合各地实际,细化实施办法,把师范生免费教育各环节各方面的工作抓紧抓实抓好。

国务院办公厅
2007 年 5 月 9 日

教育部有关负责人解读师范生免费教育政策

在教育部直属师范大学实行师范生免费教育，是中央为促进教育发展和教育公平采取的一项重大战略举措。记者就师范生免费教育问题采访了教育部有关方面负责人。

问：能否介绍一下在教育部直属师范大学实行师范生免费教育的背景和目的？

答：根据十届全国人大五次会议通过的《政府工作报告》，教育部会同财政部、人事部、中编办研究起草了《教育部直属师范大学师范生免费教育实施办法(试行)》，并经5月9日国务院第176次常务会议讨论通过，决定从2007年秋季起，在教育部直属师范大学实行师范生免费教育。

当前，我国教育发展进入全面提高教育质量的阶段。教育大计，教师为本。中小学教师队伍的整体素质和水平是教育发展的关键因素，培养造就一大批优秀教师是广大人民群众普遍关心的重要问题。在部属师范大学实行师范生免费教育，是建设德才兼备教师队伍，提高中小学教育质量和水平，进一步促进教育发展和教育公平的一项示范性举措。采取这一重大举措，就是要进一步形成尊师重教的浓厚氛围，让教育成为全社会最受尊重的事业；就是要培养大批优秀的教师；就是要提倡教育家办学，鼓励更多的优秀青年终身做教育工作者。

问：具备什么条件可以报考免费师范生？

答：2007年六所部属师范大学计划招收12 000多名免费师范生，报考对象为参加普通高校招生全国统一考试的高中毕业生，并达到部属师范大学在本地区的录取分数线；符合教育部《2007年普通高等学校招生工作规定》，思想品德优良，热爱教育事业，毕业后愿意长期从教；身体健康，符合《普通高等学校招生体检工作指导意见》的有关规定。

问：请具体介绍一下免费师范生的招生办法。

答：部属师范大学的师范专业在各省(区、市)均安排提前批次录取。在免费师范生的招生工作上，坚持自愿、择优、公开的原则。热爱教育事业、有志于长期从教、终身从教的优秀高中毕业生可自愿报名，学校择优录取。

问：能不能在考取大学后再选择师范专业？

答：考取部属师范大学的有志从教并符合条件的非师范专业优秀学生，在入学两年内，可在教育部和学校核定的计划内转入师范专业，并由学校按标准返还学费、住宿费，补发生活费补助。免费师范生可按照学校规定在师范专业范围内进行二次专业选择。

问：免费师范毕业生的工作岗位能否得到保障，怎么落实岗位？

答：免费师范毕业生一般回生源所在省份中小学任教。有关省级政府要统筹规划，在配合师范大学做好免费师范生招生计划工作的同时，就要提前做好免费师范毕业生的接收计划和相关工作，确保四年后每一位到中小学校任教的免费师范毕业生有编有岗。各地应先用自然减员编制指标或采取先进后出的办法安排免费师范毕业生，必要时接收地省级政府可设立专项周转编制。省级教育行政部门负责组织用人单位与毕业生双向选择，安排落实任教学校。免费师范毕业生作为就业单位的正式教师，与其他教师享受同等待遇。中央财政对接收免费师范毕业生的中西部地区给予一定的支持。地方政府和农村学校要为免费师范毕业生到农村任教服务提供必要的工作生活条件。

问：在免费师范生的教育培养上，有哪些主要措施？

答：实行师范生免费教育，是改革和加强教师教育的重要机遇和突破口。部属师范大学将围绕培养造就优秀教师和教育家的目标，大力推进教师教育改革，特别是根据基础教育发展和课程改革的要求，精心制定教育培养方案。学校在学科建设、人才队伍建设、课程建设、教学科研条件保障等方面向教师教育倾斜，优化资源配置。安排名师给免费师范生授课，选派高水平教师担任教师教育课程教学，建立师范生培养导师制度。按照学为人师、行为世范的要求，加强师范生师德教育。强化实践教学环节，完善师范生在校期间到中小学实习半年的制度。通过培养教育,使学生树立先进的教育理念,热爱教育事业,具有长期从教的职业理想,为将来成为优秀教师和教育专家打下牢固的根基。

部属师范大学要为免费师范生的继续教育和长远发展创造条件。免费师范毕业生经考核符合要求的,录取为教育硕士专业学位研究生。学校将为他们设计有针对性的、高质量的在职学习课程,并通过远程教育、假期集中面授等方式提供学习支持。部属师范大学将主动关心免费师范毕业生的成长,长期跟踪服务,促进他们终身学习,尽快成长为优秀教师。

问:教育部将采取哪些政策措施,支持和促进部属师范大学改革加强教师教育?

答:把培养优秀中小学教师的工作作为评价师范大学办学水平的重要指标。进一步加大对师范教育的支持力度,对于在实施师范生免费教育工作中作出积极贡献的师范大学要给予政策上的倾斜。计划组织实施"教师教育创新计划",同时在当前教育重大工程项目中设立专项,支持和促进学校改革加强教师教育,建设高水平师范大学。

问:如何贯彻实施好师范生免费教育工作?

答:教育部直属师范大学率先试行师范生免费教育,是党中央、国务院从战略全局出发作出的重大决策,意义重大,影响深远。要把这件大事办好,关键是要把思想统一到中央的重大决策上来,把行动统一到中央的重大部署和要求上来。各级政府、教育部门和相关学校要高度重视,加强领导,精心组织,大力支持,密切配合,切实把这项重大措施落到实处。当前必须全力以赴,深入细致地做好2007级免费师范生的招生工作。要加大招生宣传力度,采取有力措施,广泛深入地宣传师范生免费教育的重大意义和相关政策,有针对性地动员和鼓励更多优秀学生志愿报考师范专业。要大力宣传优秀教师建功立业成才的先进事迹,形成优秀学生读师范、优秀人才当教师的良好导向,增强学生从事教育事业的光荣感。

师范生免费教育政策的主要内容:师范生四年在校学习期间免缴学费、住宿费,领取生活费补助;免费师范生入学前与学校和生源所在地省级教育行政部门签订协议,承诺毕业后从事中小学教育十年以上。

到城镇学校工作的免费师范毕业生，应先到农村义务教育学校任教服务二年。国家鼓励免费师范毕业生长期从教、终身从教。

免费师范生享受的四项优惠政策：一是由中央财政负责安排免费师范生在校学习期间的学费、住宿费和生活费补助；二是由省级教育行政部门负责落实免费师范毕业生的教师岗位；三是免费师范毕业生在协议规定服务期内，可在学校间流动或从事教育管理工作；四是为免费师范毕业生在职攻读教育硕士提供便利的入学条件。

（据中国新闻网，记者：续梅）

生活在别处：『小留学生』现象透析

当留学海外已经不再是大学生和研究生们的专利时，越来越多的孩子出现在国外的学校中。老实说，孩子们其实并不容易，他们身上大多承担着父母望子成龙的期望，孤身在外，难免心里孤单。在仓促间，他们尚显稚嫩的肩膀被压上了太多的重负。面对他们，我们或许应该少一些苛责，多一些关爱。

近几年来,中小学生出国留学的人数越来越多。

不想承受升学压力　家长"代言"让孩子出国

2007年3月17—18日,由中国(教育部)留学服务中心主办的中国国际教育展在广州东方宾馆举行,吸引了超过7 000名学生、家长到场。记者发现,参展的外国中学、学院摊位前一片热火朝天,不少家长带着孩子咨询到国外读中学或预科的相关事宜。尽管学费是国内的几十倍,留学签证更难拿,但很多家庭还是打算把孩子的"留洋计划"提前到高中。

初三女生lolo:向往国外中学课程多彩

记者在采访中了解到,出国读高中的原因形形色色,但几乎每个学生和家长都提到一点:不想留在国内,承受巨大的升学压力。而英国、澳大利亚等国的院校代表和国内资深专业人士都表示,国外也有升学压力。如果只是为了逃避高考而选择出国,可能适得其反。

在广州市某省一级中学读初三的女孩lolo觉得,学英语、适应新环境、孤身在异国他乡等种种困难都比不上现在的辛苦。"我一直都向往国外的中学,课程丰富多彩、好多选择,而且不是单单听课、做练习这么枯燥。"lolo告诉记者。

初三女生小闲:专程从厦门来穗咨询

记者发现,由于初中学生大都未满18岁,因此家长在咨询现场普遍扮演着"代言人"的角色,他们的考虑和意愿或多或少地影响着孩子的选择。

初三女生小闲和妈妈专程从厦门赶到广州。在英国某私立高中展位前,瘦削清秀的小闲用英语侃侃而谈,颇为自如。

小闲的妈妈汪女士承认，女儿想出国读书，"很大程度上受了我和她爸爸的影响"。由于工作与外国人士联系较多，汪女士夫妇在家中常谈论起国外的地理、风俗、民情、教育等等，没想到这些都被女儿听在耳里，记在心里。这次远道而来，就是应女儿的要求。

何女士：希望孩子将来进一流大学

在澳大利亚维多利亚州政府公立中学的展位前，四十多岁的何女士坐下来就说："给我介绍一家最好的中学！"何女士希望通过在国外读高中，为孩子将来成功进入世界一流大学深造奠定良好基础。

梁先生：孩子在国内读书太辛苦

尽管儿子已经在某省一级中学读到高二，梁先生还是决意要送儿子出国，哪怕可能要多花一年时间念英语。"太辛苦了！"梁先生提起儿子每天的日程安排就频频摇头："一大清早就去上学，晚上回来吃完饭又坐到书桌跟前写作业，睡觉时间都不够！十几岁的小伙子，走路弯腰驼背！到学校里一看，一大片戴眼镜的，小小年纪却无精打采，这是何苦呢？"

现状：广东"小留学生"人数居全国前列

实际上，近些年来，广东省出国上中学的学生人数一直都居全国前列。教育部留学服务中心国际合作处处长车伟民告诉记者，广州的"小留学生"人数甚至超过北京、上海、江浙等地。在他看来，主要有两个原因：首先还是

广东经济发达,富裕的人比较多,具备送小孩出国的经济实力;其次是社会风气比较开放和"外向",愿意走到外面去,民间的交流也比较活跃。

在澳大利亚驻广州总领事馆的一次新闻发布会上,澳驻华使馆教育科学与培训处的高级主管博德也指出,在该国中学留学的所有中国学生中,广东籍孩子是最多的,而且近年来一直如此。

但无论是中、外政府教育官员还是资深专业人士,在接受记者采访的时候都提醒家长和学生:出国读中学有助于提高孩子的英语水平、开阔眼界、创造更好的升学机会、培养独立生活能力等,但也有风险,如语言不通、不能融入环境、学习跟不上、生活自理差,甚至结交坏朋友从而堕落等等。因此,家长和学生都应更理性地面对出国读中学,出国前就要制订长远计划,选择合适的国家、院校、课程乃至监护人。

(据新华网,作者:黄茜)

"小留学生"现象不容乐观

近几年来,中小学生出国留学的人数越来越多,据统计,其数量甚至已经占到留学生总人数的一半以上。在一些大城市,许多家庭无论有无经济实力,都要千方百计把孩子送出国。在国外花费巨大,一个孩子出去,就意味着家长每年要投资少则十万元、多则几十万元人民币。这意味着,全国的民间教育投资每年将有几十个亿元流入了"洋学校"。

面对一发而不可收拾的"小留学生现象",有人发出了这样的疑问:过去都是大学毕业后再出国留学,为什么现在这么多中小学生要走这条路? 到国外念书是否比在国内更有价值?

家长:高考难,就业难,留学成为折衷策略

一位正在给儿子办出国手续的母亲告诉记者:"坦白地说,我把孩子送出去的主要原因是高考竞争太激烈了。自从孩子上高中甚至是上初中开始,我们心里就一直压着高考这块石头。"这位母亲几年来最关心的是与高考有关的各种信息。她发现,前两年大学扩招之后,虽然高校录取的人多了,但考生的志愿却越来越向少数名校集中,一些考生是非重点大学不读,非热门专业不读,使名校、重点校愈加门槛难进。"今年考生的数量又有增加,再加上去年的复读生,竞争更激烈了,要想考个好大学谈何容易。与其这样难,还不如让孩子早点出国读书。说心里话,如果孩子在国内能上理想的大学,我也未必把他送出去,一是他年纪小,我不放心;二是经济上要投入太多,我的压力也很大。"

另一位想把女儿送到德国的家长说:"现在大学年年扩招,孩子大学毕业后找工作也越来越不易了。本来是想让孩子大学毕业后出国读研究生的,可看看眼下这形势,还不如让她早出去,'洋文凭'总比'土文凭'硬气,对将来就业有利。"

记者了解到,不少人的想法都与这两位家长相同。激烈的高考竞争,难上理想大学,"一考定终身"的高考制度,严峻的就业形势,使得出国留学在很大程度上成为一种折衷策略。

学生:逃避"黑色7月"

每年7月(从2003年起改为6月)的7、8、9日三天,是全国统一高考日,它在不少考生心中是一道可怕的门槛,被称为"黑色7月"。

记者多次听到高三学生的诉苦:"我是家里最苦的人了,每天起得最早,睡得最晚,没有周末节假日,没有寒暑假,不敢看电影电视,不敢出去玩,成天奔命似的上课作业、模拟考试、假日补课,紧张得透不过气来。这一切都是为了应付高考。"

就读于北京某重点中学的赵鑫说:"在我们班,打算放弃高考出国留学的同学不下10人,有的在高二时就开始准备,现在手续都办得差不多了。也有人在高考前夕逃避'黑色7月',选择出国。即使是目前准备高考的同学,他们的父母也在观望中,一旦情况'不妙',就可能走出国这条路。"

一个女生说:"我上初中的那个班,现在差不多走了一半了,我也在做出国的准备。我是这样想的,如果没有出国条件,那我只有拼命去高考。既然家长有能力为我安排另一条路,我为什么非要去挤'独木桥'呢?现在高考太难了,而且不能促进我们的学习,大家都是为高考而高考。我常想,要是国内的大学能像国外那样宽进严出就好了。"

出路:呼唤更进一步改革

无论是"小留学生"还是他们的家长,都把目光投向了高考制度。

——"一考定终身"，这是现行高考制度的最大特点。曾在国外留学多年、对中西两种教育体制有切身体会的何松博士这样认为。我国每年数百万考生只有一次高考机会，很多人的命运，往往就系于这一次考试的结果。"好与不好都是它了，如果考得不好想第二年再考，而第二年有可能更难考。因此，'一考定终身'，再没别的机会。"何先生说，在教育发达的国家，一年至少可以考两次，每次考试的成绩在两年内有效。一些国家还由各省、州、市或各大学自主考试，并将考试时间相互错开，这样就为考生提供了多次机会，不会出现一次考试决定一生命运的情况。

——考试形式单一。由于全国统一考试，唯一可选择的方式只有笔试。笔试有一定的片面性，只侧重书本知识。重知识，轻能力，培养了许多"高分低能"的学生。

——录取模式缺乏公正性。全国高考统一内容、统一时间、统一评分标准，而在录取模式上却以省市为单位进行，在客观上造成录取分数线的差别，有的差别还很大，这使得本应公平的全国性竞争，在很大程度上取决于考生户籍所在地。

应该说，针对高考制度存在的问题，国家近年来已经进行了一些改革，如在考试内容设置方面，增加了对考生综合能力和素质的考察；在考试时间上，探索每年增加一次春季高考。但显然，人们对这种改革的期待远不止此。

"小留学生现象"带给人们的思考很多，呼唤高考制度更进一步改革，便是其中之一。

（据《工人日报》，记者：李英）

"随嫁"小留学生：生活优越心理自卑

近年来，"随嫁一族"赴日增多。据了解，在一些中国学生较多的日本语学校里，平均每个班级有三四名随嫁族。他们已经成为日语学校争夺生源的对象。但是，"随嫁一族"生活在中日两种不同的家庭，接受两种不同的文化，能否成为中日互相理解和民间友好的另一种方式，尚未可知。

长期分离，使亲情淡漠

"随嫁一族"的母亲们出于各种原因嫁给了日本人。之后，她们纷纷将留在国内的孩子带到日本。然而，长时间的亲情分离使孩子与母亲的感情十分淡漠。同时，"随嫁一族"对待感情的态度也十分复杂。

在意别人看法，心理自卑

"随嫁一族"很在意周围同学的看法，尤其在意别人对父母的看法，以及对母亲嫁给日本人的看法。

一些随嫁族表示不会嫁给日本人或者娶日本人，这种既虚荣又有点自卑的心理在他们身上体现明显。

能接受新事物，但前途茫然

"随嫁一族"虽然受过中国文化影响，但由于年龄小，尚未彻底定型，所以在日本，他们表现出较强的社会融合性，能很快克服日语障碍，接受新鲜事物。但很多孩子来日目的不明确，对前途认识迷茫，有人甚至表示打打短工、能挣钱就行了。

（据人民网）

媒体评论

"小留学生现象"带给人们的思考很多，现在对这一现象做出恰当评价显然为时过早，但国家、社会、家长对小留学生的关注是必不可少的。

澳洲中国籍小留学生的真实世界

随浙江省教育厅"21世纪中小学教育如何适应可持续发展战略培训团"在澳洲考察了近二十天，使我有较充裕的时间关注中国在澳小留学生的学习、生活情况。

（一）

据悉,仅 2000 年全国约有 5 万左右的小学、初中毕业生出洋留学,2001 年又有增加,加上以前三年已经在外读中学的,中国小留学生已远远超过 10 万。

这些赴海外读中学的学生年龄段集中在 16—18 岁左右,澳大利亚当地华人称这些小留学生为"第四代留学生"。

（二）

中国小留学生在澳大利亚的表现可谓良莠不齐,其中不乏大浪淘沙造就的杰出青少年。一些抱负远大、基础知识扎实、学习勤奋的优秀学生,在澳大利亚这块现代教育理念天地中如鱼得水,脱颖而出。2000 年初,中国小留学生爆出大新闻,当地的 IB(一种国际认可的中学证书计分方法)和 VCE 两种高中毕业会考证书的第一名,都被中国小留学生囊括。

河南来的张征到澳洲时不会英文,但两年后的考试他成为维多利亚州第一名,也是南半球 IB 的第一名。在这之前,张征还因学习优秀受到澳大利亚总理霍华德的接见。采访中他告诉笔者,当年知青父母回城后拼命学习考电视大学,晚上两人抢桌子和台灯,所以当自己在澳洲的学习有松弛一下的念头时,一想到家中那盏台灯,就重新振作起来。张征中学毕业后被撒切尔夫人的母校伦敦政治经济学院录取,一年后进入牛津大学,如今他是英国华人联合商会赞助的奖学金获得者。

2001 年初,泰勒学院会考的前三名中有两位是中国去的女学生,她们是上海的黄健和抚顺的曲碌华,她俩均拿到大学的奖学金。而上海来的倪凌在升学进英纳西大学之前写出《十六岁闯澳洲》一书,在社会上产生较大影响。

但是,在小留学生中,成绩平平者仍是大多数。由于中国普遍缺少英语老师(这些年才开始加强),中国去的小留学生英文基础都比较差。澳方为我们请的翻译崔先生家中有一名学生,到澳洲将近半年,连简单的英语对话都感到困难,完整的英语还说不上100 句,很难想象他是怎么上课的,其实他很多时间干脆就不去学校。

赴澳的这批小留学生们除了成绩差以外，还有很多不尽如人意的表现。许多到了海外的小留学生"仍旧不会整理床铺，不愿洗衣服，从不洗碗"。不少父母是大款的孩子每月有汇款，或者银行中有几万美元。他们年纪小不善理财，且一下子有了大量可支配的现金，造成挥霍且沾染了不良习气。一家餐馆曾有记录，一帮中国孩子吃饭，用了1 000澳元，扔下800澳元小费。笔者也曾亲眼看到一群中国孩子，点了一桌菜，但仅尝了几口便扬长而去。

2001年新年，中国各大城市正在举办国外教育展览时，澳大利亚当地的一家报纸头版刊载一篇题为《中国孩子尽占唐人街风景》的文章，文章开头写道："左手一支烟，右手一只机（手提电话），有时一对对，更多时是一群群……"我们有意到唐人街实地观察，果真如此。即使不是周末的白天，唐人街上照样熙熙攘攘，热闹非凡，大部分是青少年学生。

墨尔本皇家理工大学国际语系主任陈杨国生女士是位帮助中国留学生的热心人，说起这些小留学生她大摇其头。她家住着的一位中国留学生，不到考驾照的年龄就开着跑车乱窜；她朋友处的一位小留学生竟然不请假就随意地飞回中国呆上几天。

翻译崔先生受朋友之托，家里开始住有从香港、山东等地来的七名中国学生。其中一男一女，认识才两个星期，便生活到了一起。一段时间以后，崔先生忍无可忍，下了逐客令。对现在住在他家的几个小留学生，他也感到不满意。其中一男孩，一到墨尔本就被这"精彩世界"搞得晕头转向，吃喝嫖赌全沾了，一夜输了5 000多元，袋子里放着避孕工具，半年的生活费不到一个月便花得精光。当着崔先生这个房东的面，打电话欺骗和要挟父亲："我被抢劫了，已身无分文，若再不寄钱来，我就借钱买机票回来。"崔先生给这位山东某电力公司老板的公子算了算，不到一年时间，已用了近20万澳元。

更有甚者，是前年发生了一起一名中国学生被遣送回国的事件。这名学生到澳洲后挥金如土，开始还不断地向父母要，当他自己也觉得无脸再向家里开口时，被当地的黑社会引入歧途，合伙贩毒，被警方抓获。

在机场,当地记者采访他时,他歇斯底里喊了声:当初为什么父母给我这么多钱!

杭州有对夫妇的女儿是在高二时出国的,虽然在国内成绩很差,但凭着一流的考试能力,在澳洲学校念大学预科和英语文化补习时,成绩一直名列前茅。往日西子湖畔的失落感荡然无存,到处受到赞美的目光,加上天生丽质,骨子里的那种虚荣和占有欲开始慢慢膨胀起来。先是嫌父母每次寄的钱太少,再就是觉得自己黄皮肤不如人家的皮肤……夫妇俩每年十来万人民币的收入一分不剩地寄去,"千金"还不够开销。女儿的预科班结束前夕,夫妇俩趁着假期前往"监督"。女儿竟然委托一黑人同学前来机场,并把父母安排在一个公寓里。夫妇俩空守一天,饥肠辘辘熬到晚上,女儿才上气不接下气地敲门而入,第一句话就问:有什么吃的,快饿死我啦!当母亲问起学习和生活情况时,女儿避而不谈,反问道:给我带了多少钱来?父女俩对吵一场后,女儿接过母亲 5 000 美元的信封,便起身说,妈,你们先歇着,我回自己的地方住。原来,她的身边已有一个男"老外"。

(三)

一个问号一直在我的脑子里:是什么原因造成这部分小留学生令人担忧的所作所为?仔细想想,其实不能全怪孩子。

我们的大学太少。大学每年的招生名额仅为应届高中毕业生的10.05%(2000 年),社会就业竞争的激烈,使得家长和孩子拼死也要圆大学这个梦。

出洋留学是父母为孩子们选择的路。第四代留学生与前三代留学生有明显的区别,除了他们尚年幼(不是读大学,而是读中学)、均为自费生(没有海外机构资助,不是政府公费)外,他们还属于"包办"性质,很少是孩子自己作主的。有的家长征求孩子意见也只是例行公事,签证一下来,不走也得走。

为什么家长们愿意将自己未成年的孩子送往国外留学?除了他们认为国内孩子上大学太难以外,部分家长怀有"还愿"之心。据了解,中国小留学生的家长几乎全是当年上山下乡的知青、改革开放后致富的大款和有一定层次的领导干部。这些人属"文革一代",大部分有过"农村插队"的经历。自己梦想的失落,现代社会丰富多彩的刺激,加上一家一根独苗,形成了这些父母特有的急功近利、望子成龙的浮躁心理,他们于是将出国、读大学的梦想寄托在下一代身上,有的甚至不惜倾家荡产也要送孩子出国留学。

这些小留学生们几乎是清一色的独生子女,缺乏自我管理能力、个人自控意识,又长期受应试教育的高压,稍稍懂事就被课堂无休止的灌输和课后如山的作业包围,他们除了教室、家庭之外,基本上没有什么独立生存与独立思维的锻炼机会,不会主动学习,生活不能自理。他们走出国门后,在松散式的教育形式且高度开放的条件下,一下感受到全新的彻底的放松,很容易毫无防御地接受异国他乡的新鲜事物,有的被西方一些不良文化、不良习性甚至是一些不良的政治观点和意识所侵袭和腐蚀。据当地华人反映,一般说来,在国内表现好的,在海外也依然出色,一部分在国内就有问题的学生,一下子远离父母的管束,如鸟出笼。

小留学生的监护人和房东大部分是西方人或有西式生活习惯的亲戚朋友,他们对小留学生并不了解,文化的隔阂使他们的交流十分有限,对小留学生的管理也是形同虚设。实际上,寄希望于这样的监护人来管好孩子是不现实的,特别是对有问题的孩子,有时连父母也束手无策,这些监护人又能有什么更好的作为呢?小留学生在那里认识的人很少,感到无聊、寂寞,有空的时候,只有用手机与父母联系,上网给国内朋友发发邮件、聊聊天。这些"天涯沦落人"的感受,即使是父母都无法想象。

境外的学校也是参差不齐的。少数学校不但办学历史不长,而且对学生的"自由"简直到了放任自流的程度。没有专人辅导学业,没有专人管理宿舍,上课的教师对时间"珍惜"到以秒计算的程度,你在他下课之后哪怕多问一句话,人家也会说一声"NO"就转身离去,更没有补课一说。还有像澳洲等国家,对中国实际上是有条件开放的,一些家长想选择名城名校也是期望太高。他们哪里知道,这些地方真正的名校,就连当地的富豪达官贵人的子女也未必都能进去。

（四）

随着中国加入WTO，改革开放进一步扩大，出洋留学潮越涌越大，留学生年龄越来越小是必然的。少年出国留学本身并不是坏事，有利于从另一条途径解决目前我国教育从数量到质量、从教育体制到教学方式的种种问题，通过社会力量学习世界上一切先进的科学与文化包括民族、人文等方面的优点，但看到我们的同胞把自己的子女从小学培养到初中、高中，花尽如注心血，花了几十万元人民币（一般到澳洲读中学每年学费、生活费约合12万元人民币），在那里境况如此糟糕，我们的心情是复杂和沉重的。笔者披露上述种种父母不知道的情况，并不是危言耸听，小题大做，只是出于一个教育工作者的良知，一方面希望国家的有关部门要针对广大的中学生（甚至是小学生）的家长们在上大学前把孩子送出国留学的热情越来越高的发展势态，加强科学和有效的引导和管理；另一方面善意提醒小留学生的家长们要了解孩子的真实生活，也给打算送孩子出国的父母一个参考，使他们能更理智地做出决定，不要盲目随波逐流，以免造成顾此失彼甚至留学的美梦成了噩梦的悲剧。

这次我们在澳考察学习中形成了一个比较统一的观点：外国教育确有先进之处，中国教育也有传统优势，中国教育与澳洲教育的结合是世界上最好的教育。所以，要成才未必一定要出国。在孩子留学的问题上，主要的着眼点要从孩子自身的实际出发，看是否更有利于孩子的发展，特别要搞清楚的是，出国留学是不是孩子自己的想法？留学就像游泳，最终是孩子"游"，大人在岸上"看"的。孩子有没有"游"的欲望、有没有"游"的能力、有没有"游"的技术，这是最关键的。如果孩子没有这个愿望，尚未具备所需技能，硬把孩子往国外送，那和把不会游泳的孩子往河里赶没有什么两样。平等地征求孩子自己的意见是必不可少的环节，让孩子参与对自己未来的设计，给孩子选择的权利，不能把父母的意志强加在孩子的头上。

在作出出国的决定以后，笔者认为有三件事是必须认真考虑的：

一是利用现代信息技术,在考察了解情况的基础上,选择合适的学校,最好是那些真正对有才能的学生和学习有困难的学生尤其是母语不是英语的学生制定特殊教学方案和提供一对一帮助的学校,千万不要病急乱投医,有奶便认娘;二是利用海内外的各种关系,寻找合适的监护人和房东,不能只是为了顺利通过签证而草率从事;三是要通过各种方式对孩子进行英语和自理能力的强化培训,适当介绍当地文化背景、生活习惯等方面的知识,使小留学生能在出发前过好语言关和生活关,为顺利留学打好基础,特别是对留学过程中可能出现的多种情况要有充分的估计,中介服务机构事先是不可能把各种可能性告诉急于求成的家长的。把孩子送出去后并非万事大吉了,仅靠几只越洋电话是无法掌握实情的。

小留学生的家长们,必须要有当初送孩子出国留学的决心和办法,加强与孩子的联系与沟通,真实知道孩子的学习、生活情况,发现苗头及时采取相应的措施。既要为孩子提供物质保障,又要给孩子提供精神食粮,特别是在用钱的问题上要掌握好"度",做到有计划有控制,一"官僚"疏忽可能会造成千古恨,到那时就是全家人跳进太平洋也于事无补了。

今天,让我们对第四代小留学生做出评价显然为时过早,但国家、社会、家长对小留学生的关注是必不可少的。

(据西祠胡同网)

拥有良好的教育环境,是否就算是拥有快乐?

韩国籍枪手赵承熙2007年4月制造震惊世界的校园枪击案,他充满怨恨和敌视情绪的内心独白公布后,在美国亚裔社区包括华人家长中引发震撼。

小留学生在美国的生存现状及其心理困境再一次引发人们的强烈关注。有人提出诘问:父母们自认为给了孩子良好的教育环境,但是否给了他们真正的快乐和幸福?

封闭在自我世界里

对于一些留学生来说,良好的教育不能减轻他们内心承受的孤单和压抑,不能破除深深的文化隔阂。赵承熙就是一个极端的例子。

在洛杉矶工作近20年的沈先生告诉记者,他女儿在美国的整个中学阶段几乎不和美国学生交往,她们四五个来自两岸三地的女孩组成小圈子,自己玩自己的。

目前在洛杉矶一个大学预科学校念书的小陈同学说,刚来上高三的时候压力特别大,完全陌生的环境,没有朋友。中国留学生很难和美国同学打成一片。小陈说,一方面是语言的障碍,另一方面,他们说的明星我们不知道,我们说的明星他们不知道,根本谈不到一起。

如果中国小留学生住的是一个白人社区,本身性格又比较内向,很容易成为白人小孩欺负的对象,久而久之心理发生偏差是完全可以想像的。记者有一个在美国东北部康涅狄格州的朋友,他们住的小镇只有一户华人。他弟弟从小就到那里读书,但从来都是独来独往,没有什么朋友。他形容他的弟弟思想有点怪,成天不知道在想什么。

在美国纽约法拉逊区一所公立中学当历史老师的周锦钦20年来接触了大量亚裔学生。在他眼里他们几乎从来不和美国白人学生交往,他们只和自己国家的同学玩在一起。

难以融入主流社会

国内家长可能认为让小孩早点出国读书,一方面容易申请好的学校,另一方面可以提早与美国社会融合。但实际上,整个华人社会与美国主流社会都是有明显隔阂的。在这里生活工作了几十年的华人,如果能被邀请参加美国人的家庭派对,那已经算很好的朋友了。

记者认识一位高中就来加拿大的华人女子,考上了加拿大一所排名前五位的大学。但硕士毕业后一直没有找到理想的工作。平时生活非常单调,没有任何朋友。因为高中就来北美,上海的同学都已不来往,加拿大人不好交往,和中国留学生又是两个圈子。现在她感觉自己像一个边缘人,和谁都谈不深。

一些从小被父母送出国或带出国的孩子,并不适应在美国深造,但又不甘于做普通的工作,由此陷入困境。一位几年前随父母来到洛杉矶的小留学生,如今在大学预科学校里混着,期待能申请一所他向往的美术学院。由于感觉希望渺茫,身边又没有什么朋友,记者看到他成天挂在 MSN 上和国内朋友聊天。而 MSN 的名字也越来越悲观,有时竟然是"天天死一点"。

注意保持健康心态

美西南学生学者联合会主席、加州大学圣地亚哥分校博士生李升东认为大学毕业来美学习的硕士生、博士生,一般心理都比较成熟,也有较好的知识积累,有战胜困难的心理准备,所以这一部分群体一般不会出现严重的心理危机。但他也提到像 1991 年爱荷华大学中国留学生卢刚开枪杀死五人这样的案例,说明留学生在海外应时刻注意保持健康积极的心态。

加州大学洛杉矶分校管理学院博士生管文昕说,她不主张很小就独自到美国来留学,最起码应该和家长一起来。她说自己初来的时候,天天为生存和学业而忧虑,总担心下一学期不能申请到奖学金。心理脆弱的人恐怕难以承受内心的孤寂和压力。留学当然可以增长知识,开拓眼界,但付出和收获是相等的。如果没有足够的心理准备,可能会感到失望,并变得消极。

记者认识一位在一所著名大学念音乐专业的朋友。由于忙于打工维持生计,结果和教授产生矛盾,心理压力很大,几乎都不敢去上课。而临近毕业时,博士没考上,工作也没有着落,一度"连死的心都有了"。

而小留学生的心理问题应该引起更大的关注。小留学生心理尚未成熟,孤身在外,碰到压力和苦恼,只知道自己流眼泪,或者向父母诉苦。而远在万里之外的父母也难以提供有效的帮助。即使父母也在美国,小孩子在学校碰到的苦恼是他们难以感同身受的,实际上能提供的安慰也很少。有些学生压力之下,或者索性放弃学业,随波逐流,有的则沉湎于电子游戏或网络交友,以此来打发时间,排解孤独。

探索心理援助方法

美国社区的一种方式值得借鉴。美国每个社区都有民间组织招募精神导师志愿者,专门针对心理有问题或需要关心和鼓励的少年儿童,上门一对一地交谈并给予指导。华人社区和社团也可成立相应组织,招募志愿者,搜集小留学生的信息,必要时可主动向他们提供帮助。

另一方面,小留学生出国前的心理辅导课应该引起社会各界的重视。大部分小留学生只是听了父母的反复叮嘱,就直接奔向完全陌生的国度。一旦遭受挫折,顿时不知所措。不知道如何排解,不知道找谁寻求帮助。

赵承熙事件的发生,给所有在美的中国留学生和留学生家长们敲了一记警钟。关注青少年留学生的心理困境必须及早付诸行动。这并不仅仅为了防止像赵承熙这样的极端行为,更重要的是为了帮助海外年轻学生身心更健康、生活更快乐。

(据《新民晚报》,驻美记者:沈月明)

钱字当头,低龄留学能否走远

据统计,改革开放至今,我国公派、自费出国留学及其他各类留学生总数已经超过30万,其中到1999年底自费留学逾16万,且呈快速上升的趋势。在阵阵自费出国热、留学热中,低龄学生留学现象格外引人瞩目。据北京市"四达留学"的负责人介绍,2006年在该机构代理的前两批留学生中,高中学历学生占了60%到70%左右。留学低龄化成为家长和专家们关注的热点话题。

低龄留学现象普遍

小常现在的身份是国外一所大学的大一学生，两年前他从北京一所职业高中毕业后就直接登上了目的地为法国的飞机。而近两年类似于他的情况的学生也越来越多。某业内人士分析说，低龄留学的孩子归纳起来都有一些共同的特点：一是学习情况一般或者是学习上感到吃力；二是经济上允许，家庭比较富裕；三是国外一般有亲戚等一些关系。据北京市一中学负责人介绍，他们学校每年都有高三毕业班学生不参加高考就去国外留学的例子，2006年有四五个之多。笔者以一学生家长的身份咨询北京市登仕高机构陶姓负责人时，该负责人介绍这两年出国留学热不减，而低龄留学则是异军突起，每年该留学中介都要代理两批中学生到英国留学，2005年代理了50多人，2006年9月份成行的有30多人，计划2007年二月成行的已有4人。据他介绍，每年中国学生到英国留学的人数在1万多人左右，其中中学生有1000多。

低龄留学，钱字当头

留学在外，最难过的应该是语言关了，相对于那些过了英语GRE、托福的大学生毕业留学生来说，语言就成为低龄的孩子下了飞机后仅次于吃饭住宿的头等大事。通常说来，孩子国外留学都要经过英文培训，小常在国外的第一年就是英文培训。而对于日常生活来说，首先要解决的就是钱的问题，低龄学生留学国外，比那些考取了国外奖学金、一边读书一边打工的国内大学毕业生，更多的是依靠家庭。据该中介负责人介绍，留学英国一年的费用在12万元到15万元之间，而已经有子女出国经历的某家长说实际上不止，留学中介说的费用是学生在外的英文培训加上学费等开支，虽然留学的各个国家有不同的消费水平，但是一年18万元至20万元是比较接近的说法。小常的父亲就是某外资机构驻中国的代表，有此家底，支付孩子在法国的留学费用来当然是绰绰有余。

留学原因种种

孩子出不出去，决定权更多是在家长手里。有些家长在当时可能是出于无奈。对于小常来说，1999年以前职高毕业生不能直接考大学，而职高和成人高考后出来就业还是个问题。当然，这种情况只是一个部分，更重要的是当前"出国热"、"留学热"对家长们的影响。在部分家长的头脑里，出国留学是一种长线的投资行为，出国留学既可以学习外国先进文化，对国外的知识有更深刻的了解和掌握，又可以在国外"镀金"，为将来回国发展创造更好的条件，与其认真读书考取一个好大学再出国不如一步到位。但是，应该看到，低龄学生出国趋势愈演愈烈的原因并不是家长们的"专利"，更深刻的是教育制度和教育思维上的产物。北京市三十五中的郝日达校长告诉笔者，低龄学生留学热的产生原因归纳起来可能有两种：一是开放化国际化的教育发展趋势下的产物，教育界也面临着对世界的开放和与各国的交流，改革开放以后教育也面临着开放，教育这块无形的巨大市场正在不断地被发掘。国外的教育机构正是看中了中国人热衷于出国留学所带来的巨大利益，伴随着各种留学咨询机构的不断增多，各种各样的留学方式也在产生，类似于中加学校、中美学校等各种中国留学预科学校也不断增加。这是一种趋势。这种趋势还会发展。二是当前家庭对适合孩子教育的一种选择需要，是一种教育选择，东西方的教育理念有所差异，相对于比较严谨规范的中国基础教育来说，西方教育更强调个性化发展，讲究以人为本。这一点也是中国家长们热衷于让孩子在年龄较小时就出去接受教育的一个原因。

低龄留学是否值得提倡

我国的义务教育涵盖了小学六年、初中三年，是一种带有强制性的教育，加上处于九年义务教育阶段的学生心理、生理尚未发育成熟。据教育部留学中心一刘姓负责人说，国家是不允许这个阶段的学生留学的。1993年，当时的国家教委发布的《关于自费留学有关问题的通知》中明确规定，自费留学生应具有高中或中专以上学历，对留学生的申请资格有明确的规定。而国家工商总局在《自费出国留学中介服务管理规定》第七条中明确规定"中介服务的主要对象为已完成高级中等教育或高等教育的申请自费出国留学的中国公民"，任何留学中介机构都不能办理九年义务教育阶段学生的留学业务。对于那些高中未毕业不符合条件的留学生，该负责人说这与某些中介为了赢利违法操作有关。而那些出了国的孩子因为生理心理发展的不成熟，其自我独立、自我约束、自我判断能力还很差，他们在国外的几年接受的不光有外国的先进知识，也有意识形态、人生观甚至于行为方式，这对于的中国家长们来说，并不是一个值得乐观的问题。郝日达校长曾沉重地对笔者说，面对这种情况怎么来发挥我们的教育优势，来挽留这些孩子，恐怕是素质教育工作者还需努力的问题。

（据《光明日报》，作者：吴明京）

低龄学生留学：给孩子钱就足够了吗

留学生越来越年轻

"以前多数学生是在国内读完了本科甚至硕士才出国留学，而现在直接到国外读大学的比比皆是，甚至读高中的也不在少数，新一代留学生越来越年轻；另一方面，以前的学生出国念书比较'死心眼'，往往都要读到博士，而现在的却常常是本科毕业，能找到好工作就不再读了。"英特尔公司硬件设计高级主任工程师徐少洁博士总结了新老两代留学的不同特点。对于当前的留学热，他认为这跟国内的就业形势有关，不少大学毕业生特别是非名校的学生一毕业就面临失业的境况，而在美国，本科毕业找工作一般不成问题。特别是女生，因为美国高学历的女性往往会在生了孩子后辞职做全职太太，求职的竞争较少，找工作比较容易。

徐少洁接触了不少斯坦福大学、伯克利大学的留学生，他认为现在的留学生思维更活跃、比较现实，会更多规划未来的工作。"我有个朋友的孩子从哈佛毕业后，找到了一份年薪13万美元的工作，而博士的薪水也不见得会更多。"

当心"海归"变"海待"

"还没出国，父母已经把学费和生活费准备好了，即使不打工赚钱，生活压力也不大。校友会还可以提供很多生活和精神上的帮助。网络更是提供了各种信息。"南京大学费城校友会主席、Unbound Medicine 高级软件工程师汤华女士告诉记者，"我们当年初到美国时，什么都不懂，不知道怎么到银行存钱,不知道如何搭公车,但现在网络时代,什么信息都能查得到,年轻人可以更快地适应异国生活"。

不过,在这些"老留学生"眼中,条件好对年轻人的成长也有不利。有些私立大学为赚学费降低入学门槛,造成有些孩子因为考不上国内的高校,便转投国外,但他们的基础并不扎实,再加上海外高校的质量也是良莠不齐,留学成果堪忧,毕业后的求职前景也不看好。即使回国就业,也会因牌子不响、能力不佳而由"海归"变"海待"。所以,家长们在替孩子选择海外大学时,还是需要选择真正的优质学校。

美国长岛大学商学院管理系主任萧伯春认为,由于条件过于优越,现在的留学生与他们那个年代的相比发生了很多方面的变化,有不少人的社会责任感在下降。以往留学生攒了点钱买旧车,现在家里给钱买新车,而学习的氛围反而淡了。

不赞成高中出国读

对于留学低龄化问题,徐少洁表示不赞成。"一方面中国的基础教育比美国好得多,另一方面,美国的教育是小班化,由于文化的差异,外国来的高中学生很难融入当地学生的圈子,这对于孩子的心理成长是不利的。我有个同学的女儿14岁随父母到美国读初中,现在高中毕业了,但班上80%的学生都不熟悉。大部分时间还是在网上和北京的老同学聊天。所以到现在她的英语也不太好。如果是孩子一个人留学读高中问题就更多,缺乏父母的家庭教育,生活上不能照顾自己,心理也不成熟。在英国有很多中国的小高中生在读语言学院,但有些人并不认真学习,而是开宝马,甚至年轻人同居,这样的例子在温哥华也有。很多小留学生的父母把孩子送出去之后,都没有去看望过,其实光是给他们经济上的支持是不够的。"

多尊重孩子的选择

MGI PHARMA制药公司资深科学家徐炜政谈起教育和学习有一肚子的话要说。徐炜政的大女儿16岁,到了快要上大学的时候。前不久,徐炜政带着女儿去马里兰大学的招生咨询机构听了一课,机构里的心理学博士给准备考大学的学生做了100道题目,这些题目能看出谁适合什么样的发展方向。徐炜政夫妻俩都是从事科学研究的,对科学有着无比的热爱，他们也非常希望女儿能从事这一方面的研究，无奈女儿偏偏喜欢写作、心理学等文科类的东西。起初徐炜政觉得挺难接受的，不过为了尊重女儿的爱好，他还是接受了这一点："如果我们硬要求她学某个她不喜欢的专业，可能学不到两年，她还会转到别的专业去。"他觉得美国教育中倡导让孩子自由发展的理念非常好，"因为只有是她自己真正喜爱的，才能学出成绩来。不管是在国内学习，还是出国留学，都要多尊重孩子自己的选择。"

（据海外留学网）

细说低龄留学 N 个误区

中国的留学热日益低龄化。而作为留学的"先锋"城市，深圳的孩子们年纪轻轻就留学的也不少。但在这股"娃娃留学潮"背后，有很多认识的误区，值得引起人们的警惕。

误区一：中国人聪明，因此比老外同学有优势

实际情况：中国人的聪明并不建筑在外国人的愚蠢之上。西方社会近代一样有无数的发明创造，都在很大程度上改变了现代社会以及人类的生活方式。另外，西方人在文学艺术、权力体系、法制体系、会计准则、社会福利等软件方面、系统工程方面的创举也足够咱们中国人学习的。

误区二：学完高中课程才出国，出国留学不会有什么问题

实际情况：国外的高中课程里面也有很多内容是国内所没有的，比如说数学中的微积分学以及会计等等。而且即使那些已经在国内学过的课程，到了国外是用英文来上课的，这样对于小留学生们来说难度就比较大了。

误区三：数理化强成绩会更好

实际情况：中国学生有自己的特长，但是不要忘记了国外学生也有他们的优势，比如说文体、艺术、创造力和想象力等方面，大家可以说是各有所长，处于同一起跑线上。从某种程度上来说因为语言的关系,小留学生们可能在起跑时还落后了一步。数理化并不是中国人的专利,这一点能够从以往诺贝尔得奖的数理化方面的科学家名单中就可以看出。

误区四：文体特长应该是我的优势之一

实际情况：这些文体特长很多国外学生其实也有，可能仅有的差别是这些特长究竟是乒乓球和羽毛球，还是澳式足球、网球和游泳。对于海外留学生来说，这些特长如果不能转化成在高考时的加分，那就未必是优势。

误区五：有钱能摆平一切

实际情况：有钱并不能买到一切，比如说友谊和爱情，还有对海外留学生来说最重要的海外大学文凭。人类的生命也是一样。这个世界不能用钱买的东西实在是太多了。

误区六：一次考得不好没关系

实际情况：如果有小留学生认为自己一次考试没有考好是因为有成绩特别好的同学，而下次再考一定会出好成绩的话，那这种想法是极其危险的，基本上就是一种典型的赌徒心态。高考状元是年年有的，自己要考出好成绩不能指望别人失手，而一定要靠自己的努力。

误区七：在国外英语的提高靠课堂就可以了

实际情况：学习英文和学习其他知识一样是一个积累的过程，从量变到质变。平时抓紧空闲的时间学习英文对于提高各科的成绩都有巨大的帮助。更何况小留学生们还要应付来自实际生活中的英文需要。仅靠课堂的学习就能完整地掌握或精通一门语言是不太可能的。

误区八：将来的事情将来考虑

实际情况：海外留学是个很好的机会，并不是每个人都可以实现这个梦想的。出国留学其实只是一种实现人生目标的重要手段，以后的路怎么走还需要自己的认真思考和仔细规划。当今社会竞争十分激烈，机会只会留给在各个方面已经做好充分准备的人。

误区九：把书读好就可以了

实际情况：来海外学习并不仅仅为了书本上的知识，中国要和国际接轨需要学习的东西实在是太多了。这个国家表面所发生的一些事件其实是真实地折射出这个社会内在的本质。小留学生们将来从学校毕业后也必须走上社会，因此对外部社会的了解也可以帮助自己更快地适应社会。

家长的误解更严重？

出于对"国外教育质量"的信任，很多家长对孩子留学的认识非常超前，但实际最后的实践证明：他们的一些看法甚至比自己的小孩还要肤浅。

一些家长在送孩子外出留学时，曾打算让孩子勤工俭学，实际上小留学生靠打工赚钱的可能性极低，一是因为国外对打工有非常严格的年龄限制，二是因为在欧洲、澳洲打工的机会极少，大量的成年人尚且无工可做，又有多少机会能留给中国的小留学生们？

很多家长倾家荡产，也要将子女推向海外，为什么呢？除了虚荣心作怪外，还因为他们有三个"奇异的"想法：一是误以为小留学生到海外能拿到绿卡，然后留在海外发展；二是误以为在海外很容易就能过英语关，即使不能留在海外发展，回国最起码可以当英语翻译；三是误以为海外大学文凭好拿，学习轻松。

但实际上，支撑小留学生父母送子女留学的三大"支柱"，没有一根能靠得住。

（据人民网）

小留学生进入同居时代

"从浩瀚的知识海洋到简单的洗衣做饭，从美妙的异国情调到挥之不去的乡愁，五彩缤纷的异国生活无法掩饰现实生活的诸多无奈，空虚、寂寞成为许多海外留学生最常用的词汇。就这样，很多中国留学生就在迷茫与困惑中走入了同居时代。"有人这样形容现在的留学生活。

当留学海外已经不再是大学生和研究生们的专利时，越来越多的孩子出现在国外的学校中。这批低龄留学生们操着全国各地不同的方言，游走在学校和城市的各个角落，泡网吧、谈恋爱、逃课……留学的生活与国内的孩子看起来似乎并无太大区别,不同的是,身在异乡的他们学会了"互相照顾",小小的年纪就过早地进入了同居时代。

老实说,孩子们其实并不容易,他们身上大多承担着父母望子成龙的期望,孤身在外,难免心里孤单,同病相怜的他们自然很容易跟风随流,一拍即合。同居,既时尚,又节约成本,还能找个说中国话的,何乐而不为呢?

当然,孩子在国外同居,痛心的还是父母,花钱让他们出国,本是想让他们体验国外的生活工作方式,至少回国后能叽里呱啦地操一口流利的外语,也好为自己今后的人生积累一笔资本,没曾想送出去的孩子却在国外体验起了另一种背叛传统的生活方式,真可谓得不偿失了。

说起来,低龄留学现象也并非最近才开始流行。早在1872年到1875年间,清政府就先后选派了120名10岁至16岁的幼童赴美留学。史料记载,他们中至少有50多人进入哈佛大学、耶鲁大学等美国著名学府,很多人后来都成为近代中国历史上的佼佼者,如著名铁路工程师詹天佑、复旦大学创办人唐绍仪、清华大学第一任校长唐国安等。

这样看来,低龄留学并无过错,关键在于自己的把握。现在的孩子能留学的基本上都是富家子弟,生活无忧,更无报效祖国的远大理想,有的是为父母长面子的,有的是为躲避国内激烈考试竞争的。再加上远离了中国式的传统贴身式教育,在西方的宽松环境下,同居普遍也就不难理解了。

眼看着孩子在国外早恋同居,家长苦于鞭长莫及,难奈其何。而且对于干着急的父母来说,还有一个趋势让他们头疼。据说,现在有三成以上的"海归"就业困难,近一半的"海归"不知道自己适合从事什么职业、薪酬究竟应该是多少。在犹豫、徘徊中,不少"海归"沦为了"海待"。这形势对那些低龄留学生而言恐怕更为严峻。小留学生要么就是缺乏经验,要么就是眼高手低,总以为留过洋了,就应有更好的职业。殊不知现在的就业市场早已过了"海归"通吃的时代了。

所以呀,想通了的家长没必要再坚守"在国外接受教育就一定比在国内好"的死理,中国不是有句老话,叫"国外的月亮并不都是圆的"嘛,费尽心机,花大价钱,骗自己的孩子去国外留学,结果却把孩子过早地送入了同居的行列。何必呢?

(据《广州日报》)

低龄留学未必不好　三类学生宜早留学

近两年来,舆论一直倾向于低龄留学弊大于利,小留学生的形象在一次次的负面报道中受损,一些报道甚至斥之为"留学垃圾"。事实上,留学专家却认为,并非低龄留学就一定不好,有三类学生越早留学越好。

争论一:国内基础教育比国外的好?

刘颖(20岁,牛津大学大一学生):国内外基础教育差异很大,我在国内时成绩并不好,在班里的排名一直在十名以外,每一次的考试都只是零点几分的差异使得我不能走入"一流"学生的行列。很多模拟考试已经不是能力的考试,而只是老师不得不用一些题目淘汰一批人,我不甘心这样被分数淘汰。

16岁那年,我到英国约汉勒基学院读高中。出去后,我才发现原来这个世界上还有那么多不同的文化等着我们去学习和探究。在英国高中,唱主角的始终是学生,老师只起到点拨的作用,而不是像国内一样"满堂灌"。这种学习上的自由独立,给了学生一个很大的发挥自己潜能的空间。

争论二:年龄太小易放纵堕落?

刘颖:我在国内是完全没有生活自理常识的懒虫。出国后,我不得不逼着自己去做每一件事情:洗衣服、烧饭……一年过去了,我已经完全能够胜任这些,连父母都为我的变化感到诧异。我认为出国留学,可以学习独立,学习如何与人打交道,对能力是全面的培养。

翻开历史,中国第一批留学生是清政府派出的120名留美幼童,他们的年龄都在9—15岁间。史料记载,他们中至少有50多人进入哈佛大学、耶鲁大学等美国著名学府。怎能说低龄留学一定会变成"垃圾"?

站在家长的角度说,我认为学习独立生活也是选择让孩子出去的一个理由。毕竟,在这个竞争日益激烈的社会中,越是独立自主能力强的孩子就越有可能在同龄人中脱颖而出。

专家发言:三类学生宜早留学

留学专家:在家庭经济能力许可及学生比较有自我约束力的前提

下,有三类学生适合在初高中阶段留学:一是在国内成绩处于中流,但是觉得自己仍有实力没有展示的学生。二是俗称"偏科"的学生。他们在国内的中学里兴趣成为包袱,心理容易边缘化,而在一个选科自由、强调学生兴趣、注重能力培养的校园里则不一样。最后还有一类学生,他们是国内一些民营企业家的孩子,被派到海外学习,并准备回国接掌家族企业大任。

(据四川在线—天府早报)

浅谈低龄留学

伴随着海外留学的升温,出国的人群也趋于低龄化,媒体所报道的案例中也不乏低龄出国但终究学无所成之人。那么,如何看待低龄人群出国,如果他们出国又该注意些什么呢?艾迪国际咨询顾问给出了如下

建议：

年龄：小有小的好处

如果家长希望孩子出国后所学的专业对于语言的要求较高，诸如法律、医学等，那么低龄出国会对其语言的学习及将来的专业学习有益。因为这些职业对语言的要求高，孩子送到国外去至少要学 3—4 年的语言才有可能跟得上当地孩子的进度，继而才有可能学习医学和法律。因此，低龄出国对其未来的发展有利。

如果孩子要早出国，则父母双方最好能有一方陪同在孩子身边。低龄学生自我约束能力不强，而国外的环境与国内差别巨大，家长的陪同是必需的。

文凭：聪明 VS 成功

出国留学为的是学习专业技能和思维模式。虽然文凭很重要，但是如果没有足够的工作经历和个人魅力的话，文凭的含金量会大打折扣。

对于一个顺利拿到高学位的人来说，美国人的评价是"聪明"；而对于一个事业发展顺利的人来说，即使他的学历不高，那么美国人对他的评价为"成功"。

目前职场的趋势为：用人单位对学历的概念越来越模糊，转而要求学生有非常强的动手能力和实践经验。因此，对于低龄留学一定要持审慎态度。

专业：大环境下结合兴趣

一份来自英国的数据显示，目前中国留学生所学专业大多数集中在商科（包括会计、管理、金融等）和 IT 领域，其总数占到了 80% 以上。这些留学生总以为只要学了商科回国后就能做生意挣钱。事实上，近年来国内的就业形势日趋理性，大部分留学生的专业雷同，竞争力必然下降。

中国人普遍认为商科就是学做生意，其实国外真正的商科是研究商业社会的游戏规则以及自身在商业社会中扮演的角色。如果不理解这些，很难领会商科的内涵，更别说学会做生意了。

目前，国内甚至全球最需要的并不是商科人才，最紧缺的是教师、工程师、环境保护、酒店管理方面的专业人才。因此，在专业选择的同时

一定要认清大环境,把握国内发展趋势,在大方向的指引下再考虑自己
的个性。

(据艾迪国际网)

家长心声

　　　　孩子出国留学,最担心的莫过于他
　　们的父母了,他们担心孩子的居家安全,
　　担心孩子在异国的学习适应状况……

儿行千里母担忧　小留学生家长担心知多少

　　孩子出国留学,家长最担心的莫过于孩子在当地的居家安全了。
事实上也是,居家和房东找得好,可以说为初到异国他乡的孩子解决
好了一个大问题,家长可以省心不少。所以,许多家长在孩子出国前,
都要花很大的精力极其谨慎地为孩子选居家和房东,一旦签了合同预
交了房租就会松一大口气,认为居家定下来了,孩子去了就可只管安
心学习了。

　　可事情却出乎意外。少有孩子会安心在家长为他们选好的居家里
长住,而且差不多都是一去了就闹着要搬家,家长往往因毫无思想准
备而乱了阵脚,惊诧地发现这个时候的孩子如同放出去的野马,完全
招呼不住,家长要是想管,孩子则连事情都不再告诉你了,最后背着你
找好房子把家搬了,来个既成事实,让家长讲道理费的口舌、花的电话
费和时间精力等等全都白费了,惟有生气和无奈地感叹"早知今日,何
必当初"……

　　可以说,许多小留学生家长在孩子出国初期都有过上述经历,也
为孩子擅自搬家着过许多急、受过不少的惊吓。每年10月以后,国
外许多学校相继开学,又有不少孩子、特别是高考失利的孩子踏上

出国留学之路,而他们的家长则很有可能在处理这类事情的时候重蹈覆辙。

但是,假如他们能够了解先期出去的小留学生家长的这些经历,并从中悟出一些道理;或者有熟悉情况的人事先给他们一些提醒,情况可就大不一样了,在应对这类事情的时候就可能从容理智得多……

居家安全——小留学生家长担心知多少?

我家小女出去那年才17岁,高中都没毕业,又从来没有离开过父母离开过家, 典型的小留学生一个。在操办孩子出去的诸多事情中,选择一个安全的居家成了首要大事。一个女孩子,在陌生人家里居住,家长的担心该有多少?经常听说一些在外留学的孩子因为和房东相处不好等等之类的居家问题打电话回来诉苦, 搞得父母忧心忡忡……

种种传闻和担心使我和孩子她爸在孩子出国之前选居家的时候是慎之又慎,费了不少的神。我们曾为选年轻的房东还是年老的房东拿不定主意,讨教过很多人。学校负责安排居家的老师告诉我们,说他们推荐的居家都要经过严格考察,很多家庭都多次接待过留学生,让我们放心。后来,我们在学校提供的居家中千挑万选的,才选定了一家。这家的房东夫妇四十多岁,都有工作,有两个女孩和一个男孩,全家对东方文化很感兴趣,对中国孩子也很友好。学校电传过来的情况很详细,连房东家喂了一只猫和一只狗都写上了。我们对这家的家庭背景和成员结构基本满意,女儿特别对这家里的猫猫狗狗感兴趣。而且孩子去了之后反馈回来的情况也不错,房东待她很好,居住等各方面条件也可以,这让我们很放心。照我们的设想和安排,女儿至少应该在我们精心选择的这个家庭住上半年,等语言班毕业以后,又比较熟悉当地情况了,才有可能考虑搬迁新居的问题。当然,如果感觉满意,不搬最好。

可事情却完全不像计划的那样简单。女儿去了不到一个星期就吵着要搬家,把我们搞得措手不及。她一会说要搬出去个人住,一会说要和同学住,一会又去找公寓……花样多得很,每说一个出来就让我们心惊胆战、紧张万分。自然是坚决反对,特别是从安全角度考虑,更是如此。

个人住，担心她太小不会照顾自己，晚上记不住关火关气关门窗；和同学住，干扰太大不利于学习，遇到不爱学习整天只知道吃喝玩乐的同学还容易学坏，而且，没有大人照看，也不安全，日常防火防盗等等都是问题。住公寓更让人不放心，据说在公寓居家的人多且成分很复杂，其中还不乏吸毒者！这种环境，有这么多的不安全因素，只怕避之不及，哪里还能身临其中呢？尤其是刚刚走上社会的小孩子！

总之，我们不相信在学校家庭两点一线长大的女儿能够独立处理好搬家这类生活中的大事，怕她上当受骗遇到坏人，怕她找到不好的房东受欺负。特别是她到那边的时间如此之短，什么都不了解，也不熟悉，匆忙搬家，万一新家条件不如现在怎么办？万一遇到不好的房东惹出麻烦，她的学习和生活连带身心健康岂不都要受到严重影响?! 真是越想越害怕、越觉得问题严重，为此急得吃不下睡不着。

我们极力反对、劝阻，给女儿讲道理、分析利弊，批评她的冲动草率，可女儿像铁了心，一点听不进去，和我们争辩，搬出一个一个理由试图说服我们，我们在国际长途电话线上"唇枪舌战"，一时间电话费猛涨。那时IC卡没有现在这样普及，国际长途收费很贵，有一天晚上，竟然把刚刚预交的一千元打光了！可我们也顾不得了，为了孩子的安全，为了说服她不要搬家，花再多的电话费也在所不惜。我们还到处打听、托人，通过朋友的朋友委托他们在澳洲的朋友，让他们帮忙说服女儿。女儿对此却非常反感，说我们天天打电话去教育她、举那么多危险例子去吓唬她，太小题大做了，她十分恼火："不就是搬个家嘛，你们用得着这么紧张吗？有必要吗?! "

当我们把转了许多弯、好不容易才打听来的那些在澳洲的朋友的朋友的电话和地址告诉女儿、叫她去找这些大人商量的时候，女儿却不买账，当时就嚷嚷起来："哎呀，哪有你们想的那样复杂嘛，在这里来读书的学生都是自己处理这些事情，怎么没见别人出事？"还抱怨我们"一点都不了解这边的情况，想得太多了，怕这怕那的。哪有那么多的万一嘛！这么不放心，当初还不如不要我出来，就放在家里看着好了！"

（据中国侨网）

专家看法

少年出国留学,须具备怎样的条件、注意哪些事项,专家对此见仁见智。

◆ 教育部留学服务中心国际合作处处长车伟民:
出国要符合条件　在国外学习压力也不小

教育部留学服务中心国际合作处处长车伟民认为,出国读中学之前不妨先看看是否符合以下三个条件:

条件一：家庭财力够雄厚

首先是家庭经济能力怎么样,能不能承受,能承受什么样的学校。与大学不同,国外的高中几乎没有奖学金,这就要求家长具备雄厚的经济实力：以英国为例,在一所公立中学读一年书的学费、住宿费、生活费加起来就要将近20万元人民币,私立学校则更高。如果三年完成高中学业计算,起码要六七十万元人民币。况且,在国外读中学的学生几乎都会选择留在国外读大学,这意味着家长有可能还要支付大学的费用。

条件二：学生素质要够好

其次是学生自身的素质：要有较强的自制能力和独立生活能力,这对未成年的孩子来说尤为重要。很多资深人士都提到,孩子在国外会遇到各式各样的问题。比如说,能不能独立用英文填写学校、政府部门的表格?怎么跟房东"砍价"?怎么跟外国孩子打成一片?上课敢不敢主动发言?所以,孩子得有一定的英语基础和学习能力,而且在国内就要做好心理准备。这样,身处他乡、无人管理的孩子才能正确面对和处理各种困难。

条件三：压力承受能力强

最后,也是家长和学生往往忽视了的一点是：国外的学习压力也并不小。而家长不惜工本送孩子出国读高中,最终还是希望念所好大学。广州的 Jesse 在广东省实验中学读完高一以后赴美留学。如今正在攻读硕士学位的她回忆高中生涯,坦言那是个艰难的过程。"美国的高中和大学差不多,要选课,课室不固定,课间和午休的时间都很短,而且每六周出一次成绩单,压力好大! 我的英语在国内同龄人中算很不错的,但一开始上课就跟不上。"Jesse 说,当时最头痛的是历史,因为要用英文系统学习美国和欧洲历史,查阅书籍、写读书笔记:"那么多专有名词,又枯燥,看得头都大了!"但她承认,这种苦读的经历对以后适应语言、环境是不错的练习。

◆留学机构工作人员:四类学生不适合留学

学习基础差者不宜留学

记者在采访中了解到,2007 年来华推介的 20 多家国外大学中,有不少只要求学生有高中毕业证,并不看高考成绩。但这些学校也表示,不看高考成绩不等于对学习基础没要求。

英国伦敦大学制药学院的工作人员称,校方对学生高中阶段的生物、化学、数学等单科成绩有较高要求,而且雅思要达到 6.5 分。而加拿大汉伯学院要求学生高中的平均成绩要达到满分的 65%以上。一位工作人员说:"如果孩子在高考中只考了两三百分,家长最好不要送他出国留学。"

自制力差者不宜留学

加拿大政府注册咨询师、台湾人叶屿生在为汉伯学院做宣传时向家长建议,在国外的学校,学生学习基本上靠自觉,如果孩子在国内就很任性、自制力差,是不适合出国留学的。

叶屿生说:"国外许多大学奉行'宽进严出'原则,孩子在十分轻松快乐的氛围里学习,如果不是特别自觉,自制力又差,就很难学有所成,个别孩子还可能走上歧途。"

自理能力差者不宜留学

英国某大学的宣传人员表示,出国留学生活对留学生的生活自理能力要求也非常严格。一个人身在异国,除了要安排好学习之外,如何妥善处理好自己的生活也是一项很强调能力的本领。

这位人士说,现在国内的高中毕业生几乎都是独生子女,他们普遍存在自理能力差的问题。这看似很不起眼的小问题,让很多孩子无法适应国外院校的生活和学习环境及节奏。

年龄太小者不宜留学

在咨询会上,一些非高中应届毕业生甚至孩子还在读初中的家长也来打探留学情况。为澳大利亚某大学做宣传的中方工作人员向家长建议,如果孩子太小,即使家庭条件允许,也不要将他们送出国。

这位人士说,出国留学的孩子需要有一定的成熟程度和社会经验,除了需要有自律与自理能力,还要有一定的心理承受能力。那些心智发育尚未成熟的孩子不仅生活能力差,而且一旦对西方社会的阴暗面有所接触,又没有家长在身边正确引导,会对其在国外的学习和生活造成不良影响。

◆ 重庆师范学院副院长、博士生导师任国胜: 不要太早送孩子出国留学

曾在法国留学三年的博士生导师、重庆师范学院副院长任国胜对重庆市家长提出建议:实在没必要太早送孩子出国留学,待到大学毕业后再出国也不迟。

任国胜的理由有二:一是和国外的教育条件相比,目前国内的基本高等教育水平完全能让学生学到足够丰富的知识。孩子若在初中或高中毕业就出国,其自我控制、心理调节能力还较弱,一旦跟不上国外的教学节奏容易自暴自弃。二是花费巨大。以法国为例,一年下来最低也要7万元,高的则10万元。一般而言,大学上四年,加上一年的语言强化训练,五年下来,家长们支付的费用在50万元人民币左右;而美国、德国等国,费用更为巨大。

◆ 留学机构的老总们: 当前的中学生留学热存在几点误区

误区一: 过分依赖中介

把孩子的命运完全交给中介处理非常冒险,即使是合法的中介,也

只是一个商业导向的机构，不要以为付给中介服务费就万事大吉了。既然付了高额服务费，家长就更应该充分行使自己的权利，应该不厌其烦地向中介了解留学国家教育的方方面面。与中介深入探讨各种安排的可能和利弊。通过其他渠道尽可能了解、搜集丰富完整的信息，确保自己的决策不盲目、不被误导。

误区二：过分追求名校

父母必须尽力为子女选择教学质量有保障的学校，避免误入烂校，同时也不宜让孩子一步跨入挑战性过大的学校。那些天赋好、个性强、准备充分的孩子，很快能适应名校的生活，但对很多孩子，名校未必是明智的选择。中学生出国留学的第一步是建立自信，尽快适应国外主流课程体系。对大多数学生来说，比较恰当的途径是选择教学业绩中等偏上层次的学校，同时考虑学校的各种条件，包括地理位置、生活设施、对国际留学生的支持等。

误区三：以为国外课程很容易

中国的中小学课程和教学体系是世界上强度最高的，但不代表难度最高。国外中小学不强调精确记忆，但要求有助于融会贯通的适度记忆。注重培养合理怀疑、分析和批评一切现有理论的思考能力，重视学生实验实践和动手能力、参与社会实践、自主调查等自学活动。在所有课程中，中国只有数学比西方难。

◆ 耶鲁校长：不赞成低龄留学，不增招中国学生

面对沪上学子将赴美留学演变成风潮的现状，耶鲁大学校长莱文2006年11月做客复旦参加中美学生论坛主旨演讲时态度鲜明地表示，耶鲁每年仅招收十几位来自中国大陆地区的本科生，而且目前学校也没有要"扩招"的计划。

有消息称，部分上海学生已经把参加美国高考当作留学美国的捷径，许多高二学生乃至10岁的低龄学生都开始为此"攻关"。对于上海学子的热情追捧，莱文校长有些无奈："据我所知，不少家长很早就把孩

子送到美国,他们认为在美国读高中然后进名校的概率会比较高。可这并不一定,还是要根据每个学生的个体情况最终决定。对于耶鲁而言,我们更希望能招收到一些具有中国本土特色的学生。"

莱文校长告诉记者,目前在耶鲁就读的中国本科生成绩不错,人数却不多,仅 12—15 人。虽然未来几年的申请者可能会增加,但校方并没有明确的"扩招"配额,名额基本会维持在每年 10 人左右。"如果说耶鲁招收研究生看中的是专业考试成绩、本科在校表现和教师的评价,对于本科生,我们希望他们不仅课程表现突出,更能有音乐美术等课外特长。"

对于上海学生把眼光"锁定"美国名校的做法,莱文校长并不赞同:"某些中国学生可能更适合国内的教学方式。"谈及中美高校的差距,莱文校长直言,生源素质的差距可以说几乎没有,唯一的不同就是,美国的名校可能掌握了更多师资方面的优势,拥有大量的顶尖教授。

(据广州日报、新浪网、人民网、新华网相关资料整理)

留 学 故 事

> 小留学生们在异国他乡求学生活,其中的酸甜苦辣,唯有自己体味最为深切……

15 岁女孩孤身留学美国的日子

故事主人公：徐梦媞,天津一中高一学生。2005 年初三毕业后,15 岁的她代表学校赴美国得克萨斯州休斯敦市的 I.H.Kempner High School 进行为期一年的学习交流生活。在美国最初的那些日子里,她发现一切都和她想象的完全不一样。那时她还没有意识到,那段日子的磨练,将是她成长过程中最宝贵的财富。一年后,她以全科都是 A 的优异成绩圆满结束了此次交流活动；与此同时，她把在美国这一年的生活点滴和内心感受写下来，由北京出版社出版，书名叫《爸爸妈妈请放心——15岁女孩孤身留学美国的日子》。

出国对徐梦媞来说并不陌生，她从三岁起就一直在华夏未来少儿艺术团学习舞蹈，从九岁开始，每年的寒暑假她都会跟随艺术团出国演出，去过美国、澳大利亚、日本、蒙古、加勒比海地区等多个国家和地区。而这次的美国之行，将是她孤身一人前往一个完全陌生的国度，对一个15岁的女孩子来说，一个人到世界上先进国家学习生活一年，该是一件多么令人兴奋的事情啊，徐梦媞怀着这样的心情上了飞机。

"刚到美国的时候，我发现自己无法融入他们的生活中，后来，当我学会用他们的生活方式去生活的时候，心情就会好一些，也可以说心里有了一些归属感。

"我住在当地的接待家庭里，男主人是商人，女主人是医学讲师，家里有四个孩子。在美国最初的日子里，我觉得一切都是那么新鲜，天那么蓝，云那么白，很大很漂亮的校园，很自由的学习方式。但是随着新鲜感的过去，取而代之的是找不到归属感和温馨感，虽然我的'洋父母'对我非常好，称我为他们的'女儿'，但是我的孤独感却越来越强烈。这种孤独感来自各个方面，首先是语言不通，我可以和'家里人'连比划带说，但是上课却不能这样，老师不会因为你而放慢进度。其次就是生活，美国人的生活方式和思维习惯与我们有着天壤之别，我习惯了中国式思维，所以无法融入他们的生活当中去，那种落差感太大了。差不多有两个星期的时间，我天天哭，看见爸妈的照片就哭，坐上校车去学校的路上也会哭，哭成了我排解内心情绪的唯一方式。

"语言关是最大的障碍。我每天下午2:30放学，坐校车3点到家，上楼后就翻开书包学英语。最初的三个月，我平均每天只有四个小时的睡眠，就连睡觉脑子里都在背单词，就怕明天老师提问题的时候答不上来。开始我有过放弃的念头，这跟我原本想象憧憬的生活绝对是两个样子。每当这个时候，我会问自己，'你可以坚持得住吗？'这个过程太苦了，好在我坚持下来了。三个月后，我可以和同学正常交流，六个月以后就非常自如了。我的英语老师对我帮助最大，她给我一种母亲般的熟悉感，她从来不给我讲做人的道理，而是跟我聊她遇到的事情，问我最近的情况。

"这本书的内容全部是我在美国写的，本来我想把从小到大的事情写下来送给妈妈，美国之行只是作为其中的一个部分，可到后来我发现，美国之行可以作为我成长过程的浓缩，我就以日记的形式把这一年的生活记了下来。后来被一个出版社的编辑看到，于是就有了这本书。

"在美国一年的时间，我学会思考自己做的每一件事情，能够独立生活只是一个表象，我要学会面对生活，知道什么叫坚持、什么叫感激、什么叫宽容和珍惜。

"吃饭：我的接待家庭共有九口人，他们的大女儿有两个孩子。我们几乎没有在一起吃过饭，除了过母亲节和聚会，其余时间都是各吃各的，每天早上'妈妈'做好一天的饭，谁饿了就热一下饭。他们家非常喜欢吃中餐，所以我还能吃到大米，但他们的菜都是放进水里一煮，捞出来就吃，什么调料也不放。

"家务：所有的孩子必须做家务，我也一样，每个星期一次，清理卫生间、垃圾回收、遛狗，还包括每周末做饭。不管我做什么饭，他们都爱吃，即使菜做得有些煳。

"生病：第一次生病，我给家里打电话，当时只有'爸爸'在，我说我有些不舒服，他说他也不好受（他有心脏病），你就在学校呆着吧。我当时那个委屈啊，要在国内我早就被家人接走了。晚上回到家后，我不想吃油腻的东西，自己下了一碗面条吃。我后来才知道，在美国看病很贵，而且对于普通的感冒发烧并不太在意。现在我生病了，也是自己找药吃，也不会和'妈妈'说。

"迟到：我平常上学是七点半上课，六点半坐班车，结果有一天我起晚了，耽误了班车的时间，我以为我是客人，家里人应该送我去学校，结果他们说，你知道你的迟到带给我们的麻烦吗？虽然后来大女儿送我去了学校，但是我却不知道要对她说'对不起'还是

'谢谢'。

　　"交友：美国人很热情，爱交朋友。我在学校共有四个好友，一个来自台湾，一个来自香港，还有两个是美国人。平常在家里也不能在房间里呆太久，应该和大家一起看电视、聊天，否则人家会觉得你太不合群了。

　　"花钱：有一次我看上一双 50 美元的运动鞋，要是在国内，我会把它买下。可一个人在外才知道，钱花出去了就是花出去了，等真正要用钱的时候才知道没钱的那种着急感觉，还想找自己爸妈那是不可能了。突然就觉得自己以前乱花钱很对不起他们，只想着去依赖，并没想到这样会带给父母怎样的负担。"

（据津报网）

大学生炒股也疯狂

从2006年开始，中国证券市场一路高歌猛进，股指、成交量、开户数屡创新高，中国股市俨然成为全球股票市场中最耀眼的明星。于是，财富"神话"使各行各业的人士纷纷加入到股市大军中。

不经意间，资本市场迸发出的激情也照耀到了象牙塔下的莘莘学子。这些没有经济来源、用自己的学费、生活费甚至四方筹措借来的钱奋不顾身跳入"股海"的"初生牛犊"，俨然已成为股市大观园里一道独特的风景线。对此，众说纷纭，评论不休。

时下的大学校园里，出现这样一群大学生，他们为股票而"疯狂"。

股市暴涨　大学生炒股也疯狂

大四学生小林前段时间成了大名人。

寒假前，他开始了自己的第一次股市投资，把平时打工积攒的5 000元投入股市，几个月后，他赚了近2万元，这在同学中掀起很大的波澜。有不少同学也纷纷效仿，将自己省吃俭用或打工赚来的钱投入到股市中，成为炒股一族。

艺术专业的大三学生刘某没小林那么幸运，两个月前他将自己省下的生活费和借来的钱共4 000元和同学一起开户入市。可因为是新手，什么都不懂，一见到股票跌，心就慌，连着几次"割肉"，现在已所剩无几。"伤痕累累"的刘某如今很后悔盲从跟进股市。

其实，大学生炒股是个颇受争议的话题。有些人认为，大学生炒股不但能培养理财观念，还可以增加社会经验，具有积极意义。还有些人则认为，大学生应以学习为主，要想增加社会经验，可以利用假期去做与所学专业相关的工作。

对于大学生应不应该炒股，记者进行了调查走访。

齐大轻化工程06(2)班的赵亮就是一个股民，他认为："炒股是为了锻炼自己。我从小对炒股就很感兴趣，对股票知识稍有一些了解，父母对我炒股也很支持。"他说，现在有很多同学炒股，炒股已经深入大学校园。其中学经济的学生居多，但他们投入的金额都不大，都是用生活费进行投资。目前大学生炒股已逐渐形成一股潮流，网上QQ炒股群也日益盛行，在这里大学生股民每天都会交流炒股经验。赵亮还说，股民并非都是有正式的工作、稳定经济收入的人，大学生同样也可加入股民

的行列。时下炒股风盛行，大学生炒股是市场经济发展的必然现象，也反映出当代大学生具有相当的经济头脑与强烈的实践愿望。大学生要多才多能，如果墨守成规，只拘泥于书本，不能提前接触社会、接受新事物，那么，在未来的社会里将不会有立足之地！

然而，齐大06级化学与化学工程学院的学生王艳秋说："我不赞同大学生炒股，大学生活只有四年，时间非常宝贵，同学们应该致力于学业，有了真才实学后才能立足于社会。炒股会占用大量的时间、精力和财力，影响学业。此外，炒股还需要一定的资金和保持良好的心态，而大学生自身并没有经济收入，日常生活开支多是靠家里的生活费，不具备炒股的经济条件。那些准备或已经投身股市的同学，也不是每个同学面对变幻无常的股市都有良好的心理素质，一旦投资失败将很难承受这一现实。"

在有些大学生风风火火叱咤于股市时，大多数同学还是选择了观望，不敢贸然行动。03级高分子专业的邵珠华说，身边有不少同学在炒股，每次听到他们说一个星期就赚了几百元时，心里多少有点羡慕，有时也会有冲动想跟着他们一起去投资。但是，一听到也有同学炒股亏了钱，就又庆幸自己没有去冒险，毕竟炒股不能保证稳赚。邵珠华同学表示：如今大学生炒股成风，对这种现象学校应该给予足够的重视，并加以正确引导。

齐大经济管理学院教授证券投资学的李老师说："对大学生炒股，学校不反对也不提倡，对于坚持投身股市的同学，老师应做好引导工作。首先，学生应树立良好的心态，有充分的思想准备。投身股市，要具备一定的理财知识，拥有良好的心理承受能力。赚了想再赚点儿，赔了想捞本，这属于一种正常心态。不过，如果赔了就不顾一切，拼命想翻本，近乎疯狂，失去理智，炒得走火入魔就不应该了。有的学生炒亏了就萎靡不振，觉得前景一片黯淡，严重影响正常的生活学习，甚至做出一些不应该发生的事。教师应提前对学生说明炒股的利害关系，让炒股的学生懂得，无论是赚了还是赔了，都要能欣然接受，坦然地面对现实。其次，要指导学生合理安排炒股时间。炒股仅仅是学习外的一种学习和实践，是在校学习的一个附属物。千万不能为了炒股，本末倒置，不思学习，不求进步。同时，还要告诉学生不要投入过多资金，更不能借钱炒股，重在体验。大学生炒股的资金主要来源于父母，也有一部分是自己打工挣的钱。有些学生怕父母不同意自己炒股，就把自己的生活费全部拿出来。一旦赔了，会对生活造成严重影响。"

（据东北网）

大学生拿出学费买股票

当今大学生，天之骄子的一群，80后的一代，独生子女家庭长大，消费主义年代上学。如果说80年代大学生追求知识、90年代大学生追求自我实现，今天的大学生则更多是追求财富。可是在物质日益丰富又独生专宠的环境长大，会花不会挣，几乎是当今大学生的普遍特征。

高薪、名牌、豪宅、香车……每个大学生都渴望，2006年股市带来的财富效益，让人都为之疯狂，大学生也不例外。

高校至少有3%的大学生拿学费炒股

目前，风风火火的股市已经不仅只是吸引老股民了，这股风已悄然吹进了大学校园，一些大学生也陆续加入了炒股行列。记者对昆明几所高校调查发现，大学生炒股的约有3%，其中经济管理系的学生较多，最多一班有近10人在炒股；其中个别学生竟将三年的学费都投进了股市。

拿出学费买股票

记者调查发现，学生炒股投资一般在一万元以下，大多是平时积攒下的生活费，也有少数是拿学费来炒股。

炒股给这些同学带来了很大压力，整天跑证券公司，很多课程都落下了，挂课也很平常。按照学校的规定，如果补考再不过的话，可能拿不到学位证。这样看来真的是得不偿失了。

炒股是锻炼自己

在采访中，所有炒股大学生都表示，每星期都会去证券公司，甚至有人每个交易日都会关注行情，其他事情全部让道。

云大经济系的小吕炒股已经有了自己的小经验，他一边在电脑前熟练地输入股票代码，一边和记者聊天："现在炒股我都不到证券公司了，自己上网操作，手续费少，又方便。"小吕家里是做服装生意的，家长非常支持他投资股票。小吕认为，作为当代大学生，应该具备投资能力，学会理财，没有投资能力将很难在社会上立足。

多数学生反对炒股

在记者随即调查的大学生中，有60%以上的认为大学生炒股不妥，他们认为学生应以学业为重，炒股必定会影响正常的学习和生活，而且大学生不具备炒股的经济条件，炒股一旦失败，对学习和生活必定会造成严重影响。另外不足40%的学生认为，炒股能帮助培养投资理财的能力，无论学什么专业，增加一些投资经验无疑是好事，不管是赚钱还是亏本，对将来都是有益的。

以前男生炒　现在女生也炒

在杭州各高校的调查显示，有金融专业的学校，每个班里总有一些学生在炒股票。"现在炒股的大学生总数在不断增加，而且不只局限于金融专业，很多工科类甚至是艺术专业的学生也炒股。以往以男生为主，现在连女生也多了起来。据了解，经济投资学科主要就是讲与炒股有关的投资学、企业估价等内容，报名选这门课的学生大大超出限定人数。

从大一就开始炒股的胡星对此也很有感触："现在身边炒股的同学的确多了很多，去年一年增加得特别多，以前不炒的同学也开始炒了，以前就炒的同学投资额增大了。一般一点的同学投资三四万元，还有个同学投资了几十万元呢。很多有本金的人，本来想创业赚钱的，结果都投资股票了，说是股票比较赚钱。现在在寝室里，大家开口闭口就是谈股票。"

专业知识用于实践

是什么掀起了大学生们的炒股热？能赚钱还是关键因素。

初步调查显示，九成以上的学生能盈利，而且一个月的平均盈利率在 20% 左右，让我们老师也很惊讶。

对于炒股学生普遍能赚钱，老师们有自己的看法，"相对社会上的普通股民来说，大学生的头脑更加灵活，对于信息的接受能力、分析能力更强，加上他们在校园里学习了一定的专业知识，有利于他们在实际操作中获得盈利。"

老师建议大学生炒股要有度

对于大学生炒股，很多相关专业的大学教师都表示，鼓励学生走出学校，体验炒股的流程，可以对所学知识有更深刻理解，也可以锻炼适应社会的能力。但是投资要有度，不能抱"一定要赚钱"的想法而失去方向。

云南财经大学指导大学生职业规划的郑老师说："大学生提前培养自己的理财能力应该被肯定，但是炒股风险大，一旦越陷越深，超出了自己的经济能力承受范围，对学习、生活都会有影响。"对此，校方表示，对大学生炒股还没有明确的规定，但是，炒股会占用大量时间、精力和财力，在校学生应该以学习为主。

学校把炒股纳入教学课程

从 2006 年起股市行情节节攀升，越来越多人投身股市，许多大学生也成了股民，而且投资也不是几百元、几千元，很多都是一掷上万元，更有甚者投资了几十万元炒股。而证券投资、理财等课程，也成为热门选修课。

投资都有风险，就算是金融投资专业的学生去炒股，也难以保证只赚不赔。"校园炒股热"既让人们为现在的学生实践能力增强而高兴，也让一些人担心学生炒股带的各种风险。

很多高校已经增加引导，帮助学生控制风险，把金融理财的内容纳入到日常教学课程中去。据了解，浙江财经学院、城市学院等举办过模拟炒股活动。"与其放任学生私下炒股，还不如正面引导学生确立正确的理财观念。"

"虽然念的是金融专业,但不是个个学生都会炒股的,我一开始进股市也和普通股民没什么两样。"胡星说的其实是个普遍现象,"其实我们这个专业平时上的课很多都停留在宏观的知识层面,根本没涉及具体的企业微观分析,也不会教具体怎么炒股,所以和实际操作是脱节的。"

很多学校看到了这点,所以开始在教学过程中进行了创新。"去年我们在经济投机学课上开设了实验课,抽出一定的课时让学生在虚拟股市中实际操作。所有股市数据是来自真实的市场,不过账户里的资金是虚拟的,学生可以进行实践能力的培养,最后是赚还是赔就作为这门课的平时成绩。"这样的课程真的是非常新颖,会对炒股的同学们有很大的帮助,不会让他们盲目地投身于炒股的行列中。

据了解,这类实践课程在各个高校还要大面积推开,2007年还有一场面向所有在杭高校的模拟炒股大赛在酝酿中。不过,大学老师们还是提醒同学们:学校推行这类活动的目的还是引导学生树立正确的理财观,至于现实中真正去炒股,还是要谨慎。

追求财富是每个人的梦想,可是,得到财富远比渴望财富困难得多。股票基金外汇、开源节流理财、艰苦奋斗创业,各有各的路数,各有各的招式,大学生想追求财富,要先勤学苦练。知识就是财富这句话永远是真理,学好专业才是最重要的。

(据新华网)

大学掀起"炒股热" 模拟炒股大赛引学生争当"股民"

一连几天,浙大宁波理工学院大二学生小徐回到寝室的第一件事就是打开电脑看股市行情,这两天不断飙升的大盘让小徐感到特别高兴。

随着该院首届模拟炒股大赛如火如荼地进行,"你的股票涨了没啊?"逐渐成了大学生之间一句时髦的问候语。

冠军奖励 1 500 元　专家教授做顾问

根据比赛规则，每个参与者都会获得一个统一的发配账号和股东代码，并得到 50 万元虚拟资金，在 30 个交易日里，根据自己掌握的知识和信息结合股市走势进行操作。最后将根据选手盈利率高低排定名次，冠军得主能获得 1 500 元人民币的最高奖励。

大赛组织者戴燕燕同学介绍，由于参加比赛的很多同学从未接触过股票，因此比赛前，他们特地邀请了浙江大学投资理财方面的专家杨义群教授和宁波广发证券的杨光远经理现场给"股民"们"扫盲"，普及炒股知识。但由于股市风云变幻，学会技巧也不一定能赚钱，在近期大盘走势如此强劲的情况下，仍然有很多"股民"盲目买入，造成亏损的。另外一小部分选手虽然有比较好的理论知识，个别甚至有过或多或少的实盘操作的经验，但由于模拟炒股的特殊性，这次的成绩也不能算理想。

大盘飙升，"新人"赚得钵满盆溢

在一个月内能稳赚 30% 以上吗？即便是老股民也未必敢夸下如此海口。然而在本次大赛中，多名从未涉足股市的大二学生，用了仅仅十几天的时间就轻松创造了"奇迹"。

记者经一位参赛选手的允许，用他的账户登入了大赛的网上交易平台，点击成绩排行榜，看到目前排名第一的同学总资产已经达到 65.5 万多元，一周内实赚 15.5 万多元；遥遥领先于其他选手，而排名 2 到 10 名的同学之间的差距却只在 1—2 个百分点之间，竞争还是非常激烈的。

广发证券资深分析师杨光远认为，一周内达到 10% 的收益率在股市中并不多见。可能由于是模拟炒股，"股民"们的胆子都比较大，敢于追涨热门股，再加上最近沪深两市持续飘红，同学们取得这样的成绩也是正常的。

排名第一的"高手"曾对股票一窍不通

令人惊讶的是目前暂时排名第一的 03 土木专业的谢建军同学自称此前对炒股一窍不通。他告诉记者，这次比赛前，什么"K"线图、什么量比指标他什么也不知道。对于为什么能取得这么好的成绩，他诚实地归结为:"靠运气。"

当然能有如此不菲的收益,谢同学还是有他的"独门绝技"——研究基本面。"我对什么技术指标不太感兴趣,也不太懂,我选择股票一般看政策,一旦有利好消息放出我就会大胆买进。"谢同学坦言,自己并没有像有的选手那样,开赛后就一头扎进股市,读书也没了心思。他只是利用业余时间,借用同学的电脑偶尔上网关注一下。这次他买进了 G 燃气,虽然一开始没大涨,但他始终看好,一路持有,结果股价节节走高。

大学生为何参赛?

记者采访中得知,在报名参加此次比赛的 175 名左右大学生中,近 2/3 是经济管理专业的学生,并且主要集中在大二和大一的学生中。他们大都会在明后年学习与股票投资相关的课程,因此都想借此机会先来试试水深,熟悉一下流程,为以后从事相关行业打个基础。

当然,很多专业与财经毫无关系的同学来参加模拟炒股比赛心态就更加平和了。新闻专业的许同学告诉记者,她平时都和文字打交道,这次觉得模拟炒股蛮新奇的,而且不像真实股市那样会有风险,因此来报了个名就当是玩网络游戏了。记者注意到,女选手占本次比赛全部人数的 35%,虽然成绩普遍不理想,但现代高校女生敢于尝试一切的勇气令人叹服。

不当证券师,对家庭理财也有好处

在大学生群体中开展这样专业性很强的比赛是否合适,它又会给同学们带去什么?

浙江大学杨义群教授认为,在大学里举办这样的比赛有助于培养大学生特别是理科学生对于国家经济的宏观意识,因为股市的起起落落与一国的政治、经济以及国际形势总是密切相关的;而且将"虚拟炒股"作为一种辅助练习来提高学生的操作技巧,也不失为一种新的教学尝试,将大大提高他们的实践能力,提高自觉学习证券知识的积极性,变被动灌输为主动学习,充分认识到即使是模拟炒股也要认真花好每一分钱,培养他们稳健的投资理念,而不是像赌徒一样过把瘾就死。

而杨光远则认为,从比赛中可以看出,同学们对投资理财的积极性很高,通过这样的模拟操作熟悉市场运行,积累实战经验,即使毕业后不打算进入证券公司从事相关行业, 对自己今后的家庭理财也会大有帮助。

(据说浙江在线·教育频道)

媒体观察

某些大学生追捧"股票",折射了社会转型期对财富的狂热,被扭曲的财富思想。

大学生炒股,我不反对

随着社会的不断进步和发展, 各个阶层及百姓的投资意识不断增强,炒股——一个本来离普通市民很遥远的词语,在不知不觉中竟成了他们业余投资的选择之一。越来越多的股民把"存钱不如炒股"这句话挂在嘴边。许多大学生们因应聘数次屡遭失败,而选择了去炒股,甚至有些大学生放弃学业擅自挪用学费只为了炒股,人数还有逐年上升的趋势。于是,一些值得争论的问题摆在了大家的面前,那就是大学生炒股我们应该如何去看待,到底是应该支持还是应该制止?

我本人认为没有必要去反对大学生利用个人的生活费去炒股,而且炒股纯属个人行为,禁止是不可行的。人无论做什么事情都应该去正确指导和引导,什么事情都是要去学习的,况且法律并没有规定大学生不能去炒股,所以大学生要是有多余的资金和时间,完全可以炒股。

一些人认为人的精力是有限的,而大学生处在学习阶段,不应当把宝贵的时间和精力都放在炒股上,担心会影响他们的学习。但是为何不想想他们已经是成年人了,他们已经有辨别是非的能力了,他们已经清楚地可以判断自己适合从事什么活动，是否会因为炒股而导致学习成绩下降。此外，我个人认为炒股是需要良好的心态的，这样也可以锻炼大学生自身的心理承受能力，现在社会发展日趋加快，就业压力也非常的大，作为当代的大学生，他们应该具备一定的投资能力和理财能力，没有这些能力他们将很难在社会上立足。所以既然炒股能帮助当代大学生培养投资理财的能力，增加一些投资经验无疑是好事，不管是赚钱还是亏本，锻炼一下心理的承受能力也未尝不可。再者俗话说得好：不经一事，不长一智，任何事情都是有得有失的，即便他们因为炒股而损失了钱财，但是他们得到的也许是用再多钱也买不回来的经验和教训，又未尝不是一件好事呢。

家长们往往都反对自己的孩子炒股，但是有许多大学都将炒股定为选修课甚至是必修课，少数学校竟然还定期举办"炒股大赛"。湖南大学和北京外国语大学每年举办炒股大赛，目的就是以正确的角度引导学生正确看待炒股，对他们进行教育和指导，而不是逃避炒股这个问题。许多老师和学生也都明确表示，这种校园的炒股比赛，不仅可以锻炼学生基本的理财能力，还可以让他们在乐趣中多增加些金融方面的知识。

无论什么事情，工作还是学习，都是有赢有输的，炒股当然也不例外。大学生适当加入其中，并不需要大惊小怪，因为正常大学生的经济来源仅仅是父母提供的生活费，并不会有大量的金钱用来炒股，本金也不会太多，且接受过大学教育的他们已经见多识广，对于投资股市的利害也都心知肚明，即使真的有因此而影响学业的也只不过是极其个别的现象而已，所以大学生将炒股作为锻炼心态的一种途径，这对于他们将来对自己的事业成败能否保持着一种良好和平和的心态有益而无害。因此，对于大学生用生活费来炒股，我并不反对。

（据红袖添香网，作者：韩琳）

大学生炒股有何不妥?

最近，一些年轻的大学生们被股市舆论推到了风口浪尖，原因是他们也炒股了。深圳大学所做的调查显示,10%的大一学生在炒股,而大四的学生中有 80%在炒股。大学生们不专心致志读书,却纷纷涌入股海大潮,不由得引起了部分"忧天"人士的惊呼,大学生炒股甚至被列为2007 年中国股市的十大新鲜事儿。

大学生炒股确实不假,每一所大学都存在,每一年级都有。我本人就炒股,我认识的许多同学也都是股民,在本人的印象中好像没有几个同学不炒股。当然,可能与我所在的是财经类大学有很大的关系,但我相信即使理工科学校,炒股的学生也不在少数。

必须明确的一点是, 大学生炒股绝不是 2007 年或者 2006 年的事情,事实上中国沪深证券交易所开业以来就有大学生广泛参与。本人现在博士班有几位同学早在 1991 年有组织证券交易开始不久就投身其中,并且在 1992 年的认购证炒作中斩获颇丰,挖掘了人生第一桶金。我1998 年上本科以后,金融学院就有很多男同学都开有股票账户,本人寝室八个人中就有三个是股民。我本人在 2002 年上研究生以后,也开始买卖股票,虽然当时整个市场行情相当低迷。因此,从这个意义上讲,把大学生炒股列为 2007 年中国股市的十大新鲜事儿,实际上意味着对中国大学生的无知。

大学生炒股之所以受到关注,关键在于部分人的批评指责。有人把大学生炒股视为不务正业、歪门邪道、财迷心窍,严重影响了正常学业,严重影响了身体和心理健康,严重危害了大学生的劳动就业观、财富观和人生观,以此前推,则严重影响了国家的前途和民族的未来。呵呵,批评得振振有词、掷地有声,言辞中饱含着对大学生的无限爱护和关怀,饱含着对大学生朋友们的殷切期望,以至于你都不好意思加以反驳了。就如同家长教育子女不要上网玩电玩或者不要整天看电视, 各种危害给你一列,子女们通常只有"目瞪口呆"了。

但是, 另一方面, 我们似乎必须看到大学生炒股的必然性和积极性。首先,通过股市可以更好地认识社会。股市绝不仅仅只是简单的股票买和卖,它实际上是整个社会的投影。股票价格的涨跌与上市公司本身有关,与上市公司所处行业、与整个宏观经济动态密切相关,因此股票的买卖绝对不是抓阄式的随机选择,而是需要对公司、行业、宏观经济进行综合分析，分析过程实际上就是更深认识社会的过程。其次，炒股是学习证券投资专业知识的最佳途径。一本证券投资学教材学一学期，许多同学也记不住或者无法理解其中的概念和知识，但是一旦投入到股市之中，往往几天工夫就能把相关证券投资学的知识弄得一清二楚。通过炒股学习证券投资专业知识，是一种主动的学习，是一种满怀兴趣的学习，而且能够在实际操作中加强理解，绝对好于对课本的死记硬背。第三，炒股能够丰富大学生的生活。股市即人生，涨涨跌跌，酸甜苦辣尽含其中。大学生炒股总比无所事事要好得多，有助于大学生掌握社会的脉搏，理解人生的真谛，实现更加美好的生活。总而言之，股市强迫我们的大学生，国事家事天下事，事事关心。大学生炒股，合乎情理，没有必要大惊小怪的。

当然有部分人指责大学生炒股的一大原因是大学生不挣钱，炒股的钱都是向老爸老妈要的，而炒股显然是存在风险的。我以为，说这话的人恐怕并没有做过什么调查研究，而是凭空臆想的。事实上，绝大部

分大学生炒股所投入的资金量都比较小。经过我的一番考证，本人周围同学最开始涉足股市时的资金量一般都是 2 000 元或者 3 000 元，以后陆续增加。换句话说，大学生特别是本科生投入股市的初衷往往并不是要挣多少多少钱，不是想要通过炒股发大财什么的，其目的更多的是为了熟悉股市，是为了感受股市的脉搏，填补自己在知识和经历上的一大空白。而这最开始投入的资金量往往是省吃俭用积累起来的，或者是所获得的奖学金，抑或是自己打工所挣的，真正向老爸老妈伸手要钱的并不是很多。

即便炒股的钱是向老爸老妈要的，我个人认为也没有什么可指责的。随着中国金融市场的迅猛发展和人们理财意识的迅速觉醒，购买股票成为资产配置的重要部分。在必须购买股票的既定前提下，在老爸老妈炒股和大学生子女炒股之间，我以为大学生子女炒股更加理性。毕竟，中国股票市场是只有十多年历史的新生事物，大学生们的父母一辈对股票市场知识的贫乏是普遍现象，而大学生们则是现代市场经济思想的接受者，其对股票市场认知往往比其父辈更加丰富和透彻，因此就炒股的绩效而言，大学生炒股优势更大。就炒股风险而言，这简直就是废话，只要是股市就永远存在风险，大学生炒股与家长们炒股所面临的风险并没有两样。当然，前提是，家长并没有愚蠢到把家里的全部积蓄都交给子女去炒股。

中国股市是对内完全开放的，并没有对参与者的职业身份进行严格限制，那么作为中国公民的大学生为何一定要远离股市呢？只要不耽误正常学业，只要不走火入魔，保持一颗学习的心态，炒股又何尝不是一件美妙的事呢？

（据 http://nicepandar.blog.163.com/blog/，作者：nicepandar）

大学生炒股的道德思考

股市的一路飘红，在不断提升社会民众入市热情的同时，也在大学校园内掀起了炒股热。于是，长久以来一直在校园里属于凤毛麟角的炒股族一下子有了不小的规模。据报道,在广州的一些大学里,许多班级的股民比例已经超过了10%,并且还在继续增长。正像有人所说,4月10日,在沪深两市账户总数超过1亿户一举超过美国7 600万户股民数量的历史时刻,大学生也为之做出了不小的贡献。

在校大学生炒股人群的突然扩张,大学生炒股热情的不断激增,猛然间也成了整个社会关注的热点。通过媒体传达的声音与态度可以看出,人们对这一现象的争议主要集中在炒股对炒股者本身的利害问题上,也就是说不管是坚决反对大学生炒股者还是网开一面者,无论是言词激烈者还是好言相劝者,全都是站在炒股者的立场上,为炒股者的得与失而思考与呐喊的。大家更多地只是看到股市这一险象环生之地可能带给炒股者本身的伤害,而忽略了一些炒股大学生的行为可能带给别人的伤害。

所以,在此想谈的不是大学生炒股的得与失的问题,而是炒股背后的道德问题。当然并非所有炒股的大学生都存在道德问题,我们要讲的是其中的一部分,那就是用学费来做股本炒股的大学生。媒体报道说,进入股市的不少大学生都是通过缓交学费的方式,用自己的学费做的股本。更有报道统计数字显示,用学费炒股的比例竟然超过了三分之一,而随着股市诱惑的不断加大,拖欠学费炒股者的“榜样带动”,已有越来越多的学生开始效仿这一做法。

之所以说如此炒股的大学生存在道德问题,最直接明显的就是他们的不诚实问题。大学缓交学费的政策是专门针对那些经济上确实有困难的同学而设立的,是为了帮助困难同学顺利完成学业。而那些拿着学费炒股的大学生不是无力交学费,而是为了实现自己的利益借贫困的名义故意不交学费,他们在成功利用这一政策的过程中,欺骗了家长与学校,也践踏了国家、社会、学校的人文关怀。

进一步思考这些拿学费炒股股民的道德问题。由于他们的这种欺骗行为与在校园中的负面引导作用,严重影响真正经济困难同学正常享受学校的优惠政策以及整个学校的良好运行。套用学费当作股本的大学生不断地混入经济困难同学的行列,就会使一所学校拖欠学费的数目不断增大,这个数目增大到一定的程度,影响学校的正常教学经费的运转之时，一方面学校势必要催促缓交学费的同学尽快上交学费，另一方面则是采取措施，有效控制可缓交学费的同学数目。催缴学费，学校有不得已的苦衷，困难同学四处筹款，苦不堪言，而从中牟利者是那些用学费炒股的人。正是这样一些人，阻碍了爱心政策的施行，破坏了政策的规范。

经济学上有一个劣币驱逐良币的概念，描述了一种现象：当市场上同时流通劣币(可以引申为不规范的、不良竞争现象)和良币(可以引申规范的合理的现象)时，良币会逐渐退出市场，劣币逐渐取代良币的位置。在一些同学为了炒股而拖欠学费时，他们也就成了进入学校那个特殊政策的"劣币"，"劣币"的数目不断增大，最终的结果就是整个政策的改变或停止。本不该进入的"劣币"被驱逐是理所当然的，而本来的"良币"随之遭到驱逐，则完全是一种牺牲。

股市有风险，投资须谨慎。在我们为炒股的同学而着想的同时，我们还应该为那些不炒股却遭受着炒股者所带来的风险的同学们而考虑。大学生炒股的确可能赚得盆满钵盈，也完全可以因此而锻炼培养自己的理财能力，即便这些都可实现，我们还要关注一下这种赚钱与成长的方式与途径是否道德。

（据天涯社区，作者：古道西风）

大学生"炒股"行为需要理性引导

由上海财经大学的学生社团——股票研习社发起组织的"上海市首届'行略杯'高校模拟股市大赛"2007年4月10日正式开锣。短短五天，吸引了包括复旦大学、上海交通大学在内的17所高校4 000名大学生报名，引起社会各界广泛关注。

大学生"炒股"由此成为各方争议的话题，称"不务正业"的有之，称"培养理财意识"的亦有之，甚至有媒体称，大学生"炒股"已经成为今日校园的"时尚"。事实究竟怎样？记者在走访中发现，简单批判或是泛泛支持都不可取，对大学生"炒股"现象还需理性、全面地看待。

大学生热衷股市有原因

据股票研习社社长、上海财经大学经济学系二年级学生林宇昶介绍，这次股票模拟大赛为期一个半月，将在一个模拟的软件上进行，但采用的数据均是上海证券交易所的真实数据，每个参与者可用20万元的模拟启动资金操盘，股票、基金、国债均不限制，最后以资金多少论"英雄"，胜出者最高可获得1万元奖金。

虽然数额不菲的奖金对于学生们来说是个不小的诱惑，但是采访中绝大多数学生表示，他们参赛并不是冲着大奖而来的。林宇昶说："参加比赛的同学几乎都是想体验一下，多一个实践的机会，将其与教材和课堂学习的内容结合在一起。"而一名非金融专业的学生在接受采访时也表示，股票很能锻炼自己的心理素质，"很多做股票成功的人不是因为专业知识有多么丰富，而是心理素质非常好"。

走访中记者看到，以"增加实践经验、学习理财知识"为目的参加大赛的学生占了绝大多数。林宇昶也说，4 000报名者，真正在股票市场中有实战经历的不足10%，"大家并非都是为了'投机'或者'赚取一桶金'而投身'炒股'大赛的"。

但大学生对股市热情的升温也是实情。据了解，2006年举行的由世华财讯主办的"全国大学生金融投资模拟交易大赛"就吸引了全国234所高校的近3万名学生参加；每年在北京、天津、大连、广东等地也都有类似的大学生模拟"炒股"大赛举行；记者在百度上搜索"大学生炒股"，出现了115万条信息。为什么会出现这样的现象呢？

上海对外贸易学院党委副书记楼巍认为，经济的高速发展带动了高校财经类专业的升温和学生理财意识的增强，这是很自然的事情。"大学不是真空地带，社会的热点也会影响大学校园，'炒股'也好、'理财'也罢，这些都只是社会发展过程中高校出现的众多热点中的一个。"楼巍还表示，社会竞争日趋激烈也促使很多大学生把理财当成未来职业生涯设计的"必修课"。

演练与实战不应一概而论

"对大学生'炒股'不能一概而论，比如'模拟演练'式的'炒股'和'入市实战'式的'炒股'；金融专业学生的'炒股'和非金融专业学生的

'炒股',都不能简单地混为一谈。"上海市财经大学团委副书记褚华告诉记者,此次模拟股市大赛中所邀请的对象都是各高校的金融类社团,比如复旦大学的金融保险协会、上海交通大学的"谈股论金"社区,"虽然这些社团中也有非金融专业学生,但参加比赛的学生中,金融专业学生占了绝大多数"。

褚华认为,对金融专业的学生而言,此类实践是非常有必要的,"财经类是比较强调应用的专业,无论是从社会对人才的要求,还是从专业发展的要求看,都需要学生不仅能读好书,还需要具有实践能力"。

记者了解到,模拟演练是财经类高校较为常用的一种让学生实践的方式。比如,上海外贸学院就有专门为学生开放的"金融模拟工作室",在专业老师的指导下,学生在这里先做课题,包括基本面分析、政策解剖、上市公司研究等,随后完成一份投资报告,接下来就能以虚拟的资金"炒作"股票了。

"模拟'炒股'与实战'炒股'不同,使用的是虚拟资金,学生只要利用课余时间上网操作就行。"

褚华介绍,此次模拟股市大赛也不仅仅只有"炒股"比赛,还邀请了专业教师和业内人士为学生开办讲座普及股票知识。"我们希望通过这样的仿真比赛能更好地帮助学生学习理财、了解市场。"

楼巍认为,看待大学生"炒股"要因校而异、因人而异,"对于大学生中出现的新事物、新现象应以宽容的心态去引导"。

在校生"炒股"要三思

但专家同时指出,"炒股"不同于一般的社会实践,具有高风险性,对广大的在校学生来说,还应以学业为重,切勿盲目跟风。

楼巍认为,处在学习阶段的大学生,应当把宝贵的时间和精力用在专业学习上,而一旦投资"炒股",便难免要费心费力,这样势必会影响他们的学习。此外,"炒股"还需要一定的资金和良好的心态,而大学生自身并没有经济收入,日常生活开支多是靠家里的生活费,不具备"炒股"的经济条件,对"炒股"带来的心理压力也没有充分的准备,一旦失败他们将很难承受这一结果。

"股市是很复杂的,对专业知识的要求也高,大学生应该多看这方面的书籍,打牢知识根基,将来实践才能有更多收获,不然会因小失大。"褚华认为,"对在校生来说,选择勤工俭学、利用双休日和寒暑假进行社会实践更有意义。"

此外,由于投资股市是合法的,学校一般不会通过制度禁止学生投资股市。如何为学生在学习理财知识和进行投机冒险之间构筑起一道有效的"防火墙",是高校应当重视的新课题。上师大党委副书记黄刚表示,大学生"炒股"行为是一个社会现象,一味"防、堵、禁"不现实也未必有益,学校应以积极态度引导大学生"炒股",培养他们正确的理财观念。

据了解,近年来,一些高校开始把培养大学生的理财意识作为一项教学内容,开设了相关选修课,不仅吸引了金融专业学生参与,还吸引了一大批非金融专业学生参与。

(据中国新闻网,作者:计琳)

观点争鸣

大学生炒股是个颇受争议的话题。

◆ 教育部:大学生炒股不宜提倡

不宜提倡大学生炒股,不提倡大学生成为股民。针对一些地方出现大学生炒股现象,教育部新闻发言人王旭明在昨天教育部例行新闻发布会上表示,大学生的主要任务是学习,为将来的工作打下坚实基础。

近来,大学生参加炒股现象令人瞩目,像南开大学还出现关于股市的社团。一些高校的 BBS 上也开辟了专门的"谈股论金"的板块。王旭明说,教育部已注意到有大学生对当前的股市行情比较热爱,并参与其中成为新股民。

北大一位在读博士生说,除了生活费,自己的钱都用来炒股了。这位博士生说,家人还挺支持自己在股市上的投资,毕竟现在的股市太挣钱了,"挣钱是一种很现实的需求"。这位博士生说,在校大学生炒股的风潮在"学生之间彼此影响特别大",甚至有人表示毕业后还要当职业股民。

这位博士生表示,股市的确有风险,除了股市本身所具有的风险外,还有就是学生的信息来源相对比较单一。

王旭明表示,参与炒股不仅占用了大学生很多宝贵的时间和精力,而且一般来说大学生没有经济收入,也不具备炒股的经济条件,绝大部分是找父母要钱,没有固定的经济来源,缺乏抗风险的能力,一旦失败,大学生将难以承受后果。

王旭明表示,教育部要求学校和教师对大学生进行引导,教育学生把精力放在学习上,通过多种途径引导大学生参加多种多样、丰富多彩的社会实践活动,但不宜参与炒股。

◆大学生炒股的好处

大学生炒股是市场经济发展的必然现象

时下炒股风盛行,大学生炒股是市场经济发展的必然现象,也反映出当代大学生具有相当的经济头脑与强烈的实践愿望。通过炒股赚钱让大学生提前进入社会,感受了赚钱的滋味,培养了理财观念。大学生炒一下股,可以体会股市风云变幻莫测、牛市熊市相依相伴,对人生的体验也多了一分,具有积极意义。

现在的教育形式提倡大学生多才多能,如果大学生墨守成规,只拘泥于书本,而不能提前接触社会,接受新事物,这样的大学校园不可能培养出多才多能的学生,那么,在未来的社会里将不会有立足之地!

证券心理学家翁学东说:大学生炒股实际上有一些优势,大学生群体比较年轻,但是大学生有一个非常大的弱点,就是社会实践能力比较差,所以从这个角度来说,我认为大学生炒股增强学习能力,还有一点就是对自我、对自我人格的发展与完善,可以让他心理上更快地成熟起来。

（新浪网友）

我个人是比较支持大学生炒股的,其理由有三:

首先,我认为不管牛市或者熊市,大学生炒股是一种社会发展的趋势所在。我们不妨这样想,随着大众科学文化知识的提高,股市交易慢慢地被大众理解并接受,再说炒股也不是专家专利,任何人都可以熟悉游戏规则,并且参与游戏。

年龄大至六旬七旬的老大爷老奶奶在炒股,宽带进了农村以后的农民在炒股,难道大学生就不能炒股吗? 同样可以。

其次,一般说来,大学生相对其他群体来讲,接受新鲜事物的能力比较强,年龄也处在人生的黄金时期,思维相对活跃,面对复杂多变的股市,他们也能综观全局地去应对,更能调动他们的思维,比起他们浪费在游戏的时间上更有意义,同时对他们未来的人生也算是积累一定的人生经历。

最后,在股市上厮杀有输有赢,盈利固然是件好事,说明你对市场有一定的了解,能在股市上淘到你的第一桶金。反之就是输掉的话也不要太悲观,亏损就当是市场对你的惩罚,会鞭策你更进一步地学习金融知识。我敢保证,在这期间学到的知识绝对不是大学课堂上能学到的知识。

（新华网友）

◆大学生炒股的坏处

面临三大问题

第一,资金问题。大学生炒股的资金主要来源于父母,也有一部分是打工赚得的钱。有的怕父母不同意,就把自己的生活费拿去炒股。一旦亏损,将对生活造成严重影响。

第二,时间问题。炒股要占用大量的时间,在一定程度上会影响学业。一位大学生股民说，虽然现在上网或者利用手机短信炒股很方便，但由于网速等因素的限制，他还是常常跑到证券营业部去。

第三，心理问题。大学生自身并没有经济收入，日常生活开支是靠家里给的生活费，不具备炒股的经济条件。大学生炒股还缺乏正确、全面的引导，经济能力与心理承受能力也不一样。那些准备或已经投身股市的同学，面对变幻无常的股市也不是每个人都有良好的心理素质：一旦赚了，容易滋生不顾后果、赌博人生的心态，忘记踏踏实实做事的道理；一旦亏了，巨大的压力也可能对他们的心理造成阴影，很难承受这一现实。

（新浪网友）

莫让校园失去灵魂

理财很简单，说白了，就是挣钱、管钱、花钱。大学生炒股确实属于理财范畴，但炒股无助于培养学生的理财能力。

一些大学生之所以炒股，大多是出于利益驱动，投机性强，想通过炒股一夜暴富，这是对理财的一种误解。

正确的理财，追求的是在可承担的风险下，用资金和时间来换取财富的合理增值。它包括四点：理财目标、目标报酬率和风险承担能力、合理的资产配置、过程控制和风险管理。正确地理解这些内容，才算是锻炼理财能力。而许多大学生因为并非学习相关专业，根本无暇顾及这些，只是天天看股市行情，不懂得理财的真正要义。

大学生固然应该睁眼看世界，关注世界的发展，以了解自身在社会中的位置，进而更加努力地学习。然而通过炒股这种方式获得社会经验不值得提倡。因为炒股说到底是一种投机行为，无助于获得社会经验，只会对学生人生观的形成和塑造带来负面影响。另外，大学生活只有四年，时间非常宝贵，大学生应该致力于学业，有了真才实学才能立足于社会。炒股会占用大量的时间、精力和财力，影响学生的学业。

在市场经济尚不成熟的背景下，大众急功近利的浮躁心态一旦传染到书香校园，会使校园多几分铜臭气，少几分书卷气；多几分躁动，少几分急迫；多几分空有其表的繁忙，少几分名副其实的充盈。

我认为，大学的灵魂在于其精神超乎社会功利尘嚣之上，并起到净化社会功利之效。而大学生炒股很容易使得大学失去其灵魂。

（徐冰）

大学生，请远离股市

炒股玩的就是"心跳"，是一种高风险的游戏。我赞成大学生学习期间不应炒股，应远离股市。理由是：

1. 大学生炒股的资金大多来源于父母给的生活费，是大学生在校学习、生活的保障，将其用于炒股，无异于借钱炒股，而借钱炒股是股市中最忌讳的。

2. 大学生炒股是基于侥幸心理，非真正意义上的"理财"。理财的目的是在控制风险的前提下使财富增值，而炒股的风险对大学生来说是很难控制的。

3. 大学生炒股一旦导致巨额亏损，心理上将招致重大打击，这种打击是在校大学生难以承受的。股市投资是一门学问，大学生很少能有包括心理等各方面的充分准备，贸然入市，很容易导致亏损。

4. 大学生炒股除影响学业外，势必会影响身体健康，健康的身体是年轻人的最大本钱。

5. 大学生炒股不利于树立正确的致富观——不论炒股是赢还是亏。

大学生炒股现象，源于目前股票市场的"牛市"行情。当全民谈股、炒股时，"熊市"也就不远了。奉劝大学生股民们慎之、再慎之！

（腾讯网友）

◆大学生应该怎样炒股

炒股要有正确的动机

大学生应该把学习放在第一位，把炒股当作一种知识来掌握，注重学习其中的技巧，也可作为一种兴趣，虽然现在股市很牛，大学生不能把炒股当成一种赌博，不能投机，更不能因为受炒股影响甚至放弃学业，耽误自己一生的前途。

赚钱不是唯一目标,进入股市的大学生首先必须明确,此举的目的是锻炼能力而非赚钱;其次不应巨额投资,尤其不应负债炒股,更不可孤注一掷地将生活费都用于炒股;三是要善于运用自己的专业知识进行分析判断,做一个理性的投资者;四是要有风险意识,从来没有只涨不跌的股票,不要因一时小有所获而冲昏头脑,一定要正确处理好投资与学业的关系。

要明白能获取一些经验教训比赚钱更重要,要抱着学习的心态去买,能够使大学生见识广了,胆子大了,发现自己还有很多专业知识上的缺陷,让大学生用更理智、更从容的心态去面对一切。

大学生炒股应该从下面的几个方面进行把握

第一,不要动用太多资金,以免影响生活。不能靠偶然的运气行事,更不能贷款或者动用生活费进行炒股,炒股所用的资金必须是闲置的资金。不要以为买到有资质的股票就能像储蓄那样稳取利息,其实不

然,股市上没有股神,只要介入股市,随时有被套的可能,"股市有风险,入市须谨慎",入市买股票和储蓄完全是两码事。一定要注意止损,严格买卖计划,遇到价格触发止损价立刻止损离场! 毕业后再学点理财方面的知识,树立理财观念。你不理财,财也不会理你。

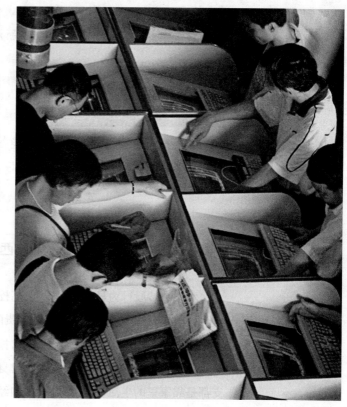

第二,调整心态是入市的基本要求。很多人不支持大学生炒股的原因就在这里。面对繁重的学业,再让股市搅和的话,担心很多学生心理受不了。用闲钱炒股会让你有一种闲庭信步的感觉,不至于让你

被股市的涨跌打扰。若你在股市中投入了自己的大部分资金,甚至融资炒股,那炒股就会变得像赌博一样。记住,不要把所有的财产都投入股市,更切忌借贷资金购买股票。其实,入市需要的基本心态就是用平常心来对答股市,不要把钱看得太重,不要总想在股市上能捞多少,你就当是在学习,同时也不要把筹码看成人民币。范仲淹的一句话说得很好:不以物喜,不以己悲;我看用在入市心态上就是:不以涨喜,不以跌悲。

第三,不能忘本。炒着玩可以,别把它当成职业,毕竟炒股需要技术的支持。介入股市可能学习更多的东西,但是绝不意味着在忘我状态下去炒股,那样和走火入魔没有什么两样!认真学习专业知识才是根本。

总之,大学生炒股不是什么新鲜事,家长遇到这个问题也不要大惊小怪,如果有闲置资金的话,不妨一试,让自己的孩子自己下水,他才知道水到底有多深。

(肖新义)

(据新华网、新浪网、腾讯论坛相关资料整理)

专家评论

对大学生炒股现象,不能简单地判断对与错,关键在于正确引导、趋利避害。

◆辽宁大学经济学院院长林木西:大学生炒股弊大于利

大学生炒股行为显然弊大于利,高校和家长不应该支持。

大学生处在学习阶段,应当把宝贵的时间和精力都用在专业学习上,一旦投资炒股,难免占用学习时间,肯定影响学业。此外,炒股还需要雄厚的资金和良好的心态,大学生自身并没有经济收入,日常生活开支都是靠家里的生活费,不具备炒股的经济条件。同时,大学生都很年轻,思想也不成熟,炒股一旦失败对他们是一个很大的打击,他们将很难承受这一结果。

任何事物都有其两面性,炒股一方面固然可以使大学生得到锻炼,但毕竟是一项风险较大的投资。一些大学生认为炒股可以增长社会实践能力,但选择勤工俭学、利用双休日和寒暑假求职等方法进行社会实践更有意义。再者,一些大学生之所以投身炒股,大多是出于利益驱动,想通过炒股取得一定的经济利益。正因为炒股具有投机性质,大学生即使能够在炒股中获得一定经济利益,也将不利于大学生人生观的形成和塑造。

◆四川大学博士生导师蔡尚伟:切忌头脑发热

学校当然不会鼓励大学生炒股,但实际情况是,这种现象越来越普遍。如果是金融专业的大学生,自己拿出有限的几千元钱,在股市中小试身手,对于今后的职业发展还是有帮助的。但在校大学生炒股不能头脑发热,因为股市是有风险的。此外,大学生毕竟没有稳定收入,用来炒股的资金也是从父母处获得,必须要经过父母的同意。

"如果学生一门心思想在股市中发财,甚至从父母处搬来巨资炒股是相当不妥的做法,要以学业为重,别当炒股专业户!"蔡尚伟忠告那些热衷炒股的大学生们。

◆中央财经大学教授郭田勇:不能一概而论

对于大学生炒股不能一概而论。一棍子打死或者泛泛地支持都是不可取的。在大学期间投入股市,对于在校学生尤其是金融专业的学生,是能够更深刻地了解市场、感悟投资经验的。但对于炒股,必须慎重对待。一些家境好的,可以适当地尝试一下。但对于更多的学生来说,亲身参与这种以盈利为目的的活动,最好在学业完成后。

中央财经大学几年前为学生建立了模拟股市，除资金外其余与股市完全一样。一开始还很受欢迎，但在牛市的示范效应下，很多人觉得不过瘾，就参加实战了。但事实上，一旦进入实战，就牵扯到了极大的精力，很多人沉浸其中，荒废了对专业的研究，最终得不偿失。

◆南京财经大学会计学院副院长陈良：关键在于正确引导

对大学生炒股现象，不能简单地判断对与错，关键在于正确引导、趋利避害。对于确实将真金白银投资于股市的大学生，陈良教授建议，大学生首先必须明确，炒股是为了锻炼能力而非赚钱；其次不应巨额投资，尤其不应负债透支炒股，更不可孤注一掷到将基本生活费都用于炒股；三是要善于运用专业知识进行分析判断，做一个理性高明的投资者；四是要有风险意识，从来没有只涨不跌的股票，不要被一时的小有斩获而冲昏头脑；同时还要正确处理好投资与学业的关系，以学为主，来日方长。

（据中国教育新闻网、搜狐财经网、网易相关资料整理）

炒股故事

大多数大学生股民谈起中国股市，都有一番自己的见解。

对话大学生股民

（以前玩游戏如今忙炒股大三学生高华达每天股海浮沉三小时）

高华达是广州某农业学院电子信息工程专业的大三学生，记者见到他时，他正在宿舍的电脑前盯着自己手上几只股票的即时行情。在宿

舍,记者与他进行了一番对话:

四个月收益率 15%

信息时报:什么时候开始炒股的?

高华达(以下简称"高"):2007 年才开始。不过从去年下半年我就开始关注股市了,为此我选修了"证券投资"课,还玩了两个月的模拟盘。

信息时报:能透露一下你投了多少钱吗? 自己的还是家里给的?

高:1 万多块钱吧。小部分是自己的积蓄,大部分都是父母给的。他们以前也炒股,但一直都亏本。去年底我好不容易说服了他们。如果业绩好,他们可能追加投入。

信息时报:四个月来,你在股市里赚了还是赔了?

高:肯定赚啦! 收益率在 15%左右吧。赚到的钱我也不会拿出来用,就当资本继续投入。相信父母接下来还会支持我增加投入。

信息时报:有没有想过,如果赔了怎么办?

高:不会的! 现在行情这么好,经济发展又这么稳定,肯定不会赔的。我觉得自己炒股一半是投资,一半是投机。

玩游戏变成交流股票

信息时报:你现在花在炒股上的精力多不多? 会不会影响学习?

高:我觉得不会。我现在平均每天花在炒股的时间有三个小时吧,这点时间放在以前,玩游戏都不够啦。现在我都不玩游戏了,有时间就上财经网站研究一下股票。

信息时报:你周围的同学炒股的多不多?

高:挺多的,我们班 50 多号人,现在有 6 个人在炒股。经济学院的就更多了。我们还建了一个炒股的 QQ 群,现在人都已经加满了。

"有时做梦都在炒股"

信息时报:炒股以来,你的生活发生了什么样的变化?

高:变化? 我有时睡觉做梦都在炒股。还有以前和朋友在一起都是玩游戏,现在都在一起交流股票;以前周末大都出去玩,现在经常去参加一些证券公司办的免费讲座;以前经常睡到很晚才起床,现在每天都会在 9 时 30 分股市开盘前起来,可以说炒股让我养成了早睡早起的习惯。

（据新华网）

大学生股海淘金路

调查中,记者发现,学生炒股大致可以分为三类:第一类,"世家"子弟,父母都是老股民,自小耳濡目染;第二类,科班出身,就读于经济金融类相关院校,把理论应用于实践;第三类,草莽英雄,半路出家,凭一腔热血投身股海。

"世家"子弟:初中时姥爷成"马仔"

初中时,父母就赞助了一万多块钱给他炒股,那时候还不能网上交易,炒股要到证券营业部去。他还是个上学的孩子,没时间做这些。于是,姥爷成了他的"马仔",他选股票,托姥爷去给他交易。凭着感觉和父母提供的小道消息,他建"老鼠仓",买卖杭钢居然也赚了几千块钱。后来遭遇了崩盘,割肉之后算算总账,还是小赚了几千块。——北京大学经济学院国际贸易专业大三学生赵越说起他的下"海"经历,时间之早令记者咋舌。

受家庭环境和父母的影响,赵越从小就对股票感兴趣,但是由于学业的关系一直没有自己操作。2006年8月,赵越到一家基金公司实习,公司的氛围和股市的走好,让他又萌动了炒股念头。这一次,他在湘财证券开了户。

刚开始,赵越主要盯沪深三板的蓝筹股,大盘好的时候盯着主流股买。"现在大盘不好,主流股都出了,"他就买次新股。刚开户的时候配置的是"上海汽车",也买过"中国国航"。

"上海汽车涨了就换了,从5.5元到9元,赚了1 000多元。"赵越说。

目前赵越手里有三只股票:江苏国泰、承德钒钛、银鸽投资,投入配比分别是8 000元、9 000元、6 000元。

"中国国航是我比较骄傲的一笔,国航比较特殊,上市时是2.8元的价格,大股东承诺如果到不了2.8元会回购股份,我当时觉得它的价格偏离价值,但是直到 5 元才决定配置,到了 7.5 元的时候觉得已经到了目标,然后就卖出了。我的原则是给定 PE 值区间,在这个区间内如果技术没有走坏,可以持有,如果反之,坚决清仓。"

"但是我不碰期货,主要是有心理阴影,父亲的公司做伦敦铜,赔了 500 多万元。"赵越向记者补充道。

科班出身：第一只股票老师推荐

"我现在还清晰地记得我入市的日子,2006 年 6 月 7 日,5 年来大盘跌幅最大的一天,"揣着父母给的 4 000 元钱,丛榕懵懵懂懂地入市了。"想着该实践一下学到的理论知识,谁知道第一天就碰到大跌,那个时候我没有强烈的挫败感,因为根本不明白大盘下跌 5.33%意味着什么。"

丛榕是中央财经大学研二的学生,他买过两次"丰原",都是"专业人士"推荐的。他周围的朋友有半数以上都在炒股。丛榕的第一只股票来自导师的指点。"当时正在上课,谈到股市,老师说 G 丰原做的是乙醇燃料,所处的行业非常有前景。"几个月以后,一个在银行工作的同学打来电话,"中粮收购丰原了,根据已往的案例,凡是被中粮收购的企业,都是它认为有良好前景的公司,都有好的业绩"。这一次,丛榕又赚了。他最骄傲的成绩是一个星期之内买进中国联通和中国银行,两只股票都遇到了涨停板。

"虽然我比较幸运,大跌入市,然后马上碰上大牛市,但是凭这点本钱不可能发财。赚钱并不是最重要的,主要还是学习知识。学经济的最起码要炒炒股,这样才能了解经济的各个方面。上市公司是行业中的佼佼者,它们代表了国民经济的整体发展,了解它们就能够了解国家经济的整体走向,这些都是我在炒股过程中慢慢体会出来的。"

"另外,现实永远走在理论前面,比如说我们国家股票市场上就有流通股和非流通股,这是国外任何一个市场上都没有的,也是国外任何一本金融学教科书上讲不到的,这就促使你去独立思考,自己学习,股改以后会怎么样? 我觉得这样的过程收获是很丰富的。"

丛榕 2001 年考入中央财经大学读本科。刚入学的时候,就没少听说高年级同学炒股赚大钱的故事，但是那个时候本科生炒股的人还相对较少，"现在的本科生接受新东西比我们快多了，有不少入市的，大约占 1/5—1/4 吧，研究生多些，大约有 1/3，金融专业的比例就更高了，但是普遍是男多女少，可能她们女生更不愿意冒险吧。"

草莽英雄：风萧萧兮易水寒

在大学生股民中还有一类人，他们既没有名震"股林"的长辈、秉承"渊源家学"；也没有名门大派的光环和"名师指导"、"师兄提携"。想要学点"独门武功"，只好偷师学艺或者自学成才。但是凭他们这点"三脚猫"功夫，在江湖的腥风血雨中往往成为最早的一批牺牲品，当然，也有个别人修成正果，成为一代大侠，但大多数却是"风萧萧兮易水寒，资金一去兮不复还"。

这些草莽英雄多是非经济类专业的学生。

"主要是银行利息太低，还不如放到股市里面去搏一搏，"清华计算机系的周同学是 2005 年入市的，那时候他才大三，入市的钱是做项目积攒下来的。"我买的是基金，需要的专业知识不是很多，主要是盯大盘，每过半个月看一下网上消息，决定是否需要追加资金买入，这两年基金赚了 90%。但是他们炒个股的亏得就比较厉害了，主要是操作太多，现在有不少被套在里面了。"据周同学介绍，他们班大概有 1/4 的人炒股，钱大多是做项目积攒的，也有家里给的，"反正是钱多多炒，钱少少炒，电子系那边炒的人更多一些"。

"别人是炒股票，我们是在玩股票；别人是在股市挣钱，我们是在股市交学费。"中国人民大学法律系研一的张同学说，在他看来，文科生炒股基本上属于看热闹。"进入股市虽然有赚钱的想法，但是并不强烈，主要还是感受一下股市的气氛，借机让自己学习一下金融方面的知识，2 000 元钱换一整套经济和证券方面的知识，我觉得还是挺划得来的，学外语还要花那么多钱呢！"

"我主要是看网上的股评收集信息，说句实话，挺多东西不懂，我只好到网上去搜索不明白的术语，或者到学校 BBS 的'股市风云'版去请教明白的同学。"

说到收益,张同学只是说赔了,不愿意透露具体的数字,因为他觉得牛市这么好还赔了挺丢人的。"我还不是最惨的。我知道有个同学,是别的学校法律系的,还是证券法专业的,他2007年年初开始挣了钱,炒上瘾了,把生活费都投进去了,现在血本无归。"

投资思路:理性还是盲从?

几千元入市资金、频繁的短线操作,他们的行为,是全民炒股热潮中的盲从,还是有一些理性成分?

"我是标榜价值精选的,当然也不是完全的价值精选,"赵越告诉记者,"短期内它是有价值的,这是我选股的首要条件,题材、炒作类的我不看。然后再考虑技术面的因素,争取资金能尽快回笼,一般会拿半个月到一个月。"

赵越的"独门秘籍"是自己建的一个选股库,按照价值投资理念选择10—15只股票作为备选。他看中指数,"比如题材类的股票,β系数比较低,它们是不怕大盘跌的,而我主要选价值股,大盘的影响比较大。"他交易的时间并不频繁,"大盘不好的时候会拿一个星期左右,像国航这样的会拿一个月以上。"

"宏观看形势,中观看思路,微观看案例",这是丛榕总结的。

北大未名BBS的"谈股论金"版是大学生股民常去的一个地方。"我算是比较懂的,那里有很多光华管理学院和经济学院的博士、硕士,我们经常一起讨论,我的很多知识都是从那里学来的,有很多人比我牛。"赵越告诉记者。

一夜暴富并不是大学生股民的目标,这对他们毕竟有些遥远。赵越坦言并不在乎钱,对于他来说,最重要的收获是能够了解中国股市,利率、汇率走势,国企改革、公司财务报表等,这些他都非常感兴趣。相比较而言,丛榕则更注重自身的一种成长,"希望自己能够不以涨喜,不以跌悲,能够让自己的心态更加成熟,努力做到波澜不惊吧。"

不过,像他们这样的人并不占多数,学生股民大多数还是通过在BBS上讨论,跟风买股票。

不过,大多数大学生股民谈起中国股市,都有一番自己的见解。

他们喜欢尝试，不惧怕失败。但是在云谲波诡的股海中，他们还是有一些不知所措："股市就像一条蛇，你很难说什么时候能够抓住它的七寸，也不知道它会在什么时候、什么方向反过来咬你一口。"中国人民大学工商管理学院的一位同学用这个比喻道出了她的股海淘金感受。

（据畅想论坛网）

左手读书，右手打工

　　大学生做兼职已经成为一个非常普遍的现象。"两耳不闻窗外事，一心只读圣贤书"，这种封建文人的清高自赏已被时代所摒弃，取而代之的是大学生不再"等"（等分配）和"靠"（靠父母），而是主动出击，走出校园，更为积极地参与社会。在学校与社会的二元结构中实现自我价值是大学兼职生的追求，也是当前大学生活的新趋势。

　　然而，在打工过程中，一些矛盾和问题也逐渐暴露出来……

调查显示，十之八九的大学生有过打工的经历或计划。

大学生打工调查报告

走进各高校校园，触目皆是的各种招聘广告无疑会给你留下深刻的印象，在"两耳不闻窗外事，一心只读圣贤书"的观点已成明日黄花之际，当代大学生不再囿于象牙塔内狭小的空间，总想探出头去，看看外面精彩的世界。打工无疑是达到这一目的的很好的途径，甚至在校园内形成潮流。调查显示，十之八九的大学生有过打工的经历或计划。这反映出当代大学生在经济大潮冲击下的观念变化。观念变化带来的各种现象则值得我们关注。

大学生打工，是参加社会实践活动的形式之一，也是勤工俭学的有效途径。找份兼职工作，利用课余时间打工，对于即将踏入社会的大学生来说，无疑是有积极意义的，在获得利益的同时，他们之中更多是为了从实践中学习经验，得到锻炼，增加毕业时求职简历的厚度和"含金量"。

许多学校也积极鼓励大学生多接触社会、了解社会，将书本知识与社会实践结合起来。况且，现在不少用人单位动辄以"需相关专业工作经验N年以上"为条件，令许多优秀毕业生望而却步。于是，越来越多的大学生的打工观念逐渐地在改变，他们认为：在求学阶段就积累工作经验对日后的就业大有裨益，一方面可以把学到的理论知识应用到实践中去，提高各方面的能力；另一方面可以在将来的求职简历中填上闪亮的几笔。

调查数据

经调查显示，打工学生所选择的打工种类是：22%的大学生选择网络公司；4%的大学生选择暑期教师；19%的大学生选择市场调研员；

13%的大学生选择营销策划员；16%的大学生选择做志愿者；9%的大学生选择做促销；5%的大学生选择到快餐厅做钟点工；12%的大学生选择其他。

大学生打工的主要目的是：有35%的大学生是为了增加收入，以便付下学期的学杂费；有36%的大学生是想自食其力，挣自己的生活费，同时也可以减轻家庭负担；有29%的大学生则认为要锻炼自己的能力，报酬无所谓，如果有，当然更好。

大学生寻找满意工作容易吗？有6%的学生表示很容易；有17%的学生表示比较容易；有52%的学生表示不太容易；有25%的学生表示很不容易。

89%的老师和家长支持大学生假期打工，他们认为大学生通过打工不仅可以锻炼适应社会的能力，让孩子可以尽早的接触社会，还可以

让大学生的课本知识在社会的大熔炉里得到实践。仅有11%的家长和老师不支持孩子平时打工，他们认为那样会耽误孩子的学业。而对于"大学生打工的目的"的看法，有78%的人认为大学生打工是为了锻炼自己；17%的学生认为打工是为了减轻家庭的负担，也减轻自己的压力，是一种孝顺的行为；仍有5%的老师和家长认为大学生打工的目的是为满足自己的个人欲望，甚至是为了吃喝玩乐。

有80%以上的大学生热衷于打工兼职，而一到暑假，大学生打工的愿望更加强烈。大学生兼职打工的目的很多，但期望在打工中成熟、获取宝贵的助学金则是他们最基本的想法。对于家境窘迫的学生而言，打工更是他们梦寐以求的。兼职打工还有一个好

处：丰富个人经历。时下用人单位在招聘人才时往往要求有工作经历，大学毕业生虽然没有工作经历，但若有"丰富"的打工兼职经历，在毕业求职时也是一个重要的砝码。

通过调查可以看出，对于大学生打工，大部分人持支持态度，并认为大学生打工有正确的动机，但我们仍然不可忽视大学生打工的真正目的与意义，尤其应该处理好学习与工作的关系。

调查问答

在知识经济正以前所未有的速度和力度改变着人类社会发展进程的今天，如何规范有着巨大潜力的劳动力市场问题，不仅值得深入研究，更重要的，也对现存的法律法规体系提出了挑战。

可以说大学生假期留校打工兼职与用人单位之间是一个愿"打"，一个愿"聘"。但假期打工对于学生来说有利有弊。利在可以增长社会经验，增加经济收入，丰富个人经历，锻炼意志品质；弊则表现在：一则容易上当受骗；二来假期留武汉，生活、学习、工作及安全各方面有不同程度困难，尤其武汉夏天酷暑难熬。克服种种困难留下来的人，在同学们眼中就成了"敢于直面武汉的酷暑，敢于正视打工的种种痛楚"的"真的猛士"，在整个暑假中，他们会很劳累，甚至还会有一些从未想到过的艰辛。

1. 你有过打工经历吗，打工主要做什么？

蔡斌：我曾经做过几份兼职，像家教、食品促销、商品交流会的礼仪等等。对于家庭情况不是很好的我来说，这些兼职使我可以自己解决生活费，不必再靠家里支持了，有时还可以补贴一些家用，虽然辛苦一点，可是我觉得还不错。尤其是家教的那户人家还是挺照顾我的，经常会留我吃饭，有什么好的东西也留给我吃。

颜学卿：我在做插画的工作，这和我的专业有关，我是学美术的。杂志社和一些出版单位有插画的工作，相对于普通的兼职来说，我的待遇应该是很不错的了，况且学以致用，又是我的兴趣所在，我很满意目前的工作。当然在这之前也做过像模特啊、司仪之类的工作，报酬还可以，但是非常累，经常回到寝室后就只想睡觉了。

徐舆：我还没有打过工，但是有这打算，寝室里倒是有同学做过，她帮一些公司抄写信封,还帮着做些文字录入的工作,本来说好一个月300元,表现好还可以另加,结果在发工资的时候,左扣右扣的就只有100元了,她很生气,也就不做了。现在她准备找个代理的做做。

2. 你认为打工对你来说是利大于弊还是弊大于利?

颜学卿: 对于我来说当然是利大于弊了,我在做兼职的过程中不断地练习,技术更熟练,而且更加自信了,以前我不大喜欢跟人说话的,现在开朗多了,而且我的一些 idea 经常让别人赞不绝口,在插画这一行我觉得我很有潜力,我甚至考虑将来以此为职业。如果不做兼职,我想我不会有这种想法。

顾强辉: 我觉得打工挺费神的,上学期就是因为打工而耽误了不少学习的时间,所以学习成绩有所下降,而且总是觉得很累,我认为打工对学习有影响。

李子倾: 其实我打工的首要目的不是为了钱,因为我家庭环境不错,但我太缺乏实践的经验了,我不想在这条跑道上比别人晚跑,落后于他人。周围做兼职的同学太多了,而且现在找工作的压力也确实不小,所以我觉得工作能让我提前获得一些经验,现在吃点亏就是为了以后少吃亏,挺值的!

3. 你是自己找工还是通过中介机构? 通过中介时有没有受骗的经历?

李子倾: 我是通过中介机构的,当时也很担心,因为受骗的事情太普遍了,老是听到同学谈起,不过幸好,我找的中介还是比较可靠的,虽然收费有点贵,最终还是找到了比较满意的工作。我觉得在通过中介找工作时还是要多问问有经验的同学,可以得到一些可靠的信息,不要被外面一些广告蒙蔽了,他们往往大肆吹嘘,却又无法达到宣传的效果。所以选择中介时要慎重。

倪小芮: 我第一次是通过中介的,结果交了好几项费用之后他们让我回学校等消息,本来还满怀希望,结果等了有一个多礼拜还是没有任何消息,我急了,忙跑到那边再去看一下,发现那个公司已经被封了。就这样,我被白白坑了那么多钱,现在想来还生气。自那以后,我都自己在外面贴传单,自己宣传,效果也挺好的,而且工作也满意。

4. 请问你对于新出现的陪玩家教、测试化妆品等打工活动有何看法？

颜学卿：我认为这是新的趋势导致新的情况，有需求才有服务，也没什么不好的。况且这些新兴的兼职一般报酬较高，也比较符合大学生的口味，所以才会兴盛起来。这说明社会在发展，观念在改变，是一个好的趋势。但是也要注意有些人会打着某些幌子从事不法活动，所以要擦亮眼睛，不要被"高薪"冲昏了头脑。

贺敬：我就做过陪玩家教，因为报酬比较高。我交了女朋友，所以平时花的钱比较多，而乘假期做陪玩家教既能打发时间，又可以积累一些经验，我觉得还不错。但是对于做药物实验的工作，我还是比较担心的，毕竟是用自己的身体做资本，有不可预知的因素，虽然报酬更高，时间也短，但还是有很大的风险的，所以最好不要草率行事。

接受调查的百名同学中有70位表现出了高涨的打工热情，以大二、大三的中高年级学生为主，男生比女生多，其中不乏刚刚读了一年大学的新生，有16位。如此高涨的热情使得打工现象在校园中越来越普遍，同时也带来了许多值得关注的问题。

家教是一种最普遍、最受欢迎的打工途径，它工作轻松、稳定，见效快，最适合有知识没资本的大学生去做。促销、发传单每天忙碌8小时，报酬不及家教三小时。近日兴起的成人教育辅导、艺术类辅导报酬就更高。一些优秀学生也参加一些培训班的辅导工作，包括热门的各种外语、计算机技术等，收入自然十分可观。因此，大多数学生打工首选做家教。然而家教市场竞争过于激烈，供过于求，尽管不少学校也尽可能地为学生提供勤工助学的机会，比如看守寝室、打扫卫生、浇花除草、整理图书等。但是这些岗位一般都用来照顾家庭特别贫困的学生，况且名额十分有限，对于众多想打工的学生来说，无疑是杯水车薪。于是，许多原先打算做家教的学生不得不纷纷"另谋出路"。

暑假打工无疑是很痛苦的，大学生们冒着三十几度的高温，承受着身体素质和心理素质的双重考验。天上的烈日、地上的灰尘、街上的喧闹，无不让他们饱尝着打工生活的种种艰辛。某高校一名女生，每天坐公汽东奔西跑,挥汗如雨,一个星期过去了几乎没什么收获,还搭进去了一笔不小的路费和"水"费。她说:"我最初找的是家教,但是现在家教太难找了。后来搞了两天推销,但是那家公司的条件太苛刻,简直把我们大学生当成了廉价劳动力。最后我想结合自己的专业知识为一家大型超市做商业调查,但是超市对这种事情并不怎么'感冒'"。某大学2003级一男生找工作无门,干脆卖起了报纸。他每天早上6点钟起床,走到报社拿100份报纸在学校附近一路叫卖。每份报纸只赚一毛钱,尽管利润很低,但是只要努力起码可以保证一天的生活费。"要赚点钱真不容易!"他深有体会地说,"工作难找的局面更加坚定了我考研的决心。"

打工问题

目前,暑期打工的大学生几乎在一种盲目、无序的状态中寻求着"工作"。学生的期望与社会的需求如何实现对接,看来还只能寄希望于连接这两者的中介机构。据人才交流中心有关人士介绍,目前,人才交流中心还没有建立规范的暑期打工专业市场。

"要建立规范的暑期打工市场很难,首先要考虑将暑期大学生与企业的需要有机衔接起来。而现在,许多用人单位到人才市场招聘时所提出的首要条件就是一要毕业生,二要熟练工。"人才交流中心的梁先生这样说。他认为,人才市场只能引导暑期打工,使大学生打工渠道更通畅,至于大学生在打工过程中遭遇欺诈和伤害等问题,应该引起有关部门的关注。

"除了要发挥中介机构的桥梁作用外,学校也应该担负起引导学生暑期社会实践的责任。"从事招聘工作的李老师这样说。据了解,各学校每年都给学生发暑期社会实践表,目的在于让即将毕业的大学生尽快熟悉社会、融入社会。但事实上,绝大多数学生外出打工都是自主行为,并不通过学校的相关机构。所以,学校所能起到的管理协调作用十分有限,寻找对口的工作很难。

事实上,如今大学生打工的方式已经呈现多样化,除了家教、商场促销等传统型工作外,翻译、撰稿、做网页、写程序都是他们的新选择。但是一些大学生发出了这样的感叹:真正具有含金量的岗位太少。许多同学认为,大一、大二时可以尝试一些"简单劳动",增加社会经验,大三以后还做就显得有些"不够层次"了。有些高校教师对大学生参加"简单劳动"的打工也持反对意见,他们认为大学生是国家培养的人才,做简单劳动是人才的浪费。

那么,究竟是大学生要求太高,还是社会对他们没有需求呢?

从社会需要看,用人单位其实很需要大学生这样"低价高质"的人才,有的企业还把吸引大学生前来实习作为培养和储备人才的一种方式。但考虑到经济效益和招聘成本,绝大多数企业需要的是长期固定的员工,那些想根据自己的专业、寻找对口单位做短期工的大学生便很难如愿。

经调查发现,受用人单位设置门槛及大学生本身劳动能力欠缺等多方面因素影响,部分大学生打暑期工并不十分顺利,还有不少因未签劳动合同还卷入到欠薪纠纷中。

针对这一现状,部分高校老师和劳动保障部门表示,大学生在获得工作经验和经济利益的同时,更应注重打工期间劳动合同的重要性和工作性质的合法性。

对于许多大学生来说,暑期打工不仅可以获得报酬,同时还可实践课堂知识,开拓视野。然而,在学生们打工热潮涌动的背后,也存在着许多令人不安的因素,很多学生虽想打工但苦于多方求职无门;有的虽然找到打工的机会,但打工时往往和雇用方出现如薪金待遇、劳动关系等方面的纠纷;还有的学生打工时还算顺利,但所做工作不能充分发挥自己的专业知识或能力,以致最后连连感叹"专业不对口"。

打工陷阱

陷阱之一:中介诈骗

有一些非法中介机构抓住大学生缺少社会经验、同时又挣钱心切的心理,收取高额的中介费却不履行合同,不及时地为大学生们找到合适的工作。等到他们"找到"了,早就开学了,学生也不能去工作了,中介费算是白交。更有甚者竟然打一枪换一个地方,收钱后连影子也找不着了。

长沙某大三学生姜某通过广告找到了一个"助学中心",要求找一份饮料促销的工作，并交了 80 元中介费，然而久等之后工作依然没有着落。据她说，当时她被该"助学中心"介绍到五一路一家店面搞食品促销，结果因该店已经招满了人而被拒绝，而且该店明确表示他们没有委托过任何一家职介所招人。姜某为此非常气愤，她要求退钱，对方说只有一个月内没有介绍成功才可以退。姜某愤愤地对记者说："这分明是一个骗局，一个月谁等得了，假期都结束了，还打什么假期工？"

陷阱之二：乱收押金

有些用人单位声称为了方便管理，向应聘者收取一定数额的押金或者保证金，并许诺工作结束后退还，然而工作结束时大学生只能领到工资，保证金却不见了踪影。这类骗局一般存在于从事文秘、翻译等轻松体面的工作，求职者只需交一定数额的押金即可马上上班。但往往是学生交钱以后，招聘单位又推托说目前职位暂时已满或者暂时没有工作可做，要学生等消息，接下来便再也没有消息了。

一位学生说：面试我的人对我说："可以录用了，但要交押金，交押金的目的只是为了进入本单位的人才库。"那时我还庆幸自己已经被录用，可等我两天后兴致勃勃地去报到时，却发现该单位已被封了。后来我才知道那是一家非法的中介机构。

一位学生说，暑假，他看到市中心某职介所的招聘广告后前去应聘，对方在问了他一些情况后，又搅动三寸不烂之舌，让他先后交了 30 元报名费、10 元资料费，以及 300 元的货物押金。原以为"舍不得孩子套不住狼"，一狠心交了这一系列费用，领了一批货，结果这些东西根本就卖不出去。因为它们虽然包装精美，却是些次品，根本就不能用。当他提着货回职介所要讨个公道时，工作人员却矢口否认此事。

直销、传销本来是以销售人员的名义上岗工作，公司却让应聘者如法炮制去哄骗他人，不少学生在高回扣的诱惑之下，甚至不惜欺骗自己的同学、老师和朋友。上当之后往往骑虎难下，最终白搭上一笔钱。

陷阱之三：克扣工资

一些学生被个人或流动服务的公司雇用，本来讲好按月领取工钱，但雇主往往在快要付工资时找个借口将学生打发掉，或者找种种理由故意克扣工资。

陈某等三名大三学生，假期在某公司做产品促销员，原定工资是底薪500元，再加销售业绩提成。但在打工28天之后，公司以不合格为由将三人辞退，工资分文未付。

一位学生对记者说：暑假时，一位很熟悉的老板要我去他的打字社工作，帮学生做做简历，讲好一个月300元。结果我刚从考场上出来就被叫去，辛苦了一个月，临了老板说这是给我一个难得的实践机会，还说去上机练打字也要每小时2元钱，我应该感激他才对，怎么会好意思向他要钱呢？结果一分钱也没有。

两名学生经人介绍到一家公司做市场调查，公司答应做一份问卷给3.5元钱，但要求在规定时间内做完，并按10%的比例随机进行抽查，如果查出有不实问卷，每份扣70元。这两名学生马上联系好一批调查员，紧张忙碌十多天，完成问卷一万多份。这样算下来，他们可以挣到3万多元。正当他们以为大功告成，准备松一口气时，公司突然要求他们提前交回问卷。等到他们去该公司领报酬时，公司告诉他们，一万多份问卷中有400多份是不实问卷，按照每份扣70元的处罚标准，他们辛苦了一暑假，不仅赚不到钱，反要赔给这家公司近千元。由于双方事先没有订立书面劳务合同，各说各有理，最后公司只是象征性地给了他们一点报酬，数额自然远远低于原来的口头商定。

陷阱之四：网上欺骗

有的个人或者小公司在网上发布信息，要求应聘者通过电子邮件等方式工作，比如翻译、创作等。然而学生从网上把文件、创意等内容发过去之后，被告之不能采用，其实他们已经利用了学生们的信息或智力资源，但是在网上很难取证。

陷阱之五：娱乐场所特种行业

娱乐场所大都开出高薪以吸引求职者，工种有代客泊车、导游、侍者，青年学生到这些场所打工，往往容易误入歧途。

长沙民政学院女学生小娄经劳动路上一家职介所推荐，找到一份酒水促销的工作。在交了200元中介费后，她很快被通知到一家娱乐场所上班，上班时间是晚上7时到10时。据她讲，她第一次走进包厢就感到气氛有点不对劲，别的促销小姐为了抢业务，在客人要求陪酒时来者

不拒。更有甚者，一些包厢里不时传来客人与促销小姐不堪入耳的调笑声，她几乎是逃出了那里。第二天，她去职介所要求换一个工种，可被拒绝了。

陷阱之六：单独约见女生

这类陷阱多发生在招聘家教或文秘时，有的女学生在对方约见时，不加考虑就去会见，有时会遇到危险。

在与几位应聘做家教的女大学生交谈过程中，发现她们的防范意识都比较差。这种自发的假期打工市场没有任何机构、组织进行监督和管理，这些女大学生常常据面相来判断雇主的好坏，有些女学生甚至独自去陌生人家认门。当记者问她们"是否想过这样做很危险"，几位女大学生笑着对记者说："出来工作，彼此应该相互信任，坏人我们能看得出来。"这些大学生的人身安全和自我保护意识着实令人担忧。

据报载，一位西南某大学的高材生，一直成绩优秀，更因写得一手好文章而被称为"才子"。一次偶然的机会他结识了一位书商并答应为其写书，在丰厚的酬金面前，他开始终日忙于写稿而无暇顾及学业，结果好几门功课"大红灯笼高高挂"，还没毕业就被"劝"退学。还有一些同学打工心切，找到的工作往往与自己的专业无关，甚至根本就是体力活或发传单之类的事，一来毫无锻炼能力可言，二来也耽搁了学业。

光怪陆离、形形色色的社会完全不同于大学校园的单纯与唯美。对那些涉世未深的大学生而言，打工也不是他们想象的那样轻而易举。由于缺乏社会经验，往往打工不成反受骗；时间处理得不好，还会造成打工、学业两败俱伤；打工动机不纯，反而自毁前程……这些都是大学生打工极易走入的误区。

假期打工、课余兼职的大学生一族已不是散兵游勇，他们逐渐壮大成了一个部落，成为求职场上的一道亮丽风景。大学生日益成为一个有着巨大潜力的劳动力市场，他们的创造力和创新精神理应受到越来越多的注意。若能为其提供适当的空间,企业自身也将受益匪浅,而与此同时,大学生也需端正心态,正确衡量自己,充分发挥所长,以便为将来积累经验。

（据 http://hi.baidu.com/zhuxiaozhou/blog，作者：zhuxiaozhou）

观 点 争 鸣

　　左手书本,右手打工,孰轻孰重? 各方对此看法不一。

在校生打工益处多

　　近些年在中国的大学中,学生们边读书边打工的现象逐渐增多,有人认为这也是理论结合实践的一种途径,所以持鼓励态度;也有人认为在校生打工是不务正业,是荒废学业,持反对态度。作为一名在校学生,我认为边读书边打工的生活确实是辛苦、忙碌了一些,但是带给我们的收获也是很多的,甚至不只是对我们自身来说好处多多,而且对家长、对学校、对社会、对那些聘请在校生的企业公司等等,也不乏益处。

一、有助于我们真正的成长和成熟

　　中国的教育情况有特殊性,一些西方发达国家与我们的教育体制正好相反,那些学生们在大学之前是以"玩"加学,不必过于在学习上辛苦,过着真正的"童年"、"少年"时期,一旦要读大学,那么就意味着你已经成年,必须自己承担自己的功课、学业、生活以及娱乐等等,大学要自己去申请,房租水电费电话费要自己承担,二手车要自己挣钱去买。而我们的青少年时代几乎全部用在功课上,为了高考而埋头苦读,上了大学以后反而异常放松,功课混个及格就行,没钱就向家里要,甚至生活还要家长照顾。而在心理上也长期依赖家人,娇生惯养,有的大学生连自己洗衣服都不会。这样下去混到大学毕业，又能做什么呢？你怎么要求那些企业公司给你一个工作职位呢？

在校期间找一些适当的临时性工作，是一种非常好的锻炼机会，它有助于我们摆脱依赖心理，逐渐独立承担一些事情，适应性强，心理也会随之成熟，我们会真正体会到父母挣家养家供我们上学的不易，有助于形成节约、珍惜劳动成果的思想意识，从而对生活对工作和学习以一个全新的角度去审视，这必将对我们未来的人生之路产生重大的影响。

二、有助于与课本相结合，使我们积累经验，提高实践能力

学校教育毕竟还是以理论为主，虽然也有一些实践课程，但与真正置身于社会环境中的实践是有很大差距的。打工可以与学习相辅相成，而绝不是互相矛盾，特别是做一些与自己专业相关的工作。比如计算机课上，老师让我们开发一个物业管理软件，我们很可能是从网络及书本上查找一些资料，然后多少加上些自己的东西，就很顺利地做出来了，但实际中与我们想象的恐怕有很多不同，有许多许多方面我们根本没有想到，而这些方面恰恰又是必不可少的。我们做出来的系统放到真正的物业公司去，很可能人家无法使用。假如在一家应用软件开发公司实习过，也许就会知道这样一个专业管理软件应该如何做到贴近实际需要，哪些才是最重要的，哪些虽不重要但却必不可少，等等。

许多同学在毕业后找工作时最初满怀信心，觉得自己水平还不错，能够胜任什么什么工作，但是实际情况与书本上的总是有很大差别，没有做过，没有深入进去过，无法得知。需要相当长一段时间相当努力地再去学习再去适应。如果在校期间我们就做过相关工作，对实际情况有所了解，已经积累了一定的经验，那么就可以比较容易地入手，很快驾轻就熟。

三、有助于我们增强体质，完善性格

许多同学从小就在读书上花费了大部分时间，到了大学身体素质变得很差，在军训时有晕倒的，在体育课上有屡次考试不及格的，同时也有性格懒惰的、注意力和精神不集中的。打工非常有利于增强体质，

因为我们在校期间最好找的工作大多是快餐店钟点工、商品推销员等等。快餐店打工看起来容易，可是一项体力活；而推销员工作不但要上楼下楼跑来跑去，还需要灵活的头脑、快速的反应能力和口头表达能力，同时还可以赚点零花钱，一举数得。

因为大多是独生子女，在家里长期衣来伸手、饭来张口，两耳不闻窗外事，一心只读圣贤书，许多人性格难免有些缺陷，偏执、骄傲、一意孤行、习惯以自己为中心，表面上厉害实际上心理又非常脆弱，经不起一点小小的打击，这都给将来立足于社会造成了很大困难，这也是许多大学生会因为没考过四级、没找到工作就轻率自杀的原因之一。打工给了我们完善性格的机会，在工作中不得不与同事或客户打交道，要完美地做好工作一定要与同事配合好，建立良好的人际关系，要打动客户使他们接受你，在比如售后服务热线等工作中，还必须接受客户的批评和指责，保持良好的心态等等，这些情况都会使你的性格更加坚强、情绪更加稳定，心理适应能力更强。

四、有助于学校减轻压力，培养出具有实践能力的毕业生，增加就业机会

其实学校的压力也很大，一方面是社会对大学毕业生们的质疑，一方面是大学生的脆弱心理。有些学生会因为考试不及格、找不到工作就自杀，而社会对正在找工作的应届毕业生的工作能力和心理承受力都不是很信任，怎么来改变这种状况呢？通过打工，学生们的动手能力、对社会和市场的认知度、心理承受力都会有所增强，除了单纯的校园生活外，我们会在社会生活中体验到许多挫折、困难和意想不到的事情，不会再轻易为了一点暂时的小问题就选择自杀，而在找工的时候会有更好的表现。

这一方面减轻了学校的负担，另一方面也会使学校因学生的高水平与高素质获得用工单位的好评而提高知名度。

五、有助于用人单位接收毕业生，减少培训新人的负担

基于同样理由，在校期间从事社会活动、承担各种工作较多的同学，积累了丰富的社会经验，具有团队合作精神，了解社会人际关系，能够正常处理与领导同事的相处行为和表现，经过磨炼增强了实践能力和接受能力,接受单位培训时比他人会更容易一些,更快上手,减轻培训单位的负担,能够更快地投入到现实工作中,并且有不错的工作效果。

而那些在大学里依然娇生惯养、依赖父母的同学们,面对工作单位错综复杂的人际关系往往不知所措,被领导批评几句就无法承受,面对新工作无从下手,接受新任务不知所措,对社会和市场更是一无所知,会给用人单位带来许多麻烦,要花很多时间和精力来培养,用人单位当然更希望接收那些略有经验和实践经历的学生,可以尽快为企业做出贡献。

同时打工也为那些需要降低成本、增加临时员工的小企业小公司商家提供了丰富的人力资源,学生们得到锻炼机会和部分收入,那些小公司也以较低成本收获效益,互惠互利。

总之,个人认为,在校生打工的益处是显而易见的,我们大学里的课程安排并非很紧张,学生利用业余时间做一些可以得到锻炼和积累经验的工作,对自己对社会都有所收益,当然了,不应荒废自己的学业。找到与专业相关的工作最好,如果找不到,那么其他一些工作,哪怕是在快餐店打工,也有利于学生提升自己的人际交往能力和处事应变能力。所以,我支持学生在完成好学业之余去打工,积累经验就是积累财富,也是为自己的将来打下更好的基础!

(据腾讯论坛,作者: 网友無 1177938)

在校生打工背后的隐忧

在校大学生们做一些兼职,从积累经验和补充收入来看,似乎无可厚非,但是,在校生打工并非仅仅是在校生自己的事,实际上关系方方面面,比如社会、企业、学校、家庭等等。鉴于我国目前的社会保障体制、教育体制以及我国大学生自身条件各方面的诸多限制,在校生打工现象其实潜伏着很多问题和隐忧,应当引起各方的重视。

一方面, 由于我国从小学到中学的教育体制几乎都是围绕着一个中心,那就是为了升学,从某种程度也可以说就是为了考试考出个好成绩好分数,学生们的生活是十分单纯的,除了学习还是学习,上课、作业、测验、背书占了大部分时间,仅存的一点休息时间,多数是以听流行音乐、看电视、打打游戏来进行娱乐和放松,而对社会的接触程度非常低。学生们没有时间,家长们也不乐意让孩子们过多接触社会,所以他们的接触面非常狭窄。

我们都知道,许多西方发达国家的教育讲究实践能力,很可能一个小学生的作业,都要通过去大街或商店里访问别人,再从互联网上搜索资料,最后综合完成,而许多中学生被要求每学期必须完成固定的义工时间,才能够获得中学毕业证书。所以他们与社会的接触比较广泛,在完成中学学业、步入大学时就已经被社会视为成熟的成年人,需要自己去负担许多生活和学习工作方面的东西。而我们的大学生进入大学时刚刚从繁重的功课中解脱,开始审视社会,虽然年龄到了,但心理和接受能力上与真正成熟的成年人还有一定距离,应该给他们一个时间来进行适应,而大学生活不再像中学时那样紧张,大学生们完全可以多参加学生组织,丰富课余生活,参与学校组织的活动来逐渐认识社会,而不是贸然出去打工。否则,很可能因为工作中的挫折而倍受打击,或者上当受骗。

第二方面,由于中国目前的特殊情况,许多家庭对孩子从小就过于爱护,娇生惯养,导致许多学生进了大学仍然生活难以自理,根本做不到自立自强,连洗衣服之类的小事还要送回家去或

光有分怎么能行!

热门专业

普通专业

者等着父母来洗。这样的学生心理承受力差,处理人际关系的能力差,对外界人事可能仅出于一种想象,当理想和现实相差很远时,加上缺乏心理辅导,他们会接受不了,产生心理困境,有个别者难免走极端。

这样的学生们应该从步入大学起,充分融入大学的集体生活,多与同学、舍友、老师、朋友们接触,多参加集体活动,来逐步完善自己的性格,在学校生活中磨炼自己的生活能力,如果学校有适当的心理指导课辅助就更好,再通过学习来提高思考能力和应变能力,增加专业知识,到毕业时真正成长为一个负责任接受力强的备选人才,此时步入社会比较妥当。

第三方面,在校生很难找到与自身专业相关的工作,很难找到真正对自己未来规划大有益处的工作,大多是做些家教、快餐店等工作,局限性很大。

许多学生到快餐店打工,虽然是钟点工,但是去过肯德基之类快餐店的都有所了解,那种工作是相当辛苦的,尽管这是锻炼,但有些学生因为打工太累而放松学习,上课打盹或干脆逃课睡觉,不是本末倒置吗?我们到学校来不是为了学习专业知识吗?毕竟学业是首要任务,不应当因为打工而耽误学习。

第四方面,由于法律制度的缺憾,一些打工的学生上当受骗而无法追讨报酬;因为没有完善的保险制度,学生打工造成的人身伤害得不到应有的赔偿,都是非常严重的潜在问题。学生们打工被骗,或被以种种原因克扣工资,无法得到应有报酬的事例报纸上屡有报道;由于学生打工大多是临时性的短期工作,不可能得到完善的用工保险,一旦出了事故就难以处理,甚至得不到赔偿。

学生毕业后加入某公司或单位,根据国家有关法律法规,应缴纳的保险、应享受的权利都会得到保障,如果发生纠纷,也可以诉诸法律,保护自己的权益。

第五方面,大部分学校对学生们自己在外找工作没有任何管理和控制,所以也无法对学生的行为和安全采取措施,加大了学校的管理难度。学校不知道学生在外打工,也不知道他们从事的是什么工作,是否会有什么危险,或是否违反法律,虽说大学生们已经成年,但是学校毕竟还是要担负着管理的责任。

学校可以适当与部分企业合作，负责安排一些打工职位，双方共同监管，给学生们锻炼和实习的机会。例如国外许多大学的CO-OP。CO-OP项目是由学校、公司和学员三方共同参与的一种项目。学员首先通过入学考试，然后在学校学习一段时间，成功完成学校学习任务并通过公司面试，正式进入公司工作，工作期间学员定期向学校汇报工作情况，CO-OP项目完成后由学校和公司联合发放结业证书。

总之由于各方面的原因和问题，我国在校生打工存在一些隐患，应当引起各方面的注意。如果大学、社会、企业能够更好的合作，改善社会环境和观念，法制更健全更完善，学生们能够摆正学习、娱乐和工作的位置，一边读书一边打工，才更为适宜。

（据人民网，作者：飞絮游丝[37033581]）

专家看法

大学生打工还须擦亮眼睛。

◆ 上海市劳动和社会保障局青年见习管理办公室中介部杨主管：打工需要擦亮眼睛

从劳动法规上讲，大学生如果自己去社会上寻找打工机会的话，保障系数比较低。至于兼职工作能否享受小时工临时协议，杨主管表示："目前对于这方面的条例暂时还没有。退一万步说，即使有了，单位也完全可以不和大学生签协议。因为据我们所知，大学生处于被动，他们往往因为急切想要找到工作而顾不上协议这些东西了。"

她同时也认为，因为学校的勤工助学机构和提供打工岗位的单位一般签有协定，学生去这样的地方找工作比较放心。大学生如果自身能力很强，完全有信心有能力处理好社会上的各种情况，那么自行寻找打工机会也是可以的；但是如果能力上有所欠缺，就最好通过校方推荐，或者找一些比较有知名度的大公司，毕竟它们欺骗学生的可能性来得小一点。"目前对于大学生校外打工，还没有针对性的法律或文件，所以大学生一定要提高自身认识。"杨主管对记者说道。

另外，她提醒大学生，打工还需要擦亮眼睛。在正式工作前，首先要弄清中介单位或者提供工作单位者的身份，查看一下是否有营业执照或者中介资质，对于没有这些证件的单位，千万不要涉足；其次，即使是打工，也要签订正规的雇佣合同或者中介合同。这点目前在实际中比较难做到，但至少也要让对方留下凭证，万一发生纠纷时也有依据。此外，大学生在打工过程中，当合法权益受到损害时要及时向有关部门反映，可以是学校的相关机构，也可以是上海市劳动和社会保障局等政府机构。必要时，也可以申请劳动仲裁或者向法院提起诉讼。

◆ 广东省青少年研究所所长曾锦华：
大学生自身必须有积极参与社会活动的意识

曾锦华表示，大学生已经是成年人了，不能再像未成年人那样需要监护人对其时刻保护，而是要加强大学生自身的自我保护意识，提高他们的自我防范能力。很多大学生社会阅历浅，缺乏社会经验，导致其认识社会、判断社会的能力欠缺，容易上当受骗。近几年大学生上当受骗的事情层出不穷，这应该引起大学生的反思：为何作为高学历人才还这么轻易被骗？

曾所长建议，学校应该极力提倡大学生走向社会，积极参与社会实践，当地政府与基层组织应该为大学生参与有益的社会活动创造条件，最重要的是大学生自身必须有积极参与社会活动的意识。寒假期间留校的大学生应该"走出去"，参与社会活动。团中央、教育部都发出通知帮助留校大学生参与社会实践,增加他们的社会经验,这对于大学生来说正是一个好机会,应该充分利用。回家的大学生则可以积极与当地的共青团等基层组织联系组织一些志愿活动,利用寒假做一些利己利民的事情。

(据南方网、新浪网)

打工故事

　　大学生做兼职的心路历程,充满酸甜苦辣。

卧底日记: 大学生钟点工工资现状

卧底日记1　日均工作十余小时

时间:2007年1月30日

地点:环市中路麦当劳宝山分店

　　1月30日,我下班后来到餐厅二楼的休息室。休息室很小,只能容得几个人。我进去时碰上了戴着眼镜、看起来挺斯文的男生许秋明。

　　许秋明望了我一眼,显得很疲惫,我们聊了起来。他是花都人,在广工读大四,每天得花4块钱坐公交车上下班。

　　他今年一月份刚刚涨了工资,每个小时从原来的5.3元增加到了5.4元。"其实这一毛钱涨不涨对我而言都没什么。"在他看来只有多劳才能多得。

　　我追问:"难道麦当劳没有限制你们一个月的工时吗?"他笑笑说:"上个月我很多天都上十几个小时。"许秋明称,有一个周六因为要进货,他从上午一直做到凌晨,连续工作了15个小时。

　　"你上个月拿了多少钱,这么卖命?"

　　他想了想,"拿了1 600元"。

我当即算了一下,按每小时 5.4 元工资计算,他当月共工作了 296 个小时,比麦当劳规定的兼职工每月工作不超过 168 小时整整多做了 128 个小时。如果按照每月 22 个工作日计算,他平均每天要做 13.45 个小时,这却是国家相关规定的兼职工每天工作不超过 5 小时的近三倍。

卧底日记 2　感冒也要上班

时间:2 月 1 日

地点:海珠区肯德基赛博餐厅

1 月 31 日,我感冒了。入职简介时,领班说过:餐厅涉及食品安全,又是公共场所,感冒是一定不能上班的。我到了餐厅,发现组长春萍也感冒了。她坐在休息室里和另一个员工聊感冒的事,感觉她们并不忌讳感冒上班,而且以前感冒了只要自己不提出请假还是可以上班的。

2 月 1 日,我的感冒更严重了,不停地流鼻涕。我很担心,上班的时候又没有纸巾,也没有时间,怎么办?守着前台那些保温柜和油锅,鼻子里胀胀的,脑袋上箍着一顶帽子,又因为吃了太多的感冒药,感觉昏昏欲睡的。炸食品的油混合在热气中,粘在皮肤上。不知道脸上是油是汗,痒痒的、腻腻的,忙的时候根本没有洗手的时间,只好忍着了。

每天下班后,头发脸上都是油,刘海像狗舔似的贴在额头上,后面的头发则是四面八方地乱翘,常常回家后被一群人追问"你怎么一身薯条味?""你最近在搞什么啊?"

卧底日记 3　女大学生清洁男厕

时间:2 月 2 日

地点:海珠区肯德基赛博餐厅

上午 9:55,我准时到达肯德基赛博餐厅上班。

打扫完洗手池和女厕,组长春萍说男厕也要打扫。我与另一女大学生同事林慧很是惊异。

一进男厕,一股恶臭迎面扑来!我拿着夹子力图把地上的纸巾夹到垃圾桶里,但夹子就是不听使唤,夹来夹去弄不去来,急得我脸上烫烫的。最可怜的是林慧,一个刚上大学的小姑娘,蹲在地上,拿着抹布踩着小便池擦着。

半个小时后,同事李琴终于来换我的"厕所班",随后我被派出去负责大厅卫生。

在大厅,我一直不停地忙碌到 5 点,然而就在我清机准备下班时,看着椅子刚想坐下,又被春萍捉住:"下班之前要做什么?"于是,我又帮前台补充配件、打扫地面……

今天我下班比李琴早。李萍看到我时轻轻笑着说:"终于被资本主义剥削完了。"

卧底感言　倡导人性化关爱是天大讽刺

工作了半个多月,我深切地感觉到,对于千万个在麦当劳工作的大学生而言,这绝对是"血汗工厂",一座有着干净漂亮色彩斑斓外衣包装的"血汗工厂",麦当劳超低的工资让人心酸!

在麦当劳"金色拱门"光辉下隐藏的是高压、重复性劳动。麦当劳的高强度低工资使得其雇员周转率非一般的高。因此,麦当劳常常需要招收新员工(兼职为主),离职手续也极其简单——将工作服交上去即可,有的麦当劳还需要一封辞职信。

麦当劳员工组成分为兼职与全职两部分,其中兼职占主要比例,大约为80%,视各家麦当劳具体运营情况而定。而兼职和全职的工资是一样的,都为 4 元/小时,另加 1.3 元的膳食补贴。

据我观察在工时方面,麦当劳的雇员常常连续工作长达 10 个小时。占主体部分的兼职情况也一样,严重违反国家规定的兼职不得超过 5 个小时。麦当劳号称倡导人性化关爱的工作环境,其实不然。在麦当劳里,单调的重复劳动不但机械、枯燥,而且强度非常高。

一个麦当劳女职员曾对我说,在麦当劳里工作的人腿要比一般人的粗。在麦当劳里像螺旋般连续旋转上八九个小时,中间半小时是不带薪的休息时间。这点时间只能勉强让你往肚子里塞些食物,以保证有精力继续工作。

快餐巨头的用工四大问题

干一小时的收入还买不到一杯可乐;久久拿不到本该拿到的劳动协议;工作 4 小时才能无薪休息 15 分钟……这一幕幕不可思议地发生在国际知名的麦当劳、肯德基等快餐店。

两个多月来,本报多名记者和实习生"卧底"麦当劳、肯德基和必胜客,发现这些快餐店在用工方面涉嫌违反中国相关的法律规定,工资水平远远低于政府规定的非全日制职工最低工资标准。

问题一　兼职工资远低最低标准

1月19日起,本报记者和实习生分别来到位于石牌天河购物中心麦当劳分店、环市中路麦当劳宝山分店、海珠区肯德基赛博餐厅及岗顶必胜客等多家国际知名快餐店应聘,并很快成为快餐店的兼职工。

天河购物中心麦当劳是麦当劳集团在广州开设的第十九家分店,编号为1019。女实习生阿诗(化名)从这家分店的负责人那里了解到,这家麦当劳有十年的历史,是广州唯一一家十年来一直保持日销售额在6万元以上的餐厅,辉煌时期甚至排在广州麦当劳销售榜第三名。

阿诗应聘时,该餐厅的副经理陈伟伸出四个手指说:"工资是每个小时4元钱,同时还有每小时1.3元的补助。"

这就是说,每工作一小时,将会得到5.3元的报酬。

"这就是全部工资吗?"阿诗问。

"这是整个广州统一的兼职工的工资。"陈伟面对阿诗的疑问,斩钉截铁地说,"除这些工资外,餐厅不会负责兼职员工保险、福利等。"

陈伟还说,餐厅会按照公司规定每半年对员工进行考核,并根据考核情况适当增加员工的工资,"但最多每小时加两毛钱!"记者在对另外十多家麦当劳餐厅暗访时,均得到上述同样的答案:兼职工资每小时只有4元,外加每小时1.3元的补助。

记者在"卧底"肯德基和必胜客时了解到,肯德基兼职工合同上的工资是4.7元/小时,每天连续工作4小时或4小时以上加0.8元补助/小时。必胜客兼职工合同上的工资是5.8元/小时,无任何补助。

然而,广东首个非全日制职工小时最低工资标准明文规定,广州作为一类地区,非全日制职工的每小时最低工资标准为7.5元。按照这一标准,麦当劳所支付兼职工的工资标准竟少了3.5元,而肯德基也明显少了2.8元,必胜客少了1.7元。

记者一行来到东莞东城风情步行街麦当劳餐厅暗访时,该店副经理韦洪秀女士很爽快地告诉记者:"加上补助是每小时5.1元。"而在多家肯德基餐厅,餐厅的相关负责人只模糊地告诉记者:"5元多!"

而这一切,也都与广东省规定的兼职工最低标准的二类区的6.6元/小时相差甚远。

在深圳,记者了解到,麦当劳、肯德基两个餐厅的兼职工工资标准也只有5元多/小时。

问题二 兼职工多当全日制工用

在长达两个月对广州、深圳、东莞等数十家麦当劳、肯德基餐厅员工的调查中,记者发现,兼职员工大约占了餐厅全部员工的80%,兼职员工大部分是大中院校的在校学生。为了能赚更多的钱,这些学生总是千方百计地多抽时间工作。

本报实习生阿彦在广州海珠区肯德基赛博餐厅工作时调查得知,在该餐厅,今年元月份,就有至少8名兼职学生的工时超过了150小时。

"其实,很多在麦当劳、肯德基等快餐店中做兼职工的人,与正常的全日制工人在工作时间上没有太大的区别,但得到的却是兼职工的待遇,因为兼职工是没有任何福利和保障的!"一名在麦当劳做兼职工多年的女士对记者称,"其实,这就是快餐店违规剥削我们的一种手段。"

记者了解到,按照相关规定,兼职工在同一用人单位平均每日工作

时间不得超过 5 小时,累计每周工作时间不得超过 30 小时。如工作时间超出该条件,用人单位就必须按全日制用工形式与职工确定劳动关系,并承担相应责任。但是,记者在麦当劳、肯德基等餐厅看到大量兼职工超时工作。

问题三　迟迟不给兼职工协议书

"我在那家肯德基分店工作一年多了,目前还没拿到餐厅应给我的协议或合同!"广东某学院大四学生吴娟(化名)无奈地对记者说。

吴娟告诉记者,她于 2005 年 11 月开始在番禺市桥大北路一家肯德基餐厅做兼职工。入职时,餐厅只给了她一份空白的劳务协议书,在告知工资后,就让她在协议的下方签字。

"当时整个协议除了自己的名字外,其余的地方都是空白的。"吴娟说,"我很需要这份工作,我没有勇气向他们要回本应属于自己的那份双方协议。"

据记者调查,与吴娟类似的情况在广州的麦当劳、肯德基等餐厅并不少见,12 名曾经或正在这些餐厅做兼职工的人都对记者表示:"协议是签了,但手中没有协议。"

一个月前,天河购物中心麦当劳分店和海珠区肯德基赛博餐厅分别与本报实习生签订劳务协议。在苦等近 10 天后仍未拿到餐厅应给的相关协议书,实习生多次反复催要,一直到辞职,仍未拿到相关协议。在必胜客天河百脑汇餐厅,本该甲乙两方各执一份的协议却要统统交由餐厅持有,理由是"离职时这份协议必须交回公司,为了怕你们不慎弄丢,两份协议都由公司保管"。

问题四　只招兼职,协议不填薪资

本报记者在必胜客应聘时,负责招聘的负责人见记者已经毕业,马上表示不录用,称只招在校的大学生。在记者反复求情下,该负责人终于勉强同意,但要记者伪造一个学生证才能签约。

记者迫不得已拿出一个特别假的"学生证"后,终于与天河百脑汇餐厅签订了"计时员工劳务协议"。记者发现这份协议中明确规定乙方为"在外单位下岗、内退、已经退休人员或在校学生"。

记者仔细阅读该协议发现,在解除协议方面,公司和员工之间也存在一定程度的不平等。协议中规定,在协议期限内,甲乙双方均有权提前七天通知对方解除协议。如果公司认为员工违纪,可随时解除协议,但员工只有在公司没有按照"本协议约定提供必要的劳动条件或劳动报酬"时才可以自行解除协议,而对于公司违反国家法律、法规,侵犯员工合法权益的情况没有作出规定。

记者注意到,跟记者一道签订协议的阿珊却丝毫没有注意这些问题。按照负责人员的指示,她迅速在一式两份协议上填上自己的姓名、身份证号码、住址,并在协议上签名,而协议中本该公司填写的协议期限、小时薪资还是一片空白。

(据《新快报》)

「草根」的力量：民间高考改革方案

2007年，是恢复高考30年，因而高考改革成为社会各界议论最多的话题。7月18日，国内首份由民间高考研究专家推出的、具有完整框架的高考制度改革方案正式出炉，对现行高考制度提出种种改革。

这份以民间机构名义推出的具有完整框架的高考制度改革方案牵动了国人神经，吸引了公众眼球。在教育部也得到了积极回应。流沙河、林文询、谭继和等四川名家纷纷发表看法，反对者有之，观望者有之，也有人认为此举"可以尝试"。

事件缘由

7月18日,国内首份由民间高考研究专家推出的、具有完整框架的高考制度改革方案正式出炉。

民间"高考改革方案"出笼

在恢复高考30年后的今天,高考改革成了社会各界议论最多的话题之一。2007年7月18日,一份由21世纪教育发展研究院推出的《我国高考制度改革方案》再次牵动国人神经,吸引公众眼球。这份以民间机构名义推出的具有完整框架的高考制度改革方案在教育部也得到了积极回应。教育部新闻发言人表示:"教育部会充分考虑采纳民间的建议。"

民间机构出笼"高考改革方案"

7月18日,21世纪教育发展研究院召开新闻发布会,公布该院最新研究成果《我国高考制度改革方案》(以下简称《方案》)。据悉,这份出自民间研究团体之手的方案是目前公开亮相的第一份具有完整框架的高考改革方案。

该方案的提出者、21世纪教育发展研究院院长杨东平在接受本报记者采访时表示,"整个《方案》的设计,突出体现了对学生权利的高度重视。"杨东平说,改革是大势所趋。提出这一方案,主要是提供一个可供公开讨论的文本,让不同利益的群体充分表达意见,从而达到消弭矛盾、形成共识、推进改革的目的。

就在《方案》公布的第二天,21世纪教育发展研究院也将它呈递给教育部等有关部门,希望能引起有关部门的注意。教育部新闻发言人表示,"教育部会充分考虑采纳民间的建议。"

方案再次提出"素质教育"

在21世纪教育发展研究院公布的《我国高考制度改革方案》中,提出了高考考试制度改革的基本方案。首先就是考试科目多轨化。设计者认为，目前的高考改革集中在考试科目的改革上，形成目前以 3+X 为主的不同模式。这一模式的基本问题，是将学生分为文、理两类进行识别和选拔。这一模式的问题是以一张考卷考所有人的评价过于粗疏，难以按照不同类型高校的需要、不同学科的特点，更加有效地识别、选拔不同类型的人才。建议按照高校分类管理的概念，将高校划分为研究型大学、地方性高校和高职院校三大类，再分为文科、理科、工程技术科、生物和医学科、艺术和体育科等不同科类，在高中课程中，确定不同的考试科目和内容难度，形成能够适应不同学生需要的多种"套餐"。

与此同时，考试内容以能力水平测试为主、探索综合素质评价等观点都是《方案》重点论述的支撑点。

均衡各地招生差异

在高考招生和录取制度的改革环节，设计者还提出了改变重点高校招生本地化、减少和废除某些特殊政策、扩大高校的招生自主权。

2007 年高考结束后，北京市朝阳区某中学的两个考生感觉分数可能达不到清华、北大的录取分数线，根据经验，北京航空航天大学的录取分数线一般比清华、北大的要低一些。于是，这两名考生第一志愿填的是北京航空航天大学。岂知分数线下来后，他们的分数线超过清华、北大的录取分数线，却低于北京航空航天大学的录取分数线。在第一志愿被淘汰后，这两名超过清华、北大的分数线的考生最后被一所普通的院校录取。

21 世纪教育发展研究院民办教育研究所所长柴纯青在接受本报记者采访时说，每年因为这种填报志愿的"失误"，造成许多考生痛失好校的机会。而这些"失误"的代价，原本不应该由考生来承担。而在《方案》中，为解决这类问题提出了对策：建议在招生过程中，同一批次高校对学生不分志愿先后同步招生，赋予学生有更灵活选择高校的机会。

事实上，对于高考制度的改革，近些年来社会各界的呼声日高。由于各地的录取名额不是按照考生人数制定的，致使各地的录取率差异极大,这也造成了"倾斜的高考分数线"、"高考移民"等现象。

在《方案》中,设计者也注意到了这个问题,并提出了解决办法。他们认为,形成这一现象的基本原因是历史形成的地方高等教育资源的巨大差异,而根本的解决方案是人口大省加快地方高等教育的发展。在地方高教资源差异未能根本改变的情况下,通过宏观调控,缩小各地的录取率差距。

方案引发强烈反响和争议

2007年高考刚刚结束月余,社会各界对高考的关注还未降温,这份被称为首份具有框架的高考改制方案一出,立刻引起了教育部和社会各界的关注。

杨东平告诉记者,这份《方案》已经提交给教育部。而据了解,教育部一位发言人对外界表示,教育部将结合各方人士的不同意见综合比较,不断推进高考改革。高考改革是渐进的,不是一蹴而就的,也不是一个方案能解决所有问题。高考制度改革可以通过自下而上、广泛征求各方意见来进行,在讨论阶段,高考改革不排除包括网上征集等多种方式征求民意,也不排除同时提供多个方案由社会各界讨论的可能。

这份《方案》的出笼显然也引起了传媒和评论者的高度关注。新华社、《中国青年报》、《潇湘晨报》、人民网、新浪网等媒体纷纷刊登相关消息和评论,对这份《方案》表示了更多的期待。

潇湘晨报评论员撰文说,现在我们不能简单放大这份民间的《我国高考制度改革方案》的价值与功效,毕竟,高考是一个系统的工程。恰恰如此,我们才分外珍惜这种独立话语方式的参与,我们才期待,有更多不同阶层的群体参与到高考改革的争议中,最终搭建起一个有关高考改革合理的良性意见博弈平台,使真理越辩越明,问题越说越清,使我们的高考改革不再停留在局部的、割裂的层面,为高考改革找到彻底的制度性出口,使广大公众能真正感受到高考改革的风吹向了真正的公平与效率。

不少民众对于这份出自民间的《方案》表示支持。《信息时报》发表的评论说,事实上,理性的公共治理理念告诉我们:任何一项公共治理都必须充分尊重并挖掘民间的参政议政热情。近来,一些民间机构纷纷就社会热点问题提出改革方案,是一个可喜的变化,一个成熟、稳定的现代社会离不了民众高涨的参政议政热情。

(据大河网—河南日报,记者:尹海涛 杨万东)

"当事人"声音

纪念恢复高考 30 周年的主题不能永远停留在对恢复高考的感激、对高考制度重要性和必要性的讴歌上。应该从单纯的怀旧转向改革,转向未来。

民间高考改革方案向政府"抛砖"

2007 年 7 月 19 日,民间教育研究机构 21 世纪教育发展研究院在北京理工大学的国际会议中心,高调公布由该院院长、著名教育学者杨东平领衔起草的《中国高考制度改革方案》。这份方案被视作中国"首份由民间高考研究专家推出的、具有完整框架的高考制度改革方案"。方案甫一推出,教育部新闻发言人王旭明即表示民间努力探索高考改革的精神"值得称道","教育部会充分考虑采纳民间的建议"。

但他同时也表示,"高考改革是渐进的,不是一蹴而就的,也不是一个方案能解决所有问题的"。

一个一面世就受到高度关注的改革方案被刻意强调民间背景会对其有什么影响?这个民间方案有什么独特的地方?这个方案选在这个时候推出有什么特别的考虑?与之相对应的政府高考改革方案

进展到什么程度了? 带着疑问, 记者采访了方案的执笔人之一杨东平。

方案集合了有识之士的共识

青年周末（以下简称为"青周"）： 你们推出的这份《中国高考制度改革方案》被媒体称为"首份由民间高考研究专家推出的改革方案", 对于这个民间出身, 您怎么看?

杨东平：这份方案是以 21 世纪教育发展研究院的名义发布的, 这是个 NGO 组织, 方案被冠之以"民间"并没有什么问题。对我本人来说, 虽然也是北京理工大学的教师, 但我们做这个方案设计, 没有受到任何政府部门的委托, 的确是自发进行。

青周： 这个民间方案, 提出了高考改革的"新十条"方案, 包括考试制度四条和招生录取制度六条。但说实话, 这些内容过去在一些人士的建议、提案中也都看到过, 包括您自己对其中的一些问题也曾多次提及和阐述, 为什么还把它叫做首份呢?

杨东平： 这个方案确实是我们经过两年的广泛调研, 综合各方有识之士的意见, 反复座谈形成的。包括自 2005 年以来在"两会"期间提出"实行全国三十所名校联考"、"清理高考加分政策"和"实行高考录取分省定额投放听证制度"的人大代表洪可柱, 以及 2007 年两会期间提出取消高考的范谊等人, 我们都有交流。形成一份有完整价值和目标模式的高考制度改革方案, 这在国内可能的确是第一回。

民间方案也有政府的探索

青周： 这份方案独特的地方在哪里?

杨东平： 方案主要提出已经形成共识的高考改革基本的价值和目

标，提出了当前高考改革的方向。其实，说民间，这里面也有一些条款是政府曾经有过的尝试。比如，把高考与高中分开、让考生在户籍所在地报名的高考社会化就于1998年左右在北京实施了两年，效果不错，这个好的实践我们也写进了这个方案。还有我们希望政府充分重视的高中会考、春季高考等制度，都是过去实践中存在、只是没有得到好的发挥的措施。我们希望高考是一个自上而下的体制改革，但自上而下需要自下而上的推进。现在的主要问题是高考改革根本没有提到政府议事日程。我们现在就是要推进以体制改革为核心的高考改革进入政府议事日程。

民间改革方案的出台是无奈之举

青周：如此说来，是不是还应该有政府的高考改革方案出台？

杨东平：原则上是啊，但就是因为左等右等十几年，政府教育部门关于高考制度改革的方案始终没有拿出，我们才推出这份民间的高考改革方案。

青周：对高考制度的各种弊端每年通过各种新闻报道，两会提案和议案上交的也不少，政府的反应为什么比民间机构还滞后？

杨东平：这和一些主流学者对高考制度的认识有关。主流学者和国家教育部门联系比较密切，他们的观点会影响国家教育行政部门决策。

他们一直以来都认为高考制度虽说不是一个最好的制度，但也是一个不坏的制度，不认为现在有改革的必要。

青周：您认为高考制度必须要进行改革，有没有经过具体的调查研究，得出可靠的数据来支撑您的观点？

杨东平：前不久《中国青年报》、教育部考试中心联合举行了3.8万样本的民意调查，有高达95%的受访者对现行高考制度持肯定态度，这其中有77.5%的公众认为虽说是目前最好的办法，但有缺陷，应在某些方面进行改革。不过，这个调查也只是个意向式的初浅调查而已，事实上，我们现在做的所有研究都没有经过扎实的调查研究，从政府到民间都没有人来做调查，大家现在表达的也都是想当然的想法。都是个人的感觉。

现行高考制度牺牲一代人身心健康

青周：那您会不会也因为个人的感性认识而影响对高考制度整体上的理性认识和评价呢？高考制度也许不是非改不可？

杨东平：高考弊端的存在并不是我一个人或者我们一小拨人的认识，对于现行高考制度的谴责已经进行了十几年了。从20世纪80年代末期开始，片面追求升学，包括钱伟长、苏步青等老科学家反应就非常强烈，给中央写过信，认为教育制度这样下去是不行的；其实20世纪50年代就很严重了，毛泽东还做过好几次批示。不过不论是80年代还是50年代，和现在相比都是小儿科。现在已经到了灾难深重、国将不国的地步了。

青周：有这么严重吗？据北大孙东东说，国外来我们国家参观的教育考察团都认为我们的高考制度好，还准备向我们学习呢。

杨东平：不但他那样说，教育部也是这样说的。美国和俄罗斯等国家的确也提出想进行统一高考。但人家和我们的情况一样吗？简单来说，人家需要减肥了，我们热量都不够。人家是过于宽松，而我们是过于紧张，已经对青少年的心理和身体造成了极大的伤害。只要看看现在青少年的体质健康指标，从20世纪80年代到2004年，国家每五年做一次青少年体质检测报告，每况愈下。在高考指挥棒的牵引下，牺牲一代人身体健康来追求升学率，这个代价有多大？如果国家教育部门还没有意识到，那是严重失职。

拿民间方案刺激政府出高考改革方案

青周：教育部新闻发言人在你们推出这个民间方案之后，不是表示，欢迎民间集思广益，教育部正在酝酿多套备选方案么？

杨东平：事实上，厦门大学教育科学研究院就是全国唯一一家受教育部委托专门进行高考制度改革研究的机构。

不过，科研所的兴趣在于建立中国的科举学，弘扬科举文化，出了好几套书，2006年还搞了一个科举制度的国际讨论会，重新认识中国的科举制度。他们的兴趣就是往回看，至今也没拿出一个改革性的东西。

2005年前教育部长何东昌上书胡锦涛，痛陈现代教育之痛，教育部于是组织了十几个专题调研组对整个教育制度进行调研，其中一个组由中国教育学会的常务副会长谈松华领衔，任务就是要提出一个高考制度改革方案。

但也许是高考的重要性大家都太知道，大家都把它看得太慎重，甚至一句话都不敢说，谈松华参加我们的研讨会，说了一些话，回去就遭到了批评，更别说高考改革方案了。某种程度上，我们现在拿出这个方案就是要促使和刺激官方拿出方案来。

青周：怎么刺激？能够刺激么？

杨东平：我们推出方案，抛砖引玉，不管是好是坏，只要拿出来，提供一个可供讨论的文本，通过媒体引起各界人士的注意，从而集思广益，通过公开讨论形成共识，高考改革的过程就可以启动了。如果没人拿出方案的话，高考改革永远处于一个不被激活的状态。

其实教育部发言人王旭明的表态算是比较开明的，对我们来说算是积极的信号。"教育部会充分考虑采纳民间的建议。""高考改革是渐进的，不是一蹴而就的，也不是一个方案能解决所有问题的。"这就表明，我们的抛砖引玉已经有初步反应了，如果对我们的方案不满意，我们正希望教育部自己提出令人满意的方案来。

改革方案推出时机已经成熟

青周：为什么在这个时候采取推出一个民间高考改革方案的方法？

杨东平：今年是高考30年，各种媒体纷纷开辟专题和专栏纪念恢复高考30周年，以怀旧为主。我认为纪念恢复高考30周年的主题不能永远停留在对恢复高考的感激、对高考制度重要性和必要性的讴歌上，已经回顾30年了，现在应该向前看了，应该把改革作为对30年的纪念。现在应该从单纯的怀旧转向改革，转向未来，向前看而不是往回走。

青周：30周年就表明提出高考改革方案的时机已经成熟了么？

杨东平：时机成熟是看条件的。在我看来，条件已经成熟，中国进行一场实质性的以体制改革为核心的改革是可行的，这其中当然就包括众人瞩目的高考改革。首先,科学发展观已经成为全社会的共识;其次,教育供求关系极大改观,我们已经度过了教育资源最短缺的时期。大学的平均入学率都在 55% 以上,大城市已经达到 70% 以上,教育体系成熟到可以承担起一场深刻的改革了;何况,现在全社会对教育施加了强大的改革压力。教育、医疗、住房是当前人们最关注的三大问题,众矢之的。众所周知,医疗、住房改革已经启动了,和这两者比起来,教改非常缺乏作为。

青周:可医改和房改,目前看起来,并不是很令人满意,医疗改革甚至被正面承认失败?

杨东平:但至少已经引得无数人来关注、研究医改和房改了。可教改呢? 有多少人在真正关注? 真正提出有建设性的意见? 医疗卫生改革,现在国务院又平行委托了八个专门研究机构,包括大学、国务院的研究机构,国内、国际组织和 NGO 组织来设计改革方案,这是个恰当的组织,然后择善而从,但教育还没有进入到这一层,甚至根本没有提到政府的工作日程上来,所以我们只有在民间来推进这件事情。

民间方案只是提出可改革的方向

青周:那咱们这个方案仅仅起到的就是抛砖引玉的效果,并没有多少实质可操作性?

杨东平:说实话,我们推出这个改革方案,也只是提出了可以改革的方向。关于高考制度改革基本价值的目标模式,大家没有什么异议,都是赞同的。我们的动机不是说我们的方案马上能够实行,而是促使大家关注制度改革,我们不介意被人们当成一块砖,只想抛砖引玉激起政府切实关注高考改革。这样大家的关注就不是 1977 年发生了什么事啊,邓小平又做了什么指示啊,往前看,来推进来改善这个制度。

不过改革毕竟并不是由我们主持,详细的设计是没有意义的。从我们的方案中,人们可以看出现行高考体制是有很多很大改革空间的。而且哪一项都是有可能改革的,都是体制改革的内容。

(据《青年周末》,记者:邓艳玲)

官方回应

教育部将结合各方人士的不同意见
综合比较,不断推进高考改革。

高考改革可能有多个备选方案

　　针对首份高调出炉的民间高考制度改革方案,教育部新闻发言人表示,社会人士和民间努力探索高考改革的精神"值得称道"。但高考制度是涉及千万人、全国性的、影响面非常大的考试,有些建议从一时、一地或一人的角度出发是好的,但放到全国的范围来看未必行得通。

　　据了解,近年来教育部组织有关机构正在开展高考制度改革的调研。"教育部会充分考虑采纳民间的建议。"这位发言人表示,教育部将结合各方人士的不同意见综合比较,不断推进高考改革,"高考改革是渐进的,不是一蹴而就的,也不是一个方案能解决所有问题的"。

　　目前,备受社会关注的医疗改革已出现了八套备选方案,部分参与民间高考制度改革方案研讨的专家表示,高考改革以及教育改革应借鉴医疗改革的方式,同时面向社会公布多份改革方案,邀请社会各界广泛讨论。对此,教育部发言人表示,医疗改革和教育改革有各自的特点,高考制度改革是通过自下而上、广泛征求各方意见来进行,在讨论阶段,高考改革不排除包括网上征集等多种方式征求民意,也不排除同时提供多个方案由社会各界讨论的可能。

（据《北京晨报》）

媒体评论

这份《方案》的出笼也引起了传媒和
评论者的高度关注，众多媒体纷纷刊登
相关消息和评论，表示了更多的期待。

民间版高考方案能否代表民间?

高考必须改革，是官方与民间共同的声音，至于怎么改，则基本上只是官方在发声。历次大大小小的改革，常见的情景是：官方在新闻发布会上公布获准通过的新制度，公众则在报纸与电视机前发表着官方听不见的议论。不过，在我国恢复高考制度30周年的今天，有一份令人耳目一新的民间高考改革方案颇令人关注。

日前，来自媒体的消息说，这份由民间学者推出的《我国高考制度改革方案》，具有完整框架，被誉为国内首份民间高考改革方案。教育部新闻发言人称"教育部会充分考虑采纳民间的建议"。

"民间方案"加"教育部充分考虑采纳"，两种概念所传递的无疑是令人满意的信息。几乎没有人不承认，民众的智慧是社会进步的发动机，民主的基础取决于民间力量。事实上，官方也是这么认为的，但在具体工作中却常常忽略民间智慧。长期以来，在法律与制度的改革中，行政主导的色彩依然浓厚。这就不可避免地出现了此类情形：由邮政部门主导的《邮政法》，允许不挂号不快递之类的普通邮件可以丢了白丢；由铁道部门主导的《铁路交通事故应急救援和调查处理条例》，允许火车撞人撞了白撞。不过此类行政主导的改革方式本身如今也正在积极改革，例如，一些地方立法机构尝试以招投标的方式委托民间中立机构起草法案；教育部门在高考改革中也开始愿意"充分考虑采纳民间的建议"。

"民间"一词看上去缺乏权威性，但实质上则是一个最有代表性的指称。严格来说，高考本就是面向民间的，不可能是用来考官的。可见，允许民间机构参与高考改革不仅必要，甚至是必须的。但是打上"民间"的标签未必就能代表民间，真正的民间意见，应当是在博弈中形成。即使是由官方起草的改革方案，只要置入公共视野之下并充分吸纳公众意见，也是具有民间性的。反之，即使来自民间，也不一定就能代表民间立场，甚至可能还不如行政包办。

事实上，这次领衔起草高考改革方案的专家杨东平，其"民间专家"身份主要来自官方称谓，并无多少民间性。杨东平虽然是21世纪教育发展研究院这个非官方机构的负责人，但他的主要身份则是北京理工大学高等教育研究所所长，在高校行政化语境下，这个身份更接近于官职。当然，这一点也许并不重要，重要的是他提出的改革方案是否具有民意基础，官方计划"充分考虑采纳"的到底是他的哪些建议。杨专家提出的"强化春季高考"，相信民意没多大兴趣，因为春季高考在一些地方试点时已证明收效不佳；方案基本模式定为"基础资格考试+高校自主录取"虽然是正确的方向，但这个建议没多少新意，更重要的是没有解决行政干预以及暗箱操作等问题。全国人大代表洪学柱曾在两会上指出，高考招生长期以来在一个高度封闭的环境内短暂运行，客观上形成

权力和信息的垄断,为少数"寻租者"提供了暗箱操作的便利。可见,真正有价值的高考改革意见是不能忽略上述问题的。

高考事关个人命运与国家命运,因此对于相关改革应当慎之又慎。无论改革方案来自民间还是官方,都应公之于众,接受利益各方的批评、建议以及修正,以便提高改革的成功率。毕竟,失败改革所付出的成本巨大,而承担主要损失的,到头来仍然是"民间"。

(据《广州日报》,作者:椿桦)

民间高考改革方案应当通过讨论达成普遍共识

日前,国内首份由民间高考研究专家推出的、具有完整框架的高考制度改革方案正式出炉。教育部新闻发言人表示,"教育部会充分考虑采纳民间的建议"。方案领衔专家、北京理工大学高等教育研究所所长杨东平表示,期待用这种"自下而上的"方式呼吁政府部门推进高考改革。

当前,要求高考制度改革的呼声越来越高。事实上,高考改革的进程也从未停止,特别是在近年大力推进的新课程改革,也将考试和招生制度改革作为改革重点。不过,对于高考改革,以往的习惯做法是以行政意见为主导、专家意见为支持。这种模式存在着明显的不足:行政力量包办过多,未能充分发挥全社会智慧的合力,高考改革常常因此成为教育部门的单打独斗;另外一种情况就是研究任务交给某个研究群体后,由于专家们研究和认识上的局限,难免使高考改革方案不能充分反映公众利益诉求。

改革高考制度,首先要改变高考方案的形成途径,为此目的,原先的民间高考方案也曾做出过很多有益尝试。比如,有学者曾经提出,应当强化春季高考,但此方案在我国一些地方试点后效果并不尽如人意,也为此付出不少改革成本。民间方案并不一定正确,但是,民间方案为我们提供了具有较大研究价值和争论空间的范本,这正是其最大意义所在。

高考改革最大的困难在于各种利益的平衡及兼顾。所以,通过公共讨论先达成方向上的共识,对改革中的利益均衡、区域均衡以及公平和效率等的兼顾等达成共识,就显得很有必要。所谓的"拿到公共平台上研究",一方面指向社会全面公布民间改革方案,听取民间智慧的解读和分析;另一方面也要考虑高考改革的专业性、全局性和重要性等特点,吸纳多学科、多地域、多风格乃至持对立观点的专家的审读和评价,以研究民间高考方案的可行性、适合度及其可能产生的后果。并且,这种公共讨论应是不受限的、人人皆可参与的。

以往"一肩扛"式的高考改革之路使得教育部门承担了过多的责任,也承受着很大的压力。其原因就在于高考改革背后存在着复杂多变的社会利益博弈,制度设计颇为不易。民间高考方案的好处就在于它不仅能为行政部门分忧,提供广泛的智力支持,而且有助于高考改革共识的达成。"知出乎争"。民间高考方案不一定优于有关部门设计的方案,但它的试验色彩却使其更具有讨论甚至是批判价值。在公共讨论中,民间方案中的可行建议被遴选出来,不可行的建议因其具有一定代表性,对其作出分析和否定,也有利于消除未来可能发生的政策性失误。

(据《光明日报》,作者:杨绍福)

专家看法

在一些学者看来,高考指挥棒影响下的应试教育严重影响了国家与民族的创新能力发展。

◆ 北京媒体从业者曾革楠:民间高考改革方案出炉需要结合个性

21世纪教育发展研究院日前公布该院最新研究成果《我国高考制度改革方案》(以下简称《方案》)。据悉,这份出自民间学者之手的方案是目前公开亮相的第一份具有完整框架的高考改革方案。

在一些学者看来,高考指挥棒影响下的应试教育"泯灭人一生中最优创造年华的发展,让富有想象力的学生沉湎于死记硬背、冗长繁琐的揣摩求证之中",严重影响了国家与民族的创新能力发展。

的确,我们今天对人类在科技和文化方面的贡献,与得到世界公认的中国人的"聪明与勤劳"并不相称。

"应试教育",从童年起就挫伤了中国儿童的好奇心和创造力,影响从基础教育到高等教育的整个国民教育体系,摧残着国家的自主创新能力。从这个意义上来说,我们的高考改革主要是改变目前这种"读一本书、教一本书、背一本书、考一本书"的"应试教育"局面。在这方面,笔者认为不妨多向邻国日本学习和借鉴。

日本在二战后经济发展迅速,一跃成为经济强国。众所周知,教育对日本经济的发展起了至关重要的作用,而其中就包括高考制度。

日本现行的高考制度一般分为两个阶段,采用两次考试的模式。第一次考试称为"大学入学考试中心考试",由日本大学考试中心统一命题,判断考生在高中阶段的基础性学习的完成程度。考试目标标准化,公布命题标准,明确考试内容和试题难度。

第二次考试由高校自行命题,通过国立、公立大学第一次考试后,可参加第二次考试。一般是考生报考的院校根据自己的专业特点和要求单独出题,学生可根据自己第一次考试的成绩参加各校符合自己志愿的考试。

而在第二次考试中,日本的大学趋向于指定多种考试选拔制度,供不同能力、不同性别、不同需要的考生选择,对应不同的入学考试制度。以近年来在日本发展较快的"AO"入学制度为例,校方不只看学生的成绩,还注重翔实资料审查和面试相结合的综合考察,更加注重学生的学习兴趣、学习欲望、实践能力、研究能力和独创性等。

这种全国的"中心考试"与各院校组织的"个别考试"相结合的高考制度体现了统一与自主、适才与全面、兼顾知识与能力的多元化考核特征。因为这种多元化的考试方式不仅注重学生的知识掌握,更重视学生能力和综合素质的培养,这样学生和家长就不会只是看重分数,更关注培养学生的思考力、学习欲望、判断力和表现力等。

日本的经验告诉我们，只有适当地将"统一"与"个性"相结合，才会使高考制度良性发展，打破为考试而教学的僵化局面，为推进素质教育奠定基础。

◆ 流沙河、谭继和等四川名家：分歧和共识

细分高中课程能否可行？

对于该方案提出的细分高校类型科目和高中课程的提法，流沙河表示极不赞成："高中就是学习常识的阶段，中学生应该打牢基础。"他认为，如果根据大学类型和科目确定高中的考试科目及难度，很容易导致学生知识面狭窄，这对学生一生的知识构成都是很危险的事。

谭继和也赞同这样的说法，"高中不能再细分"，高中一旦细分，很容易导致更严重的偏科。"现在已经有很严重的体现了：很多大学生人

文知识严重不足,素质严重偏低。"他认为现在要做的是从中学时"补",而不是"分",要加强人文基础知识和素质的锤炼。

林文询则有不同意见:"可以尝试,至少这是一个建设性的提议。"他认为现在的高考选拔制度,可能产生很多整体不错、但资质平庸的人。衡量标准单一,很可能让某方面有潜质的人淹没掉。"而大师,说不定就在这些人中产生。"

赞成增加高校自主权

"我不赞成一考定终身。"流沙河说,高校可自主招生,根据自己的需要命题、选拔,学生可参加多个学校的招生,互相选择最适合自己的学校和学生。

谭继和则列举了美国的例子,全国有高考制度,但高校也具有自主命题、自主录取和自主招生权。学生要单独考某个学校,获得成绩,最后看是否应当录取。

林文询认为,现在中国的高考制度和招生条件之间存在脱节,"一个700多分的'状元',不一定就是该专业最好的学生。"每个学校应有自己的要求,选择适合自己的学生,即使是同样性质的大学,不同的科类也有不同的选择标准。

(据凤凰网、中华网相关资料整理)

延伸阅读

将高考改革提到重要的议程,提速高考改革,可以说条件已经成熟。

中国高考制度改革方案(民间版)

2007年,是中国在结束"文革"灾难之后,恢复全国统一高考制度的第30年。恢复这一制度,是当时拨乱反正的重大举措,从而恢复了以学业能力选拔人才和"分数面前人人平等"的社会公正。统一高考制度的公平性和高效率,使之深入人心,为历史和社会所共认;与此同时,高考制度的局限性、弊病和负面价值也已暴露无遗。高考制度承上启下,对于高等学校制度改革和中等教育改革具有枢纽作用,对于中小学教育具有强烈的指挥棒作用,是推进实质性的教育体制改革的一个恰当的"突破口"。将高考改革提到重要的议程,提速高考改革,可以说条件已经成熟。

一、高考改革的基本价值和目标

1. 高考改革的基本价值

保证教育公平。保障不同地区、不同人群享有大致相同的高等教育入学机会,以及接受优质教育的机会。

改变以分数作为惟一的评价标准。全面评价学生,促进学生的协调发展和个性发展,避免陷入考试主义泥潭。

改变"一张考卷考所有人"的刻板、单一的考试方式。促进考试和选拔方式的多样化、多轨化、弹性化,提高高等学校选拔、评价人才的效度,使不同类型的人才适才适所。

扩大高校招生自主权。通过高校招生公开化、民主化的制度建设,使得这一权力最终重新回归高等学校。

重视和扩大学生的选择权。在高等教育大众化、学生付费上学的背景下,"以学生为本"的考试改革,应当使学生拥有更多的选择高校的权利。

坚持高考命题地方化改革。高考自主命题改革始于上海,至今自行命题的省市已达 16 个。这一改革的意义在于提供了高考模式多元发展的制度空间。多个考试机构的出现,也有利于考试测评技术本身在竞争中提高。

2. 我国高考制度改革的目标模式

高考制度改革的目标模式是以全国统一的学业能力水平考试为主,辅以高中学习成绩、高中课外综合表现的多元入学评价;高校确定录取标准、进行加试或面试后自主录取。基本模式是:基础能力测试 + 高校自主录取。

经过 5—10 年的努力，建立一种统一性和多元性相结合、"终结性评价"与"形成性评价"相结合、高校自主性与学生自主性相结合、国家宏观调控、高等学校自主录取、社会参与的全国高考和招生录取制度。

二、我国高考考试制度改革的基本方案

上述目标模式的真正实现，有赖相应的社会环境和制度条件，是一个值得追求的理想。作为过渡模式，现实的高考改革主要包括以下方面。

1. 考试科目多轨化

目前的高考改革集中在考试科目的改革上，形成目前以 3+X 为主的不同模式。这一模式的基本问题，是将学生分为文、理两类进行识别和选拔。以一张考卷考所有人的评价过于粗疏，难以按照不同类型高校的需要、不同学科的特点，更加有效地识别、选拔不同类型的人才。

建议按照高校分类管理的概念，将高校划分为研究型大学、地方性高校和高职院校三大类，再分为文科、理科、工程技术科、生物和医学科、艺术和体育科等不同科类，在高中课程中，确定不同的考试科目和内容难度，形成能够适应不同学生需要的多种"套餐"。

2. 考试内容以能力水平测试为主

现行的高考内容基本是知识水平测试，其特点是考题紧扣"大纲"，以记忆性知识和解题技巧为主，可以通过强化训练的方式提高成绩。它引导和强化了中学教育中死记硬背、题海大战之类的应试训练，不仅难以为学生"减负"，也难以推进素质教育、培养学生的创造能力和独立思考能力。

世界各国的选拔性考试，以美国的 SAT、GRE 为例，主要是能力水平考试，测试学生更为基本的分析、判断、逻辑思维等能力，是一种更为科学、基本的评价。我国的公务员考试，也已完成由知识水平考试到能力水平考试的转变。需要确定高考内容改革的这一方向，逐渐增加能力试题的比重（例如每年增加 10%）。目前，在高考中可以加入一定比例的能力水平测试题，在内容设计上把考察基础知识和能力水平、综合运用知识解决问题的能力结合起来，并以此来改变整个基础教育中应试教

育的倾向。

3. 改变"一考定终身"

以一次性高考成绩作为学生改变命运的评价，其弊病和局限性显而易见。近年来实行的春季高考是改变这一弊端的有效尝试；但由于参加春季高考的高校太少，成绩与夏季高考不通用，成为高职院校的高考，而失去吸引力和逐渐萎缩。

增加高考次数的改革，首先是强化春季高考。增加高校的数量和提高招生层次，使之成为与夏季高考同样规格和分量的考试，从而使学生获得两次高考机会，择优选报高校。考试多次化的另外一个思路，是某些科目实行社会化考试。英语可首先实行社会化考试，由专门机构每年设立若干次考试，考生提供个人的最高英语成绩作为高考成绩。

4. 探索综合素质评价

由于一次性的书面考试无法全面反映学生的实际状态，因而必须改变以高考分数作为惟一标准的评价方式，将学生的高中成绩和综合素质作为重要参考。

综合评价可以包括学生高中三年的平均成绩、学生成长记录、教师评语记录、实践活动记录、社会公益活动记录、体育与文艺活动记录等资料。此外，还可通过高校对考生的面试进行评价。

由于社会的诚信环境尚不尽如人意，学校的自我约束和社会监督机制均不成熟，这一改革尽管十分重要，却难以现实操作。可首先在中考改革中试行，从而积累经验。在部分较具备条件的大学和高中可以开展试点，前提是首先建立问责制和民主、开放的社会参与、舆论监督机制，一旦发生舞弊行为，予以严厉惩罚。

三、高考招生和录取制度改革

比较而言，我国近年来的高考改革主要集中在考试科目上，而对招生录取制度改革较为忽视，而大面积影响高考公正的主要是在这一环节。

1. 均衡各地招生名额的差异

我国长期沿袭的录取名额分配，缺乏地域公平的考虑，由于各地的录取名额不是按照考生人数制定的，致使各地的录取率差异极大，山东、湖北等人口大省的分数线比大城市高出 100 多分,造成"倾斜的高考分数线"、"高考移民"等不合理现象。

形成这一现象的基本原因是历史形成的地方高等教育资源的巨大差异。根本解决的方案是人口大省加快地方高等教育的发展。在地方高教资源差异未能根本改变的情况下,中央政府应通过宏观调控,使新增的招生机会主要向那些人口大省倾斜,将缩小各地的录取率差距作为重要的政策目标。

2. 改变重点高校招生本地化

在 20 世纪 90 年代末以来高等学校新一轮调整、合并的过程中,一些著名的研究型大学采取与地方政府共建的方式扩大学校资源,从而造成学校招生本地化的严重现象。2005 年,部分研究型大学本地生源的比例分别是:北京大学 17%,清华大学 16%,北京航空航天大学 13%,北京理工大学 11%;复旦大学 44%,上海交通大学 47%,武汉大学 50%,南京大学 55%,浙江大学 61%。

研究型大学招生本地化,不但减少了外地优秀生源获得优质高等教育的机会,有违教育公平;也在一定程度上降低了生源质量,有违创建一流大学的目标。按照高等学校分类管理的原则和研究型大学的宗旨,国立的研究型大学必须主要面向全国各地招生,本地生源的比例应控制在一个合理的水平上。可以通过研究确定这一水平,例如不高于学校经费中地方财政支持的比重,不高于扩招之前本地生源的比重,等等。

3. 减少和废除某些特殊政策

高考录取制度中,在分数面前的平等之外,还存在许多特殊政策。这些政策有的具有照顾弱势人群(如少数民族学生)、特殊群体(如港澳台学生)等重要价值,有的是为了保障特殊行业的人才供给(如定向生制度),有的是为了打破单一的分数评价,为特殊人才开辟通道,如保送生、文体特长生、三好学生和优秀学生干部加分等政策。但在应试教育的社会风气的影响下,这些政策许多已经有违初衷,甚至成为某些权势阶层、既得利益阶层的腐败温床,直接向教育公平挑战,引起社会强烈不满。

应该在调查研究的基础上,区别情况,减少和取消定向生、保送生、文体特长生、三好学生和优秀学生干部此类特殊政策,堵塞导致高考腐败的制度通道,净化公平竞争的考试环境。

4. 扩大高校的招生自主权

招生权是《高等教育法》规定的高等学校办学自主权。在高考制度改革过程中,落实和扩大高校自主权是必须坚持的价值和方向。高校招生自主权的实现有多种方式,例如高校自行命题、考试和招生;同类高校或学科实行联考;在全国统一考试的基础上加试科目、增加面试;在全国统一考试的制度上确定本校的考试科目、录取标准;等等。

对扩大高校招生自主权的主要顾虑是影响教育公平。向高等学校赋权的过程与高等学校的制度建设必须同步进行,从而使高校建立公开、公正的制度保障,取得社会监督和信任。这基于信息公开和公众参与这样两项基本制度,实行真正意义上的阳光招生。通过网络平台充分公开各种招生录取信息;同时,组成包括政府官员、家长、教师、校友代表、媒体组成的"代表团",全程参与招生过程。

5. 赋予学生选择高校的权力

现行的高考制度设计严格限制学生的报考自主权,同一批次的不同高校不能同步录取,多数高校对于学生的第二志愿不予考虑,从而使填报志愿成为一门学问,一些成绩优秀的考生因填报志愿不当而失去机会。在高等教育大众化时代,以学生为本的制度设计,要求赋予学生更多的报考自主权和对高校的选择权。只有当学生有权选择高校时,才会真正出现高校为吸引优秀生源而改善服务的竞争。

建议在招生过程中,同一批次高校对学生不分志愿先后同步招生。这意味着一个学生可能接到几所高校的录取通知。为避免造成高校的名额浪费,需要延长录取周期,将现行一次性的录取改为多次。对此,需要进行过细的制度设计和经过试点。这一世界通行的招生模式,没有理由在中国不能实行。

6. 实行高考社会化

为了改变以高考升学率作为高中教育评价的做法,必须强化高中会考制度,同时实行高考社会化。在通过会考、获得高中毕业证书之后,学生即与高中脱离。考生到户口所在的派出所或者居委会报考,高校的录取通知书也直接发送给考生,将高考结果与高中学校相隔离。这一措施的价值在于,虽然高中仍能够知道毕业生的情况,但地方政府却难以按照高考升学率对学校进行精确的排名,从而弱化高考对高中的强硬"指挥",解脱多数高中学校。北京市曾试行过此办法,取得积极效果。

(执笔人:朱寅年 王旗 杨东平)

上海是怎样取得高考自主权的

20世纪60年代上海的高考曾经戴过"王老五"的帽子,录取线排在全国第五名(福建是全国高考状元),压力很大。其实,上海的情况跟人家的确有点不一样。入学率不一样,分数线就不一样。我们是中等水平的学生能进大学,人家是高材生才能进大学。全国比的时候,不比百分比,只比录取线,这不合理。人家500多分才能录取,我们300多分就录取了,现在100多分也可以上专科了。人家是分母大,分子小,我们是分母小,分子大,要比,得先"通分",这是学过算术的人都知道的。

由于落了个"王老五"的外号,有人就不断刺激大家去追逐高分。我很早就提出来:全国那么大,发展不平衡,有的地区是"西欧"水平,有的还停留在"非洲"状况。10亿人民一个大纲,祖孙三代一本教材,本身就是不合理的,中国应该有多本教材,应该有很多种教育模式。我提出,要多纲多本,即大纲有多种,教材有多种版本,允许地区与学校自己选择。不少国家的教育部都没有制订统一的大纲,但高考一样考,而且多数是学校自主招生,全国并没有什么录取线的统一要求,而我们是越搞越死。大纲如果一放宽,学生可以学习各种知识,面就宽了。各地教育也可办出地区特色,以适应不同的发展水平。我当时担任全国课程教材审定委员会委员,就在会上提出了这样的理念,但有人反对。有人说,正因为中国这么大,所以要有一个统一的东西。同一个问题,却得出了两个相反的结论。我坚持己见,认为正因为中国大,发展不平衡,不能搞划一主义。后来大家把意见折中了一下,提出"一纲多本",即教育部制订统一大纲，在大纲指导下，可以编多种教材。

上海首先搞教材、课程改革。这涉及一个问题：教材自己搞，高考还是全国命题，这个教材谁敢用？我就琢磨，要想办法把高考权要过来。有了这个指挥棒，上海的很多改革就可以很主动了。

当时，我就找分管教育的副市长谈自己的想法：向教育部要高考权。分管副市长看了我几秒钟，大概在想，这家伙三天两头出鬼点子，然后说："这太难了，历来没有过这种事情，教育部也不会同意的。"我说："你答应，我就去要，我自己去要！"我连续找了他几次，后来他松口了："你去要要看，教育部如果肯的话，我们就试试。"

我很高兴，心里想，我要的就是这句话。以后，我就一直留心着找机会。不久，教育部部长和分管高考的副部长到上海来视察，我就抓住这个机会，对分管副市长说："这几天部长在上海，我们去看他好吗？"他说："好啊，你和我一起去。"

我们来到他们下榻的延安饭店，向部长汇报上海教育的情况。后来，我抓住机会，把话题往中心引："现在高考，全国只有一张卷子。高考命题，历来都是众口难调，每年都有人评头论足。教育部何必做这种吃

力不讨好的事情呢？何不把权放下来，你们在上面监督，搞得好就表扬，搞不好就批评，就非常主动。"他们看了我两眼，说："能行吗？"我说："中国一个省比西方的一些国家都大。一个省的教育局长还招不来几个大学生？"他想了想说："不行，要搞乱的。"我说："你制定几条原则，搞几个统一的政策，题目叫下面搞，有什么不好？"

就这样，你一言，我一语的，我慢慢跟他们磨。后来，部长说："上海可以试试，其余的地方不放。"我等的就是这句话，马上接茬："那好，我们上海自己搞。"我对一旁的副市长说："市长，部长已经同意了。"副市长接着说："教育部领导同意了，我们就试试吧。"

没想到，部长回北京就变卦了。当时，我正在外地出差。等我回来，局里的同志告诉我，他们都请示好几回了，部长改变主意不同意了。"要不，你再去一次北京，最后再争取一下。"我心里嘀咕，真是好事多磨。

快到春节了，我也顾不上过年，与市教委办的一个领导一起去北京。一到北京，我就去找相关人员打听。幸好我在部里呆过，朋友多，终于打听到实情。原来是管高考的司长在部长面前讲了很多负面的话。部长心里本来不是十分同意，一听他的话，于是就改变了主意。幸好，那个司长跟我也很熟，我就直接找他去了。一见面，我冲着他说："××啊，你怎么反对我？"没头没脑的一句话把他说愣了，"什么事？我怎么会反对你呢？""就是你捣蛋。"我一肚子意见，半真半假地发出来。

开过玩笑之后，我就讲了这件事情。他说："唉，高考这事不好弄，你就不要弄了。还是全国统一吧！"我态度坚决，说："这事，我已经想好了。明天上午，我向部长汇报。你参加，但不许讲话。部长什么态度就什么态度。这样可以吧？"他觉得部长不会答应，就卖个人情说："好，我不讲。"第二天，我向部长汇报。汇报完了，部长抬头看着他，希望他表态，我眼睛一眨不眨地盯着他。这是个关键时刻，空气仿佛有点凝固。他坐在那里，接受我们期待的目光，憋了老半天，最终没有吭声。部长看他不吭声，说："这个事情本来是答应你们的，就是他不赞成。现在既然他不讲话，那你就去搞吧。"

第一个吃螃蟹的人是需要勇气和智慧的，既不要被它坚硬的外表所迷惑,更要避开它锋利的螯。

以后,那个司长到上海来的时候,我还跟他说起这件事,我笑着说:"真谢谢你啊,守信用,没有讲话。"他也回敬我:"我上你的当了。"

我把高考权拿了回来,为课程、教材的自主改革创造了前提条件。接下来就是要改革高考办法,同时改革课程、教材。遗憾的是那时我离休了,接任的同志没有改革高考制度的想法,也没有听取我关于改革高考制度的构想,仅仅是自己组织命题,而一切办法照旧。我的想法是,上海学生少,初中毕业后分流,40%进中专、职校,60%的人进普通高中,毕业时只要会考及格,就可以上大学。不过,大学二年级时要再一次分流,一部分人上大学本科,一部分人上大专。大学实行宽进严出,改变"一试定终身"与"进大学难,出大学容易"的状况。离休以后,自己的理想就很难实现了。对此,我至今还觉得十分遗憾。不过总算课程教材的改革工作在上海展开了,"多纲多本"的主张也在全国实行了,这是一件令人快慰的事。另一件令我高兴的事是现在全国高考自主命题的省市越来越多,改革大潮势不可挡,建国后形成的一张试卷考遍天下苍生的局面已被全面冲破,千呼万唤的高考制度改革也将会在不久的将来实行。

(作者:吕型伟 中国教育国际交流协会、中国教育学会顾问、

曾任上海市教育局副局长)

高考,怎样让人民更满意

恢复高考30年来沉淀下来的话题在2007年散发出尤为浓郁的味道,有甘甜,有苦涩,也有些许辛辣。30年间,3 600万人走进大中专学校深造,走向国家建设的各个领域。高考的恢复,既是知识的价值和知识分子地位的恢复,也是教育公平的恢复。由厦门大学高等教育研究中心和中国教育科研网等日前举办的"纪念高考恢复30年"高峰研讨会上,一批曾经受惠于高考而今又以高考研究作为事业的专家学者,满怀对高考的感谢各抒己见,为使高考更让人民满意出谋划策。

一问：国家大考何以全民总动员

高考，是一个长盛不衰的热门话题，是一个永远不会过时的话题。除了高考，很少有哪个教育活动会长久吸引举国关注。每年一次的高考吸引着社会各方面的目光，特别是每到考试和录取季节，高考更成为媒体聚焦的中心。

为了高考，许多地区出台了夜间禁止工地施工的措施；为了孩子顺利考试，大部分家长都要请假全程陪同，有的还要租住高档宾馆酒店；高考期间，考生忘了带准考证，警察会带着学生跑回家里去取；学生找错了考场，警车就专门去送。北京有个学生两次跑错了考场，警车就送了他两次。中国教育学会会长顾明远教授理解之余表示了更深的忧虑："连考场都弄错几次，这样的学生到大学能学好吗？全社会关心考生是应该的，但这么一个关心法对学生有什么好处？现在全国对高考的关注已经超越了常规。"

中国科学院心理研究所王极盛教授说，每年高考时节，超过70%的家长送孩子到考场，这已成为一种特别的景象。他说，事实上多数家长对孩子的高考属于干着急、帮倒忙。家长关心孩子是理所当然的，但是现在家长对孩子的关爱显然是过分了，有的到了高考前半个月、二十天，夫妻俩在家说话小声小气，连走路都静悄悄的，生怕打搅了孩子。然而，家长过分的期待，反而给孩子造成了不必要的压力。有一次王极盛教授到北京大学办事，碰到一对外地夫妻带一个小女孩在校园里参观，就问小女孩："小朋友，你以后考大学考哪个？"孩子脱口而出："我考北大。"孩子的爸爸马上来了一句："清华也行。"

高考已经被赋予太多太沉重的内容，厦门大学高等教育发展研究中心主任刘海峰教授说，现在许多人将高考看成是难得的一项公平竞争制度，是平民百姓的出头机会，是实现社会流动的重要机制。民众对高考信任度高、期望值也高。所以，形成了一到高考就全民总动员的局面，高考真正成了国家大考。

二问：分数面前能否人人平等

中青在线网站总裁刘学红1977年写的高考作文后来登在了《人民日报》上，她深有感触地说："高考体现了面向所有青年学子的教育公平。分数面前人人平等,无论你身处何地、背景如何,只要你有知识、有才华,就可以通过高考实现个人梦想,改变人生轨迹。"

北京语言文化大学谢小庆教授表达了自己独到的见解:"分数面前人人平等的前提,是所有的孩子接受了相同的教育,或者得到了相同的服务。有的人参考书只有一两本,老师水平一般,还要经常帮助家里干农活;而有的学生除了学校和家庭良好的条件,还可以接受专家辅导,享用各种各样的营养品。他们如果考出了一样的分数,能够等值吗?所以,等有一天我们的孩子们都平等地享受了相同的教育的时候,再谈分数面前人人平等才有意义。"

就以 2007 年山东省基本能力测试的试题来看,很多问题的设置都是以城市文化为背景的。例如对绿色 GDP 的理解,对贝多芬《欢乐颂》简谱片段的识别,QQ、搜索引擎、个人网页等网络知识的应用等,对一些农村出生的孩子就形成了一定的障碍。顾明远教授回忆,自己几十年前参加高考的时候因为家在农村、学习条件有限,从来没用过什么实验仪器,没看见过汽车,结果物理没考好。

影响公平的因素,还有各地招生名额的差异、重点高校招生本地化和某些特殊政策等问题。对此,北京理工大学高等教育研究所所长杨东平教授说,近年来的高考改革主要集中在考试科目上,对招生录取制度改革重视不够,而大面积影响高考公正的主要是在这一环节。

三问: 高考指挥棒究竟指向何方

为了匡正应试教育的弊端,教育行政部门出台了一系列措施,实施新的课程标准,提倡素质教育。但是,在目前评价学校的"硬杠杠"——高考面前,究竟学校应该怎么办、听谁的?校长和老师们的回答十分明确:当然得听高考的。目前大部分学校实际上还是在"轰轰烈烈喊素质教育,扎扎实实搞应试教育",学校教学依然没有走上新课标的道路,还是在按照高考的思路教学。他们认为,目前搞好素质教育缺少的不仅是理念,更重要的是缺少与之相适应的选拔制度,只有使高校招生录取办法与课程改革相匹配,新课程的实施才能成功。

那么,高考这个魔力巨大的指挥棒究竟能否改变挥舞了30年的方式,指向人人向往的素质教育乐土呢?

国家教育发展研究中心副主任韩民认为，从素质教育的要求出发，高考需要克服偏重知识、忽视综合素质和能力的评价方式。如何从选拔高质量的考生转到选拔高质量的人才，科学有效地考察学生的知识、素质和能力，特别是如何测评学生的创新能力、解决问题的能力和实践能力，仍然是一个有待深入解决的重大课题。"我觉得要增加综合性和开放性考题的分量，比如说增加策论这方面的内容。"韩民说。

　　为了适应新课程改革，高考改革已经迈出了相应的步伐。教育部考试中心副主任应书增介绍，进行新课标改革试验的山东、宁夏、海南、广东四个省2007年已经实施了第一次高考。这四个省新课标高考的特点主要是三方面：探究性、多样性、选择性。在新课改省份制定高考方案时，遇到的一些问题值得研究和探讨。比如，在命题时，必修课的内容容易操作，但选修课的内容不易涵盖，选修课里有许多内容模块，考什么、怎么考，操作难度比较大。高考是统一考试，不论是全国统一考试，还是全省统一考试，它的特点是，适合考共性，对个性顾及不足。如何解决这个矛盾？目前的思路是，在命题时题量尽可能多一些，让考生的选择余地大一些；既要考出学生的基本知识和水平，又要考出考生的创新能力。

　　顾明远说，考试的内容不仅仅关系能否选拔真正优秀的人才，还关系中学课程和内容，考试内容影响素质教育的推进，考什么就教什么已经成为学校的潜规则。所以，学校的科目不能过多，不能课程当中的科目门门都考，那样学生负担就会很重，因此这是一个矛盾。要解决这个矛盾的最好办法，就是坚持温家宝总理2006年在教师节和教师座谈时谈到的，考核要具有综合性、全面性、经常性。

　　四问：能力究竟应该怎样考

　　相当多的学者认为，高考这个指挥棒能否指向素质教育，在很大程度上不是一个政策问题，而是一个技术层面的问题。许多人相信，通过考试内容、考题形式的变化，可以比较有效地解决困扰政府有关部门和学界、学校的难题。

　　谢小庆和杨东平都从这些年公务员考试中受到了有益的启示。谢小庆介绍，从1989年开始，人事部公务员考试中引入了"行政职业能力测验"，包括言语理解、数量关系、判断推理、常识判断和资料分析五个部分，主要考察报考者的推理能力。最初，"行政职业能力测验"在笔试中仅占10%的比重，包括哲学、政治、经济、法律、行政学等知识内容的"公共基础知识"占90%的比重。1992年以后，"行政职业能力测验"的比重增加到50%，2002年则取消了"公共基础知识"考试。从近10年的实践结果来看，人事部大胆的考试改革尝试得到了考生、用人部门和各级人事部门的认可，对提高政府机构人员素质和办事效率产生了重要的促进作用。杨东平建议，目前，在高考中可以逐渐增加能力试题的比重(例如每年增加10%)，在内容设计上把考察基础知识和能力水平、综合运用知识解决问题的能力结合起来，并以此来改变整个基础教育中应试教育的倾向。

韩民认为，在理科综合和文科综合考试中，应增加小论文(策论)等综合性考试内容。从国际上看，在高校入学选拔中，注重策论等综合性考试内容是很多国家的共同趋势。牛津、剑桥等英国的名牌大学一直把面试作为综合考察考生能力的主要手段和录取的重要依据。根据日本学者对高校不同选拔方式的比较研究，开放式的小论文(策论)和面试比标准化的书面考试更能反映学生的综合能力。

多年从事考试研究和管理工作的应书增介绍说，考试是有很多局限性的，任何测量都有误差，特别是作文等一些分值很大的主观试题，在评判的时候经常仁者见仁、智者见智，评分误差自然比较大。在20世纪80年代初刚刚恢复高考不久，教育部考试中心曾做过一个实验，一道作文题50分，不同老师评判的结果最高分和最低分相差20分，误差非常大。作文等主观题评分误差在世界上也很难解决，这是一个世界难题。

五问：填报志愿能否避免"冤假错案"

高考之折磨人，不仅在于考试本身，同样让人愁肠百结的还有填报志愿。高考除了考学生，更是对家长人生阅历、社会关系的一场严格检验。

学生根据自己的兴趣爱好和志向填报志愿、选择自己喜欢的学校和专业，本来应该是对自己未来的一次理性选择。但现实情况经常像一场盲人摸象,有时更容易变成十分感性的赌博。除了少数目标特别明确的学生,绝大部分考生选择学校和专业的第一取向往往是能否被录取,而其中至为关键的是要确保被自己选报的第一志愿学校录取。否则,辛辛苦苦得来的考试分数就会严重贬值。如果没有被第一志愿学校录取,就有可能从重点大学滑到二本甚至滑到三本。对于每年数以百万计的高考录取工作来说,单个学生的问题也许不算什么,但对于该考生本人、对于他的家庭来说意味着什么,就难以用几句话说得清楚了。

对于此等老百姓看来好像并不难的改革,却迟迟没有相应的办法可以补救。杨东平一语道破其中玄机:"现在一些名校排除第二志愿学生,利用的是他们自身的垄断性地位。现行的高考制度设计严格限制学生的报考自主权,同一批次的不同高校不能同步录取,多数高校对于学生的第二志愿不予考虑,从而使填报志愿成为一门学问,一些成绩优秀的考生因填报志愿不当而失去机会。"

教育部有关人士表示,具体制定政策的部门已经为类似的问题进行了认真的研究,提出了一些可行性方案,但目前仍然没有一个方方面面都认可的好方案。教育部专门向各地教育行政部门和各高校发了通知,要求尽可能科学合理地调配资源,满足考生的志愿。

华东师范大学高等教育研究所所长唐安国教授则从技术层面来分析这一问题:以前全国统一高考开始时间是7月7日,到9月1日新生入学,这一段时间短了一点,许多工作可能来不及做,所以许多省份是考试一结束就让学生根据估分填报志愿。由于信息极不透明,其间误差相对要多一些。现在高考提前了一个月,批改试卷的时间也大大提前,而且在整个录取工作中网络的使用已大大提高了效率,充分细致的工作时间是绰绰有余的,完全可以等到考试结束以后得到了准确的分数再来填报志愿。这时候有关学校都应该把自己的信息向社会公开,做到在信息完全公开条件下填报志愿。

六问:港校北上为何受"状元"欢迎

高分考生上重点高校原本是十分正常的选择,北大、清华等擢拔各地高分考生也在情理之中。但随着高校扩招、大学生就业压力增大,名牌高校的地位、社会影响力也受到一定挑战,因此,许多重点高校为巩固优势、对外扩张，开始利用各种优质资源宣传自己，争抢高分考生特别是各地文理科"状元"成为一场势所难免的战争。

1998年开始，港澳高校被允许内地招生。浓厚的学术氛围、高额的奖学金、国际化的视野等优势一下吸引了众多高分考生的目光，包括一些第一名在内的优秀学生纷纷南下赴港求学。经过近十年的宣传和各种努力，港澳特别是香港高校的优势得以发挥，并难以阻挡地开始与北大清华争夺高分考生。2005、2006两年，内地151名高考第一名中有18名选择了香港高校，约占总数的12%，使得北大清华招收状元的比例由90.73%降至84.66%。2007年，香港中文大学文科录取分数线超过了北京大学，仅香港大学一所学校就录取了云南、吉林、辽宁三省的文科第一名和广东、上海、云南、浙江四省市的理科第一名。

有学者表示，香港高校到内地招生已经引起了一定的"鲶鱼效应"。教育行政部门也给予积极评价："港澳高校到内地招生给学生提供了新途径，促进了高教发展和交流。"杨东平表示，香港的大学来内地招生对清华北大等重点大学造成了实质性刺激，高校真正改善服务和提高质量，才能长久吸引优秀考生。

然而，港校北上招生的作用还不仅仅是加剧了第一名之争。这几年香港高校在内地录取的并非都是第一名，他们中有的清华、北大考不上，甚至还有我们所说的"偏科"学生。香港高校真正青睐的，是那些学习能力强、创新意识浓的优秀人才。

韩民在研究了香港高校的面试题后发现，这些题目涉及的范围非常广泛，涉及个人对整个社会发展的认识，比如"老人越来越多，会对这个社会产生什么影响？你有什么解决的办法？""如果给你300亿元，你如何改进中国状况？""比尔·盖茨从哈佛退学创建了微软，你认为中途退学对个人的成功好不好？"题目开放而灵活，通常没有一个标准答案，一百个学生可能有一百个答案，可以让学生充分发挥。也不像现在有些企业面试时候搞的那些脑筋急转弯一样的东西，而是题目内涵十分深入，综合性很强。面试的题目和面试的方式对我们的高考改革都是有益的借鉴。他建议，在我们的大学自主招生中也应该加强面试，对研究型大学的自主招生部分，可以探索推荐保送生加面试的选拔方法。

七问： 高考改革要不要大胆赋权

高考要改革,就会遇到各种各样的问题,其中权力的分配是一个议论的焦点话题。

杨东平认为,教育部门首先要向地方赋权,要坚持地方化的改革。中国这么大规模的考试,每一个省份都有各自不同的情况,通过地方化可以为多元化的考试竞争提供一个制度性的空间。

为使高考改革顺利进行,杨东平认为,关键问题是必须扩大高校的招生自主权。高校招生自主权的实现有多种方式,例如高校自行命题、考试和招生;同类高校或学科实行联考;在全国统一考试的基础上加试科目、增加面试;在全国统一考试的制度下确定本校的考试科目、录取标准,等等。对扩大高校招生自主权的主要顾虑是教育公平。向高等学校赋权必须与高等学校的制度建设同步进行,从而使高校建立公开、公正的制度保障,取得社会监督和信任。

同时,高考改革的另一个重要目标应当是赋予学生选择高校的权利。杨东平说,在高等教育大众化时代,以学生为本的制度设计,要求赋予学生更多的报考自主权和对高校的选择权。只有当学生有权选择高校时,才会真正出现高校为吸引优秀生源而改善服务的竞争。他建议在招生过程中,同一批次高校对学生不分志愿先后同步招生。这意味着一个学生可能接到几所高校的录取通知。为避免造成高校的名额浪费,需要延长录取周期,将现行一次性的录取改为多次。对此,需要进行过细的制度设计和试点。这一世界通行的招生模式,没有理由在中国不能实行。

八问： 高考改革成本与效果应怎么看

在高考改革这项系统工程中,无论是向地方赋权、向高校赋权,还是给学生更多的选择自由,都意味着会使高考更加公平,但显而易见的是同时会增加相应的成本。仅就增加面试这一个环节来说,所需的条件就十分苛刻。

杨东平直言不讳地说,经常有人说高校自主招生成本太高,为什么香港高校不嫌成本高而跑到内地一个一个面试? 还有人认为面试增加了考生负担,我们不妨问问考生愿不愿意承担这个负担?如果几百块钱可以改变一生的命运,我想谁也不会认为这个付出是多余的。

沈阳师范大学一位从事教育经济管理研究的学者分析,对于1 010万人这么大规模的考试,不可能全部采用复旦大学自主招生、个个面试的模式,我们必须讲成本、讲效益、讲效能,但是复旦模式作为一种改革尝试十分必要。

北京大学教育学院副院长文东茅教授认为,高考改革的确会增加考试成本,甚至可能是倍增,但是他始终坚持认为一定要弄清楚一个问题:对于高考这样一个国家大考来说,究竟是金钱重要还是人才重要?如果我们认为选拔人才重要,就有必要不遗余力地推进改革,即使增加成本也在所不惜。

但是,一些相关的问题也的确是具体操作部门不得不慎重考虑的。应书增强调,作为统一考试,1 010万人是不可能全面采用面试方式的。对每一个学生进行一个小时的面谈,从考试成本上来讲目前还很难应付。此外,这些面试老师的资历如何、面试内容是否科学、能否做到公平打分等等,都是很重要但很难确认的问题。

九问: 何时不再摸着石头过河

30年了,风雨不断。大众期盼,学者呼唤,要对高考进行改革。教育部部长周济也多次强调高考要改革,要让高考更加有利于创新人才的挖掘,同时,能够减轻学生的课业负担,让孩子积极主动、生动活泼地得到发展。

早在20世纪80年代初期,教育部就开始了对传统高考的改革。在20世纪80年代中期,"片面追求升学率"问题曾经引起社会的重视。20世纪90年代以来,"应试教育"问题引起上上下下、方方面面的重视,"变应试教育为素质教育"的呼声不绝于耳。但是,20多年过去,"应试教育"的局面非但没有实质性的改进,而且有从基础教育向高等教育延伸的趋势。要对世界上规模最大的考试进行改革谈何容易!

杨东平指出,我们现在比过去任何时候都具有改革的环境和条件,我们的教育供求关系已经超越了极其短缺的状态,现在百分之七十几的录取率,这个环境已经非常宽松了,我们也已经积累了很多改革的经验,关键是我们要确定一个清晰的目标模式,稳步推进。

对于高考改革，谢小庆急切地呼吁，任何进步和改革都是有风险的，希望教育主管部门能够拿出更大的勇气，在高考改革方面步子迈得更大一些。

经过多年研究，韩民建议，要积极推进高校招生选拔方式的多样化。第一，积极探索把考生平时的成绩与高考成绩结合起来的选拔办法，将学生高中各科的学业成绩、综合素质评价以及参与公益与志愿者活动的情况等作为高等学校选拔人才的重要依据。第二，改进春季高考招生办法，增加春季高考的吸引力，应探索"春夏两次考试，统一录取、一次入学"的方式。第三，要积极探索不同类型高等学校按照不同方式考试招生的办法，具备条件的地区可实行高职院校免试，依据学生的志愿和平时的成绩招生。甚至在一些三本院校，也可以通过探索有序地实行。

顾明远语重心长地说："近年来高考的内容在不断改革和完善，但改进的空间仍然很大。高考关系到千家万户，改革既要积极，也要稳妥；要坚持公开、公正的原则，尽量听取各方面意见，及时改进。凭着我们中国人的聪明才智，高考改革中遇到的问题是能够逐步解决的。我们一定能够把高考办成人民满意的高考。"

（据《光明日报》，记者：郭扶庚）

女生就业：遭遇『歧视门』

据统计表明，目前我国高等学校女生比例已达44%，基本上撑起了大学校园的"半边天"，但不少单位招聘时提出"只限男性"或"男性优先"，这对女生而言，是一个直接的心理伤痛。还没有走进求职战场，女大学生们就开始预先品尝就业的酸楚。

女大学生对性别歧视问题的态度基本是愤怒、无奈和沉默。沉默成为她们无奈之下最有效率的"理性选择"。用人单位应早日摘下有色眼镜，如果要真正招贤纳才又何必问"出身"，切莫让女性再无辜失去工作的机会。

"男女平等"理应是现代文明的标志，"公平、公正、公开"理应是选择人才所坚持的原则，根治女性就业歧视这一痼疾，不仅仅需要用人单位观念的转变，更需要全社会的共同努力。

现象回放

国内某大学最近发布的一份调查报告显示,约70%的女大学生认为在求职过程中存在男女不平等现象。

调查显示国内七成女大学生求职疑遭性别歧视

广州某高校大四女生小玲最近到一家IT企业面试后,为遭遇到性别歧视而愤愤不平:该企业有关部门负责人明确告诉她:"你的条件完全符合应聘要求,但是单位领导要求只招男生。"而据了解,小玲成绩优秀,还曾经花费近万元参加Java高级软件工程师培训班并获得资格证,班上不少成绩不如她的男生早已找上满意的工作,她却在就业上不断碰壁。

一位在高校就业指导中心工作多年的老师说,像小玲这样在应聘中遭遇性别歧视的女大学生为数不少,种种明里暗里的限制性要求,成

为挡在女大学生就业路上的一道难以逾越的门槛。

女大学生求职遭"隐形歧视"

据悉,随着普通高校的扩招,女大学生所占比例也在逐年上升,至 2005 年全国女大学生已占毕业生总数的 44%。2006 年高校毕业生激增至 413 万,比 2005 年增长 75 万人,女性比例更是居高不下。而 2006 年全国对毕业生需求约为 166.5 万人,比 2005 年实际就业减少 22%。需求和供给的严重失调,使女大学生就业压力骤增。

而在大学生就业竞争激烈的同时,女大学生求职还常常遭遇性别歧视。西南政法大学最近组织的女大学生就业情况调查显示,女大学生就业面临的最大困难是性别歧视。调查数据显示,目前约 70% 的女大学生认为在求职过程中存在男女不平等。此外在调查中,四成以上女大学生认为政府机关和事业单位存在性别歧视。其中,在歧视情况排名中,政府机关居于首位,其次是事业单位,第三是国有企业。

记者近期在一些招聘会上看到,一些企业只招收男性,一看应聘者是女的,连面谈机会都不给。不少用人单位干脆在招聘启事中声明不招女生。除了这些明目张胆的"性别歧视"外,还有许多用人单位则采取了阳奉阴违的办法,表面上一视同仁,不论男女,求职简历来者不拒,但在面试通知时却是有男无女。

某高校一位应届毕业女生告诉记者,她曾经到一家研究所面试,只被问了三个问题,第一个问题问她有没有男朋友,第二个问题问她有没有和男朋友同居,第三个问题是薪水要求多少。而据她透露,该班的很多女生在面试时,总会遇到类似这种"特殊的"问题,她们都觉得自己受到了性别歧视。这位女同学告诉记者,"到找工作了,才知道这个社会性别歧视真的很明显。学校在系里的橱窗会贴很多招聘启事,上面明确写着:某某岗位(男)……如果人家歧视的是性别,你怎么努力也是没有意义的,因为你不可能改变你的性别。"

广州某人才市场一职业顾问认为,类似这样的"隐形歧视"对女生就业造成不良影响，很多女大学生无法了解自身未能顺利就业的原因，女性求职者可谓"受了伤害却不知是哪里打过来的冷拳"。

宁要武大郎不招穆桂英

记者在重庆师范大学就女生就业问题随机采访了几位女同学，多数同学对职场中的性别歧视有很大意见。她们说，在求职过程中，女同学往往要面对比男同学更多的"壁垒"：首先是用人单位"宁选武大郎，不选穆桂英"的"性别关"；接着，是"能喝酒、擅长文艺"等"才艺关"；最后，还有"有无男友"、"打算几年内结婚生孩子"等"隐私关"。

更荒唐的是，有一家公司要招办公室女文秘，身高高于165厘米的不要，低于158厘米的也不要，说是为了配合办公室主任172厘米的身高！

来大学要人的好多单位，多打出"只限男生"的招牌。眼见男生们打上领带得意洋洋地去面试，该校英语系的周同学愤愤地说："真郁闷！"一位蔡同学告诉记者，她有次去一家用人单位面试时，就遭遇了连珠炮般的"隐私拷问"："你有男朋友吗？""你打算几年内结婚生孩子？"小蔡说，自己当时尴尬又无奈。

不久前某网站曾进行了一次调查，参加投票的女生中，52.31%的女生坦言曾被问过尴尬的隐私问题。

女生求职屡遭性别歧视

记者在连日来的采访中发现，女大学生就业难除劳动力市场供大于求、高校专业设置不适应市场需求等共性因素外，性别歧视普遍存在，成为限制女大学生就业的重要因素。重庆市有关部门的一项问卷调查显示，绝大多数的女大学生曾因性别原因遭到用人单位的拒绝，其中遭拒绝3次以上的占72%，4—10次的占22%，11次以上的占6%；86.8%的被调查女大学生曾遇到过用人单位歧视性规定；同时，因女大学生要怀孕、生育、负担家务，一些用人单位把招聘女大学生所产生的负面效应夸大，使女大学生失去平等的就业机会。

"用人单位的态度确实让我们这些女大学生感到很不平衡,在学校里,为逃避压力,我就选择了考研,还有的女同学为了就业早早交上男朋友,以便毕业后能'捆绑'就业。由于就业困难,还导致一部分女同学信奉'学得好不如嫁得好',在选择男朋友时过分注重其经济背景和家庭条件,出现很多带有功利性的爱情。更有甚者,个别人甚至选择了傍大款。"正在准备考研的小严满脸无奈地这样告诉记者。

　　尽管社会各界呼吁多年,但"女性求职难"仍然是劳动力市场的普遍现象。近日,记者走访了重庆市几场较大规模的招聘会,粗略统计发现,参加招聘的单位中有近一半明确提出了性别限制。另外,浏览报纸、杂志和招聘会上的各种招聘信息,"限男性"、"仅招男性"、"男性优先"等字眼屡见不鲜,只有文秘等极少数职位才注明要女性。

企业不愿承受"性别亏损"

　　东莞一家保健酒公司的招聘栏上赫然写着"业务员,限男性",该公司负责人李先生解释:"这绝对不是歧视女性。我们要求业务员能常年在外地出差,要吃苦耐劳才干得下来。如果招一名女性,我们还得考虑她的安全问题。"

　　对此,不少企业表达了同样的看法:女生毕业走上工作岗位后,将面临怀孕、生育等一系列问题,难免会给单位用工造成不便,除其在此期间的工资及福利待遇得照常支付外,公司还得另外聘请一名工作人员,当其产假期满回到岗位上后,公司则必须解决新聘员工的岗位问题。"聘用男性员工,不仅少了很多麻烦,还可节约成本,避免'性别亏损'"。

　　据了解,女员工有生育问题,不能单独出差,不能跟老板一起出去喝酒等等,这些都可能导致招聘中的重男轻女。对这些问题,有人力资源专家认为,就业中的性别歧视不仅挫伤了女大学生学习、生活的积极性,还可能助长部分女学生"学得好不如嫁得好"的观念。

　　而对于用人单位为什么喜欢"拷问"女大学生隐私? 广州一家外企

的人事负责人说，其实是想试探对方能否安心工作，"如果求职时有男友且又在外地，那女生说不定干不久也会走人。"他说，这些事情当然应该了解清楚，不然，企业好不容易招了人，员工业务刚上手不久就走，迫使企业再重新招人，必然是一种浪费。

愤怒和无奈之后只有沉默

据记者调查，女大学生对性别歧视问题的态度基本是愤怒、无奈和沉默。沉默成为她们无奈之下最有效率的"理性选择"。

对于"遇到性别歧视会如何应对"这个问题，有同学向记者表示，"我们也没办法啊！找工作就已经很焦头烂额了，谁还去想被歧视的问题啊。这个工作应聘不成，赶紧去找下一个，谁还和他们去争辩这些东西"。也有同学认为："就算申诉成功了，进了公司也很尴尬嘛。人家不想要你，你非要进去，进去之后也不好混呀。"

（据《信息时报》、《工人日报》，记者：李国 叶婧等）

名词解释：就业性别歧视

在 1958 年国际劳工组织通过的《关于就业和职业歧视公约》的规定中，"就业中的性别歧视"就是基于性别的任何区别、排斥或特惠，"其后果是取消或损害就业方面的机会平等或待遇平等"，但"基于特殊工作本身要求的任何区别、排斥或特惠，不应视为歧视"。

由以上两个概念的交叉包容部分可以看出：所谓大学生就业环节中的性别歧视就是指，用人单位在录用大学毕业生的各环节中，除妨碍正常生产、工作或依法不适合女大学生的工种或岗位外，以性别为由拒绝录用女生或提高对女生的录用标准，而导致女生平等择业机会的丧失及其他损害的情况。

女生就业难实际上是我国社会体制转型期女性群体普遍社会地位下降的一种具体体现。

有些冠冕堂皇的"门槛"实为就业歧视

每到大学毕业生找工作的高峰期,全国不少地方招聘会开得热热闹闹,但其中暴露出的一些问题令人担忧:有些单位为求职者设置了诸如性别、年龄、相貌、学历、户籍、经验等形形色色、五花八门的就业门槛。

2006 年年底"反就业歧视研究课题组"公布的一项问卷调查结果显示,有 85.5% 的人认为存在就业歧视,58% 认为严重和比较严重。许多单位明确声明不要女性,借口是女性要生孩子、不专心工作;一些单位招聘员工好似选美,完全不看是否有真才实学;在公务员招考中,相关单位屡屡提出"只限本地户口"的条件。甚至血型不好、城市独生子女等,都成了拒绝求职者的理由。个别企业"姓裴不吉利、姓贾有损公司信誉"等歧视性要求,已荒唐到极其可笑的地步。

更值得忧虑的是,在供求比例失衡、就业形势严峻的情况下,这一现象有普遍化、"正当化"、"合理化"的趋势。因为用人单位处于优势,把持着话语权,求职者面对就业歧视时很少有人诉诸法律。

就业歧视的危害是显而易见的。首先是损害求职者的权利和尊严,有的求职者因被歧视心灵受到伤害,导致严重后果。其次是破坏社会公平,阻碍劳动力的合理流动和劳动力市场的优化配置,成为就业难的一个重要因素。

对于就业平等,我国相关法律已有明确规定。如劳动法规定"劳动者享有平等就业和选择职业的权利","劳动者就业,不因民族、种族、性别、宗教信仰不同而受到歧视"，"妇女享有与男子平等的就业权利"。妇女权益保障法、残疾人权益保障法中也有类似的规定。但在现实生活中，这些法律往往没能得到很好的执行，导致就业歧视愈演愈烈。

要消除就业歧视，需要加快立法，将有关法律中反就业歧视的宣示性条款变成更具操作性的规范。政府部门应尽快全面清理目前公务员招考中的各种显性和隐形歧视条款，为全社会做出良好的示范；用人单位要摒弃特权思想，树立人人平等的用人观；政府部门应建立对用人单位的监督机制，督促其树立法制观念，依法办事。解决就业歧视问题，建立健康平等的社会就业环境，需要政府、社会付出持久的努力。

（据新华网，记者：侯严峰 王研）

女性就业歧视，高校女毕业生永远的痛？

统计表明，目前我国高等学校女生比例已达 44%，基本上撑起了大学校园的"半边天"，但不少单位招聘时提出"只限男性"或"男性优先"，这对女生而言，是一个直接的心理伤痛。还没有走进求职战场，女大学生们就开始预先品尝就业的酸楚。

一些用人单位道出了不愿招聘女生的理由：其一，生理和能力上，女生不如男生，在身体的强壮、精力的充沛、耐力的持久、工作的魄力和果断等方面女生不如男生。在工作和生活的方便程度上女生也有劣势，如单身女士出差不方便，有一定的不安全性等。其二，女生一进单位就面临着恋爱成家、结婚生育的问题，女性大多以家庭为重，必然在工作上缺乏积极性和创造性，不利于专心工作和事业的开拓，从短期经济利益角度考虑难以接受。其三，性格上女生心思细密，心眼小、肚量小、爱搬弄是非，因而影响工作团结。

客观地说，当今一些女性中间确实多多少少存在着这样或那样的问题。但是如果以偏概全，将所有女性都扣上这各种"帽子"，未免太失偏颇。这实质上是传统思想这一社会痼疾在作祟。

首先，传统的社会性别观念仍然对劳动力市场产生着影响。女生就业难固然与劳动力市场的供求矛盾密切相关，但相关决策者和管理者传统的社会观念也是一个重要原因。部分用人单位对女性的能力和价值认识与现实有很大偏差，过分夸大生育、养育、更年期对女性就业的负面影响，加剧了妇女在就业竞争中的不利处境。从生理上说，结婚生子乃是人之常情，女性非但不应受到歧视，而且应当得到格外尊重。同时，随着生活水平的日渐提高，女性不必像以前那样疲惫于家务琐事之中，完全可以从家务琐事中解脱出来，将自己的聪明才智奉献给单位、奉献给社会。

其次，女性社会地位在社会转型期明显下滑。女生就业难实际上是我国社会体制转型期女性群体普遍社会地位下降的一种具体体现，尤其在最近几年劳动力市场供求严重失衡、供远大于求的条件下，女性求职更是雪上加霜、形势严峻，女性比男性为社会转型负担了更多的阵痛。问题的根源仍是在劳动力市场中存在着较严重的性别歧视，以性别为标准挑选人才就像以户籍划分资格一样不合理，为女性就业设置了障碍。

至于长期以来人们在认知上对女性存在的偏见，比如认为女性"头发长见识短"，"婆婆妈妈，小肚鸡肠"，则无情抹杀了许多优秀女生展示自己才华的机会和舞台。其实，女生有很多优点是男生无法企及的，比如女生普遍具有温柔、贤惠、细腻的性格；感知能力较强，形象记忆较好，想象力较为丰富；尤其在语言能力上比男生更具优势，女生一般学习掌握语言较快，语言表达清晰、流畅；另外，在外语、阅读、精巧手工制作等方面也比男生要高一筹。

"男女平等"理应是现代文明的标志,"公平、公正、公开",理应是选择人才所坚持的原则,根治女性就业歧视这一痼疾,需要全社会的共同努力。

解决女生就业难还需要用人单位观念的转变,用人单位应早日摘下有色眼镜,如果要真正招贤纳才又何必问"出身",切莫让女性再无辜失去工作的机会。

（据 http://edu.QQ.com,作者不详）

女性就业歧视谁之过

每年秋冬正是校园招聘最火的时候,也是在职者跳槽最频繁的时候。相关的报道可以见到一些女性抱怨社会的不公平,企业不给她们平等的就业机会,中国男权主义明显等等言论……那么是企业的罪过吗?是社会的罪过吗?还是女性自身能力上的差异呢?

企业的最优选择是获得利润,是帕累托最优选择。有些时候,限制招聘女性,是企业在市场经济体制下选择的一种最优方案,或者是企业一种最理性的选择。假如一个公司招聘10个女性,全国妇联妇女研究所数据信息中心主任蒋永萍做的一项调查指出中国有95%的女性要生育,也就是会有一个生育期,一个哺育期。我国相关法律明确规定,用人单位不得以怀孕、产假、哺乳为由,辞退女职工或者单方解除劳动合同。在这期间工资照发。她们的工作,企业又必须找人来替代。既然企业可以用更低的成本雇用男性,那么在帕累托最优的指导下,他们为何要花更高的成本去雇用女性呢?

我们强调权利和义务相当。企业雇用了女性,女性以劳动回报,企业付给薪水以及各种福利待遇。这是女性的经济活动换来的价值,应该由企业来承担。当女性回家生养孩子时,她所完成的是一种社会价值,准确地说是为社会做了贡献,既然是社会价值,就应该由政府来承担,而不是企业。

在这方面做得最成功的是瑞典。在瑞典,女性每养育一个孩子,就享受一个子女补贴,养育两个孩子,就享受两个子女补贴。这样也减轻了企业负担,企业雇用女性成本减少。自然在女性就业歧视上会减少。其次是日本。在日本的许多劳动合同中规定,如果女性结婚,企业就可以解雇她。它们是由政府作为后盾,提供社会福利保障。

所以,有些问题是制度的问题。就像中国广东核电集团的总经理刘锦华说:"当出现问题时,我们的第一任务是检查制度出现了漏洞没有?中广核从1986年成立以来,在国家审查中没有出现一个贪污现象。不是人不贪,而是我们的制度不让他贪。"这句话可以借用在女性就业问题上。

(据聪慧网,作者:网友 19801206)

换个角度保护女性

立法女性不适合工作岗位,初衷自然是出于保护妇女免受就业歧视,但笔者以为,从客观实际出发,所谓的立法女性不适合工作岗位应该换种表述——将不适合女性工作的岗位更改为需对女性予以进一步照顾和关怀的岗位——似乎更为妥当。

男性和女性,固然存在着生理和心理上的差别,但女性和女性之间也存在着巨大的差异,对甲妇女不适合的工作,乙妇女却能够胜任,而在一些山区、矿区及偏远地区,女性必须要面对一些繁重的甚至连城市里的男子都无法承担的体力劳动,如果这些工作一旦被认定为不适合女性的岗位,那么这些女性将如何生存? 她们不可能有什么绣花、织布等轻松的活计来供选择的。这样,她们的法律地位就会非常尴尬——因为她们在从事着法律规定所不允许的岗位,和"打黑工"没什么两样了。而另一方面,一些不良单位会借助这种具体的条款进行"合法"的"就业歧视",甚至会因为女性不适合岗位法规的出台,而让一些想解聘某些女性的单位找到口实:对不起,按法律规定,你必须下岗。

从男女平等的角度出发,从人的自由工作权利的角度出发,我们不妨先承认所有的工作岗位女性都可以胜任,只要她有这个能力,就可以从事这个职业，这样做的好处在于让不良用人单位完全没有了歧视的借口，所有的工作岗位女性都可以介入参与竞争，你还能禁止什么？你还有什么借口？在这个基础上，我们再来谈人文关怀，来谈男女生理上的差异，可以明确一些工作岗位必须要对女性进一步关怀和照顾，比如矿井下的工作，比如高空作业等等。

在就业歧视者眼中，女性和男性是不平等的，很多事情男性可以做，女性做不了，要防范就业歧视，首先应该摧毁就业歧视者眼中的这种男女不平等的理论基础。要知道，男女有差异和男女不平等是决然不同的，我们承认男女有差异，但不能把这种差异和歧视者眼中的男女不平等混同。基于此，笔者以为拟出台的女性不适合工作岗位确实有必要换成女性需要特别照顾的工作岗位。

（据《都市女报》，作者不详）

女性就业权的实现更值得关注

我国拟立法明确不适合女性岗位——这是劳动和社会保障部副部长张小建日前在介绍即将实施的《就业促进法》时透露的。他说："比如在招工中，有人说我这个岗位就不能招用妇女。那我们要明确什么样的岗位确实不适合妇女。比如水下作业或者矿山、井下、高空等。"（《北京晨报》2007 年 10 月 10 日）

应该说，以法律的形式明确"哪些岗位不适合妇女"，是一个不小的历史进步，因为这是根据女性的生理特点，为保护女性而采取的一个重要举措。但在承认这一点的同时，也必须看到另外一点，即如果国家不同时采取一些更向女性倾斜的法律措施来确保女性的就业权，则女性就业权受损的状况可能会更加严重，女性的社会地位也会因此而继续下降。

根据 2001 年发布的《第二期中国妇女社会地位抽样调查主要数据报告》提供的资料，中国男女两性社会地位的总体差距和分层差距仍然存在，主要表现就是女性就业率降低，再就业困难。统计结果表明，至

2000年年末,18岁至64岁的城乡女性在业比例为87%,比男性低6.6个百分点;与1990年相比,城镇男女两性的在业率均有下降,男性从90%降至81.5%,女性则从76.3%降至63.7%,与男性相比,女性的下降幅度更大。而国家统计局发布的《2005年中国就业报告》表明,女性就业率比男性低11.4%。

为什么会出现这样的结果?很重要的原因之一,就是在法律缺乏明确的保护性条文的情况下,企业为了避免承担对女性特殊劳动保护而付出额外成本(比如产假),在录用和裁员时,给予女性以歧视性待遇。全国妇联权益部在2002年5月组织了一次《妇女权益保障法》10年实施情况的问卷调查,在"因为性别就业受到歧视"这一调查项中,城镇女性有7.1%的人有此经历,而男性中有此经历的仅为3.3%,女性比男性高3.8个百分点。显然,女性在就业中遭遇了更多的不平等待遇。

通过立法的形式来确保男女两性的平等就业权,是当今世界的一个大趋势。早在1975年及之后,在欧洲女权运动的推动下,欧共体相继颁布三个影响较大的两性平等工作指令,即1975年的平等付薪指令、1976年的平等待遇指令、1978年的社会安全平等待遇指令。这三个法律文件的颁布,为欧共体女性劳动权益包括提升、职业培训、工作条件以及女性基于母性的要求而享有的特殊权益的保障提供了坚实的法律基础。而美国则在1978年颁布了《怀孕歧视法》,规定雇主因受雇者怀孕、分娩或其他相关医疗情况,而拒绝录用、晋升、拒绝给予津贴、医疗保险,甚至降职、解雇或强迫其自动离职等,均构成雇佣歧视。

在我国,妇女与男子享有平等的劳动就业权利,这一原则早已为《宪法》、《劳动法》、《妇女权益保障法》等所明确规定,但遗憾的是,这些法律在可操作性、可诉性方面还存在一定的不足,还不能充分地发挥作用。从这个角度来说,我们应该借鉴欧美国家的立法经验,尽快完善各种立法,消除女性在就业时所遇到的各种事实上的歧视。

这是因为,妇女要获得真正的解放,要取得和男子同等的地位和权利，首先要经济独立。妇女就业是妇女获得经济独立和发展的基本保障，是妇女参与社会发展的基本形式之一，从这个意义上说，女性就业权的实现确实是一件更值得关注的事。

（据新华网，记者：邬凤英）

细化"妇女不适合岗位"要谨慎而为

据媒体报道，劳动和社会保障部副部长张小建 2007 年 10 月做客中国政府网时透露，以 2008 年 1 月 1 日起实施的就业促进法为准，新的配套法规即将出台，诸如"保障公平就业"等原则性的法律条文将细化为"哪些岗位不适合妇女"等可操作性条款。

此消息一出便引起了网友的热评，有人认为划定不适合妇女从事的岗位带有明显的歧视女性的色彩，都说巾帼不让须眉，妇女能顶半边天，凭什么限制妇女的就业岗位，这是剥夺了妇女与男人平等的就业选择权，是与宪法男女平等的精神背道而驰的。笔者认为，划定不适合妇女的工作岗位并不是歧视妇女，恰恰相反，而是为了保护妇女的合法权益，抵制针对妇女的名目繁多的就业歧视，是对就业促进法中的保障公平就业的落实，为了保护妇女平等就业权利。

在市场经济下企业为了谋求利润最大化，拒绝接受女性就业等歧视现象层出不穷且屡禁不止，而单纯地相信企业的社会责任意识不可能扭转性别歧视的泛滥，这就需要通过强制性的立法手段予以解决。企业拒绝接受女性职工的理由无非是辩称该岗位不适合女性，在招工的时候就明令禁止女性，或者立个"男士优先"的牌子，严重地剥夺了女性公平竞争的权利，这才是严重的性别歧视。这就需要对那些不适应女性的工作岗位进行界定以及细化，让保障公平就业原则性条款具有切实的可操作性。如果法律明确规定了什么样的岗位不适合招录女性，那么法律规定之外的其他行业及岗位就必须招录女性，这就堵上了企业巧立名目搞歧视的口子，是保障了而不是剥夺了女性平等的就业权利。

不容否认,女性的生理特点使其体力相对弱于男性,有些特殊的需要体力劳作的岗位,女性做起来会力不从心,让她们从事这些工作,是对女性身心健康的摧残,不利于保护妇女的利益,而划定这些岗位则体现了立法者对女性的人文关怀,具有一定的积极作用。

然而,事物是具有两面性的,在看到其积极作用的同时还应该注意到它由此可能带来的负面效应。划定这些岗位如果处理不好就可能起到相反的效果,被企业利用为变相性别歧视的借口,与立法初衷大相径庭。因此,细化这些岗位还需要斟酌一下各方面的因素。

首先,要防止重复立法,我国的劳动法中已经规定了给予女性和未成年人以特殊的保护,并用列举的方式提出了六项不适合女性从事的岗位。此外,我国1990年颁发的《女职工禁忌劳动范围的规定》中也对女职工月经期、怀孕期以及哺乳期的禁忌劳动范围分别作出了一些详细的规定。因此,应该在这些既有的立法资源下加以细化或者修改,切莫画蛇添足,搞重复立法,浪费立法资源。

其次,勿忘社会发展规律。科技不断发展,带动生产力不断发展,生产方式的改进,必然导致社会分工的变革。为了适应时代发展的潮流,立法应该具有前瞻性,兼顾过去的同时还要放眼未来。比如,过去拉不动黄包车的女性今天不也成了"的哥"群体中的一员了吗?

再次,莫断女性的发言权。不适合女性的岗位,不能只由立法者说了算,还应该征集各方面的意见,尤其是广大女性的意见。女性是当事人,应该最有发言权。此外,还有一个全面性的问题,每个个体无论男女都是有差异性的,我们不能排除个别女性能够胜任某些划定为不适合女性从事的行业的可能,比如就有一些女性力气大、身体壮,而她们又没有别的能力去从事别的行业,不让她们去从事那些岗位她们就别无去处,由此可见,还要防止"一刀切"式的判断标准。

（据《法制日报》,作者：张旭莹）

深度追问

应当全面分析就业歧视发生的原因,深入洞察产生就业歧视的内在因素,以便采取相应的对策。

就业歧视 寻根溯源

2007 年 2 月 7 日,在上海市徐汇区劳动和社会保障局外地劳动力管理所,一起被称为"全国歧视第一案"的事件进入了解决的程序。当事人 23 岁的河南女孩秋子和上海昂立教育投资管理咨询有限公司总经理栗先生坐到了一起。近年来,像这样形形色色的就业歧视案经常在各种媒体上披露,就业歧视在部分就业群体和部分职业中表现得比较突出,已为社会广为关注。

何谓就业歧视?全国人大常委会批准我国加入国际劳工组织《1958 年就业和职业歧视公约》,这个公约对"就业歧视"作了明确的界定。简而言之,就是"基于种族、肤色、性别、宗教、政治见解、民族血统或社会出身等原因, 具有取消或损害就业或职业机会均等或待遇平等作用的任何区别、排斥或优惠视为歧视"。

在我国,就业歧视的表现除了国际公约所列举的以外,还有年龄歧视、户籍歧视、学历歧视、籍贯歧视、长相歧视、身高歧视、姓氏歧视、属相歧视等等,劳动者之间的任何差异都可以被用人单位作为条件加以区别和优惠,使劳动者失去就业机会的平等和招聘取舍的公平。为此,应当全面分析就业歧视发生的原因,深入洞察产生就业歧视的内在因素,以便采取相应的对策,抑制就业歧视现象的发生,逐步完善公平就业的综合配套措施,以利于积极就业方针的贯彻落实。

就业歧视,寻根溯源,表现为以下四个方面:

就业歧视的产生与经济体制转型和劳动力供过于求紧密相关

经过近30年的改革开放,我国由计划经济向社会主义市场经济转轨。在计划经济体制下,劳动者的就业活动是严格按照政府计划行事的。在这样的背景下,用人单位在招工用人过程中,虽然也会存在一定程度的偏好,但是总体说来,就业歧视并不严重。有些就业群体,如复员转业军人的工作分配,是以"政治任务"的名义下达的。劳动者个人禀赋的差异与用人单位领导及劳动主管部门没有经济利害关系,因此没有产生就业歧视的经济根源。

20世纪90年代,社会主义市场经济已见雏形。用人单位在国家法律、法规规定的范围内,可以自主地决定用工形式、用工办法、用工数量、用工时间、用工条件等。有部分用人单位以为,拥有用工自主权就可以制定各种规章来约束员工行为,而自己则可以毫无约束、为所欲为,这实际上是对用工自主权的滥用。就业歧视就是打着"用工自主权"的旗号,公开无忌地泛滥着。

就业歧视公开无忌地泛滥与我国劳动力供过于求有密切的关系。我国是一个人口大国,在计划经济时期,由于户籍制度和城市粮油副食品定量供应制度,广大农村富余劳动力被束缚在农村土地上,很难进城务工。改革开放以来,上述制度逐渐被打破,广大农村富余劳动力纷纷向城市转移,城镇人口上升与农村人口下降成为自20世纪90年代以来城乡人口变化最显著的趋势。

国家发改委发布的就业形势分析表明,我国面临着严重的劳动力供过于求的局面,就业的结构性矛盾十分突出。2006年,全国城镇需要安排的就业总量约为2 500万人,其中包括城镇新成长的劳动力约900万人,企业下岗人员460万人,城镇登记失业人员840万人,以及按政策需要在城市安排就业的农村劳动力和退役军人约300万人。2006年全国城镇可增加就业岗位为800万个左右,加上自然减员提供的岗位,全年城镇可新增就业人员约1 100万人,劳动力供大于求将达到1 400万人,比2005年增加100万人。

总之,经济体制持续转型,劳动力供过于求将长期存在,劳动力市场将长期处于"买方市场"的态势。在这样的宏观背景下,用人单位有着很大的用工选择范围和空间,在"择优录取"合理借口掩盖下,有轻而易举实施就业歧视的客观条件。

用人单位利用劳动者个体特征差异实施就业歧视,降低用工成本,追求最大产出

分析产生就业歧视的原因,必须关注形成劳动关系的两个方面,即劳动者和用人单位。

劳动者在进入劳动力市场之前,由于既定的各种制度已在劳动者之间形成了许多差别,如城市户籍劳动者、农村户籍劳动者、大本学历劳动者、大专学历劳动者等。再加上劳动者的自然属性,使劳动者彼此存在许多差异,如同没有两片完全同样的树叶一样,世上也不存在完全相同的劳动者个体。劳动者个体差异是客观存在的,也是十分正常的。在劳动力市场上,只有特殊行业内在所必备的就业条件存在有理,其他绝大部分行业的岗位应当是面对所有劳动者的,即就业机会应当是均等的、公平的、非厚此薄彼的。换言之,健康有序的劳动力市场应赋予一切劳动者以公平的就业机会,即平等就业权。平等就业权有三层含义:第一,就业机会的开放性具有普遍性,任何就业机会都应该向所有应聘劳动者开放,而不是向某一部分特定的人开放,首先在应聘程序上保证平等就业机会的权利;第二,就业录取标准的统一性,不应因人而异,"见人下菜碟",否则意味着有人享有"特权",这显然违背机会均等原则;第三,是就业标准的可达性,即对应聘劳动者来说,通过努力是可以达到的。如果标准对某一部分人来说无论如何努力都达不到,就等于一开始就把这部分人拒之门外,这显然也是违背机会均等和初始公正的。

但是从目前的现实看,劳动关系的另一方——用人单位在应聘者的道路上,设置了太多太高的"门槛"。它们利用应聘者的天然差异,巧设名目,将就业条件进行随心所欲的搭配,编织了一个又大又密的"粘网",使应聘者难以破网而上岗。

用人单位对于人力资源的既定方针是,以最小的成本获取最大的产出。为此设置重重条件,提高就业门槛,达到所谓"优中选优"。

在性别上,考虑女性生育、哺乳等因素将改变用工计划、增加用工成本,因此许多单位存在着"重男轻女"的性别歧视。在年龄上,考虑年轻员工身体健壮,患病率低,节约医疗费用,请病假的几率低,劳动生产率高,于是过度提出年龄标准,产生年龄歧视。就业中的户籍歧视,不同的单位不尽相同。有的单位愿意用外地员工,并提供住房,目的是随时可以实施加班,减少用工数量;有的单位愿意要本地户籍的,除了容易降低"不辞而别"风险之外,亦可以不提供食宿条件,降低用工成本。

关于工作经历歧视,用人单位之所以愿意聘用有工作经历者,根本原因是为了节约培训成本,使应聘者一上岗便可以独当一面。为此对新毕业大学生存在就业歧视,迫使大学毕业生接受苛刻的用工条件,延长试用期,节约了用人单位的用工成本。甚至存在"零工资就业",即新毕业生为了取得初始的工作经历,竟然出现"自费就业"之咄咄怪事。

对农民工群体的就业歧视,表现为让他们干"脏、苦、累、险"的工作,却给予微薄的报酬,不提供完善的社保待遇,甚至难以按时足额地领到工资。其实质也是降低用工成本,取得超额利润。

对残疾人群体的歧视,原因仍在残疾人与健康人相比,其劳动生产率一般偏低。当然,有时用人单位招收一些残疾人,目的是为了享受免税优惠。若免税数额相当,对精明的用人单位来说,可谓是一种划算的"交易"。

用人单位对相貌、身高的歧视,表面看似乎与经济无关。他们使用面貌姣好、身材较高的员工,是为了体现单位"良好"形象,目标还是吸引更多的消费者,实现预期的经济效益。用人单位对员工生肖、姓氏的歧视,是雇主的迷信思想作怪。比如叫"裴光"的博士生一直找不到工作,是雇主唯恐"裴光"与"赔光"谐音会使生意蚀本。

总之,一些用人单位表现出的种种就业歧视,其要害是肆意滥用用工自主权,摒弃社会主义义利观,以谋求利润最大化为唯一的招工标准,忘记用人单位所应承担的社会责任。

制度缺陷和法律缺失是就业歧视长期存在的温床

就业歧视之所以得以存在,并非个人过失,追根溯源,首先在于制度上的缺陷。引起就业歧视的制度缺陷表现在多个领域。比如城乡分割的户籍制度使城乡间形成一堵无形之墙。城市市民产生优越感,对农民工表现为经济上接纳、心理上排斥。农民工沦为"边缘人",社会上不同程度地对农民工存在偏见和歧视。另外,现行的社会保障制度基本上覆盖国有企业职工、机关公务员和部分事业单位职工,"五大保险"比较完备。农民工、私营企业职工被社保覆盖的面并不大,有的用人单位甚至以不录用相要挟,使应聘者不敢提出社保待遇的正当要求。有相当数量的应聘者是以忍受社保制度的歧视为代价走上就业岗位的,不能不说是一种无奈和可悲。

就业歧视的产生与法律缺失有关。一是立法的分散性,没有专门的《反就业歧视法》。我国有关反就业歧视的法律条文散见在宪法、行政法规、部门规章、地方性法规、我国批准加入的国际公约等文件中,其中还有不少暂行规定,立法层次较低,实施力度不大。二是立法内容注重原则性,对就业歧视界定过窄,许多现实广泛存在的就业歧视没有进入法律监督的视野。三是法规条文过于空泛,缺乏执法的可操作性。比如《劳动法》规定了劳动者享有平等就业和选择职业的权利。但是《劳动法》仅保护建立了劳动关系的就业者,而劳动者因就业歧视被拒之于岗位大门之外,则委屈有加,呼告无门。有的用人单位为了控制员工采取各种歧视手段,就业者为了保住饭碗不得不忍气吞声。《劳动法》在劳动者与用人单位建立劳动关系之前,即招聘环节缺少可操作性的保护应聘者的法律条款,应当说是法律的重大缺失。四是就业歧视受害者缺乏司法救助的途径。根据我国现有的《企业劳动争议处理条例》以及《劳动法》的相关规定,目前我国劳动争议的受案范围不包括就业歧视。同时,现有民事法律也没有对就业歧视做出具体规定,受害人无法提出诉讼,要求用人单位承担相应的民事责任。五是现有法规中仍有不少涉及就业歧视的规定,比如法规中要求一些用人单位在招聘本地常住户口的劳动力不足情况下才能使用外地劳动力;要求有关单位优先安排本地生源的毕业生;规定某些行业工作只能由本地人员从事;公务员只招用本地人员;如此等等,不一而足。因此,应剔除现有法规中涉及就业歧视的条款,掀翻产生就业歧视的温床。

在文化层面上,对就业歧视仍处于"集体无意识"状态

我国几千年封建社会的文化影响根深蒂固。封建社会长期受宗法制度的统治,"君君、臣臣、父父、子子",等级森严,"礼不下庶人,刑不上大夫"的文化源远流长。"一切人"都平等的观念被视为"犯上"和"大逆不道"。我国没有经历过彻底的资产阶级民主革命，没有形成过如西方那样的市民社会。在我国，趋炎附势、媚上欺下的劣根性在社会上有相当的市场。将歧视别人作为被别人歧视的心理报复广泛存在。我们不妨扪心自问：谁没有遭遇过被别人歧视的场景；谁没有过歧视别人的经历。因此应当说，当下的社会，国人对就业歧视普遍存在"集体无意识"，对无孔不入的就业歧视现象习以为常、见怪不怪，以至于这种意识融化于血液之中。制度层面的歧视杂质较好清除，清除文化层面的歧视基因绝非朝夕之功。

从政府机关招聘公务员中，可见对就业歧视无意识。例如 2004 年考试录用国家公务员时，国家税务总局法规及税政部门的招聘条件是："1. 30 岁以下；2. 如已婚，其配偶为北京户口。"2000 年，号称"社会公平守护者"的高等法院在《法制日报》刊登招聘法官的广告，其中一个限制性条件即是北京户口，为典型的户籍歧视。某些政府机关不但不以身作则，率先垂范，反而开出歧视的条件，使得企业纷纷效仿，在社会上助长了就业歧视的思潮泛滥。

在企业层面上，有一些雇主运用歧视为手段，给新上岗职工一个"下马威"。有些雇主在职工中故意制造差别各异的待遇水平，将劳动条件、食宿条件、福利待遇分出三六九等，有意促成员工之间相互歧视，其目的有三：一是待遇分出层次，容易降低用工成本；二是差别的待遇有助于保持职工之间的距离；三是雇员之间相互歧视，有利于"鹬蚌相争，渔翁得利"。

从消费者的层面上来看，劳动力市场上的歧视现象有一些是由于消费者的文化和心理因素而产生。比如有的消费者愿意同性服务，有的愿意异性服务；有的消费者对某些行业的服务者十分挑剔，比如身高、胖瘦、相貌、性别、年龄、籍贯等等都有特殊的偏好；而店家也正好利用消费者的要求提高收费标准，并在招聘员工时，以用户需求为口实，"名正言顺"地进行就业歧视。

总之，在机关单位连篇累牍的招聘启事中，在企业铺天盖地的招聘广告里，在几乎每个消费者、劳动者的意识内，存在着歧视的文化基因,存在着被全社会熟视无睹的就业歧视"百怪图"。全社会需要进行社会主义平等观、公平观、义利观的启蒙式教育,需要进行制度、法律、舆论大力倡导平等的规模化建设,需要对封建主义的等级文化进行洗心革面、脱胎换骨般的重大革命,需要日复一日、年复一年、代复一代地坚持与就业歧视以及任何形式的歧视现象进行不疲倦的斗争。

（据《中国发展观察》,作者：国务院发展研究中心社会部 岳颂东）

《就业促进法》能否破解女性求职难

2007 年 3 月 25 日,全国人大常委会向社会全文公布了《就业促进法（草案）》。在备受瞩目的就业性别歧视方面, 草案第五条给予了关注：劳动者依法享有平等就业和自主择业的权利。劳动者就业,不因民族、种族、性别、宗教信仰、年龄、身体残疾等因素而受歧视。然而,面对就业中突出的性别歧视问题,人们不禁要问——《就业促进法》能否破解女性求职难?

"禁不起出差折腾"竟是求职"软肋"

2007 年 5 月 12 日,记者来到中国国际展览中心,对在这里参加北京第二十五届"共创未来国展人才招聘会"的应聘女性进行了采访。

在某科技公司展位前,记者采访了刚被招聘单位拒收简历的小谢。这位专门从外地赶来、西安某高校电工装修专业的应届本科毕业生告诉记者,自己在招聘会上走了大半天,尽管当天的招聘会理工类职位占了多数,但是自己还是只投出了四五份简历。"没办法,用人单位认定我禁不起出差的折腾,我想说什么也说不出口。"

从河北来参会应聘的小董学的是工商管理专业,也因为被用人单位认定不能胜任频繁的出差任务而遭到拒绝。谈到女性再就业中的弱势地位,小董告诉记者一个也许不具代表性却颇为惊人的数字,小董的班上共有 20 名男生、18 名女生,到目前为止男生和女生的签约率之比为 10:1。"尽管我本人觉得女性在从事管理时有自己的优势,比如细心、耐心和负责,比较有人情味,符合当今的人性化管理趋势,但是用人单位优先考虑的似乎不是这个问题。"小董无奈地说。

北方工业大学英语专业的付同学在接受采访时侃侃而谈,向记者描述了性别歧视的另一种情况。"从我们本专业的情况看,男女生在就业方面的差距明显,男同学的签约难度远远小于女同学,他们的工资也比女生高。现在我们本科生就业的心理价位一般是1 500—2 000元,这期间的浮动余地其实挺大的。很多男同学在单位实习期间的工资,就已经相当于女同学在单位转正之后的工资了。你说,这不是同工不同酬么?"说到这,小付的语气略显激动。

"性别歧视"愈演愈烈

2007年伊始,西南政法大学针对女大学生就业情况进行了调查。调查共有500人参加,调查数据显示,70%的女生认为在求职过程中存在男女不平等情况,高达60%的男生也承认这种歧视是存在的。女生的就业签约率相对男生低5个百分点,未签约率比男生高3%。女生到国家机关和事业单位供职的占36%,男生占71%。

3月23日至26日,《济南时报》与山东人才网联合推出了"女大学生求职及择偶意向调查",共有7 311名女大学生参加了调查。调查显示,被调查者中,认为性别歧视"比较严重"的占52.8%,认为"不太严重"和"不存在"的分别占44.4%和2.8%。

中共北京市委党校经济学教研室王振峰博士对记者表示,企业拒绝接收女性,是市场经济下企业谋求利润最大化的本性使然,女生毕业后很快就要面临婚嫁和生育问题。尤其是在她们生育期间,企业不仅要给她们产假,在此期间还要保障其工资水平,这无疑增大了运营成本,是企业所不愿看到的。很多工种其实男性女性都能适应,但是男性在体力方面有相对优势,能更有效率地完成某些任务,更快地产生效益,所以用人单位更愿意录用男性。以上种种劣势随着就业市场的压力增大、结构性失业问题日益凸显被大大加剧了。

"看到有那么多人等待就业,企业自然就敢挑三拣四,在这种条件下,单纯相信企业的社会责任意识已经不能够扭转性别歧视的泛滥,必须依靠强制性的立法手段解决这个问题。"

《就业促进法》只是宏观就业立法

女性就业的法律保护难道是空白吗? 答案是否定的。《中华人民共和国宪法》、《劳动法》、《妇女权益保障法》等法律,都有关于就业性别歧视的阐述和规定。《宪法》第四十八条规定:"国家保护妇女的权利和利益,实行男女同工同酬。"《劳动法》第十三条规定:"妇女享有与男子平等的就业权利。在录用职工时,除国家规定不适合妇女的工种或者岗位外,不得以性别为由拒绝录用妇女或者提高对妇女的录用标准。"《妇女权益保障法》第二十二条也明文指出:"国家保障妇女享有与男子平等的劳动权利和社会保障权利。"

然而问题在于,上述规定原则性有余,操作性不足。中华女子学院副教授刘明辉指出,中国的法律中一直没有界定就业性别歧视的概念,而消除就业性别歧视,立法首先要搞清楚这个问题,连什么是性别歧视都没有搞清楚,拿什么来保护受害者。同时,目前我国有关性别歧视纠纷的司法滞后,判定为性别歧视后企业应受到何种处罚,相关的律条付之阙如,根本就不能对违规企业进行有效的震慑。司法上反对就业性别歧视的诉讼较少,更少见成功维护妇女平等就业权的司法裁决。

中国劳动保障报社法律事务中心副主任鲁志峰认为,消除女性就业歧视,关键在立法。公开向社会征求意见的《就业促进法(草案)》是一部关于就业方面的宏观立法,未就"就业歧视与反就业歧视"作出具体规定,因此,并不能从根本上解决就业歧视矛盾。要想解决女性就业歧视以及其他就业歧视问题,关键是要加快《反就业歧视法》的立法步伐。早在 2005 年 8 月,十届全国人大常委会第 17 次会议就批准了国际劳工大会通过的《1958 年消除就业和职业歧视公约》。按照国际公约的要求,我国有义务把国际公约转化成国内法律,但我国至今没有一部反就业歧视方面的法律出台。

"不过,正在审议的《就业促进法(草案)》可以考虑对用人单位录用女性的比例作出规定；也可以对录用女性达到一定比例的单位给予政策方面的优惠。"鲁志峰补充说："当然，女性就业歧视的彻底消除，其根本上还取决于企业社会责任的增强。一个单纯追求利润最大化的企业，是很难体现男女就业平等的。"

（据求职网,作者不详）

专家看法

专家呼吁：通过立法，保障女大学生平等就业。

专家呼吁立法保障女大学生平等就业

西南政法大学最近组织的女大学生就业情况调查显示，女大学生就业面临的最大困难是性别歧视。专家呼吁：通过立法,保障女大学生平等就业。

传统观念：影响男女平等就业

调查数据显示，目前约70%的女大学生认为在求职过程中存在男女不平等。

著名的婚姻家庭法专家、西南政法大学外国家庭法及妇女理论研究中心主任陈苇教授向记者介绍,此次调查发现,女生在校的成绩普遍要好些,参与社会活动、担任社会职务的比例并不低于男生,而且工薪预期值也低于男生,但就业签约率明显低于男生。

陈教授分析,这种情况是传统"男尊女卑、男主外,女主内、男强女弱"观念的影响。"除了继续大力宣传男女平等的基本国策外,还必须立法明确禁止对妇女的就业性别歧视,包括在就业领域禁止带有性别歧视的招聘启事和以性别为由不录取女性等,以创造一个男女平等的就业环境。"她说。

性别歧视：机关单位约占四成

调查中,认为政府机关和事业单位存在性别歧视的占四成以上。其中,政府机关居于首位,其次是事业单位,第三是国有企业。

西南政法大学党委副书记兼副校长李春茹教授分析, 这种情况的出现,是源于市场经济条件下,各企事业单位实行独立核算、自负盈亏,追求效益优先的现实。"让单位承担女职工的生育保险责任必然会增加单位的成本,在相同条件下用人单位当然更愿意选择男性。"

李教授建议,如果能够从完善社会保障制度入手,例如将女职工生育保险责任由单位承担改为社会承担,那么对于增加女性的就业机会、创造男女公平竞争的就业环境能提供更好的保证。以利益导向机制引导企业平等地录用女性员工,能够更好地消除生理差异因素给女性就业带来的负面影响。

(据《重庆晚报》)

如何完善女大学生就业保障体系

完善法制建设 细化平等就业条款

平等就业权由过去的立法保护和行政保护为主向宪法司法保护转变,逐渐成为就业权保护的有力盾牌。如何将纸面上的权利变为公民个人的实实在在的权利,使人权的宪法保障不是空中楼阁? 笔者认为,应该加强对政府、企事业单位存在的违反平等就业的宪法法律规范和精神的那些规定、政策做清理审查,必要时进行违宪审查。将传统意义上的违宪司法审查扩大到非国家机关和私人领域进行宪法司法保护,公领域和私人领域的宪法司法适用并行。如果涉及平等就业权的案件在普通法律规范中缺乏具体适用的依据, 审判机关在诉讼程序中可将宪法引入司法程序,使之直接成为法院裁判案件的法律依据。

劳动法是保障劳动者合法权益的基本法, 理应在用人单位的用人自主权和劳动者的平等就业权之间起到一个平衡的作用。在现阶段,扩大劳动法的就业歧视条款或是将劳动法关于平等就业的原则性规定细化是维护劳动者合法权益的必然要求。

加强执法力度　打击就业歧视行为

我国的法律只是明文规定了禁止就业歧视，但是对违反法律规定的单位所应承担的后果并没有做具体的阐述。这不仅对受害者不公平，而且对法律威信的确立也是一种无形的阻力。

正如英国学者霍斯顿和钱伯斯在其合著的《萨尔门德和霍斯顿论侵权行为法》一书中所指出的："损害赔偿判决的第一目的在于补偿受害人所受的损失，以便尽可能使之恢复到不法侵权行为发生之前的原有状态，然而损害赔偿还有一个目的，通过使不法行为人根据损害赔偿的判决而承担责任。法院力图遏制其他人犯类似的过错。"

在现实中有些企业的负责人不是不懂法，而是知法犯法。他们抱有法不责众的心态，或者钻法律空子，你不说，我就做。也有的用人单位认为即使受处罚也无关痛痒，这实质是一种道德问题。但它却暴露了我国法律的不足之处。笔者认为，针对用人单位的就业歧视行为应该重拳出击。

建立监督机构　保护平等就业权

发挥政府监督部门对就业市场歧视性行为的监管职责。监督机关在国家的运行机制中虽然只是一个辅助机关，但它却是与广大群众密

切接触的一线管理者。我们可以借鉴国外的经验，建立社会监督机构，如平等就业机会委员会、公平就业委员会等，加强在就业歧视领域的执法监督，切实保护女大学生的平等就业权。

如果建立这样一个监督机构，那它不仅可以给就业者提供一个投诉的援助，同时对企业也会

起到警示作用。当然监督的形式可以是多样的,新闻机关和社会舆论也是有力的监督工具。

男女就业平等是劳动法赋予公民的权利,但有了这项权利不等于在现实中就可以实现男女就业平等。当人们强调男女就业平等的时候,就说明男女不平等的现象存在。解决女大学生就业歧视问题,需要来自法律、政府、高校、企业、社会等多方面的支持和努力,解决障碍性问题,使男女大学生平等就业由可能成为现实。

(作者:北京航空航天大学法学院 许泽玮)

细化法律条文　断了性别歧视的后路

劳动和社会保障部副部长张小建日前介绍《就业促进法》及实施准备工作的有关情况时透露,新的配套法规即将出台,诸如"保障公平就业"等原则性的法律条文,将细化为"哪些岗位不适合妇女"等可操作性条款。

在当前的人才市场上,用人单位对女性的就业歧视可谓随处可见。比如,某些用人单位明确要求只要男性,或是男性优先;有的用人单位在和女职工签订合同时,专门列上一条不许或者限制结婚、生育,等等。

为什么一些用人单位不愿意招收女性?一些招聘者坦言,"这些工作让女性来做当然也可以,但是前来应聘的女性工作不了几年就要怀孕、生育,精力大都放在家庭上了,因此我们更愿意招聘男性"。显然,这是用人单位在规避本应承担的社会责任。要知道,结婚生育是女性的基本权益,女性也身负生育子女的社会责任,这是社会发展的客观要求,本应得到全社会包括用人单位的支持和帮助。可一些用人单位只考虑自身经济效益,认为女性生育会影响工作,或者对女性的工作能力有所怀疑。可见,就业歧视已经成为女性就业难的一个重要原因。

女性遭遇就业歧视,很大程度上与法律的某些疏漏有关。以往的法律法规虽然也有保障妇女公平就业的内容,但由于缺乏可操作的具体措施,特别是对"不适合女性的岗位"界定模糊,现实中这种"不适合"被人为扩大,常常成为用人单位拒收女性的借口。因此,通过立法方式明确"不适合女性岗位"的具体范围,有利于保护女性权益。

我们知道,由于女性体质等方面的原因,现实生活中确实有一些劳动强度过大或高危的工作岗位不适合女性,比如矿山、井下作业等。立法明确不适合女性的岗位,其实是对女性就业权的保护和尊重,让广大女性拥有反对就业歧视的法律武器。正如张小建所说的,"比如在招工中,有人说我这个岗位就不能招用妇女,那你要标示出哪些行业不适合妇女,其他行业就必须招收妇女,像这样具体化的东西我们都要落实到位"。

当然,要真正消除女性就业歧视,同样重要的是从观念上改变对女性的偏见。否则,就难以在就业中真正实现男女平等。

(据《新民晚报》)

延伸阅读

扩大妇女就业既是妇女获得劳动收入、得到社会的承认和自尊的需要,也是社会安生之本。

妇女就业和性别平等的劳动力市场政策研究
——上海妇女就业、创业状况调查研究报告

一、上海妇女就业现状

根据上海市妇联 2001 年对全市 18 个样本区县、97 个街道、196 个居村委的 235 个样本调查及第五次人口普查 10%抽样调查资料分析,上海妇女就业方面呈现以下特点:

1. 在业女性的职业、行业结构趋向合理

调查中的城镇在业女性中,担任国家机关、党群组织、企事业单位负责人的占 4.9%,比 1990 年增加 2.2 个百分点;各类专业技术人员占

28.2%,比 1990 年增加 15.4 个百分点。在生产、运输工人比例从原来的 48.3%降为 27.8%的同时，城镇在业女性中商业服务业人员比 10 年前增加了 12.7 个百分点，为 29.4%。

2. 上海城市功能的转换推动着女性就业人口在三次产业间的分布发生变化

近年来随着上海产业结构向"三二一"方向的调整，上海女性就业总人口中，第一产业占 13.7%，比 1990 年下降 31.8 个百分点；第二产业占 43.5%，下降了 14.7 个百分点；第三产业占 42.8%，比 10 年前上升 16.5 个百分点。第三产业中上升幅度较大的主要有批发零售贸易业，上升了 7.3 个百分点；房地产和社会服务业上升了 5.6 个百分点；金融保险业和教育文化艺术广播业分别上升了 1 个百分点。可见，女性在第三产业中有着更广泛的机遇，充分发挥了女性的职业特长。

3. 在业女性的就业已从主要由政府安置转向政府安置、求职应聘、自我创业等多种途径

从调查中看，城镇在业女性目前工作由劳动人事组织部门安排和"顶职"的比例为 53.8%，比 1990 年降低 16.6 个百分点；通过求职、应聘录取考取的比例为 20.3%，比 1990 年提高 9.4 个百分点；自己创业的比例从 1990 年的 0.1%提高为 9.4 个百分点。据有关部门统计，2000 年 8—12 月，上海促进就业基金为开业者提供开业贷款担保 144 笔，其中女性占 1/4 左右。经认定的 8 000 多家非正规劳动组织中，由女性开办的占 34%。

4. 就业动机更积极更务实，择业标准相应变化

这在城镇在业女性中更为明显。其表现之一是更务实，更看重就业所带来的经济收入对自己及家庭生活的影响——"为了维持家庭和自己的生活"而就业的为 68.4%，为"在经济上自立"和"获得更高收入"而工作的为 52.0%，分别比 1990 年高出 12.2 个和 5.9 个百分点。二是更注重自我价值的实现，就业成为一部分女性生活中必不可少的组成部分——"希望充实自己生活"的有 33.7%，"希望发挥才能"的有 21.3%，分别比 1990 年上升 17.2 个和 6.7 个百分点。而"为了生活在集体中"和"因为大家都工作"而就业的分别为 4.2%和 3.1%，比 1990 年分别下降

2.6 个和 11.5 个百分点。

在此背景下,城镇在业女性的择业标准相应发生变化。与 10 年前相比,"工作地点近便"的选择率明显下降,但看重"工作稳定有保障"的大增,达 51.9%,上升 12.2 个百分点,成为择业的第一选择。在 35 岁及以下的城镇在业女性中,更表现出一种可贵的择业自信心——34.4% 的人看重"有发展前途",选择"有自主性"和"能充分利用自己已有资源"的比例也比 10 年前高出好几倍。

5. 女性就业年龄年轻化

从女性就业人口的年龄结构看,15—19 岁占 4.5%,比全市该年龄组高 0.9 个百分点;20—49 岁占 85.3%,比全市高 2.9 个百分点;50 岁以上占 10.2%,比全市低 3.8 个百分点。女性就业人口的年龄构成与 1990 年相比,15—19 岁上升了 0.8 个百分点,20—49 岁基本持平,50 岁以上下降了 0.7 个百分点。相对 1990 年第四次人口普查结果,2000 年全市就业人口年龄构成和女性就业人口年龄构成普遍呈年轻化,女性尤甚。

二、上海妇女创业特点

1. 创建社区品牌,扩大妇女就业

据近期统计,全市 19 个区、县和 250 多个街道、乡镇,按照市妇联统一要求创建的再就业求助服务中心、社区妇女学校、妇女法律援助工作站、女知识分子社区服务工作站 400 余个;结合本地区妇女需求自主创建的新品牌,如妇女之家、舒心工程、学习型家庭工作指导站、帼苑服务队等近 100 个,遍布全市各个街道和乡镇,有的还建到了居委会和村委会。在此基础上,"三八"期间,向全市家庭首批发放社区妇女服务卡 50 万张,年内还将分期分批发至全市 500 多万户家庭,成为全市各级妇女组织运用品牌、把妇联的关爱送到千家万户的整体行动。社区妇女工作品牌现已成为妇女关注的实惠工程,成为全市"大学习、大服务行动"的重要载体。

2. 倡导妇女创业新群体

据有关部门反映,1992 年上海妇女创业占创业者总数的 8% 左右,到 1999 年底上升为 20% 左右,女个体户、女私营企业主占全市总量的

32%。同时上海第三产业、知识型产业的比重越来越大,也为妇女创业带来了机遇。例如IT业、律师、会计、咨询等高层次服务业等,为妇女创办民营中小企业提供了更多的创业机会。

据上海市妇联对436位女创业者调查,从事电子、计算机、咨询等科技型产业的占6%左右,从事印刷、房地产、服装加工等都市型产业的有56.6%,从事商业、维修、物业、社区服务等服务型产业的占33.7%,其他为3.7%。虽然妇女科技型创业的比例不算高,但是在妇女创业发展中起到了导向作用。

3. 向都市型、社区服务型、劳动力吸纳型方向发展

女性创办的小企业,从原来三产服务型逐步向科技型、都市型、社区服务型方向发展,并呈现以下特点:一是从单一投资到投资行业广泛,企业资本不断扩大。据对436位女创业者的调查,其所投资的行业依次是餐饮业、加工业、服装业、商业贸业、纺织业,其他还有房地产、建材装饰、电子、计算机、印刷、制造业、运输、医疗、家电、家具等24个行业。二是从自己创业到吸纳社会再就业人员。据对436位女创业者调查,她们的企业共吸纳就业人员达2.7万人次,平均每家吸纳再就业人员62人次。到1999年年底,上海经审定的非公企业有6 000多家,从业人员7万,其中女性占45%以上。可见,非公有制经济已成为吸纳下岗妇女再就业的主渠道之一。

三、上海政府部门在妇女就业、创业中的政策措施

1. 通过小额贷款方式在资金上对妇女创业予以有力支持

如1998年10月,上海银行建立了上海中小企业服务中心,为扶持中小企业的发展,推出了"再就业专项贷款"和"中小企业、高新技术企业专项贷款"等金融品种,解决中小企业贷款难问题。上海市妇联充分利用政策条件,配合中心和上海银行,召开座谈会及时沟通信息,为符合贷款条件的私营女企业家解决贷款担保。

2. 对下岗及失业女工进行培训,增强其自我创业能力

上海市妇联针对有办企业能力和创业意向的下岗、失业妇女,开办了创业者培训班,对资金有困难者帮助申请再就业基金贴息贷款。同时,为妇女创业者提供了政策咨询、市场营销、企业规划等一系列跟踪服务活动。

3. 对创业成功的妇女在政治上和舆论上给予及时的鼓励和支持

政府及妇联组织对成功的女企业家给予高度的重视，并注重发挥她们的示范带头作用。例如开展"十佳巾帼创业者"评选活动，加强对女企业家的"交友、宣传、服务"，帮助她们提高综合素质，注意维护她们的合法权益，使她们真正体会到"娘家人"的关心和帮助。

四、扩大妇女就业的问题

1. 城镇女性下岗分流工作任务依然很重

据统计，2000年底，全市女性失业人数还有8.83万人，如包括女性下岗待工人员约有19万人（尚未包括协议保留劳动关系的19.87万人）需要分流安置，人数较多，压力较大。

2. 城镇女性的劳动就业层次需进一步调整

在女性从业人数较为集中的社会服务业，女性从业人数占的比重只有32.9%，而机关团体中女性从业人数比重仅占28.8%，大大低于男性人数。同时，女性中高层次、高学历的中高级人数相对较少。2000年末在国有经济的各类专业技术人员中，中层以上的领导中女性比重只有21.9%，高级职务中比重占22%，其中正高级职务中比重更小，只占10.4%。女性的就业层次有待进一步提高。

3. 重男轻女的就业观念需要进一步扭转

据2000年的全市劳动力需求调查显示，2000年男性劳动力需求量约为53.4%，女性占28.2%，男女不论占18.4%。女性需求量仍比男性低得多。因此应进一步树立女性新形象，大力宣传男女同工同酬及男女就业平等，切实改变劳动就业中的重男轻女现象，使本市的女性从业人员在不同的就业层次中有更多的就业机会。

4. 城镇女性的劳动就业培训工作仍需加强

据统计，2000年本市女性下岗待工失业的人数和协议保留劳动关系的人数约有39万人。其中参加过培训的人数仅为7.7万人，占全部女性下岗协保和失业人数的19.7%。同时，据2000年的劳动力需求调查显示，全市招工单位在招用的人员中要求培训的人约占50%以上。因此有必要对失业下岗人员加强职业培训、技术培训和转岗培训，提高女性就业竞争能力。

　　5. 男女劳动年龄的性别差异需逐步缩小

　　宪法规定妇女享有和男子同样的经济地位，但在现实生活中，劳动权存在着很大的性别差异。现行的法规是，男女参加劳动的起始年龄是一样的，但终止劳动的退休年龄却明显不同。上海市妇女学学会在1999年底到2000年初对200名退休人员作了一次调查。调查结果是：在提早退休者中，女比男多；在非自愿退休者中，女比男多；在不赞同退休年龄有男女差别的人中，也是女比男多。在问到调查者对退休年龄的男女差别有何看法时，男性有45%表示不赞成，而女性表示不赞成者多达71%。所有这些都表明，现行的对两性退休年龄的规定是不合适的。应作为一个历史遗留问题，逐步缩小差异。

　　五、扩大妇女就业、创业的政策建议

　　扩大妇女就业既是妇女获得劳动收入、得到社会的承认和自尊的需要，也是社会安生之本，即安家、安康、安泰、安定。因此，本文就扩大妇女就业、创业提出如下建议：

　　1. 对妇女经济活动作新定义

　　统计上应计算和评估妇女的农业无报酬劳动价值和生育、家务劳动价值，这些无报酬劳动粗计将达16万亿元，其中妇女贡献达11万亿元，占69%。当妇女时间花费被低估时，一些政策、计划的成本收益会失真。如局限于工资劳动力概念，妇女对家庭收入的贡献只有20%，但若扩及市场导向生产消费，妇女的贡献上升到55%，因此，需要对妇女经济活动重新定义，重视妇女无报酬劳动的统计工作。对自然失业率与实际失业率的偏离也需调整，以对失业性质正确判断。

　　2. 重视非正规部门对妇女就业、创业的作用

　　非正规部门对妇女至关重要。妇联组织要通过业已存在的妇女组织网络，筹建女性行业联合协会、女性服务中心、女性经济实体，根据女性特点，开办弹性上班、在家办公、环保卫士等实绩实效工作，发挥女性联合的最佳优势，增加临时性、非周期性的就业岗位，适应我国家庭和住房单元化、人口老龄化、生活现代化的新变化。

3. 重视非农产业,加速郊区劳动力市场的建设与完善

市、区(县)政府应投入一定资金,建立郊区失地劳动力就业技能培训及就业指导的机构和机制,使失地农民适当享受城镇下岗失业人员的培训待遇。而郊区政府部门也要加速推进劳动密集型的工业企业与服务业的培育、建设及发展,以创造更多的就业岗位。

4. 培育非公企业,作为妇女再就业的新渠道

非公企业收纳就业能力强,且形式灵活多样。上海实施"4050"工程已起到一定的对妇女劳动力的消化作用。妇女就业与经济发展互动,鼓励非公经济的发展将提供更多与女性相适应的就业形式和就业岗位,为妇女再就业开辟更多的新渠道。

5. 加强女性就业权益保障的监察工作,加强妇女就业观念转变工作

建议对上海地方法规《上海市女职工劳动保护办法》和《上海市劳动保护监察条例》进行修改,增加对女性就业保障实施监察、管理和监督的条款。其内容为:劳动行政部门对各单位贯彻实施女性就业保障的各项规定进行国家监察;劳动行政部门及其所设立的劳动保护监察员,应将对女性的就业权益保障列为实施监察的主要职责之一;行业管理部门应对本行业各单位的用人问题进行管理,对用人单位在招工招聘中的性别歧视和侵害女性就业权益的行为进行监督和批评,责成其改正;凡经本市劳动保护监察部门查实的招工招聘中严重歧视女性、侵害女性就业权益的行为,由主管部门对侵权单位的负责人和直接责任人,根据情节轻重,分别给予相应的行政处分。工会和妇联依法代表劳动者对用人单位贯彻实施女性就业权益保障的规定进行群众监督;劳动行政部门、行业管理部门应公开办事制度,受理有关侵害妇女就业权益的投诉,并在各自的职能范围内,进行调查、核实,并根据事实分别依法予以处理;劳动行政部门、行业管理部门应对报刊、电视、广播以及其他新闻媒体贯彻实施女性就业权益保障的规定进行监督,发现有违反国家有关规定,传播限制妇女就业的招工、招聘启事的情况,应向市人大、市政府反映,督促其改正。

6. 分步落实男女平等的劳动年龄、退休年龄

劳动年龄的性别差异是一个历史遗留问题。现行的退休年龄是 20 世纪 50 年代初期定的,那时两性的寿命都比现在短得多,男性在体力劳动方面先天条件比女性优越,现在人的寿命越来越长,女性的寿命比男性更长。全国妇联主席彭珮云来上海妇联座谈时曾说:"现在受过高等教育的女性多了,女性的寿命又长了,而工作年限却缩短了,这对国家来说也是很不划算的,这个问题我们要有呼声。"进入 21 世纪之时,要进一步开展劳动年龄的性别比较研究,供党和政府决策参考,把改变退休年龄的性别差异问题摆上议事日程,使男女平等的基本国策在这一方面真正落到实处。

(据上海女性网,作者"妇女就业和性别平等的
劳动力市场政策研究"课题组)

碰撞与融合：
多元文化背景中的国际教育

当今的中国从经济到社会文化都经历着全球化浪潮的冲击，文化多元与教育国际化已成为中国教育发展的必然与现实。

2007年10月21日，由上海市闵行区教育局、上海市教育科学研究院民办教育研究所与协和教育中心联合承办的"多元融合的国际教育研讨会"在上海市协和高级中学隆重召开。

250多位中外专家学者、政府官员、京沪两地的国际教育机构主管与代表参与了本次会议。会议上，观点纷呈碰撞，深化了对国际教育的认识，探寻了多元文化背景下学校教育改革之路。

　　闵行成为不同层次、不同种类教育
需求的大市场。

搭建多元文化交融大平台,推动国际化教育纵横发展

上海市闵行区副区长　张　辰

　　今天大家欢聚一堂,举行多元文化融合的国际教育研讨会,借此
机会,我谨代表闵行区人民政府向研讨会的召开表示祝贺! 向专程前
来参会的各位领导、各位专家和中外学校的校长们表示热烈欢迎和衷
心感谢!

　　闵行是古老的,因为在闵行370 平方公里的土地上,有距今
5 000 年马桥古文化遗址,有4 000 年的七宝古镇,可以看到人
类文明的发展与上海历史的变迁。但闵行同时也是年轻的,因为
闵行建区15 年,是一个富有活力的新区。全区常住人口达210 万,
城市化率达到了80%以上,已经连续多年区域经济总量在上海市
19 个区县名列第二,城区面貌日新月异,社会事业繁荣兴旺,居民
生活水平不断提高,先后获得国家生态区、国家科技进步先进区、国
际园林城区等荣誉。

　　中国的改革开放使上海国际大都市得到发展,同时也使闵行
区域内的外向型经济发展迅猛,世界500 强企业中,在闵行落户
的有40—50 多家。来闵行生活和就业的境外人士不断增加,多个
国际化社区相继形成。经济发展的全球化对人才提出了国际化的
需求,而国际化人才的需求对教育发展提出了前所未有的新标准
和要求。外企需要人才,外籍人士的子女需要教育,外籍人士、海
归选择闵行,不仅选择了在闵行创业,还选择了闵行的居住、教
育、文化。而闵行的原有"土著"百姓,也期盼受到更优质的教育。

闵行成为不同层次、不同种类教育需求的大市场。交大、华师大一流大学迁入了，应用性高校、电机学院落户了。280所各级各类基础教育发展了，上海第一所台商子弟学校落成了，10所国际学校壮大了。

国际教育是现代教育的特征，也是国际教育发展的趋势，闵行如何从实际出发，借鉴各地经验，发展国际化教育，是不可规避的。所以，今天能在这里召开国际研讨会，不是偶然的，是水到渠成的。

今天的研讨会会场设在刚落成的协和双语学校高级中学，更有特殊的意义。协和双语学校是个多元文化交融的教育大平台。从中外校长、教师的互动到中外教育理念的交流，他们脚踏实地地积极探索和创新，风风雨雨地走过了五年历程，成为闵行区有影响有特色的学校之一。当然，闵行的发展也是上海发展的一部分。感谢研讨会能有机会让我们共同借鉴成功经验和好的做法，推动国际化教育纵横发展，促进区教育事业的全面繁荣。

祝愿本次大会圆满成功！

几位教育行政领导阐述了对国际教育的看法。

教育国际化是教育现代化的重要指标

上海市教委主任 沈晓明

不少专家从不同视角讨论了教育国际化的问题，我也想就同样的话题发表个人见解。

我担任上海市教委主任已经有一年半时间，一年半来，我看到了政府为缔造人民满意的教育所作出的努力，看到了各级各类教育的快速发展，看到了上海教育的国内、国际地位不断提升。但与此同时我也发现一些问题，比较突出的是教育国际化问题和教育信息化问题，而这两个方面，我认为恰恰是上海教育现代化的重要标志。

第一，关于教育国际化。

国际化是现代社会发展的趋势之一，现代社会的发展需要国际化，但同时国际化也推动现代社会的发展，因此国际化是一种社会发展的全球趋势。

教育领域是非常适合发展国际化的领域之一。这主要有三个方面的原因：其一，现代教育主要来自西方，受西方影响颇深，因此现代教育具有西方的基因；其二，教育具备国际化需要的许多资源，特别是人力资源；其三，目前发达国家的教育体系比我们的完善，因此教育应该有国际化内在的动因。

如此说来，上海的教育应该具备很好的国际化条件。从表面上来看，是这样的。因为在越来越多的上海学校中能够看到外国的学生、老师、校长。每年暑假，也有很多上海学生到国外去，很多外国学生到上海来，看起来很热闹。但是从更深层来看，上海教育国际化水平还非常低。

我曾经用三句非常极端的话，用批评家的眼光来描述上海教育国际化的水平：第一句，教育的引领者缺乏国际化的理念和思路；第二句，教育的参与者缺乏国际化的技能；第三句，教育的产品，即我们培养出的学生缺乏世界眼光，不能适应国际化社会的需要。

为什么会出现这个状况呢？

第一个原因，教育国际化尚未受到应有的重视，目前政府、教育行政部门的主要注意力在义务教育均衡化发展、教师专业发展、校园文化建设等方面，这些都是对的，是必要的。但我们忽视了国际化也是解决这些问题的一个方面，因为相当一部分教育问题的解决能够通过国际化得到借鉴。

第二个原因，在传统上，我们常把国际化和民族化对立起来，认为国际化必然损害教育的民族化及本土化，认为国际化势必丧失教育的民族性，但我们忽视了国际化和民族化是能够做到"和而不同"的，因此造就"既有国际眼光又有中国灵魂"的新一代人才是完全有可能的，这一点在近代教育史上已得以证明。

第三个原因，我国现行的教育体系中，对教材、学生的管理都有严格要求，这些规定使得我们在教育的国际化上需要付出更多努力，因为国外学校对于教材和学生的管理更趋于宽松与灵活。

接下来我们要怎么办？我认为教育国际化存在三个层次：第一层次，通过教育国际化，达到中西方互相交流、互相学习、取长补短的目标；第二层次，通过教育国际化来服务社会经济的发展；第三层次，通过教育国际化来引领教育的发展。上海现阶段国际化教育应该着力于第一、二层次。

在未来一段时间，上海教育的国际化发展还要做以下事情：上海市政府积极支持国际学校和所在地的学校建立合作伙伴关系，开展教师交流、学生交流及教学资源相互开放与共享；建立上海教育国际化专家咨询委员会，探讨上海教育国际化的道路应该怎么走；继续积极推进双语教育改革试点，并适时总结经验，政府给予更大支持力度；把教育国际化作为教育现代化的重要指标。以此导向各区县在教育国际化方面开拓自己的道路。

另外,政府要创造条件,满足不同家庭的孩子对教育的需求。我举两种类型需求作一说明。其一,海归的子女教育问题。我曾经有过国外的生活经历,我十年以前的美国同学、朋友中 1/3 已经回来,还有 1/3 不想回来,还有 1/3 想回来无法回来,回不来的原因是其子女的就学问题。他们很希望上海有一所政府办的学校,能够专门解决子女教育问题。比如他们的孩子在国外读三年级,而英语水平已经是国内的初中水平,中文、数学均低于国内同龄孩子的水平,这种就学需求难以通过目前学校提供的服务得到满足。关键在于回国第一年的时间,如何提供这种适应多元需求的弹性的教育和课程。如果政府能够办一所这样的学校,能够吸引更多海归人员回国。其二,外资企业从业人员的子女就学问题。他们的孩子因为父母频繁地转换工作岗位而需要在不同国家和地区就学。因此,对于他们子女的教育也应是弹性的,应有易与国际教育接轨的教育体系。

最后,要提高基础教育后备人才和骨干的教育国际化能力。总体来说,目前上海基础教育系统后备人才和骨干的教育国际化能力有待提高。2006 年,美国加州的政府教育代表来访上海,我接待了他们,并共同讨论派上海的年轻校长赴美国学校做"跟班校长",但是我与人事处及国际交流处的相关人员商量后发现我们的教育系统没有这么多的能用英语工作的校长后备人才。所以我深深感到,教育系统的后备人才和骨干的国际化能力的缺乏是制约上海国际化的重要因素。

第二,教育信息化问题。

近 10 年来,上海市政府前所未有地重视教育信息化工作。这具体表现为:其一,将教育信息化工作放在教育发展的一个突出的位置,例如在今年市政府实事工程项目中就有农村学校的信息化;其二,投入巨资,支持教育信息化。仅一个教育资源库,政府每年财政投入达到 4 000—5 000 万元。如果再加上市区两级政府拨付的经费,我们用在教育信息化上的经费可能会是个天文数字。

但是,教育信息化的效果如何? 表面上看起来欣欣向荣,从"校校通"到"班班通",从"生机比"到"师机比"。这些数字都非常漂亮,我相信在全国都是处于领先水平的。到任何学校去,校长都会让你看"一望无际"的机房和电脑。实际上,这些计算机也许一年以后就准备淘汰了,因为要升级换代。

我面对这样的欣欣向荣却一直高兴不起来,因为我知道,我们的教育信息化虽然投入不少,但是信息化水平仍处于较低水平。用比喻来说,"路修得很好,但是路上没有汽车跑"。我认为看一个行业的信息化水平的"精标准",是看其对信息化的依赖程度。以医疗卫生行业、医院系统为例,信息化已经深入到每个医院,如果没有网络,医院将无法工作。网络对医院的重要性小到解决管理纰漏和漏洞,比如医院就医的排队系统;大到技术革新,比如胃镜技术的发展。如果病人在门诊看病,医生就可以对病人的检查情况实现当天的共享。其实医院的信息化道路在开始时起步艰难,起初要求所有的处方需要上网操作,高年资的医生、名医都集体反对,但是医疗系统的策略和办法是让所有的医院都采取共同的系统,无一例外。

而在教育系统,教师如果一个月不开机上网,照样上课,即使断了电都不会影响教学活动。因此,从这一意义而言,我们的教育信息化水

平很低。所以,我们更有必要反思,如果使用效益很低,我们那么多的投入是否值得?

综上所述,我以批判的眼光分析了上海教育在国际化和信息化上存在的不足。但我从不怀疑,上海在这两个方面现在仍处于全国领先水平。我们已经提出到"2010年上海教育率先基本实现教育现代化"。而教育现代化的重要标志是国际化和信息化。因此,我们不得不非常谨慎地来审视这两个问题,去寻找勾画和解决这两个问题的办法。

同一个世界,同一个梦想
——关于多元文化教育的思考

中国联合国教科文组织协会全国联合会主席　陶西平

"同一个世界,同一个梦想",不仅是2008年奥运会的口号,也是中国多元文化教育的追求。

一、全球化背景下的多元文化

多元文化的发展是历史的事实。三千余年来,世界上存在多种文化传统,主要有希腊文化传统、中国文化传统、希伯来文化传统、阿拉伯伊斯兰文化传统、非洲文化传统……多种文化始终深深地影响着当今的人类社会。

世界文化多元化产生的原因是什么呢? 我认为主要有以下几个原因: 第一,由不同民族所处的不同地理环境造成的;第二,由各民族文化的长期积淀造成;第三,多样性是事物的属性,也是人类文化的属性。

在人类文化发展的漫长过程中, 每一代人都会为他们生活的时代增添一些新的内容,包括他们从那一时代社会所吸收的东西、他们自己的创造,当然也包括他们接触到的外来文化的影响。所以说,任何一种文化都有一个传递过程。这种传递既有纵向的继承,即对主流文化的"趋同";也有横向的开拓,即对主流文化的"离异"。纵向的继承与横向的开拓对文化发展来说都是必不可少的 。

罗素在谈论中西文化比较的时候, 曾指出:"不同文化之间的交流

过去已被多次证明是人类文明发展的里程碑。希腊学习埃及,罗马借鉴希腊,阿拉伯参照罗马帝国,中世纪的欧洲又摹仿阿拉伯,文艺复兴时期的欧洲则仿效拜占庭帝国。"

中国文化也是不断吸收外来文化而得到发展的。以印度文化对中国的影响为例。印度佛教传入中国大大促进中国哲学、宗教、文学、艺术的发展,同时,印度佛教又在中国得到发扬光大。在印度佛教与中国本土文化结合的过程中,印度佛教中国化形成的新的佛教宗派,不仅影响了宋明新儒学的发展,而且又传入朝鲜和日本,给那里的文化带来了巨大影响。

正是不同文化的差异构成了一个文化宝库,经常诱发人们的灵感而导致某种文化的革新。没有差异,没有文化的多元发展,就不可能出现今天多姿多彩的人类文化。

当今世界,经济体制的一体化、科学技术的标准化、信息网络的高度发达,三者不可避免地将世界各地连接成一个不可分割的有机整体,于是带来了全球化。一方面是全球化带来的趋同,另一方面是与多元化伴随的离异。一种文化对他种文化的吸收,总是通过自己的文化眼光和文化框架来取其所需的。同时，一种文化对他种文化的接受也不大可能原封不动地移植，而是与当地文化相结合产生出新的结果。当然，也要防止多元化进程中的文化部落主义和文化霸权主义危险。

二、全球化背景下的多元文化教育

2002年12月联合国大会决定"可持续发展教育十年（UNESCO）（2005—2014）"，当时的联合国秘书长科菲·安南说："我们生活在同一星球上，由一个决定我们生活的生态、社会、经济和文化关系的微妙而错综复杂的网络，把我们联系在一起。要实现可持续发展，就必须对所有生命依存的生态系统、对彼此作为整个人类大家庭的一分子以及对我们的子孙后代承担更大的责任。"UNESCO总干事松蒲晃一郎指出，当今世界面临五大问题：国际纷争、贫困、环境恶化的持续发展、恐怖活动、对文化多元化的破坏。

这一切是由人的生存方式造成的。改变人类生存方式必须从基础做起，也就是通过教育形成人的环境、人口和可持续发展的认识和能力。因此，从长远看，最终解决可持续发展问题的最锐利的武器是教育，是培养一代高素质的具有可持续发展思想与能力的公民。

DESD总体目标：将可持续发展的内在价值观全方位渗透到学习之中，促进行为改变，以实现面向所有人的更加可持续、公正的社会。其核心价值是尊重，包括尊重他人——包括当代人和后代人、尊重差异性与多样性、尊重环境以及尊重我们星球上的资源。

中国可持续发展教育的基本架构包括环境与资源教育以及多元文化教育两大内容。多元文化教育是当代世界教育发展的新课题。1974年第18届联合国教科文组织大会通过了《关于旨在国际理解、国际协作、国际教育与人权及基本自由的教育建议》。1994年在日内瓦召开的第44届国际教育大会提出了"和平文化"概念。全球化背景下的多元文化教育指教育应当培养具有多元文化之间相互尊重和相互吸纳精神与能力的地球村民，从而促进世界的持续、和谐发展。

中国境内推进多元文化教育的学校教育机构主要有：中国学校面

向中国学生;中国学校面向外国学生;中国学校面向中外学生;外国学校面向外国学生;中外合作学校面向外国学生;中外合作学校面向中国学生;中外合作学校面向中外学生。

多元文化教育承担的历史责任:适应经济全球化过程中各国对人才需要,加强各国国际化人才的培养;加强多元文化的了解、沟通、尊重、借鉴,促进和谐世界的构建;加强国际教育交流,促进各国教育事业的改革与发展;为国际人才交流创造条件,搭建平台。

多元文化教育的基点:第一,了解:加强对多元文化的了解;第二,沟通:加强不同文化之间的沟通;第三,尊重:尊重多元文化;第四,吸纳:借鉴多元文化促进本民族文化的发展。

教育机构进行多元文化教育的原则:坚持开放性;强化工具性;突出融合性;保持民族性。

中国教育的发展无法置身于多元文化背景之外,在今后的发展中,中国坚持中国特色社会主义路线,坚持解放思想,坚持改革开放,随着中国和平发展步伐的加快,多元文化教育将会更加广泛更加深入。

日本女作家金子美铃写过一首著名的诗,题目叫做《我和小鸟和铃》,写道:

> 虽然我展开双臂,
> 也绝不能飞上天空,
> 会飞的小鸟却不能像我,
> 在大地上奔跑。
> 虽然我晃动身体,
> 也不会发出美妙声音,
> 会响的铃却不能像我,
> 会唱许多歌谣。
> 铃和小鸟,还有我,
> 大家不同,大家都好。

多元文化教育最终让人们树立这样的信念并代代相传:大家不同,大家都好!

增强教育文化的融合与认同

上海市教委副主任　尹后庆

今天非常高兴参加多元文化融合国际教育研讨会，并且非常地受启发。胡卫先生让我点评，我觉得无法点评，很多真知灼见还需要学习、消化，很多问题还需要深入思考和探讨。我从大家的发言中抽取几个观点，共享和探讨一下这些大家形成的共识。

首先，大家一致认为，全球化浪潮滚滚而来，国际化步伐务必加快。我注意到好几位发言者都提到弗里德曼的一本书——《世界是平的》。这本书对我们思考全球化有很大的帮助。作者从信息技术发展带来的全球经济一体化出发，提出很多与此相关的社会问题。全球经济一体化借助于技术的信息化，它们正在改变今天文化信息的储存和传播方式。因为文化信息的储存和传播方式正在发生革命性的变化，由此也带来了国家之间、民族之间、团队之间、人与人之间关系的深刻变化。哥伦布发现新大陆后完成环球旅行回到西班牙，他对西班牙国王、王后说，地球是圆的。今天，我们借助于计算机及网络技术，所有的信息不论发自于世界哪个角落，一瞬间，全球的任何地方都能获得这一信息。它能够跨越千山万水、跨越原来人际间的层级关系，所以弗里德曼得出了这个结论——"世界是平的"。

因为世界是平的，它增加了人类交流的几率，因此人际关系的格局发生了变化，这对经济、社会、伦理、人际关系等带来重要影响。我们今天尚未完全认识这种变化对我们意味着什么。

今天上午两位教育行政官员的发言对上海教育国际化程度的提高提出了紧迫的任务，也提出了如何实施的一些具体对策，尽管这些对策仍需要我们完善并认真实施，但是当下的现实是：来自境外的学生不断增长，使得我们上海的教育服务必须满足不同层次、不同文化学生的需求；全球经济一体化、经济和社会迅速发展的背景给教育带来了巨大的矛盾和压力，为此沈主任和竺局长提出的问题值得我们上海教育界

同仁们深入思考和实践。

其次，东西方文化教育之间有差异，但不应有鸿沟。它们的融合应该是水的融合，是看不见的；不是凑合、叠加，而是整合。比如协和和耀中学校的实践，都表明在沟通平台基础上，通过各种方式推动这种融合，创造了很多有效的办法。又如耀中学校的双校长、双教师制度推动了学校管理中和课堂内不同文化背景师生的融合。

第三，差异客观存在，包容至关重要。文化差异是历史形成的，是因为地域、地理环境带来的种种因素形成的，是不同民族的历史传统及生活习惯造就的。因此，差异是历史的、地域的、民族的。同时，不管今天全球化背景如何，具体到个人的时候差异又是个性的。全球化不会也不应抹杀差异，消除差异。但是因为交流的频繁，差异更加明显，冲突的几率增加，因此沟通和包容显得更为重要。

举例来说，我曾和几个朋友在青浦区淀山湖边游玩，有人提一个问题让大家回答：坐在湖边，你会想到什么？一个朋友回答道：看到宽阔的湖面，心情非常舒畅！蓝天白云，湖上点点白帆，非常漂亮。如果经常有时间在湖边坐坐，生命会得以延长。另一位朋友说：宽阔的湖面是最好的资源，非常希望到银行贷款买条船，撒网捕鱼，卖鱼赚钱之后再投资买船，形成船队，然后再建造生产鱼罐头的工厂，把产品卖到美国去。这两人的回答迥然不同，一种是审美的思维方式和人生态度，一种是现实的、功利的思维方式。因为他们职业的不同，形成了各自独特的思维与行为方式。这两种方式都有它存在的客观性。就如同上午发言者中有人说：学校文化是学校员工的行事方式，形成或改变人的行事方式很不容易。因为所有人的家庭背景、生活经历、所处的民族文化背景的不同，决定了个人的行事方式。但当我们需要共事的时候，大家必须部分改变自己的方式，服从于共同的规矩。同时又必须包容他人，在同一规则下，允许那些无碍大局的个人行事方式的存在，保留自己独特的一面。包容性大，才能避免文化霸权主义与文化部落主义。

第四，如何在学校增强教育文化的融合与认同。我想主要有这些方式：（1）彰显学校的价值观和目标，让选择学校的家长在认同学校主题价值观和目标的基础上作出教育选择；（2）通过我们的工作，让学生家长和教师认同学校的目标；（3）尽可能创设除了核心课程之外的多样化课程，满足个别化的需要；（4）设立教学规范，开展教学评价，当然，教学规范和教学评价都应能体现学校自身价值观与多元文化；（5）团队形成合作沟通的机制，在这个机制下推动教师专业发展；（6）让家长有充分的表达和参与的机会。

最后，我希望今天的研讨不是研讨的结束，而是在形成共识的基础上，继续讨论的新的起点。谢谢大家。

从"取长补短"到"取长增长"

上海市教育学会会长　张民生

会议聚焦了很多具体问题，如教师专业成长、教学管理。所有的问题都围绕并落脚为一个主题词——教育的国际化问题。沈晓明教授对上海教育国际化提出了一系列的要求与看法。那么什么叫教育国际化？

什么叫国际教育？今天讨论的成果对我们推进未来工作的聚焦及其阻碍在什么地方？这些都引起我的思考。

上海作为中国改革开放的城市，在我们提出并贯彻教育的"三个面向"过程中，吸引了很多境外人士，在中国教育的本土上，要进行其他国家的文化教育。很多外国教育机构在中国落地生根，有美国学校、德国学校、新加坡学校、日本学校等等，这是其他国家人士为适应自己国家孩子的教育开办的学校。随之是我们中国的学校开办国际部和随班就读，这就形成了一个新的格局，即中国本土与其他国家教育共同成长。而且社会经济的发展也催生了新的需要，很多国内家长希望自己的孩子长大后出国求学或者为了更好地与世界接轨而乐于接受国际教育。这些学校采用各种课程、运用各种语言对孩子进行培养，从而使得上海产生各种类型的国际学校。这是我们上海乃至中国教育中的一种新现象，也是我们对国际教育一个直观层面的认识。

国际化教育的第二层面是取长补短。中国本身有比较完备的教育理念、课程与方法，对外开放后，各国的教育纷纷进入，对我们教育改革方方面面产生影响，如课程、教学、管理等。促使我们的教育内涵也发生了变化。如何取长补短，促进我国人才建设的现代化是我们面临的重大课题。从这个角度理解国际化，我们有能力有可能取长补短，提供优质的国际教育。胡卫所长带我参观的他新办的一所学校——上海协和双语高级中学，就是一所非常有特色的国际学校，不仅反映了我们当前的教育成效，也能很好地体现我们国家教育面向世界、多元服务的概念。

但国际化教育还有第三个层面，即着重强调如何吸取精华，不断增进、改善中国教育，达到超越。这不是用取长补短能概括的，而是"取长增长"！我们不能择其两端而取其中，因为中西方教育很多不在一个层面或者一条线上的，折中的结果往往是四不像，而且会弱化两者的优势。但取长增长的努力则可以达到超越。打个比方，混血儿往往能汲取两方的优点，身体更强壮、更漂亮，这是一个全新的超越母体的个体。我认为这才是国际教育所要追求的最终目标。国际化教育不是中国人穿件外国衣服讲外国话，也不是外国人穿着唐装讲中国话，真正的国际教育可能就是中国人穿中国衣服讲着中国话,但他的思维方式、包容性、创造性则超越了任何一种单一的教育。我们需要更多地思考如何立足本土,创造出更好的基因优化的教育,让学生受益。不要搬过来搬过去,仅仅是拼凑。融合决不是简单的加减,更多地是在教育理念上的一种理解与创新,例如 IB 与国内课程的有机融合。

真正做到立足于众多优秀文化基础上,形成创新的基因优化的新教育理念和教育措施,对整个教育事业产生重要贡献。这需要做很多事情,但是我认为最重要的部分是教师培训!如果教师本身不懂得融合,而只会用两种语言进行教育,那充其量仍然是混合而不是融合。我们要求的国际化教师应该是追求"本土文化,兼有国际视野"的教师。为此,我们任重道远。

主旨发言

三位嘉宾以不同身份与文化背景作了主旨发言,从不同角度阐发了对国际教育的思考。

多元文化融合:教育国际化的机遇

上海市教科院民办教育研究所所长　胡　卫

一、教育国际化的动因

教育国际化的动因主要有三个方面。

1. 全球化的进程。可分成三个阶段:1492 年哥伦布远航,地理大发现;1800 年工业革命,形成全球市场;2000 年信息社会,个人和团体在全球范围内亲密接触。全球化使不同的国家之间的交往成为可能,地球村的发展态势俨然成形。

2. 中国人的历史追求:实现发展和现代化。从公元元年到 19 世纪,中国一直是世界经济和文化大国。但1840年以后,由于众所周知的原因,中国错过两次发展机遇期。直到20世纪后期,中国抓住了一次难得的历史机遇,果断实行改革开放,并且提出了"科教兴国"和"人才强国"的伟大构想,从此中国教育获得了迅速的发展。上海明确提出了到2010年率先基本实现教育现代化的目标。某种意义上说,现代化就是国际化。

3. 社会的多元化与个人诉求的多样化得以体现。在保障公民受教育的权利基础上,满足越来越多的家长为其子女选择开放、多元和有质量的国际化教育的需要。

二、教育国际化的理解和实践

全球化浪潮冲击下,教育国际化不再是一种理想,而已成为一种现实。

我参观过一家在黎巴嫩诞生的有百年历史的教育机构,过去的90多年总共才办了两家学校,但近10年中却发展了近百家教育机构。在参观其在阿联酋迪拜举办的一所规模相当大的学校时,了解到:该校的教师一半从全球招聘,一半来自本土;学生有相当一部分来自在阿联酋工作或居住的境外人士子女;教育公司的总部设在美国,并负责教材研发,教材印刷外包到菲律宾。黎巴嫩是这家教育机构的诞生地,负责IT系统(资源系统、分析系统、矫治系统)的开发,系统的一些模块被外包到印度(印度已成为世界上最大的外包服务中心,美国有许多会计事务所把税收申报等工作都外包给了印度);制度研发被安排

在阿拉伯联合大公国部分,各种教育教学设备设施在中国采购;除一年一次把全体校长召集起来开会以外,平时都是利用 IT 进行视频会议或传递各种资讯;校长由总部负责面向全球招聘,并在经过培训后派往各国的学校。

该机构给我最深的印象是,阻隔国与国的界线被打破,地球已缩小成了微型;全球的教育资源被有效利用,并得以整合;世界的竞技场被碾平了(即使在战火纷飞和动乱的中东,个人电脑、光缆、工作流程的软件的综合产物,使得管理部门、学校、小团体和个人之间照样可以亲密合作和有效工作)。

上海的教育如何回应全球化的挑战,是摆在我们面前的一个重要课题。我认为重点是两个方面:一是全球流动的教育资源如何有效利用和整合;二是国际化教育成果如何有效辐射。

1. 全球资源的有效利用和整合

我和我的团队在过去的四五年中一直致力于东西文化融合教育国际化课题的研究和探索,下面介绍一些我们的做法:

第一,科研和国际化教育的实践相结合:制订国际化教育的相关标准;把现代信息技术手段运用于管理和教学(系统开发:资源系统,分析系统,矫治系统);科研人员和教师结合,构建合作学习的平台。

第二,全球资源集聚整合——校长遴选,教师招聘,课程引进,培训委托(PGCE),鉴证评价。

资源聚集不是简单的拼凑、叠加,而是在确定教育的价值取向的前提下,把中西文化有机加以融合,做到优势互补(不是一种文化强势主导,而是多种文化平等融合)。

➤ 中西融合:校长共治,教师合作教学,课程有机结合,教师专业发展平台共建,教学方法教学组织形式的相互借鉴;

➤ 优势互补:世界各国对教育目标的认识已日益接近,都聚焦到开发学生潜能、发展学生创新能力上。但由于文化背景的不同,教育的路径和方法还是截然不同。

中国——重视教师的教,重视教学内容的研究,重视集体团队认同,重视知识掌握;

西方——重视学生的学,重视学习过程的研究,重视学生个性发展,重视能力培养;双方优势集合起来,就能达到相兼互补之目的。

国内部和国际部相互学习和借鉴

国际部员工在哪些方面 可以向国内部员工学习	国内部员工在哪些方面 可以向国际部员工学习
如何在课堂中创造一个更有纪律的课堂氛围	◆如何创造一个更加宽松的氛围以提高学生的课堂积极性
整班教学及教学方法	◆分组教学及个性化的教学方法以支持和满足个别学生的学习需求
竞争性的学习以增加效率,提高学习积极性	◆合作学习以珍视每个学生的教育
保证使学生在学习中有一个扎实的文化知识基础	◆在课程中用探究性的方法或通过解决问题的方法学习
使用教科书夯实学科基础	◆在教科书基础上创造性地学习
分科教学的课程内容	◆综合主题教学的课程内容
加强爱国主义教学	◆加强国际主义教学
通过测试注重学习结果	◆注重形成性评价,减轻学生负担
通过公开课等方式加强评价和督导	◆把评价作为教师自我反思和发展的有效途径

2. 国际化教育成果的有效辐射

第一,培养世界公民:具有世界眼光和胸怀,分析问题解决问题的能力,人际交往能力和表达能力。

第二,中西文化融合的教育不仅有利于学校水准的提升,而且有利于区域国际化水准的提高(人力资源的聚集,资金的聚集,文化的积淀等),更是海纳百川、兼容并蓄海派文化特色的体现,也是对世界教育发展的新探索。总之,国际化教育成果的有效辐射是教育国际化的重要标志。

三、教育国际化的重要特征

1. 多元:文化多元;进口多元;课程多元;出口多元;目标多元;提

供服务多元。

2. 包容：理解，欣赏，悦纳；尽量做到"道并行不相悖，万物并育不相害"；和而不同，同在和中。

3. 质量：以人为本，尊重差异，开发潜能，多元发展。

4. 创新：20世纪初，胡适为代表的文化自强者曾说过："以他人之长，补我们国家所不足，庶令吾国古文明，得新生机而益发扬光大，为神州造一新旧泯合之新文明。"

在全球化广阔的背景和数千年历史文明深厚传统的关照下，我们相信一定能促使上海文化教育事业得到更协调的发展和整体的跃升。

国际教育的区域推进模式

上海市闵行区教育局局长　竺建伟

20世纪末，经济、文化等领域的国际化趋势日益显著，包括基础教育在内的教育国际化也逐渐形成一种发展潮流。教育国际化既是经济、社会问题全球化和世界经济发展一体化的迫切要求，也是信息时代的必然产物。

在多元文化融合的背景下，如何实现本土教育与国际教育的平等对话和交流，如何应对基础教育国际化带来的机遇和挑战是当前基础教育改革与发展的重大课题。下面就我区在推进区域基础教育国际化方面所做的思考和探索讲三个问题。

一、闵行区外籍学生接受基础教育的三种模式

闵行区现有各级各类公办、民办学校286所，有9所国际学校、1所台商子女学校。我区的公办、民办学校中有14所具有招收外籍学生的资质。目前，全区总共有中国学生14万多人，外籍学生和港澳台学生8 000多人，是上海市外籍学生相对集中的地区之一，区域国际教育已初具规模。

闵行区外籍学生接受基础教育有以下三种模式：

1. 国际学校模式

所谓"国际学校"模式是指在我区的华漕地区，外商投资开办的符合自己国家特点和子女需求的国际学校，如美国学校、英国学校、新加坡学校等，从而使华漕地区的基础教育有了国际化色彩。其特点是：有一定的规模，开设国际教育课程，中外学生交流融合。

2. "协和双语国际教育"模式

随着上海现代化国际大都市建设步伐的加快，外籍学生接受国际教育的需求越来越大，优质公办、民办学校如协和双语学校，接受外国学生（800多人），按照学生的需求开展相对独立的国际教育，且数量达到一定规模。学校根据这些学生的特点和需求开设课程，为他们提供个性化的教育服务。中国学生和外国学生既相互独立学习各自的课程，在学校统一安排下又有中外学生之间的相互交流，中西文化得到交融。

3. "随班就读"模式

"随班就读"模式的特点是：外国学生依据他们的生活区域和选择，按自己的需求和语言能力插班到本土学校，接受中国化的教育。这些外国学生和中国学生接受的教育内容完全一样，中外学生在学习过程中相互了解、交流和包容，共同促进与发展。

二、闵行基础教育国际化产生的背景和意义

1. 闵行基础教育国际化是上海国际大都市建设与发展的必然要求

全球经济一体化、投资贸易的自由化必然导致不同文化的相互激荡、相互交融。教育作为传承文化的一种载体,加强了国际间的合作与交流,加快了国际化的步伐,是历史发展的必然趋势。正是在这样一种大的背景下,闵行区作为上海国际大都市的一个新城区,同样参与了经济全球化、教育国际化的历史进程,形成了具有闵行特色的区域国际化教育的基本框架。

2. 独特的区位优势是闵行基础教育国际化发展的基础

闵行基础教育国际化的发展,主要得益于其独特的区位优势。闵行区位于上海市西南腹部,地处上海的近郊,是上海市重要的对外交通枢纽,也是上海主要的工业基地、科技及航天新区。2001 年以来闵行先后被评为"国家园林城区"、"国家卫生区"、"国家生态区",荣获"中国人居环境范例奖"、"联合国迪拜改善居住环境良好范例奖"。闵行将越来越成为高素质人口和外籍人口理想的集居地,这些都是基础教育国际化发展独特的区位优势和基础。

3. 需求的相对集中促进了闵行基础教育国际化

随着闵行经济的发展,本土居民对教育提出了更高的要求,尤其是对教育的国际化、教育与国际接轨这方面,很多家长都提出了很高的要求,小留学生热、境外高校招生热等都表明了本土学生国际化教育的需求旺盛。

另外,外商云集的闵行还形成了一批国际社区,境外人士接受国际教育的需求也很大。其中,闵行有境外中小学生 8 000 多人,占上海市境外中小学生总数的 40%左右,是国际教育需求相对集中的地区。

由此可见,闵行基础教育国际化是紧跟时代潮流、应对发展挑战、发挥区位优势的结果,有其历史必然性,有多方面的意义和作用。

第一,基础教育国际化提高了城市国际化的程度。比如,在我区的华漕等地区,境外人士相对集中,形成一批国际社区,这些境外人士"自发"开办的国际学校集聚在一起,形成了规模效应,解决了其子女就读问题,由此吸引了更多的境外人士投资、入住闵行,带动了区域经济的

发展,提高了城市国际化的程度。

第二,基础教育国际化丰富了素质教育的内涵,促进了基础教育的改革与发展。一方面,在全球化进程日益加快的今天,面向世界的现代人各种素质中一个最显著的特点就是必须具有国际意识和国际交往能力,而这种素质只有在国际教育的实践中才能培养。离开了这种教育实践,一切关于国际意识和国际交往能力的素质都是空谈,所以,基础教育国际化丰富了素质教育的内涵。另一方面,基础教育国际化也同时促进了基础教育的改革和发展,首先,国际交流开阔了我们的眼界,使我们看到天外有天,从而产生了不断改革创新的动力;其次,发达国家的现代教育理念、教育教学手段及管理模式极大地丰富了我们的经验,在教育改革的方向和道路方面提供了值得借鉴的宝贵经验,使我们的基础教育可以少走弯路,实现跨越式的发展。

第三,基础教育国际化是闵行教育现代化的重要组成部分。在全球经济一体化的进程中,基础教育国际化是教育现代化的必然趋势。闵行作为国际大都市一个新城区,在发展过程中,应该提供与外国学生教育需求相适应的国际教育服务,同时在多元文化融和的背景下,应该培养国内的学生国际视野和国际理解的观念,树立文化交流的意识,以包容和开放的心态加入到教育国际化的发展中去。

因此,促进基础教育国际化,是推进我区基础教育改革与发展的一个战略、一种手段,体现了闵行教育自身发展的内在要求,是闵行基础教育现代化的重要组成部分。

三、区域推进基础教育国际化的策略思考

综上所述,推进基础教育国际化是世界潮流。我们认为,现阶段区域基础教育国际化一般包括三个方面的内容,一是为外国学生提供国际教育服务的能力,二是本土学校具有国际视野和国际交流与合作的意识和能力,三是培养的学生应该具有国际意识、国际理解和国际交往能力。为此,我们一方面要努力为境外人士提供国际教育服务,另一方面要用教育国际化的理念来认识并重新审视目前的本土教育,并指导以后教育的改革与发展。

1. 提升闵行国际教育服务能力

闵行教育在新一轮发展中,必然要融入更多的国际元素,所以我们必须站到历史的高度,用宏观的眼光审视和把握目前基础教育国际化的发展历程,借鉴国际、国内区域基础教育国际化的成功经验,在此基础上结合我区经济、社会、文化发展态势,结合本区基础教育国际化的实际,为我区基础教育国际化确立目标,科学规划基础教育国际化的进程,鼓励和支持民间资本投入国际教育,充分利用民办教育体制机制上的优势,提升闵行国际教育服务能力。

2. 加强国际学校与本土学校的融合互动

教育国际化的一个深远意义就是要促进国际间不同文化之间的交流和理解。闵行是国际学校和外籍人员相对集中地区,国际教育的交流和合作十分便利,我们要充分利用这一优势,为本区域内的国际学校创设平台,增进双方的理解,促进国际学校与本地学校相互借鉴,相互学习,融合互动。我们希望,通过学生之间、教师之间、学校之间的多形式的交流合作,促进本土学校和国际学校的共同发展。

3. 学生的培养目标要体现多元化和国际化

基础教育国际化要求我们不仅要培养学生国际意识,增进国际间的理解,而且要培养学生将来在国际社会环境中生活、工作所需要的知识和技能,也就是要培养面向世界的国际公民。一是培养学生既能保持中国文化的个性,又有深刻理解多元文化的能力;二是既培养学生的爱国之心,又从整个国际社会和全人类的广阔视野出发,陶冶学生的人格,使其避免仅从本国利益出发来判断事物;三是使学生深刻理解多元文化,培养学生在国际交往中充分沟通思想的能力。

4. 建立与国际接轨的课程体系

文化融合的重要载体是学校课程。我们目前的课程缺乏选择,存在单一和单向的问题,不能适应国际教育的需求。因此,我们的课程体系建设要围绕国际化的培养目标,我们的教学内容要与国际教育接轨,要充分借鉴先进的国际课程,同时赋予学校更多的课程设置权,让学生懂得更多的国际惯例,有为全球服务、向全球开放的观点。

5. 建设一支适应教育国际化的师资队伍

教育国际化是一种趋势,也是一种新的挑战。首当其冲的便是师资队伍建设,包括国际化的教育理念的学习和外语应用能力的提高。这就要求我们的校长和教师不仅要有良好的学科素养,还要有开阔的国际视野、先进的教育理念,以及对中西方文化的差异的认同和理解。在师资培训过程中,有意识地增加国际教育的内容,为国际教育准备足够的人才,提升教育国际化的水平和层次。

中西教育的优势互补

英国皇家督学　Trevor Higginbottom

早上好! 我感到很荣幸能够受邀演讲这个深得我心的题目。由于全球化的进程,东西方的教育工作者们应该更紧密地联合起来,把全世界的孩子们培养成未来的地球村公民。我的职业经历让我得出了这样的结论。在我职业生涯的早期,我从事的是现在看来相当狭隘的国家课程体系,与其他国家的教育同行们没有任何深度接触。我的第一次东方之行是作为英国皇家督学到台湾考察,在那里我看到了小学阶段分科教学和整班教学的优势,这对后来英国国家课程的建立产生了深远的影响。

然而,当我于 1992 年步入国际教育领域,即加入亚洲最大的国际学校联盟香港英基教育集团担任高级教育官员的时候,在整整七年时间里,我没有看到任何所谓的国际教育和当地教育的互动。我很担忧的是,英基教育集团所属的任何国际学校师生很少接触香港学生。英基的学校开在香港这个振奋人心的城市里和开在伦敦没有任何区别,也不对当地的中国学生辐射任何影响。在我看来,这是重大遗憾,因为东方的教育是那样的令人印象深刻。

1999 年,香港教育署署长罗范椒芬女士邀请我出任一个特别项目主管,负责在香港公立学校中推行外籍教师的教学,我开始真正了解了东西方文化融合所产生的魅力。从前,这些外教在当地教书,是"独行侠"，很少和中国同事沟通，他们的工作热情低，稳定性也差。在我们的项目里，20名外籍教师和20名香港教师互为搭档，在全香港各地区的公办学校开展尝试性教学。作为项目主管，我欣喜地看到，中外教师互相学习，取长补短。外籍教师除了在语言上略占优势之外，教育教学上并没有体现出比中方同事高出一筹的迹象。这支中西合璧的教学团队创造出的很多教学方法如今为很多香港的中小学所采用。我觉得也许这是上海的部分学校也可以考虑采用的。上周三在上海听的一堂课中，我很难过地发现，外教仍在孤军奋战。

2003年，我加入了上海协和教育集团，我欣喜地发现，集团所属的国际幼儿园在陈晓韵女士的领导下，已经采用了中西方教师合作双语授课的教学模式。同年，胡卫先生和我共同创办了协和双语学校，在该校中同时设有国际部和国内部。我知道在座的各位中也有已经开始采用这种方式的。

很快，这种教育模式的优势彰显出来了。西方教师从中方教师身上学到了如何创设更为注重学习成效的课堂氛围，通过竞争性学习手段提高学生注意力水平和学习动力，如何通过加强听课评课和团队教研提高教师的班级授课能力。这里有一句英国教育家大卫·霍普金斯的名言："课程改革是否真正有效取决于在班级层面的影响。"他的观点是对教学的课堂评价是学校发展的核心。

在这所新学校的国内部，学习型机构的氛围很强。这里有加拿大教育家安迪哈格弗的名言"学校应该是员工学习和成长的机构"。后来我发现，在上海的很多中国学校，员工专业成长的氛围都强于大多数西方学校。

当然，中方教师也有很多可以从西方同行身上学习的内容，比如小组合作学习策略、探究性学习为主的解决问题方式、对教学材料的选择性使用、综合主题教学方式和现代化的学校中高层管理人员能力等。

在两部共存的学校中，中外对话得以加强。例如，我们在学校里建立了教师专业化发展中心，加强合作互动；我们建立专门的工作小组，研究双语教学的各项教学策略；我们在国内部一年级设立实验班，加强综合主题教学的实施；我们对中外合作教学设定了评价标准，确保中国员工承担平等的教学责任，两部共同进行跨部教学评价；设在校内的语言文化中心为两部中英文双语的补充学习起到了重要作用。现在我们正在制定协和教育集团下属中小学的英语教学规范，把中西方的优势教学法结合起来。

中西方文化融合创设了良好的学校氛围。学校文化是个有魔力的字眼，它是"学校员工的行事方式"，有人甚至说"学校领导要做的唯一重要的事情就是建设学校/课堂文化"。在上海国内学校的听课经历中，我经常为这种积极向上的学校文化所折服。在西方国家，例如英国，令中小学教师头痛的课堂纪律问题在中国学校似乎完全不是问题！这种课堂文化的中外差异很值得成为研究者的课题。这是否也是文化价值观体系甚至家庭伦理价值的体现呢？

总结一下，我希望在未来中国，国际教育不再像前面提到的香港英基学校那样成为孤岛，恰恰相反，国际教育力量应该在这片快速发展的热土上扮演更为重要的角色。我认为国际国内两部共存的教学模式应该为更多的学校所采用。这种模式让中外师生得益。国内部的学生从外籍同学身上能学到更多"全球化视野"，西方学生能从中国同学身上获

取对这个发展极为迅速的国家的认识。教师们可以经常交流思想和教学方法，甚至合作教学。一位极具视野的教育家劳伦斯·斯德豪斯（很可惜他过世很早）说过，"只有教师真正理解了学校的理念才能最终改变学校"。他的观点是只有给与教师们更多的时间来反思他们的教学，才能使他们成为更有创造性的实践者。在上海的很多国内学校这已经成为事实。促进中外教育工作者之间的对话和合作，无疑能够提升上海的国际教育层次。

最后，关键是西方教育者不能低估中国的教育质量，要更努力地学习在这个国度发生的优秀教育实践。如果要我提名我所见过的六所最好的学校，两所（1/3）会是中国学校。正如我在开头讲过的，中西方文化融合是教育全球化的重要进程。我知道你们中的很多人正在实践这个重要过程，我向你们表示祝贺！你们已经都是地球公民，是你们的学生的良好榜样。我希望我自己也能成为你们中间的一员，和你们共同努力。谢谢！

学校探索

几位中外国际学校的校长或教育管理者从各自的角度探讨了他们的办学理念、实践经验，包括教育鉴证、课程变革、师资建设等等。

让孩子在东西交汇中成长

上海美国学校校长　Larkin

非常广泛的题目。和大家分享教育上的看法。希望不要开罪任何校长、任何人。

用个比喻：两条大河流入大海，汇聚点是水的相互交融，彼此交汇。东西方的文化融合也是如此。东西方价值观能相互融合。

就我个人而言，学校两个校区一个理念——为我们的孩子提供高质量的教育！

孩子家长希望孩子能干什么。家长是以自己的教育经历来设定对孩子的教育期望的。但事实是现在社会已经发生了很大的变化，要让我们的父母理解我们的做法。

在水的交织交融中，东方家庭要求孩子达到最好，(东方价值)取得学习成绩 A+，考了 98 分，希望能得 99.9 分，要竞争，要求在竞争中拔得头筹。在国家考试中，大学录取名额有限，因此必须是最好的学生。在国内高考中获得较好排名，才能进入理想大学：我不是要画一个分水岭。

西方家庭关注的更广泛，成功不仅仅看你在教室里如何，希望学校能让孩子发掘各种发展机会，每个人都能发现自己。孩子的个性、独特的做法是他们希望看到的，独特的需求必须得到满足。我们还要看一下水下的激流，一些看不到的东西。比如你想要孩子得第一，孩子会很辛苦。英国 K-12 把学校经历作为一个过程，西方家庭能接受不同结果。一方面要满足家长苛刻的期望，学校会牺牲太多。

我们回到课堂，就能看到更多。如很多作业、考试，家长间的诉求不同，教师该怎么办？这是学校时时面临的问题与挑战。这些交织、冲突在国际学校无处不在，也是我们要时常考虑的，学生也是两难的。

创造性能力、解决问题的能力究竟有多重要？从东方角度，学生的底线是成绩必须要好，是教育环境不断变化要必须面对的。

我们的做法：

■ 学校是个学习团体，对我们来说学生、教师与家长都在学习。尤其是后者，我们有流程让家长参与进来，这是我们的使命，让家长参与进来培养孩子。如有 100 多个家长参与的活动，非常成功。学生的课程成绩很重要，但学生的兴趣与能力更重要。

■ 汉语课程：我们制定了学习远景，写下来，而且有基准。对于中国教师，我们的变化是业绩评估。与东西方教师合作，也与华师大共同合作，"传帮带"模式。此外，在课外活动中也鼓励家长参与。

■ 在专业技能培训上以有意义方式结合。有一个研究生项目，与普利茅斯大学合作。有读书俱乐部，看看碰到的共同问题。

国际学校每天碰到交汇情况，我们有远景，也有具体目标，东西方彼此学习。让所有人都能参与对话。我们作为国际学校希望孩子为未来做好准备。东西交融是不可避免的，是全球化进程的一部分。

国际教育的鉴证工作

全美私立教育委员会主席　Don Petry

我主要谈谈关于鉴证问题以及在国际教育中的作用与意义。

鉴证与目前世界的现状与发展、热点问题有着密切关系。

首先看看全球现状：如果全世界能提供1%捐费就能为所有文盲提供教育。世界最有钱的机构是企业，如果沃尔玛是国家，它会是全球第八个经济体。全球化带来了很多问题，我们不能防止也不能倒退，而只能应对挑战。

我们需要民办教育的发展，不仅是中国的问题，也是世界问题，融资进入教育领域。民办教育的发展机会很好，但也要有信誉、质量。鉴证工作就是为了提供这种标准，标准不断发展、修正。鉴证工作的另一个职能是通过服务促进教育发展，如对老师进行培训。在全球都有必要建立老师的诚信，这点各地区有自己做法。但现在工作需要跨地区了，有必要建立一个跨地区的鉴证机构。这还是一个比较短期的想法，因为鉴证工作是国际化的。

CITA项目在中国业务有很快发展。对我而言，我已经去了50个国家。各个国家对项目做出了很大反应，如埃及；对幼儿园也进行了认证，包括阿联酋、印度等国家。中东地区局势紧张，但增长最快的依然是教育。我刚去了俄罗斯，需要对160多个国家进行认证，在非洲也是如此。鉴证机构不断发展，我们很快能看到亚太地区认证委员会将建立，这不是偶然的，中国会成为其中的一个中心。中国发展迅速，我们的国际化视野也不断发展。

美国的做法是这样的：对 CITA 提供支持。对使用鉴证项目改革教育十分热衷。政府通过法律建立相关标准。今后我们搞市场经济，要求学生成为国际公民。仅是课堂教学是不够的，需要旅游，与国外学校交流。如到美国各城市访问，可以和协会联系。我们每年有两次安排。

网络课程与远程教育都需要认证工作，在这些方面我们都开始尝试建立标准，尤其是协和教育集团。

迄今为止，鉴证工作做了四件事：第一，通过鉴证对我们学校提出了评估；第二，通过自我评审，对自己系统了解，建立了五年规划；第三，将民办学校按照办学质量进行了排名；第四，上海市政府更重视鉴证工作，并开始着手建立相关标准。

多元文化促进学校变革

上海市上海中学校长　唐盛昌

经济全球化进程加快，国家、民族合作与交流日益频繁，文化多元性已作为一种客观存在越来越受到广泛关注。

多元文化的碰撞、交流、合作与交融，必将推动学校教育产生深刻的变革。

课程、信息平台、学校管理将成为多元文化冲击下学校变革的重要内容。

一、多元文化促进学校课程建设

学校课程是学校进行文化传承与创新的核心载体，在多元文化的冲击下，必然要求学校课程合理吸收各种文化的积极能量。

加强对不同国家与地区的课程学习与研究，可以对多元文化有更为深刻的理解，从而可以在分析、比较的基础上取长补短，推进学校课程文化的革新。

对多元文化的尊重与理解，必将推进学校课程的选择性，而课程的选择性又为多元文化理解与交融提供了更大的可能性。

上中国际部提供了四类课程供学生选择：类美国课程、中国国家课程、沪港组合课程、国际文凭 IB 课程。对各类课程实施的过程,也就是对多元文化学习的过程。

在实施美国等文化课程的时候,会遇到一系列的问题,如来自不同文化背景的学习者对其理解是不一样的, 而这种不一样正是不同文化的冲突与整合的反映。

对这种不一样的挖掘以及寻找不同学习者在理解某一类课程(如美国课程、IB 课程) 一致的地方成为国际学校课程建设必须思考的课题。

需要加强对不同类型课程以及其隐含的文化形态的学习与研究,编写出适合学校学生特点的课程学习指导纲要(包括指导思想、选择的内容、教学方式等)。

这种学习、研究乃至编写课程指导纲要的过程,就是对多元文化的理解、吸收的过程。这个过程会极大地促进我国学校课程的建设。

二、多元文化促进学校信息平台发展

现代信息技术发展带来的资源准无限性、时空准无限性、交流准无限性、探究准无限性,使多元文化的碰撞、交流达到了一个空前的高度。

多元文化借助于信息技术平台(如电脑网络,本身集报纸、广播、电视、书籍、音像等媒体特点于一身)得以迅速交流与传播,学生通过信息技术平台接触其他文化的影响大幅度提升。

锻造学生适应未来数字化环境所承载的多元文化带来的诸多挑战,加强学校信息平台的建设必不可少。

在信息平台的建设中,语言是一个值得关注的重要元素,语言作为文化的一个基本载体,在多元文化的交融过程中,对信息影响的作用是不一样的。

强势语言必然会产生相应强势文化的影响, 如电脑网络上传递的信息 90%以上都是英文的,这就决定了网络文化的主流是欧美文化。

学校信息平台建设就需要思考主流文化的影响,以及民族文化如何借助于网络的传递发扬的问题。

信息平台所传递的多元文化带有两重属性,均需要学校认真应对。

所传递的不同国家与地区的文化形态,需要学校引导学生在理解、尊重不同国家与民族文化的同时,树立学生对民族文化的自豪感。

所表达的文化样式具有多元特征,既可以表达精英文化,也可以表达大众文化、草根文化,认真分析学生喜欢在网络上表达怎样的文化,为什么喜欢表达这种文化形态,成为学校教育应当研究的课题。

在信息平台所传递的多元文化影响下,在现代学校会产生更多的交融现象,现代学校的一个重要特征是基于信息平台或数字平台的教与学,这促使学校在信息技术平台建设上迈出坚实的步伐。

三、多元文化促进学校管理改革

多元文化对学校的冲击与影响是多方面、多角度、多领域的。

来自不同文化背景的群体相聚在同一校园:中外教师融合、中外学生汇聚、中外学校交流、不同地区学生相会……

受多元文化的影响,学校成员思维方式、工作方式、生活方式、学习方式在不同程度上显现多元化。

学校单一文化背景模式的管理必然受到冲击,探索适应多元文化冲击、符合中国国情的管理新模式,就成为学校管理改革面临的难题。

促进契约化,营造法·理·情统一的管理机制。

促进跨国界与跨地区的学校认同。

开展多元文化理解教育,梳理并根植共同的文化价值取向。

正确应对多元文化的交流、碰撞,开展多元的学校活动方式,能使教师与学生对多元文化的理解达到新的高度。

开展两部交流。

开展不同国家与地区间学校师生互访。

开展不同国家与地区的文化展示活动。

主流管理群体应对多元文化挑战的正确导向,是促进国际性与民族性的统一。

吸收不同文化的精髓,去除糟粕。

把握自身优良文化传统,在与多元文化冲突中融合有价值成分进行创新。

形成自身有核心竞争力的学校教育文化品牌,在国际国内舞台上发出自己的声音。

结语

在多元文化的冲击下,学校应主动迎战而不是回避,积极探索、研究与实践。

应对多元文化影响的学校变革将对学校的现代化、国际化产生重大意义。

学校专业化管理体制和学校的有效运作

西华国际学校校长　Alfonso Orsinsi

我本身专业是学校专业化管理博士,做过很多学校的校长,对此有较多经验。

让我们首先探讨一个关于学校领导者的问题。在座很多人都是学校校长和老师,可以组成小组,互相学习。我个人认为中西之间文化差异逐渐减小,要研究多元文化的发展和融合,应该来中国工作。

一个学校领导者应该是什么样子,需要再通过一系列问题的讨论才能得到答案。

比如有一人,他的工作室位置在大楼顶层,豪华的办公桌似乎显示他的位置如在金字塔尖一般,此人自认为是个大人物。

另有一人,办公桌靠近门,里面办公桌很小,但是工作氛围良好,人们甚至可以不用预约,就可以进入其办公室。

前一人外人需要通过自动声讯系统尝试预约,如果可以找到人工联系方式,也需要经过层层保安,助理才有可能见到本人,也许还会被其拒绝。

而后者,很有可能每天看到他在学校门口迎接家长和学生,常出现在走廊、大厅、教室、餐厅等地方,和小朋友们一起吃饭,甚至有可能可以看到他在教室里上课。

那么30年后,将会发生什么样的情况?其实两者做的都是一种沟通,不管是正面的直接交流还是回避,都在传递一种信息:愿意和人交流,感到很有必要;抑或,我不愿意和人沟通,毫无意义。

总之,不同的做法绝对给人不一样的印象。前者给人的印象就是个大人物,威严精明,高高在上,拒人于千里之外,令人望而生畏,从而给人感觉是此人很不愿与人沟通;而后者就给人感觉非常热情、热忱,尊重学校里的每一个人、每一名员工。感觉此人总有时间,愿意与人沟通。

也许有人会问如何能做到这点,毕竟还要处理其他文件,时间如何分配的呢?是将文件都带回家吗?但学校就是一个人力服务机构,任何人都要经历这个阶段,不能回避,哪怕是美国总统。心理专家荣格说得好:人向前走的时候,并不能看到阳光照射下自己身后的影子,但是,其他人却都能看到。

作为学校的管理者,所说所做所表现出来的一切,都是一个学校的象征和代表,甚至包括其办公室的装潢、一些班级里的状况,都反映了整个学校的面貌。

下面,我们开始探讨为谁工作的问题。

学校的管理者是为谁工作的?直属上司又是谁?是董事会吗?只需要像个士兵一样只向下级传达他们布置下来的工作给学校吗?事实上,并非如此。虽然学校的管理者是对董事会负责,同时,还要为自己所作的决定负责,有时还可能会犯错,如果这时候,仅有自己一人,那将十分不利。所以学校的管理也不应该直接的自上而下做决策,学校总离不开老师、学生、员工、家长,作为学校的管理者,就应该做好这个沟通工作,既要将董事会的指示下传,也要将学校多方的意见上传给董事会,及时做好意见的反馈和交流。

像我过去有一次,曾经在一所学校只呆了一年,因为对上头的决策保留自己的看法,然而他们觉得这样是对上司的不敬。

所以我想,这不是我想要的工作环境。我认为一个好的学校里应该充满了随和和开放的舒适教学氛围,同时也保留了应有的理性管理和法制建设。另外,如何评价教师的教学工作呢?是常去巡视并根据学生的学习成绩来衡量他们。这在亚洲是十分普遍的做法,甚至在美国和其他西方国家也效仿起来了。但是事实上,还是导致亚洲的孩子没有西方孩子那样好的创造力,所以,希望今后中西方能取长补短,让亚洲孩子能有更好的创新能力。

现在美国有一部《不让一个孩子落后》的法案出台。这项法案非常有效果,因为它不只局限在单纯地靠一些数据来直接判断学生学业。

事实上,学校管理人员以及有经验的老教师都应该经常巡视其他老师的课堂教学,及时给予课堂指导,传帮带人。家长也应该和学生一起,对他们的老师做出合理评价。让学生也参与到评估老师的教学工作中来是非常有帮助的,特别是对于教师工作质量评估,是最好的方法之一。

当然太小的孩子无法做评估,但是一般从中学生开始,就可以参与在内。教师可以通过学生对他们的客观评价,来检验自己平时的教学工作,并能帮助自身工作得到改进,提升专业水平。根据我的实际经验,这样做的效果是很不错的。

那么,如何建立一个恰当的评价体系:仅仅找些书参考,或是利用周末请一些助理回来帮忙应付一番,还是应该让师生共同参与讨论先进教学方法的不同组成部分,以达到各抒己见的效果?

答案显而易见,并且应该在讨论完毕后将大家的看法整理出来,交给家长委员会等相关组织,而不是由校长本人单独决定。必须由一个团体一起去做好这项事情,单人策划方案得到的结果必然是不可靠和缺乏说服力的。

只有通过全体教职工讨论出来的方案才能显得学校的教师评估是一个具有良好完整体系的准则,与日常教学目标、方法、课程可以相一致,来检验教学效果。这才能体现教学工作是一团队合作的成果。

当然,美国大学也有教授提倡道德监督的,比如在每个教室里装上摄像机,可以监督每个孩子每个行为。但是若定下太多规矩,迟早会被打破,会有人犯规,那又应该怎么处理?所以正确的做法应该是通过教育,提高学生的觉悟和自我意识,才能让他们目标明确,渴望成为遵守纪律的好学生。我的妻子就是中国人,她与其家族成员都有不少交流,我认为中国人历来以律己、克制、坚韧等优良品质闻名于世,因此,我相信中国学生能够通过老师的循循善诱,培养出良好的行为规范。

最后,我们来谈谈如何去爱自己所服务的学校和教师这份工作。

教师员工、校长都应该真正热爱这份工作,而不是因被人凌驾于自身主观意识之上,认为必须这样工作才毫无热情的工作下去,这必定不能收到良好的教学成效。如果有同事不能很好贡献自己的力量,一定是他首先就没有相信自己有这个能力做好这份工作,并且不应该以压力大等作借口掩饰问题所在。

像我本人就很注意和家长学生之间的沟通,一旦要放假或有其他活动,都会提早和家长沟通好相关事宜。曾经我在青岛一个技术学校工作,即将放假之前,学生和家长对具体安排都不够清楚,我及时和他们做了交流,提供明确的信息,并且长期以来,一直坚持这么做。

我认为老师应当根据学生的需要,安排教学工作,而学校管理者更应该为方便教师开展教学工作服务,给予充足的资源和培训,而不是通过一些威逼压迫的措施,迫使老师维持正常工作状态。

培养学生的最终目的并不是为了求得最高的大学升学率,而是应该让学生进入不仅是最优秀,更应该是最适合他们的高校接受深造。另外关于师资队伍建设,不应该是将老师始终掌控在管理者手中,也不能培养一支急功近利的教师队伍。身为老师,应该是善良友爱,善于解决突发问题,并能教育出优秀世界公民的人。而事实上,世界著名大学里,

即使像在哈佛、普林斯顿一样的学校里，也会有品行很不好的学生存在，而相反，很多做出杰出贡献的大人物，也并不一定毕业于所谓的名牌大学。

在教育中，最至关重要的部分又是什么？是通过教育牟取暴利？教师在学校管理者面前恭恭敬敬、唯命是从？当然不应如此。教职员工应该有各自不同的观念和视角。

我年轻的时候，南部有一个校长敢于打破惯例，招收了第一个黑人学生。这样的人都很了不起，而很多人都希望可以成为一个杰出人士，成为很多人眼中的大师。而我的个人目标，并不止步于成为一个大师，更是希望通过学校教育的培养，让社会发展始终后继有人，等我将来退休，仍然有很多人可以继承我的位置，继续为社会和学校教育服务。

国际教育背景下的教师专业发展

上海瑞金国际学校校长　Kevin Purday

首先，我认为，在本国学习专业知识一定会比在他国学习获得更好的效果。两年前，我曾经在开罗开展过一个很大的项目，那边的老师告诉我，还是第一次正式参加这类专业培训，而不仅限于一些管理方面的探讨。

分析下来，由四个原因导致。第一，一般老师不会自费去参与培训，通常更希望学校可以承担其培训费用，至少相当一部分应由学校承担。但相对学校而言，教师队伍可能并非长期稳定的，有些只是一两年的合同，所以，学校会觉得教师方面培训的可行性不高。第二，半工半读式的培训，一般只适合在本国从事教育工作的老师，如果到了其他国家，会变得很不方便。第三，学校里的教师专业培训课程往往缺乏真正有经验的人士给予其正确培训。第四，很多评估活动，传帮带人、课程交流会通常仅限于会议形式，而不是通过专业培训的途径进行。

那么，究竟什么是教育的专业培训呢？虽然还没有全球性认可的统一定义,但基本可知,就是指帮助教师提升知识和技能,使其成为更加合格的教师,可从事各方面的教育工作。总之,该类培训应在今后的教师教育生涯中发挥重要的作用。在教师可以直接获益的同时,学生也可以间接地从中获益。当然,能切实帮助到老师和学生才是整个培训的目的所在。

另外,教育专业技能的培养具体指什么,意义又何在? 是否能将知识和技能分别加以分析呢? 对于后者,答案当然是否定的。

接受知识应该是技能培养重要组成部分,而技能发展又必须有足够的知识储备才能得到保证。比如说,儿童心理学知识是必须掌握的,但是要将其作用发挥出来,就必须和教师所掌握的教学方法相辅相成、连成一体才行。

众所周知,任何实践活动都根据现有知识才能实施,所以专业知识的培训,可能是与心理学、教育学、社会学知识息息相关的,而这类知识的掌握,一定会有利于教师课堂技能的发挥。如果这时候的专业培训只和行政管理,比如如何写报告、推荐信等知识有关,就会失去其真正的意义。

那么要如何做,才能进行真正的专业培训,并给教师真正带来专业素质上的提高? 这里,我有一些建议和大家分享: 首先,教职员工的培训,必须是学校领导工作中一项重要安排,学校不应总依靠外聘一些已经在外面接受过高等专业教育培训的老师,从而忽视了对本校老师的培训。事实上,学校和老师都应该把自身的专业提升和培训看做终身事业来对待和重视,无论其十分年轻或是经验十足,都不能停止对专业知识和技能的提高。

其次,有两个建议。第一,教职员工的培训应该形式多样,与各式教育团体一起合作,这也和会议中很多嘉宾都提到过的分享、合作、交流理念相一致。所在区域里,各校都应该一起参与,组成团队,一起分享各自的专业培训课程,到达取长补短的效果。当然,其中的协调工作就变得尤为重要,应该努力重视并切实解决好。如一个建议所说,最好能有一个规模较大的机构,将这些学校和老师都组合起来,一起进行培训和素质的提升。第二,是否可以通过一些高等学府,开设高质量高素质的教师培训课程。比如说,英国一所大学做过一个远程教育培训课程,和其他教授一起对老师进行远程授课,如果合作成功,甚至还能采用更加先进的设备,如卫星系统,来开设更多种类、更大规模的远程专业化培训。这样不但对教师有很多帮助,还能让其根据自身实际需要,进行自主学习,获得相关学位。

总之,关于教师专业技能提升,一项可行性很高的方法,就是将各自拥有的资源整合在一起,极有可能形成不可低估的综合力。作为一所国际学校的校长,我非常愿意为其他学校提供这类机会,共同探讨,以谋求更多更好的发展。

中西文化融合的课程与教学探索

协和双语学校　Roger Sinnett

国际化学校实施国际化教育有很多不同的模式和途径。从不同的角度出发,可以设计不同的课程及教学重点,这些课程分别满足不同的学生学习需求。在全球范围内这种多元化的趋势越来越明显,而我们大家所从事的国际化教育都是其中的一个维度。

我们到上海来的目的是什么?我们到这个研讨会来的目的是什么?我们不是来互相评分比高低,而是来交流在中西方文化融合的思考和实践过程中有些什么不同的经验和产出,能否互相学习互相补充,取长补短。

英语教育在全球各个角落得到发展,主要得益于这门语言"以学生为中心"的核心教学理念。我们能带给孩子们多好的教育机遇啊!但是教授语言的同时,我们还能带给学生什么英式文化内涵呢?英式傲慢吗?间接的殖民主义吗?作为一名英国人,我对此不作评论。然而,不同于此的,IB课程框架虽然也是"西方"产物,却在文化定位上保持"中立",前景一下子光明起来。总体来说,国际化学校普遍提供高品质的教育产品。

中国的教育体系培养出了一批世界上顶尖素质和能力的人才。之所以有这样的成功,得益于这个体系对学生要求严格、期望极高,竞争环境激烈,学生们都全力进取。我所看到过的最有活力、最高质量的班级授课都是中国课程。学生注意力水平和教师教学节奏令人印象深刻。

这两者难道一定是不可兼得的鱼与熊掌吗?这两个体系是否只能充满敬意地遥望对方,而中间隔开着充满疑虑的无人地带?

在协和,答案是否定的。还记得在物理课上做过的发电机实验吗?一个通电的小球体碰到另一个小球体,就能看到电流在两个球体之间自由流动所产生的光。那就是协和。协和的三个校区都同时拥有国际部和国内部,中西方教育之间能够有效地兼容并蓄、取长补短、共同进步。

协和教什么?

因为协和可以同时为来自世界各国的学生,包括中国学生提供教育服务,因此,我们必须认真分析和思考,应该提供怎样的课程组合来满足他们的不同需求?在虹桥和古北,我们均使用了国际通行的IBPYP和MYP作为主课程。但这只是课程框架,不是全部内涵。我们另外提供中国国家课程的中文和数学,来为孩子们打下坚实的学科基础。我们在以学生为中心的IB课程框架和学科目标要求较高的中国课程中寻求着各种融合点和平衡点。

协和怎么教?

1. PYP师资。任何课程的设计都有赖于师资队伍的实施。在协和,所有中外教师组成教学搭档合作授课(平等的地位、平等的职责),共同备课是合同规定的义务,并给予充分的时间保障。这里尤其要提到的是中方教师的专业化发展。我们认为国际教师并不一定是西方教师。中方员工是我们同样珍视的力量。我们为每一位中方教师建立专业成长档案;安排大量的校本培训对他们进行国际学校课程、教学、班主任工作的再辅导;我们推荐大批中方教师参加境内外的IB和PGCE培训,帮助他们成为持证的合格国际教师;我们指导每位教师制定个人职业发展规划并尽力给予支持。

2. 课程。以PYP综合主题探究课(UI)作为课程基石,中外教师合作教学,轮流进行主讲与辅助。在此基础上,糅合以下其他课程元素与教学内容,形成丰满的学校双语课程体系。

➢ 美德教育课：中外学生共同实施的、超越不同价值观的德育课程。

➢ 班会课：中外班主任中英双语母语沉浸式教育。

➢ 集会活动：所有学生集会均以双语举行。

➢ 数学课：数学的教学语言可选中文或英文。

上述内容占据总体课程安排的50%以上。除此之外，另设：

➢ 中文课：包括中国国家课程班和语言文化班（HSK标准），任教的语文老师既接受国内体系的严格培训，同时也是IB的受训教师。

➢ 英文课：使用英国国家课程标准，实施差异化教学，由学校的学习支持中心为学习有困难的学生提供额外的个性化支持。

3. 与国内部的互动。协和的国内部是闵行区内教育水准一流的中国课程教育机构，每年的招生录取比例达到7:1左右，与国内部的互动让国际部大受裨益。

➢ 教育人力资源在两部之间按需自由流动（中国教师扎实的学科教学水平举世闻名）。

➢ 学习良好的课堂掌控和课堂纪律管理。

➢ 定期进行学生学业成果的测试，对测试结果进行仔细分析和反思。

➢ 共享资源和服务。

➢ 课外活动资源的借鉴（如奥林匹克数学等等）。

跨部门互动，让我们同时领略中西方教育文化的精髓。

4. 中国文化氛围。

➢ 环境布置。

➢ 节庆活动。

➢ 文化体验之旅。

➢ 社区服务。

➢ 中国传统文化中固有的对于教育的重视提升了学校的价值观。

5. 从协和教育集团其他部门和机构获益。由胡卫先生直接领导的协和国际教育管理部，负责协调国际教育资源的统筹利用。其中包括：

➢ 分享和交流教学材料。

➢ 互相听课评课。

➢ 师生互访项目。

➢ 互相提供讲座和培训课程。

➢ 联合进行教科研课题。

➢ 提供督导和咨询帮助。

总之,在协和双语学校,我们的目标是要改变中国教育的固有面目(一个又小又谦虚的目标,对吧?),我们正在从事前无古人的教育实验。我们让东方学生接受高品质的国际教育,同时保留自己的文化传承;我们让西方学生沉浸在纯正的双语环境中,不仅学习语言,并且理解和悦纳中国的文化,做中国文化的实践者,而非仅仅是一个教育游客。

我们的教育实验并非一帆风顺。我们还面临着许多挑战。创新意味着突破。尝试融合意味着学生们不遵循任何一种既定的体系。我们为多元化的教育需求度身定制课程,满足孩子们不同的文化和教育需求。我们因此常常面临不同的家长观点:"你们不是纯正的国际学校","你们不是纯正的国内学校","我的小孩虽然只有六岁,但是我们每天希望有

很多功课","小学生不应该做任何作业","西方老师太松，孩子们需要管教","中国老师太严，没有考虑以学生为本"等等，不一而足。做一个"混血儿"，可真不容易！

在我结束演讲之前我想分别对教育行政部门和国际教育同行们提一个问题。我对政府管理部门的问题是：你们多次表示支持我们的实验性教育举措，我们希望在不违背现行国家和上海市的教育法律法规的情况下能够给予优质的国际化学校更多的办学自主权，例如招生、课程设置、收费和学生服务等，以便我们能为孩子们提供更为丰富的个性化学习解决方案。举例说，现行的规定不支持个性化学习需求的满足，例如对课后补习和额外的个性化辅导都有严格的规定和收费限制。这类规定对学校和家长都是不必要的约束。

我对国际教育同行们的问题是：我们应该加强国际化教育的网状合作。虽然我们是竞争者，但我们更是合作者。交流思想、分享信息，组织论坛，为员工专业化发展服务。大家是否和我一样有兴趣？

会 议 综 述

对话、交流、融合、碰撞！这是本次会议贯穿始终的主旋律。

碰撞与融合
——多元文化融合的国际教育会议综述

上海教育科学研究院　张璐

当今的中国从经济到社会文化都经历着全球化浪潮的冲击，一方面，越来越多来自境外的适龄儿童和青少年在中国接受教育，越来越多的国际教育机构在中国落地生根；另一方面，中国教育也越来越受国际化的影响，文化多元与教育国际化已成为一种发展的必然与现实。

中国沿海的发达城市是接受国际化教育的先驱。就上海而言,到2005年底,共有24所高校、150所中小学、22所外籍人员子女学校接受境外学生,高校留学生2.6万名,境外中小学生2.1万名;中外合作办学迅速发展,有255个中外合作机构和项目,占全国总数的近四分之一。而从2007年新学年开始,上海所有中小学都将向境外子女开放;外籍人员子女学校也在积极地以多种方式谋求与中国教育的融合与互补……多元文化在学校教育中碰撞、交融,已经而且将不断推动学校教育产生深刻的变革。当中国的国际教育脱离"襁褓"后,它需要一个平台、一种渠道以及多方的回应。

为深化对国际教育的认知,探寻多元文化背景下学校教育改革之路,本着"交流、分享、包容、创新"的宗旨,2007年10月21日,由上海市闵行教育局、上海市教育科学研究院民办教育研究所与协和教育中心联合承办的"多元融合的国际教育研讨会"在上海市协和高级中学隆重召开,中国联合国教科文组织全国联合会主席陶西平,上海市教育委员会主任沈晓明、副主任尹后庆,上海市教育学会会长、上海市教委特约总督学张民生,闵行区副区长张辰出席了本次会议,而参与会议的中外专家学者、政府官员、京沪两地的国际教育机构主管与代表多达250多位。

本次研讨会分两大板块、五个专题。两大板块分别是理论综述与实践探讨。前者集中于会议的开端与结束,从专家学者与政府的角度对国际教育各个领域进行了理性思考与综合性探讨;后者则聚焦于学校实践,从国际学校的课程教学、学校管理与教师专业发展三方面进行了深入的交流与对话。

一、全球化背景下的国际教育理念与趋势

交流与对话源于对问题的共识。"国际化教育"意味着什么?它指的不仅是学生来源的国际化,同时也意味着超越教室的范畴,在开放的、全球性的背景中,接受正确反映世界社会、政治、经济、文化的全方位的教育。从国际化教育中成长的学生应该成为具有全球视野、能够进行国际交往的"融东西方文化于一体,集各国文明之所长"的高素质、高水平的人才。因此,成功的国际教育不仅仅是一种多元文化的包容与并存,更重要的是要体现融合与创新。

　　中国联合国教科文组织全国联合会主席陶西平根据已公布的"联合国可持续发展教育十年的国际实施方案(2005—2014)",指出多元文化教育本身就是可持续教育的两大指标体系之一（另一个指标为环境与资源教育）。但全球化与多元文化教育其实是相背离的,前者要求的是一种跨领域的"趋同",而后者又体现了多元共存的"离异"。每个国家在实施国际教育的过程中都需要解决两个问题:一是如何从本文化立场上取舍、吸收外来文化;二是如何成功进行文化吸收。要做到这一点既需要抵制文化部落主义,也需要反对文化霸权主义。多元文化的国际教育基点应该是了解、沟通、尊重、吸纳,而需要遵从的原则有四个:坚持开放性、强化工具性、突出融合性、保持民族性。华东师范大学国际教育中心的赵中建教授做了"创新背景下的学会共存教育"的报告,他以国际理解教育中的"学会共存"理念为出发点,提出未来社会对教育的三大要求:教学生如何学习、培养激情和好奇心、学会与他人友好相处。强调在国际教育中,"学会共存"是机遇更是挑战,尊重、包容的态度与行为应贯彻始终。

二、不同国际学校的改革实践

　　会议为处于实践第一线的国际学校与国际教育机构提供了交流与对话的平台。在对国际教育的或长或短的实践探索中,与会的很多学校都有各自的心得体会。上海美国学校校长 Dr. Dennis Larkin 具有从事多国国际教育的经验,他论述了东西方教育文化上的区别,并形象地把东西方融合的国际教育比喻为两条河流的汇聚,美国学校的特色是把"汇聚点"把握在"学校学习团体"的建设,这个学习团体既包括学生、教师,更包括国际学生的家长。上海中学从事国际化教育已有十四年的历史,唐盛昌校长所做的"多元文化促进学校变革"的发言,比较系统地从课程设置、信息平台建设与学校管理三方面与与会代表分享他的学校建设经验。尤其是课程上,他提出中西课程无论从学科还是教学方式上都"寸有所长、尺有所短",只有更好地结合学校特色,分析自有优势,并有效利用自有优势,才能在保持课程特色的同时做到有效融合。

下午的三个专题单元研讨把会议推向了高潮。在课程与教学单元，协和双语学校的 Roger Sinnett 校长向大家呈现了他在协和国际部所进行的"中西文化融合的课程与教学探索"。他认为国际化学校实施国际化教育有很多不同的模式和途径，从不同的角度出发，可以设计不同的课程及教学重点。在协和，则在于把 PYP、MYP 作为课程基石，糅合其他课程元素与教学内容，形成丰满的学校双语课程体系。在具体课程实施中，Roger 先生则从师资建设、与国内部的积极互动与整合协和其他教科资源这三大要点上介绍了他的经验。其后耀中国际学校的张泓校长则展示了耀中特色的中外合作教学模式。她详细论述了耀中在合作教学中的结构、机制与成功经验，把中外合作教学的要义归结为理解与沟通。在学校管理单元，西华国际学校 Alfonso 校长以他独特的幽默风格对比论述了不同风格的学校领导者所做所得，他认为国际学校的管理很大程度上依赖于一个有效的评价体系，而这个体系的建设需要学校管理者、教师、家长委员会的协同努力，当然家校沟通也十分重要。在教师专业成长单元，会议请了著名学者、华东师范大学的朱家雄教授作了"幼儿园教师专业发展的国际比较"，他强调了反思性教学实践在教师专业成长中的重要作用，并从时间与地域的两个维度比较该模式的发展与变化，在此基础上提出了国际化教师专业发展可能的策略与出路。瑞金学校的 Kevin 校长以"国际化背景下教师专业发展"为题发表了对国际学校教师专业发展的两大可行策略：合作与共享。前者指的是与高校研究机构在国际教师资质认证与培训上的合作，而后者则是与相同或不同地域国际学校在信息化资源共享上的发展前景。

三、对国际教育的理性思考

我国的国际教育如何回应全球化的挑战，是这次会议需要探讨的一个重要课题。与会的东西方专家学者站在不同角度，就此进行了极富意义的"碰撞与融合"。上海市教科院民办所所长胡卫研究员兼具学者与实践探索者的角色，他对中国的国际化教育的动因作了历史的追溯，并借鉴不同国际化机构与团体的做法，提出目前中国的国际教育重点要考虑的两大方面：一是全球流动的教育资源如何有效利用和整合；二是国际化教育成果如何有效辐射。对于前者，要明确资源资源的广域性,不同领域不同来源的资源聚集不是简单的拼凑、叠加,而是在确定教育的价值取向的前提下,把中西文化有机加以融合,做到优势互补。对于后者,则主要从教育过程与教育产品出发,考虑教育多元化与全球化的意义。并由此概括了教育国际化的四大特征:多元、包容、质量、创新。前香港皇家总督学、现协和教育集团学监及首席顾问 Trevor 先生的发言主题为"相互学习,取长补短"。作为贯通理论与实践的专业人士,Trevor 先生总结了中西方教育者所共同关注的三个问题:(1)为何中西方的课堂氛围差异如此之大,促进高质量教育的理想课堂氛围究竟是什么?(2)促进学校提高的最有效策略是什么?(3)如何帮助教师成为有创造力的教育实践者?并从实践层次对以上三个问题进行了具体深入的分析。而 CITA(全美私立学校专项认证)中国地区项目协调人、中国国家认证与学校发展委员会顾问 Don D.Petry 先生,则从"国际教育认证对提升国际化教育质量的意义"角度探讨如何建立全球认同的国际教育质量认证体系,为确保学校在更自主的管理体系中承担自己的责任、最有效最严格的督导与认证策略是什么,以及对如何在 CITA 认证体系中平衡多元化与本土化问题进行了深入思考。

四、对国际化教育的政策性思考:问题与对策

国际教育的良性发展除了学校内部需要勤练"内功",更需要政策的引导与保障。本次会议得到了上海市教委与各区教育局领导的高度重视。作为一个学者出身的政府官员,上海市教委主任沈晓明立足上海的教育定位,既指出了上海创办国际教育的优势,又一针见血地指出了目前我国国际教育的现状:第一,教育的引领者缺乏国际化的理念和思路;第二,教育的参与者缺乏国际化的技能;第三,教育的产品,即培养出的学生,缺乏世界眼光,不能适应国际化社会的需要。沈晓明主任认为教育国际化具有三个层次:第一层次,通过教育国际化,达到中西方互相交流、互相学习、取长补短的目标;第二层次,通过教育国际化来服务社会经济的发展;第三层次,通过教育国际化来引领教育的发展。他强调上海在现阶段,国际化教育应该着力于第一二层次,并具体做三件事情:(1)上海市政府积极支持国际学校和所在地的学校,建立合作伙伴关系,开展教师交流、学生交流及教学资源相互开放

与共享;(2)建立上海教育国际化专家咨询委员会,希望今天在座的一些专家能够成为这个委员会的顾问,探讨上海教育国际化的道路应该怎么走;(3)继续积极推进双语教育改革试点,并适时总结经验,并由政府给予更大支持力度。

闵行区是上海国际化学校与机构相对集中的区域。闵行区教育局局长竺建伟从区域推进的角度,以"闵行推进区域基础教育国际化的思考与探索"为题,通过对闵行区不同国际化教育模式的分析,指出了目前国际化教育中的若干瓶颈问题,包括:(1)本土学生还未成为基础教育国际化服务的对象;(2)本土学校还未成为基础教育国际化的推进主体;(3)本土课程还未形成与国际接轨的课程体系。他从认识、管理、目标、师资队伍建设、课程体系创设等方面,提出了闵行推进基础教育教育国际化的策略思考。

最后,上海市教委副主任尹后庆对本次大会做了总结呈辞。他以弗里德曼的一本书——《世界是平的》——回应了上海乃至中国发展国际教育的重要意义,简要概括了本次大会的四点精神:东西文化有差异,但不应有鸿沟;多元的融合应该是水的融合,是整合而不是凑合、叠加;差异客观存在,包容至关重要;如何在学校增强教育文化的融合与认同。

这次的会议务实、紧凑。配备了中英文同传,专题研讨从早到晚,每一场主持者、发言人、评议人严格控制时间分配,没有任何空话、套话空间,所有发言都是直入主题,言简意赅。评议人对发言人的论文把握得当,评点到位,言语精炼,问题实质。开放给所有与会代表的提问与讨论气氛热烈。这种高强度的研讨本身也充分展示了会议国际化的鲜明特色。对话、交流、融合、碰撞!这是本次会议贯穿始终的主旋律。我们有理由深信,这次会议不是总结,而是一个新的起点。

中国教育2007：那些人，那些事

教育涉及一个国家的未来、民族的希望。一些具有深远影响力的教育事件，屡屡成为民族发展进程中的里程碑。

2007年，中国教育界又走过不平凡的一年。一年中，我们见证了恢复高考30年的纪念，目睹了义务教育的实至名归。同是这一年，温家宝总理发出"让最优秀的人当老师"的号召，让师范生重回免费教育的行列……

从一系列的教育事件中，可以看到我国教育事业一年来走过的脚印。在此，我们将作一总体盘点。

事件篇

　　2007 年，为了让所有孩子都能上得起学、上好学，一系列针对性强、覆盖面广、影响深远的教育政策接连出台。

★义务教育已经实至名归：基本走势全部免费

　　事件：2007 年春季开学，农村义务教育阶段的学杂费全部免除，惠及 40 多万所农村中小学校，近 1.5 亿名中小学生。秋季开学，北京、山东等部分省、市又率先免除了城市义务教育阶段学生的学杂费，分别覆盖 90 万名和 170 万名城市中小学生。在许多城市，农民工子女可以与城市孩子享受同等教育待遇。

　　点评：从全国来看，尽管城市义务教育全部免除学杂费还需要一个过程。但《国家教育事业"十一五"规划纲要》已经明确，将在"十一五"期间实现政府对义务教育"负全责"。义务教育离实现全部免费那一天越来越近。

★校园集体舞：在争议中羞涩起跳

　　事件：从 2007 年 9 月 1 日起，教育部决定在全国中小学校全面推广校园集体舞，其中包括华尔兹。这一举措立刻引起争议。赞成者认为，校园集体舞节奏明快、现代感强，可以培养学生审美情趣，也可以锻炼身体。但不少家长认为，正值青春期的男女学生同跳华尔兹，会滋生早恋情愫、耽误学业。

　　点评：为了扭转学校"重智轻体"的局面，2007 年我国启动"全国亿万学生阳光体育运动"，要求保证学生每天锻炼一小时。校园集体舞正是在这种背景下设计产生的,并且仅为"推广"并非"强制"。不管采取哪种形式,只要学生们能享受运动的快乐、达到增强体质的目的,就值得推广。

★高中新课改扩面: 把书包重量减下来

事件: 2007年,广东、山东、海南和宁夏四省区率先完成高中新课程改革实验,123万名高中毕业生迎来课改以后的首次高考。这些省区的高考试卷实现"变脸",纳入学生成长记录和综合素质评价等内容。截至目前,全国已有16个省区市进行了普通高中新课程的实验,学生人数占全国在校生总数的39%左右。

点评: 学生为考试不堪重负是不争的事实。改革后的高中课程着力体现"以人为本",特别强调学生创新意识的培养和独立精神的养成。但面对仍未动摇的应试教育体系,新课改会不会成为"戴着镣铐跳舞"?

★国家奖助学金制度：为社会公平奠基

事件： 2007年新学期开学，国家在本科高校、高等和中等职业学校实施奖学金、助学金制度，惠及2 000多万名学生。从2007年开始，国家每年用于助学的财政投入、助学贷款和学校安排的助学经费将达到500亿元，这是新中国成立以来公共财政安排助学经费最多、力度最大的一次。

点评： 家庭经济贫困的学生可以得到助学金，成绩优秀的学生可以享受奖学金，使他们能够安心上大学和接受职业教育。"帮困又奖优"的助学政策不仅改变了寒门学子的命运，更为成千上万个贫困家庭带来了希望。

★免费师范教育：让最优秀的人当老师

事件： 2007年六所教育部直属师范大学率先实行师范生免费教育，共招收一万多名免费师范生，生源质量总体好于往年。8月31日，胡锦涛总书记在全国优秀教师代表座谈会上强调，必须形成尊师重教的良好社会风气，让教师成为社会上最受尊敬的职业。

点评： 随着这项政策的深化落实，大批愿为人师、善为人师的优秀青年教师将赴基层教育一线尤其是农村学校任教，这有助于改变农村和边远地区薄弱学校的落后面貌，改善教育资源不均衡的现状，实现让每个孩子都能上好学的目标。

★高考恢复30年：站在改革的十字路口

事件： 2007年是我国恢复高考第三十年，全国高校招生报名人数首次过千万,计划招生 567 万人,均创历史新高。我国高等教育在学人数位居世界第一,高等教育毛入学率达到 22%,已跨入国际公认的高等教育大众化阶段。然而,高考在助推高等教育实现跨越式发展的同时,也在遭受不断的质疑。

点评:高考改革势在必行,但需慎之又慎,因为高考是迄今为止相对公平的选拔人才的方式。在群众旺盛的教育需求面前,高考应让创新型人才在公平、客观、合理而又灵活的选拔制度中脱颖而出。

★高校债务危机浮出水面:扩招政策实现转向

事件:2007 年 3 月,吉林大学发布校内通知,称学校举债高达 30 亿元左右,入不敷出,特向师生征集解决学校财务困难的建议。这份"求助通知"使高校债务危机浮出水面。更有来自教育界的全国人大代表透露,全国仅 72 所部属高等院校的负债已达 360 亿元,高额债务已直接影响教学质量。

点评:扩招虽然惠民,但是债务的压力让高校不堪重负。2007 年"两会",温家宝总理已在政府工作报告中明确提出,高等教育要以提高质量为核心,相对稳定招生规模。我国高校在短期内"增高长胖"后,最需要的是"强筋壮骨"、增强实力。

链接:教育部将加大财政投入逐步偿还高校债务

在 9 月 12 日上午的国新办发布会上,教育部部长周济在介绍 2 000 亿元高校债务问题时表示,已得到银行界支持,将把一部分短期银行贷款转变为长期贷款。同时,政府将加大财政投入,逐步偿还基本建设债务。

周济介绍,2006 年高校招生规模 540 万,1998 年全日制招生规模 108 万,2006 年正好是 1998 年的五倍。在这个过程中高等学校的基本建设大大加强,形成的账面固定资产大概是 5 000 亿元。

这 5 000 亿元资产的形成过程中,形成的债务大概 2 000 多亿元。为了解决当前的问题,得到了银行界的支持,将把一部分短期的银行贷款转变为长期贷款。

周济表示,为解决高校债务,从根本上来说,国家还在加大财政投入,将来从中央财政到地方财政对高校的生均拨款都会增加投入,逐步偿还基本建设债务。

周济还表示,目前已要求各学校在各地方政府的支持下,采取一系列重要的措施偿还债务。比如说可以进行土地的置换,因为在建设新校园过程中,其实形成了很多新的资产,有一部分校园是可以置换的。实际上很多学校已经通过校园置换,把这部分债务偿还掉了。

"吉林大学是比较典型的例子。"周济说,吉林大学现在从占地面积上看是全国最大的学校,它只需要做一部分置换,全部债务就可以偿还。目前有些工作正在进行中。

周济还表示,将加强高校的资金管理,不允许随意产生债务。

★研究生培养制度改革:创新人才呼之欲出

事件:2007 年,北京大学、清华大学、复旦大学、上海交通大学、浙江大学等 17 所高校开始研究生培养机制改革,吹响了我国研究生培养制度全面改革的号角。研究生不再有公费和自费之分,实行不同级别的奖学金和助学金制度,同时建立起以科学研究为主的导师责任制和导师资助制,促进研究生培养水平的提高。

点评:目前,我国研究生在校培养规模已突破 100 万人,仅次于美国。但与其数量的急剧增长相比,研究生培养质量亟待提升。面对"读研无用"的质疑,这项改革来得正是时候。

链接:教育部将推进改革 调整研究生教育质量标准

2007 年,教育部将继续推进研究生招生、培养机制改革,同时将调整研究生教育的学位类别与质量标准,加强复合型、应用型人才培养。专家认为,提高培养质量将是未来高等教育改革的重要工作。

教育部日前公布的《2007 年工作要点》中提出,要"切实把重点放在提高质量上,进一步提升高等学校人才培养质量和自主创新能力"。

在谈到研究生培养机制改革时,《2007 年工作要点》提出,要研究制订学位和研究生教育发展战略和中长期规划,深入实施"研究生教育创新计划"。积极开展研究生培养机制改革试点工作,建立和完善以科学研究为主导的导师负责制和资助制度。调整研究生教育的学位类别与质量标准,加强复合型、应用型人才培养,统筹研究生学位授予权审核改革和专业目录设置。深化研究生招生制度改革,积极稳妥推进初试、复试和推免生制度改革,提高研究生选拔质量。

教育部官方网站说,目前我国已经基本构建了有中国特色的学位与研究生教育体系,成为研究生教育的大国,研究生教育进入深化改革、可持续协调发展时期。在新形势下,研究生教育面临许多新挑战。

据了解,国务院学位委员会 2006 年的重点工作包括:推进学位与研究生教育法律法规建设、进一步完善《中国学位和研究生教育发展纲要(2006—2020)》,研究和修订《授予博士、硕士学位和培养研究生的学科、专业目录》,推进研究生培养机制改革的试点工作。

国务院学位委员会办公室副主任李军在一次工作会议上强调,研究生教育要以提高研究生的创新精神和实践能力为核心开展工作。

★职业教育政策利好:教育面向全社会

事件: 2007 年的政府工作报告提出,要把发展职业教育放在更加突出的位置,使教育真正成为面向全社会的教育,并将之作为一项重大变革和历史任务。从 2007 年开始,所有在校农村学生和城市家庭经济困难学生都可以领取国家助学金。"十一五"期间,中央财政将安排职业教育专项资金 140 亿元,促进职业教育改革发展。

点评: 我国中等职业教育学生逾七成来自农村。每年约有上百万农村贫困学生通过职业教育在城镇稳定就业,实现"转移一人、一家脱贫"的目标。在利好政策的激励下,会有越来越多的学生选择职业教育,成为国家需要的高素质劳动者和市场紧缺的技能型人才。我国的教育结构也将日趋完善。

★3亿元资助贫困高中生：助学体系全面覆盖

事件： 2006年12月21日，中央财政从彩票公益金中安排3亿元资金，用于资助中西部22个省区市和新疆生产建设兵团县镇和农村的普通高中家庭特困学生。这是我国首次资助高中贫困家庭学生。2007年春节前后，将有30万名学生领到每学年1 000元的资助。

点评： 对于我国中西部地区的1 686万名高中在校生来说，3亿元资金虽然总量不大，资助对象也有限，但是弥补了我国在普通高中阶段助学政策的空白，预示着我国国家助学体系的最终完善。

（据新华网相关资料整理）

人 物 篇

2007年，有那么多人，感动教育，感动我们。他们中的有些人已经离我们而去，有些人在我们身边默默地忙碌；他们有的是一个人，有的是一群人，甚至没有留下自己的姓名，但感动依然留在心间……

张桂梅：用真情点燃希望

10月16日19:00,十七大代表、云南省华坪县民族中学教师兼华坪儿童之家福利院院长张桂梅做客新华网。

我是一个普通教师，也是54个孩子的母亲

孩子们，妈妈要去参加中国共产党第十七次全国代表大会了。如果妈妈不去的话,我就对不起山里广大的父老乡亲和这个社会。

——张桂梅

[主持人]在我准备对您进行的访谈问题的时候,眼眶几次湿润,因为张老师的事迹不但有传奇色彩,而且非常感人。可能大家还有所不知,张老师不是母亲,但是她却有 54 个足以让她自豪的孩子,这 54 个孩子都是孤儿。这些孩子都像对待母亲一样对待张老师,是这样吗?知道您要作为十七大代表来北京开党代会,孩子们都有什么反应?

[张桂梅]有的孩子叫我妈妈。大孩子我让他们喊我老师,社会是他们的妈妈,我只是一个执行妈妈而已。

我要去北京开会了。小的不太懂,大的知道了以后都很沉默。他们心里非常高兴,无论这个妈妈是什么样的人物,在他们心中妈妈是最重要的,如果这两天妈妈不在他们身边,他们会很难过,当然我也难过。我不仅是这几个孩子的妈妈,我肩负着很多的责任。我走的前一天跟他们说:孩子们,妈妈要去参加中国共产党第十七次全国代表大会了。如果妈妈不去的话,我就对不起山里广大的父老乡亲和这个社会。孩子们说那您就走吧。大孩子每个人给我写了一份承诺书。他们说:妈妈,您放心地去开会吧,我们会带好弟弟妹妹的。小的孩子们说:妈妈,您放心地去开会吧,第一,我们不打架;第二,我们不逃课;第三,我们不下河洗澡。面对这些承诺,我心里很不是滋味,孩子们的懂事和对我的牵挂让我非常不放心,这种母子之情很复杂,我走的时候心情是沉甸甸的。

我发誓不让山里孩子过这种悲惨的日子了

我就想办一座贫困女子高中,让山里所有的女孩子继续接受教育,接受高中的教育。到现在,这还只能是一个梦,我还在继续为这个梦奔走着。

——张桂梅

[主持人]经历了一次手术以后,张老师把所有的心血都花在了这些孩子身上,肿瘤居然消失了。您现在有什么梦想吗?

[张桂梅]我有一个学生,是我和大家帮助她完成了高中学业,这个孩子非常懂事,后来这个孩子消失了。她写了一封信:张老师,我没有办法再接受你的帮助了,你这么困难,有这么多的孩子在等待着您的

帮助。我都这么大了，还要继续读高中，我穿得比别人差，吃得比别人差，我无力再支撑了！张老师，对不起，再见。现在已经四年了都没有音讯，这个姑娘叫蔡志芬。我为这孩子非常揪心，我到她们家找了很多次，一点信息都没有，到现在也不知道她怎样了。

还有一件事儿。有一个女孩，她家里所有的钱不过50块。她提前生产，在家里面用土办法接生，产后大出血。她想见丈夫，但是婆婆不让见，因为这样会很晦气，直到她死婆婆都没有让丈夫见到这个女孩。女孩死后，丈夫也非常悲伤，他在犁田的时候死在了田里。这个老母亲再没有能力埋葬儿子了。

我发誓再不让山里的女孩子过这种悲惨的日子了，临死前想见丈夫一眼都见不着。我想办一座贫困女子高中，让山里所有的女孩子继续接受教育，接受高中教育。如果毕业后确实达不到考大学的标准，那也可以读技校啊，各自实现各自的梦想。不会再陷入到低素质的母亲、低素质的孩子这种恶性循环中。我为这个梦想奔波了四年，为此也吃了不少苦头，挨过骂，还差一点被狗咬伤。

到现在，我还在继续为这个梦奔走着。今天我也把这个梦带给广大网友，请大家支持山里的孩子们。支持他们就是支持着我们城里人的发展，因为如果山里总是这样落后的话，城里的发展也会受到干扰和牵扯。山里人一代一代的贫穷是愚昧带来的。我希望所有的人能够帮帮山里的孩子，支持一下山里的教育！我现在就代表山里的孩子们向广大网友鞠躬了！

母爱是一种没有"皮肤"界限的爱

我没有生过孩子，我现在知道了母亲的伟大是给予孩子一种爱，这种爱是从心里发出来的，孩子和你是没有皮肤的界线的。

——张桂梅

[主持人] 张老师和这些孩子没有血缘关系，你和这些孩子相处以来感情如何呢？

[张桂梅] 这些孩子最长的跟我六年了，有一个是一直跟着我的。一开始我感觉就是义务兼任华坪儿童之家福利院的院长，能够把孩子们管理好就可以了。但是当我进去了以后就不是这么一回事儿了。仅

仅担任华坪儿童之家福利院的院长是很简单的,但是我到了福利院以后感觉自己是当妈来的。大孩子心里把我当成妈妈,但是我让他们叫做我老师。

小一点的孩子也把我当成了妈妈,曾经有一个八个月的孩子刚来吃饭时没命地用手抓米饭往嘴里填。吃完后,他抱着我的腿,也不喊妈妈,只是呆呆地看着我,我就把他抱起来到我的床上和我一起睡。他白天和我挺好的,但是到了晚上的时候就把手和脚扒在墙上,背对着我像一个小壁虎一样。我就想,这个孩子为什么这样呢,一直不喊我妈妈,饿了就来拽我的手。

一般我晚上睡觉不脱衣服,我怕有什么急事儿。有一天我晚上换衣服的时候,这个孩子一下子翻过身来拼命地在我的胳膊上咬,一边咬一边喊着妈妈!我明白了,孩子需要的是一种母爱,他需要的是和母亲的那种皮肤的接触,当时我的眼泪就流出来了。我叫他"儿子",他就喊叫"妈妈!"他一直抓着我的衣服,脸贴着我的脸这么么睡觉。我没有生过孩子,我现在知道了母亲的伟大是给予孩子一种爱,这种爱是从心里发出来的,孩子和你是没有皮肤的界线的。

我数了一个小时的钱 才有 30 多块

我那个时候的梦想和现在不一样,因为我那个时候在城里当老师,我没有见过那么穷的人,我希望我的学生都能够读博士,能够到国外深造,给他们定的目标非常高。

——张桂梅

[主持人] 张桂梅老师原来是一名很普通的教师,但是张老师原来不是在山里当老师的。您最初的梦想是什么?

[张桂梅] 我那个时候的梦想和现在不一样,因为我那个时候在城里当老师,我没有见过那么穷的人。我希望我的学生都能够读博士,能够到国外深造,给他们定的目标非常高。在生活上这些孩子也不需要我关心,他们经常拿黄瓜给我做美容,他们知道老师需要一种形象、需要一种美,所以那个时候我也化妆,我也打扮自己,那些孩子感觉我是一个美丽的老师。

当我走进了深山,我才发现还有这么一群特殊的群体。一次,我收学杂费的时候,来了爷俩,汉子有一双黑黑的大手,领着一个小女孩,女孩的裤子上有补丁。他们来交书费,孩子从包里倒出一些零零碎碎的硬币和纸币,最大的一张纸币是5毛钱,当时我就傻了。我说这是怎么回事儿啊,这是多少啊,我怎么数啊。我问他:老大哥,这是多少钱啊?他说:我没有了,我就这些钱了。等我有了钱我还会给你送回来。他并不知道这些钱够不够交费,他只知道上学要交费。

这个大哥说他和女孩走了将近一天才到了学校,小女孩一身的泥巴。这些钱我没法数。我说有钱你也不需要送来了,学生们一个月回家一次去背米。当时他还有一床毯子,这张毯子又破又脏,给我们我们都不会去用。我从我的床底下抽出了一床毯子领小女孩到了宿舍,我再去给她找盖的东西。小女孩把毯子叠得非常整齐,下面铺的就是纸壳!她说:老师,你不用给我找了,我盖这个毯子就可以了,您都没有盖的了。

我把所有的事情都安顿完了以后,数了将近一个多小时,才数清这些钱一共30多块。我没有把这些钱交书费,只是把它们捆在一起放到抽屉里,这个孩子的书费我就替她交了。这个小女孩头一天晚上把背来的米放到热水瓶里,第二天往里面灌点开水,每天就吃这个。我看了以后非常心痛,怎么能够这样呢,我应该让这个孩子吃饱。我给她钱,让她去食堂吃饭,但是这个孩子不要,她感觉已经很好了。

还有一个学生,早晨怎么喊都不起床。我问他为什么不起床,他想了想又翻了个身,我说你为什么不起床?喊了三次以后我才明白,他没有吃饭的钱了。我说你起来,我给你拿钱,当时我钱包里只剩下20块了,我也没有想更多,拿20块就给了他,让他去吃饭读书。后来我就开始节约自己的生活费,以备孩子们不时之需,类似这样的事情很多。

姐姐给我的路费 我给学生交了住院费

我有一个姐姐曾经病危,给我打电话说很想见我,说都不知道我长得什么样子了。当时我实在没有钱,拿着电话始终不出声,对方就知道什么情况了。

——张桂梅

[张桂梅]我是北方人,祖籍是辽宁的,生在黑龙江,30多年没有回

家,我的姐姐都70多岁了。有一个姐姐病危时,给我打电话说很想见我,说都不知道我长得什么样子了。当时我实在没有钱,拿着电话始终不出声,对方就知道什么情况了。她们说,马上给你汇钱去。后来这笔钱到账了。就在这时,我的一个学生住院了,交不起住院费。于是我就把5万块钱全部给了这个孩子交住院费,我跟姐姐说,我会回去看你的,但是现在不行,钱都让我给学生交了住院费。我就这样放下电话,也不知道家里人对我是怎样的看法。但是让我高兴的是我的学生出院了,他又健康了!

我还有一个学生,个子非常小,学习非常地努力,性格非常活泼,但是有几天特别不爱说话,我问他怎么了,他也不说话。另外一个学生说:老师,他的爸爸病死了。我让这个孩子马上回家看一眼。这个孩子说:老师,我爸爸说马上就要中考了,你别回来,你是一家人的希望,回来的话会耽误你学习的,所以我就没有回去。我再也无法上课了,所有的学生陪着这个孩子哭了两个小时。我说:同学们,下课吧,老师会陪着你们走完这段路的。

知道这个事情以后,全校的学生为这个孩子捐作业本,他们有一个坚定的信念,就是"知识能改变命运"!

他们感动了我,他们让我有一种勇气全力支持孩子们,帮助孩子们走出大山,改变他们的命运!

（据新华网,责任编辑:商亮）

郭力华:教师该有何追求

海南省人民医院病房里,一大口袋的千纸鹤,一大摞写满学生祝福的小纸片,一本本记着学生留言的笔记本,凸显郭力华被牵挂的程度。

前不久因胆总管癌晚期住进医院的海南师范大学生物系党总支书记、硕士生导师郭力华身上插着四根管子。她依靠这几根管子及其他治疗手段,依靠自己的意志和病魔抗争。她的故事感动了许多人,人事部、教育部授予她"全国模范教师"称号。

郭力华的故事,也许有助于我们进一步认识这位模范教师。

"说实话,我不是一开始就多么想当老师"

郭力华在东北师大住的 12 人宿舍中,她年龄排在第 11 位。17 岁上大学,在 1980 年的大学校园里是不多见的。

"说实话,我不是一开始就多么想当老师。"郭力华说,当年填报志愿时老师说"你就报东北师范大学吧",于是她就填了东北师大。

郭力华说,大一时自己也曾经非常迷茫,那是一个"伤痕文学"流行的时代,小说里展现的"文革"社会面,曾经一度让她无心进取。但假期里在农村看到实行家庭联产承包责任制后农民的喜悦,一些被"文革"折腾、耽误了的同志"把被耽误的时间夺回来"的强烈愿望,给年轻的郭力华很大触动。

"我开始反省,我们上师范大学,不用交费,每月享受着国家发的 18 元补贴,凭什么还在那里怨天尤人?"郭力华说,4 年的师范教育,彻底让她这位当初"没想当老师"的小姑娘,变成了一位梦想在三尺讲台奉献终身的"准教师"。

选择青海支教,梦想"在一片荒凉中奋斗出一片绿洲"

在海南,有相当的师范院校毕业生只想在海口、三亚工作,不愿到其他市县或乡镇中小学执教。然而,23 年前,21 岁的郭力华就选择了到偏远艰苦的青海师大支教,一干就是 8 年。

"那时候的确是想看看自己远离熟悉的老师、亲戚,能飞出去多高、多远,想试试自己的锋芒。同时的确有一种社会责任感在驱使自己到高原去,觉得国家很需要我们。"郭力华说。

郭力华作出这样的选择的另一个原因,是因为父亲是生产建设兵团职工,自己从小就目睹建设者们开发建设北大荒。"到青海支教,我希望也能像他们一样,在一片荒凉中奋斗出一片绿洲。"

在青海,由于生物系是新建系,实验室甚至连水都没有,逼着郭力华要想很多办法才能领着学生完成实验。她认为,在艰苦的环境里,的确很能培养师范生的实际动手和教学能力。

有一件事情,也许可以作为对郭力华在青海师大支教 8 年的最高褒奖:媒体报道郭力华事迹后,一批素不相识的在海南工作的青海人,自发组织到医院给她打气,他们对郭力华说:"你是我们青海人的骄傲,我们要为你加油。"

"正因为生物课受重视不够,我们更应该重视自己"

海南基础教育相对落后是个不争的事实。而相对于其他科目,生物课受重视的程度更差一些。1992年调到海南师范大学后,郭力华一直在努力改变这样的状况。

她到全省十几个中小学作了十多场科普报告,希望能提高学生们学习生物课的兴趣,让他们热爱大自然,树立良好的环保意识,提高科技创新的意识和能力。

郭力华对一件事情非常生气:经过培训的生物课骨干教师,因为课讲得生动,竟然被调整去教数学甚至政治课,让其他老师再来教生物。郭力华说,对生物课的重视,重点中学还不错,越到市县、乡镇中学就越差。

"我总是给中学生物老师们打气,正因为生物课受重视不够,我们更应该重视自己!"郭力华说。

她为什么要从病房跑出去给脱岗培训的老师上课?

2006年10月10日,海南师大启动海南省少数民族和贫困地区顶岗支教、师资培训暨脱产提高培训班项目,一批相关市县的生物老师得以到海师受训。

培训开始不久,郭力华已经发病住进省人民医院,动了第一次手术,但有一件事刺激她溜出病房给学员们上了一堂课。

"我听来看我的老师说,学员们闹着要求发补助,而且闹得挺激烈,人数还不少。这种现象不能轻视,这说明老师们对脱岗接受培训的意义认识还不够清楚,他们没有把它看成是自己受益提高的大好事,而是当成完成任务,甚至当成负担!"郭力华说。

郭力华记得,她那一课说得最多的就是:"这是一个学习型的社会,课改给我们带来了许多新课题,你们不充电、不学习、不进步,怎么当老师?再不抓紧,你们恐怕连饭碗都没有!"

"很多老师都会把学生当成自己的孩子"

郭力华帮过很多学生,包括物质上和精神上。

"其实当老师时间长了,可能很多人跟我一样,对学生会有那种情结,就像对自己的孩子一样。当他们遇到困难时,总不忍心看着他们辍学,总不忍心看着他们意志消沉。这里面既有情感,又有责任。"郭力华说。

对学生的爱,换来的是更多的学生的爱。她教过的青海师大生物系1982级学生联名给她写来了真情流露的信,海师大许多学生自发给她折千纸鹤、写祝福纸片……

愿望:让老师成为天底下最受人尊敬、最让人羡慕的职业

2007年"两会"期间,郭力华正在北京住院,温家宝总理的政府工作报告中透露的"教育部直属师范院校将实行师范生免费教育"的消息,让她兴奋不已。

"这么多年,师范教育到底还要不要办,曾经有过许多杂音,总理的讲话让我们有了底。"郭力华说,就中国的国情来说,师范教育在现阶段肯定是不能替代的。综合性大学培养的学生,和师范院校一入学就知道自己要当老师的学生,出来肯定还是不一样的。

郭力华认为,现在一个不争的事实是,师范类院校的生源不是特别理想,要想改变这样的现实,寄希望于师范生免费教育,短时间内恐怕不现实,从长远来说,还是要"让老师成为天底下最受人尊敬、最让人羡慕的职业"。

记者到病房采访,一共见过四次郭力华,她的眼神始终坚毅,她的脸上始终挂着笑容。

这位不屈的教师,在尽自己一切的努力对抗病魔,梦想着有朝一日重回讲台。

(据《海南日报》,记者:陈成智 徐燕)

贺宝根:大爱常留

"伤心,失去了这么一位和蔼可亲的老师","很怀念和贺老师在船上做实验的日子","贺老师,一路走好"……连日来,上海师范大学学生在 BBS 上发帖一万多条，怀念旅游学院地理系 45 岁的贺宝根教授。2007 年 8 月 9 日，贺教授舍身救助在科研考察中遇险的学生，在崇明东滩附近被大浪吞噬。

事件回放：考察遇险情，舍身救学生

贺教授承接一项国家自然科学基金项目，带领 17 名学生，于 7 月 26 日起在崇明东滩开始野外考察。

8 月 9 日晚 7 时 20 分左右，遇到涨潮，水势迅速淹到了靠泊在潮沟里的考察船的船舷。贺教授迅速组织大家撤离。这时，在 50 米开外的地方传来了大二学生小徐的呼救声。原来他被潮水阻隔，来不及回到船上。贺教授当即下船，顶着汹涌而至的潮水游到小徐身边，让他抓住自己的衣服，带着他慢慢往回游。

将小徐带到安全地带后，贺教授最后向小徐交代了一句："我游不动了，你回去吧，现在没问题了，我仰泳回来。"小徐被其他考察队员拉回到船上，而贺教授由于体力不支，被潮水越冲越远，失去了踪影。

8 月 10 日凌晨 4 时，搜救人员在东滩养牛场外潮沟处发现了贺教授的遗体。

考察队其他队员安然无恙。上海师大表示，将从此次事件中总结教训，加强科研安全管理工作。

上海师范大学旅游学院地理系主任温家洪教授在接受采访时，几度哽咽，"贺宝根平时热心、正直，他的研究生遇到困难，他会给予金钱和精神上的支持。一旦遇到危险，他舍生忘死救人也是可想而知的。"记者从上海师范大学地理系了解到，报名参与野外实习的学生需自行承担一定的经费。2000 年，贺教授倡议同事在野外实习期间，捐出补贴给困难学生，让有经济困难的学生也能安心地参与野外实习，这项传统在上师大地理系保留至今。

大三学生马文婷告诉记者，不论上课还是野外实习，贺教授总是乐于帮助学生。

"也许他不是最优秀的老师，但他是最有魅力的老师。"

追悼会现场：泪眼凝噎送老师远行

8 月 14 日 12 点 50 分，离追悼会开始还有 30 分钟，龙华殡仪馆大厅外的平台已被大学生们站满。穿过寂静的人群，只见支支黄花和双双泪眼。贺宝根教授带教的14名硕士生背靠素白的花圈，默默列成两行，泪光迷离。

签到桌边传来响亮的女声："你们的老师太好了，我跟你们一起来送送他。"说话的万女士年过四旬，她在签到册"单位"一栏写下的是：市民。不少普通市民特意赶来，向素昧平生的贺宝根教授致意。"你是我们上海永远的好教授，你是学生们永远的好先生，你是上海师范大学永远的好老师，你是太优秀的象征，你是太完美的老师——谨愿贺老师一路走好。"一位上海市民这样留言。

吊唁大厅悬挂着挽联："东海森森诉不完献身科学赤子情 长江滔滔哭不尽倾心教育红烛泪。"对于贺老师"献身科学"、"倾心教育"，来到这里的师友、学生有太多的回忆、太深的感激。

正在中科院攻读博士的张云奇特地从成都赶来送别贺老师。"我的科研方向是山区水资源和经济发展空间，那还是读贺老师硕士的时候，老师为我指出来的。在这条路上我走了三四年，牢记贺老师的教导，踏踏实实做研究。现在，一篇论文很快要在一家国际重要刊物上发表了。这次，我是来亲口告诉贺老师的。"

华东师大周乃晟教授当年是贺宝根的本科班主任和硕士生导师。听到宝根遇难的消息，周教授泣不成声，整整一天吃不下东西。她告诉记者，刚听说这个消息的时候，还有些惊讶，作为长期坚持野外一线工作的自然地理专家，宝根怎么会不知道潮汐的规律？后来知道他是为救学生不幸遇难的，脑子里闪过的第一个念头是：这是贺宝根绝对会做的事情。

这次随贺老师一起去崇明科研考察的姚东京同学表示，贺老师非常爱护学生，比如在考察船上喝水，除自带的饮用水外，还有用明矾沉淀处理的水。贺老师总让同学喝带来的水，他自己喝处理过的自然水。平时，他对学生的关心也是无微不至。"我家在山区，家庭经济情况不太好。入学以前，贺老师就了解了这个情况。上学期开学，我凑齐了钱去付学费时，才知道贺老师已经悄悄地帮我把书费付了。"

作为以城市水文、水资源研究见长的青年地理学家，贺宝根实地考察走过许多地方。特别是长江口的湿地沙洲，留下了他的许多足迹。曹同、袁峻峰、刘敏、艾多黎……大批与贺宝根一样关心湿地生态的地理、生物、生态等界的专家教授自发赶来为贺教授送行。上海两大湿地——东滩自然保护区管理处副书记张育涛和九段沙自然保护区管理处主任孙瑛也专程赶来。他们对记者说，贺教授为让公众更好地认识祖国的湿地资源、保护自然生态环境付出了毕生心血，最后把宝贵生命也奉献给了这块土地，上海的湿地沙洲将永远怀念他。

《在路上》的乐曲响起，最后送别贺老师的时刻到了。几位体格高大、身着黑色恤衫的男生骤然放声痛哭。旁边两个泣不成声的女生一手紧紧捂在自己的嘴上，一手拉住几乎站立不稳的同门师兄弟。白发前辈、青涩少年，此时都难以抑制自己的情绪，每个人的脸上都奔涌着泪珠。"现在我只想对贺老师说，我不再犹豫了，毕业后我要去当老师，把我从贺老师身上学到的所有东西都带给学生。"在周围一片哭泣声中，任杰同学几乎是低喊着向老师告别……

上海市委副书记殷一璀，市委常委、统战部长杨晓渡，副市长杨定华送来了花圈，并委托有关部门向贺宝根教授家属表示慰问。上海市综治委追授贺宝根"上海市见义勇为先进个人"荣誉称号。上海师大校长李进对记者表示，将在全校教师中深入开展向贺宝根学习的活动，让"爱生敬业"成为每名教师的自觉追求。

短评：桃李不言，下自成蹊

一支黄花、一掬热泪，成百上千相识不相识的人们自发冒着酷暑来为贺宝根教授送行，这是对一位爱生敬业好园丁的最好褒奖，也是对为人师表高尚风范发自内心的真诚认可。

教师是青少年健康成长的引路人。教师的一言一行，每日每时都影响着学生未来的发展。人们总是感恩那些忠实践行师德、坚守师道的好教师，因为他们毕其一生默默地燃烧自己、照亮别人，为了一代又一代人的美好明天奉献全部光和热。

桃李不言，下自成蹊。没有惊天动地的伟业，也无豪言壮语的表白，贺宝根教授以自己朴实无华的言行感染教育了学生，更以舍生忘死的毅然抉择震撼了每个人的心。我们祈祷贺老师一路走好，也期待爱生敬业成为所有教师的自觉追求。

（据《新闻晨报》、《解放日报》报道综合整理，

作者：沈在群 崇恩 姜澎等）

马复兴：创造奇迹的无手教师

一个人的一生或平淡无奇，或碌碌终生，或轰轰烈烈、灿烂炫目。人活一辈子，每个人都想用各自的方式对自己的生命价值做出诠释，让自己短暂的一生在历史的天空留下灿烂辉煌的一抹。

当你相知相识了湟中县汉东乡下麻尔村小学的无手老师马复兴后，你的灵魂就会被深深震撼——他用别样的方式诠释着人生的意义，演绎着生命的美丽；他用超乎常人想象的顽强和毅力，完成了对生命的诠释和人生价值的体现。有人用"这简直就是人间奇迹"、"他是新时代的英雄"来评价他。

（一）

1959年，正值青海三年自然灾害期间，饥饿每天笼罩着大人和孩子。就在这个人们连树皮都快吃不到的年代里，马复兴出生在了湟中县下麻尔这个偏远贫穷的小山村，他的出生伴随着苦难的阴影……

他是家中第四个孩子，在他出生还不到四个月大的一天，父亲到生产队的地里干活，母亲到生产队的食堂里做饭，将四个孩子留在了家中互相照看。为了往饥肠辘辘的肚子里填点东西，两个姐姐计划到野外挖蕨麻，临走告诉只有三岁半的三弟，要他照顾好炕上的小弟弟，回来烧蕨麻吃。

饥饿难耐的三弟早早地就掀开炕板，等姐姐们回来在炕洞的火堆里烧蕨麻吃。可是，左等右等不见姐姐们回来，三弟就跑到大门口去等。就在这个时候，幼小的马复兴掉进了火炕的火堆里，等哥哥姐姐们回来的时候，小马复兴早已哭不出声音了，将他从火堆里拉上来的时候，双手都快烧到胳膊肘的位置了，胳膊的骨头上还带着火星……

看到奄奄一息的小儿子被烧成这样子，父母心如刀割。也许这个小

生命生来就很顽强——原本老人们以为已经生还无望的小马复兴竟然活下来了，但是，他却从此永远地失去了双手。看到幼小的儿子遭受了这么大的折磨，父母亲整日以泪洗面。可是，最让他们揪心的还是这个失去双手的孩子一辈子该如何度过的问题，当时，他们除了加倍对小儿子付出一点爱心和关怀外，不能再给予他更多的什么。

（二）

在孤独中马复兴一天天成长着，倔强的他一直坚持自己穿衣服、吃饭，甚至还帮父母干家务活。但是随着年龄的增长，幼小的他慢慢意识到，自己没有双手，和别的孩子不一样，可怜的孩子过早地承受起了人生的苦难。

8 岁那年，他牢牢记住了工作组一位干部和自己父母之间的谈话："一定要让这孩子去上学，只有这样他才会有出路。""一个没有手的孩子咋上学啊！"父母害怕小马复兴走出去会被别的孩子歧视，或者受到伤害。

"能和他们一样该多好啊！"失去双手的小马复兴非常渴望像哥哥姐姐们那样背着书包去上学，非常渴望到学校和别的孩子们玩。每天，当哥哥姐姐们放学回来时，他就羡慕地用嘴唇翻阅他们的课本，等他们上学后，他就一个人用脚夹着小木棍在院子里练字。后来，他用脚写的几个字得到哥哥姐姐们的认可后，他就跑到父母跟前说："我要上学！"父母苦笑了一声后说："傻孩子，没有手咱们拿什么写字啊？""我能写，不信你们看着！"说着，小马复兴将父母带到院子里，迅速用左脚蹬掉右脚上的鞋，然后将一截树枝夹在脚指头之间，在地上画出了"大人"两个字。看着孩子的举动，父母亲又惊又喜，还有什么理由可以拒绝孩子的请求呢？小马复兴用同样的办法折服了下麻尔村小学的校长。校长二话没说，就给他办理了入学手续。已经错过了入学年龄的小马复兴如愿以偿地背上了书包，从此，下麻尔村小学多了一个用脚写字的学生。

用脚写字，字体大还费本子，而且一到冬天两只脚被冻得通红。马复兴决定用两只断臂来写，于是，这个不到十岁的孩子将大量的时间花费在了用两只断臂反复练习写字上。起初，两只断臂根本就夹不住圆圆的笔杆，夹久了断臂钻心地痛，而且作业本也来回动，根本没有他想象得那么简单。但是，还是孩子的马复兴心里只有一个信念，自己肯定会成功的！断臂上的肉不知被磨破了多少次，皮也不知脱了多少层……最终，他不但成功了，而且写字的速度不比别的正常孩子差。

解决了写字、翻书等基本问题后，马复兴全心投入到学习中，学习成绩一直名列前茅。中考时，当这个没有手的学生胸有成竹地答完试卷且第一个交卷时，在场的老师惊呆了，之后，当得知马复兴的成绩为全校第一名时，全校的老师再一次为马复兴竖起了大拇指。

当谈起高中毕业后为什么没有去考大学时，马复兴哭了，尽管已经时隔30年了，可是，没有上成大学，依然是他心头的一块病，至今不能释怀。

其实，高中毕业后，马复兴非常想去上大学，凭他优异的成绩和不懈的努力，考大学应该不成问题。在父母和老师的支持下，他用借来的钱买来复习资料全身心准备高考。那段时间，他满脑子只有一个想法，就是一定要考上大学，向所有的人证明自己虽然没手，但不残废。可是，当他满怀信心地去报名的时候，却被以残疾的理由挡在了门外。当时，这个吃尽了苦头都没哭过的孩子哭了，他觉得社会抛弃了他，他成了一个无用的人，万念俱灰的他想到了死……

父母的慈爱、老师的鼓励又一次点燃了他希望之火。通过努力，他当上了下麻尔村小学的民办老师。

当时的下麻尔村偏远封闭、贫穷落后，最要命的是许多村民都认为读书无用，不让自己的孩子去学校读书，再加上好多家长看到是没有手的马复兴当老师，更不让自己的孩子去上学了，在校的学生也不断中途辍学。眼看着整个学校只剩下不到40名学生，马复兴心急如焚，他决定挨门逐户去做家长的工作。可是，许多人像见了瘟神一样躲着他，见他来了，要么"砰"的一声关上大门，要么将家中的狗放出来。再后来，干脆连骂带推地将他轰出大门。那段时间马复兴感到非常寒心，就连自己正在上学的亲侄子也被家里大人叫回家干农活了。

许多人在背后议论："连手都没有，怎么能教我的孩子学习？"这些话深深刺痛了马复兴的心，他默默下了狠心，开始每天坚持苦练教学本领，"到底能不能教好，等着瞧吧！"几个学生的家长偷偷跑到学校想探个究竟,他们躲在教室外面,看到马老师熟练地写字、翻书时,放心地走了。不少学生开始陆续返校,再后来,他教过的学生将自己的孩子带来让马老师教。听说马老师开始教一年级了,许多村民将还不到入学年龄的孩子领到学校,央求马老师收下他们的孩子。

马复兴为此付出了多少,他心里很清楚。仅仅是备课这项工作,别人只用半小时就能完成,但马复兴却需要好几个小时,一个翻书的动作,他需要借助两只断臂和嘴唇合力才能完成,刚把书翻开,他去写字时书又合在了一起,备一次课仅翻书一个动作他就得重复无数次。为了教学需要,马老师还练画画。学生们知道,马老师的每一个动作都会付出极大的努力,粉笔夹紧了会断,夹松了又会掉……就是在这样的每一节课上,孩子们接受了课本上学不到的东西,马老师的两只断臂为他们树立起了人生的航标!

（三）

认识马复兴老师的人都会说:"其实,马老师袖子里藏着一双巧手哩!""马老师有手,他的手在他的心里!"这是人们对无手老师马复兴莫大的肯定和认可。

下麻尔村小学的老师们说起马老师时,都会由衷地说上两句。马老师将一年中绝大部分时间都花在了学校,尽管他的家离学校近在咫尺,但是他却经常住在学校里,学校的大小事情他都操心,节假日的值班工作几乎全部由他代劳了。学生们的冷暖更是牵动着他的心。教书20多年,他用自己微薄的工资帮助了许许多多学生。

"工作上马老师从不落在别人后面,也从不因为自己的情况搞特殊。"曾经和马复兴共事的一位老师告诉我,那年学校配备了一台电脑,看到别的老师用电脑玩游戏,马老师非常羡慕,但大家能看出来,他不服气。果然,只要有闲时间马老师就趴在电脑桌上偷偷练,可是,两个断臂根本就抱不住光滑的鼠标,为了能"拿下"鼠标,他用了两个多月时间,为了熟悉键盘,他用了四个月时间,比别人付出了几倍甚至十几倍的努力。如今,马老师不但能像别人一样在电脑上玩游戏,而且多媒体课也不比别人差。

由于下麻尔村地处偏僻,教学条件艰苦,教师的流动性大,年年都有人调走，又有新同事来，每一个刚来的老师都对马老师有过怀疑、好奇到敬佩和尊敬的过程。

魏连禄没来学校前就听说了马老师没有双手的事，起初他只是非常好奇甚至有点怀疑，觉得一个没有手的人能写字，而且还能当老师简直就不可能，但是经过一次次的接触，见识了马老师备课、翻书以及干活、吃饭后，小魏彻彻底底地被马老师折服了。"这简直就是奇迹啊，如果不是亲眼所见，没有人相信这会是真的，但是就是人们认为不可能的事情马老师他做到了！"

更让小魏感到敬佩的是，马老师耐心细致的教学态度、灵活多样的教学方式以及对教师这个职业的热爱。小魏告诉我，好多刚入学的孩子在写数字 3 时很容易写偏，而且还不好纠正，为此马老师就用自己的身体做比较，告诉学生如果将 3 写偏了样子会很难看，所以要让 3"站"起来，学生们非常喜欢这样耐心细致的教学方式。

教书 20 多年，几乎年年都得到"先进个人"、"优秀班主任"、"自强模范"等荣誉奖励，但是没有一件荣誉证书被马复兴挂出来。马复兴看重的并不是这些，教书作为他最大的精神支柱，一直支撑着他，成了他全部的精神寄托。他将平时的教学经验写成论文后，在全国的教育论文比赛中获得了一等奖。即将 50 岁的他，更离不开学校和学生了，一到假期看不到学生们时，他的心里就空落落的，不知道该干些什么。

（四）

从小马复兴就有一种强烈的愿望，就是别人会的我也要会！

上中学时看到别人骑自行车上学，马复兴就去学骑自行车。经过一段时间的练习后，他居然也能骑自行车了。后来村里和他同龄的人都有了摩托车，于是，倔强的马复兴也要骑摩托车。第一次骑上摩托车，结果可想而知，他被重重摔了一跤，其实摔跤对他来说根本不算什么痛苦，真真让他痛苦的事就是别人会的自己不会，所以摔了跤后他并没有放弃练习。

连摔几跤后，马复兴发现骑摩托车对于他来说确实不可能，不得不放弃，但是这成了马复兴耿耿于怀的一桩事，征服摩托车的愿望一直埋在他心里。如今，快 50 岁的他突然向家人提出要买一辆三轮摩托车骑，他的想法立即遭到了哥哥和弟弟们的反对。每次见到我，他都会对我这个"老朋友"说起这事。我知道，要强的他想要做的不仅仅是骑摩托车，他是想要向人们证明：你们会的我也会！

后记

那支曾经不听使唤的笔，耗去了马复兴多少精力，磨掉了多少皮肉。多少个不眠之夜，他曾暗暗发誓，用实际行动证明给别人看，自己不比别人差！正是这份顽强和坚韧支撑着他心中的人生信念，是这个信念支撑他创造了奇迹，赢得了所有人的信任和尊重。

但是当荣誉和尊重突然涌来时，马复兴哭了，哭得毫无掩饰。尽管现在的马复兴并没有因为没有手而影响到什么，但是失去双手，一直是马复兴无法释怀的伤心往事。他告诉我："不知为什么，现在一有人提失去双手的往事，我就忍不住自己的眼泪。"曾经付出了多少，忍受了多少，曾经咽下了多少泪水，多少委屈，这许许多多的往事，只能用泪水来表达！

当马老师面对镜头哭泣时，在一旁观看的学生们也哭了，是啊，只有他们最懂马老师，知道马老师的艰辛，马老师写在黑板、作业本上的每一个字都是他用心里的那"双手"写出来的，那一笔一划都浸透了马老师的心血，值得珍重和珍藏！

"今生别无追求，我会教书一直到生命结束。"马复兴这样对我说。我一直在思索，一个人在什么情况下，可以将事业和生命等同。在一次采访中，马复兴悄悄告诉我，因为不断接受媒体采访和领导慰问，他的课程已经落下了很多，而且，自己想写几篇关于教学文章的事也一拖再拖，这让他心急如焚，甚至夜不能眠。我在那一刻突然顿悟：是教书赋予了马复兴第二次生命，是教师这个职业使他实现了人生的精彩和价值，所以他珍惜教师这个职业，胜过珍惜所有的荣誉和名利！

评论：无手写大爱 生命更精彩

人有了手可以创造，可以索取，可以搏击，可以提、拿、捏、握……而对于一个没有手的人来说，生存尚且艰难，更不要说活出生命精彩。但是，湟中县汉东乡下麻尔村小学教师马复兴却是一个例外，是一个创造生命奇迹的无手之人。

无手写大爱 生命更精彩。马复兴出生于下麻尔村一个贫寒的回族家庭，自幼罹于灾难而失去双手，在极端艰苦的工作和生活条件下，他克服自身残疾障碍，无手写爱，兢兢业业，殚精竭虑，辛勤从教27年，把青春和毕生精力献给民族地区的教育事业。20多年来，他几乎每年都受到各级党委、政府和社会有关方面的表彰。他曾被评为"青海省残疾人自强模范"，多次被授予"湟中县教育系统先进工作者"、"优秀班主任"称号。在全国教育系统论文征文活动中，他撰写的论文曾获得一等奖……马复兴用心灵之手书写了最精彩的人生，他个人生命的价值绝不仅仅在于他为民族地区教育事业所做的一切，更重要的是他给人们带来了一种巨大的精神力量，是对我们任何一个身体健全者的激励与鞭策。

　　马复兴是一面旗帜，一个标杆。他以肢残之躯能够做到的，我们任何一个身体健全的人难道不能够做到吗？

（据青海网、《西宁晚报》，作者：葛文荣）

李莹：把眼角膜作为第一次也是最后一次党费

"同学家也不富裕，不给大伙儿添麻烦"

　　如果没有那些恣意疯长的癌细胞，22岁的李莹可以亲眼看到广阔的草原，而为了不给同学增添经济负担，她患病期间两次拒绝学校为她捐款。但病魔无情，李莹没能挺过去，但她把自己那双透亮的眼眸留给了两位最需要它的病人。前天，李建国带着女儿的心愿来到北京，他要代女儿向所有热心人说声"谢谢"。

患病女生拒绝接受捐款

　　22岁的李莹是内蒙古农业大学经济管理学院的学生，2006年1月，她被确诊患上恶性肿瘤。

　　李莹的父亲李建国是内蒙古通辽市的一名下岗工人，庞大的治疗费对于他们家来说无疑是天文数字。

　　面对可怕的病魔，李莹所在学校的师生伸出了关爱之手，但善良的李莹两次拒绝了同学们的捐款。李建国告诉记者："李莹说,他们学校的同学好多都是贫困生,家庭经济条件都不好,她不能再给大伙儿增添负担。"病中的李莹每日都期盼见到同学,但剧烈的疼痛让她不能坚持很长时间,为了能展现给同学们一个良好的精神状态,她要求医生给自己注射杜冷丁。

内蒙古农业大学的老师表示,李莹的善良让她成为很多同学的知心朋友,就是在李莹病中,同学之间发生的纠纷、矛盾,大伙儿也愿意向她倾诉。看着李莹被疾病折磨得骨瘦如柴,同学们无不纷纷流泪,而李莹对大家说得最多的就是:"别难过,我不是挺好的嘛。"

父母瞒着女儿求援

从确诊那天起,李建国夫妇就一直瞒着女儿真实的病情,每到无钱可治的时候,李建国都痛苦不堪。2006 年 12 月,李建国在走投无路时想到了中央人民广播电台的主持人向菲和她主持的《神州夜航》节目,他成了 2006 年 12 月 21 日那期节目的嘉宾。李建国告诉记者:"为了继续瞒住女儿,那次节目我是以'老张'的名义出现的,没想到节目结束后,我竟然收到 1 500 多条热心听众的短信。""老张"及其女儿的遭遇激发了听众的同情,他们为"老张"捐款 1 万多元。

至今李建国的手机里还珍藏着部分听众的短信,一个破旧的小本子上记录着一年来为李莹捐款的听众的名字。一位年仅 15 岁的小同学捐出了积攒多年的 1 000 多元压岁钱,驻守西藏的军人也献出了一份爱心。

谢世后捐献眼角膜

2006 年初,李莹到北京治病,昂贵的手术费用让这个下岗家庭难以承受。父亲李建国想通过学校为女儿募捐,但李莹说什么也不同意,"我们学校的同学来自农村家庭多,家境都一般,不要麻烦他们了。"

与病痛顽强抗争 10 个多月,李莹于 2006 年底返校边吃药边坚持学习,并通过了四门专业课期末考试。2007 年 6 月,李莹腹部凸起囊肿,再次住院。8 月中旬,生命垂危的她强忍剧痛在病床上吃力口述,由母亲冯迎春记录下生前最后一份入党思想汇报:

"我于 2004 年 10 月向党组织递交过入党申请书。我知道我的生命已经很短了。回想自己近 23 年的人生历程,特别是大学的两三年,我想最后把我的学习、工作及思想情况向组织汇报一下,望组织审查……

"我可能没有能力回报父母、回报社会、回报党的培养教育了,等到我离开这个世界的时候,我愿将我的眼角膜捐献出来,挽救那些失明的姐妹兄弟,愿他们在阳光下幸福地生活。我盼望在我生命结束前,组织能接纳我,让我成为一名坚强的共产党员,愿我的眼角膜作为我第一次也是最后一次党费。"

李莹的申请得到了批准。8 月 26 日,学校党委为李莹在病房里举行了入党宣誓仪式。已吐字困难、无力举起手臂的李莹,由父亲握着她的手代为宣誓。

9 月 9 日,李莹永远闭上了美丽的大眼睛。当晚,她的眼角膜被送往深圳,并于第二天成功移植给两个年轻人。

李莹留下的光明和爱心牵动了更多的光明接力和爱心联动。最近,深圳眼科医院将两例受捐眼角膜回馈给内蒙古的两位患者;深圳狮子会开始资助内蒙古农业大学 10 名品学兼优的贫困生完成学业。不少陌生人向李莹的父母表达慰问。而包括李莹父母、男友在内的内蒙古数十位人士表示要在身后将眼角膜捐献给社会。

(据《北京晨报》、《新京报》,记者:吴亭)

汪洋:19 岁的壮丽青春

这是一次不见主角的采访。

母亲仍饱含热泪,"这么多日子过去,心痛依旧……"

同学哽咽,"还记得他请我们吃烧烤,还老喜欢编笑话逗人笑。"

汪洋 19 岁的年轻生命,凝固在 2006 年 11 月 26 日见义勇为的那一刻。

关键时刻,他挺身而出

血案发生前,上海松江大学园区食堂内,复旦大学上海视觉艺术学院大二学生汪洋正和同学聊天。两人开心地说笑时,看见不远处一个小偷在偷一个女同学的手机，汪洋当即大喝一声追了出去。小偷慌不择路，逃进了大学园区一家网吧的厕所，汪洋紧追了进去。据小偷被捕后交代，当时汪洋要扭送他去派出所，他返身一刀，刺中汪洋心脏。

同学追到时，汪洋已倒在厕所外的地上，脸色苍白，已说不出话了。隔着衣服，看不出伤在哪里，同学含着眼泪不断做着人工呼吸。民警赶到时，汪洋已躺在血泊中……

面对歹徒，汪洋本可以转身离去，而他选择的，是毫无顾忌冲上前。同学们泣不成声："关键时候敢于站出来的他，是我们心目中的英雄，是真正的男子汉！"

30 小时后，犯罪嫌疑人韦凤华等人在上海闸北某旅店被警方抓获。

他是真正的男子汉

大学生汪洋见义勇为的壮举，感动着整个上海。

熟悉汪洋的师生们悲痛地说，"这件事发生在任何地方，他都会站出来的。平时他就从来不会找任何借口来推卸责任，一直很正直、敢作敢当。"

汪洋母亲倪丽萍回忆，从小在单亲家庭长大的汪洋，特别早熟懂事。受母亲熏陶，汪洋从小就在绘画和篆刻上显示出天分。那些年，汪洋得到过全国篆刻大赛钻石奖、全国"双龙杯"书画大赛银杯奖、日本日中友好书画展特别奖等。如今，从小就是母亲命根子的儿子撒手离去，倪丽萍遭遇了人生中最黑暗的日子。

伤痛中的倪丽萍，把汪洋的奖励金、抚恤金共 41 万元全部捐献，发起成立"汪洋德育奖励基金"，用来奖励道德高尚、乐于助人、见义勇为、奉献爱心的优秀学生。她说："儿子走了，钱对我来说已经没有任何意义了。我只希望汪洋正直无私的精神能流传下来。"

"一滴水"也能折射阳光

汪洋两岁时父母离异，母子俩感情甚好。高中的时候，倪丽萍曾经给儿子 20 元钱，让他买冷饮吃。倪丽萍后来才知道，汪洋把钱都捐掉了。母亲问他为什么，汪洋说："冷饮不吃也没关系。这 20 元钱给灾区的人，可以派好多用场。"

刚进大学那年,校学生会主席竞选,汪洋报了名。竞选演讲那天早上,汪洋悄悄参加了义务献血。晚上,脸色有些苍白的他走上演讲台,质朴的话至今还回响在大家的耳旁:"我的名字是汪洋大海的'汪洋',但我只是汪洋中的一滴水,我更愿从小事做起,尽力为大家做些实事。"

汪洋这样说,也这样做。同学有不顺心的事情,他予以安慰、开导;同学忘带交水费的钱,他主动代交;同学生病了,他主动代买饭菜;同学受伤,他背着同学去听讲座。同在校住宿的一位男同学感受深刻:"一个冬夜,我棉被铺得不够,冻得无法入睡。汪洋说他'胖'不怕冷,主动与我换床位。我泰然安稳地睡了一个晚上,汪洋瑟瑟发抖,熬了一夜,患了重感冒。"

上下求索

40多岁的常永新老师是汪洋的"忘年交",两人经常交流思想。常老师告诉记者:"一次网络聊天中,汪洋突然问我,生命中最重要的是什么?我以为他是'少年不知愁滋味,为赋新辞强说愁',就大而化之地告诉他要把握好当下,他很郑重地回复说,他总是有种莫名的使命感,虽然一时说不清楚,但总能强烈地感受到它。"

"生命中最重要的是什么?"经过慎重的思考,年轻的汪洋后来在博客中给出了自己的注解:"重要的不是结局,而是过程。纯净地来,纯净地去,上善若水,真是再好不过的圆满结局了。愿我来世,身如琉璃,内外明澈,净无瑕秽,光明广大,功德巍巍……"

无尽的怀念

"汪洋,天堂里你一定还是个艺术家!"

"在球场上你永远不可能和我们一起并肩作战了,但每个人都会记得那个永远的2号。"

"汪洋,你以自身的真诚、善良、美好、光明照亮了这个世界,你以壮烈的大舍姿态圆满了自己的使命。"

上海视觉艺术学院有一间汪洋纪念室,留言簿上写满了同学们对汪洋深深的怀念。

在一年多的大学生活中,汪洋尽情地发挥着他的艺术才华,他与同学联合创作的作品《安迪·沃霍尔》在学校首届作品展中获奖。如今,这幅获奖作品被悬挂在学院5楼大厅里。毛维新老师这样评价他的弟子："汪洋在艺术上绝对是个可造之才。"教过汪洋设计素描课的陈耀明老师说："汪洋总是默默地画画，脸上挂着腼腆的笑容，踏实谦和。他爱提问题，画一幅作品会提出很多不同的想法来。"

上海视觉艺术学院传达设计学院院长王天德动情地说："汪洋永远是学院的一分子，班级的点名册上永远保留汪洋的名字，毕业典礼也会为汪洋专门设立个位子，学校足球队的2号队服永远为他保留。"

在汪洋无法续写的博客上，满是老师、同学、好友、市民们的不舍和敬意。"在很多当代青年人的想法中，'英雄'已经变成了一个遥远的词语，但当我们看到汪洋事迹的那一刹那，感觉英雄就在我们身边！"

汪洋用自己的生命，诠释了当代大学生高尚的品质。

（据《人民日报》、新华网，记者：曹玲娟）

曹瑜：泣血感恩割肾救父

"我一定好好学习，不辜负社会各界对我的关心和希望，以优异的成绩回报社会。"2007年7月21日，曹瑜手捧成都纺织高等专科学校录取通知书，眼含热泪。

这位四川省邻水县石永中学的19岁女毕业生，在高考前割肾救父、带父上学。寒门孝女的事迹情动川渝。

乖乖女忽闻父危

曹瑜家住邻水县荆坪乡二村，这是一个贫穷而又偏僻的小村庄。排行老大的她还有一个16岁的妹妹和一个12岁的弟弟。

曹瑜从小就乖巧懂事，每天放学后都要帮助家里做家务、照顾弟弟妹妹。同学陈小峰患脑瘤、汪洋家中失火，她都带头捐款捐物。班主任季登峰老师评价：曹瑜生活节俭，尊敬师长，孝顺父母，严于律己，要求上进，乐于助人，是一个品学兼优的好学生。

天有不测风云。2006年11月的一天，在福建打工的父亲突患尿毒症,生命垂危。曹瑜感到天都要塌下来了。她怎么也不相信,一向健壮的父亲怎么就突然倒下了呢?

慈父隐瞒重病三年

早在 2003 年,父亲曹洲德就知道自己患上了尿毒症,也知道这个病不换肾最后只有死。医生说,要治好他的病需要巨额费用,但三个孩子要上学,修房还有欠债,为不拖累家庭和影响孩子的学习、生活,曹洲德决定隐瞒病情,这一瞒就是三年,就连和他在一起打工的妻子也全然不知。

曹洲德四处奔波,风里雨里打工挣钱,同时偷偷地吃中药控制病情,期望奇迹在自己身上发生,然而病情却一天天加重,好几次昏倒在工地。2006 年 10 月的一天,曹洲德终于站立不起,不得不向妻子吐露了实情。妻子立即把他送进医院,医院很快确诊是尿毒症晚期,双肾坏死,如不及时换肾,生命垂危。

然而,巨额的医疗费用和肾源都难以寻找。

孝女泣血感恩割肾救父

曹瑜无法接受眼前的事实:慈爱的父亲曾背着她跨过涨水的小溪上学;细心的父亲曾在夜里为她盖被搭衣;父亲过年回家曾为她洗脸梳头……她不顾自己年龄小、而且就要高考,决定割肾救父。

听到女儿曹瑜要把肾捐给自己,父亲马上就拒绝了:"我毕竟老了,你才 19 岁,正是长身体的时候,我不能毁了你啊,孩子!"以后十几天,家里的亲友和医院的领导也都给曹瑜做思想工作阻止。曹瑜跪在父亲的病床前,紧紧拉着父亲手,泪眼汪汪地说:"爸爸,你是我们家的顶梁柱,你要是走了我们家也就垮了。弟弟妹妹还这么小,你忍心丢下我们不管吗? 你为我们付出还少吗?"

经过两天两夜的思索,父亲最终同意了曹瑜为其捐肾的要求。

2007 年初,手术前医生告诉曹瑜:手术有风险,可能致命或者致残,考虑清楚了吗?曹瑜毫不犹豫,立即在手术单上签上了自己的名字。四个小时后,曹瑜的右肾成功移植到了父亲的体内。

带父上学追求梦想

父亲的命保住了,但每个月 4 000 多元的医疗费让这个家庭难以承担。弟弟妹妹只好辍学,曹瑜也想辍学外出打工挣钱,帮助家里渡过难关。但父亲和母亲知道上大学是曹瑜从小的梦想,马上就要高考了,放弃太可惜,坚决反对她辍学。父亲流着泪对她说:"孩子啊,不能为了我,毁了你的前程啊!"

为了筹集巨额医疗费和支持曹瑜上学,母亲含泪撇下她和父亲,带着已经辍学的小儿女南下福建打工。

曹瑜带着她的父亲,在高考前几个月回到了中学校园。曹瑜的父亲在一位老师免费提供的 10 平方米的小屋里住下,曹瑜住在学校女生宿舍。每天除了要完成高三繁重的学习任务,曹瑜还要服侍身体正在恢复的父亲。买菜、煮饭、洗衣……

感恩之心情动川渝

曹瑜割肾救父、带父上学的事迹传出后,引起广泛的社会反响。

在曹瑜捐肾后的第三天,重庆一对不愿留下姓名的年轻夫妇来到病房探望并捐赠了 1 000 元。在渝打工的邻水老乡纷纷打电话或到医院慰问父女俩。石永中学减免了曹瑜所有的学杂费和住宿费,并每月补助生活费 300 元;学校开展"知荣明耻,感恩做人"的献爱心活动,师生捐款 2 691 元。一位名叫祝平的农民工邮来 200 元钱,写信鼓励曹瑜保重身体,好好学习……一双双关注的目光,一声声温情的问候,一笔笔饱含爱心的捐款,像春风抚慰着他们的心。

高考前夕,邻水县委书记、县人大常委会主任曾长东,县长刘登宏探望了曹瑜和她父亲,并现场解决了父女俩的一些具体困难。针对曹瑜家庭的实际情况,中宣部、中央文明办专门拨出资助款,解决其生活困难和就学问题。成都纺织高等专科学校决定减免其三年学费,并为其申请国家奖学金。

在邻水县,向曹瑜学习的感恩教育活动正广泛开展。一个学生在演讲时深情地说:"感恩是一种情怀。你有一颗感恩的心,你会快快乐乐地感受学习,体验生活;你有一颗感恩的心,你会规范自己的行为;你有一颗感恩的心,你会感受到父母对你的感情、老师对你的恩情、朋友对你的友情。"

(据新华网,记者:肖林)

教育与股市

2007 年中国股市跌宕起伏,教育界也是热闹非凡,二者在不少地方颇有一比。

股市里有大"牛股",也有大"妖股";有被错杀的,也有虚涨的……正是一些个股的起落,才呈现出 2007 年股市的精彩。

中国教育的 2007 年有猖狂者,也有质疑者;有叹息,有气愤,也有无奈……正是这些人物和情绪,让我们警醒,催我们改进。

★ 最牛考生:张非 对应个股:天价神话的"中国船舶"

相似度:***

中国船舶以 800%多的年内涨幅和"中国 A 股市场首只 300 元股"等出色表现,完美地诠释了"优质股"的涵义。

但该股从 10 月 11 日没能戴稳"A 股市场首只 300 元股"这顶新的高帽开始,一口气落了下来,如今较 10 月 11 日最高价 300 元下跌近 30%。

但无论如何,它是今年股市中的一个天价神话。

2007 年中国教育也有一个神话——人称"考霸"的张非。

先后被北大、清华录取,后又因网瘾被两度退学的四川南充考生张非,今年再次到清华报到。这次考入清华环境科学与工程系,这是他第二次走进清华大门,这次在学生登记本上写着的姓名是"张空谷"。

"考霸"、"职业高考生"、"最牛高考钉子户"……对于 24 岁的张非,这些称呼使得他的形象褒贬不一。天才背上了"玩物丧志"和"谋取重奖"的质疑,毕竟不是什么好事。

但张非确是"优质股",班主任曾用"太有才了"来评价他。但会考试并不能说明他的质地成色就真的好，中学时代被高分淡化的性格中的缺点在大学里暴露无遗：桶里的脏衣服塞得严严实实的，拉都拉不出来；经常缺课，整天坐在电脑前玩游戏；不会处理人际关系，看到女生或厌恶的人扭头就走，智商高，但情商几乎为零……

考分如同股价，能攀上 200 元甚至 300 元，能考上北大或者清华，但我们不需要只会考试只有高分的"张空谷"，而是真正有才、货真价实的"张非"。

★最牛状元：黄文帝 对应个股：倒腾的"*ST 大唐"

相似度：***

在戴上 ST 帽子之后，*ST 大唐仍打着 TD 的金字招牌使劲折腾，在数个过山车似的连续涨停、连续跌停之后，*ST 大唐开始了重组倒腾：一会儿说注资，一会儿说重组，一会儿出售，一会儿公告，一会儿澄清……

不把人折腾疯誓不罢休。

"状元落榜"如果成真，可能是高招 30 年历史上罕见一幕。在持续一个月折腾人的"三方博弈"后，7 月 18 日，黄文帝——重庆市高考文科状元，经教育部"特别协调"，被北京大学录取，但是"补录"。

北京大学曾是黄文帝的梦想，但北大对状元的"不够重视"，也许是风波初起的原因。负责重庆招生的北大教师在招生过程中，没去过黄家，没和黄文帝见过面，甚至没主动打过电话。

但清华的态度截然不同，在高考成绩公布后，多次与黄文帝见面，劝说其就读清华。游说后，黄转投在重庆没设文科计划的清华。为等待清华"增加招生"的承诺，他甚至放弃了填报志愿，但在教育规则前，清华的"特别招生"没有成功，于是重庆高考文科状元面对的竟是可能无学可上的窘境。

对于"高考状元"的疯狂哄抢超越了正常界限，成为一场"折腾秀"。谁是小丑？明眼人一看就懂。高等学府的价值观也在这场"秀"里发生了错位：不是在自主权范围内发现有潜质的优秀学生，而是以分数为衡量标准追捧优秀考生；不是潜下心去培养真正的"状元"，而是满足于把"高考状元"收归囊中的一时快慰。

★最牛"哈佛生"：张晨 对应个股：吹泡泡的"中石油"

相似度：**

从全亚洲最赚钱的公司到最"套人"的公司、"最招骂公司"；从 48.6 元开盘，一路狂泻，从"天堂"到"地狱"，把那些在开盘时分就抢入的投资者留在了高高的峰顶，欲哭无泪。

"中石油"这个词在 2007 年还代表了外强中干、名不副实、泡泡吹大了……

与"中石油"相比，江苏东海县山左口乡 18 岁少年张晨的故事更具有传奇色彩："中石油"吹了一个大泡泡，张晨与他所在的校方也吹了一个更为荒诞的"哈佛大泡泡"。

一个成绩一般的农村孩子突然间成了"哈佛男孩"，更称奇的是张晨"一只袜子考哈佛"的传奇故事——"我发了很多邮件给哈佛，他们也没理我，直到我给他们寄去了一只穿了几年的袜子，他们才对我产生了兴趣。"他说，他在申请表中写道，"我的一只脚已踏进哈佛，希望另一只脚也有机会跨进哈佛。"他详述了这只袜子的故事：它见证了自己的成长历程……这只"袜子"打动了哈佛。接下来更为荒唐，在母校网站上，张晨的照片放在醒目的位置上，到处挂着醒目的横幅，各种荣誉、奖励也接踵而来，当地报纸、电视台连篇累牍地报道，他还受邀请到南京等地演讲。

然而，闹剧最终要结束。张晨没法圆这个谎，只好承认，"过程都是真的，只是结果是编造的"。原来，张晨在向哈佛等校发出申请无果后，一急之下，就在宿舍里向同学谎称自己被哈佛录取了。不料这个消息很快传到了老师和校领导那里，继而又传遍了整个东海县，他只能继续假戏真唱了。

"振荡"无疑是 2007 年股市中的一大热词,股民基民们的心也随之起伏,波澜不止。大振荡原因一是政策,二是心态,三是业绩和机构的表象。

大振荡,就有大机遇,2007 年中国教育也在振荡中寻找它的机遇。优质资源的寻路探索、在校生婚育的讨论、诚信制度的建设……在 2007 年都掀起了大波澜,带来了大振荡,而正是振荡之后的理智的反思让我们走得更远,走得更好。

★福州中招制度改革 牛市对应:优质股 &30%中签率

相似度:***

"鸡头"和"凤尾"你怎么选择?就就读中学的范畴看,当然是宁为"凤尾"不做"鸡头","凤尾"的好处是——图个学习的好氛围、学习的好习惯,分享优质的教育资源,无怪乎每年为优质校的几个"寄读"指标争得"头破血流"。

不是早就有"一脚跨进了这些好学校,离大学也就不远了"的习惯性思维吗?

2007 年 11 月底,福建省教育厅的一份文件《关于进一步推进初中毕业升学考试和高中招生制度改革工作的意见》,让这种价值观发生了突变。"鸡头"和"凤尾"得重新权衡。

在这份《意见》中规定:"加大优质高中部分招生指标均衡分配初中的比例,各设区市优质高中招生指标分配的比例原则上应达 30%左右。"也就是说,从 2008 年开始,重点高中招生指标三成要分给普通初中。这一消息的发布足可以比拟 2007 年股市里的"5·30"大振荡,不是说"超跌",而是说它的影响面。

改革后,成绩最好的那部分学生不会有任何影响,因为他们是"人尖"。但高不成低不就的中等生可就大受影响了:挤入重点初中,虽然进重点高中的名额可能会多,但竞争的对手也更强大;如在普通初中,他们可能是佼佼者,对手也更弱,进重点高中的机会也就更大。他们也许会像等待优质股中签一般,等待那一份"恩惠"。

学生家长的反应是茫然;而学校的反应分为两类:"送生"的普通初中"举双手赞成";但"接生"的优质高中(俗称的"重点中学")态度冷淡,担心高中生源质量因此下滑。

"指标分配"改革的另一个矛头直指"择校"——初中学校能获得多少个优质高中的招生指标要根据在籍学生数来定,穿着"借读生"外衣的择校生不具有资格。改革的目的是要抑制择校,推动均衡教育,让所有学生有均等的机会接受教育。

30%配额只是手段,但接下来的话题还很多:是好学校沾了好学生的光,还是好学校培养了好学生?如何遏制"中考移民"?新政如何惠及"留城生"和"外来工子女"? 如何以等级代分数? ……

"均贫富"当然有它的积极意义,但仅凭招生环节"杀富济贫",能否真的达到均衡教育的目的,我们还要以观后效。

★在校生婚育问题的悖论 牛市对应:"看空"&"利空"

相似度:★★★

股市的利空往往引起振荡,教育政策也有可以"看空"的消息。

在校大学生的婚育政策,由于一份三部委(人口计生委、教育部、公安部)《意见》的出台,从而完成了从堵到疏的改变。对已婚学生合法生育,学校不得以其生育为由予以退学。"在校婚育"政策虽以低调出场,但却成了 2007 年校园 BBS 上最热门的话题。

有意思的是在它露面之前,苏州大学修改校规时已有前瞻性:开学前,颁布了最新的《苏州大学学生管理规定》,其中提及在校女生休产假的问题：已婚女学生因生育需要者，可办理休学手续，学校保留其学籍，而不像以往劝其退学。

但大部分高校的态度是：不会将《意见》中提及的相关内容写入校规。因为校规对婚育是回避的，不说允许，只是说不再处罚。

更有意思的是与这份《意见》几乎同时下发的"禁租令"：原则上不允许学生自行在校外租房居住。虽然出发点不同，但引起的结果却难以回避，难道学生结婚、生育了，还要和其他同学住同一宿舍？

尊重大学生的婚育权出于人性的考虑，不能算"利空"；校方的态度是：不鼓励早早结婚生育，仍以学业为重；我们也支持，毕竟没有几个大学生打算当校园里的爹妈，对于它不必大张旗鼓，"看空"也就罢了。

★助学贷款欠款名单公示 牛市对应：坏名声 &ST

相似度：****

坏名声就如同股市里企业戴上 ST 的帽子，再想要咸鱼翻身，谈何容易。

2007 年 8 月，福建省教育厅网站发布了"国家助学贷款违约学生有关情况汇总表"的通告，首次对省内连续拖欠国家助学贷款本息超过1 年，且不与经办银行和高校主动联系的 121 名贷款人的违约情况予以公布。无疑这 121 名大学生最先被戴上了 ST 这顶帽子。

大学生的助学贷款情况将纳入信用记录，用于留学、创业、买车、买房、信用卡等贷款申请的审核中。戴上了不诚信的 ST，对大学生今后的生活及事业都将是一种污点和尴尬。

★三十年的高考蜕变 牛市对应：预增 & 预盈

相似度：***

有人形容中国高考是"一考定终身"，而课改是戴着"镣铐"起舞。实际上，素质教育要进展先得变革高考。好在高考在这 30 年中也在蜕变着，每一年都在"预增"与"预盈"（预增：指上市公司净利润较上年同期有较大幅度的增长；预盈：指上市公司净利润将由亏损变为盈利），让素质教育听起来不那么虚妄渺茫。

1999 年高校开始扩招，这一年比 1998 年扩招了 55.1 万人，是扩大招生规模最大的一年；自北京上海之后，2004 年福建省也加入了高考自主命题的队伍，到 2006 年，全国共有 15 个不同版本的高考试卷；2005 年福建高考将作文分值由 60 分提高到了 70 分；2007 年广东、山东、海南、宁夏四省的高三学生迎来课程改革后的首次"新高考"，对福建考生而言，新高考将在 2009 年到来。

课改后的高考将综合素质评定列为高校招生参考，从高考科目设置、计分方式、考试内容、考试形式和评价机制的改变，我们看到的是教育理念的变化，以及育人模式的变化。

但课改后的四省"新高考"并没有如想象中那样耳目一新，许多教师在经过一番"研究"后，甚至用"万变不离其宗"来形容，老师的想法过于功利，"你考什么我就教什么"，于是语文老师搬来了世界名著，历史老师拿来了《百家讲坛》，让学生"恶补"。这是素质教育还是应试教育？是减负还是增负？基层教师的急功近利，无疑是对"新高考"的一次打压。

千呼万唤始出来的新高考以其"新锐、超前"的姿态和"未见惊喜"的效果，引来一片质疑与反对。但改革不是造反，不可能一蹴而就，也不是一次深跌能调整到位的，当回望 30 年高考时，你会惊讶于它推进的步伐。

沪深两市 1.3 亿户总账户、5 000 多个机构投资者……宏观层面充足的流动性和微观层面中小投资者高涨的投资热情，让 2007 年中国证券市场迎来了久违的繁荣。同股市一样，2007 年的中国教育也是热点频现，"保证每天运动一小时"、"中小学免收学杂费"、"免费师范生教育"、"大幅提高奖、助学金"等，教育上的"刚性保障"越来越多。

正如利好消息可以促进股市上扬，在促进教育发展和教育公平理念的推动下，从 2007 年教育牛市里传递出来的信号清楚而强烈地表明：国家正采取切实措施确保教育这一基础性事业健康发展。

★让孩子的学习情况明明白白 牛市对应：季报、年报信息透明

相似度：*****

每年四五月，都是职业投资人忙乱的时期，赶上上市公司财务报告发布叠加期的高潮，股民、证券分析师和基金经理都一般繁忙——迟迟未发完的年报和早早就出炉的季报看也看不过来，但又担心错过哪只百元黑马，该如何是好？

2008 年四五月，福州市加入"基础教育教学质量监测体系"的 22 所公立初中校的学生和家长们，也能拿到类似季报年报的"学业报告单"，自己的孩子在每门学科上学到了什么，还有哪些知识点没弄明白，应该如何巩固加强……都在这份报告上统计得明明白白。

从 2007 年新学期开始，福州教育学院在全省率先承接了全国教育科学"十一五"规划国家课题，将在全市建立起"基础教育教学质量监测体系"，并着手进行中小学生学科学业评价及试题库的建设研究与开发。首批加入的 22 所试点初中校将通过五次质量检测（俗称"月考"），得出福州市部分公立校基础教育质量分析报告，并用于指导本市的教学。

负责此项课题的福州教育学院高山院长表示，目前不少学校和教师的教学紧紧围绕着高考和中考指挥棒，只看结果，不看过程；片面关注考试成绩，很少关心孩子如何学、学到了什么、还有哪些不足、如何有针对性地加以弥补等等。建立教学质量监测体系，并不是要比谁考得好，而更像一场"体检"，让学生学了之后，通过质量分析测试学习效果，以便今后对症下药。

★让基础教育更惠民 牛市对应：资产注入

相似度：***

2007 年中国银行、中国建设银行启动股改，国务院动用 450 亿美

元国家外汇储备为两家银行补充资本金，促使国有独资银行最终成为具有国际竞争力的现代化股份制商业银行。如果说"中"字头企业与"资产注入"正逐渐成为资本市场备受关注的盛宴，2007年国家为农村义务教育投入470亿元资金，更是一件让无数家庭受益的大事，因为它做到了让义务教育实至名归。

在外省刚刚启动这一惠民政策时，福建省已经提前一年免除了农村义务教育阶段学生学杂费。2007年福建省还有一件"资产注入"的大事，在新学年筹资8.1亿元，对全省高校、中职校家庭贫困的学生实行新资助政策，惠及49万名大学生和中职生。新资助政策体系以政府投入为主，各级财政增加用于助学的投入。今后，我国高等教育将形成国家奖学金、国家励志奖学金、国家助学金、国家助学贷款和勤工助学等多种方式并举的资助政策体系。中等职业教育将形成以国家助学金为主，以学生工学结合、顶岗实习、学校减免学费等为辅的资助政策体系。

教育领域内"资产注入"这一利好政策的导向作用有三：一是通过加大对中等职校学生的资助力度，吸引更多的初中毕业生报考中等职校。二是在国家奖助学金的安排上，不搞平均分配，适当向国家最需要的农林水地矿油等专业倾斜，引导学生投身国家最需要的专业领域。三是通过实施国家助学贷款代偿政策，引导高校毕业生到艰苦地区基层单位就业，促进全省人才资源分布的合理性。

★让被挤跑的体育课重回校园 牛市对应：改良基本面

相似度：*****

2月，福建省研讨中小学体卫艺工作，酝酿中考恢复考体育；

4月，"阳光伙伴"体育竞赛在福建启动；

9月，教育部开始推广全国中小学校园集体舞；

10月，"减轻中小学生课业负担，提高学生综合素质"写入十七大报告；

11月，福建省出台2008年中考体育考试方案，并将保证学生每天锻炼一小时列入教学计划……

如此密集地出台促进学生体育锻炼的政策规定，其力度可谓前所未有，因为时下的学生，体育锻炼的时间越来越少，要么过胖，要么过瘦，体质明显下降。

面对升学压力，许多学校的体育课大大缩水，尤其是对于许多毕业班的学生来说，体育课已经成了一种回忆。缺乏体育锻炼的结果是青少年体质状况不容乐观，教育部门出台的一系列政策旨在帮助学生找回被挤跑的体育课，保障未成年人的身心健康。

"本来我们每周有一节体锻课，可是开学将近两个月，我们班，或许整个年级，一节真正的体锻课都没有上过。唯一一次是为了运动会，集体到操场上练了一整节课广播体操。每次体锻课都是在班级里考试，每周不同的考试，天昏地暗。此外，自习课也常被挪来考试。还有音乐课，发了音乐课本，课程表上却没有安排音乐课，学校从未解释过。"

2007 年 11 月，福州一位高一学生给编辑部寄来一封信，建议报社能对课业减负和体育锻炼问题加以报道，反映学生的心声，引起相关部门的重视，让学校合理地安排课程。

业内人士认为，体育列入中考，意味着考试指挥棒不再重智轻体，从政策面引导学生增强体育锻炼，更是为了把学生从过重的课业负担中解救出来。每天锻炼一小时，其主要目的是培养孩子的运动习惯。也许，这一系列改革的核心在于：让学生能够真正地学到一两项适合"终身锻炼的技能"，使他们形成良好的锻炼习惯，并且可以受用一生。

★当支教成为"免费"的条件 牛市对应：风险投资

相似度：***

2007 年年初，国务院总理温家宝在政府工作报告中宣布，将在六所教育部直属师范大学实行师范生免费教育。不可否认，师范生免费教育的"回归"成为 2007 年惠及民生的又一福音。然而，喜悦过后，有人开始担忧，这一以下乡支教为"条件"的免费教育是否会影响生源。因为教育本身就是一种风险投资,有投资就期望有收益,但这些享受了免费待遇的师范生,将来真能在偏远山区安心教书吗?

有报道说,好多城里娃不愿去支教,家长担心三年后不能回城,二次就业又很难;农村成绩好的也未必愿意,城里教师的待遇要高很多。

中国的教育改革是一个复杂的系统工程,一个环节处理不好,就有可能产生新的问题和矛盾。家长让孩子接受高等教育,目的是为了就业,期望能在最短的时间内收回投资成本。当前教育资源不均衡导致农村教育条件差,教师待遇差,支教三年,学生能不能适应暂且不说,三年后的出路如果解决不好的话,无疑会给免费教育套上枷锁。如果学生和家长对接受免费教育的未来不看好,那么,很可能选择不接受。

正如全国人大代表朱学琴所说,师范教育免费能为教育尤其是农村教育输送高水平的优秀教师人才,但要让这些人才安心、甘心在最需要他们的地方担任教师,还有很长的路要走。要花大力气提高教师待遇,提高教师地位,改善他们的生活环境,让这个职业本身具有更大的吸引力。师范生教育免费是促进教育均衡发展的力作,但公平不可一蹴而就,一切才刚刚开始。

21世纪什么最宝贵?人才!

对于这个已经泛滥的问答,我们还可以再接龙一个问题:

21世纪什么人才最宝贵?

这个问题的答案就复杂了,无论是公务员招考的持续升温、高级蓝领的高薪难求,还是留学海外途径更多、白领充电扩大培训市场……这一切告诉我们,每个人都在不同的道路上选择自己的未来。

有意思的是,这个过程与K线颇为相似:当大多数人都在追涨一只股票,往往结局是高位下跌,就像前几年的考研热,等到研究生就业成为"老大难",终于有了考研人数"跌停"的社会反应。

而聪明的人,早已转道SAT、港校等其他渠道实现自己的梦想了。

于是我们惊喜地发现,教育的诸多细节就和投资股票同样道理,国家给义务教育阶段学生和部分师范院校学生免学费,给基础教育"注血",多方面加强素质教育,这让2007年教育的"基本面"改良了很多。而尚在改革中的新课程高考和福州中招方案,却让今后的考生和家长多了一丝疑虑,因此,牛市仍不乏振荡……

越来越多的人把教育当作一项投资,这无可厚非,只是希望人们要做理性的投资者,进行长线投资。"股市"有风险,投资须谨慎。

有着崇尚教育优良传统的中国人,向教育投资、为未来花钱是不吝啬的。上好学校、买好文具、吃健脑食品、学电脑、学钢琴、学画画,孩子有求必应,就是孩子不求,当家长的还想方设法逼着孩子多补点儿。

随着社会的发展,越来越多的人接受了"教育就是投资"的观点,但愈加严峻的社会形势让众多的投资者无法确定未来的收益,因为一路上有太多的独木桥,高考、入学、奖学金、考研以及最后的就业关卡。面对越来越多的求学新产品,ACT、SAT、TOEFL、IELTS、港校……望子成龙的父母更加注重价值投资,在经济许可的前提下寻求机会送孩子出国读书。毕竟,对教育的选择是不分国界的,有良好的教育条件,不愁招不到好生源。

★港校来掐尖 牛市对应:当A股遭遇H股

相似度:*****

2007年中石油回归A股,11月5日上市首日开盘价高达48.60元,而当日的H股价格仅为19.80港元,相当于人民币19.01元。A股H股存在的"剪刀差",必然诱使投资者纷纷争着去买H股,毕竟H股便宜嘛。H股价格更是以提前飙升的架势,向内地投资者丰富了一下"H股价格与A股接轨"的遐想。

2007年,内地考生对香港高校的热情绝不亚于股民对H股的热情,如果说,2006年是香港高校与内地名校"抢生源",那么2007年的情形更像是港校在内地尽情"挑生源"。以福建省为例,2007年高考成绩是6月24日上午发布的,28~30日为考生填报内地高校志愿时间,而港校面试组织工作在福建省考生志愿填报期间就相继启动。7月2日前后,港校已在网站上公布录取名单和候补名单。而福建省的文史、理工类提前批录取则要从7月10日才开始启动,时间上的优势给了港校最佳的挑选时机。另一方面,港校的招生方式是先申请,高考成绩发布后再行面试,录取时学校对学生的高考成绩、英文成绩以及面试得分这三个因素综合考虑,相当于"优中选优",占尽了先挑好生源的优势。

面对金字塔尖人才的争夺,香港与内地高校之间的"硝烟味"也日益浓烈。香港高校吸引生源的一个重要措施是提供高额奖学金以及良好的就业前景。但是,在45万港元的奖学金之外,我们更应看到,吸引内地考生的,更多地在于港校物质奖励之外的精神激励。相对于内地高校,港校能够提供更加宽松自由的学术环境、更加多元丰富的教学理念、更加成熟平等的治校策略。上述优势,恐怕才是港校最大的核心竞争力。

★来自全球的机遇 牛市对应: QDII 另辟投资路径

相似度: ***

QDII——合格的境内机构投资者的首字缩写。对老百姓来说,QDII可以实现代客境外理财业务, 投资者将手上的人民币或是美元直接交给银行、保险公司、基金公司等,让它们代为投资到国外的资本市场上去。QDII 最重要的意义在于拓宽了境内投资者的投资渠道。

在 2007 年教育大事记里, 也有这么一项 QDII 产品。说的是从 2008 年开始,中国高中生可以和美国本土学生一样,参加五次美国"高考"——ACT 考试,这是 ACT 中国区总裁杜安德发布的 2008 年美国高考在中国的新招考政策。孩子有能力参加美国高考无可厚非,但不应把它当作唯一出路。在教育国际化的趋势面前,"洋高考"不是国内高考的"备用胎",而是摆在学生面前的机遇与挑战。

ACT 考试与 SAT 考试均被称为"美国高考",都是大学录取新生的重要依据。如果高中生要申请美国前 50 位的顶尖大学,90% 以上的美国顶尖名校会要求参考学生的 SAT 或 ACT 成绩。在过去,由于 SAT 设立时间早,在美国被较多的大学认可,而 ACT 主要在美国中西部的大学中流行。但近年来,高速发展的 ACT 考试已经在美国著名高校中获得承认,包括哈佛、耶鲁这样的顶级名校。

ACT 考试包含英语、数学、阅读、科学四方面测试,一共 215 道选择填空题,满分为 36 分,整个考试时间为 2 小时 55 分。哈佛大学、耶鲁大学等名校要求的 ACT 成绩一般在 29 分或 30 分以上。参加 ACT 考试必须先在国内的教学点读完 9 个月的 ACT 课程,其课程和考试总费用在 8 万元左右。而 SAT 考试的范围更大,所考内容包括阅读、数学、写作三大部分。SAT 考试每年有七次,参加 SAT 考试的学生要把所有 SAT 考试分数提供给所申请的大学。

★考研不再是就业"筹码" 牛市对应：跌停板

相似度：**

与涨停板相反,一只股票开盘后价格下跌 10% 就到了当天交易限制的跌停板。全国考研人数在经历多年膨胀后,2007 年呈现跌势。据统计,北京、上海、湖北、山东、河北等许多省市报考 2008 年全国硕士研究生的人数都比上年减少。业内人士透露,2008 年全国考研人数下降已成定局,下降了近两成。而在过去数年中,我国研究生报考人数年增长率曾在 20% 以上。

考研降温主要有两方面的原因：一方面是因为研究生培养机制改革,试点高校培养研究生将不再区分公费和自费,而是采取奖助学金的方式资助研究生学费和生活费。改革后,优秀学生获得的资助完全可以抵作学费,甚至还有盈余；而成绩不佳的学生就会有一定的经济压力,不能"混日子"了。更多的人开始从自身实际出发,审视读研的价值,权衡之下,放弃了考研。另一方面,对许多考研者来说,读研值不值,很大程度上与就业挂钩。三年的研究生学习,需要在时间和经济上投入相当大的成本,但相当一部分专业的研究生毕业后,其薪资水平和本科生不能拉开差距,于是考研热情回落。

对此,教育界人士认为,研究生培养的定位问题值得研究。目前我国高校培养研究生大都按"学术型"人才的标准培养,社会真的需要那么多学术人才吗? 在美国、英国等发达国家,硕士生分为两类:一类是培养"博士候选人",学术要求高;一类是把硕士作为"终结"学历,按应用型人才标准培养。也许,让高校根据人才市场的需要,对研究生培养进行科学定位与分类,这样才能凸显研究生的价值。

★公务员考试持续升温 牛市对应:涨停板

相似度:***

在股市交易中,为了防止交易价格的暴涨暴跌,每只股票当天价格的涨跌幅度均有限制,正常情况下,上涨 10% 就是当天交易限制的涨停板。前不久,2008 年国家公务员考试在全国 38 个城市同时开考,64 万的考生总数创下历史新高,比去年增加 12%,增幅超过一个交易日的涨停板。他们将竞争近 1.4 万个职位,录取比例高达 46 比 1。

近年来,公务员考试人才济济,其竞争激烈程度和高考、司法考试相比毫不逊色,公务员热缘于其工作稳定、福利待遇优厚。有"局中人"说:"报考国家机关的公务员考试队伍中,博士生一走廊,硕士生一礼堂,本科生一操场。"这话虽是夸张之语,但事实上,高校应届毕业生已成为报考公务员队伍中的绝对主力,占据总人数的一半以上。

对此,新东方学校的三驾马车之一、被誉为"中国人生设计第一人"的咨询专家徐小平认为,公务员热是中国社会缺乏市场意识的体现。从职业规划来看,像公务员这类职位,相对来说,自我增值空间小,道路只会越走越窄,到最后就只能永远做这一行了,这是相当危险的。相反的,如果到企业工作,有了经验,有了行业竞争力,走遍天下都不怕。"作为年轻人应该能够承受风险,我鼓励大家到那些充满机遇、充满竞争的领域去,因为竞争力本身就是一种财富。"他说。

(据《海峡都市报》、《福建教育》、新华网、
搜狐教育网相关资料整理)

编 后 语

本书出版得到了很多朋友的帮助和大力支持，我们在此致以诚挚的谢意。特别需要感谢的是本书所选文章、图片的原作者，但因时间、通讯方式等原因，一些作者的联系方式未能及时找到，而我们又不忍将这些作品割舍，在此深表歉意，也敬请这些作者与我们联系（上海市闵行区虹泉路 999 号民办教育研究所编辑部；邮编：201103；E-mail：mbeduxgc@163.com）。

编　者

2008 年 5 月 10 日

图书在版编目（CIP）数据

新观察：中国教育热点透视.2007/胡卫,张继玺主
编.—上海：上海人民出版社,2008
ISBN 978-7-208-08101-7

Ⅰ.新... Ⅱ.①胡...②张... Ⅲ.教育工作-研究-中国-
2007 Ⅳ.G52

中国版本图书馆 CIP 数据核字（2008）第 137490 号

责任编辑   罗   湘
封面装帧   王   珂
版式设计   陈   蓉
美术编辑   杨德鸿

新观察：中国教育热点透视2007

胡 卫   张继玺 主编

世 纪 出 版 集 团

上海人民大版社出版

（200001 上海福建中路 193 号 www.ewen.cc）

世纪出版集团发行中心发行

上海商务联西印刷有限公司印刷

开本 720×1000 1/16 印张 31.25 插页 4 字数 447,000
2008 年 10 月第 1 版 2008 年 10 月第 1 次印刷
ISBN 978-7-208-08101-7/G·1272

定价 53.00 元